EL ΦMIKRON

Méndez Salazar, Gustavo
   EL ΦMIKRON - 1ª ed. Ciudad Autónoma de Buenos Aires:
   Deauno.com, 2013.
   494 p.; 21 x 15 cm.

   ISBN 978-987-680-072-3

   1. Narrativa. 2 Novela. I. Título

   CDD PR863

contacto@elaleph.com
http://www.elaleph.com

Para comunicarse con el autor: mendsal@gmail.com

https://www.facebook.com/ElOmikron

Primera edición

ISBN 978-987-680-072-3

Hecho el depósito que marca la Ley 11.723

GUSTAVO MÉNDEZ SALAZAR

EL ΦMIKRON

deauno.com

Al presidente de Colombia
Su posesión de tan meritorio cargo coincide con la del personaje
principal de esta novela, Emilio Lozano Ricauter, quien asume la
presidencia de Colombia, por voluntad del pueblo, el 7 de agosto
de 2010.

Y también a Pilar Córdoba.
Esta dedicatoria especial a ella tiene por objetivo reconocer que
sus gestiones, dentro de la Patria y fuera de ella, en la selva, en la
montaña o en la ciudad, alivian las tensiones, promueven la equi-
dad y reviven para los colombianos la esperanza de lograr por fin
la reivindicación social, y, por consiguiente, la paz que nunca ha
reinado plenamente en el territorio de la Patria.

Estimado Lector:

Está prohibido leer esta novela con criterio partidista: usted podría entrar en selvas peligrosas y oscuras sin un guía que ilumine su entendimiento y active su generosidad.

*"Los que hacen las revoluciones a medias
no hacen más que cavar sus propias tumbas"*

(GRAFITO EN UN MURO DE LA UNIVERSIDAD DE PUERTO RICO)

Año 2025

No obstante su temprana edad, respetado y admirado por todos, el joven seguía la ceremonia con un aire de dignidad muy propio de un Lozano. Con su madre, Patricia, a su lado y entre la plana mayor del gobierno, seguía con suma atención todos los pormenores de la ceremonia. En ese momento, transido por la angustia, recordé las palabras de Emilio, su padre, asesinado en 2010: Aquel que no se apiada de las injusticias, jamás podrá tener un despertar de conciencia. Sabía de antemano que esta máxima había constituido, desde niño, toda la concepción filosófica de su padre, la cual lo había llevado a la victoria y al sacrificio final.

Me di cuenta de que no le era fácil enfrentarse a sus propios pensamientos que se movían vertiginosamente. Aun así siguió, firme, todos los detalles del solemne funeral, hasta que el féretro con los restos del ilustre estadista fue depositado, al lado del de su hijo, en el panteón de familia, el cual destaca sobre el entablamento unas coronas compuestas de laurel y siemprevivas, símbolo de gloria y emblema de la inmortalidad. A los lados, hermosas cornucopias de mármol pletóricas de orquídeas, del hermoso jardín de Doña Josefina, su esposa. La trayectoria que dejó su impronta de escindir la historia política del país para beneficio de su pueblo, según lo había establecido Emilio en sus prédicas constantes, había volcado a las multitudes para rendirle sus últimos tributos. Todos sabían que gracias a su hijo se había producido en el gran estadista, perteneciente, además, a una de las familias más reconocidas de la sociedad colombiana, una transformación total nunca antes registrada por la historia del país, dirigido desde 1830, en una línea perfecta de consaguinidad o afinidad, por un selecto grupo de familias poderosas que tenían siempre sus miras en la satisfacción desmedida de su ego. El señor Lozano había formado parte de ese grupo. Después del responso que fue cantado por el Cardenal Pedro Rubiano Sáenz de la ciudad de Cartago, ayudado por dos sacerdotes, observo que el joven con recato y golpeado por el duelo que sentía con toda la fuerza, se fue retirando y se dirigió a la casa-mansión de su familia.

A la entrada, con la enorme puerta antigua claveteada de par en par, se topó súbitamente con Enrique, el chofer, doblegado por los años casi todos al servicio de la familia Lozano. Mudo, absorto se sentía terriblemente solitario. No acababa de comprender que sus gestiones habían llegado a su fin. Leal como ninguno, siempre pensativo, con la palabra precisa a flor de labios, tenía por costumbre permanecer en silencio aun en las conversaciones entre hombres descollantes del quehacer colombiano, los cuales aprovechaban el espacio reducido de la limusina, que él conducía, para compartir en la intimidad ideas y conceptos. Él los escuchaba con atención y sacaba sus propias conclusiones. Tiempo después supe que el joven intercambió con el chofer algunas palabras y de inmediato se dirigió a la biblioteca.

Recorrió el largo pasillo principal hasta el fondo. Fue directo a los estantes donde se guardaba la producción más reciente de los Documentos Comprobatorios. Encontró dentro de un sobre de manila de regular tamaño el CD y la foto de su padre, lleno de juventud y entusiasmo, acomodándose la banda presidencial. Activó el computador. Fijó la mirada en la pantalla. De ahí en adelante, no interrumpió la lectura hasta llegar a la última palabra.

Es entonces cuando capta en toda su dimensión el profundo sentido de El ΦMIKRON. Había empezado, a la temprana edad de catorce años, a recorrer el camino de su padre.

Prefacio

Comienzos del siglo XIX

Los viandantes, con gran algarabía, a lo largo del camino, se apresuraban para lograr la mejor compra del día, lo que era rutinario muy temprano en la mañana. A su paso, ellos le respondían su saludo sin llegar a acertar que se trataba de un alto oficial del país, y por añadidura, de un gran servidor de su patria cuando ésta se encontraba amenazada. Gracias al buen estado de la carretera, que facilitaba la comunicación entre la Corte y las Américas, el viaje resultó fácil y, aunque había muestras de cansancio, podría decirse que hasta placentero.

Recorrieron en tiempo récord la distancia entre Madrid y Cádiz pues se logró la velocidad permitida solamente a los servicios de postas, alrededor de unos ciento setenta kilómetros por día. Todavía una espesa niebla se posaba sobre los adoquines húmedos de las calles estrechas paralelas a los muelles, los cuales bordeaban la dársena inmensa donde fondeaba la imponente fuerza naval, cuando entró el general al espacio abierto de la plaza en la calesa ligera con capota levadiza de vaqueta, tirada por un hermoso caballo alazán. Miró al fondo la torre Tavira, de estilo barroco, a cuarenta y cinco metros sobre el nivel del mar. Profundos pensamientos cruzaban por su mente en ese momento, aunque no perdía la compostura y el ánimo para saludar a los parroquianos que presurosos se dirigían hacia la ciudad. Ellos lo miraban con curiosidad. Se destacaba por su fortaleza física y su atractivo uniforme militar. Curtido en el campo de batalla, estaba consciente de que la tarea a cumplir marcaría, sin importar su curso, un hito en la historia y recordó entonces sus años en que tuvo que enfrentarse, en plena niñez, a los fragores de la guerra. El cochero se apeó rápidamente del pescante, extendió el estribo y se hizo a un lado en posición marcial. Ya habían empezado a llegar los otros oficiales, cuando el general empezó a caminar con paso ligero dirigiéndose adonde recalaba la imponente fuerza expedicionaria con más de doce mil cuatrocientos hombres, unos quinientos experimentados oficiales, sesenta y seis buques, cuantiosa artillería, armas y municiones. A lo lejos se escuchaba el ladrido de perros callejeros, lo cual llamó la atención de los transeúntes que a hora tan temprana empezaban a arremolinarse por los alrededores de la plaza y los colmados. Muchos se extasiaban con la imponente presencia naval que dio un toque especial al puerto más activo del país gracias a su extraordinaria ubicación entre el Atlántico y el Mediterráneo, mientras la gran actividad comercial del día seguía tomando un auge impresionante. El teniente general Don Pablo Morillo había recibido orden del general Francisco Javier Castaños, uno de los correspondientes de la Junta de Generales, de ponerse a cargo de la flota surta en la gran bahía de Cádiz, la ciudad más antigua de occidente. El General se posesionó ante el Rey, don Fernando VII, que se lamentaba de la pérdida de sus posesiones en América por culpa de "bandidos y rufianes" y por lo cual acababa de emitir la real orden de la reconquista, y para cumplirla, se ponía en manos del general, curtido en múltiples batallas, el poder de convertir en realidad el sueño del Rey y de todo el pueblo español. Fue nombrado Capitán General de Venezuela y General en Jefe del Ejército expedicionario.

En febrero de 1815, frisaba el general en los cuarenta años de edad, su mirada penetrante exteriorizaba un control absoluto. Su emancipación y autonomía inspiraban respeto. Tenía mucha cautela para tomar partido, excepto, como ahora, cuando aceptó hacerse cargo de la armada, porque estaba en juego el destino de su patria. Teniendo en consideración la jornada difícil que estaba a punto de empezar, pensó que era bueno tomar medidas adecuadas como reunirse con todos los lugartenientes de la flota para determinar el plan a seguir y pasar revisión de la armada para así aligerar la ejecución de cada uno de los pasos que ya se habían preparado con todos los detalles. Altos oficiales lo escuchaban con atención, mientras algunos grumetes, con ropa de faena, hacían su oficio correspondiente: verificar las jarcias y probar las velas halando las drizas para izarlas y así detectar su resistencia a las poderosas ráfagas que se daban en el Atlántico. Otros verificaban las provisiones. La vitualla estaba constituida por agua suficiente, carnes de todo tipo de animal, especias, sal en abundancia, leche en conserva, y hasta algunos animales vivos como cerdos y aves; además, barriles de harina y garbanzos, bocoyes de arroz, cajones de medicinas, quina en abundancia y varias botijas de miel. La actividad sobre cubierta era intensa y algunos grumetes daban muestra de cansancio.

Curtido el general en los campos de batalla, estaba dotado por los recursos necesarios para enfrentar las dificultades de la vida y abrirse camino por senderos impenetrables. Su bagaje militar, que empezó a los trece años, incluía el sitio de Tolón, el bombardeo de Cádiz y la batalla de Trafalgar, de ingrato recuerdo para España, por la pérdida de la Armada Invencible.

Su fascinación por el poder, que manifestaba con órdenes drásticas y decisivas, lo hacía apto para recibir en sus manos la responsabilidad suprema de rescatar para su patria los territorios allende los mares. Su entusiasmo era desbordante ante la presencia majestuosa de la armada, sobre todo cuando subió a la cubierta del buque insignia y desde allí miró a lo lejos la cúpula sin terminar de tejas doradas de la catedral y momentos después se reunió con sus lugartenientes y la tripulación inmediata, y con palabras llenas de energía explicó todos los pormenores que cada uno debía cumplir para lograr el éxito en la lucha que se avecinaba. La tripulación lo escuchó con atención y respeto. Su experiencia en estos menesteres lo había dotado de un aire de autoridad que los que lo escuchaban captaron de inmediato. Después de revisar varias naves, algunas de alto borde y con elevadas popas que hacían difícil el abordaje enemigo, extendió un mapa de la región con el que puso al tanto a la tripulación en los aspectos geográficos y etnográficos y la difícil situación de orden político que iban a confrontar con algunos líderes que hacían de las suyas y de quienes se tenían todos los datos personales necesarios. El intercambio de ideas se hizo con entusiasmo y camaradería. Entonces con palabras precisas y pausadas empezó a presentar su plan de acción que fundamentalmente consistía en lograr la normalización de las relaciones de las colonias con la Corona.

Para estos propósitos se tendría en consideración un adecuado manejo de la población, las técnicas militares necesarias, su aplicación de manera efectiva y demás recursos que garantizasen un éxito rotundo y tener así en un futuro la satisfacción del deber cumplido como militar y fiel servidor de la patria. Con muy pocas variaciones, el plan fue aprobado.

Para romper el hielo que sintió de inmediato entre algunos oficiales jóvenes, quienes veían con repugnancia la guerra colonial en ultramar, cambiando el tono de las palabras y su aire de adustez, se entrevistó con algunos soldados mediante preguntas sobre su experiencia militar, sus estudios, condición familiar y la opinión personal sobre la acción que pronto empezarían a experimentar. Y así entre preguntas y respuestas fue desarrollando una gran camaradería y un entusiasmo segundos antes impredecible. De ahí en adelante, todos empezaron a mirar al general con una cierta familiaridad que él aceptaba con regocijo.

El componente naval estaba constituido por las fragatas Diana e Ifigenia, el navío insignia San Pedro de Alcántara, diecisiete buques de combate de tamaño menor y cuarenta y seis buques de transporte. La nave de Don Pablo era un prodigio bélico: una fragata de sesenta metros de eslora, arboladura de tres palos y doble fila para un total de treinta y ocho cañones del 8" sobre cubierta. Su objetivo, cumplir con la misión de restablecer el orden en costa firme desde la Capitanía General de Caracas hasta el Darién, y desde ahí hasta Cartagena de Indias, primer enclave de la emancipación neogranadina, y así lograr, como esperaba, la pacificación del Nuevo Reino de Granada.

"Esta jornada —le dijo a sus tropas—, será mucho más peligrosa, mucho más cruel que la que habíamos sostenido hasta el momento". Se dio cuenta que tenía a su favor un día claro y tranquilo y pensó en El San Martín, buque insignia de la Armada Invencible, al mando del duque de Medina Sidonia en Trafalgar. El mal tiempo y decisiones erradas acabaron con el poderío bélico de su país. Ahora, a su mando, se haría un nuevo intento, tan colosal como el anterior.

Lo primero que hizo fue documentar información debidamente verificada sobre los que anteponiendo sus propios intereses buscaban socavar el poderío español. Sabía, por lo tanto, quienes eran los que desafiaban el orden establecido en Venezuela y en la Nueva Granada. La clase social dominante en ambas colonias eran los nobles y mantuanos, quienes no cesaban de explotar al pueblo, humillarlo y discriminarlo. Peones y llaneros, mestizos, negros y mulatos e indios, se ubicarían, por dicha razón, en contraposición a la independencia y fortalecerían a las tropas de Morillo. Por otro lado, el gran puerto de Cartagena, que había realizado su declaratoria de independencia absoluta el 11 de noviembre de 1811, representaba la verdadera y genuina lucha contra España. Esto estaba presente en la mente del Pacificador.

Sobre todo, tenía los nombres de los personajes influyentes de la Nueva Granada que aprovechándose de la debilidad del Virrey Sámano, buscaban tomar el poder a gritos de "Viva el Rey". En esta artimaña perfectamente organizada por la élite del poder criollo, sabía que no se tenía en cuenta al pueblo ni a sus líderes más importantes, los cuales siempre fueron marginados, o con argucias privados de la libertad por aquellos que se tomarían el poder por encima de todo "si les dejamos las manos libres, le decía a sus tropas, son capaces de tomarse el poder para siempre"

Morillo tenía instrucciones por el gobierno de Madrid de no incluir, como se podría suponer, el uso de una acción despiadada y sanguinaria; por el contrario, se pidió un buen trato a los amados vasallos de ultramar.

Sin embargo, se dejaba una puerta abierta para que el general aplicara a voluntad las medidas correctivas necesarias de acuerdo al desempeño de las fuerzas en conflicto y según las acciones se fueran conformando en el escenario.

Temprano en la mañana dio orden de levar anclas. Los rayos del sol teñían de rosa las paredes enjalbegadas de las casonas de corte neoclásico, y destacaban los colores encendidos de la bandera rojigualda de tres listas que ondeaba airosa en lo alto del palo mayor del buque insignia. Cientos de personas empezaron a arremolinarse al frente de la flota, lista para partir hacia tierras ignotas. Desde la cubierta todos, sonreídos, respondían la despedida con millares de pañuelos blancos que se agitaban en las murallas y azoteas de la ciudad. Algunos niños, ante la aventura que se iniciaba, jugaban a la guerra sin pensar, en su inocencia, que muchos de los que habían sido reclutados, jamás regresarían a su lar familiar.

La multitud los despedía con un alborozo que no podía disimular la profunda tristeza que los embargaba. Sus rostros compungidos convertían cualquier sonrisa, en una mueca de dolor. La multitud cambió intempestivamente, se quedó muda, con la mirada fija hasta que la flota se perdió en el horizonte. Se había dado comienzo a la restauración.

En altamar, Morillo, siempre en diversas ocupaciones, trataba de llevar una vida normal, y en los ratos de descanso, se dedicaba a leer, o a escribir acerca de lo que ocurría sobre cubierta, o se reunía con otros oficiales a discutir las estrategias de rigor. Enfrentaba la monotonía con varias actividades todas conducentes al perfeccionamiento del plan.

El contenido del libro de bitácora era extenso. Incluía además de todo lo relacionado con la nave, el diario de navegación y algunos asuntos personales que consideró valiosos para la posteridad. En todo el trayecto el tiempo fue su mejor aliado. El mar tranquilo. Uno que otro chubasco. A punto de culminar el viaje, sí hubo momentos de navegación accidentada porque aunque se logró la travesía de tres meses sin contratiempos serios, la flota se vio obligada a sortear los barruntos de un huracán que a lo lejos avisaba la presencia de tierra en el mar Caribe. Al llegar a las costas orientales de Cumaná, abril de 1815, se inicia la reconquista de Venezuela.

El 25 de julio del mismo año el buque insignia con todos los caudales y subsistencias para los Ejércitos Expedicionarios se hunde en las aguas al frente de la árida isla de Coche, al sur de la isla Margarita, después de una travesía de ciento cinco días. El 22 de julio la expedición arribó a Santa Marta, baluarte de los realistas, y desde esta ciudad proyectó su plan de reconquistar la Nueva Granada. Continuando la trayectoria trazada, se acercó a la costa del Atlántico, y con la ayuda de un catalejo, oteó las murallas centenarias de Cartagena, que la habían defendido muchas veces de corsarios, piratas y filibusteros. Parecían, como decía Don Juan de Castellanos, "un párpado de piedra bien cerrado".

Don Pablo tenía conocimiento del conflicto suscitado entre el pueblo y sus líderes y la fronda oligárquica que dirigía, a su modo, la ciudad. Sabía lo que esto representaba como oportunidad feliz para lograr su sometimiento sin problemas que lamentar y por eso expidió la siguiente proclama:

"¡Pueblo de Cartagena! Vais a salir de la opresión. Vuestros bienes serán protegidos y vuestras personas no serán arrancadas de los brazos de vuestras mujeres y padres, para defender el interés de cuatro malvados que no han cesado de enriquecerse y oprimiros"

Dio entonces orden de atacar directamente con cañonazos esporádicos, después, movilizando la tropa, creó un bloqueo total. Se llevó a cabo por dos frentes. El terrestre organizado desde la cercana ciudad de Santa Marta, baluarte de los realistas. Este frente ocupaba la línea del río Magdalena, que era la entrada de alimentos, correo y mercancías. El segundo cuando hizo su aparición la gran flota antes los ojos incrédulos de los habitantes de Cartagena.

Las naves se colocaron en posición desde la Boquilla al norte de la ciudad, al sur de la bahía. Los cañonazos eran constantes. La población confiaba en las inexpugnables fortificaciones de la ciudad. El asedio es implacable. Doce mil hombres se agolparon en la dársena y después se enfilaron a todo lo largo de las murallas. Morillo sabía lo que acontecía tras los muros, pero por su mente jamás cruzó la mínima idea de la valentía, la enorme resistencia de sus habitantes y su honorable capacidad para llegar al sacrificio por amor a la patria.

Algunos trataron de protegerse escapando por pasadizos secretos, pero al salir se vieron asediados por los mosquetes españoles. Más de mil quinientos cartageneros murieron en su intento. Después de tres meses, la ciudad es vencida y el Pacificador, con su elegante uniforme de casaca roja, solapa azul y botones dorados, calzón blanco de bramante, entra con un aire de superioridad para toparse con el espectáculo dantesco de más de seis mil muertos. El barrio de Getsemaní y el centro de la ciudad presentaban un horrendo espectáculo.

Después de unas horas, la escena había regresado a su orden habitual, lo que se aprovechó para carenar algunas fragatas. Restaurado el sistema virreinal, Morillo, antes de adentrarse en la Nueva Granada, dejó una guarnición para el control de la ciudad de Cartagena e implacable, sin perder tiempo, empezó a hacer los preparativos para seguir hacia el interior del país. Cumplía al pie de la letra con el plan.

Morillo llega a Bogotá el 26 de mayo de 1816. La ciudad, la antigua Bacatá de los Chibchas, que se había vestido de fiesta, lo recibió con gran alborozo y con marchas que ejecutaba la banda municipal y conjuntos que, acompañados por tiples, requintos y bandolas, cantaban las mejores guabinas santafereñas, mientras pasaban por las calles empedradas y húmedas de la ciudad. Al frente Don Pablo, en recio corcel, ostentando todas sus galas. A su lado varios oficiales. Atrás, una línea interminable de soldados de infantería. Las señoritas de la sociedad les arrojaban flores a su paso bajo arcos de triunfo, adornados con la bandera española. Los magnos representantes de la sociedad santafereña, se hacían sentir, desde los balcones de sus casas, con sonrisas y saludos efusivos. Igualmente hacían lo propio los altos jerarcas de la Iglesia.

Se prepararon bailes y veladas para entretener a los oficiales y soldados que, por el cansancio, ya la altura de la ciudad empezaba a hacer sus efectos. Morillo que lucía eufórico hizo la gracia de bailar con algunas jóvenes santafereñas, lo cual no significaba un cambio en su postura contra aquellos que mantenían una doble posición. A la hora de la verdad se mantendrá firme en sus opiniones y podría tomar cualquier decisión inesperada sin conmoverse.

A su llegada se enteró de inmediato que estaba en todo su apogeo la rivalidad entre dos corrientes que se disputaban el poder: por una parte los criollos, nacidos en tierras americanas y por la otra los chapetones como se conocían a los nacidos en la metrópoli. Experiencias anteriores en Venezuela, en especial con Arismendi, quien después de haberle perdonado la vida, en un acto de traición pasa a cuchillo a las tropas españolas a cargo del control de la isla Margarita, le había creado suspicacia e inseguridad.

"La ambición de estas gentes es el poder", por eso en una actitud no de venganza, sino como solución a un posible acto de traición, Don Pablo inicia los fusilamientos en Santa Fé. Son en vano las súplicas y ruegos de las encopetadas damas de la capital para cambiar la resolución tomada por Morillo, quien da orden de iniciar los fusilamientos de los más connotados dirigentes de La Nueva Granada, cuyas carpetas daban cuenta de las acusaciones que se habían levantado con lujo de detalles. Las fuerzas vivas del país parecían derrumbarse. Su propósito es pacificar y poner en el redil del Imperio a sus antiguas colonias. Está al tanto de que la posición ambivalente de la clase dirigente había creado la conmoción general. Monta el paredón a todo lo ancho del país. Prestantes figuras de la época como Camilo Torres, quien ante la arremetida de los realistas, reanunció como presidente de la Nueva Granada, había sido el autor de "El Memorial de Agravios", en el que manifestaba vehementemente ser partidario de la igualdad entre españoles y criollos, José Tadeo Lozano, el General Antonio Baraya, José Gregorio Gutiérrez, Francisco José de Caldas, Policarpa Salavarrieta, Liborio Mejía son fusilados públicamente.

Igualmente, María Antonia Santos Plata, jefa del primer movimiento guerrillero de la Provincia de Socorro, quien con gran valentía y decisión enfrentó a las tropas realistas. Fue fusilada el 28 de julio de 1819. A José María Carbonell, por ser un líder del pueblo, se le aplicó la pena de la horca y su cuerpo fue expuesto públicamente para escarmiento.

El General hizo fusilar a más de seiscientos patriotas que pagaron con su vida el deseo fervoroso de ver a su patria liberada de la opresión española, unos por amor a la libertad, otros por amor al poder y la riqueza.

Le toca el turno a Francisco José de Caldas, obliterado por la historia oficial que sólo exaltaba su capacidad como hombre de ciencia, a quien no se le permitió, como lo atestiguan los propios manuscritos del sabio, que sus enseñanzas históricas y sociales fueran conocidas por el pueblo para que calaran hondo en la conciencia de las nuevas generaciones. Su apariencia física indicaba 1,66 de estatura, excesivamente delgado y una visible gracilidad que permitía entrever su profunda preocupación por los asuntos intelectuales.

De ágil imaginación y muy minucioso en la descripción detallada de la flora. En sus escritos el tema central era la tierra colombiana, sus ríos caudalosos, las altas montañas que él escalaba frecuentemente, la selva impenetrable, la variedad de su flora y fauna que dibujara con gran precisión. Pero sobre todo, no soslayaba, como hacía la élite del poder, los aspectos sociales que resultaban de las divisiones de clases y la manera cómo se trataba de perpetuarlas para usufructo personal, una vez llegara la emancipación total y definitiva.

Estudia, pues, la naturaleza colombiana al máximo, en la que detalla las cualidades de sus gentes que no podían exteriorizarse abiertamente dentro de una Nueva Granada sujeta a los efectos del colonialismo.

Sabía, por lo tanto, y así lo demostró en sus escritos, cuáles eran los verdaderos intereses de los grupos de poder, que siempre estaban debatiendo sobre los provechos personales que podrían producirles las luchas libertarias. Por lo demás, en el plano científico, se adelantó a Linneo en la clasificación latina de las especies.

Todos sus estudios y descubrimientos lo revelan, en el Semanario del Nuevo Reino de Granada, su fundador.

Caldas era un hombre de gran sabiduría, y no obstante pertenecer a linajuda familia neogranadina, con vínculos que se conjugaban en un solo árbol genealógico, siempre impresionaba por su humildad, mansedumbre y generosidad.

Su extraordinaria capacidad y conocimientos se manifestaron en su dominio de las ciencias naturales. Fue colaborador del sabio José Celestino Mutis, quien estaba al frente de la Real Expedición Botánica, con un equipo organizado de herbolarios y pintores. Era el movimiento científico de mayor alcance adelantado por España. Conoce al científico y humanista alemán Alexander von Humboldt, de ideas liberales, a quien acompañó en sus viajes científicos por el territorio del Cauca.

Su mentalidad científica le permitía observar los procesos de la naturaleza que hacían posible la activación de su inventiva, así, pues, construyó el hipsómetro con el cual, haciendo uso de la ebullición del agua y la presión atmosférica, se podía determinar la altura de las montañas.

Fue también el primer director del observatorio astronómico, el único en todo el continente en ese entonces, y creador del Cuerpo de Ingeniería Militar. No obstante estos logros, y su posición política, nunca conocida a fondo, los poderosos hicieron posible hacer creer que Caldas favorecía a la fronda oligárquica, la cual buscaba el poder omnímodo, poniéndolo de esa manera en manos del Pacificador, quien no vaciló un instante en acusarlo ante el Consejo Permanente de Guerra. Es entonces cuando una junta de notables se acerca al general para interceder a su favor. Distinguidas damas y caballeros de recia estirpe de la sociedad santafereña hacen acto de presencia. El Pacificador decide escucharlos en su despacho, ligeramente decorado, un cuadro del rey y detrás del escritorio un crucifijo tallado al natural. A ambos flancos del general, dos nobles sacerdotes que acentúan el acto con un aire de solemnidad. Un vocero designado empezó a hablar, sus palabras eran más una súplica que una petición.

—Mi general, conocemos su enorme responsabilidad de asegurar los territorios de nuestro amado rey. Creemos que el señor Caldas podría ser de gran utilidad para usted por sus enormes conocimientos, gran inventiva, y experto en la fabricación de armas muy útiles a su ejército, por lo que con el poder del que usted está investido le pedimos respetuosamente que le conmute la pena y pueda seguir sirviendo a la causa del rey.

Aunque se recalcó las grandes dotes científicas del reo, con gran frialdad el General Morillo contestó:

—Distinguidos caballeros, la sabiduría no da margen para privilegios, y mucho menos cuando se ha fallado contra los intereses del rey que son los de nuestro país. España no necesita de sabios.

Un silencio sepulcral siguió a sus palabras. La sobriedad del ambiente se tornó insoportable.

La orden está tomada. Las gentes empiezan a agolparse frente al paredón donde ocurrirá el fusilamiento. El bullicio de algunos niños jugando interrumpe el silencio tenebroso del momento. La multitud se reúne en los alrededores, algunos se ubican en la mejor posición y esperan en completo silencio la ejecución.

Como consecuencia de las lluvias persistentes en días anteriores, las calles estaban cubiertas de lodo producto de derrumbes que se deslizaron por las faldas de las montañas cercanas y el lurte de légamos alcanzó a llegar hasta las calles centrales creando un lodazal que cubrió con una pasta endurecida todos los alrededores. No obstante las dificultades del tiempo, Morillo quiso presenciar personalmente la muerte del sabio. Se ubica a una distancia prudencial, una hermosa ruana le protege del gélido frío de la sabana, lo rodean, junto a él, los dos sacerdotes, escuálidos y alargados, a semejanza de una pintura de El Greco. Musitan con un leve movimiento de labios oraciones al cielo. El Pacificador se conmueve cuando observa la serenidad con que el sabio se acerca al paredón. El silencio era absoluto.

La naturaleza parecía inerte. El pueblo impávido observa con ansiedad. El escuadrón de fusilamiento espera la orden. La multitud enmudece. El oficial a cargo, con la estampa del que cumple con su deber, sable en alto, dio la señal al mismo tiempo que gritó con fortaleza ¡fuego! Caldas es fusilado por la espalda en pleno centro de Santa Fé de Bogotá. Un tiro certero en el occipital acabó con su vida. La multitud pudo escuchar un eco profundo intercalándose con un grito desgarrador, que se fue alejando lentamente, como la vida del sabio, hasta por fin perderse en el amplio espacio de la sabana. Tenía cuarenta y ocho años de edad.

Minutos antes, cuando bajaba las escalinatas de la Universidad del Rosario, camino al paredón, en la vieja plazuela de San Francisco, recogió del piso un carbón extinto de una fogata a su paso, su mirada abarcó rápidamente a la multitud, se inclinó un poco y dibujó en una pared la letra O alargada, que rasgó por el centro con una línea fuertemente oscurecida, cuyo significado nunca se ha podido descifrar convincentemente.

Al saber de la poderosa invasión comandada por Morillo, se encerró en su despacho de la hacienda Paispamba, situada a dos mil seiscientos metros de altura, en el municipio de Sotara, departamento del Cauca, propiedad de su familia cerca de la ciudad de Popayán, para escribir su manifiesto político, filosófico y económico, cuyo contenido, resultaba perjudicial para aquellos que buscaban hacerse del poder a como diera lugar, porque con el poder en sus manos podían mantener sus privilegios. Desde tarde en la noche en que todos descansaban y el silencio permitía una profunda meditación, hasta la madrugada, Caldas escribió sin descanso sobre su concepción del mundo y la sociedad de su época teniendo como base los principio filosóficos de los pensadores de su tiempo, cuya base principal se confeccionaba alrededor de los más caros principios de la virtud y la generosidad y la necesidad de un cambio radical que permitiera superar la relación colonial con España, que había reducido a los pueblos de América a un estado denigrante y que impedían el avance de las ciencias.

Dentro del preámbulo había escrito: "La posteridad es justa, ella vengará las injurias hechas a las ciencias." Tomando como recurso hechos históricos de épocas antiguas y presentes, y los estudios acertados política y sociológicamente de Joan Jacobo Rousseau, hacía análisis comparativos que dejaban meridianamente claro que los pueblos de estas latitudes tenían que forjar su propio destino y ponerse al frente del gobierno para poder lograr la justicia y vencer la inequidad. Se puede colegir de sus escritos, que Caldas creía en la innata generosidad del ser humano y en la perennidad de su amor por la naturaleza y por lo mismo creía en poner las riendas del gobierno en manos del pueblo.

Un amigo no identificado, fue encomendado por el sabio para que entregara el escrito al Correo Curioso, publicación erudita dirigida por Jorge Tadeo Lozano, fusilado el 6 de julio, perteneciente a la más rancia aristocracia santafereña.

El sabio esperó meses en vano por su publicación, lo que —pensó cuando lo escribió— encendería los ánimos del pueblo cuyo fervor patriótico no se ponía en duda y por tanto la lucha tomaría una fuerza extraordinaria que daría al traste con el poderío español y el de los que constituían la fronda oligárquica de entonces. Misteriosamente el escrito nunca se dio a conocer y fue olvidado por siempre y para siempre.

Francisco José de Caldas

Pablo Morillo

La Masacre

Porque Don Pablo Picasso no solamente era pintor

El joven artista, libre y sin ataduras con el poder, explica al público su enorme mural. Se destaca en su centro un enorme cóndor flamígero que levanta el vuelo y se remonta hacia la montaña de los Andes. Un pálido sol en el ocaso ilumina apenas el paisaje. A la extrema izquierda, una pequeña aldea arrasada a su paso por un ejército o grupo paramilitar: nada queda en pie, cuerpos destrozados, campos sembradíos incendiados, niños deambulando, descontrolados, por las veredas. A la derecha, a kilómetros de distancia podría suponerse, una activa comunidad labora la tierra, abre surcos, siembra hortalizas, café y árboles frutales. Hombres, mujeres y niños trabajando en armonía. El grupo armado se acerca.

Entre los curiosos, un militar, en plena juventud, asombrado, mira detenidamente, no puede creer lo que está viendo ¡Es horrible!

—¿Usted hizo esto?

—No, en realidad eso lo hicieron ustedes —respondió el artista.

Primera Parte

1

Presencié con tristeza cuando Eduardo se alejó ese 7 de agosto de 2010. Apesadumbrado, con las manos crispadas y la mirada abstraída por pensamientos que buscaban darle sentido a la complejidad del momento. Atravesó varias calles. Empezó a caer una lluvia torrencial. La lentitud de su cuerpo en ese instante disimulaba el estado de su mente hecha un hervidero de ideas, sentimientos de protesta y de rabia. Las calles lucían oscuras, gélidas, lúgubres. Me di cuenta que cada vez que la ciudad era tocada por la tragedia, el tiempo se encargaba de darle un ambiente fantasmal. Así que no fue extraño que Eduardo se estremeciera con la soledad y el silencio absoluto. No vio ningún alma en las calles antiguas de la Candelaria cerca de la plaza de Bolívar, donde había tenido lugar el atentado criminal, el cual tenía conmocionado a todo el país. Sintió con terror que todo le lucía vacío. Las casas vetustas y los balcones antiguos, testigos silenciosos de los hechos trágicos ocurridos en los albores de la República, parecían estremecerse con el nuevo caso de violencia. Habían sido siempre el escenario de fusilamientos, asesinatos y destrucción. Detuvo el paso, fijó su mirada en la hermosa estructura de Nuestra Señora del Carmen. Sintió una profunda y rara sensación cuando al ver la iglesia se puso a pensar que cuando la visitaba de niño, llevado de la mano por su madre, su estilo gótico florentino y sus toques bizantino y árabe cautivaban su imaginación. Su estilo exótico lo llevaba a recrearse en un mundo deslumbrante de fantasías.

Conmovido, osciló por momentos entre llorar profusamente o dejar que su mente se concentrara en hilvanar todos sus pensamientos de manera organizada y lógica para cumplir con el imperativo de la familia de dejar testimonio de los acontecimientos históricos que transcurrían vertiginosamente. Este deber iba más allá de los sentimientos, de los recuerdos, de los sueños, de los momentos de dolor. Muchos que lo consideraban frágil, pensó, no podrían imaginarse la fuerza que estaba a punto de eclosionar de lo más profundo de su ser. Por eso mismo, en medio del dolor, yo sentía una profunda satisfacción porque había descubierto que en su fuero interno habitaba una fuerza descomunal que le permitiría ser un activo importante dentro de El ΦMIKRON. Eduardo no era el hijo debilucho de los Lozanos, que todos miraban con compasión y lástima.

Horas antes, había estacionado su vehículo en los alrededores, acondicionados por la policía de tránsito para la ocasión. Pensé que las circunstancias le daban la oportunidad de hacer algo positivo por su pueblo y por eso no escatimó esfuerzos para estar presente en la ceremonia.

Veía en El Movimiento un recurso adecuado para buscar la transformación de su existencia que se desgastaba sin son ni ton en una rutina insoportable. Estaba impresionado por el altruismo que movía a El Movimiento, la fuerza dinámica que Emilio le había inculcado desde el principio. Sin decir palabras en voz alta, se puso a hacer un recuento de los conceptos universales que constituyen a la persona, al verdadero ser humano, al que tiene la capacidad de entregarse por el bien de los demás, actitud indispensable para poder hacer entrada en El Movimiento y ocupar un lugar preponderante. Estos valores debían forjar su visión del mundo.

Pasaban los días en que sólo se concentraba en mantener sus privilegios sociales, tanto en Bogotá como en Miami, donde estaba harto de vivir al frente de una compañía de bienes raíces que su padre le había instalado en la ciudad.

Yo no pasaba por alto que todo aquel que convertía a la Florida en el lugar de su residencia, terminaba al poco tiempo hablando, comiendo y pensando al estilo de los exiliados cubanos, quienes se trataban en verdad de un grupo pequeño de recalcitrantes, los cuales desde la calle ocho, comandaban todo a su antojo incluyendo hasta la forma de pensar. Muchas veces, en mis conversaciones con Eduardo, me explicaba los pormenores que daban un toque especial a las relaciones con los cubanos de Miami. "Se entiende sus reacciones pero no podemos permitir que se nos impongan sus criterios, por justificados que sean, pues precisamente esa actitud recalcitrante los llevó irremediablemente al ostracismo". Eduardo, por lo tanto, no soportaba la cohesión ideológica del ambiente, porque era como un aro opresor que se iba ajustando en el cuello del interlocutor u opositor a medida que se atrevía a exteriorizar una posición disidente. Estaba convencido del peligro de tener en Miami libertad de criterio so pena de convertirse en objeto de una crítica contumaz o de un repudio a la persona y hasta en una víctima fatal. Imponían su estilo y sus exigencias a través de los medios de comunicación con los que el poderoso círculo de cubanos exiliados manipulaban todo: cual el cantante de turno con el apropiado permiso para hacer su presentaciones artísticas; qué libro tenía el visto bueno por ellos para venderse libremente; quiénes podían llevar conciertos a Cuba. También se la agenciaban para decidir, en el momento oportuno, cuál sería el candidato óptimo a la presidencia del país que los acogió en un desprendimiento de loable generosidad. Muchos, gente común, importantes líderes, figuras de la televisión mantenían sus posturas como el sonreído humorista peruano que, con su arrogancia cómica y el eterno cabello negro sobre la frente, en el momento de atacar a algún líder latinoamericano por no ser santo de su devoción, se acercaba irremediablemente al borde tenebroso en el que se establece que entre lo sublime y lo ridículo hay un paso; o el que cumplía inexorablemente con su columna partidista en la que desbocaba toda su ignominia sobre el gran movimiento bolivariano sin conocer a fondo el idearium del Libertador; o el escribidor de artículos para los periódicos del Club de la Prensa, que resaltaba, según él, las "payasadas" de algunos presidentes de América porque, de manera espontánea, reían ampliamente y cantaban y bailaban con el pueblo, como igualmente hacía el presidente Obama, quien, ante un público complaciente, exhibía sus mejores galas como cantante o bailarín.

Obtusos hasta más no poder, incomprendían que las barreras de alcurnia levantadas por los burgueses latinoamericanos, estaban desapareciendo. Las de la nación norteamericana, también. Tanto allá como acá.

Esto resultaba incomprensible para aquellos de la vieja guardia como algunos reconocidos intelectuales, con premio Nobel y todo, quienes veían en este ambiente, el de Miami, la oportunidad para encajar con gran precisión en el engranaje que exigía determinada forma ideológica y conceptual.

Todos movidos por intereses personales que incluían bienestar económico, alta posición social, reconocimiento. Los que poseían estos atributos se sentían cómodos y conformes, porque cumplían a cabalidad con las exigencias de aquellos que por encima de las leyes de inmigración se daban el lujo de declarar persona non grata al que transgredía sus intereses y condiciones. Eduardo aceptaba como cierto que se trataba de un grupo exiguo de cubanos que, en su obstinación mental, establecían su criterio propio sin tener en cuenta el de los demás. Algunos de sus compatriotas veían esto con agrado según las discusiones que se establecían por todo Miami.

Sus conversaciones, en las reuniones de amigos que tenían con frecuencia Eduardo y su esposa, y en las que yo tuve la oportunidad de participar muchas veces, dejaban entrever un acomodo a las exigencias cubanas como una forma de encajar adecuadamente en el acre ambiente establecido en la ciudad.

Sin embargo, Eduardo se obstinaba en mantener la integridad de su ser nacional y en sus circunstancias inmediatas —ambiente de la casa, amistades, reuniones intelectuales— trataba de darles realce con un toque patriótico que lo colmaban de entusiasmo y seguridad. Nunca se doblegó y, por el contrario, insistía en sus conceptos y los defendía con verticalidad. Por su entereza en defender los principios de El Movimiento con férreas expresiones, argumentos irrefutables, lo miraban ya con suspicacia y en las reuniones a las que asistían encumbradas figuras del exilio, él optaba por callarse porque la más mínima opinión contraria era motivo para reacciones violentas. Se le hacía difícil, por lo mismo, aceptar las opiniones de sus compatriotas cuando tocaban el tema relacionado con Emilio. Todos manifestaban una exacerbación ultraderechista y por eso mismo le decía a su esposa en un tono triste: "No entienden, los aqueja una incomprensión que no tiene remedio".

Harto de tanta controversia sin ninguna directriz, decidió viajar a Bogotá para hacer acto de presencia en la ceremonia magna que tendría lugar en la Plaza de Bolívar. Los acontecimientos le permitieron vincularse de nuevo a su país. Su esposa, Cecilia, una hermosa costeña, de la ciudad de Cartagena, sabía perfectamente cuáles eran las opiniones de su esposo.

Nunca lo contradecía y cumplía a cabalidad con la orden de no manifestar, mientras estuvieron en Miami, sus criterios políticos a nadie; "nunca hables directamente de El Movimiento y sus propósitos. Responde con evasivas".

Ella cumplía a la perfección con la orden de su esposo; además, sabía de por sí que no era adecuado exponer ideas que pudieran lacerar la epidermis a algún cubano esporádico y sorpresivo. El carácter ambivalente de ella, explosivo algunas veces, más por detalles que por situaciones dignas de censura, manifestaba sorpresivamente un desprendimiento, en momentos de dificultad afrontados por Eduardo, que la movía a tratarlo con benevolencia y consideración.

Pero él ya conocía de ella sus cambios bruscos y sabía de antemano que era cuestión de tiempo para volver a manifestarse con su carácter huraño e insoportable.

Se necesitaba, pues, el momento propicio para que ella siguiera al pie de la letra sus indicaciones. Por eso mismo, a primera vista no se sabía si amaba o no a su mujer, pero en realidad todos veían que sí le profesaba un sincero amor.

Con su criterio único, que se había forjado en la niñez, Eduardo daba realce a su personalidad, que no estaba sujeta a la claudicación ni al cambio. Sin embargo, muchos tomaban su humildad natural como una sumisión. Esta fue la razón de su esposa para no acompañarle en ese instante de tanto dolor y dejarlo para que en la soledad pudiera organizar adecuadamente todos sus pensamientos que, sin lugar a dudas, volcaría en sus escritos, costumbre que comenzaba siempre a las 11 de la noche, momento propicio por su tranquilidad y silencio. Ella decidió quedarse junto a su familia de él para dar todo el apoyo necesario.

Profundamente conmovido empezó a hilvanar sus ideas con un profundo contenido histórico siguiendo el ritual ancestral de sus antepasados que por épocas habían adquirido la responsabilidad de no pasar por alto ni olvidar acontecimientos trascendentales. Perpetuarlos mediante Documentos Comprobatorios era un deber con la posteridad.

Al llegar a la villa de sus padres, salió a recibirlo Bruno, un buldog americano blanco, pelo corto, ojos azules y una mancha negra sobre el ojo izquierdo, cuello y hombros musculosos y rojizos belfos que le colgaban a ambos lados de la mandíbula inferior. Su simpatía y mansedumbre contradecía su tosca y poderosa presencia, lo cual daba lugar al comentario familiar de que lo cortés no quita lo valiente.

Obediente y de una gran disciplina, todos lo querían y respetaban y le prodigaban, cada uno a su modo, las atenciones debidas. Emilio, por ejemplo, puntualmente, lo paseaba por las calles cercanas, y a veces hasta la plaza de Bolívar. Muchos parroquianos lo conocían y al pasar lo saludaban por su nombre. Bruno les miraba, movía la cola y seguía de largo con gran gallardía.

Un simple silbido de Emilio alertaba al buen animal y reaccionaba eufórico porque la hora del paseo había llegado.

Con un gesto de profunda tristeza, Eduardo se puso en cuclillas para acariciar al noble animal e inmediatamente se dirigió a la biblioteca. Bruno detrás. Al entrar al enorme espacio lo sintió más amplio que nunca porque la ausencia de Emilio creaba un vacío imposible de llenar. Se detuvo al frente de algunos de las pinturas de sus antepasados que adornaban las paredes de la biblioteca. Con horror se dio cuenta que nunca, hasta ese momento, les había dado la importancia que se merecían, ni había hecho caso a su padre cuando de ellos le hablaba o le contaba los hechos históricos los cuales, con sus múltiples facetas, sus antepasado habían contribuido a forjar la historia de la nación. Cuando su padre, el señor Lozano, quería ponerlo al tanto de la importancia de su familia, manifestaba una indiferencia imposible de soportar y hacía caso omiso a todas las explicaciones históricas por parte de su padre, quien aun así persistía en sus propósitos.

—Eduardo, no debes pasar por alto las hazañas de tus antepasados. Es una lección que debes aprender y seguir. Los avatares que tuvieron que superar, los llevó a un perfeccionamiento digno de emular.

El silencio de Eduardo era su respuesta, actitud que sacaba al señor Lozano de balance. Sin embargo, no entraba en altercados porque sabía que los intereses de Eduardo eran otros. No había en él ningún interés intelectual, cualidad indispensable para adentrarse en la azarosa historia de los Lozanos.

Recorrió con calma la galería de cuadros. Vio que todos se caracterizaban por su mirada profunda e inquisitiva, su presencia imponente como forjadores de la historia de la patria. Todos unidos por lazos de cosanguinidad. "Mis ancestros explican las excelsas cualidades de mi hermano" —dijo estas palabras en voz alta, mientras miraba fijamente al Marqués de San Jorge con un aire de nobleza que lo distinguía.

En la cartela se confirmaba su linaje con su nombre y sus varios apellidos. Fue entonces que recordó las palabras de su padre las cuales nunca le merecieron importancia, pero que en el presente, y ante el espacio desolador en que se encontraba, se reprochaba no haberlas calibrado en toda su intensidad y en su momento. ¡Cuánto hubiera aprendido, cuán fácil se le haría ahora entender las vicisitudes de su familia, y la grandiosa tendencia de Emilio por abarcarlo todo en un solo haz de pensamientos!

Miró hacia la butaca que Emilio siempre ocupaba cuando se concentraba en la lectura de un buen libro, de los recortes de periódicos antiguos o algún documento en el que se daba cuenta de determinado acontecimiento excepcional perfectamente reseñado por la mano diligente de un Lozano. Volvió a mirar con detenimiento las pinturas que colgaban alrededor, con sus rostros adustos, y miradas penetrantes que parecían estar escudriñando el futuro. En verdad nunca se fijó en los detalles que ahora, inexplicablemente, destellaban ante sus ojos.

Deslumbrado, se dio vuelta bruscamente, y fue a sentarse al pequeño escritorio que Emilio siempre usaba desde niño para plasmar en una libreta sus preocupaciones, sus conceptos y sus propósitos. Él hizo lo propio. Era una obligación de familia. Era el deber máximo ancestral. Escribió hasta altas horas de la noche.

Mientras tanto, haciendo caso omiso de la lluvia que caía a torrentes, en medio de la tragedia, todos conmovidos, con miradas desorbitadas, interrogándose el uno al otro, continuaban al lado del cuerpo que yacía en medio de la multitud, mientras se hacía esfuerzos por sacarlo del estado de inconciencia. Era un instante de pesadumbre, de ofuscación que impedía comprender el alcance de las contradicciones humanas. De inmediato se había movilizado las fuerzas de seguridad pública. La policía hacía su labor y un fuerte contingente de soldados daban protección al nuevo Presidente, a su familia, a los delegados y dignatarios. La multitud con los puños en alto gritaban palabras de protesta, mientras algunos padres, desesperados, cogían del brazo a sus pequeños y buscaban resguardo y protección.

El descontrol y desorden continuaba incrementándose y empezó a expandirse por todas partes, más allá de la plaza y de las calles adyacentes con múltiples cosas esparcidas y objetos abandonados en el tropel, zapatos, carteras, pancartas, libros, retazos de camisas ensangrentadas y docenas de aviones, barcos y fuelles de papel, aplastados, que un experto en papiroflexia confeccionaba rápidamente en todas las actividades multitudinarias. Algunos niños abandonados lloraban atemorizados. La gran fiesta del pueblo, su grandiosa celebración de minutos antes, parecía tomar un curso peligroso que, como en otras ocasiones, había llevado a la República casi a su destrucción.

Yo permanecía al lado de mis padres, que no podían evitar el estado de inseguridad y zozobra que se había apoderado de todos. Mi madre sugirió resguardarnos en un lugar más seguro. Mi padre nos pidió quedarnos en el mismo sitio pues presintió qua había que estar con el pueblo y seguir con calma sus reacciones pues era la única forma de seguir todos los detalle del desenlace de los acontecimientos y depositar así plena confianza en el señor Lozano quien se caracterizaba, a través de muchas gestiones parecidas, que tenía las fibras para controlar la situación.

Gracias a Lozano las consecuencias inmediatas a la tragedia fueron otras. Su control absoluto, su magnificencia, lograron aplacar los ánimos en el ámbito inmediato y del todo el país. "Parecía que los seres humanos siempre están sometidos a reacciones intempestivas de violencia", pensó. "Pero mi pueblo ya no es el de 1948, ha madurado lo suficiente y tiene conciencia de que ahora su gobierno está de su lado y lo apoya".

El pueblo definitivamente había superado las debilidades de antaño y sabe cómo enfrentarse a las circunstancias sociales que le exigen ahora control, comprensión y valentía. Quedó atrás para siempre el siervo, el de Caballero Calderón.

La semblanza que presentaba el escritor Caballero Calderón del campesino de los primeros años del siglo XX, siempre sumiso y conforme, se distanciaba abismalmente del de ahora.

Es entonces, cuando en medio del caos, Eduardo hizo esfuerzos por zafarse de la multitud aglutinada en el amplio espacio de la Plaza de Bolívar, y después de abrirse paso entre el pandemonio que se había formado bruscamente, se fue alejando hasta internarse en las calles antiguas, se volvió para mirar otra vez donde se marcaba un hito trágico de la historia colombiana.

Como una ráfaga de arena hirviente la escena le golpeó el rostro. Tuvo entonces la resolución de plasmar por escrito estos hechos trágicos que acababan de tocar a toda su familia.

Pasó por los jardines simétricos, en cuyo centro se destacaba un círculo perfecto, que rodeaba la fuente de piedra, delineado por pequeños arbustos florecidos, de los que se desprendían poderosos brazos compactos en un tupido amasijo de ramas entrelazadas. Al mirar el jardín desde lo alto —y sólo desde lo alto—, emergía como por encanto el símbolo geométrico de seis puntas, constituido por dos triángulos entrelazados dentro de un círculo bien definido, era la estrella de David, hexagrama reverenciado por círculos esotéricos poderosos. Su rara presencia durante muchos años ya se ignoraba y se le miraba como algo raro creado por la gran exuberancia del jardín. Eduardo recordó entonces los ratos de juegos que pasaba con sus hermanos.

Jugaban al esconderse y el tupido jardín laberíntico hacía difícil el encuentro, excepto a Bruno, que como buen sabueso, olisqueando, daba con el paradero de cada uno en fracción de segundos.

Cuando se celebraban sus prodigios, con entusiasmo, Bruno empezaba a hacer giros en el piso y saltos de cabriola entre los arbustos, y después se ponía a correr por lo caminos del jardín a gran velocidad hasta caer exhausto, acezando, junto al círculo de piedra de la fuente. Al hundirse en estos recuerdos, no pudo resistir y rompió a llorar como un niño. La compañía del noble Bruno, cuya poderosa presencia se había agudizado con los años, le dio algo de aliento para dirigirse hacia la biblioteca de su padre a continuar la costumbre de su familia de plasmar en documentos comprobatorios el desarrollo de toda la actividad histórica del país, en la que muchos miembros de su familia habían jugado un papel preponderante desde la época de la colonia.

Gracias a esta costumbre, se había rescatado para la posteridad la verdadera historia de muchos acontecimientos, que por tergiversación de la verdad o ausencia de información en la historia oficial, hacía difícil comprender la Colombia de hoy.

Prendió el computador y empezó a escribir hasta horas altas de la noche, iniciando la narración en el punto en que había culminado la de Miami, que daban cuenta de los nuevos procesos radicales que se estaban dando en Colombia cuyo comando estaba en manos de Emilio. En muchas ocasiones hacía uso de técnicas modernas preparando videos que atestiguaban todas sus narraciones.

Todas las noches se comunicaba por correo electrónico con su hermano quien lo mantenía al tanto de lo que ocurría en el país y cómo se iba desarrollando todas las actividades de El Movimiento y su progreso enorme dentro de la abigarrada multitud que lo apoyaba. Hacía un mes había regresado de la Florida para tener la vivencia del cambio apoteósico que se estaba gestando prodigiosamente con la participación descollante, cimera, de su padre y su hermano.

Se detuvo un instante, miró a Bruno que dormía plácidamente sobre la enorme alfombra roja, y pensó que era trágico, patético, ser protagonista de la historia para después narrarla. Era la angustia manifestándose por partida doble.

Pero estaba seguro que su vía crucis, que afectaba a todos por igual, tenía la propiedad de transformar y convertir a su familia, a partir de su padre y el martirio de Emilio, en la más aceptada del país, cuya gesta daría un vuelco radical a su curso histórico, para bien del pueblo colombiano. En ese momento empezó a escribir con furor, con impulsos que hacían salir sus palabras a borbotones pero precisas y totalmente ceñidas a la verdad.

Había dado comienzo al "Documento Comprobatorio Z", un título, que marcaría un hito histórico en el país, el que derrumbaría, de una vez y por todas, las falacias que por siglos había estado viviendo el pueblo colombiano.

2

No me cabe duda de que el Documento Comprobatorio Z dio comienzo a un capítulo nuevo de la historia escrita de Colombia; podría decirse que, en relación con los hechos que vivían los colombianos en aquellos precisos instantes, se estaba anunciando una nueva era dentro de un escenario imposible de imaginar.

Eduardo lo escribió rápidamente con un profundo dolor en el alma, lo cual igualmente estaba afectando también el estado emocional de todos los colombianos. En múltiples conversaciones que tuve con él, pude entrever que Eduardo sintió la necesidad imperiosa de estructurar esta dolorosa narración, que por su dimensión y los hechos descriptos parecían superar la realidad. Era, pues, un Documento Comprobatorio. Cundo lo hubo terminado me permitió leerlo y compenetrarme con sus palabra sencillas pero profundas. Sabía que este es un campo vedado para quien no era un miembro de la familia Lozano, costumbre sagrada impuesta desde la época del Marqués de San Jorge, quien hace acto de presencia en el escenario de 1781 durante el levantamiento de los Comuneros. Su propósito era mantener informado al exclusivo círculo social al que pertenecía de la verdad histórica, en cuyo desenlace siempre estaba presente la mano intrépida de un Lozano.

Documento Comprobatorio Z
Exordio

El pueblo está de pláceme, celebra con regocijo el cambio prometido por El Movimiento el cual logró su propósito de despertar la conciencia de la nación. No más injerencia de los partidos tradicionales. Estos se debilitaron casi hasta la extinción por la inveterada costumbre de alternarse en el poder por los grupos de hombres selectos que convirtieron en propiedad personal el honor de dirigir la nación.

Con la presencia activa de El Movimiento se extinguió para siempre el partidismo y los círculos exclusivos de poder que dirigían con mano férrea el destino de la nación.

Sus riendas están por fin en manos de los que lograron, con su prédica, llegar al corazón del pueblo. Soy afortunado de ser testigo de la transformación que acaba de iniciarse y poder trasmitir mis vivencias mediante este documento comprobatorio.

El apesadumbramiento que me embarga no me impide sentir con felicidad la marcha apoteósica que ha dado comienzo.

Acaba de iniciarse la segunda etapa de Colombia refrendada, como en las tragedias griegas, por un acto cruel y desalmado. De nuevo se escribe el nombre de un colombiano insigne en el martirologio histórico del país.

Los anales de la historia mencionarán su nombre con respeto y admiración, y confirmarán que su sacrificio no fue en vano. Una víctima más de nuestra historia que logró proyectar sobre el suelo patrio toda la grandiosidad de su espíritu cuya fuerza ha descubierto el velo y ya se mira de inmediato un escenario nuevo y vigorizante. Atrás queda una sociedad opulenta, utilitarista, que ocasionó de puro conocimiento múltiples asesinatos a cual más aterrador y desconcertante, montada por la clase dirigente de siempre que había sabido transformar nuestra triste realidad de violencia en un espejismo deslumbrante que se desvanece ahora como todo lo onírico, al primer contacto con la realidad trágica que vivimos, cuyos autores son de rango internacional y nacional, contubernio monstruoso que siempre ha estado presente en el desarrollo diario de la vida política y social de Colombia. Ubérrimas negociaciones hicieron posible esta alianza que hoy ha llegado a su punto final.

Esto, afortunadamente, tiene su fin con el nuevo gobierno dentro del marco de la trágica desaparición de quien, sin lugar a dudas, dio comienzo a una nueva trayectoria para el país... Pero aun así, dentro del escenario de esta tragedia, el salto hacia el futuro ha comenzado, el camino es largo pero realizable.

Con un hecho trágico se ha iniciado, pues, la segunda etapa de Colombia. Ya no más alternancia planificada de partidos. Tampoco el poder en manos de un aparente partido nuevo, que, en un acto de prestidigitación, políticos ambiciosos se la agenciaron para trastornar la mente de los colombianos y así ilusionar a todos y poder mantenerse en el poder. Ahora, aun dentro del escenario horripilante del magnicidio, por primera vez el pueblo tiene el poder en sus manos.

Una nueva era se barrunta con todo su esplendor en el horizonte. Muchos, en épocas pasadas, se inmolaron a favor de la causa del pueblo, que hoy presenta los primeros vestigios de una realidad imposible de imaginarse en la Colombia anterior.

En esa lucha valiente, que la libraron hombres de avanzada, muchos en la época de la colonia fueron ejecutados; otros, en épocas cercanas, asesinados a mansalva, o al frente del capitolio y en esta época que le tocó vivir a mi padre, a mis hermanos y a mí es el asesinato de un hombre líder, aglutinador de pueblos, por un pistolero a sueldo, por un sicario o por un franco tirador, en la plaza pública, durante un mitin en plena efervescencia electoral.

Desde de la época de la independencia —como dice un estudioso al respecto— el asesinato perenne de hombres ilustres identificados con la causa del pueblo, había sido un arma lícita en la contienda política del país.

Crímenes, en una forma u otra, de orden político, a cual más aterrador. La lista es larga.

Con el nuevo gobierno a cuya cabeza está un hombre tocado por la tierra, por la voluntad expresa del pueblo, se inicia así la redención del pueblo colombiano.

El asesinato que acaba de ocurrir será el último caso de violencia política en la historia de Colombia. ¡Cuánto tiempo hubo que esperar para que por fin una nueva aurora alumbrara el cielo de la patria! Con estas palabras que escribo rápidamente aunque el dolor lacera todo mi ser, quiero dejar constancia, para la posteridad, de toda la verdad de los acontecimientos que en ningún momento tuvieron características espontáneas y sí el tono de un plan hábilmente urdido por agentes del imperio en colaboración con autoridades de mi país.

Este hecho jamás será olvidado y servirá para que las nuevas generaciones calibren adecuadamente la labor ingente de quien sacrificó todo, juventud, riqueza, comodidades, fama y la sensación indescriptible de la paternidad por el bien de su patria, de su pueblo... He aquí la narración fidedigna y testimonial...

3

Cuando sonó el despertador, en la mañana de ese 14 de agosto de 1999, Emilio ya estaba despierto, sentado en el borde de la cama, se hundió, como era su costumbre, en pensamientos que lo llevaban a recrearse en un futuro que proyectaba un escenario que exigía una gran responsabilidad en el cual él era el personaje principal. Se había preparado la noche anterior para levantarse temprano y disfrutar la mañana al lado de su padre. Entre los dos habían organizado el día y de común acuerdo visitarían muchos puntos de interés. Una gran oportunidad para incrementar sus conocimientos históricos y la ciudad brindaba los recursos en abundancia y al alcance de la mano. Era sábado, y ese mismo día cumplía diez años. Se sintió eufórico, lleno de ánimo. Salió de la bañera, buscó la ropa apropiada para el día, antes de vestirse, se miró con curiosidad, no notó ningún cambio, excepto que su frente rebasaba un poco el marco del espejo.

Se dio cuenta que crecía más rápido que sus hermanos y esto le hizo sentirse satisfecho, pues ellos para burlase de su estatura, cuando sólo tenía los ocho, lo hacían objeto de sus chanzas, que él toleraba con facilidad y con la seguridad de que algún día sería más alto que ellos. "Cosas de la infancia", pensaba. No obstante la diferencia de edad, eran muy unidos, siempre estaban juntos. Compartían en el cine, en las fiestas de amigos, en paseos por los alrededores de la ciudad, en diferentes espectáculos que la ciudad brindaba a diario y cuando todos los fines de mes viajaban juntos con sus padres a la capital del Norte del Valle, Cartago, los tres disfrutaban en especial de sus hermosos templos, sus calles siempre limpias y del parque de La isleta, con su hermoso bosque umbrío al lado del Río La Vieja, de aguas cristalinas, en el que nadaban por horas y a veces pulsaban con la corriente, contra la cual ponían a prueba su fortaleza y cualidades físicas. Sólo se separaron cuando, años después, sus dos hermanos viajaron a Estados Unidos.

Compromisos relacionados con la alta posición social de su familia, obligaba la separación. La despedida fue muy triste, pero Emilio, consciente de que la vida es un transcurrir que sólo se detiene al final, aceptó la separación con facilidad; además, gracias a las técnicas del momento lograría mantener por lo menos excelentes vínculos virtuales, cuya cualidad consistía en no tener límites ni final.

Miró el reloj sobre la mesa de noche, marcaba la hora en que su padre vendría a buscarlo a su alcoba. Fijó la mirada al frente. Todavía permanecía viva la impresión que le ocasionó el asesinato el día anterior de Jaime Garzón, cuyas fotos pegadas en la pared, le recordó que su cumpleaños, coincidía con tan execrable crimen. El periodista político que se caracterizaba por una peculiar forma de llevar la noticia al público salpicada de comentarios políticos le había granjeado las simpatía del pueblo, y lo había hecho insoportable ante los militares y los poderosos del gobierno, porque, sin dejar su lado humorístico, se convirtió en la conciencia crítica del país. Su voz llegaba a todos los rincones del país, por televisión y radio y en sus múltiples intervenciones personales con una audiencia en la que se destacaban los estudiantes universitarios. Emilio captó sus valores, su afán de iluminar el entendimiento del pueblo porque éste sumido en su actividad diaria dejaba pasar los hechos sin inmutarse. Cuestionó a su padre quien optó no hacer ningún comentario al respecto.

Emilio comprendió perfectamente la posición de su padre. Muchos alzaban un dedo acusador a las altas esferas del gobierno. Porque su muerte por una jugada del destino que a veces crea sus propias sincronizaciones, coincidió con su cumpleaños.Recordó el corto diálogo:

—¿Por qué los colombianos se ríen a carcajadas cuando Garzón hace sus planteamientos que con gran originalidad busca despertar la conciencia de los jóvenes de este país?

La hilaridad con que Garzón expresaba sus palabras, dentro de un marco sutil de sarcasmo, hirió la sensibilidad de un grupo intocable, encumbrado, aristocrático, si se quiere, con un poder inconmensurable inclusive hasta para poder dar la orden de asesinarlo. Como en todos los casos, un lugar común en la historia violenta de Colombia, la impunidad, que es la madre de todos los crímenes, ha sido la respuesta.

—Emilio, la pregunta debe ser ¿Por qué todavía se ríen?... y se hundió en un profundo silencio.

Habían acordado, como regalo de cumpleaños, recorrer toda la ciudad, visitar sus sitios más emblemáticos, todos relacionados con el quehacer histórico del pueblo. Se sentía lleno de sí mismo, pues había logrado mantener con su padre una excelente relación que, a través de constantes conversaciones, colmaba sus deseos de enriquecer sus conocimientos.

Era un lujo escuchar las explicaciones de su padre, quien, entrando a la alcoba, empezó a cantarle feliz cumpleaños, al mismo tiempo que le entregaba un regalo, con una pequeña tarjeta en la que decía: "¡Felicidades! Te llevo en el corazón y sé que pasarás feliz al lado de tu padre. Estás en mi pensamiento, y espero abrazarte pronto. Mamá".

La leyó en silencio, y en medio de las notas de una música suave que se activaba cada vez que la abría, sintió un pequeño asomo de tristeza por la ausencia de su madre, reacción que Lozano captó de inmediato, lo abrazó y le explicó, de manera paternal, los compromisos de la familia todos relacionados con los grandes negocios que les prodigaba la hacienda en cada cosecha de café. Emilio comprendió de inmediato las explicaciones de su padre, y recomponiéndose

—Vamos, papá ¡Estoy listo!

—Vamos.

Doña Josefina se había ausentado para hacer gestiones relacionadas con la exportación de café que se daba en la hacienda El Novillero, por las cercanías de Armenia. Los compromisos gubernamentales impidieron a Lozano acompañarla; además, era el cumpleaños de Emilio y el compromiso de emplear el día en visitar la ciudad era impostergable.

Por lo demás, sus dos hermanos que vivían uno en Nueva York y el otro en la Florida, se excusaron en sendos correos electrónicos por no estar presentes en el cumpleaños por lo que también lo felicitaron sin que faltaran las chanzas de siempre. Eduardo le manifestó cuánto lo extrañaba e hizo un recuento de anécdotas graciosas que Emilio leyó con exultación.

"Sé y estoy seguro, le decía, que algún día, muy pronto, tu nombre será conocido en todo el país." Eduardo conocía perfectamente las excelsas cualidades de Emilio y por eso presentía su papel descollante en un futuro no muy lejano.

Por otro lado, Octavio fue parco en sus expresiones actitud que Emilio conocía y no pasaba por alto porque a tan temprana edad sabía sobre la absorción que los asuntos bursátiles ejercían en la sensibilidad de la naturaleza humana.

A este respecto pensaba que lo de Octavio era más una postura acomodaticia que un rasgo fuerte de su personalidad. Tuvo en cuenta entonces que constantemente ellos estaban conectados por internet y entre frases y fotos se mantenía una relación de familia casi igual a la que se daba antes de que los compromisos los separara.

Todo, pues, estaba debidamente preparado. Padre e hijo, estarían escoltados por el grupo especializado del teniente Mosquera, quien contaba con toda la confianza de Lozano por sus años de servicio y porque sus hombres eran el grupo élite que el ministerio de Defensa siempre usaba en los casos más difíciles. Por las circunstancias imperantes esta protección se hacía totalmente necesaria.

Salieron puntualmente. El día, agradablemente soleado, era propicio para el paseo. Mosquera, el agente de mayor confianza de Lozano, mantenía con cautela una distancia prudencial. Emilio lleno de entusiasmo y de energía consideraba una gracia inigualable recorrer la ciudad junto a su padre. No obstante su apretadísima faena gubernamental, no dudó un instante estar a su lado. Para Emilio era una experiencia única nada común en el seno de su familia.

Visitaron los sitios más emblemáticos y en el periplo de gran valor intelectual, pudo Emilio calibrar la calidad de hombre que era su padre no sólo por su posición en el gobierno que le otorgaba un poder inconmensurable sino también por sus amplios conocimientos que él explicaba con maestría. Así lo hizo cuando visitaron la Casa del Florero de Llorente, ubicada en la esquina de la Carrera Séptima con la Calle de la Catedral, calle 11, al frente de la Plaza de Bolívar. Aquí se dio el primer grito de independencia que su padre le explicó con lujo de detalles. Hizo lo propio cuando visitaron la Quinta de Bolívar, casa-museo de estilo colonial, que permitió a Lozano poner a volar su imaginación para recrear la vida privada del Libertador, sus ideas, sus actos heroicos y sus cartas visionarias que conocía de memoria. Emilio le hizo varias preguntas sobre el ideal bolivariano que su padre le contestó con precisión. Le estableció "el pensamiento bolivariano se acomoda a todos lo tiempos sobre todo en todo aquello que tiene que ver con el constante devenir de los pueblos latinoamericanos. Siempre enfatizó en la unión de tan vasto territorio."

Después recorrieron los alrededores de la Casa de Nariño, residencia de los presidentes de Colombia. Lo paseó por sus pasillos, sus amplios salones donde se exhibían esculturas valiosas, el salón de las banderas entre las que se encuentra la primera diseñada por Francisco de Miranda, el precursor de la independencia. Después visitaron el salón de los bargueños, hermosamente confeccionados, que fueron propiedad de Simón Bolívar. Ya en el segundo piso, en una antesala se puede observar un cuadro que representa el discurso del Libertador durante la instalación del Congreso de Angostura. Emilio extasiado escuchaba a su padre dándole la explicación acertada de todo el alcance político y filosófico del discurso del Libertador, cuya trascendencia llega hasta nuestros días con una fuerza nunca vista en los últimos doscientos años.

Y así de salón en salón, y en los corredores y pasillo, pudo Emilio contactar prácticamente la historia del país, que su padre le explicaba con exactitud y lujo de detalles.

Se detuvieron un rato en el observatorio astronómico, inaugurado en 1804, el más antiguo de América, con su hermosa torre octagonal, el cual estuvo bajo la dirección de Francisco José de Caldas, el más grande sabio de América en ese entonces. Emilio contempló cada detalle de la hermosa estructura y pidió a su padre la explicación del uso que se le daba a los diferentes instrumentos que, precisos y adecuados para la época, hicieron posible el desarrollo de la astronomía.

Escuchó a su padre quien, agarrando con su mano cada instrumento, le habló de su importancia, su origen, algunos de procedencia remota, y su papel crucial para establecer con seguridad algunas hipótesis hoy en día sometidas rigurosamente a su comprobación científica.

Los transeúntes los miraban con curiosidad. Algunos les estrecharon la mano. Mosquera permanecía en estado de alerta. Así, pues, Emilio, por primera vez, pudo darse cuenta que su padre mantuvo en todo momento cuando hablaba sobre el gran Libertador, un respeto que nunca había observado antes.

Lozano, hábil en el manejo de la palabra y perspicuo en sus conceptos; Emilio lo escuchaba con admiración y respeto. La forma como hilvanaba los acontecimientos, daría pie para que en unos años Emilio organizara los suyos con una estructura lógica que le permitiría preparar su tesis universitaria y explicar con profundidad sociológica los acontecimientos del país. Regresaron a la villa cuando entraba la noche, y el cielo se pintaba de rosado por un sol en el ocaso. El ritmo acelerado de la ciudad disminuía. Mosquera y sus hombres se despidieron. Nunca le fallaba a Lozano, quien siempre lo ocupaba cuando la necesidad de sus servicios era inevitable.

Su fidelidad se daba a toda prueba y en cualquier momento. Su profesionalismo, en especial en su campo como agente de la Policía Nacional, era perfecto. Cualidades que Lozano tenía siempre en cuenta cuando la ocasión hacía propicia su intervención. El día había transcurrido, pues, a pedir de boca y había colmado sus propósitos.

Para Lozano había sido una gran oportunidad de hacer un paréntesis en sus ocupaciones y poder dedicarle todo un día a Emilio.

En lo más profundo de su ser, intuyó que su hijo alcanzaría la cima histórica a la que sólo podían llegar los que cuentan con todos los requisitos para lograrla: energía, entusiasmo natural, afán de conocer la historia e incrementar sus conocimientos y una profunda sensibilidad social.

Sobre todo, por una tendencia natural de enfrentar el dolor ajeno con una acción de bondad que lo conmovía profundamente.

Hacía poco, Emilio le había dicho muy seriamente a su padre "Aquel que no se conmueve ante las injusticias, jamás podrá tener un despertar de conciencia." Para el joven, podría decirse, fue una bonita oportunidad para conocer a su padre y despejar dudas que sus adversarios políticos buscaban sembrar en la mente de todos. No era el hombre insensible, duro, despreocupado por su pueblo. Era todo lo contrario.

Acababa de conocer las fibras íntimas de su alma, su sensibilidad que proyectaba con gran generosidad en el círculo íntimo de su familia y amigos, oportunidad que le permitiría a Emilio contribuir en la transformación espiritual de su padre.

4

El domingo 2 de abril de 2000, como de costumbre, Emilio empleó el comienzo de la mañana para sacar a Bruno, el cual siempre a la misma hora empezaba a ladrar en forma inusual con lo que quería indicar que la hora del paseo había llegado y, después, se dirigió a la biblioteca para hacer sus tareas escolares.

Miró a través del enorme ventanal central desde donde se dominaba el jardín, iluminado por un hermoso sol de primavera. Abrió la ventana de par en par para ver mejor a su madre con unas enormes tijeras, haciendo los retoques de rigor como era su costumbre al despertar del día. La saludó efusivamente con la mano. Ella le respondió con una gran sonrisa.

La vio confortable con el suéter blanco que prefería porque sus fibras de lana se entibiaban con facilidad al más leve contacto con el sol suave de la sabana.

Con delicadeza podaba ligeramente el arbusto, respetando las ramas florecidas, para mantenerlo así con su hermosa figura natural perfectamente delineado en trazos que le daban un toque imponente. Le encantó verla sobre todo cuando se detuvo con especial cariño en las orquídeas que retocó con unas pinzas pequeñas aquí y allá para resaltar la belleza de sus colores y la diversidad de sus formas.

El niño se ensimismaba en sus encantos y la manera como ella hacía su rutina diaria en el jardín sería un recuerdo que le acompañaría toda la vida.

Regresó a sentarse en su sillón. Vio a su padre, que rutinariamente pasaba horas en la biblioteca, leyendo algunos de esos documentos relacionados con sus negocios. No quiso interrumpirlo, en su lugar, se entretuvo, como todos los días, revisando escritos originales, libros de historia, antiguos y modernos, o releyendo manuscritos hoja por hoja de algún antepasado que quiso dejar sus recuerdos y pareceres en una descripción pormenorizada con términos de la época. También sacaba el tiempo para estudiar inglés y francés, "lenguas importantes para la comunicación internacional", como le sugería su padre. Volvió de nuevo a los libros.

Fue entonces cuando, entre las páginas de un antiguo libro de historia del café, *El Orinoco Ilustrado* (1730) encontró varios recortes de periódicos que daban cuenta del asesinato de Luis Carlos Galán, candidato a la presidencia, ocurrido durante un mitin electoral, el 18 de agosto de 1989, en la plaza principal de Soacha, en el Departamento de Cundinamarca, en plena campaña electoral. El candidato era la esperanza colombiana.

Su prédica impresionaba por su amplio contenido social y por manifestar la necesidad del cambio, el cual, si se daba, incluiría amplia participación del pueblo. Se daría por terminada la impresión internacional de que Colombia era solamente un país de narcotraficantes. Para lograr esto se hacía necesario luchar contra los que detentaban el poder absoluto en ambos bandos, el de los políticos y el de los barones de la droga, que a veces se confundían en un amasijo detrimental de negociaciones a puerta cerrada, en las cuales, podría preverse, se tomaban decisiones siniestras sobre un dirigente obrero, o un intelectual de ideas exaltadas, o un político cuya prédica revolucionaria creaba aprensión y temor a no muy pocos dirigentes, la cual se escuchaba en todo el país con sumo interés y esperanza.

Prédica como la que manifestaba Galán en sus discursos por todas las plazas de Colombia, por radio y televisión, y en las múltiples conferencias a las que era invitado por estudiantes de colegios y universidades, no se escuchaba desde los azarosos días de 1948.

Como una maldición que se cumplía inexorablemente, en medio de la multitud que lo ovacionaba, como en otras ocasiones trágicas de la historia colombiana, le arrebataron la vida.

Emilio acababa de conocer por primera vez las grandes cualidades de quien era, sin lugar a dudas, el predestinado para llevar en sus manos las riendas del poder. Hombre de gran sensibilidad, conocedor de los verdaderos problemas de su pueblo, por su intento de servirle justa y democráticamente, como muchos líderes, había pagado con su vida.

Uno más que entraba a ocupar un sitial en el panteón nacional de los mártires. Este acto de violencia no se ajustaba con la sensibilidad del niño. Era un retroceso histórico imposible de superar. Difícil de entender.

Levantó la cabeza y miró a su padre. Este descansaba en el sillón de cuero repujado traído del Perú, dormitando con los brazos cruzados sobre el vientre, mientras las notas de la sinfonía N° 40 de Mozart se desgranaban en el ambiente de la enorme biblioteca, dando un toque de solemnidad al recinto y un agradable sosiego.

Se quedó mirándole un buen rato. La jornada de la semana había sido agotadora por una intempestiva actividad gubernamental. Por instantes no se atrevió a perturbarle, pero no podía dejar pasar la oportunidad de conocer la verdad, y en este caso sólo la verdad despejaría muchas dudas.

Esta gran preocupación que lo impulsaba incluso a presionar para sacar la verosimilitud de los acontecimientos, forjarían en él una personalidad única, excepcional. La indiferencia, característica de millones de colombianos, no reinaba en su corazón.

Esperó un instante para que una joven del servicio pusiera sobre la pequeña mesa en el centro de la sala, una pequeña jarra con refrescante jugo de maracuyá.

—¿Por qué en Colombia asesinan a sus mejores hombres?

La pregunta le hizo volverse hacia su hijo. Lozano bastante sorprendido, le vio periódico en mano incorporarse, caminó hacia él, extendió el recorte del periódico, señaló con firmeza la reseña del asesinato de Galán, en la que se indicaba los nombres de los probables culpables.

Su padre que se había concentrado minutos antes en compaginar unos documentos legales relacionados con la compra-venta de una compañía de comestibles en conserva de Costa Rica, miró la noticia. Hacía pocos días había terminado el proceso de montar su propia red de distribución en países de Centro América, en especial Costa Rica, de diversos productos colombianos.

La pregunta lo hizo volverse hacia su hijo. Se quedó mirándole sorprendido y al darse cuenta que la mirada del niño exigía una respuesta aceptable, contestó sin ambages:

—Emilio, es producto de las contradicciones de la realidad social de Colombia.

Su respuesta lucía contundente, por lo menos no estaba acompañada de la frialdad que Emilio notó en él cundo trató de cuestionarlo sobre el asesinato de Jaime Garzón.

Además, si había alguien conocedor de la realidad social colombiana ese era Lozano, no sólo por la vasta experiencia social de sus antepasados y su trayectoria histórica que permanecía incólume a través del tiempo y la distancia sino también porque Emilio, en sus constantes investigaciones que la biblioteca le facilitaba, y también a él, a su padre, que ya la conocía perfectamente, gracias a los privilegios económicos que toda su familia había recibido de sus ancestros, entre ellos la gran biblioteca donde se guardaba la verdadera historia del país. Conocimiento que había adquirido en las charlas constantes con su padre, en las reuniones de familia que se hacían todos los fines de semana, en las que Emilio participaba activamente casi siempre con preguntas que exigían una respuesta convincente. Sobre todo cuando se terciaba en la accidentada vida de Bolívar.

Su admiración por el Libertador no tenía límites y su muerte y el velo de misterio que la rodeó y que los historiadores oficiales no escudriñan o la callan a propósito, lo intrigaban poderosamente. Cuestionaba mucho a su padre al respecto, quien no tocaba el tema de ninguna manera, pero estaba seguro que en algún momento su hijo encontraría la verdad en algún lugar apartado de la biblioteca.

Así, pues, el bagaje intelectual del joven se iba consolidando de manera prodigiosa aún en los tejemanejes gubernamentales sobre los cuales su padre lo mantenía al tanto pues estos asuntos era la trayectoria natural de la familia y también en él por su posición como Ministro de Defensa cuya responsabilidad era tener a su cargo el control de la situación de orden público. Había estado inmerso en muchos actos de violencia que había logrado darles solución de una manera radical.

Por sus proezas y ser salvaguarda de la integridad de la República nadie se cuestionaba algún aspecto legal por mantener la permisividad de estar al frente de sus negocios, mientras ocupaba su alta posición oficial.

—¿Es por esa razón que los colombianos nunca hemos podido disfrutar de una paz verdadera?

La nueva pregunta de Emilio estaba bien cimentada por conversaciones que él escuchaba a familiares y amigos.

Se reunían con frecuencia en la casa de los Lozanos, en las que se trataban todos los temas desde anécdotas, leyendas, hechos consumados por algún antepasado, hasta los momentos trágicos de la historia del país. Era realmente una delicia escuchar la activa conversación que, entre sorbos de café y copas de vino, se mantenía con gran idoneidad y dentro de un anecdotario amplio que muchos presentaban con gran originalidad.

La pregunta no sólo manifestaba a un niño entregado al incremento de sus conocimientos, nada extraño en un Lozano, sino también una gran madurez para enfrentar los hechos históricos violentos que muchos, incluyendo profesionales y políticos de altura daban por sentado como una acción rutinaria en el territorio colombiano, o soslayaban sin mencionar la indiferencia de los colombianos que se habían acostumbrado a este escenario que pasaba antes sus ojos como un acto único: La violencia.

Emilio descubre, por decirlo así, la gran biblioteca a muy tierna edad. Sus padres se sorprendían cuando con gran determinación sacaba uno que otro libro, o algún documento o periódico antiguo, y se ponía a verlos con curiosidad a los dos años, sorprendiendo a todos. Esa era la razón para que Lozano aceptara su cuestionamiento. Ya estaba acostumbrado a su curiosidad tan intensa, característica de los que no dan por sentado que los hechos históricos son producto de reacciones espontáneas.

Emilio, llevaba, pues, algún tiempo escudriñando entre libros y documentos de la biblioteca para encontrar la razón de tantos asesinatos de hombres ilustres, identificados todos con la realidad social del pueblo y con sus prédicas que propiciaban un cambio. Quería compaginar los hechos para entender la problemática social y en un futuro tener su propia opinión sobre este particular. Su propósito era crear todo un amasijo de conceptos que, en un futuro, le permitiera desarrollar sus propios juicios teniendo como base la prudencia y la virtud.

Además, su entereza ante los hechos históricos, que enfrentaba con fuerza y valor, no le daba margen para otra disyuntiva que no fuese la aceptación de todos los hechos para una mejor comprensión del camino, casi siempre tortuoso, de la historia de su patria.

La pregunta de Emilio, dicha con énfasis, sacaron de balance al señor Lozano, quien para no continuar en el juego de preguntas y respuestas intentó quedarse callado, aunque presintió, sin mirarlo, que Emilio seguía inquisitivo. Aún así trató, sin inmutarse, de seguir en los asuntos de sus negocios que ocupaban casi todo su tiempo libre después de descargar su responsabilidad ministerial.

—¿Papá?

Levantó la mirada. Su hijo permanecía impertérrito esperando una respuesta satisfactoria. Se dio cuenta que su hijo no dejaría de hostigarlo hasta obtener una opinión válida y convincente.

Estas ansias de conocimiento no eran nuevas. Las había manifestado meses antes cuando lo cuestionó sobre el asesinato en 1914 del líder liberal Rafael Uribe, cuyo crimen nunca se aclaró y todo se quedó en la excusa clásica de que dos oscuros hombres de pueblo lo habían ejecutado a hachazos al frente del Capitolio, como ocurrió en realidad, pero nunca se estableció el complot que a todas luces se había organizado en las altas esferas oficiales. Después de participar en varias guerras civiles, se produce en el político un cambio substancial, dejó atrás al hombre de guerra para convertirse en un estadista partidario de la paz. Fustiga al estado feudal, favorece a los más necesitados y lucha por su causa; aboga porque su partido, el Liberal, abreve en las ideas socialistas. Como el pecado, la transgresión a las normas establecidas por los círculos de poder se pagaba con la muerte.

El señor Lozano se incorporó, puso algunos documentos sobre la mesa, bebió un poco de jugo.

—La paz en Colombia nunca se ha dado completamente en todo el territorio nacional ni en ningún momento de su vida republicana.

Emilio con un control absoluto logró evitar cualquier asomo de perplejidad y se mantuvo sereno escuchando a su padre.

—En ninguna época ni en ninguna de las regiones que constituye nuestro ámbito geográfico, la paz ha hecho acto de presencia de manera contundente. Siempre en el escenario una guerrilla permanente, cuyo origen se desvirtúa y en el momento de explicarla por parte de algún oficial del gobierno, del pasado o del presente, trastoca su dinámica tomando el efecto por la causa. La prensa calla. Nunca se le informa al pueblo la verdad detrás del escenario. Siempre he creído que el silencio o conculcación de la verdad, es la máxima traición a la libertad de prensa por la prensa misma.

»Una tensa calma siempre ha recorrido por valles y montañas, por ciudades y veredas, por ríos y selvas de nuestro país. La violencia aquí siempre se ha manifestado en alguna forma, esporádicamente o constante abarcando el territorio nacional. Y siempre oficial o partidista. Además con una sevicia sin parangón en América Latina. El territorio de nuestra patria siempre ha sido el escenario de masacres, aun en nuestros días. ¿Por qué?» —Lozano hizo una pausa.

Tomó de nuevo un poco de maracuyá. Se paseó por los pasillos, lucía sumido en una profunda reflexión. Emilio seguía con atención las explicaciones de su padre quien, pausadamente, fue tejiendo de manera concisa una gran parte de la historia del país, la cual muchos se empecinaban en soslayar.

—Las diferencias de clases siempre presente desde la época española, los conflictos sociales en el largo camino de nuestro quehacer histórico, acentuados por un sistema latifundista en manos, en muchas ocasiones, de militares que no tuvieron recato en lanzar al país por la vía tenebrosa de la lucha fraticida para proteger sus intereses adquiridos después de concluida la lucha por la independencia, el manejo desacertado y desequilibrante de la economía cuyas instituciones nunca han sido incluyentes y pluralistas, las influencias perniciosas que se han ejercido desde las luchas bolivarianas, la entrega del patrimonio nacional a fuerzas extranjeras, las divisiones de la opinión pública, terciando cada cual a su favor individual o conforme a su partido, un raro aire aristocrático de la alta clase social, infundado y enajenante, y la lucha política por el poder que siempre han mantenido los dos partidos tradicionales desde los comienzos de la república, todo esto ha escondido a través del tiempo y la distancia la respuesta que sin lugar a dudas, Emilio, a medida que avances en edad la encontrarás y te darás cuenta que tendrás que enfrentarla con toda la fuerza de tu ser y la máxima cautela sin quieres salir incólume en tus intentos, en cuyo proceso debes tener en cuenta las palabras de José Martí: "El problema de la independencia no es el cambio de forma, sino el cambio de espíritu". Esta frase nos permite entender, Emilio, que los que estuvieron sosteniendo el sistema colonial, del cual se usufructuaban, son los mismo que se apoderaron del poder hasta nuestros días.

Lozano guardó silencio por varios minutos. El entrecejo fruncido, la mirada perdida, como buscando una explicación mas atenuante y cónsona con su alta posición social. Lo embargó, entonces, un profundo sentimiento de culpabilidad. Emilio se da cuenta de la reacción de su padre, se acercó a él y lo abrazó efusivamente.

—Papá, te quiero con todo mi corazón.

Las palabras de Lozano eran casi un discurso nuevo que no se daba en el núcleo familiar. Emilio, sorprendido, las captó de inmediato y con entusiasmo.

La indiferencia familiar había permitido a todos los Lozanos, y familias similares, desde la época de la colonia, conducirse, en el curso del tiempo, sin dificultades, pues nunca se cuestionaron nada y todos cumplieron con su deber, que, según ellos, era servir al sistema, porque, como decía un lejano antepasado: "Lo que es bueno para el sistema lo es también para los Lozanos." Esta filosofía, esta excusa histórica se ha convertido en una prédica permanente, cultural, en la conciencia de prohombres colombianos acostumbrados al boato y el poder.

Las palabras del padre dichas con honradez y por demás proféticas, marcó al niño para siempre e hizo que a partir de ese momento, se dedicara por entero a descifrar la esencia misma del intricado tejido social de su país, dentro del cual su familia ocupaba un sitial de preponderancia, y así poco a poco se fue convirtiendo en la figura carismática que propiciaría un cambio radical.

Desde niño había renunciado a la satisfacción hedonista que le permitía la alta posición económica y social de su familia, que era un lugar común entre muchos jóvenes del país de familias adineradas. Este desprendimiento cultivado desde la niñez, le permitió entregarse de lleno a luchar por un futuro mejor para todo el pueblo colombiano.

5

El domingo 10 de julio de 2005, temprano en la mañana, llegó el Profesor Sanz a la mansión de los Lozanos, en una de sus visitas ocasionales, a las cuales la familia estaba acostumbrada, y que las veían como una oportunidad única para aclarar asuntos relacionados con el país o también para iniciar conversación sobre algún tema que requería conocimientos y habilidad para terciar adecuadamente en el análisis. Era un excelente recurso para los Lozanos cuando se hacía necesaria la búsqueda de soluciones que el Profesor exponía con suma claridad y de manera acertada y de inmediato. Ese día Emilio se encontraba solo. La servidumbre hacía su oficio cotidiano.

Hacía muchos años el Profesor había establecido una amistad muy estrecha con la familia Lozano. Sus dotes intelectuales, que lo habían llevado a posiciones de renombre, le permitieron, desde muy joven, conocer a distinguidas figuras del clan Lozano. Contaba con la admiración de Doña Josefina, quien no perdía oportunidad para entrar en conversación con el gran sabio sobre tópicos de gran diversidad, en los cuales se destacaban los hechos históricos que ella dominaba.

Emilio de inmediato lo saludó con respeto y lo invitó a pasar a la biblioteca. El Profesor le respondió con gran familiaridad. La criada les sirvió tinto bien caliente y de inmediato Emilio quiso aprovechar la oportunidad para entrar en un diálogo que le permitiera aclarar algunas preocupaciones. Por respeto, no intervenía cuando su padre y el Profesor entraban de lleno en alguna conversación. Prefería escuchar.

Había aprendido esta cualidad desde niño y ahora ya un joven adolescente preocupado por el destino del país quiso aprovechar la presencia del profesor para colmar sus anhelos de un intercambio único y feliz de sus ideas, de sus conocimientos, de los hechos históricos y de sus posturas políticas. Lo invitó a pasar a la biblioteca en la que el Profesor se sentía a sus anchas. Miró uno que otro libro. Emilio con respeto lo siguió con la mirada. Sabía que la humildad era una de las características más valiosas de los grandes hombres que, como el Profesor, incidían en el desarrollo de sus pueblos.

Se detuvo con mucho interés en un tratado de Derecho Romano escrito por F. Mackeldey, antiguo consejero de justicia de S. M. el rey de Prusia, profesor de derecho en la Universidad de Bonn.

Emilio esperó que el Profesor releyera algunas páginas. Sabía de su idoneidad en los asuntos legales y su admiración por los grandes pensadores romanos que crearon el Corpus Juris Civiles. El Profesor levantó la cabeza y mirando a Emilio le dijo:

—La grandeza del Derecho Romano estriba en que es la más perfecta interpretación de los acontecimientos sociales del pueblo mediante la regulación de su quehacer consuetudinario a través de la ley.

Emilio sonrió y después de afirmar que

—Sin todo el proceso que llevó a este pueblo magistral para crear las regulaciones sabias que dieron forma a su ente gubernamental, el Imperio Romano nunca hubiera existido.

Es entonces cuando entró de lleno a formularle al Profesor algunas inquietudes.

—Profesor, algunos aspectos de nuestra historia contemporánea me inquietan. Deseo comprender sus alcances y sus efectos. A veces por mi propia cuenta me hundo en análisis de un acontecimiento histórico en particular y, sinceramente, lo que encuentro es un rompecabezas difícil de armar. Siempre hay una o dos piezas que no encajan.

Yo aun así le doy mi interpretación la cual ubico en el quehacer histórico de algunos de nuestros personajes históricos... pero siempre hay un signo de interrogación cuya respuesta no acato a dilucidar... por ejemplo, generaciones enteras han tenido que confrontar la violencia brutal, inhumana, cargada de sadismo. Sabemos que el tiempo pasa inexorablemente. Y en su curso, algunos pueblos, han superado situaciones similares. El nuestro no. Ante un cuadro tan aterrador, el alma colombiana parece imperturbable. Nuestros políticos, siempre con sus arengas de turno; el religioso, con sus oraciones al cielo; nuestro presidente anunciando al país como un atractivo turístico; los intelectuales, ensimismados en el manejo de la palabra; la oficialidad gubernamental, en su constante preocupación por mantener el equilibrio del presupuesto nacional; los millonarios, como diría el poeta, en rútilas monedas tasando el bien y el mal; los y las jóvenes del país, los estudiantes, hay que decirlo con satisfacción, son los únicos, que lanzan su voz férrea en contra de la ignominia.

No me pasa por alto esta actitud valiente de nuestros jóvenes a los cuales yo también pertenezco y conjugo con sus ideales.

El Profesor escuchó la pregunta con naturalidad; era de esperarse de un joven que desde niño manifestó siempre gran preocupación por su patria.

Sabía de antemano que en Emilio, poco a poco, se estaba estructurando el líder histórico que él había configurado en su Opúsculo publicado hacía algunos años. Desde entonces el Profesor mostraba mucho interés en el desarrollo intelectual del joven.

Se sujetó con la mano el mentón, bajó la cabeza, y en un tono meditativo dijo:

—La historia depende de quien la escriba, Emilio. No es lo mismo leer la historia de los Persas escrita por un griego que leerla escrita por un persa. Algunos historiadores se arriman al sol que más calienta. Sin embargo, con una buena dosis de discernimiento se puede comprender las verdaderas causas del hecho histórico. Detectar estas causas, coadyuva a la consecución de la verdad, la cual siempre está presente, donde debe estar, y no solamente es producto de la palabra bien dicha y la frase bien confeccionada. La verdad va mucho más allá del discurso y la disertación filosófica.

Movido por el interés que mostró el Profesor por sus preocupaciones, Emilio con gran entusiasmo respondió:

—Pero el hecho histórico, como en nuestro caso, configura a los grandes hombres, que hoy se reverencian como los forjadores de la nacionalidad, la cultura; es decir, de nuestra visión del mundo. Sin embargo, con un pequeño asomo en la personalidad de algunos de ellos se puede observar muy fácilmente contradicciones que impiden llegar, por lo menos a mí, a conclusiones satisfactorias. A veces en mi imaginación dichos grandes hombres se transforman en figuras fantasmales que, en épocas pasadas, recorrieron el territorio colombiano azuzando a las multitudes hacia posiciones irreconciliables. Fueron los mismos que incendiaron el país.

—Es verdad. Pero debemos diferenciar las distintas personalidades que, en sus ejecutorias, hoy hechos históricos, dejaron bien marcada su impronta, y si ésta cumplió a cabalidad con los ideales del pueblo, sus anhelos, sus necesidades. Muchas veces se forja por parte de algunos lideres históricos un futuro —hoy es nuestro presente— no muy halagador. Nos damos cuenta de esto cuando aprehendemos con un profundo sentido de conciencia la manera como se desenvuelven las circunstancias por un camino de desigualdad social y violencia.

El verdadero propósito de nuestros prohombres, el de muchos de ellos, era satisfacer sus ambiciones manteniéndose en el poder. Y así el escenario activo de nuestra historia se escindió en dos: La historia comandada por las grandes figuras intocables y los pocos con arraigo en la lucha tenaz del pueblo por una vida mejor. Estos por lo general —ahí está la historia— fueron asesinados.

—Y esta situación todavía continúa.

—Es una triste realidad.

—¿Por qué?

—Porque nuestros lideres actuales, nuestros prohombres son los herederos o descendientes de los del pasado que construyeron un estado con unas estructuras que los del presente —el tiempo transcurre sin tregua ni cambio— no desean cambiar. Es aberrante que dichas estructuras sociales todavía continúan en nuestro presente. En el pasado, en la época de la Restauración, por ejemplo, el Pacificador Morillo fusiló a muchos de ellos porque él interpretó rápidamente la actitud oportunista y ambivalente de esa élite, lo que explica históricamente por qué el pueblo raso tuvo una posición favorable a las fuerzas españolas.

»Su respuesta —la del pueblo— no fue un acto de traición a la patria; respondían a la constante explotación que los prohombres de entonces, en sus ambiciones, habían sometido a toda la población a trabajos indignos y esclavizantes.

»Hay algunos amagos, por parte de ellos, de cambiar dichas estructuras sobre todo cuando el peligro les asecha, pero después vuelven al pasado con más obcecación e insania. Debes recordar que muchos de esos hombres, o mejor prohombres, como yo les llamo, rodeaban a Bolívar; una vez éste logra la independencia y desaparece de la faz de los acontecimientos, con ardides y artimañas se apoderaron del poder cuyas riendas han llevado hasta nuestros días. Aprovecharon la coyuntura que les brindaba sus ejecutorias por la libertad de la patria, la imagen de héroes máximos ante la opinión pública, para apoderarse de enormes territorios del país, los latifundios, que después defendieron —y continúan defendiendo— a sangre y fuego.

»Uno que otro ha hecho intentos de llevar al país por caminos que conducen al bien común. Nada radical, todo es superficial. Todo intento resulta, pues, en un simple amago de reconciliación con el pueblo, la cual tiene por objetivo apaciguar su ánimo en ascuas y sobresaltos».

—¿Podría decirse entonces que hemos perdido toda esperanza? ¿Un cambio es imposible?

El Profesor permaneció pensativo. Miró con curiosidad una de los cuadros, sus detalles, la mirada penetrante del hombre, sabía quién era, porque jugó un papel importante en el desarrollo del país gracias a su gran bagaje intelectual. Miró entonces a Emilio quien esperaba con paciencia su respuesta.

—Es posible, muy difícil pero posible. Fuerzas extrañas también inciden en nuestro diario vivir. Debemos sopesar esas fuerzas, luchar contra ellas y, si posible, eliminarlas de la faz de nuestra tierra.

Emilio comprendió que con estas palabras, el Profesor deba un toque de internacionalidad a la gran problemática social colombiana.

—¿De qué clase de fuerzas habla usted, profesor?

—Son fuerzas exteriorizadas por seres humanos que han perdido toda conducción de conciencia y se mueven impulsados por el cerebro reptilial en el que anida la violencia más indescriptible, crucial en sus orígenes para la supervivencia del ser humano primitivo, que en términos antropológicos se denomina *homo sapiens*.

»Debo aclararte que el término reptilial, en este caso, no se refiere a reptiles o cosas similares. No. Se usa este término para resaltar su antigüedad de millones de años. El cerebro reptilial jugó un papel importante en la supervivencia de los seres humanos.

»Estos seres humanos han dominado la historia, siempre en un escenario de guerra. La belicosidad los asiste. Por eso se clama por la paz, pero ésta nunca llega. Esto manifiesta una actitud histriónica que ellos manejan muy bien en las instituciones internacionales desde las que deslumbran a la humanidad en sus reuniones, con sus discursos y sus posturas. Sin embargo, jamás se consigue una paz genuina y duradera. Esta nunca ha existido en el planeta.

»Nos quedamos sorprendidos cuando nos percatamos que la historia de la humanidad es la de la violencia. La historia del mundo, y la de Colombia no escapa a esta acusación, está forjada por el cerebro reptilial. Es común en Colombia el escenario de un alto oficial del gobierno dirigiéndose al pueblo para explicar una nueva masacre que ha ocurrido en algún lugar del país; con el rostro compungido anuncia que los responsables serán capturados. Deja la impresión que es un caso único, aislado "absurdo e inexplicable."

»Toda Colombia sabe que la masacre de campesinos es un hecho constante, cuya perennidad, casi podría decirse, se inicia con los comienzos de la república. ¿Por qué destacar lo que sin descanso, sin tregua se da en todo el territorio colombiano? Porque el caso colombiano es único en la América Latina. Ninguno de los países de esta vasta región muestra históricamente una situación similar. Sí confrontaciones, guerras fraticidas, una que otra guerrilla ocasional, pero nunca con la eterna continuidad que presenciamos en nuestro país de generación en generación, y con un sadismo que desafía la comprensión humana. Por eso traigo a colación el tema del cerebro reptilial. No tengo otra explicación.

»Este tema hay que tomarlo con cautela, Emilio, porque ante la ignorancia de muchos y la proclive tergiversación de los hechos por parte de otros, nos podría llevar al ridículo. Así, pues, debes tomar las precauciones debidas. Pero el tiempo es nuestro mejor aliado. Con el avance de la ciencia y el desarrollo de la tecnología, lo que hoy parece una fantasía o un mito, o una concepción tenebrosa, mañana será una cruda realidad, que todos aceptarán con asombro y temor. Nos es difícil comprender esta realidad, porque, nuestras indagaciones las iniciamos a partir de los hechos históricos que han configurado la Colombia de hoy».

—Esa teoría la recuerdo perfectamente. La planteó Carl Sagan en su libro *Los Dragones del Edén*. Cuando la leí, por fantasiosa, no le hice caso. La pasé por alto, aunque la puse a buen recaudo para sacarla a relucir en el momento propicio. Usted sabe, Profesor, que yo nunca rechazo una teoría por absurda que parezca. La calibro, la indago, la sopeso antes de tomar una resolución, la mía propia.

—No es una teoría. No es un mito. No es cosa de extraterrestres. Es una realidad científica. Desde este punto de vista también la plantearían Zecharia Sitchin y David Icke quienes establecieron que en el cerebro reptiliano radica el comportamiento obsesivo-compulsivo, el deseo de poder, todo acto de agresión y una impresionante insensibilidad ante el dolor humano. En el libro *La Violencia en Colombia* el protagonista principal es el sadismo.

—¿Y esa realidad cómo incide en Colombia?

—El cerebro reptilial se manifiesta sutilmente. Se acomoda mediante estrategias económicas y componendas con los dirigentes del resto del mundo, incluyendo a Colombia. De esta manera ejercen todo su poder sin miramientos. En nuestro caso el poder político y económico. Si un país se aparta de sus imponencias, se convierte en su enemigo, y a éste se le aplasta sin misericordia. Todas las guerras, todo acto bélico implacable, inhumano, toda invasión a un país inerme, es la máxima creación del cerebro reptilial. Este coexiste en la masa encefálica adormilada. Pero cuando despierta, convierte al individuo en una máquina de matar. En las tácticas militares y sus enseñanzas se emplea el método para revivir con toda su fuerza el cerebro reptilial. En una conocida escuela, ubicada antes en Panamá, se ponía en práctica constante dicho método.

»En la mentalidad reptilial no existen alternativas diferentes a sus propósitos: el dominio, siempre acompañado de violencia. Esta realidad, que se desenvuelve diariamente, pasa inadvertida, porque se enfrenta como un hecho natural, como un acto para resolver con "justicia" un problema de tipo geopolítico, pero gran parte de la humanidad no acata a entender que esa mentalidad está forjando al mundo de hoy. ¿Por qué la violencia es una presencia sempiterna en el territorio colombiano?»

—Y... ¿el cambio?

—A través de un líder cuya dirección esté comandada por la conciencia. Esta anida en la parte más moderna del cerebro: el neocórtex. Este dirige al hombre por los caminos de la generosidad, la bondad, la prudencia, la virtud. Es el verdadero prohombre, el que es capaz de conmoverse ante las injusticias sociales. Es el líder histórico. Animado por el altruismo más puro. Es, en suma, el despertar de conciencia.

»Hoy los países de América Latina, con dos o tres excepciones, han empezado a recorrer el verdadero camino, el que establece la diferencia entre la mansedumbre del uno y la violencia natural del otro; el que lucha fervorosamente por la justicia y el que no se apiada de las desventajas sociales de los demás.

»Conocer estas diferencias, superarlas es precisamente lo que ha facilitado la unión de toda la América Latina. Ahora bien, es necesario que nuestros gobernantes estén alerta: el cerebro reptilial está al acecho, se pasea como una fiera y, haciendo uso del subterfugio del tráfico de droga, busca dar el zarpazo. Si se combatiera el consumo se lograría el fin del problema, pero sin éste no hay justificación para la presencia militar».

—Con sus palabras, puedo visualizar el camino que trazara el Libertador a los pueblos latinoamericanos. Un camino de paz, de justicia social.

—Exacto, es el movimiento bolivariano en todo su apogeo. Porque de lo que se trata, además, de la escabrosa realidad de la naturaleza anatómica e intelectual del homo sapiens, es también de su tendencia a ejercer todo su poder en el campo político.

—Y el económico. El movimiento bolivariano es, en lo que nos concierne, la fuerza de contención contra ese poder —replicó Emilio.

Siguieron ampliando el tema, sobre todo en lo que concernía a Colombia.

Emilio exponía sus conceptos con claridad y a cónsono con la teoría adecuadamente explicada por el Profesor. Así, pues, recorrieron la historia pasada, reciente y actual del país, y Emilio aceptó la probabilidad de que la teoría reptilial podría explicar la presencia inamovible de la violencia en el mundo en general y en Colombia en particular.

Con el tiempo, Emilio se convertiría en el líder concebido por la mente extraordinaria del Profesor.

Sin preocuparse Emilio por la teoría científica que el Profesor le había planteado, y que él había aceptado como el proceso natural que conformaron a los seres primitivos, desplegaría, de ahí en adelante, una lucha tenaz para llevar al país por los caminos adecuados que lo condujeran a la justicia y a la equidad.

6

El señor Lozano abrió el enorme ventanal de su alcoba de cristales traslúcidos, como hacía todos los días, para recibir el viento frío que provenía del páramo y bajaba la temperatura de la alcoba en varios grados, en esa madrugada del 2008. Al frente, la mole imponente del cerro Monserrate, con la presencia de la iglesia blanca a tres mi doscientos metros de altura. A lo lejos, un sesgo de la sabana que tanto recuerdos atávicos le despertaban y a sus pies el barrio de La Candelaria, con sus callejones empedrados, estrechos y fantasmales, en los que se inició el proceso de la independencia nacional.

Sintió el comienzo de la mañana neblinosa que le encantaba con la actividad de pájaros y coleópteros luminosos que revoloteaban sin descanso entre los arbustos siempre florecidos. Así daba comienzo al orden del día. Pasó a la sala de estar. Ya la mucama le había servido su pocillo de café negro, ligeramente azucarado. Prendió el radio, se puso los espejuelos bifocales, con moldura de carey, y mientras leía los periódicos del día, escuchaba las noticias nacionales e internacionales.

Era su rutina diaria, que incluía sin interrupción darle el alimento a Bruno. Lo llevaba a pasear por los alrededores, entre los frondosos pinos hasta llegar a la fuente donde el noble animal saciaba la sed, bebiendo agua directamente del surtidor.

Su obediencia y mansedumbre le había ganado el cariño de todos. Bien disciplinado tenía la sana costumbre de aceptar a todo aquel que era aceptado por la familia Lozano. Mientras esto no ocurría el noble animal permanecía en guardia.

El palacio de los Lozanos, la Villa Lozano como la conocía el pueblo, se había construido a mediados del siglo XVIII, sobre uno de los cerros desde el cual se sentía el ruido masivo que producía la actividad diaria de la ciudad enorme e imponente. La mansión conservaba el mobiliario original y objetos de la época que habían pasado de generación en generación. Contaba con dos enorme terrazas y el jardín simétrico, en cuyo centro se destacaba la fuente cantarina tallada en piedra, de la cual se desprendía ramificaciones que conformaban un símbolo casi olvidado por la familia Lozano. La villa de estilo Republicano el cual, con el curso de los años, fue tomando características autóctonas, especialmente en Bogotá, presentaba un acogedor vestíbulo de respetables proporciones, una elegante sala, varias alcobas y torreones de gran presencia, añadidos en épocas más recientes, y adyacente a la mansión separada por un amplio camino de piedras blancas, la enorme biblioteca, con estantes en cedro, ligeramente oscurecidos con resina permanente que le daba al lugar un toque clásico. Más allá de la biblioteca se destacaba el bosque umbrío de altos pinos y árboles frutales. Igualmente se había acondicionado un espacio exterior para aparcamiento. Era, pues, un conjunto arquitectónico de gran factura. Los hermosos balcones, que sobresalían hacia las calles adyacentes, mostraban las atractivas ventanas con celosía de madera del cancel, que además de dar seguridad para mirar desde adentro sin ser visto desde afuera, permitía que el aire circulara por todos los pasillos manteniendo un ambiente agradable.

Como no podía carecer de un blasón representativo de su nobleza, la familia Lozano ostentaba en lo alto del amplio portón claveteado, el escudo de armas de la familia, tallado en piedra sólida, que indicaba su linaje castellanoleonés, con casa solariega en las montañas de León.

Escudo seccionado en aspa, en el abismo de azur, un castillo de oro y gules, otorgado a Don Jorge Miguel Lozano de Peralta, quien obtuvo el título de Marqués de San Jorge por concesión del Rey de España Carlos III. Así empezó la aristocracia de los Lozanos, que, durante el dominio español, habría de ocupar puestos importantes como oidores, fiscal del crimen, alguacil mayor, tesorero de la casa de moneda, regentes, alcaldes y regidores. Entre sus miembros más conspicuos se destacaba Antonio Ricauter Lozano, patriota de la Independencia de Colombia y Venezuela, quien se inmolaría por la causa independentista, al hacer volar en San Mateo, Venezuela, un polvorín antes de que cayera en manos de los realistas. El mártir a su vez estaba emparentado con Doña Josefina, la esposa del señor Lozano.

No podía dejar de mencionarse a Don Jorge Tadeo Lozano, hijo del Marqués, excelente representante de los años de la Ilustración por su gran bagaje cultural y haber sido presidente de la provincia de Cundinamarca e iniciador de los antecedentes históricos de la antropología colombiana.

El Marqués no pagó los derechos de lanza y media anata que le exigía la Audiencia como derecho del título nobiliario, en 1777, por lo que fue despojado por la Real Audiencia de sus títulos y se le prohibió el uso de sus armas heráldicas. Este antepasado pasó de todas maneras como el Marqués de San Jorge y era la figura principal en el árbol genealógico de la familia.

El señor Lozano se mantenía en buena condición física y a pesar de que frisaba ya con los setenta y tres años, siempre se manifestaba rozagante con su aire aristocrático propio de su estirpe. De ademanes parcos y elegantes, complexión recia, de gran estatura, nariz aguileña, ojos claros enmarcados por el doblez epicántico de sus párpados, rasgo genético que se daba en su familia cada cien años y que regresaba en él con una prominencia inusitada. En la época colonial se diría que estaba tocado por la tierra.

Sus vínculos de consaguinidad con antepasados que habían jugado un papel importante en la lucha por preservar las estructuras económicas del sistema colonial establecidas por los Borbones, lo ubicaban en el ápice prepotente de la pirámide social. Sin embargo, dentro del marco de su personalidad aparentemente difícil, existía una tendencia inusitada de humildad que se proyectaría en toda su maravillosa condición humana en los años por venir.

Desde niño quise compenetrarme en la historia de los Lozanos, cuya trayectoria consideraba fascinante. Supe que, muchos años antes, varios de sus antepasados, desenvainarían la espada por la independencia para usufructo personal. Esto representaba el conflicto entre la oligarquía y el pueblo, presente desde siempre, aunque se ha ocultado el ocurrido entre 1810 y 1811, período en el que se dio una aparente armonía social, animada por un Lozano, imposible de alcanzar por los nobles criollos de entonces que como dijo el historiador Indalecio Liévano Aguirre: "Fueron hallados faltos de grandeza humana y de la generosidad de miras que hubieran sido indispensables para plasmar una temprana unidad nacional".

No podía escapar a mi entendimiento que todo este poder de altura de los antepasados del señor Lozano le hacía sentir la constante sensación de prepotencia, acentuada por la realidad de sus dominios económicos que abarcaban todos los niveles de la economía del país y gran parte de América Latina.

Él representaba la última escala de la familia cuyos miembros en el curso de siglos habían sido los eternos hacedores de la historia, configurada a veces con acciones intrépidas para asombro de todos y que en muchas ocasiones dejaron su impronta inconfundible mediante el empleo de un poder ilimitado.

Se puso de pie, miró de nuevo por la ventana. Una leve brisa le mesó su abundante cabellera. Embebido como siempre con el espectáculo que tenía a sus pies, la mucama, muy respetuosamente, tuvo que preguntarle dos veces si le servía el desayuno. Asintió con la cabeza, miró la hora en el reloj francés de bronce estilo imperio Carlos V y en un momento se dirigió a la mesa del comedor que acomodaba cinco personas, pero con la activación de un ingenioso mecanismo se podía ampliar la capacidad para las reuniones de la junta convocada para los principios de mes. Aquí no sólo se trataban los asuntos de la familia, sino también de la economía y el orden público, de gran interés nacional, propios de sus funciones como Ministro de Defensa, alta posición otorgada por su extraordinaria habilidad para enfrentar con éxito levantamientos, protestas, subversiones, guerrillas, con recursos muy efectivos dentro de las consabidas estrategias militares del momento que él conocía, pero que en la actualidad, por razones muy sutiles, en el instante no le interesaba poner en la práctica.

Pero a todas luces su nombramiento se debía, además de las cualidades antes mencionadas, precisamente a sus secretas relaciones internacionales. Sus amistades eran una relación utilitaria con gestiones que beneficiaban al país, a sus principales élites de poder y asimismo.

El señor Lozano había viajado recientemente a Estados Unidos, donde se reunió con sus dos hijos, con propósitos aparentemente familiares pero el verdadero motivo de su viaje era poner al día a los círculos de poder mundial en lo relacionado con la economía, la política y el orden social presente, ahora amenazado en toda América del Sur en una forma inusual que no se experimentaba por lo menos en los últimos doscientos años de su historia. Su agenda a este respecto fue bastante extensa.

Sus reuniones las llevaba a cabo con hombres enigmáticos pertenecientes a los círculos poderosos que mantenían el poder imperial, ubicados en la Reserva Federal, en Wall Street, en posiciones poderosas de las transnacionales y los bancos, cuyos dirigentes hacían prodigios en el manejo de las especulaciones y el poder militar que se mueve, con su ojo de águila, por todo el planeta. A Lozano le interesaba saber cuáles serían las próximas ejecutorias de ellos en América Latina.

Esta oportunidad le permitió a Lozano ubicar a Obama en su verdadera dimensión: Su aparente generosidad que proyectaba con una sonrisa amplia y agradable mientras, con gran dominio de palabra, expresaba su propósito de grandes cambios sociales que nunca llegarían, ni el proceso de paz tantas veces anunciado pues todo se reducía a improvisaciones sin poder para convertir en realidad una obra social anhelada y esperada por los pueblos del mundo. Porque Obama —lo había conversado con varios de sus compañeros ministros— no podría evitar entrar en acciones bélicas mediante el uso de técnicas avanzadas que él ordenaría sin preocuparse por el impacto demoledor y las víctimas inocentes que se producirían en cualquier parte del mundo.

El curso del tiempo presentaría un cuadro desolador muy distinto a lo prometido por el presidente por su realce en el manejo de los asuntos bélicos con aviones no tripulados, los *drones,* que arrasaban aldeas enteras en Afganistán con gran pérdida de víctimas humanas. ¿Qué presidente de esa poderosa nación, los Estados Unidos de Norteamérica, no ha entrado en un acto de guerra?

Porque en realidad, se dio cuenta, dentro de la aparente crisis se trabajaba rápidamente para incrementar el dominio hegemónico, geopolítico y militar de Estados Unidos. "La era de Bush no ha terminado" —acostumbraba a musitar a sus ayudantes de mayor confianza.

A su regreso a Colombia, le dio la impresión que se estaba realizando un cambio en su ánimo y en la conceptualización de todo lo que tenía que ver con su país, en especial en los aspectos económicos y sociales, los cuales, aunque producía jugosas ganancias al círculo exclusivo al que pertenecía, en la realidad impedía establecer una economía más equitativa.

Esta nunca llegaba al pueblo. Además, el sometimiento del país se daba no solamente en el aspecto económico, sino también en el social, en lo político y en lo militar. Ya algunos países de América del Sur habían superado con creces esta dicotomía.

La distribución de la mesa del comedor de ordinario, hasta hace poco, era la usual: Él a la cabecera de la mesa, la esposa a su derecha, el hijo mayor, Octavio, a la izquierda, y los dos menores, Eduardo y Emilio, uno al frente del otro. Todo dentro de una atmósfera típica de las familias patriarcales y poderosas.

Este ambiente hogareño explicaba por qué prefería hacer en su casa las reuniones de la Junta, y no en su despacho oficial en el edificio ubicado en la Avenida El Dorado, en el centro de la ciudad. Rechazaba lo burgués y los tejemanejes gubernamentales le producían tedio.

Reacciones contradictorias con aquellos que, en épocas pasadas, correspondieron a su estirpe, haciendo ostentación de su poder en actividades oficiales constantes y reuniones de gran categoría social.

Lozano había acabado con esa costumbre y prefería mantener una posición de mansedumbre y humildad. Estas cualidades servirían para darle un giro sorprendente al curso lineal de los hechos familiares desde la época de la conquista, y, por lo tanto, un vuelco impresionante al desarrollo político social de Colombia.

Se sentó a la mesa que brillaba por su desolación acentuada por la ausencia de su esposa, Doña Josefina, vinculada, como ya se dijo, a la estirpe de los Ricauter, con fuertes nexos con el gobierno mediante altas posiciones de poder ocupadas por familiares, desde alcaldes hasta la presidencia de la Corte Suprema de Justicia, en manos de Pablo Ricauter, su hermano, quien tenía el poder absoluto de legitimar hasta la entrega de colombianos a los Estados Unidos por haber delinquido o por acusaciones que todo el mundo daba sentado como ciertas, en una forma descarada de aceptar la debilidad de la justicia colombiana.

La extradición era una forma de desaparecer a los que perturbaban el orden establecido y una aceptación tácita de incapacidad de las leyes del país para aplicar adecuadamente la alegoría de la justicia, ciega pero equilibrada.

Este poder de incumbencia absoluta del poder judicial, se lo abrogó después el ejecutivo, en una clara violación de la Carta Magna.

El presidente tomaba cartas en el asunto y sin vacilaciones extraditaba a aquellos que pudieran, con sus confesiones, poner en jaque su honorabilidad. No era raro extraditar apresuradamente a figuras claves del paramilitarismo, narcotráfico y militares aún sin concluir el juicio en curso.

Doña Josefina, perteneciente a la prosapia de los Ricauter que habían escrito hermosas páginas al servicio de la patria, se había trasladado, de nuevo, para una estadía de pocos días, a la Hacienda El Novillero, tierra feraz, antiguo Resguardo que había sido posesión comunitaria de los naturales, sistema que se creó mediante la promulgación de la Ordenanza Décima de 1528 por Carlos V y amparado por las Leyes de Indias.

Estaba ubicada en el hoy eje cafetero, cerca de la ciudad de Armenia, la ciudad milagro, como se le conoce por su rápido crecimiento y gran progreso. Sus visitas frecuentes se hacían necesarias para supervisar la cosecha de café y su exportación en un ochenta por ciento a los Estados Unidos y la Unión Europea.

Por años, pasaron juntos semanas enteras en la hacienda durante las vacaciones de sus hijos, quienes, durante la niñez, disfrutaban al máximo de la piscina, el paisaje, los paseos a caballo, los hermosos y tupidos guaduales que refrescaban las orillas del río cercano en el que pescaban hermosas truchas con varas improvisadas, mientras al fondo se destacaban grandes concentraciones de palma de cera, inmensos bosques y quebradas.

A veces los muchachos, con gran curiosidad, se dedicaban al pasatiempo de ubicar los diferentes tipos de aves de la región para poder clasificarlas, labor asaz complicada porque tenían el don de mimetizarse en su ambiente con la ayuda de sus plumajes crípticos. Hay que destacar, también, los paseos a las ciudades vecinas de Pereira y Cartago. En ésta los recibía personalmente el presbítero Hernando Botero O'Byrne párroco de la iglesia de San Jorge, insigne humanista y gran esteta, quien con el esfuerzo de varios años logró construir la hermosa catedral de Nuestra Señora del Carmen, de estilo neoclásico, orgullo de la ciudad. Se destaca por su hermosa e imponente cúpula plateada y su elevada torre separada del conjunto, admirada por todos por su diseño arquitectónico único en el país.

En una ocasión, indagando aquí y allá leí en unos documento antiguos que La Hacienda había sido propiedad de uno de los antepasados del señor Lozano por allá en los comienzos del siglo XIX, quien gracias a sus influencias y amistades de prestigio, y al uso de subterfugios legales, alejó de esas tierras a sus antiguos pobladores indígenas, quienes buscaron alojamientos en otras completamente inhóspitas.

Este antepasado, a pesar de la ciclotimia que padecía desde niño, en los ratos de euforia se la agenciaba para escalar altas posiciones en la exclusiva sociedad santafereña gracias, igualmente, a su profesión como boticario, lo que había convertido a Colombia en el segundo país en tener farmacia en América después de Puerto Rico, con una nutrida farmacopea traída de Italia y de España.

Ejercía como médico boticario que prodigaba medicamentos para males de diversa índole, como parásitos, hinchazones, estómago inflamado. Sus conocimientos de la homeopatía, con la que logró curas milagrosas, le dieron fama en toda la ciudad. En su botica, ubicada en la calle 10 entre carreras 3 y 7 de la Candelaria, se conseguía de todo, redomas de vidrio, botecillas, cajas de boticario, medicamentos preparados en morteros y envasados en frascos de porcelana y de cristal.

Hacía uso de las hojas y la inflorescencia, que machacaba en un mortero de porcelana blanca, hasta salir un líquido verdoso, el cual vendía en forma de infusión como diurético para calmar el dolor por los cálculos renales, y como no descartaba nada usaba también las raíces cuya infusión empleaba como emético.

Usaba a menudo el llantén que convertía en una masa rica en mucílago muy eficaz como laxante y la malva para cataplasmas como emolientes en dolencias musculares.

En envases especiales mantenía jugo concentrado de guanábana, y sus hojas en pequeñas bolsas de papel para la preparación de tisanas. Esta fruta era muy apreciada por los indígenas por sus poderoso poder curativo y era la preferida de la clientela.

Era, pues, la farmacopea de la metrópoli trasladada a los fríos barrios de la ciudad granadina. La altiplanicie proveía profusamente las hierbas medicinales necesarias.

En ese entonces la botica además de ser un centro para el despacho de medicamentos se había convertido en el lugar preferido de encuentro de intelectuales, en el que era frecuente las tertulias sobre política, literatura y temas cuyo contenido no dejaba de tener sus visos de conspiración por parte de algunos que veían a la ocupación española como una afrenta y el de otros que, con temor, insistían que la emancipación sería el fin de sus comodidades.

Era, pues, la escena típica del sistema colonial en pleno debate, y éste en el ámbito reducido de la botica sólo se podía dar como consecuencia de los criterios encontrados o de posiciones de conformidad y rechazo.

Hombres de alcurnia, humanistas, licenciados y hasta uno que otro científico explicando extensamente sus análisis epistemológicos, se ocupaban todos con frecuencia en comentar las noticias del día que daba margen a divisiones de grupos con diferentes opiniones y algunos aciertos. Algunos, cerrados a la banda, defendían sus opiniones en las que dejaban entrever sus posturas positivas hacia el sistema establecido. Otros imbuidos de las enseñanzas que manifestaba en sus escritos y sus proclamas Don Antonio Nariño, precursor de la independencia, presentaba argumentos poderosos para tirar por el suelo a los que, con sus conceptos, se oponían a la lucha independentista, la cual consideraban la única salida honrosa para el pueblo colombiano.

Así, pues, el debate diario que originaba el desarrollo de lo acontecimientos era simplemente producto de las ideas encontradas de ambos bandos. Constantemente se hacían inteligentes planteamientos de Los Derechos del Hombre traducido del francés por Don Antonio Nariño.

Cuando la discusión llegaba a una temperatura insoportable, el boticario intervenía para apaciguarla. Muchas veces el fragor político lo convirtió en un constante desfacedor de contiendas. Este proceder lo hundía en una ambivalencia emocional que lo obligaba a alejarse para pasar temporadas en la hacienda y así recargar de nuevo sus energías y terminar con un desequilibrio emocional que distorsionaba su criterio y sus opiniones políticas. Más tarde, debido al avance de las fuerzas libertadoras, este lejano familiar, quien siempre había tenido una posición neutral, se refugió en el Caribe, en Puerto Rico, donde continuó ejerciendo su profesión de Boticario, específicamente en una esquina de la plaza pública de San Germán, la segunda ciudad más antigua de la isla. Años después, muere en Cuba como consecuencia de un choque anafiláctico. Dado a las exquisiteces, un buen platillo *gourmet* —en este caso de delicioso caviar—, que acababa de consumir junto a unos cuantos amigos al frente del famoso malecón, le provocó una reacción alérgica que lo llevo al momento final.

Corrían por ese entonces los años cercanos a la declaración de independencia y algunos por temor cogían las de Villadiego y llegaban con sus bártulos a algunas islas del Caribe especialmente a Puerto Rico, cuyas puertas abrió la Real Cédula de Gracias a todo extranjero blanco capaz de contribuir con capitales y conocimientos.

Sus descendientes instalarían en la isla su tozuda visión del mundo con su estilo político y social de aceptar de manera natural la dependencia de España, la que defendían con uñas y dientes, como hicieron en Colombia o en Venezuela donde se desempeñaron, con la misma tónica, como los eternos defensores del sistema colonial.

Otro antepasado, Don Antonio Lozano, años después, se hizo cargo de la Hacienda y en sus comienzos dedicó las tierras al cultivo de frutos menores.

Después se inició el cultivo de maíz y de café y se introdujo para estos oficios un molino y una despulpadora de granos. Emilio, hijo de Don Antonio, hizo cambios fundamentales.

Construyó una casa para vivienda, de dos pisos, amplios cuartos dormitorios y balcones alrededor, desde los que se podía ver, entre las enhiestas palmas de cera con alturas hasta de setenta metros, el Páramo de Ruiz y a lo lejos la inmensa planicie del Valle del Cauca con sus enormes cañaduzales, irrigados por el majestuoso Río Cauca. Contaba también con un almacén, un cuartel de esclavos (muchos continuaban al lado de los Lozanos por temor a la libertad), una casa para tostar el café y otra para el primer molino.

También desarrolló un elaborado sistema de canales y represas para llevar agua desde la cascada hasta la gran rueda que movía las máquinas por medio de fuerza hidráulica.

De esta manera la Hacienda se convirtió en un poderoso emporio que consolidó el poder económico de la familia.

Luego Antonio y Emilio, abuelo y padre, respectivamente del señor Lozano introdujeron cambios propios de la modernidad. Gracias a la bombilla incandescente se pudo iluminar la bella glorieta con tupida enredadera donde grupos musicales amenizaban las fiestas, y añadir enorme piscina por añadidura, de diseño rústico que se complementaba a la perfección con la residencia campestre y con el entorno rural en el que se encontraba de forma asimétrica, que se integraba con naturalidad al jardín que la rodeaba y al verdor del paisaje. Una pequeña fuente dejaba caer el agua de manera escalonada y creaba así un efecto de cascada.

La piscina en la que se emplearon materiales de aspecto natural, se fundía con el paisaje rural y destacaba las impresionantes vistas gracias a su forma irregular y a sus grandes dimensiones para la época, además del borde "infinity", cuya caída se confundía con la ladera de bosques tupidos de un ramal de los Andes. Este era el sitio de solaz de Doña Josefina y el señor Lozano, donde hacían gala de su habilidad para congraciarse con los agregados y mayordomos y los invitados de honor a sus constantes reuniones y fiestas. A veces celebraban tertulias a las que se invitaban conocidos intelectuales de la región, escritores y poetas, que hacían gala de su estro poético con el hábil manejo de la versificación espontánea y del soneto italiano de catorce versos, que algunos improvisaban y en la exposición tejida sobre un escritor en particular. Algunos hacían fiesta con el hábil manejo de calambures y otros, en la oscuridad iluminada, competían con algunos oxímorones de Shakespeare, Quevedo y Lope de Vega.

Por temporadas el señor Lozano y su esposa pasaban sus vacaciones en la hacienda, visitaban la ciudad de Armenia, la vecina Pereira y llegaban hasta Cartago donde se reunían con amistades de vieja data. Disfrutaban del clima sano de la ciudad, que permitía una ostensible longevidad a sus habitantes y, quizás por esa bella cualidad, se la mencionaba como "grande y vieja como Cartago". No está por demás mencionar que sus habitantes habían cambiado el sentido irónico de la frase, por otro en el que se resaltaban sus principios y valores.

El señor Lozano, por su posición ahora como ministro de Defensa, no podía acompañar a Doña Josefina y sus hijos durante sus vacaciones; la presencia del narcotráfico en todo el Norte del Valle, lo obligaban a tomar las precauciones de rigor.

Así, pues, Doña Josefina viajaba sola con sus hijos para ejercer además sus funciones como fundadora de las Damas de Honor, institución dedicada a labores con fines benéficos, con capítulos que la mantenían ocupada en un recorrido por todo el país. Se reunía con las damas de la sociedad cartagüeña para hacer los arreglos necesarios y entregar comestibles a familias pobres de la ciudad y algunos juguetes a sus hijos.

Siempre elegante, de piel muy blanca, con un peinado de altura y de pendiente un camafeo de topacio, cuya glíptica con la venerable imagen de Santa Marta llamaba la atención de todos. Su grupo de amistades íntimas siempre tenía de ella los mejores elogios por su elegancia, gran preparación intelectual y su desprendimiento para manifestar, cuando regresaba a Bogotá, su sincera filantropía obsequiando muchos de los productos de la tierra pródiga de su hacienda en los barrios pobres de la ciudad.

7

Octavio, el hijo mayor, desde la temprana edad de veinticinco años, dirigía parte del imperio de su familia. Su padre decidió darle la dirección de todo su poder económico, en especial del capital sometido al libre juego de la oferta y la demanda. En poco tiempo me di cuenta que Octavio contaba con la preparación adecuada gracias a sus estudios en la prestigiosa Universidad de Stanford, en California, en la que obtuvo un master en administración de negocios y ciencias empresariales. Ahora, a los treinta y cuatro años de edad, se sentía a gusto y poderoso desde su modernísima oficina enclavada en el 740 de Park Avenue de Nueva York, enorme edificio de sesenta y dos pisos, con ventanas pequeñas de cristales ligeramente enverdecidos, desde el que se tenía una amplia vista del East River.

Gracias al enorme poder que colmaba su ego, no despreciaba la ocasión para manifestarse ante sus amistades y relacionados, sin embargo, necesitaba cerca de él hombres hábiles e idóneos, que lograba con ofertas jugosas, la realización de sus anhelos; sin embargo sus ordenes imperativas le creaban disgustos por eso siempre exigía a una persona enérgica capaz de soportar presiones y órdenes de mando, exigía abnegación y pedía que no le dirigieran reproches ni quejas. Y mucho menos amenazas.

Por los alrededores del exclusivo sitio de la ciudad, se destacaban, a todo lo largo de la avenida, las amplias jardineras centrales de Park Avenue y los modernos edificios transparentes de arquitecturas atrevidas y originales. La vista se perdía hasta llegar al Rockefeller Center, y emblemáticos como el Waldorf Astoria y la Grand Central Station, cercanos a Time Square.

El señor Lozano había puesto parte de sus haberes, sujetos a los vaivenes bursátiles, en manos de su hijo mayor, para aliviarse un poco de su responsabilidad con las finanzas familiares y sus compromisos gubernamentales. Residían aquí familias pertenecientes a la más alta clase social de la gran urbe, políticos, intelectuales, personajes del cine y la televisión.

En el enorme vestíbulo, alfombrado completamente, en una de las paredes enchapadas en madera de cedro rojizo, se destacaba una tarja rectangular en la que se anunciaba con letras en alto relieve la compañía de los Lozanos. Aquí Octavio se sentía a sus anchas, dueño del mundo.

Era producto fiel de sus antepasados, cuyo norte era el desarrollo económico constante para su satisfacción personal. Y si habían ocupado posiciones de prestigio, no era con el fin loable de servir bien a su pueblo, auque en algunas ocasiones se les escapó uno que otro gesto de generosidad.

Octavio ostentaba su estampa del burgués contento y por lo mismo no tenía empacho de exteriorizar su gran poder, especialmente a algunos correligionarios que se habían residenciado en la gran urbe en busca de una mejor vida.

Miraba a los suyos por encima del hombro y en algunas ocasiones empleaba palabras de desprecio con las que subestimaba al pueblo colombiano.

No está por demás añadir que esta actitud no era de la satisfacción del señor Lozano ni de Doña Josefina. Casado con una neoyorkina, emparentada con los Morgan, que había conocido en la Universidad de Stanford, tenía dos hijos pequeños. Vivía una vida palaciega y el único vínculo con Colombia era sus constantes llamadas a su padre para informarle de sus negocios y sus actividades en la bolsa de Nueva York.

La manera como manifestaba sus vínculos con Colombia en los círculos financieros de la ciudad, de los que hablaba a veces con arrogancia, le había granjeado múltiples enemistades, pero, gracias a su posición, sabía sortear la situación y dentro de un círculo de hipocresía de damas y caballeros a quienes él prodigaba con un gran derroche de fiestas, continuaba su espectacular amasijo de dinero.

Constantemente pasaba correos electrónicos a su padre, quien estaba al tanto de sus desvaríos, dándole cuenta del movimiento en Wall Street y el sistema financiero en general. En días pasados había leído un libro sobre economía escrito por Xavier Serviá, un ex "Menudo", analista económico de CNN, con quien coincidían en algunos puntos importantes. La manera como el autor analizaba esos asuntos le había dado fama y prestigio.

"Es cierto —le decía—, todo depende de los resultados que surgen de algunas situaciones a nivel mundial, un acto de guerra, un asesinato con trascendencia de primera plana, un desorden en el equilibrio de cualquier sociedad organizada, en las cuales siempre está presente el quehacer humano económico y social, influyen en los vaivenes económicos porque siempre, por lo mismo, ha habido períodos en los que se incrementa el capital, como en algunas ocasiones bajas espectaculares. Es el libre juego de las acciones activo en la oferta y la demanda. Por eso, sin entrar a dilucidar estos asuntos desde un punto de vista lógico, el mercado se mueve por caminos inimaginables, y por lo mismo hay que enfrentarse a las fuerzas del mercado que actúan irregularmente, aun en los momentos de crisis como se barrunta en estos momentos.

"En el siglo pasado el capitalismo estaba controlado por el Estado. Así ocurría en Estados Unidos. Recordemos la ley Glass-Steagall (Banking Act), promulgada en 1933. Las ejecutorias económicas crearon una sociedad más afluente y equitativa, porque el poder del capital, bajo el estricto control del Estado, benefició a todos.

"En nuestro siglo, como consecuencia de haberse desregularizado durante el gobierno de Clinton el sistema capitalista, éste está esencialmente dominado por los banqueros, quienes han entronizado, por lo tanto, la banca en la que imperan las especulaciones sin control. La banca de depósitos y los industriales mueven la economía. Porque está basada en la producción. La de los especuladores, no, porque está basada en la avaricia individual.

"Teniendo en cuenta el factor tiempo, lo importante es la decisión que tomemos sobre el flujo constante del dinero y cómo se va a manifestar en sus distintas formas en las que siempre hay que tener en cuenta las leyes que mueven el mercado.

"Siempre debemos tener en mente estas consideraciones y buscar la seguridad que sólo se puede encontrar en las transacciones donde impere el movimiento en efectivo. Hoy en día, la crisis nos obliga a no correr riesgos, cualquier inversión podría ser volátil por lo que debemos buscar mantenernos en un proceso de crecimiento diario, para podernos enfrentar con éxito a aquellos que tiene por lema de que en río revuelto ganancia de pescadores".

Con estas palabras parecía barruntar la debacle del sistema, el cual se iniciaría con fallas que aparecerían en las hipotecas dentro del procedimiento inmobiliario. Quizás por esta razón, en otro correo le manifestaba a su padre lo siguiente: "Me preocupa el rumbo de la economía en un futuro inmediato. El neoliberalismo implantado por Reagan, diseñado para mejorar, aparentemente, la economía de los países de América Latina, ha eliminado toda restricción a los abusos del poder económico. La vía libre a las apetencias humanas puede convertirse en un tsunami económico de repercusiones muy serias, que nos afectará a todos.

"Estoy persuadido que la ambición descontrolada, la avaricia, frena los impulsos. Es conveniente, pues, y así lo recomiendo, que nosotros, con el fin de resguardar nuestros intereses, no caigamos en la manía persistente de buscar ganancias sin limitaciones ni obstáculos. Los que han caído en esta práctica, todavía no se imaginan el golpe que les espera".

El señor Lozano se satisfacía con las palabras inteligentes y versadas de su hijo. Sabía que su hijo, a conciencia, le hacía ver los efectos demoledores sobre el pueblo cuando la economía a través de las instituciones políticas que la rigen por ser extractivas, eran para beneficio de una élite que la controla y manipula.

Por sus grandes conocimientos económicos y sus éxitos en los negocios, obviaba su obtusa personalidad y lo mantenía al frente contra viento y marea con la esperanza de una pronta transformación de su estructura emocional, la cual nunca llegaría porque toda su atención intelectual estaba dominada por el desarrollo económico que tenía como objetivo la pródiga manifestación de su maravillosa posición social.

Meses antes de que Octavio viajara a Nueva York para hacerse cargo de los negocios de su padre, Eduardo fortalecía sus relaciones con una hermosa joven de Cartagena, Cecilia Vengoechea, finalista en un concurso de belleza nacional. Su matrimonio, pues, coincidió con la ausencia de su hermano.

Pasaron la luna de miel en las islas de San Andrés y Providencia, peculiar departamento de Colombia en el Caribe, y poco después establecieron su residencia en Miami, donde Eduardo tenía a su cargo una próspera compañía de bienes raíces obsequiada por su padre con el fin de que se abriera camino y abandonara el que llevaba en las altas esferas sociales de Bogotá, caracterizada por su vacuidad y sus constantes homenajes a pintores y artistas que pertenecían a un mismo clan social del cual él formaba parte.

Hacía algún tiempo, con el fin de establecer los valores legítimos del arte y poner a cada cual en el lugar meritorio que le correspondía, Marta Traba, extraordinaria crítica de arte, de origen argentino, había iniciado en todo Colombia una campaña con este propósito.

Se cayeron los mitos e ídolos falsos. Y quedaron los grandes de verdad como Obregón y Botero, de aceptación internacional.

También dio reconocimiento al más continental de los pintores colombianos: Leonel Góngora, nacido en Cartago, en 1932, digno exponente del arte erótico. Sin embargo, su obra representada por mujeres contrahechas pero de miradas profundas, que el artista presentaba dentro de un amplio colorido y una exquisita estilización del cuerpo femenino, había sido una de las primeras manifestaciones en contra de la violencia, las masacres y el desgarre del territorio colombiano. Era la sexualidad sujeta a los peores actos de barbarie, según se puede constatar en la obra La Violencia publicada en 1962. El éxito de Marta Traba se debió a sus análisis certeros como crítica de arte. Nunca ha sido bien lamentada su pérdida en un accidente de aviación.

Con el correr del tiempo, la ciudad capital había vuelto a lo mismo. Eduardo formaba parte de la mediocre élite social, que se atenuaba con la amistad que hizo con Cecilia, su esposa, muy versada en el desenvolvimiento político del país. Para los dos —lo habían discutido muchas veces— el tiempo transcurría en un completo desperdicio de actividades sociales, galantes sí, alegres y por mucho, pero en el fondo, no representaban ningún tipo de progreso para nadie. Un buen día los dos, de común acuerdo, tomaron la decisión de abandonar el país. Doña Josefina y Lozano vieron esto como un recurso efectivo para dar un toque distinto al transcurrir de sus vidas.

Así, pues, no escatimaron esfuerzos ni reuniones de familia para ayudarlos a salir adelante y por eso decidieron poner a Eduardo al frente de una compañía de bienes raíces.

Por varios años todo marchó bien dentro de los círculos sociales de Miami, con una excelente economía familiar sostenible, buenas relaciones con cubanos de prestigio contribuyeron al progreso de sus negocios y, además, sus actividades oscilaban entre las obligaciones de su trabajo y reuniones sociales de envergadura en las que constantemente se tocaba, en el plano político, la situación de Colombia, "país ejemplo de democracia y equidad. Un buen amigo de Estados Unidos" como usualmente le decían al enterarse que la pareja era colombiana.

Hábiles en la conversación, que manifestaban en voz alta, rasgo cultural de las gentes del Caribe, los cubanos se distinguían, entre todos los latinoamericanos, por su generosidad y una acción espontánea de extender la mano al necesitado.

Pero todo, poco a poco empezó a cambiar y las buenas relaciones de antes, a la postre, se derrumbarían inevitablemente, porque las calurosas amistades de antes se tornaron distantes y las amigables conversaciones de otros días, agrias y en algunas ocasiones violentas. Noticias alarmantes llegaban de Colombia.

8

Los principales rotativos de la Florida daban cuenta de ellas en sus primeras páginas, y en titulares que llamaban la atención del círculo cubano: El Movimiento de Emilio trascendía fronteras, y aunque sus amistades de Miami desconocían los vínculos familiares con Emilio, Eduardo y Cecilia se veían casi obligados a soportar constantemente una prédica ofensiva y amenazante cuando se atrevían salir en su defensa. Por lo tanto, se plantearon muy seriamente regresar a su patria.

Además, la prensa de la Florida no vacilaba en presentar las noticias que producía El Movimiento como una amenaza a la democracia y la libertad, "IMPERANTES EN TODO EL TERRITORIO COLOMBIANO".

Eduardo no lograba superar la profunda nostalgia por su patria que se enardecía ante la enorme labor de su hermano que adelantaba y fortalecía diariamente, sin escatimar esfuerzo ni dinero, por lo que quería aprovechar la oportunidad de, en alguna forma, rehabilitarse a través de El Movimiento.

Rechazaba convertirse en copia del colombiano que, buscando el estipendio personal, encajaba sin inmutarse en el *American way of life*. Su conciencia echó raíces en el ámbito social de la capital y estaba compenetrado con amistades con las que compartía constantemente.

En Miami, la influencia del exilio cubano era como la gota de agua que golpea constantemente la roca hasta por fin romperla. La ruptura con ese ambiente de constante presión ideológica, le había incrementado su principal anhelo de servir bien, de alguna manera, a su ciudad y al país en general lo que era ya una obligación moral.

Razón para dedicarse, como lo hacía todas las noches después de comunicarse por correo electrónico con sus padres y en especial con Emilio, a escribir sobre lo que acontecía en el país especialmente lo relacionado con El Movimiento, costumbre que se extendía en sus visitas a su familia.

Por lo demás, todo se reducía a una especie de ansias oníricas que no lograban calar en la realidad que él mismo creaba a su alrededor cada vez que visitaba la capital, respuesta emocional que era la manifestación sutil de un temor subconsciente a su padre. Sin embargo, su deseo de deshacerse de la tutela sicológica de su progenitor, le ayudaría en un futuro cercano a entender el desarrollo de unos acontecimientos imposibles de creer.

En las conversaciones diarias siempre manifestaba una profunda admiración por su hermano menor, inclusive deseaba imitarlo en lo que concernía a los aspectos intelectuales, pero la imitación iría más allá de sus propias capacidades y sería detectado de inmediato, por lo que prefirió no manifestarse y esperar a que llegara el momento propicio que le permitiera ser él, espontáneo, original.

Lo logró cuando, en la soledad augusta de la enorme biblioteca de su padre, tomó la decisión de mantener intacta la costumbre familiar de escribir con detalles precisos y verdaderos el desenvolvimiento coetáneo de los acontecimientos históricos que acababa de experimentar.

Sería probablemente el último Documento Comprobatorio escrito por un Lozano que engrosaría el acerbo histórico guardado por siglos. Esta actitud encomiable por demás, marcaba una ostensible diferencia entre Octavio y él. Los lazos consanguíneos que los unía, se hacían trizas con la inhiesta personalidad de uno, y la modesta del otro, flexible y apta para permitir una transformación espiritual. Indiferente Octavio a todo lo que tenía que ver con El Movimiento contrastaba con el entusiasmo de Eduardo ante las nuevas posturas que sólo se lograba con el gigantesco amasijo de personas unidas por convicciones profundas y que Octavio rechazaba con indiferencia.

La postura asumida por los dos hermanos, era reflejo fiel de la que se manifestaba por el pueblo a todo lo largo y ancho del país y, también, a través de la historia.

Como pude constatarlo muchas veces en mis conversaciones con amigos, con gentes de la calle y en las reuniones de familia, era producto de la naturaleza humana colombiana de dividirse siempre en dos bandos, lo cual se manifestaba en las actividades políticas, en las conversaciones cotidianas en las que se pudiera plantear algún punto ideológico en los procesos eleccionarios pero no en los cónclaves que realizaban con calurosa camaradería los políticos de renombre, los grandes empresarios y demás, sin importar las diferencias de vertientes que se aunaban cuando se buscaba el bienestar personal.

9

Emilio, el menor, era el único que para esos días le hacía compañía a su padre. Era el querendón de la familia, tenía la chispa ingeniosa en el momento, hábil en la conversación sobre diversos temas, y, sobre todo, manifestaba de manera espontánea una extraordinaria consideración hacia los demás que su padre no pasaba por alto y, por el contrario, veía en esa actitud un cambio positivo en su entorno familiar, actitud que se iniciaría a muy temprana edad y le acompañaría toda la vida. De fuerte complexión, con un metro noventa de estatura, pelo lacio que se peinaba hacia atrás, diecinueve años de edad.

De mirada centelleante que se avivaba cuando terciaba en temas cuyos argumentos tenían que estar imbuidos de precisión y veracidad, que él manejaba hábilmente gracias a sus conocimientos de la preceptiva literaria y los estudios lógicos. Conversaban, padre e hijo, todos los temas hasta horas avanzadas de la noche. Costumbre que se había iniciado hacía algunos años. Como estaba inmerso en la preparación de su tesis, usaba la idoneidad de su padre en los asuntos históricos para indagarle al respecto, y colectar información que se requería en sus escritos; sin embargo, a menudo caía en el favorito: los acontecimiento históricos en los que había participado algún miembro de su familia, desde la época de la conquista hasta nuestro días.

El joven siempre interesado en los hitos históricos de Colombia, y con el afán de conocer la verdad la cual empezó a buscarla antes de los diez años de edad, y que ahora dejaba de ser un hecho anecdótico para convertirse en un gran movimiento de masas que él diariamente con su prédica sobre el perfeccionamiento de la naturaleza humana, a través de la virtud, el buen juicio y la prudencia adelantaba y fortalecía.

Mantenía con su padre un constante diálogo sobre muchos aspectos, especialmente los relacionados con la lucha por la independencia, y el sueño del Libertador de lograr algún día la unión hispanoamericana.

El padre muchas veces llevó a su hijo, desde muy tierna edad, a la biblioteca la cual lo había cautivado por su amplitud, su diseño clásico y su estantería empotrada, en cuyos espacios resaltaban documentos valiosos y textos antiguos de historia colombiana, que lo ponían al tanto de los múltiples datos desconocidos por los historiadores oficiales. Estaban protegidos dentro de una enorme caja fuerte cuya combinación solamente Lozano conocía, pero cautivado por el interés de su hijo en los hechos históricos, le había dado la clave.

El atractivo intacto y solemne de la biblioteca, dentro del paisaje natural que la rodeaba, abundante vegetación, arboles enhiestos, característico de la arquitectura pintoresca, siempre había sido una preocupación de familia, en especial del señor Lozano. El amplio espacio, con miles de libros y documentos originales y signados, que venían acumulándose desde la conquista, se acentuaba con la pintura original, en la pared del frente, de un paisaje de Dalí de 1919 en el que en ese entonces joven pintor español, ya empezaba a manifestar su habilidad para disolver lentamente la imagen a manera de una transmutación espontánea.

En el cuadro, las casas de una pequeña aldea se apreciaban los juegos de luz y las pinceladas súbitas del Impresionismo. El propio señor Lozano lo había obtenido de un marchante español venido a menos en los círculos sociales del viejo continente. Los retratos de prestigiosos antepasados de la familia, que colgaban de las paredes, en diferentes secciones, se caracterizaban por sus fuertes pinceladas que daban un toque de realidad al personaje, sobre todo en la mirada que indicaba autoridad y poder.

Se destacaba poderosamente el del antepasado más conspicuo de la familia Lozano. Ostentando triunfalismo, teatralidad y pose de caballero con su elegante vestido francés con brocado de oro. En la cartela se lee El Señor Don Jorge Miguel Lozano Peralta y Varaes, Marqués de San Jorge.

En el primer piso predominaban libros de autores contemporáneos, especialmente de Europa y otros de América del Sur, todos leídos por Lozano, y que ahora los leía Emilio, con sumo interés en especial aquellos que tenían que ver con la problemática social y los aspectos político-económicos.

Además, se destacaba una amplia colección de audiovisuales y mapotecas, en los que se podía conseguir mapas originales, algunos habían pertenecido al *Atlas Geográfico de Colombia*, que dirigía en 1889 el gran cartógrafo italiano Agustín Codazzi. En el segundo piso, al que se ascendía por una escalera de caracol, con pasamanos de hierro fundido, estaban los libros y documentos más antiguos.

Se destacaba *El Oráculo Manual y arte de prudencia* de Baltasar Gracián escrito en 1647, el mejor manual de autoayuda de obligada consulta para aquellos que la buscan incesantemente.

Aquí se conservaba, además de algunas curiosidades, la verdadera historia de Colombia: copias, folios, traducciones de antiguos documentos escritos en latín por sacerdotes que vinieron a América en los comienzos de la conquista y registros que sobrevivieron a esa época, crónicas originales con la firma del autor de casi todos los que habían ofrendado su vida por la nacionalidad colombiana, una nutrida sección epistolar, y, como curiosidad, varios libros incunables bogotanos, editados desde la creación de la imprenta en 1738, hasta algunos palimpsestos del siglo siete que monjes guardianes europeos mantenían en secreto y que alguien subrepticiamente había vendido a un remoto antepasado Lozano. Algunos pertenecieron a la biblioteca del Monasterio del Escorial y otros a la biblioteca capitular de Verona.

Algunos, todos pertenecientes al clan Lozano, tenían acceso a la biblioteca pero sólo movidos por una simple curiosidad, hasta que llegó Emilio, como en otros días el señor Lozano, con su intervención y sus deseos de crecimiento intelectual, activó de nuevo su dinámica.

Los manuscritos estaban protegidos en carpetas de cuero repujado, clasificados con método con un sistema alfanumérico que hacía fácil encontrarlos por temas que cubrían desde comienzos de la conquista, las protestas en que había participado el Marqués, previas al levantamiento de los comuneros en 1810, los fusilamientos en la época del Terror y, en tiempos modernos, la matanza de las bananeras, la de Marquetalia, el asesinato del Padre Camilo Torres y ya en nuestra época el de Luis Carlos Galán, Carlos Pizarro, y algunos candidatos de la Unidad Patriótica.

Además, también, se podían leer documentos que trataban de la inventiva del pueblo colombiano y otros que eran producto de la imaginería de escritores que rebuscaban para plasmar sus pensamientos en las entrañas mismas de costumbres ancestrales.

Esta extraordinaria fuente de enriquecimiento del conocimiento histórico había continuado hasta el presente, y dio la oportunidad para que Emilio se diera cuenta que la historia colombiana era una tautología en el que se destacaban acontecimientos humanos recurrentes, generalmente trágicos, propiciados por personas poderosas que decidían en conciliábulos la acción a tomar contra los enemigos del sistema.

El señor Lozano le narraba a Emilio los hechos que venían viviendo desde mucho tiempo como los acontecimientos fatídicos de la masacre de las bananeras narrada por su padre, y el parricidio del 9 de abril de1948 a la una y cinco de la tarde cuyo nombre se acuñó con la palabra *Bogotazo*. El mismo Lozano fue testigo ocular de los hechos a la temprana edad de diez años.

—Para algunos intelectuales burgueses —decía Emilio—, esa fecha marca el inicio de la tragedia colombiana. Para los que leemos los documentos de la biblioteca, concluimos que la tragedia se fue fraguando desde la época de la conquista y la consiguiente colonización española cuando surgió un círculo privilegiado de prohombres que supieron hacerse del poder después de la independencia, y fueron los mismos que dieron al traste con la obra majestuosa de Bolívar. —Y añadía—: Logré comprenderlo todo al tener en cuenta el hilo de conducción de los fieles manejadores del Estado de ese entonces hasta nuestros días. Por la similitud que los une y los identifica, puedo decir que en realidad son los eternos consumadores directos de la realidad social de Colombia a través de los siglos.

Es sábado temprano en la mañana, hora que el joven empleaba para hacer sus tareas para lo cual tenía a su alcance la mejor fuente de conocimientos geográficos, históricos, filosóficos que él usaba para hacer un trabajo de excelencia. Enfrascado en el desarrollo de un tema histórico, su padre se acercó a él, describió con el brazo derecho un círculo en el aire que abarcó todo el espacio de la biblioteca

—Aquí está —le dijo—, la verdadera fuente histórica de la nación. Esta fuente histórica es el resultado de la atropellada actividad humana que refleja los hechos históricos directamente, y cuya desviación de la verdad puede ser corregida mediante un tratamiento metodológico adecuado de todo su contenido.

Porque no puedes olvidar que un hecho es la consecuencia de otro. La Ley de Consecuencia es una realidad. No existe el azar.

—Método imprescindible, que se aplica adecuadamente cuando hacemos uso de la ley de causa y efecto —contestó Emilio— en el proceso de investigación histórica. Son elementos probatorios que pueden contribuir con nuestro patrimonio cultural y, al mismo tiempo, con un despertar de conciencia.

—La conciencia del pueblo colombiano es un cofre difícil de abrir.

—Porque nunca se ha empleado la llave correcta.

—¿No será que hemos escogido no equivocadamente la que no es?

—Sí, podría decirse de esa manera, padre. Además, es fácil equivocarse premeditadamente cuando solamente hay una, la de la virtud.

El padre, ante las respuestas de Emilio, se limitó a manifestarle una sonrisa de satisfacción. Estaba acostumbrado a este tipo de repuesta que su hijo siempre tenía a flor de labios. Lacónicas, precisas, irrefutables.

Y así los dos pasaban horas examinando documentos con la firma de los autores originales tales como legajos, códices, certificados de nacimiento, contratos y ordenanzas de esclavitud en los que se establecía la raza correspondiente, de las muchas clasificaciones que se establecieron durante la conquista y la colonia, tales como las castas y las distintas mezclas que lo mismo producía un castizo, un zambo o un mulato.

Por aquello de combatir la amnesia histórica de los colombianos, se incluían datos muy importantes sobre el poder político en manos de los españoles y el económico en manos de los criollos, que permitió el desarrollo de una oligarquía granadina, a cuya cabeza estaba Jorge Miguel Lozano de Peralta, el Marqués de San Jorge.

Emilio se sentía cautivado por los documentos antiguos así como por algunos escritos originales del Libertador que daban cuenta de los propósitos reales de la oligarquía, los cuales los leía con gran entusiasmo, y muchas veces con euforia y tristeza movido por el estilo romántico del caraqueño. El joven explicaba a su padre su interpretación de algunos pasajes históricos y éste lo escuchaba con atención pero con reserva. El curso del tiempo no había podido borrar los conflictos entre su familia y Bolívar inherente al manejo de los hechos que produjeron a la postre la independencia del país, y que estuvo a punto de dislocar el gran poderío que poco a poco fue adquiriendo de nuevo la fronda oligárquica de entonces. Porque una vez muerto el Libertador, se apoderó del poder y se fue adjudicando posiciones de renombre en el manejo administrativo del nuevo Estado colombiano.

Por esto, aún así, Emilio se había ganado el aprecio muy especial de su padre, quien lo tenía en reserva para dirigir la nave de su imperio. No quería que su hijo fuera un reaccionario intelectual más, con la obsesión quijotesca de leer de todo, o simplemente un conocedor de la historia para su provecho intelectual, pero sin echar raíces en el ámbito mismo de la realidad colombiana, sobre todo en los aspectos económicos.

El hijo a su vez presentía un aire de bondad en su padre que venía gestándose en él desde hacía algún tiempo. La recia personalidad de su padre, su dureza en los conceptos, la forma autoritaria como enmarcaba toda opinión que él exteriorizaba en cualquier momento o circunstancia, se había convertido en Emilio en una genuina preocupación desde que se dio cuenta que tenía puesta en su padre la esperanza de su apoyo, sin objeciones ni cuestionamientos, a El Movimiento el cual estaba consolidándose rápidamente con sus prédicas y sus constantes presentaciones en la universidad. "La historia es una gran maestra", le decía el padre. Y con su hijo habría de confirmar esta máxima.

Otras veces, junto con su hijo se paraba frente a un enorme mapa de América del Sur, y empezando con Colombia, hasta llegar a la Patagonia señalaba mediante chinchetas de diversos colores, el tipo de empresa y la ubicación exacta de sus poderosas corporaciones. "Algún día, quizás muy pronto, estarás a la cabeza de este imperio". El hijo miraba fijamente a su padre y con una sonrisa asentía con la cabeza, sin embargo Emilio no tenía ningún interés en los bienes de su padre, pues había tomado la decisión inquebrantable desde muy temprano de dedicar su vida al servicio del pueblo.

De todas maneras, para halagar a su padre, empezaba una serie de preguntas sobre la economía del país, cómo se manejaban las grandes corporaciones, y sobre todo cómo este enorme poder incidía en el diario vivir del pueblo colombiano. El padre daba algunas explicaciones aunque soslayaba plantear el asunto desde el punto de vista social, porque se destacaría de inmediato el fiel de la balanza que indicaba la oscilación de los platillos de la economía ubérrimos para unos pocos pero exhaustos para los demás.

Emilio creía profundamente que la concentración del capital del país en su familia, y otras más, habían convertido a los señores propietarios en príncipes feudales, al Estado en su protector y al pueblo en su vasallo. Por eso Emilio todavía no estaba preparado —pensaba su padre—, para hurgar un tema tan escabroso, pero en realidad él estaba al tanto de dicha realidad porque desde la temprana edad de diez años —recordó su padre el momento con precisión— había empezado a entender la problemática social de su pueblo.

10

Esa mañana de julio de 2008 era excesivamente fría. Había llovido toda la noche. Se sentó a la mesa. A medida que ingería el desayuno, crema de avena sazonada con canela, un huevo pasado por agua, pan tostado y café con leche bien caliente, leyó, como era su costumbre todas las mañanas, la primera plana de los principales periódicos del país y todo lo relacionado con el movimiento bursátil del cual se enteraba diariamente con sumo interés en el *New York Times* que lo recibía con prontitud especial y en el intercambio epistolar con Octavio.

Hizo las llamadas telefónicas de rigor, después entró a Internet para buscar información valiosa inherente a sus negocios o a lo relacionado con su desempeño como Ministro de Defensa. Veía las noticias de CNN en inglés y español. Con igual interés las de Telesur y la BBC de Londres.

Esta costumbre lo ponía al día sobre los acontecimientos mundiales y le permitía estar muy bien informado en el instante de ocurrir acontecimientos importantes en Colombia o en cualquier lugar del mundo. Sin embargo estaba perfectamente persuadido que cualquier información de los medios de comunicación exigía profunda ponderación pues existía la clara intención de tergiversarla por mero favoritismo y esto laceraba la esencia misma de la verdad, sobre todo cuando se trataba del gran movimiento bolivariano, cuyas gestiones intensas eran reseñadas con exactitud en Telesur y la BBC las cuales él seguía al pie de la letra. No se podían pasar por alto, porque en reuniones de grupo todos los representantes del gobierno exponían una clara preocupación por los acontecimientos en Venezuela.

Prendió el televisor y en ese momento las noticias anunciaban la visita que tendría lugar en Cartagena de Indias, del candidato a la presidencia de Estados Unidos por el partido republicano. Para éste era un paréntesis en la fogosidad de la campaña presidencial, que exigía el máximo por la presencia de contendores del calibre de Obama y la señora Clinton.

Mister John McCain, acompañado de su esposa Cindy, arribó el día 1° a la hora programada. El presidente de Colombia recibió al senador en su casa de Huéspedes Ilustres de Cartagena de Indias. El sol brillaba con toda su intensidad y daba realce a las antiguas murallas de la ciudad.

Custodiado por unos tres mil policías por aire, tierra y mar, en cuya actividad colaboraban miembros del servicio secreto estadounidense, algunos de los cuales eran compañeros de Carmona, que era parte del grupo y quien era la figura clave que le servía a la CIA cuando ésta hacía acto de presencia en el quehacer colombiano. Gracias a él, a través de una simple llamada telefónica se daba comienzo a la actividad de una logística previamente diseñada por expertos, que casi siempre culminaba con un éxito rotundo. La idoneidad de Carmona en estos menesteres era incuestionable. El balneario estaba militarizado para garantizar la seguridad del virtual presidente de Estados Unidos.

Tendría, en su estadía en Colombia de sólo dos días, una entrevista con el presidente del país con quien se trataría a alto nivel los aspectos del Tratado de Libre Comercio, el cual ya había sido firmado por los dos países y sólo faltaba la aprobación del congreso norteamericano.

Sin embargo, había un motivo fundamental por el que la Cámara estadounidense, muy a pesar del presidente Bush, no aprobaba el Tratado de Libre Comercio con Colombia. "Sólo allí donde se respeta los derechos humanos existe el ambiente propicio para establecer un tratado de libre comercio", había dicho la señora Pelosi, presidenta de la Cámara

Norteamericana, quien tenía conocimientos de lo que acontecía en el país con los derechos humanos. Otros aspectos a considerarse era la lucha antidrogas y el de los movimientos guerrilleros, el presupuesto otorgado al gobierno colombiano para enfrentarse a ambos flagelos le permitía contar con partidas multimillonarias.

Lozano siempre atento a los detalles para una segura protección del candidato y a la movilización de las fuerzas especiales con dichos propósitos, quería estar seguro de que se había cumplido a la perfección con el diseño trazado por él a las autoridades correspondientes y a Carmona con quien había discutido toda la operación por teléfono. Quiso estar presente en el recibimiento, pero asuntos profesionales que tenían que ver precisamente con la importante visita, se lo impidieron.

Se había instalado una vigilancia que cubría todo el país. En el recibimiento estuvo el presidente y su gabinete en pleno. No era una simple visita de cortesía. Además de promover a Colombia para que fuera aceptada en el Tratado de Libre Comercio, se buscaba acentuar las relaciones del presidente con Bush, que seguirían presentes, con las mismas características, en el caso de un triunfo de McCain, indispensable para mantener al presidente colombiano en el poder y asegurar su reelección.

Esta era la clave que se aplicaba en la política internacional de Bush para no perder la cohesión entre los Estados Unidos y América Latina, y en las situaciones actuales se consideraba a Colombia un bastión inexpugnable de gran importancia para fortalecer las relaciones en la región, y esto era clave para la política de acercamiento que desarrollaría el gobierno de McCain, objetivo ineludible ante el surgimiento del movimiento bolivariano.

Era, por lo tanto, un imperativo fortalecer las relaciones con Colombia y así mantener la hegemonía en toda Latinoamérica, y frenar el rumbo que había tomado la región desde que el presidente venezolano Chávez había cautivado a los pueblos con el pensamiento bolivariano. El presidente colombiano contaba con toda la colaboración de los Estados Unidos, y su plan le fortalecería y redundaría en un seguro triunfo en las próximas elecciones.

Fue una visita de menos de veinticuatro horas, en la que McCain visitó un hospital castrense, recorrió sus instalaciones y se reunió con miembros de la Cámara Colombiano-americana, donde reconoció la labor humanitaria de parte del gobierno por lograr, lo más rápido posible, la liberación de Ingrid Betancourt quien, según informe oficial, desatendió las advertencias para que no se desplazara a San Vicente del Caguán, con fuerte presencia guerrillera, cuyo alcalde pertenecía al Partido Verde Oxígeno fundado por ella y, en ese momento, su candidata a la presidencia. Nacida en el seno de una familia privilegiada el 25 de diciembre de 1961, el pueblo la había acogido con entusiasmo.

McCain tuvo una reunión en secreto con el presidente quien, según trascendió más tarde, firmó compromisos que tenían como miras en un futuro cercano, fortalecer en Colombia el campo militar, además de incrementar la ayuda financiera para continuar con éxito su lucha antiguerrillera.

Cerca de las dos de la tarde el candidato salió rumbo a México y con él toda la comitiva de protección, incluyendo a Carmona quien, en un vuelo de COPA por motivos personales, se dirigió el mismo día directamente a Puerto Rico. La visita relámpago del candidato logró los objetivos trazados, y afianzó las estrechas relaciones entre los dos países. El presidente, semanas antes, había citado a Lozano y éste pensó que podría ser para culminar los preparativos del recibimiento, pero las razones no se debían a la visita del que muchos, en ese momento, consideraban sería el futuro presidente de Estados Unidos. Así, pues, hizo los preparativos de rigor, tomó del escritorio la agenda que horas antes le había organizado la secretaria, llamó a su chofer.

11

Emilio verificó los aceites del motor de su automóvil, un *Subaru* del año, blanco con líneas horizontales azules y se dirigió hacia la Universidad Nacional, donde se graduaría de abogado muy pronto. Habían pasado varios días sin poder concentrarse en la tesis que preparaba sobre "El porqué de la violencia en Colombia. Causas y efectos".

Tomó la decisión de aislarse en la biblioteca de la universidad para hacer un repaso del tema relacionado con la tesis cuya preparación ya tomaba varios meses, aunque sentía satisfacción por el aspecto científico que cuidadosamente había logrado darle dentro de una estructura lógica. La había dividido en dos secciones importantes. La primera se refería, con lujo de detalles, a hechos históricos de orden público como las múltiples guerras civiles azuzadas por ideologías políticas, la constante presencia de personas ilustres con vínculos de sangre, que convirtieron al país en un campo de batalla, casi todos de Popayán ciudad al sur del país, y de Bogotá; la proliferación de guerrillas diversas, y asesinatos de figuras cimeras y de candidatos a la presidencia, generalmente de extracción popular. La tesis destacaba la presencia de una lucha individualista por el poder, por el poder mismo.

La segunda sección versaba sobre el enorme desplazamiento humano, el segundo en el mundo según la ONU, cuyo origen estaba ligado, en sus comienzos, a los campesinos y la pérdida, de manera violenta, de sus tierras ancestrales, generando un éxodo masivo que llevó a muchos colombianos a Venezuela y Ecuador, donde, aunque vivían de manera austera, por primera vez se sentían protegidos.

Dentro del desarrollo de la tesis hizo hincapié en el incesante desplazamiento de campesinos propiciado por cuatreros a sueldo, sostenidos por fuerzas poderosas, que convirtieron y convierten el terruño colombiano en un escenario horripilante de rapiña y sangre. La masacre, que el representante de turno del gobierno, muy orondo, tranquilo presenta, ante las cámaras de televisión, como si fuera el comienzo de algo horrible, imperdonable, "los culpables recibirán todo el peso de la ley", y no la continuación de una violencia que es ya parte integral de nuestra cultura. La indiferencia oficial se entiende. La de millones de colombianos, no. En esta realidad trágica, sin embargo, Emilio destacaba de manera especial los valores que han encarnado el espíritu campesino, resignado, no por temor, y si por una actitud contemplativa, que se concentra en una labor intrínseca de superación del ser colombiano. Para Emilio estos valores serían la materia prima que coadyuvaría en la confección de la nueva Colombia.

Su tesis incluía, además, en forma detallada los efectos de la influencia de los Estados Unidos desde las luchas bolivarianas y la intervención directa de la CIA en los acontecimientos de 1948 y todo lo relacionado con el complot que acabó con la vida del padre Camilo Torres. El análisis de todos estos hechos escabrosos le tomó meses, pues no sólo los exponía con una amplia información histórica, sino que los sometía también a un análisis riguroso dentro de las circunstancias sociales, económicas y políticas para sacar deducciones directas que daban base lógica a la tesis, cuya filosofía giraba en torno al fortalecimiento de la identidad nacional.

La segunda sección daba realce, además, a la influencia negativa directa de la violencia sobre la Colombia actual y cómo la oligarquía, según documentos, era la principal beneficiaria. Con sumo cuidado aplicó la dialéctica en su razonamiento dentro de una línea directa de causas y efectos.

Desde el punto de vista sociológico profundizaba en las causas del problema y no en el problema como tal que podría llevar a análisis carentes de objetividad y obtener así deducciones equivocadas.

Ya había discutido el esquema con el Profesor Sanz quien dio visto bueno al excelente trabajo, coherente, original y, sobre todo, quedó el sabio sorprendido por el trato científico que Emilio dio a los hechos históricos con los que sustentaba su tesis con una base filosófica que lo englobaba todo: ética, educación, altruismo, generosidad, información histórica. Satisfecho con el trabajo, se dirigió a su casa para cumplimentarlo con las investigaciones que había adelantado en la biblioteca de su padre.

Insistía en aclarar que aceptar al profesor como Director en la ejecución de su tesis obedecía a la relación de afiliación más que de amistad, pues ambos coincidían en la filosofía y la política, disciplinas presentes con altura en cada línea de la tesis que Emilio buscaba terminar cuanto antes.

Es entonces que, según me narró Emilio, experimentó uno de esos acontecimientos que de manera providencial, podría decirse, cambian el curso de la historia. Yo le escuché con atención y le pedí todos los detalles al respecto.

Llovía intensamente. La ciudad se iluminaba con los relámpagos que restallaban en el firmamento, y la luz intensa del meteoro se metía por los postigos de las casas, iluminando los cuartos con destellos intermitentes. Miró a la calle que lucía solitaria, los focos se reflejaban en el pavimento húmedo. Las fuerzas de la naturaleza se coaligaban para crear un escenario estremecedor.

Regresó a buscar datos que fueran valiosos y apropiados para el estudio que adelantaba con miras a lograr un trabajo con veracidad científica y trascendencia social, lo cual podría establecer la génesis del problema, las causas primarias de una historia que siempre, es doloroso decirlo, se ha escrito con sangre.

"Esta información es de gran valor para mi tesis", pensó sin hacer caso a la noche tormentosa. En la biblioteca de su padre, miró con gran curiosidad los documentos antiguos de la historia original del país nunca dados a conocer.

En una libreta especial apuntó algunos hechos históricos relevantes, refrendados con documentos originales no conocidos, un puntal para estructurar verazmente su tesis. Él tenía suerte de contar con documentos cuyo contenido se relacionaba con la segunda sección de su tesis, pues quería darle precisamente una base de veracidad con datos originales para que sirviera de guía a todo aquel que buscara un cambio radical en el sentido de una transformación positiva de la realidad social. Precisamente, sin proponérselo, nunca imaginó que el estar hurgando en los archivos históricos de su familia, que su padre guardaba y nadie podía tocar sin su autorización, coadyuvaría en el cambio del curso de la historia de la nación. Se podía considerar un hallazgo accidental muy valioso puesto que incidiría poderosamente en su formación ideológica, y en la entereza necesaria para tomar una decisión crucial que cambiaría el curso normal de su vida.

Ensimismado con el amasijo de documentos, papeles amarillentos y otros delicadamente enrollados y marcados con claridad, de improviso se da con un cilindro de metal con el lustre intacto que produjo varios destellos debido a un relámpago súbito que iluminó toda la biblioteca.

El cilindro brotó de un remolino de papeles sueltos y diversos y sorpresivamente cayó en sus manos, lo miró con asombro, abrió la tapa y extrajo con cuidado un rollo de papeles curtidos por la pátina del tiempo amarrados por hilos de seda de color rojo brillante. El joven se estremeció y las manos empezaron a temblarle. Le dio la impresión que algo importante, trascendental, acababa de descubrir.

Gruesas gotas de sudor empezaron a brotarle de la frente. Él nunca antes había visto algo parecido. Recordó el momento cuando su padre le hizo mención de una sociedad secreta, la logia neogranadina, cuyo propósito se expresaba en un manifiesto escrito en latín con un decálogo que incluía la lucha por la independencia del país. Pero se dio cuenta que lo que acaba de descubrir nada tenía que ver con lo que su padre le había informado hacía ya algunos años. Incrementó la luz y empezó a leer los manuscritos. El silencio era absoluto.

El impacto de las palabras lo hundió en aquella concentración de conciencia que hace posible la desaparición del sonido más perturbador. Estaban escritos en una caligrafía finísima, encabezados, como título, por el nombre de la letra griega ΦMIKRON

Lo que parecía ser un símbolo esotérico, estaba elegantemente dibujado. La primera letra de la palabra —Φ—, exornada con colores verde esmeralda y azul logrado con polvo de lapislázuli, a la usanza del libro medieval irlandés de Kells. De ella se desprendía una hirsuta y abundante ramificación. Será necesario, pensó, que alguien pudiera descifrar su significado. El autor había partido la primera letra mediante una línea diagonal que la cruzaba por el centro de lado a lado. El contenido de los primeros párrafos le sorprendió e hizo que mirara al final para saber quien rubricaba expresiones tan valiosas e inauditas: Francisco José de Caldas.

Lo dejó estupefacto. ¿Por qué la verdadera posición del más grande sabio de América, en el Siglo XIX se mantenía en secreto? ¿Fue esa la razón histórica para que se le ajusticiara públicamente? ¿Su fusilamiento fue producto de componendas entre facciones que veían en el sabio un obstáculo para sus propósitos ocultos? ¿Cuál era el verdadero vínculo entre el sabio y su primo Camilo Torres, la máxima figura de la oligarquía de ese entonces? ¿Por qué no se dio a conocer con prontitud su Memorial de Agravios, con el que Torres, en una posición contradictoria, clamaba por un trato justo por parte de España a los leales vasallos de América descendientes directos de don Pelayo? ¿Caldas se oponía, como muchos otros, al Memorial de Agravios, el más querido documento de la oligarquía de entonces y de ahora?

Estas preguntas trajeron a su mente de inmediato el nombre del Profesor Sanz, viejo amigo de la familia, quien contaba con la sapiencia y la idoneidad intelectual para hacer el mejor análisis posible y sacar conclusiones correctas que darían aún más solidez científica a su tesis, ya del agrado del Profesor, quien la había aceptado y estaba completamente seguro que gracias a la capacidad de discernir de Emilio, un don que manifestaba desde la niñez, seguiría adelante con el perfeccionamiento de su tesis en busca de una nueva senda hacia la verdad de los acontecimientos patrios.

"Se rememora el pasado —leyó en voz baja— cuando el presente se convierte en una carga insoportable. Si creemos que el pasado fue mejor, es porque el presente ha sido conculcado por otros, y dejan a los demás en el cuadro desolador de una vida miserable, con un profundo sentimiento de inseguridad. En verdad esa es la causa de que, por inseguridad, estemos rodeados por la fuerza perturbadora del miedo.

"No es el temor lo que nos asiste. Este es un mecanismo de defensa; aquel, el miedo, es una reacción emocional perturbadora, que, si se apodera de nosotros, podría llevarnos al abismo de la extinción como pueblo independiente, y convertirnos en reaccionarios consuetudinarios a todo cambio, para caer en la subyugación más detestable.

"En un futuro la eliminación total del miedo —fuerza negativa que siempre nos ha acompañado— permitirá que en el ser humano se produzca un cambio radical de conciencia y así poderse preparar para un volver a las leyes de la naturaleza, lo cual no cumplimos desde que caímos en los brazos opresores del materialismo total. Mientras tanto otros luchan y persisten para que el miedo se perpetúe, porque un pueblo amedrentado es fácil de subyugar.

"Esto es precisamente el propósito de los poderosos quienes sin miramientos hacen suyo lo que en realidad le pertenece al pueblo. Soslayar al pueblo en nuestra lucha por una patria soberana es el propósito oculto de quienes clama por un trato igual. No vivamos de la fantasía, ésta desaparece al primer contacto con la realidad física, aunque a veces es más tangible que la realidad misma.

"Ésta se manifiesta en una presencia constante, con múltiples actividades, en una élite de un poder inconmensurable, que buscando su provecho personal, pondrá todo lo que concierne al pueblo en la tangente".

Esto decía Caldas en su documento, y el joven lleno de euforia que le producía tan singular descubrimiento, siguió leyéndolo en voz alta. Después, el sabio entraba en un análisis en los que hacía mención de los culpables, hoy venerados como insignes patricios.

"El verdadero patriota es aquel que se entrega con cuerpo y alma al servicio del pueblo en una acción verdaderamente altruista y no a la mera satisfacción de sus apetencias personales. Aquel es el verdadero héroe, el otro es el utilitarista dado a lo estrictamente mundano y a la acumulación de riqueza producto de sus actos de explotación.

"Y a esto es que aspiran los criollos si se apoderan del poder económico, serán los usufructuarios de la esclavitud de los negros y de la explotación de los indios, y en un futuro cercano, de la totalidad del pueblo cuando nos constituyamos en una patria soberana. No es esta mezquindad la que me mueve; en el campo de la ciencia, mis disquisiciones son de alto vuelo, y busco con ellas el desarrollo apropiado para beneficio de mi pueblo.

"Mi legado será el producto de mi inventiva cuyos beneficios desearía para una Colombia libre y soberana en manos del pueblo, y no en la de grupúsculos egoístas. Por eso hay que vigilar los pasos de Berbeo y su grupo. Berbeo ha cedido a algunos reclamos del pueblo, con el fin de ganarse su confianza y así tener influencia y poder cuyo uso permitiría desvirtuar cualquier movimiento de avanzada de parte del pueblo".

Es bueno leer su orden del 31 de mayo de 1781 en el que salta las contradicciones entre el verdadero revolucionario y el que, por intereses personales, se parcializa con los grupos de poder. Cuando el pueblo se disponía a marchar sobre Santa Fe de Bogotá, él anunciaba su propósito de evitarlo.

Su contenido contradecía, pues, tajantemente la narración de la historia oficial, y configuraba para el conocimiento de la posteridad, como una denuncia, un diseño amplio y preciso de un plan que a espaldas del pueblo y de muchos dirigentes de renombre, otorgaría todo el poder inimaginable del nuevo país a unos pocos privilegiados. El sabio Caldas, de manera magistral, daba la voz de alarma.

De ese momento en adelante, Emilio sintió el imperativo categórico de revelar el secreto, cuya solución iniciaría un cambio social y daría a conocer la génesis del actual estado de cosas, y los nombres de los que lo propugnaban.

Había pasado con el curso inexorable del tiempo toda la época colonial, y los hombres que la mantuvieron, españoles y criollos dejaron en sus herederos la impronta de su carácter indomable e intacto todo el poder económico en algunas privilegiadas familias, que hace imposible el movimiento del país por derroteros de un progreso uniforme y equitativo. Por eso, Emilio encontró muy acertado y de actualidad lo que decía el sabio Caldas:

"Los Imperios, con el fin de subyugar a los pueblos, crean la relación del sistema colonial. Los nativos usufructuarios de este sistema, lo alimentan y lo fortalecen mediante fuertes vínculos por conveniencia con la metrópoli. El coloniaje opera de manera sutil y comienza a echar raíces en la conciencia de los pueblos desde sus orígenes. Esto es un patrón presente en esta relación de dependencia, sin importar la nación ni el tiempo. Y muchas veces opera de manera imperceptible. Veamos un ejemplo: He recomendado a muchos que se lean las obras de Juan Jacobo Rousseau. He querido prestarles mis libros de tan insigne autor.

"Mi oferta es rechazada abruptamente, porque el colonizado, en su obcecación, es mi parecer, teme al cambio, a la innovación, y a la fuerza demoledora del raciocinio de una mente independiente y pragmática como la de Rousseau que inyecta luz a la mente sometida del lector. La mente colonial, por lo tanto, cuando se debate entre el bien y el mal, escoge lo que le indica el imperio en su subconsciente.

"Siempre escoge el mal para sí. Porque el bien significa justicia para el pueblo, pero es el mal para el imperio. Esta disyuntiva, un freno a la libertad, debe romperse, y en los propósitos que persigue el General Bolívar, dicha mentalidad sería el primer escollo, y no las fuerzas militares españolas. Para liberar a nuestros pueblos, desde el río Norte hasta la Patagonia, hay que empezar por liberarlos del sayón de su mente colonizada para que puedan ver claramente, entre la bruma de algunos acontecimientos, quienes son los verdaderos usufructuarios del poder, de lo contrario sólo obtendremos la independencia política para darle a la oligarquía en bandeja de plata todo el poder económico, y así a la postre todo el poder, político y económico, en los siglos por venir."

Y añadía:

"La faena que se avecina no será fácil, porque hay que tratar con un pueblo inmerso en cientos de años en unas estructuras de pensamiento difíciles de demoler: Si siguen las cosas como están, este pueblo tomará la verdad por mentira, la realidad social por fantasía, a los poderosos por los verdaderos forjadores de la justicia, a sus fuerzas de coerción como ejércitos de liberación y al juego de un estado aparente como soberanía"

El entusiasmo de Emilio, al leer esta profecía del gran sabio, era indescriptible, y sabía que el Profesor Sanz, un erudito en los asuntos filosóficos y sociales, mostraría sumo interés al respecto.

12

Además, definitivamente los manuscritos de Caldas, extraordinario testigo de su época, complementaba ahora la amplia bibliografía a su disposición y que su tesis se enriquecería más aún con una fuente histórica de primera mano.

En otros apartes de sus escritos, el sabio Caldas daba cuenta de la vez que quisieron reemplazarlo en el observatorio astronómico, inaugurado el 20 de agosto de 1803, cuya dirección se la había encomendado, por su idoneidad en ese campo, el sabio José Celestino Mutis. Además, citaba cartas que había cruzado con Don Antonio Nariño, precursor y mártir de la independencia, y primer traductor en América de Los Derechos del Hombre en las que manifestaba su arrepentimiento por haber firmado el acta del 12 de mayo de 1812, que desconocía su autoridad, y por su participación en la rebelión que se organizó en su contra en 1813. Todo esto dejaba muy mal parada la historia oficial del país. Entre los valiosos documentos, Emilio encontró también una carta firmada por Camilo Torres, ya un famoso líder de la oligarquía criolla durante la época colonial, que fuera presidente de La Nueva Granada, como llamaba Colombia en ese entonces, dirigida al sabio como respuesta a una suya con fecha de 13 de marzo de 1814, reveladora de la verdadera posición de Caldas de crear el momento propicio para poner en manos del pueblo la conducción de la nueva República.

Sr. Francisco José de Caldas
Popayán

Apreciado primo:

Esta nota para saludar a usted y desearle buena salud en unión con los suyos. Aprovecho para manifestar mi sorpresa por el cambio de su posición en estos momentos cruciales de nuestra historia, según me expresa en su carta del mes pasado. Poner el desarrollo de nuestra lucha por una digna emancipación de la Madre Patria en manos del pueblo, como lo sugiere usted, sería un descalabro total y todo terminaría rápidamente en el fracaso. Nuestro pueblo no está lo suficientemente preparado para adelantar la lucha y enfrentarse a las fuerzas españolas.

Aunque estoy persuadido que lo ideal es buscar la decisión del pueblo de colaborar con nuestra empresa. Su apoyo no es fundamental, pero es inevitable.

Cuando lo ha hecho todo se ha convertido en una simple escaramuza sin liderato dentro de un baño de sangre. Tomemos, pues, las debidas precauciones.

Cualquier cooperación del pueblo debe darse dentro de un control absoluto, y serviría para fortalecernos en el aspecto militar. Tenemos que ser sigilosos, manifestar nuestro respeto por el rey y, por otro lado, buscar la forma de dar la estocada final. Es cuestión de tiempo. Las cosas marchan bien y espero que recapacite y se acoja usted a nuestras intenciones como lo venía haciendo desde 1811.

Gracias por su atención y mis sinceros recuerdos a María Manuela y sus hijas Carlota, Ana María y Juliana

Dios guarde a usted.

Camilo Torres

Nunca se ha encontrado la carta-respuesta a la misiva de Camilo Torres, la cual deja ver sus posturas contradictorias y sus posiciones adversas al destino del pueblo. Sin embargo, se podría pensar que dicha carta resultaba innecesaria ante los vastos conceptos del Sabio que exteriorizaba en El ΦMIKRON, los cuales establecían con claridad sus opiniones políticas y sociológicas inherentes al pueblo colombiano.

A la temprana edad de diecinueve años, Emilio tenía el conocimiento de que el destino había puesto en sus manos los instrumentos históricos necesarios para la reestructuración final no sólo de su tesis, sino también de todo lo concerniente a los aspectos políticos, sociológicos e históricos del gran movimiento de masas que le permitiría organizarlo hegemónicamente y cuyo alcance daría un vuelco sorprendente a la rutina política de siempre, muy en boga en el país desde 1830.

13

Una fuerte lluvia de agosto caía incesantemente. Gotas frías daban con fuerza sobre el pavimento y sobre los transeúntes que se movían a lo largo de las calles sacudiéndose visiblemente molestos. Acomodó su reloj de bolsillo, en oro macizo, de 1883 que había heredado de su padre, tirado por una leontina enchapada en oro, que salía levemente del ojo de la solapa.

Se cerró la chaqueta para protegerse del frío intenso, provocado por los vientos que bajaban del páramo, y con la agenda en mano, dijo en voz alta:

—¡Al palacio de Nariño! El presidente me espera.

La ciudad manifestaba los primeros bríos de la mañana. Una multitud en ambas aceras de las amplias avenidas apretaba el paso rumbo a sus actividades diarias. El bullicio se iba apoderando de la gran ciudad. Las gentes se agolpaban en las cafeterías para combatir el frío con tibios sorbos de café.

La cernida lluvia empezó a limpiar el ramaje de algunos árboles de la presencia de la escarcha, remanente del intenso frío de la madrugada. El transmilenio, que le había dado a la ciudad un toque de modernidad, se movía casi en total silencio llevando multitudes a sus lugares de trabajo. Las amplias aceras, como todas las mañanas, no daban a vasto para dar paso a las multitudes que se entremezclaban en un abigarrado amasijo de personas cada cual luchando por llegar temprano a su destino.

Un grupo de estudiantes de escuela elemental cruzaba sin tomar las precauciones debidas. El tránsito no se movía. Al fondo un hombre de aspecto famélico, sobre una pequeña mesa de patas plegables, con gran habilidad hacía trabajos de papiroflexia con hojas de diferentes colores. Los transeúntes veían con curiosidad el vuelo constante de pajaritas que, en forma de aviones bimotores, revoloteaban sobre la multitud, planeaban un instante entre ascensos y descensos, para dirigirse luego en picada a su lugar de partida.

Un niño fue arrastrado fuertemente por su madre, cuando intentó detenerse para ver el prodigio que salía de las manos del hombre quien no cesaba en su producción de aviones, barcos y fuelles los cuales expulsaban una pequeña nube blanca de talco al primer movimiento de sus pliegues.

El chofer, Enrique, por los años en su trabajo, se le consideraba ya parte de la familia. Era hombre concentrado en silencio en la ejecución de sus funciones, nunca se cuestionaba nada, aunque estaba al tanto de todo, aceleró la enorme limusina negra en vano porque el tránsito a esa hora, las ocho de la mañana ya empezaba a acumularse. Una multitud abigarrada se apiñaba en las esquinas haciendo difícil el flujo vehicular. El señor Lozano ansiaba saber por qué el presidente lo había citado. Había mirado su agenda, y esta reunión no estaba en el orden del día. Ya los preparativos del recibimiento de mister McCain estaban funcionando.

A menos que se tratara, pensó, acerca de los secuestrados que continuaban en manos de la FARC, tema obligado en las primeras planas de los principales periódicos del mundo que se publicaba con despliegue de grandes titulares.

Podía barruntarse, por el interés desmedido de Francia y Colombia por lograr la liberación de Ingrid Betancourt, que todo obedecía más al interés político de los gobernantes de ambos países, quienes aspiraban a la reelección. No era, pues, un acto de verdadero humanitarismo. Se reprochaba la inercia oficial al respecto. Podría ser también acerca del nuevo movimiento de masas que hacía su aparición de manera esporádica en las plazas públicas del país. Inmerso en estas elucubraciones, más de una hora le había tomado llegar a la Plaza de Bolívar, cuyo ámbito inmenso, la arquitectura original, la bandada de palomas alborotadas por el bullicio de niños pequeños correteando tras ellas, asustada, levantaba vuelo súbitamente y el imponente Bolívar de Tenerani, con su flamante figura de legislador y guerrero, le daban una toque de gran atracción y majestuosidad.

Los recuerdos, como siempre, asaltaron su memoria, y al ver a la multitud, le dio la impresión que de nuevo estaba a punto de darse una batalla más contra los que buscaban usurpar el poder. Pero él ya sabía que el pueblo estaba claro de que el poder omnímodo, tajante se detentaba por la oligarquía, cuando después de 1830 con gran habilidad, fue penetrando en todos los intersticios de la nación la cual manejaban desde entonces a su gusto y conveniencia. Por eso el pueblo no contaba para nada y podría decirse que en cualquiera de sus gestiones políticas siempre salía perdiendo. La táctica que se empleaba, para descarrilar cualquier tipo de subversión popular usada hacía unos trescientos años por Berbeo, y que se empleó en lo sucesivo, nunca fallaba: involucrarse dentro del grupo subversivo y como estratagema tomar el mando y con sigilo ir dirigiéndolo por caminos cuyas metas favorecieran a las élites del poder.

Sin embargo en esta ocasión, todas las circunstancias apuntaban al fracaso por parte de la oligarquía, y al inicio de una nueva alborada.

Lozano estaba al tanto de unos acontecimientos que él sentía en carne propia y que, estaba seguro, habría de hacer eclosión de un momento a otro en el plano individual y colectivo.

14

Entre los avatares que se exponen en los hechos humanos, se da a veces una sincronización que la mente humana no acaba de explicarse. Por eso mismo, tampoco estaba ajeno el profesor a los acontecimientos que tenían en efervescencia al país; por el contrario, constituían parte de su pensamiento diario y en sus elucubraciones los exponía cada vez que se veía abocado a hacer exposiciones al respecto.

Precisamente, el profesor Nicolás Sanz estaba a punto de iniciar su intervención en la conferencia en la que participaban diversos expositores. Trataría su tema favorito sobre los filósofos ingleses en contraposición con el gran pensador francés Juan Jacobo Rousseau.

El Profesor gozaba de una gran habilidad para exponer sus ideas dentro de un marco que destacaba buen trato en especial hacia los más necesitados del país que veían en él a un salvador. Amplio conocedor del Derecho tenía el convencimiento que si éste no estaba enlazado con la filosofía y la historia, no merecía el nombre de ciencia. Nunca usó su enorme prestigio para intimidar a nadie, porque su propósito era buscar la espontaneidad del raciocinio mediante el cual se acentúan los valores de la personalidad humana. Y en cada oportunidad, enfatizaba: "Sólo con la educación se lleva al pueblo por caminos seguros de virtuosidad. Un pueblo virtuoso no es presa fácil de políticos o de partidos".

Había nacido en Barranquilla, puerto en el Atlántico y fluvial sobre el Río Magdalena, acontecimiento que coincidía con la publicación de *El lobo estepario*, de Herman Hesse.

Hizo estudios en la Sorbona de París y además de ser un prestigioso jurisconsulto, recibido de abogado con máximos honores en la Universidad de Bolonia —se lo llamaba "El glosador de América"—, era experto en Derecho Romano Justinianeo con varias publicaciones que trataban acerca del particular, de obligatoria lectura en la universidad.

También dominaba la historia, y gracias a su prodigiosa memoria, podía hablar con precisión sobre acontecimientos lejanos los que presentaba con características originales, sobre todo a aquellos que tenía que ver con los movimientos sociales, y con hombres que habían aportado a la causa mediante una esforzada actividad intelectual. Sus libros y ensayos profundizaban en el aspecto social lo cual le habían ganado el respeto del pueblo y de los intelectuales del país.

El Profesor mantenía una relación epistolar con Antonio Fernós, de Puerto Rico, la isla de Borinquen, a la que consideraba como máximo exponente de país latinoamericano por su ubicación geográfica, su lengua y su extraordinario quehacer histórico cuyo desarrollo se truncó con la llegada a sus costas de la presencia belicista estadounidense el 25 de julio de 1898. Aun así se desenvolvía dentro de los parámetros de la cultura hispánica que se mantenía pese a la presencia militar y a los ataques y la posición apátrida de muchos de sus hijos. El Profesor Fernós era catedrático de derecho y gran jurisconsulto y velaba por la perfección del idioma en la expresión de los asuntos legales porque, según decía, una palabra mal usada se presta para una interpretación equivocada que puede distorsionar el concepto jurídico, lo cual podría abrir el camino a influencias extrañas.

El licenciado siempre había sido un puntal en la defensa de los mejores principios de la cultura puertorriqueña en diferentes foros y, en especial, en su columna en el periódico *El Día*. Precisamente, los dos grandes abogados se cruzaban por internet conceptos en lo que concernía con el Estado Libre Asociado de Puerto Rico.

A este respecto, el Profesor Sanz le escribió a Antonio Fernós en relación con el gobierno actual en Puerto Rico:

Distinguido Profesor Fernós
Puerto Rico

Han pasado ya cuarenta y ocho años desde la fundación del Estado Libre Asociado. Después de muchos tumbos para sobrevivir tan genial fórmula política, potencialmente transitoria, aplicada para el buen manejo de la isla con un gobierno apropiado, como administrador, se hace necesario establecer algunos cambios que le dieran, en algunas áreas, autonomía real, firme y decidida.

Nunca se hizo, y, por el contrario, es mi parecer, al caer su dirección en manos de los que atentan contra su existencia, han ido socavando su parte económica, y han lacerado los principios más augustos de su constitución. Como hemos compartido, la excelente constitución del Estado Libre Asociado, modernísima por demás, aunque sujeta a los avatares del colonialismo, protege los derechos del buen ciudadano, allí donde la del imperio flaquea lamentablemente. Otros allá prefieren la del imperio.

Esta es la razón, por la que se atenta contra la magna carta del pueblo puertorriqueño, al violentar los sagrados principios que protegen la vida, el derecho a la intimidad, el derecho a la fianza, a la autonomía universitaria, a la protesta colectiva, el derecho a la expresión, etcétera, pero sobre todo a la soberanía nacional si tenemos en cuenta que ésta es la sagrada manifestación del criterio del pueblo autónomo sin intervenciones extrañas. Los actuales gobernantes en su afán de manifestarse como fieles vasallos del imperio, como hicieron los nuestros durante la época colonial, producen cambios horrorosos con el fin de acercar a la isla cada vez más al imperio, mediante la igualación de lo que ellos llamaban "la federalización de la isla".

Los pasos que se dan, que casi siempre terminan en tropiezos, tienen la particularidad de destruir la armonía social porque laceran las fibras más íntimas del pueblo basadas en la generosidad y la bondad. Para terminar ¿cuándo el pueblo de Puerto Rico dejará de estar sometido a la cláusula territorial? ¿Cuándo Puerto Rico será un territorio libre y soberano? ¿Quiénes serán los usufructuarios de la posible nueva República? ¿Los mismos de siempre? La respuesta la tiene el Partido Popular, creador del Estado Libre Asociado, cuando advenga de nuevo al poder.

Me gustaría señor Fernós que me escribiera al respecto.

Atentamente, su amigo

Sanz

Las respuestas que daba Fernós al profesor Sanz nunca se hacían esperar, y a su vez daba inicio a excelentes disquisiciones en las que ambos pensadores hacían gala de sus conocimientos y sabiduría. Incluyó en su carta-respuesta, un recorte del periódico *El Día* en el que había publicado un artículo que, coincidencialmente, respondía al profesor.

Definitivamente el artículo descubría no sólo las intenciones del nuevo gobernador Fortuño, perteneciente a la extrema derecha del Partido Republicano —según Chomsky, el noventa y cinco por ciento del poder en el mundo está en manos de la extrema derecha—, quien no manifestaba una gesta gubernamental productiva y sí un gobierno de "comerciantes, banqueros y financieros" que correspondían perfectamente a su orientación "bancaria, industrial y oligárquica".

El licenciado Fernós, además, indicaba que lo que realmente hace la felicidad no es el dinero sino la justicia, el respeto recíproco y "la libertad en orden y un orden justo en libertad". Es decir, que "impere la Sabiduría y el Estado de Derecho".

Paradójicamente, los enemigos del cambio político, con su actitud recalcitrante de convertir a la Isla en el Estado 51, podrían propiciar, según enseña la historia, acontecimientos que a la postre como tantas veces en el pasado, culminaron con el triunfo del pueblo. Quizás el gobierno de Fortuño en próximas elecciones será derrotado y, por lo mismo, los representantes del nuevo gobierno, adopten una actitud revolucionaria y pregonen de nuevo los valores y principios de la cultura puertorriqueña. Mientras tanto la jauría ultra derechista de ambos partidos, miran con desdén y están dispuestos a violar los principios de la Magna Carta, con tal de mantener sus privilegios.

Porque "para ellos su constitución está supeditada a la Ley de Relaciones Coloniales, manejada a su gusto por el Congreso de Estados Unidos, cuya derogación no se atreven a proponer."

El intercambio epistolar entre los dos pensadores, se mantenía aun después de largos períodos de silencio, el cual era producto de la enorme actividad profesional de ambos, uno en su cátedra en la Universidad de Puerto Rico y el otro por las exigencias diarias de El Movimiento y su constante organización, además de las múltiples conferencia que dictaba a estudiantes, abogados y público en general.

Por esta misma razón válida, era necesario ir a la historia para conocer el origen de las causas que, para bien o para mal, crearon el mundo moderno.

Para el Profesor Sanz era de gran relevancia, por lo tanto, la influencia enorme que había jugado el pensador Juan Jacobo Rousseau, y su Contrato Social en la estructuración del mundo moderno.

Para dar a conocer su casuística de la manera más breve, el profesor Sanz había escrito un opúsculo sobre su filosofía de vida, que leía en sus conferencias, la cual se concentraba en la máxima de que "solamente la filosofía trascendental conoce el pasado", y que "la guerra es la prueba irrefutable de la irracionalidad, que todavía yace en el corazón del hombre y no desaparecerá hasta que el egoísmo humano sea superado.

"Y esto se logrará cuando el hombre adquiera la proeza de dominar su propia mente y ajustar, por lo tanto, su voluntad a los mandatos de la conciencia espiritual que demandan las circunstancias".

Afirmaba, además, que "... la parte más fútil de la naturaleza humana es la belicosidad de su carácter con el que ha tejido las guerras y con ellas permeado los acontecimientos. Por eso al tratar de liberarse de dichas circunstancias las internaliza con todo el peso de la putrefacción del egoísmo humano. El hombre es un ser dominado por su propia mente que lo ha sometido a la oscilación constante entre el pasado y el futuro. El hombre en estas circunstancias no puede realizarse en el presente. El hombre está por tanto sometido al Ego omnipresente y autoritario, que le impide avanzar hacia el verdadero héroe que debe ser, en nuestro caso, cada colombiano. Sin embargo, una luz de esperanza brilla sobre el territorio patrio. La prédica de El Movimiento llega profunda a la conciencia del pueblo.

"Aires reconfortantes avanzan sobre la faz de la patria y ya se vislumbra una aurora de generosidad, de justicia para todos. Ahora todo depende de la voluntad del pueblo y como se aboque al llamado de El Movimiento".

Emilio seguía con gran satisfacción las explicaciones del Profesor sobre las causas que dieron al traste con la revolución de los Comuneros, que precedió al gran movimiento por la independencia total, al mando de José Antonio Galán, quien fuera ahorcado en enero de 1782 por las fuerzas españolas.

Esta página de la historia colombiana tocaba a su familia, lo cual representaba una encrucijada difícil de mantener por el momento pero que a medida que el curso avanzaba todo iría desenvolviéndose y aclarándose a satisfacción. Emilio, gracias a sus disquisiciones profundas, se fue convirtiendo en un hombre ideológicamente capacitado para descifrar de manera justa la actual situación del país. Caería entonces en un conflicto entre su posición social y la de sus antepasados. Pero un conflicto probable con su padre tendría algún desenlace en el futuro cercano. Gracias a la información que tenía a la mano con el archivo histórico mantenido en secreto por su padre, para discutir con el profesor y los demás estudiantes, se había convertido por mérito propio en el estudiante preferido del profesor y el más respetado por sus condiscípulos. Con un gran dominio de palabra y un pensamiento coherente podía llevar con precisión la más difícil polémica sobre la situación de la nación y la problemática social de un pueblo atribulado, marginado y sometido a los vaivenes de partidos políticos y la prensa local e internacional que se empecinaban en ocultar la realidad social con noticias periodísticas presentadas a página entera que en la opinión de muchos no dejaban de ser simples recursos de distracción.

Siempre había sido así por épocas, en un Estado que teniendo como patrono El Sagrado Corazón de Jesús, su proceder económico y la manera cómo se establecía la brecha entre el pueblo desposeído y los poderosos obedecía más a los conspicuos principios calvinistas y en nada a los grandes valores del cristianismo.

Ahora Emilio tenía, con los documentos herméticos, una herramienta única y poderosa, que permitiría llegar por fin a la verdad absoluta buscada no sólo con investigaciones apropiadas sino también mediante actividades organizadas por todo el país. La oligarquía sería desenmascarada.

La redención del campesino colombiano y de los obreros estaba cerca. Y el momento propicio para discutirlo con el profesor había llegado ¡Quién si no él podría, con su autoridad confirmar la validez de documentos tan comprometedores!

Por correo electrónico, Emilio tuvo el cuidado de enviar a Eduardo una amplia información sobre su descubrimiento. Lo mantenía informado de sus gestiones y no escatimaba tiempo para ponerlo al tanto de todas sus actividades relacionadas con El Movimiento. Hizo lo propio con el descubrimiento de los documentos valiosos de Caldas por lo cual Eduardo le manifestó su sorpresa y alegría, pues lo apoyaba en todo y estaba convencido de que su hermano estaba trazando el camino adecuado para todos, y los documentos apuntalaban sus ideas. Hacía muchos años que había tenido el presentimiento del cambio que estaba realizándose en la personalidad de su hermano.

A raíz de ese momento se reactivó el intercambio de ideas, de información, y es entonces cuando Eduardo tomó la resolución de esperar el momento propicio para regresar a Bogotá y vincularse a El Movimiento.

Emilio, meticuloso para no perturbar el orden y silencio del momento, entró al amplio auditorio donde el profesor Sanz dictaba una más de sus excelentes conferencias.

Se destacaba por su elevada estatura, su abundante barba de patricio, y el estilo clásico de su vestimenta: zapatos de charol, traje oscuro a rayas, un chaleco ajustado y permanente corbatín que combinaba con el color de la camisa.

En su larga vida, había experimentado múltiples acontecimientos en el país que habían dejado una huella indeleble en su ánimo. Sus vivencias al respecto le habían permitido forjar una recia personalidad intelectual, cuyo quehacer servía de ejemplo a la juventud.

El avance de los años no había hecho mella en él. Su mente dinámica, ágil, desbordante, no tenía nada que ver con la aparente senilidad de su cuerpo.

Una vez que cogía la batuta del raciocinio todo a su alrededor se agitaba rítmicamente como una orquesta ejecutando la quinta sinfonía de Beethoven. Emilio se sentó casi al frente del escenario, y escuchó con atención la disertación:

—Permítanme —dijo, dirigiéndose a la audiencia— hacer una comparación o paralelo entre Juan Jacobo Rousseau y los filósofos ingleses Hobbes y Locke... hago un paréntesis para aclarar lo siguiente: La oligarquía colombiana parece que respondiera de acuerdo a sus ejecutorias, tengo esa impresión, a la filosofía política del siglo XVIII, muy acomodaticia a sus intenciones, por cierto sobre el manejo de los pueblos en sociedad que los dos filósofos ingleses en sus disquisiciones tratan de explicar.

»Les aclaro, para una mejor comprensión de mi postura a este respecto, que los oropeles del mundo moderno no me apartan de esta apreciación. No podemos dejarnos arrobar por un mundo fantasioso cuando el escenario real es otro. Esta posición, la de la oligarquía, rara por demás, obedece a la presión que se ejerce sobre ella por el capital extranjero y el suyo propio, que lo ejerce sobre el pueblo, representado por los grandes latifundios ancestrales y los adquiridos, en tiempos modernos, con el desplazamiento de campesinos por medio de la violencia.

»Por presión o conveniencia nuestra oligarquía se anquilosó en el tiempo, punto aún más indescifrable si se tiene en cuenta el esfuerzo de acomodar la definición del estado conforme a sus intereses, como hicieron aquellos filósofos que nos ocupa ahora en nuestra disertación.

»Y por lo mismo, nuestros encumbrados compatriotas siempre han buscado el desarrollo económico con el propósito de beneficiar a su propio círculo de poder. De allí surge nuestra economía dependiente cuyos efectos no importan porque se creen beneficiarios de la economía dominante. El primer filósofo que enfrenta esta definición, la del Estado, es Hobbes a principios del Siglo XVII.

»Preocupado por la suerte de los ricos, la filosofía de Hobbes se actualiza ahora que el sistema capitalista se encuentra en precario debido a las ambiciones de los que representan el sistema bancario basado en las especulación del dinero; o los desmanes, las injusticias y la voracidad galopante de los capitalistas, que se explayaron cómodamente con un sistema que puso en práctica el presidente Reagan a través del Neoliberalismo.

»Como un paréntesis a nuestra disertación, debemos recordar que, siguiendo las directrices de Reagan, el neoliberalismo se estableció en nuestro país por el gobierno de Virgilio Barco (1986-1990), se fortaleció con el gobierno de César Gaviria (1990-1994), y se continuó con los sucesivos presidentes hasta nuestros días.

»Hobbes, Locke, como Rousseau, parten de la génesis del Estado de Naturaleza para crear su tipo de sociedad que sea conveniente a los intereses oligárquicos, los dos primeros; y a la comunidad, el tercero».

En este momento, el profesor diseñó una tabla comparativa para explicar más claramente las diferencias entre los pensamientos de Hobbes y Locke y las ideas revolucionarias de Rousseau muy en boga durante la revolución francesa, y piedra angular en el pensamiento bolivariano.

Después del paréntesis para explicar la tabla comparativa, que fue recorriendo línea tras línea con un apuntador, mientras daba profundas explicaciones, continuó su disertación:

—En el pasado los seres humanos no tenían gobierno ni leyes. Con el fin de salvaguardar su seguridad física y proveer las condiciones para la prosperidad, los seres humanos llegaron a un acuerdo: con el fin de tener la seguridad y la prosperidad, cada uno cederá algo de su libertad al gobierno establecido. La vida, antes del sistema de gobierno, Hobbes lo llamó Estado de Naturaleza.

»Con puntos ampliamente divergentes, Rousseau, aunque parte del Estado de Naturaleza, no cataloga, dentro de esta génesis del hombre, como un ser dado a la violencia, argumento que si usan Hobbes y Locke sobre todo para justificar todo tipo de control coercitivo, incluyendo, según la época, la esclavitud y la explotación.

»Rousseau define al hombre dentro del Estado de Naturaleza como el ser libre y espiritual por antonomasia con la sensibilidad de rechazar el dolor humano, preparado dentro de cualquier circunstancia para un despertar de conciencia.

»Fíjense ustedes que el gran filósofo francés no establece la clasificación de hombres buenos o malos. Las injusticias chocan con su visión del mundo social. Porque tanto en Europa como en América los planteamientos ideológicos y filosóficos de Locke y Rousseau ejercían presión para imponer su sello característico a las instituciones políticas; igualmente, el segundo, Rousseau, que actuó con fuerza demoledora para derribar los muros de contención que los burgueses habían levantado para frenar el avance de las mayorías.

»Las ideas de Rousseau estuvieron presentes en la lucha bolivariana, y empieza a verse en Colombia con El Movimiento de Emilio, que tiene como lema que el conocimiento, imbuido de la generosidad y la virtud, debe aceptarse como un acto de responsabilidad con la sociedad inmediata y el mundo. Este es un pensamiento roussoniano.

»Es bueno recordar que Rousseau hizo presencia también en el pensamiento de Jefferson que hablaba de la búsqueda de la felicidad (the pursuit of happiness). En la constitución norteamericana se descartó el pensamiento de Jefferson y se impuso el de Madison y Hamilton fieles representantes del utilitarismo individual, siguiendo así los mandatos de todo el aparato filosófico-religioso de Calvino».

El Profesor aclaró, además que: "El gran filósofo alemán Emmanuel Kant también creía que las más grandes realizaciones de los seres humanos son imposibles si no se vive en una condición civil.

"Por lo tanto, Kant también creía que todos estamos obligados a dejar el estado de naturaleza donde impera un estado de libertad salvaje y sin ley y firmar un contrato social donde reine la paz, la justicia y la libertad".

"Es el Estado como protector supremo de la integridad de los hombres, de manera justa, uniforme e integradora. El curso del tiempo trastocó este principio. Hoy el Estado, como diría el poeta Guillermo Valencia, 'es un monstruo que todo lo devora, que en su inconsciencia mata y que corona a sus víctimas como el mar a los náufragos con algas amarillentas'. Esto es una realidad cuya génesis histórica tuvo su origen inmediatamente después de la segunda guerra mundial, la cual cubre la mayor parte del planeta".

Emilio se sintió inmensamente halagado al oír su nombre dentro de la disertación que presentaba el Profesor Sanz, quien se dio vuelta para continuar con la explicación de la tabla comparativa, que había configurado en el tablero, en la que hacía ver los planteamientos de los pensadores que se pronunciaban acerca del Estado, la naturaleza humana, y el derecho a la propiedad lo cual habían creado fuertes controversias con figuras importantes de su época, según se desprendía de la explicaciones anteriores. Es entonces que para finalizar y pasar a la sección de preguntas y respuesta, hizo claro lo siguiente:

—Si queremos comprender la historia, y cómo los acontecimiento se han venido desarrollando, es importante que cavilen profundo sobre lo siguiente:

»Una vez el hombre da el salto hacia la constitución de una Sociedad civil, que da punto final al estado de naturaleza, empieza la creación de la riqueza y la propiedad privada. Se ha cambiado por lo tanto el estado de naturaleza por el de la naturaleza humana personal, por decirlo así; es decir, emerge con toda su fuerza demoledora, el individualismo, sus ambiciones.

»Se libera el hombre del entorno de la naturaleza en la que estaba inmerso por miles de años, para entrar de lleno en su propia naturaleza y tomar posesión del planeta. Este poder absoluto que pudo ser un gran gestor para la grandeza humana, lo convirtió en cambio en un ser ambicioso, dirigido por su ego en busca de la riqueza para su satisfacción personal.

»De esta manera se crea la propiedad privada, y con ella surge entonces la opresión, la explotación, las guerras globales y el control absoluto por la fuerza de las armas.

»Es la exacerbación de la avaricia humana al máximo».

Las conclusiones del Profesor intrigaron a los estudiantes aunque de esa manera, muy acertadamente, logró que ellos participaran en una amplia discusión mediante preguntas y respuestas que se desenvolvieron magistralmente gracias a la habilidad en el manejo adecuado de todos los recursos que provee la lógica, la historia, la sociología y, para el buen manejo de la palabra, los de la preceptiva literaria.

Todos habían estudiado *El Contrato Social* de Rousseau; el *Leviatán*, de Hobbes; *El Conflicto Social, de Locke*, y, por supuesto, a Kant. También estaban al tanto de los planteamientos de Calvino, quien acomodaba los pensamientos de Hobbes y Locke a sus convencimientos de que los ricos eran los primeros y, por lo tanto, defendía al individuo y su poder por encima de la comunidad.

Los estudiantes tomaban nota para hacer las preguntas de rigor que el Profesor respondía a satisfacción de manera pausada. La actividad intelectual era deslumbrante, y se veía en los rostros gran satisfacción.

15

Entre los muchos que hicieron preguntas muy acertadas y que fueron contestadas con notable maestría, se destacó un estudiante joven, de actitud meditativa, con un planteamiento un tanto sorpresivo que expuso con voz firme y decidida:

—Profesor, yo respeto sus disquisiciones filosóficas que son dignas de admiración. Su disertación sobre el Estado y la Sociedad es admirable. Pero el progreso de nuestro país no se percibe adecuadamente si lo vemos con la óptica de los pensamientos filosóficos de siglos pasados. ¡El mundo de hoy ha cambiado tanto, y aún continúa en dicho proceso!

»Veo que nuestro país, aun dentro de la inseguridad pública, aun dentro del marco de una guerrilla permanente, ha logrado desarrollarse y entrar en el siglo XXI, y hace esfuerzos por mantenerse en el progreso sostenible que exigen los nuevos tiempos, aun dentro de la crisis mundial.

»El gobierno actual, hay que decirlo, lucha por mantener un excelente equilibrio económico y social y unas relaciones internacionales encomiables aunque para algunos controversiales, sobre todo con Estados Unidos, que desde tiempo inmemorial hemos sido capaces, a toda prueba, de mantenerlas justas para ambas partes ¿Cree usted que debe haber otro planteamiento a la luz de lo que yo acabo de decir?

»Estoy al tanto de los problemas sociales que nos afectan los cuales, es mi creencia, se pueden solucionar aun dentro de nuestro sistema vigente siempre y cuando operen con desprendimiento y generosidad, como usted, Profesor, enfatiza. Cualquier cambio radical, como se plantea por usted y El Movimiento nos puede llevar a un camino sin retorno».

Emilio escuchó, sorprendido, compenetrándose con el diálogo que mantenían el Profesor y el joven desconocido. El Profesor, grandioso como siempre, escuchaba a su interlocutor con respeto y admiración.

El joven sagaz y hábil en el mantenimiento de sus argumentos. Los demás estudiantes escuchaban en completo silencio. Desde ese mismo momento, Emilio pudo calibrar las cualidades del joven y consideró de inmediato que la juventud, los estudiantes, era excelente activo para El Movimiento.

El Profesor lo miró fijamente, captó su aspecto humilde. Se dio cuenta de que el joven tenía un genuino interés en aclarar algunos puntos, y que su preocupación la exponía con conceptos válidos y por lo mismo inquietantes. Además, manifestó una gran valentía y claridad para explicar sus puntos de vista.

El profesor se da cuenta de que el estudiante a fuer de escéptico, es hombre comprensivo y librepensador. Que hay en él un acto de rebeldía ante los hechos del país y no un inquisidor que juzga sin contemplaciones.

No está cerrado a la banda en su forma de pensar y su preocupación es abrir un camino nuevo hacia el conocimiento de la verdad, actitud que podría servir para que otros hicieran lo propio.

—Joven, ¿cómo te llamas y de dónde eres?

—Carlos Zaldúa. Soy oriundo de Bucaramanga. Estudio aquí en la universidad la carrera de Derecho, y quizás por eso mismo siempre he estado interesado en sus conceptos y he leído algunos de sus libros.

»Pero mi admiración por usted, no me impide ver el otro lado de la moneda, y aunque El Movimiento me sorprende y me atrae, su ideología, riñe con la mía».

—Gracias por interesarse en mi forma de pensar aunque no la compartas. Gracias igualmente por sus palabras sobre El Movimiento. Mi ideología, como usted dice, es producto de disquisiciones que he tenido conmigo mismo con el correr de los años las cuales me han dado un concepto amplio, filosófico-político, si se quiere, estructurado conforme a los hechos reales que nos plantea la historia colombiana, y, en otros aspectos, la historia universal.

»Tenga en cuenta que mis disquisiciones profundizan sus raíces en el terruño nacional. Estás en tu derecho, joven, de establecer la controversia. Esto es característico de los que buscan la verdad. Del choque de las ideas salta destellante la verdad. La conformidad no cabe en la concepción que tengo de la dinámica social. Por eso no tengo la menor duda, joven, que vas por buen camino y que cuando te confrontes con la verdad en toda su magnificencia tu entendimiento brillará con luz propia.

»Me gustaría sí aclarar que mi verdad está basada en los hechos históricos que ha vivido este país desde su fundación. No está sujeta a desvaríos ni a caprichos. No está obcecada por concepciones de algún filósofo o economista que se yergue impertérrito en defensa del sistema. Tampoco a análisis superficiales. Y en absoluto, partidistas. No se puede pasar por alto la ausencia total de sensibilidad en el desenvolvimiento del entorno social sujeto a una violencia de tradición secular, que muchos, sin actuar, han mirado con desdén y de soslayo.

»La generosidad brilla por su ausencia allí donde el utilitarismo frena el desprendimiento. No permitas que espejismos aislados obcequen tu entendimiento. No partas de una realidad deslumbrante que se manifiesta a lo largo y ancho del país: grandes ciudades, edificios suntuosos, obras impresionantes, acciones sociales aisladas de grupos de privilegiados, que en la realidad son incapaces de redimir al pueblo sumido en el desplazamiento, el asesinato diario, la pobreza absoluta y el desempleo. Es necesario crear conciencia de este desequilibrio social y todo aquello que afecte tu intelecto y tu entorno social para no ser una víctima de los que buscan, aplicando todos los recursos, cambiar tus convicciones filosóficas y políticas.

»En cada institución dedicada —aisladamente— al bien común, se esconde una injusticia que emana de la indiferencia del Estado, cuya obra es la causa principal de esa injusticia. No debemos olvidar que el Estado, llamado a dirigir el país, esta constituido precisamente por los que buscan usufructuarse haciendo fácil las ganancias a los círculos del poder económico. Ya no existe el capitalismo de Estado, el cual velaba insomnemente por el bienestar del pueblo y controlaba la voracidad humana; ahora lo que existe es el capitalismo controlado por fuerzas poderosas que se concentran en las instituciones bancarias, las transnacionales y el poder militar, como un cancerbero de múltiples cabezas salvaguardando sus intereses. Por esta razón hay tanta indignación porque la equidad ha desaparecido. El suum cuique tribuere, desde época reciente, ya no existe.

»Tampoco se logra la justicia cuando el escenario nos enseña la división del pueblo en múltiples facetas políticas y económicas, que los poderosos llaman diversidad democrática. Un sueño y el mundo inmediato que nos rodea, es lo mismo. Es producto de la rara levedad de la imaginación humana. Son las sombras de la caverna de Platón.

»Yo busco la realidad que es la verdad verdadera, que está inmersa en el conglomerado colombiano con toda su diversidad social, pero en gran parte sometida a las injusticias, anomalía que representa una ausencia de la verdad. Y allí donde no existe la verdad, todo es objetable y está llamado al cambio, porque la Ley y el Orden han sido distorsionados y no cumplen con el pueblo.

»Hemos actuado como en la antigua Roma, que gracias al derecho en sus inicios se convirtió en una sociedad justa, para después caer lamentablemente en el poder exclusivo de un grupo de privilegiados. Pero la ley no es inmutable ni tiene características de perpetuidad, excepto las que enfatizan los principios y valores; es decir, las que se enmarcan dentro del derecho consuetudinario».

El estudiante seguía con suma atención las palabras del Profesor. Había un silencio absoluto. Sólo se oía la voz pausada del Profesor, y la vibrante del joven que, con entusiasmo, altercaba con facilidad e inteligencia.

—Paradójicamente, Profesor, nuestras divergencias son nuestros puntos de contacto. Y por mucho que yo avance en mis conceptos usted tiene los suyos que cada vez avanzan más y calan hondo en la conciencia del pueblo. No dudo que Colombia, algún día, en su afán de cambio, podría empezar a recorrer también el camino bolivariano.

»Esto es algo inverosímil para mí porque yo soy un fiel creyente de la libre empresa, aunque creo que los conceptos bolivarianos no son ajenos al libre juego de la economía ni los rechazan. Pero creo que recorrer de nuevo el camino bolivariano, es retrotraernos a la época que se caracterizaba por una sola visión, la de la redención social, cuando en la realidad, y lo sé con seguridad, el desarrollo de la sociedad está en su diversidad, en el manejo múltiple de la economía de mercado, en el libre juego de la oferta y la demanda. ¿No es acaso la dinámica de los Estados Unidos y Europa?»

—En la inverosimilitud de los hechos humanos, emerge la verdad que es una pero ecléctica, y se llega a ella por caminos de naturaleza mística o simplemente mediante un proceso que nos configura la realidad misma. Con el fin de dilucidar asuntos como los que estamos ventilando, nada es más importante que un buen discernimiento. Es la duda cartesiana, que con la aplicación del método al máximo se manifiesta con toda su intensidad en el proceso de llegar a la verdad.

»Ésta, la realidad social, es de mi completa incumbencia, y toda mi vida la he dedicado a buscar la fórmula mágica que permita a lo colombianos enfrentar al marco social actual en que se encuentra nuestro pueblo. En él no hay avance posible para la comunidad.

»El pueblo siempre estará en una posición de rezago, donde es casi imposible la rehabilitación, el desarrollo intelectual del hombre común conforme a la tecnología actual que se supone nos mueva a todos. Aún en un futuro tecnológico súper avanzado, siempre existirá en nuestro ambiente social una comunidad rezagada, porque los que tienen el poder en sus manos, no creen en el desarrollo económico uniforme de los pueblos. Aquí radica la injusticia, la inverosimilitud de la ley y el orden, la bonanza aparente por su exclusivismo y no por su diversidad, como dice usted.

»Por eso, por lo tanto, abogo por un cambio radical. Así de franco soy, joven. No hay que seguir dándole vueltas a la noria, ver pasar el tiempo y sin inmutarnos ver el escenario de siempre.

»¡Alguna acción hay que tomar! De ahí mi apoyo a El Movimiento de Emilio, el cual una vez tenga en sus manos las riendas del Estado, veremos una transformación maravillosa a cónsono con las necesidades del pueblo y en la que reinará la armonía y el equilibrio de fuerzas. De lo contrario, todos sin excepción debemos atenernos a unos hechos convulsos con proporciones apocalípticas. Vendrá el caos. No quedará piedra sobre piedra.

»Todo es cuestión de tiempo y de la flexibilidad humana para acomodarse a las exigencias de las circunstancias. Por lo demás, joven, ¿qué preocupación le asalta las ideas bolivarianas? No hagas caso a la distorsión que de ellas se hacen.

»El Libertador fue un fiel exponente de su tiempo, y estaba imbuíido de la filosofía de su época y de los albores de la economía que hoy mueve al mundo de manera injusta. Él se pronunció al respecto. Su propósito no era solamente la independencia para sus pueblos. Quería también la libertad y la justicia social. Fue un hombre de su época y por sus ideas de la nuestra también».

Un silencio absoluto. Todos seguían el diálogo con respeto y admiración. Algunos miraban a Emilio como esperando su intervención. Conocían su habilidad para la polémica constructiva.

—No tengo dudas al respecto, pero cómo podríamos encajarlas dentro de la actual estructura de nuestro país, sin que lacere la posición social de otros. ¿Son lo suficientemente flexibles? ¿No ha sido acaso el socialismo un camino al fracaso en otros países? Rusia le cerró sus puertas.

—No pasemos por alto que desde épocas recientes los dos sistemas se debaten entre la vida y la muerte. El gigantesco poder del capitalismo, que se manifiesta en múltiples facetas, ha obtenido sus victorias; es cierto, pero es más que por su poder, por la debilidad de algunos jerarcas del socialismo, que en el curso de los años se ven atraídos por las bondades que les plantea la burguesía. Su flaqueza los derrumba. Esto explica el porqué del hermetismo, del control absoluto, de la acción revolucionaria a cada momento. El socialismo es atacado a diario.

»La amenaza se plantea todos los días en el Club Internacional de la Prensa, por radio, por televisión; y en la práctica, con misiles balísticos continentales con ojivas nucleares apuntando directamente a los países no alineados con el sistema, sin mencionar los drones, que, como ladrón en la noche, se pasean en silencio con su ojo escrutador buscando víctimas gratuitas e inocentes».

—Y ¿qué de las ideas bolivarianas al respecto?

—Precisamente su característica principal es la equidad y la justicia social. Las ideas bolivarianas son de fácil manejo cuando están en manos de quienes desean un mundo más justo, más generoso, más diverso en sus propósitos sociales, un mundo donde impere la virtud, el juicio y la prudencia. Estos valores se fueron confeccionando a medida que se avanzaba en la lucha por la independencia, y son connaturales a la realidad imperativa de una América Latina unida.

»En ellas —en las ideas bolivarianas— caben el desarrollo económico uniforme, la igualdad social con individuos hábilmente preparados en varios campos del saber incluyendo en especial el tecnológico, servicio universal de salud, educación al alcance de todos.

»Un niño sin escuela es un atentado contra la humanidad. En fin, es el engrandecimiento de la sociedad mediante el manejo adecuado con dichos propósitos del individuo. En un mundo justo no existirá la guerra por innecesaria.

»Ni los movimientos guerrilleros, porque son secuelas de la injusticia mantenida por siglos. Todo esto, podría decirse, es un concepto bolivariano.

»Por lo tanto, podemos comprender perfectamente, desde este punto de vista, la posición del Comandante Chávez de llevar a su pueblo por los caminos de la justicia social dentro de un marco de paz y armonía. La paz es el mejor aliado del experimento venezolano. Hay que tener claro que yo ya recorría los caminos del pensamiento bolivariano cuando todavía nuestros actuales lideres del continente no habían nacido, incluyendo al Comandante Chávez».

—No dudo de sus palabras. Su sapiencia es maravillosa. Sus conocimientos de una vastedad sin límites. Pero, excúseme usted, estas cualidades no son suficientes. Hay que mirar más allá. El acto intelectual no necesariamente lleva a la transformación de un país que, como Colombia, está plagado de vertientes y afluentes imposibles de unificar en un caudal de pueblo con un solo derrotero, y, por lo tanto, podríamos caer irremediablemente en una utopia irrealizable.

—¿Por qué no? Ahí esta El Movimiento. Éste es una realidad que se palpa. ¡Pálpela usted también! Ya es un amasijo de pueblo que sigue creciendo y está arropando a todo el país. La realidad de una nueva Colombia está casi al frente de sus ojos. Tiene que verla, palparla, sentirla en toda su dimensión. Se trabaja diariamente en su organización, muchos jóvenes preparados se prestan para servirla en posiciones ejecutivas. El entusiasmo es desbordante. El Movimiento es cada día más fuerte, mejor aceptado, porque el pueblo sabe que no será defraudado como en otras ocasiones de la historia y que es, además, como el movimiento bolivariano, una gran fuerza de paz.

Exponía el Profesor sus ideas, sus argumentos con un entusiasmo que tocó a todos. La convicción de sus palabras llenas de energía parecía haber movido a la audiencia.

—¿Cómo se podría aglutinar a todos los estamentos de la sociedad colombiana, tan acostumbrados, desde los tiempos de la colonia, a estar escindidos políticamente? ¿Cómo alrededor de un hombre joven, Emilio, que no obstante su personalidad desbordante y carisma impresionante, no cuenta con la experiencia totalmente indispensable para forjar a un verdadero líder de pueblo?

—La historia nos presenta múltiples ejemplos. Casos aislados que supieron mover las masas en actos de gran heroísmo. Todo gran conductor de pueblo establece nexos indisolubles entre las exigencias de los pueblos y su capacidad innata de cumplir con el mandato que los pueblos depositan en él. No es cuestión de juventud o madurez.

»Es algo espontáneo que emerge en aquellos líderes que cuentan con la virtud que les permite calibrar los atropellos, las injusticias y las violaciones a los derechos humanos. No olvide el hermoso ejemplo de Bolívar: tenía solo veintidós años cuando juró en el Monte Sacro de Roma, darle la libertad a Venezuela. Usted sabe muy bien que Bolívar cumplió con ese juramento al pie de la letra».

—Sí, recuerdo perfectamente. Pero ubicarse al otro lado de la corriente, no es acaso escoger entre el mundo moderno de hoy y el aislamiento como individuo. Este aislamiento individual lleva también a un aislamiento de los pueblos. Venezuela lucha por un cambio, pero cada paso parece marcar un camino sin retorno porque no tiene el poder para enfrentar las fuerzas poderosas que mueven el mundo. No todo sacrificio, no todo martirologio, conduce al triunfo, ni al éxito apoteósico.

—Su pensamiento, joven, parece forjado por los medios de comunicación que defienden el sistema imperante y ven con recelo la profunda transformación que se está logrando en la patria de Bolívar ¿Qué diferencia existe entre la lucha por la independencia latinoamericana, lograda por nuestros libertadores, contra el imperio más poderoso de entonces y la que adelanta el comandante Chávez contra los poderosos que ejercen todo su poder a nivel mundial? ¿Sabes que estos hombres poderosos, que yo llamo prohombres, no soportan disidencias ni a los valientes que se atreven a desafiar sus designios?

»Al mando del presidente Chávez, con hombres de gran valía que comparten con él en sus luchas, se ha ido consolidando la nueva Venezuela, y ha logrado revivir las ideas bolivarianas que son aceptadas y seguidas por los pueblos latinoamericanos. Todos los pasos concernientes a América latina, que el Presidente Chávez da hacia un rumbo definido, marcan hitos en la historia de la región, como nunca había ocurrido en el curso de doscientos años. Las Naciones Unidas así lo ha reconocido».

Los estudiantes seguían el diálogo de altura con deleitación y sorpresa. El joven no se rendía y a cada pensamiento del Profesor altercaba con mayor vigor buscando terciar la discusión a su favor. Estaba seguro que a la postre el Profesor cedería y aceptaría sus puntos de vista. Pero el Profesor, conocedor amplio de la lógica, y su manejo de la manera más elevada, a sabiendas de que no se trataba de apabullar a su oponente, sino de conducirlo socráticamente, poco a poco, por caminos que conducen a la comprensión, a la generosidad y a la virtud, para evitar el cariz personal al que se pudiera llegar, dio un giro a la conversación, empezó a reforzar sus expresiones con hechos históricos del pasado que demostraban a cabalidad la exactitud de sus palabras.

Sin ostentaciones se paseó por acontecimientos históricos ampliamente conocidos, ampliamente analizados y, de esta manera, fortaleció todos sus argumentos con cuidado, con prudencia, y gran efectividad.

En ese momento, cuando la discusión aparentemente había concluido, Emilio muy respetuosamente alzó la mano y pidió permiso para su intervención.

El joven polémico no se había enterado que Emilio estaba presente. Tanto él como el Profesor accedieron a la intervención de Emilio.

—Es una gran satisfacción escuchar la manera acertada cómo a través de la polémica de altura, se puede llegar a la verdad. Igualmente, es entusiasmante ser testigo de la gran preocupación de la juventud por la suerte de Colombia, aquí representada por esta augusta audiencia y en especial, en este momento, por usted, Carlos.

»La preocupación que usted, Carlos, ha manifestado durante la extraordinaria polémica con el Profesor, agudiza nuestras esperanzas de que El Movimiento dará sus frutos muy pronto. En nuestras gestiones necesitamos gente como usted. Su pensamiento está imbuido de enormes preocupaciones. No existe en usted la indiferencia, y, por el contrario, a un joven muy preocupado por la suerte de la Patria.

»Sus preguntas, sus palabras, su discernimiento indican a todos nosotros que usted va en pos de las ideas que son capaces de una transformación. En esto coincidimos y, muy sinceramente, nos gustaría tenerlo entre nosotros. No tengo intención de adularlo, pero usted es un hombre de valer.

»Estoy totalmente convencido de que una gran fuerza lo asiste; si usted la despliega, en aras de la patria, hará historia; si usted la anquilosa en el tiempo, la historia se lo demandará».

—Gracias Emilio por sus palabras. Soy un admirador suyo. Hace mucho tiempo sigo su trayectoria que por demás es fulgurante. Capto su sinceridad al respecto. Analizo sus ensayos, sus cartas, sus artículos y sus discursos. Me apasionan y me llenan de entusiasmo. Pero yo estoy forjado en el escenario de una vida muy difícil y usted en el de una vida de opulencia y poder. Esa es la gran diferencia la cual, paradójicamente, es la que ha mantenido a una Colombia fragmentada en dos partidos que se desgastan en hacer conceptualizaciones banales que no conducen a ninguna salida.

Sin pensar Emilio que Carlos había tocado su talón de Aquiles, contestó sin ambages.

—Precisamente, Carlos, estoy totalmente persuadido de que la bonanza de mi familia podría explicar las deficiencias económicas de muchos.

—Gracias Emilio. Palpo la sinceridad de sus palabras. Y a usted, Profesor, permítame decirle lo siguiente: comprendo su entusiasmo y aprecio sinceramente sus explicaciones y el tiempo que usted, muy desprendidamente, me ha dispensado. Prometo a usted, y a usted, Emilio, y a todos los aquí presentes que haré esfuerzos por hacer un análisis del actual escenario, pero principalmente del diálogo que acabamos de mantener.

»Me atrevo a pensar que como un simple ser humano preocupado por la suerte de mi país, pudiera entrar, en algún momento, en un proceso catártico que me permita la purificación de mi espíritu y abocarme a una realidad vedada a mí en las actuales circunstancias».

—Gracias Carlos por la sinceridad de sus palabras. Las pocas ideas que se han suscitado con esta conversación corta, me indican, Carlos, que sus pensamientos bullen con fuerza y decisión. No puedo menos que pensar que por las raras fuerzas del destino, usted se convertirá en un gran puntal de la nueva Colombia que surgirá muy pronto de las manos del pueblo.

El joven acató la explicación del Profesor y con una sonrisa respondió a las palabras amables de Emilio. Pudo entender que los pensamientos de Emilio tenían algunos visos de veracidad, pero que en el universo de sus palabras, persistía, podía entreverse algunos conceptos desadaptados para la época, totalmente marginados de la realidad actual y que un esfuerzo de imponerlos resultaría en detrimento de la tranquilidad del país. Sin embargo, después de haber conocido a Emilio cruzaron por su mente pensamientos muy fuertes.

Cabizbajo, con varios libros bajo el brazo, se retiró entre el ruido ensordecedor del aplauso del público dirigido al Profesor y a Emilio de quienes se despidió con una simple sonrisa y con el convencimiento de que sus ideas movían todavía a gran parte de la juventud colombiana.

16

Dicen que el estudiante se graduó con altos honores y becado por la Fundación Rockefeller, continuó estudios de derecho en la Universidad de Nueva York, después de haber terminado cursos especializados en la ciudad de Miami.

Se sentía satisfecho en la gran ciudad, no sólo porque logró culminar exitosamente sus estudios como abogado, sino también porque tuvo la oportunidad de conocer a una joven de Puerto Rico con quien compartía desde el primer semestre de estudios.

De gran capacidad intelectual, hábil en el discernimiento en los asuntos jurídicos, su posición política en relación con el *status quo* de la isla era clara y perentoria. Decía ella "Creo en la independencia de Puerto Rico". Es el único camino que nos permitirá manifestar nuestra realidad onto-lógica. Somos un pueblo sin presencia jurídica a nivel mundial. Estoy en contraposición con mis padres, pero esto no me impide manifestar mis convicciones. Ellos creen en la anexión total. Respeto sus conceptos y ellos los míos".

Cuando recorrían las calles de la gran ciudad y visitaban los muchos sitios de interés, cuando tenían la oportunidad de intercambiar ideas con estadounidenses en las reuniones que se llevaban a cabo, a veces de manera improvisada, algunos provenientes de lugares lejanos de la nación podían intuir en ellos una especie de tolerancia intelectual que se manifestaba en la incapacidad de identificar el entorno que los rodeaba de manera apropiada y convincente.

Pensaban a cada instante que no importaba la actividad que llevara a cabo o la ubicación en que se encontrara el estadounidense, la sensación era la misma. Dejaba la impresión que toda la realidad cruda de su entorno pasaba por alto, no se ponderaba y lo aceptaban con una resignación benedictina.

Veían en el pueblo un sometimiento total, una despreocupación. La realidad no era cuestionada y el enorme poder económico fuera del alcance de su mano se soportaba de manera estoica como algo completamente natural.

Esta experiencia que les permitió tener una mejor visión del quehacer humano realizándose en toda la nación, se afianzó poderosamente en Carlos, después de vincularse con una compañía de seguros marítimos en la zona portuaria de Nueva York.

Las múltiples transacciones que tenían su sello inconfundible de la naturaleza humana, le permitían auscultar las posiciones, las tendencias y las reacciones emocionales de los clientes, de los muchos clientes excesivamente preocupados por sus mercaderías que daban sentido a sus vidas y a aquellos que, a sus espaldas, eran controlados por el libre juego de oferta y demanda.

María, hija de un exalcalde del pueblo de Jayuya en el centro de la isla y Carlos Zaldúa continuaron incrementando sus relaciones, y podría decirse que María contribuyó poderosamente a cambiar la posición de él, cuando tomaron la decisión de contraer matrimonio.

Pero sobre todo a los diálogos de altura que los dos tenían a cada instante. Ella, defendiendo sus ideas de un Puerto Rico libre. El cuestionándose la presencia de El Movimiento.

María siempre se manifestó convencida de que un despertar de conciencia individual era posible. Había experimentado este acierto con Carlos. Sólo se requería llevar al interlocutor por el camino de la información enlazada con la verdad histórica. Así las brumas flotantes en la concepción mental del individuo se disiparían en su totalidad para dejar al descubierto la verdad.

Así, pues, entre los dos surgió de esa manera la chispa que iluminó el entendimiento de Carlos. Un sábado por la tarde decidieron, después de una extenuante clase sobre inglés jurídico en el área corporativa, pasear un rato por Washington Square, lugar al que acude mucha gente a distraerse, a jugar ajedrez, o a ver alguno que otro maromero haciendo hazañas indescriptibles y, en algunos casos, a un rebelde espontáneo arengando, sobre una silla, a las multitudes que lo escuchan con interés, y le hacen hasta algunas preguntas. Pero su fervor político es interrumpido bruscamente cuando se le baja por policías del municipio quienes lo introducen en el autopatrulla que arranca precipitadamente hasta perderse a la vista de todos.

Se sentaron justamente en un banco al frente de las mesas empotradas en el piso para los juegos de ajedrez.

—Cuando termines tus estudios, ¿regresarías a tu país?

—¿Y tú... al tuyo?

—Sí, definitivamente —contestó María.

—Yo también, es decir al tuyo, a Puerto Rico.

Los dos sonrieron. Estaban conscientes que su próximo destino sería Puerto Rico. Ya Carlos tenía unas ofertas, y era cuestión de algunas experiencias para tomar la decisión adecuada.

Carlos, además, tenía bien claro lo relacionado con la situación política de la isla, y cómo su grado de dependencia con los Estados Unidos, incidía poderosamente en el diario vivir de sus habitantes. Los pocos conocimientos que María tenía de Colombia, se incrementó cuando empezó a cuestionarlo sobre El Movimiento, del cual nada se informaba en la prensa de la isla y lo poco que CNN lanzaba al aire en nada favorecía al grupo dirigido por Emilio.

Los periódicos importantes de la isla, jamás mencionaban los avances de El Movimiento, aunque su fama se hacía ostensible en las páginas de las principales publicaciones del mundo y en los noticieros más vistos de la televisión mundial.

—El paso dado por Emilio sería una excelente idea para aplicar allá en Puerto Rico. Nuestros partidos políticos no tienen ningún interés de solucionar el problema. Todos se recuestan de la colonia con fines de lucro.

—Lo mismo ha ocurrido en nuestro país.

—La relación política. No la social.

—Es cierto. Esa contradicción entre lo político y lo social, es la prédica diaria del Profesor Sanz, nuestro más ilustre hombre colombiano.

Después de escuchar sobre quien era el Profesor, María se atrevió a preguntarle a Carlos su posición al respecto.

—Yo tuve la oportunidad de tener un diálogo con el Profesor. No pudo convencerme, aunque debo confesarte que desde entonces una rara aprensión me acompaña y a veces creo que siento la imperiosa necesidad de rehabilitarme ante mi pueblo.

—Porque en el fondo de tu corazón crees en el cambio y sabes que gracias a Emilio ese cambio está pronto a concretarse.

—Hay fuerzas poderosas que querrán impedirlo.

—Aún así debes aceptar también que El Movimiento es el mejor recurso para la transformación de tu país. Colombia no debe marginarse del gran movimiento bolivariano.

—Puerto Rico, tampoco.

—Pero nuestra lucha es algo más que David contra Goliat.

—Bolívar, siendo todavía un joven soñador, cumplió con su juramento de libertad a América, nuestra América. Luchó contra el imperio más poderoso del planeta. Esto demuestra que la férrea voluntad de un pueblo, se impone, sobre todo cuando está dirigido por un líder de la talla de Bolívar.

—¿Cuál es entonces nuestra debilidad?

—La fragmentación del pueblo en múltiples vertientes. Se requiere de un líder que los aglutine a ustedes. Por eso puedo decir que fue un error monumental transformar el enorme movimiento de masas que creó Luis Muñoz Marín en un partido político: el Partido Popular. Después han surgido algunos líderes ocasionales. Uno que otro ha brillado con luz propia. Pero el tiempo lo ha eclipsado.

—¿Un Rubén Berríos?

—Exactamente. Conozco su trayectoria, desde muy joven empezó a dirigir el Partido Independentista, carismático en la tribuna, excelente orador, conocedor como ninguno de la problemática puertorriqueña, era el líder por excelencia capaz de producir un cambio contundente. Tenía el respeto de su pueblo. Después de la lucha que se desplegó multitudinariamente para sacar a la Marina de la isla municipio de Viajes —visitada por Bolívar— empezó su decadencia.

Sinceramente no sé qué pasó. Aunque estoy persuadido por la historia, que el temple de algunos hombres históricos flaquea hasta que los eventos trepidan su naturaleza, los alienta de nuevo, se recomponen y toman de nuevo el mando con una gran decisión.

—Esa es nuestra esperanza —musitó María—. Aunque debo dejarte claro que hablar de independencia de Puerto Rico, es caer en un concepto equivocado de la historia de Puerto Rico. Ya nosotros estábamos en el camino seguro de la independencia. Todo era cuestión de tiempo. Teníamos autonomía en muchos aspectos políticos y sociales. El proceso sufrió un golpe brutal, un retroceso podría llamarse, en 1889 cuando el ejército estadounidense tomó posesión de la isla. Fuimos ocupados por las fuerzas de las armas. Debe hablarse, por lo tanto, y de manera apropiada, de la desocupación de nuestra Patria cuando se habla de la independencia.

—La historia es incuestionable cuando se analiza científicamente. Tú tienes toda la razón.

Al ver un cambio emocional en María, Carlos cambió de inmediato el curso de la conversación.

—¿Estarías dispuesta a vivir en mi país?

—¿Por qué no?

La respuesta de María puso punto final al intercambio de ideas. El corto diálogo había sellado el destino de la pareja.

Cogidos de la mano se internaron en las calles estrechas del Greenwich Village, el cual, a esa hora, había tomado una actividad impresionante de bohemios y pintores con sus obras bajo el brazo, otros exhibían artesanías peculiares y sobre alfombras raídas velones de distintas formas y colores.

Se detuvieron un rato, miraron las exposiciones alrededor y después continuaron la marcha, pasaron por el campus de la Universidad de Nueva York, bordearon el Washington Park, donde nace la Quinta Avenida la cual empezaron a caminar mientras a los lejos se escuchaba "Blowin in the wind" de Bob Dylan.

Al saber Patricia, años después, que Carlos se encontraba viviendo en Puerto Rico, se entregó por entero a localizarlo. Recordó sus palabras cuando conversaron con él después de haber participado en una de las conferencias de Emilio quien miró en él un excelente activo para El Movimiento. El tiempo habría de darle razón. Así, pues, Patricia logró ubicarlo y le envió una extensa carta que el joven respondió de inmediato.

En su misiva indicaba que se estaba destacando entre las fuerzas económicas que movían con éxito el sistema bancario, y que había encontrado la oportunidad de exteriorizarse ampliamente sin que lo afectara una profunda sensación de sentimiento de culpa.

Sus amplios conocimientos y su posición ya empezaban a darle una vida amable, de comodidades que nunca tuvo en su patria, como tampoco la tuvieron sus antepasados.

Carlos vivía ahora en Puerto Rico ejerciendo con gran éxito una alta posición en el Banco Popular. Su esposa también en uno de los bufetes de la Isla, y así juntos habían logrado una excelente posición social.

Su visita a la Isla para conocer la familia de María, coincidiría con la de Emilio y Patricia. Para su luna de miel, habían escogido la Isla del Encanto.

Gracias a ellos, Carlos tuvo la oportunidad de conocer al gran analista político García Passalacqua que le impresionó por su habilidad de plantear todos los puntos controversiales de la política puertorriqueña y de los Estados Unidos, la cual conocía con gran precisión. Decía, además, respondiendo a una carta de Patricia:

"Gracias Patricia por sus palabras, llenas de sinceridad y encomiables por la alta posición que usted ocupa ahora con méritos más que suficientes por el amplio conocimiento que usted tiene del pueblo y por su encantadora relación con Emilio.

"Debo enfatizarle que en los años agradables en mi país perdí toda esperanza, aunque traté por todos los medios, como en la obra de Dante, de no renunciar a ella. Este país no me atrajo por sus riquezas, sino por sus oportunidades que se ofrecen a manos llenas, y que en mi país se le niega a la gran mayoría del pueblo.

"Sé que mi país busca salir de la encrucijada en que se encuentra, si lo logra, no importa el sistema que aplicare el gobierno de turno, dicho sistema debe ser aprobado. Pero el cambio es brutal e implica muchos sacrificios. Debe usted ahora, como vicepresidenta de Colombia, coadyuvar en dichos propósitos. Afortunadamente yo preví los actuales acontecimientos y su desenlace de manera trágica.

"Sólo ansío el éxito de todos los colombianos. Gracias Patricia por interesarse por mi suerte y espero algún día visitarla. Nunca olvidaré las atenciones que usted y Emilio me prodigaron en su corta estadía en Puerto Rico. Fue un golpe de suerte mi corto período en la isla, que coincidió con la visita de ustedes. La conferencia de Emilio en la Universidad de Puerto Rico y el diálogo que mantuvo magistralmente, me llenó de orgullo y satisfacción.

"Siento que la patria me llama. Aprovecho la oportunidad de manifestar que recuerdo con profundo dolor la muerte de García Passalacqua, cimera personalidad de Puerto Rico, que intentó con sus prédicas diarias marcarle un rumbo al buen pueblo de Borinquen. Le dio modernidad al análisis político con la verdad, sin partidismos y manteniendo el diálogo con Emilio.

"Al verse cercano a la muerte, muy triste dejó su amada isla porque, como decía: 'Mis convicciones me impiden vivir aquí. Si continúo en la isla los procedimientos de los actuales mandatarios de la extrema derecha, fascista, me acelerarían la muerte'. Un cambio de sistema perpetuaría históricamente la presencia del insigne García Passalacqua.

"Lo recuerdo con profunda admiración, sobre todo por su interés de dar reconocimiento a las ideas de Emilio, quien las presentó con entusiasmo cuando ustedes visitaron la isla durante su luna de miel".

17

Después de la digresión que se dio con la intervención directa del joven, el Profesor retomó el hilo de sus palabras y agregó:

—En días pasados, en otra conferencia que tuve el honor de presentar a un grupo de abogados, aquí mismo en estos predios universitarios, se hizo mención de algunas intervenciones —militares o no— por parte de los Estados Unidos. No es mi intención mover algunas pasiones recalcitrantes al respecto por mero capricho, como piensan algunos opositores que, ellos sí por capricho, distorsionan nuestros pensamientos.

»Mi postura siempre ha obedecido al acontecer histórico. Nadie en su buen juicio debe obviar esta realidad. No es tomar una posición de manera obtusa ante un hecho histórico, es interpretarlo en toda su dimensión y con verosimilitud. Con honradez.

»El propósito fundamental dentro de la lucha intelectual es descubrir las verdaderas causas de las desigualdades y las injusticias. Aquel que no capta la injusticia social o la ignora, nunca podrá disfrutar de un despertar de conciencia, como dice constantemente Emilio. Por lo tanto, mis disquisiciones buscan siempre la verdad tratando de no darles un toque político. La política que es el arte de gobernar a los pueblos, cuando entra en el libre juego de las ideas se pierde y empieza a recorrer caminos escabrosos que llevan a selvas oscuras. Siempre en todo caso interpretamos la historia de manera veraz.

»El odio es una fiera que nos pierde precisamente en selvas oscuras, y por eso, de manera objetiva, de manera tranquila y sosegadamente, debemos buscar la verdad en nuestras propias entrañas, en el ser mismo de nuestra constitución cultural.

»Tengo sumo respeto hacia la capacidad de Estados Unidos y su inventiva para ponerse prácticamente al frente del mundo, dentro de una posición pragmática. Su lucha, durante los primeros años de la nación, fue firme y tenaz; su desarrollo, admirable. Su poder económico, sostenible y uniforme. Un simple análisis histórico del quehacer humano demuestra que no necesariamente todo se mueve dentro de una perfección absoluta. No podemos soslayar el hecho histórico que desde sus comienzos la gran nación norteamericana, miró hacia nuestros países, hizo contacto con ellos, obtuvo jugosos acuerdos, todo con el fin principal de lograr su máximo propósito histórico: convertirse en un gran imperio. Nuestro propósito no es ejercer juicio sobre este particular. Pero sí no podemos pasar por alto, que nuestros gobernantes, nuestros prohombres de entonces, se coaligaron y con su afán utilitarista, hicieron posible el proceso económico de la gran nación del norte que mancilló nuestra soberanía.

»Siempre encontraremos aristas que destellan en el mundo de lo armonioso distorsionándolo. Como es el caso de los extremismos de la élite económico-militar de ese país, la cual, en cuartos oscuros, actualmente se prepara asiduamente para el dominio del planeta en cuyo papel se destaca el sistema bancario, con un poder inconmensurable. El industrial Henry Ford, adelantándose al tiempo, dijo: 'Es bueno que el pueblo no conozca los procedimientos de los bancos, porque si los conocieran estallaría la revolución al otro día'. Y esta actitud empresarial la tenemos en nuestro propio país. Siempre en busca del estipendio personal, nuestros empresarios firman contratos más que leoninos, de explotación, lo cual afecta la capacidad económica del pueblo, pero beneficia a la clase dirigente. Esta debilidad de algunos de nuestros líderes era ampliamente conocida desde los años de la independencia por los líderes de norte, y sabían y han sabido, con gran inteligencia, sigilo y diplomacia, usarla a su favor. Si consideramos lo anterior, se podrá entender el tipo de negociación que se tiene en estos casos. ¿Por qué entonces no ver el abuso, si lo hubiese, del lado de acá? La ausencia de consideración por el pueblo era inaudita.

»Muchos casos al respecto son la mejor prueba. Ya lo había dicho Rousseau 'estamos entrando en una era de crisis y en una edad de revoluciones'».

Con estas palabras dio por terminada la conferencia. Su rostro lucía deslumbrante y satisfecho.

Porque su propósito era dar a conocer la verdad, hacía sus presentaciones con cordura y respeto y en ningún momento buscó caer en controversias estériles que llevaran la discusión a rumbos sin sentido.

Fue el momento para Emilio abordarlo y explicarle la importancia de lo que había descubierto.

Sin preámbulos, entró de inmediato en los detalles del descubrimiento trascendental entre los cientos de documentos de sumo valor que su padre guardaba celosamente. La curiosidad del Profesor fue inmensa cuando Emilio lo puso al tanto de todo, del cilindro extraño, los documentos valiosos y quien era su autor.

Cuando Emilio mencionó la carta de Camilo Torres, el Profesor, con una cara de perplejidad, musitó entre dientes:

—Debo verla. Esa carta debe ubicar a cada cual en su sitio.

Se dio cuenta de inmediato que muchos comentarios serían confirmados. Acordaron entonces verse en la universidad, en el despacho de profesor, a la una de la tarde del día siguiente.

Emilio se sentía muy satisfecho cuando llegó a su casa, algo preocupado aunque estaba seguro que podría sortear la situación favorablemente si surgiera cualquier discrepancia con su padre. Llamó a Patricia para darle la buena nueva, quedaron de verse en la cafetería de rigor, y desde allí se dirigió de nuevo a la villa.

18

Se movía en la casa presidencial con el dominio de quien está acostumbrado al boato y el poder. El presidente lo esperaba en su despacho. Buscaba la segunda reelección y esperaba que la Corte Constitucional aprobara la celebración del referéndum.

Hacía esfuerzos porque en las próximas elecciones se reeligiera la bancada congresional de su partido. Tener el Congreso a su favor era indispensable para establecer los cambios necesarios.

Hacía algún tiempo venían colaborando el uno con el otro en la dirección del país y su control para que el pueblo no cayera en manos de los partidos tradicionales y, además, era urgente activar las medidas indispensables y adecuadas para tener a raya a los alzados en armas y a los narcotraficantes que habían extendido sus redes a lo largo y ancho del país. Pero algo revoloteaba en la cabeza de Lozano desde algún tiempo.

Sus pensamientos bullían sobre todo cuando establecía conversaciones con Emilio quien le hacía planteamientos profundos sobre El Movimiento, el alcance de sus ideas y propósitos. "El Movimiento, le decía, será muy pronto, en el sentido aristotélico, la entelechia histórica del pueblo"

Sabía por lo tanto, que Emilio estaría dispuesto a todo con el fin de plasmar en una realidad, lo que ahora era sólo un movimiento que emanaba de la necesidad del pueblo. Lozano empezó entonces a pasearse entre un cúmulo de información sobre el hombre —el presidente— que tenía en sus manos el destino del país. Cómo reaccionaría ante un nuevo movimiento cuyas ideas estaban en contraposición a las suyas. Sabía de su carácter intempestivo y violento cuando se cuestionaba sus posiciones. Cuando le preguntaba sobre problemas álgidos y su pronta solución, en algunas ocasiones su respuesta era el silencio. Sin embargo, no era raro en él que expresara sus ideas con éxito, porque los que lo escuchaban lo tenían acostumbrado a la lisonja y a posturas de sumisión que lograban apaciguarlo. Por eso quería conocer profundamente al presidente. Sus hechos, sus antepasados, su concepción ideológica contrapuesta a la de su hijo, en fin, sus reacciones emocionales y su ambición de perpetuarse en el poder a cualquier precio. Parecía, por decirlo así, un hombre asediado por fuerzas extrañas, cuyas ejecutorias obedecían a otros intereses.

Colegía esto porque él mismo, en lo personal y como hombre de estado, había sido presionado para establecer rumbos que, en los momentos actuales, contradecían sus principios. Cuando se desobedecían sus órdenes, las del presidente, y se las objetaban entraba en cólera y se explayaba en una retahíla de palabras ofensivas.

Tomó el periódico que estaba a su lado, y empezó a leer la columna que salía una vez por semana, la cual presentaba una semblanza muy acertada del señor presidente:

"El presidente, nacido el 4 de julio de 1952, pertenece a la recia raza de los paisas, como se conocen a los que con uñas y dientes forjaron la extensa comarca de lo que es hoy el Departamento de Antioquia, tierra de tradiciones, de valores, de principios. Muchos de los hijos de esta amplia región habían contribuido al desarrollo del país y todos se satisfacían orgullosamente de los pueblos que sus antepasados habían fundado, incluyendo, su capital, Medellín, en el Valle de Aburrá, a mil quinientos treinta y cinco metros de altura. Esta labor colonizadora empezó desde los tiempos azarosos del virreinato de la Nueva Granada.

"En su enorme actividad, los colonos con su indumentaria típica, su empuje montañero y su hablar alegre en el relato y la leyenda hábilmente entretejida, hicieron famosos sus atuendos principales en su febril peregrinar por montañas, valles, bosques y ríos siempre con su perrero y rejo para arrear las recuas de mulas por caminos a lo largo de las vertientes de los Andes y las selvas lluviosas del Chocó, la ruana de lana y el poncho de algodón para protegerse del frío, del sol, de insectos; el machete para abrirse camino por bosques y veredas y el carriel de cuero y piel de tigrillo, que colgaba del hombre con la ancha correa cruzada sobre el pecho, en el que en muchos de sus bolsillos escondidos el campesino guardaba el retrato de la novia, la barbera, el mechero, los naipes y la plata, para gastar en el bullicioso y variado mercado campesino.

"Esta raza indómita, que se dice descendiente consanguínea de los judíos sefarditas, y que por eso proliferan en la región los nombres bíblicos de pueblos, ciudades y lugares como Belén, Jericó, Palestina y Antioquia mismo, se había extendido por la parte central del país y, desmontando bosques a golpes de machete, fundaron las pujantes ciudades de Manizales, Pereira y Armenia en las que sobresalen los apellidos que dieron lustre a la comarca en los aspectos intelectuales y en las faenas emprendedoras de progreso hasta las lejanas tierras del Norte del Valle, donde familias enteras de paisas, apelativo con el que se le conoce en todo el país, sentaron sus reales en la 'muy noble y leal ciudad de Cartago', capital de la región. El presidente pertenecía a este noble linaje de hombres aguerridos, de grandes principios que dejaron su impronta para la posteridad porque ellos habían contribuido y contribuyen con el país en todos los campos del saber humano. De Antioquia fue José María Córdova, héroe de Ayacucho, batalla que condujo a la independencia del Perú y sentó las bases para la creación de Bolivia.

"A los veintidós años ya era general del ejército de Simón Bolívar; y Atanasio Girardot, quien luchó en la batalla de Bárbula por la liberación de Venezuela; además de estas dos grandes figuras históricas, ha dado varios presidentes a la república, científicos y escritores de gran talante que descollaron con luz propia que iluminó los cielos de toda la nación, como lo hace hoy con sus ejecutorias nuestro presidente."

El artículo, muy acertado en su descripción, había sido escrito por James Parsons, profesor de la Universidad de Berkeley, California. Su obra *La Colonización Antioqueña* se consideraba un clásico dentro de la moderna historiografía colombiana.

19

Después de algunas disquisiciones que transcurrían en su cerebro, producto de la aprensión que lo incomodaba y le producía insomnio a raíz de la acción revolucionaria de su hijo, hizo un paréntesis.

Abrió el periódico de nuevo y empezó a leer su columna favorita, que se publicaba una vez a la semana en la página editorial, cuyo autor hacía gala de su conocimiento de hechos históricos que envolvían a una persona en particular escogido por él al azar.

Era toda una introspección monolítica que daba fundamento para la calibración precisa de un personaje histórico o del presente. Le había tocado el turno al presidente, porque su afán de reelección propiciaba la ocasión de describirlo por su gestión gubernamental y su tendencia política.

Además, era una figura cumbre en los medios internacionales. Así, pues, era una gran oportunidad para establecer un paralelo entre los dos escritos y lograr hacer deducciones atinadas.

Decía el columnista, que se destacaba por su imparcialidad, entre otras cosas: "... por las raras influencias del mundo moderno donde los valores brillan por su ausencia, donde el poder del dinero llega a cimas inaccesibles, corroe el corazón del hombre y destruye la herencia ancestral, manchándolo todo y desvirtuando el camino de otras épocas lejanas, se procrean ahora hombres sin la sensibilidad adecuada y el desprendimiento necesario para servir con justicia al pueblo.

"Parecía que el presidente está, en sus ansias de poder, en un acto aparente de rebeldía que lo desvirtúa todo. Ya no es el grupo de arrieros indomables de antaño, recorriendo el terruño sin descanso, ahora es el paramilitarismo excediéndose en sus actos criminales contra los campesinos con el propósito de arrebatarles sus tierras ancestrales; ya no es el justiciero lanza en ristre desfaciendo entuertos, sino la extradición rápida burlándose de la justicia del país; ya no es el proceso electoral democrático, sino la reelección impuesta, amañada y artificiosa. Y tampoco, durante las campañas políticas, existe ya el afán de ver la plaza pública llena a capacidad, ahora hay desolación porque impera el desplazamiento masivo de campesinos.

"Atrás quedó el hacha del pueblo, pronto tendremos la máquina militar extranjera, con bases militares estratégicamente ubicadas, que el imperio ha conseguido sin disparar un tiro. Dentro de la pujanza del mandatario vemos un sometimiento inaudito que destruye la autonomía, que permite dudas sobre quien gobierna el país. Se lacera la soberanía, se subestima la Carta Magna, se acalla la conciencia de la oposición y, sobre todo, con subterfugios propagandísticos, se impide que la opinión pública mundial conozca la realidad de la nación y quién es el que encabeza el privilegiado club, que es figura en casi todos los días en las primeras planas de los periódicos internacionales.

"Se prefiere la aceptación festiva a nivel internacional, que lo presenta como un prohombre, vigoroso, decidido, impoluto, mil títulos lo atestiguan, presto para ejercer su poder allí donde el sistema, el suyo, es desafiado. Se soslaya el reconocimiento humilde pero noble del alma popular. Mientras tanto, todo es permitido, nada se cuestiona, poco se investiga. Ni siquiera el genocidio de los dirigentes y representantes de La Unidad Patriótica, que buscaba dar un giro humanitario a la gobernabilidad colombiana.

"Muchos colombianos aceptan este escenario con una actitud desesperantemente conformista y sumisa. Acatan todo lo que oficialmente se ofrece como alternativa y en el 'oblívion de la desmemoria parten del ahora lo que, sin interrupción, se originó en el pasado'. Y él, en su afán de grandeza y debido a su obcecación, se congratula asimismo y se pasea triunfal por foros internacionales. Los medios de comunicación lo ensalzan y lo llevan a la cima frágil de la fama internacional".

Así, pues, gracias a las dos columnas periodísticas, la de la semblanza y la del análisis de lo que ocurría en la faz de Colombia con los actos presidenciales, los colombianos se dieron a la tarea de analizarlas al máximo para escudriñarlas y llegar a la certidumbre de encontrar la verdad.

El impacto de estas palabras hizo vibrar el espíritu de Lozano y se dio cuenta en ese momento que tenía que tomar una decisión que le permitiera dar un vuelco total a los acontecimientos que estaban gestándose para frenar el avance de El Movimiento.

Tenía el poder para hacerlo. Conocía el camino apropiado, que con la visita al presidente, pensó, empezaba a recorrerlo.

Varios años después, yo encontraría, en lugar especial de la Biblioteca, el recorte de ambos escritos, les saqué copia, y los guardé con esmero para usarlos en su momento propicio, el cual llegaría con los súbitos acontecimientos que conmocionaron a todo el país.

20

Cuando se disponía a entrar recordó las palabras que venía leyendo en la limusina. Hizo algún esfuerzo por mantener su naturalidad, porque todavía le quedaba un algo de preocupación por lo que acababa de leer.

El Presidente se puso de pie y estrechó la mano de Lozano.

—Amigo Lozano, ¡tanto gusto! —dijo, sonriendo

—¡Qué bueno verlo, Señor Presidente! Estoy ansioso por saber el motivo de su invitación. Le adelanto que se han cumplido con todos los detalles de rigor y que míster McCain podrá disfrutar de su visita a nuestro país.

Le entregó el documento oficial con las directrices que había cruzado a las autoridades a cargo de la seguridad del candidato McCain. El presidente lo miró someramente. No hizo ninguna pregunta al respecto. Sabía la idoneidad del Secretario de Defensa en estos asuntos.

Las palabras introductorias de Lozano dichas con firmeza no ocultaban su preocupación, pues su instinto natural le permitía preveer de qué se trataba. Por primera vez, una información de seguridad pública no había llegado a sus manos como en otras ocasiones en primera instancia, y sí directamente al presidente a través de una red de espionaje que se encargaba de vigilar con precisión matemática cualquier movimiento que asemejara al que se esta dando en la República Bolivariana de Venezuela. Lozano tenía el presentimiento a qué se debía tal acción.

En realidad el compromiso internacional del Presidente en todo lo relacionado con la FARC permitía colegir el por qué de una respuesta directa, y que no tenía que ver con la visita del candidato republicano.

—Tenga seguridad, Señor Presidente, que míster McCain está en buenas manos.

—Amigo Lozano, de eso estoy completamente seguro, pero realmente en este momento, lo que nos preocupa es la información sobre un cierto grupo de estudiantes, dirigidos por el profesor Sanz, cuya idoneidad intelectual nadie pone en duda; pero, como usted sabe, se pudiera llegar a interpretaciones peligrosas, porque todos sabemos de las posiciones filosóficas y políticas del Profesor.

»No quisiera que esto desencadene en una situación difícil. Y sabemos que el grupo se reúne en el campus de la Universidad Nacional, y a veces en una cierta cafetería en el centro de la ciudad... bueno, déjeme decirle que uno de los participantes resulta ser... su hijo... que explica por qué de mi preocupación. La Universidad no solamente es un centro de estudios, donde se ventilan todo tipo de ideas, también allí en otras ocasiones se han originado insurrecciones, que, como usted sabe, el Estado no puede permitir».

El Señor Presidente estaba obligado a informar al Ministro de Defensa del más mínimo detalle que pudiera provocar cualquier tipo de alzamiento popular.

De acuerdo a información confidencial recibida del embajador norteamericano el grupo a cuya cabeza estaba el hijo de Lozano, podría convertirse en una amenaza para el sistema imperante en Colombia. El embajador tenía órdenes estrictas de sus autoridades de no permitir, por ningún motivo, que Colombia cayera también en el grupo bolivariano.

El señor Lozano, hombre curtido en estos asuntos, tenía la experiencia para deshacerlos a tiempo, y con este propósito mantenía fuertes vínculos de secreteo con la Embajada de los Estados Unidos, y hacía uso de los rotativos más influyentes del país, y del principal canal de televisión para manipular la conciencia, terciar a su lado y a favor de sus correligionarios. Y por lo mismo, ya estaba al tanto de lo que acontecía. Por una rara tendencia sentimental, quiso restarle importancia a las reuniones constantes de estudiantes que estaban proliferando de manera inusitada en las grandes ciudades, que dejaban ver una excelente organización y gran disciplina.

Miró fijamente al presidente. Éste, con una postura meditativa, y como era su costumbre cada vez que algo trastocaba su equilibrio emocional caminó, con paso rápido, de un lado a otro del amplio despacho presidencial, miró por la ventana central a la multitud paseando por la enorme plaza, y rápidamente, al comprender a cabalidad todo el asunto, exclamó:

—Me gustaría oír de usted una explicación.

—Emilio... Es un buen muchacho, a esas edades los jóvenes empiezan a padecer el prurito de ideas extremas que se desvanecen como por encanto a medida que avanzan en edad, crecen en conocimientos y se vinculan a la rueda del trabajo para continuar con una vida normal.

»A veces se involucran en uno que otro movimiento de orden político, que debemos ver como la oportunidad que aprovechan para experimentar sus propias ansias de liderazgo. Yo diría que ese es el caso nuestro. Empezamos muy jóvenes.

»Son acciones prácticas que ayudan al desarrollo del joven preocupado por la suerte del país. No debiéramos de pensar que algo así se lograría con una actitud conformista, parsimoniosa, sin cuestionamientos. El acto de rebeldía contribuye al desarrollo de los jóvenes y a la vez abren nuevos surcos hacia una Colombia mejor».

El señor Lozano se expresó con gran tranquilidad como, si en verdad, no hubiera fundamentos para preocuparse, pues conocía muy bien las bondades de su hijo y su pasión por la historia que él usaba con habilidad en sus conversaciones de amigos, en sus charlas y en una que otra conferencia a obreros y estudiantes.

El presidente quiso guardar silencio, pero el deber lo obligó a manifestarse, no podía ocultar la aprensión que sentía desde que le pasaron las fuerzas de seguridad todos los detalles de El Movimiento. Se levantó de la silla con una actitud que manifestaba un profundo respeto a Lozano, y mirándole, dijo:

—Hay algo más que un simple problema de piel. Vientos con fuerza telúrica soplan desde Venezuela. Se trata de nuevo de la Doctrina Bolivariana. El ideal en ese país, es forjar un nuevo hombre latinoamericano. Preconizan diariamente la equidad social y unión de todos los pueblos. Como usted sabe, de nuevo la demagogia para perpetuarse en el poder. El populismo hace presencia en el escenario latinoamericano; el populismo, que en nombre de la equidad y la justicia lo disloca todo. Vemos con impaciencia cómo esas ideas proliferan, cómo el señor Chávez cautiva a los pueblos con su personalidad humilde pero desbordante. Se está imponiendo con su populismo y con sus arengas arrastra tras él a la juventud. Por eso en nuestras reuniones, con objetivos económicos y de seguridad, pensaba que es una mejor política tenerlo como amigo para conocer mejor sus propósitos ocultos.

»Esta es la razón por la que me he reunido con él varias veces. Pero no podemos descartarlo como una ficha que tarde que temprano se haga necesario remover o aislar. Es necesario, pienso yo, fortalecer nuestros vínculos con la oposición venezolana y mantener un registro meticuloso de sus obras, de sus palabras, de su trayectoria. Por otro lado, debo admitir que como una tendencia natural los jóvenes buscan el momento propicio para manifestarse con altura y así enseñar sus mejores galas en el campo de la política. Lo hicimos nosotros, es verdad. Pero los tiempos cambian. Hay otro escenario. Hay otros actores que con sus manifestaciones dan un toque sorpresivo, cautivante, impredecible, que podrían acabar con el movimiento rítmico de nuestra sociedad.

»Nuestros líderes lucharon para forjar una patria grande y digna. El escenario actual en el que actúa El Movimiento, parece un plan perfectamente organizado para atentar contra el sistema y todos los valores que se forjaron en el yunque de las ideas de ambos partidos. Se busca ahora desviar tan nobles propósitos. A esto es lo que le temo».

El presidente continuó dando una exhaustiva explicación al señor Lozano, quien impertérrito no mostró la más mínima conmoción, pero sabía de antemano que las circunstancias lo habían ubicado en una posición difícil de mantener.

Por un lado, el gran hombre de la sociedad con todo su poder económico y por otro, el hombre de Estado, Ministro de Defensa, que tenía en sus manos el supremo poder de proteger el país. Tenía, pues, una obligación moral con su pueblo, y con el presidente.

Por eso, una vez se dio cuenta que el diálogo seguiría girando sin son ni ton, sólo se limitó a responder:

—Permítame entonces, Señor Presidente, estudiar la situación, hablar con mi hijo, poner al tanto al resto de la familia, y si la situación es realmente apremiante o potencialmente peligrosa, actuaremos en conformidad como se hizo en 1948, y como, siguiendo órdenes del gobierno, se hizo para detener el avance de El Frente Unido del pueblo y su desenlace en Patio Cemento. Usted sabe lo ocurrido con el buen sacerdote. Nuestra respuesta, si la situación sube de temperatura, no tiene por qué ser diferente.

Sus palabras dichas con firmeza calmaron la tensión del presidente quien sin entrar a analizarlas dio por sentado que el señor Lozano estaría dispuesto a ejercer de nuevo su enorme poder, que, en verdad, ejercía sin limitaciones. Pero en esta ocasión el presidente estaba completamente equivocado.

A la temprana edad de treinta años, Lozano ya era en los círculos políticos del país una figura relevante del gabinete ministerial del presidente Carlos Lleras Restrepo en el período 1966-1970 del Frente Nacional.

Ahora como ministro de Defensa hacía gala de sus conocimientos adquiridos en entrenamientos esenciales en el exterior por lo que estaba perfectamente calificado para enfrentar cualquier amenaza al sistema establecido. Había jugado un papel importante en la eliminación del padre Camilo Torres, cuando ya ocupaba una alta posición en el ministerio de Defensa. Nunca su intención primaria era acabar con la vida del sacerdote. Por el contrario, buscó por mucho tiempo una reunión secreta con él en la cual se trataría los temas principales sobre la situación social del país y lograr algunos cambios que satisficieran al sacerdote. En el fondo de su ser, Lozano sentía que el sacerdote tenía la razón en muchos de sus planteamientos. El plan urdido en contra del sacerdote, sin la autorización de Lozano, siguió su curso fatal.

Nunca vaciló en emplear los conocimientos y recursos adquiridos en la Escuela de la Florida, que siempre llevaban al éxito en cualquier parte del mundo. Una llamada suya, oportuna, hizo posible la presencia en Colombia de Carmona con quien había iniciado una gran amistad. Los vientos revolucionarios del padre Camilo Torres soplaban, en ese entonces, con fuerza sobre todo el territorio colombiano.

La integridad de la nación estaba en peligro. Por esta razón, la presencia de Carmona era incuestionable. Sus conocimientos, su vasta experiencia en múltiples ocasiones en los que se requería la idónea presencia de un agente de la CIA, habían puesto a ambos en el camino de la historia que se define casi siempre con un hecho de sangre. Pero en esta ocasión los acontecimientos tendrían una conclusión inesperada.

—No me cabe la menor duda —le dijo el presidente—, que una vez usted se hace cargo de una situación de orden público, los resultados son excelentes, y todo vuelve a su normalidad. Aunque en tratándose de su hijo, usted tomará las precauciones del caso, puedo imaginármelo.

El señor Lozano, hábil como era para tener la palabra precisa en cualquier diálogo por difícil que fuera, trató de contestar de la mejor manera no sin sentir que estaba en una encrucijada difícil de sortear.

—Ese siempre ha sido nuestro propósito cuando se trata del bienestar de la patria, aunque tengo que decirle Señor Presidente, que definitivamente los tiempos han cambiado, y que si no tomamos los cuidados necesarios para evitar cualquier reacción que pueda desarrollarse con un impulso inaudito nos podría llevar por derroteros difíciles de superar. No es que no confíe en los recursos que se nos suministra para enfrentar cualquier levantamiento popular. Pero un pueblo enfurecido, como un ariete, golpea duro.

»El retroceso del país sería inimaginable. Ya tuvimos la experiencia de 1948, que según me narrara mi padre, en verdad, prevaleció el desorden que por poco nos lleva a la desaparición total de las instituciones. Como usted dice los tiempos han cambiado. Podría darse el caso, por lo tanto, un vuelco a favor de las masas y El Movimiento coger una fuerza inaudita y llevar al país por otros derroteros».

—Por eso yo quería ponerlo al tanto de lo que acontece en las universidades. Sería conveniente señor Lozano, teniendo en consideración sus palabras, actuar rápido y seguro, para lo cual cuente con toda mi colaboración, que yo cuento con la suya.

—Pierda cuidado, Señor Presidente. Aunque en esta ocasión la prudencia y el buen juicio deben prevalecer, no necesariamente por la presencia de mi hijo, sino por el hecho de sentirme obligado a actuar como padre; además, porque, por lo que he analizado, se trata de un movimiento de jóvenes muy bien preparados, conocen su derrotero y a todas luces tienen como ejemplo los hechos históricos del pasado y los económicos del presente.

—Es decir, si capto el sentido de sus palabras, es de nuevo la ilustración a la francesa buscando dar un giro radical a nuestro sistema que nos ha costado sudor y sangre establecerlo.

»El país prospera, tenemos una economía sustentable equilibrada, con un 5% de crecimiento, gran parte del territorio nacional está en paz, el pueblo se educa bien en colegios y universidades de prestigio, la canasta familiar es más abundante. Y ahora, para mi sorpresa, son los que más disfrutan de esta Colombia en constante progreso, que están armándose con ideas radicales para lanzarse en busca de un supuesto cambio ¡Qué ironía!»

El señor Lozano escuchó con respeto las palabras del presidente. Conocía a cabalidad su bagaje intelectual y político que manifestaba en un discurso rápido y bien coordinado. Esperaba una respuesta parecida.

La flexibilidad con que Lozano se abocaba a los diferentes problemas que había enfrentado en la azarosa trayectoria de su larga vida, al análisis concienzudo de personajes históricos, muchos pertenecientes a su familia, le habían indicado que había seres humanos inconmovibles e incapaces de la transformación que muchas veces exige la propia esencia espiritual, ante las contradicciones sociales y la ausencia de equidad y sólo se transmutan exuberantes ante la presencia de una fuerza económica todopoderosa, colmada para ellos de bondades, de riquezas y de bienes, aunque en detrimento del pueblo cuya exacerbación se pudo haber evitado, con un asomo de comprensión por dolor ajeno. Pero que al no hacerlo, sin la mínima generosidad, llevaba a una secuela con resultados catastróficos. De esto está llena la historia. Es el origen de todas las revoluciones.

—Entiendo sus palabras y preocupación. Como en otras ocasiones, haré lo que me corresponde. Tenga usted la seguridad que haremos lo que sea necesario para poner todo bajo control.

—Gracias, señor Lozano. Cuente con mi colaboración que yo cuento con la suya —dijo el presidente.

—Gracias, Señor Presidente.

Se dieron un fuerte apretón de manos. Desde la puerta de su despacho, el presidente se quedó viendo al hombre que tenía el destino de servir bien a la Patria. En él se encarnaba posiblemente, pensó, el último reducto de aquellos grandes hombres, criollos indomables, españoles de pura cepa nacidos en América que supieron detener a Galán, a Carbonell y a Nariño, genuinos líderes, que tenían el propósito, en sus luchas, de poner el poder en manos del pueblo.

Contrario a la oligarquía que hizo suyos los triunfos de Bolívar, para, después de heredarlos, dentro de la lucha del poder político y el económico, manejarlos a su antojo y provecho, y darle el giro conforme a los propósitos de la élite y la realidad de sus ambiciones personales que se han mantenido hasta hora y es la responsable de todos los males e infortunios que sobre Colombia han caído.

El presidente estaba esperando la orden de su edecán para ir al aeropuerto El Dorado y dirigirse a Cartagena. Así que la despedida fue rápida.

Un guardia presidencial que observaba la escena al ver la actitud del presidente, hombre de buena postura, pero excesivamente pequeño, y una seriedad impenetrable, con un barrunto de humanidad que brillaba en sus ojos penetrantes, se limitó a lanzarle de soslayo una mirada oblicua de desprecio.

21

En diciembre de 2008, debido a la terrible preocupación del presidente, que lo llenaba de suspicacia y temores, el señor Lozano tomó la decisión de contactar a Carmona, la persona indicada para poner fin, como en otras ocasiones, a la probable perturbación del orden público, así que por varios meses se ocupó de investigar todo lo concerniente a El Movimiento, los círculos de personas que acompañaban a su hijo, quiénes estaban involucrados y quiénes eran sus ayudantes; cuál era, en fin, la logística de El Movimiento, sus intenciones y su propósito.

¿Quién mejor que Carmona que representaba al águila, al compás o a la estrella roja de dieciséis puntas símbolos del gobierno invisible que opera siempre fuera del territorio de Estados Unidos, a veces con una autonomía e impunidad apabullantes, y en estas latitudes es el poder primario que se mueve libremente, a sus anchas, como lo había hecho en otras ocasiones en el territorio colombiano?

Sabía que estaba a punto de iniciarse toda una actividad secreta para lograr la información máxima, que de inmediato pasaba electrónicamente al centro de acopio de data de la CIA. Pero por primera vez algo muy raro rondaba en su cabeza. Pensamientos repetitivos que le creaban aprensión y temores como nunca antes.

Tenía en mente todo lo relacionado con los procedimientos que se empleaban para lograr la culminación del plan que conducía a mantener su máximo poder: la tortura psicológica, las palabras amenazantes, el uso de bolsas de agua sobre la cara que creaba en la víctima angustia y sofocación; también la aplicación del lavado de cerebro y, en casos especiales, la lobotomía, la aplicación de electroshock, el control mental, los aislamientos y otros tratos inhumanos.

Para despejar la aprensión que le creaba sus pensamientos en ese momento, miró afuera y pudo darse cuenta que ya los trabajadores de obras públicas habían empezado a engalanar toda la ciudad con motivos navideños. "Lo mejor de la Navidad es que fortalece la unión familiar", pensó.

Enormes arreglos entretejidos sobre láminas de guadua y sobre ellos enormes figuras navideñas, como la sagrada familia, delineadas por luces intermitentes de diversos colores que daban la impresión de estar en movimiento. Ya se veía múltiples personas haciendo las compras para la ocasión. Al pasar por una de las plazas, pudo ver un hermoso pesebre cuya cuna de paja todavía vacía aguardaba la llegada del Niño Dios y a su alrededor decenas de niños acompañados por sus padres, con gran regocijo apreciaban la hermosa estampa navideña que pronto sería el hogar del salvador del mundo.

22

Tan pronto hubo concluido la clase, Emilio y Patricia Portocarrero se dirigieron a la cafetería en pleno centro de la ciudad, la cual por su gran amplitud y buen servicio se había convertido en el mejor centro de reunión de estudiantes universitarios, donde álgidos temas intelectuales y políticos se discutían con seriedad.

No podía faltar el de mayor actualidad en el momento: todo lo relacionado con El Movimiento que Emilio venía proponiendo durante meses con un cuadro halagador por la favorable reacción de los que lo escuchaban, pues aceptaban sus propuestas y sus explicaciones.

Siempre que Emilio hacía presencia en el local, empezaban las preguntas aclaratorias de muchos interesados en formar parte activa en la gestión que se adelantaba. Algunos escépticos veían esto con recelo y cierto temor. Pero Emilio, haciendo uso de su habilidad, terciaba en los temas más escabrosos y aclaraba punto por punto cualquier controversia.

De esa manera El Movimiento propuesto, se fue consolidando en la fuerza más popular de la nación, y la cafetería, de fama y reconocimiento por ser el enclave histórico donde se originó, famosa ya por su enorme fotografía de pared a pared del Bogotá de antes de 1948, que presentaba la imagen, y así lo confirma el cronograma de la ciudad, de una capital en pleno desarrollo, atractiva y moderna. Además, hacía poco la cafetería la habían convertido en un cibercafé que incrementó la clientela, sobre todo de internautas.

Era ahora su atractivo principal el segundo salón debidamente acondicionado para conectar las computadoras con las que los estudiantes resolvían, por Internet, todos sus trabajos universitarios. Así, pues, saborearon un delicioso café y después de conversar sobre sus asuntos personales y el futuro que podrían tener, se dirigieron a la Villa.

Patricia Portocarrero, mi hermana, era una joven de la clase media alta, que en sus ratos de ocio escribía artículos de diverso contenido en uno de los periódicos de la ciudad. También, tenía la costumbre de reunirse con sus amigas y amigos en la cafetería y en especial en su propia casa para discutir sobre muchos puntos de interés relacionados con la política, la economía, la historia y, sobre todo, sobre un cierto movimiento que ya empezaba a tener reconocimiento nacional. Fundado y dirigido por Emilio a quien acababa de conocer. En muchas ocasiones tuve la oportunidad de estar presente en las reuniones que ellos organizaban en mi casa y así conocer en profundidad los ideales de El Movimiento, y pude barruntar un éxito rotundo.

El contenido de los artículos que ella escribía para el periódico *El Tiempo* encajaba perfectamente en los ideales de El Movimiento, los cuales encontraba acertados a la luz de los acontecimientos cuotidianos de la nación. El pueblo los leía con suma atención. Sin embargo, sus estudios se concentraban a plenitud en la antropología cultural.

Su meta había sido convertirse en abogada, pues, como ella decía, "en un país de políticos-abogados tal profesión resultaría muy conveniente para entender la situación socioeconómica del país, pues ellos a través de los años, habían construido, desde el punto de vista jurídico, una especie de muro berlinés con bloques de pensamientos leguleyos imposible de derruir por las buenas". Pero sus tendencias intelectuales dieron un giro radical cuando tuvo la oportunidad de conocer las comunidades indígenas ancestrales y milenarias en el Amazonas y la población negra en zonas apartadas del Departamento del Chocó, en completo abandono por las autoridades oficiales.

Con otros estudiantes se había adentrado en la selva impenetrable donde intentaron escudriñar diferentes culturas milenarias y estudiarlas a la luz del método comparativo de Margaret Mead, los nuevos conceptos de Malinowski y los estudios de la cultura de Ruth Benedict. Pero un escenario desolado impulsado por compañías trasnacionales y mineras de Canadá, que, con el permiso del gobierno, hincaban con máquinas poderosas el suelo de la selva en búsqueda de riquezas, sin respeto ninguno hacía los verdaderos propietarios de las tierras mancilladas, y por la violación abusiva del ecosistema, le indicó que sus estudios, en verdad, serían una pérdida de tiempo. Rehusaba aceptar que "... generalizaciones acerca de la naturaleza humana que emerge de su propia experiencia con la sociedad moderna y urbanística y privilegiada de su país".

"Toda lucha a favor del ecosistema, a la integración de las comunidades marginadas, con la presencia del gobierno en componenda con las trasnacionales, se volvería trizas y sin efectos".

Por lo tanto, Patricia tomó la resolución de unirse a El Movimiento para luchar con toda su fuerza y lograr el cambio que el pueblo exigía.

Hacía algún tiempo Patricia y Emilio estaban cultivando una buena amistad. Compartían pareceres, veían las películas del momento, estudiaban juntos y participaban en las romerías de la ciudad con sus compañeros, y también en conferencias y manifestaciones de orden político. El punto de conjunción ideológico de la pareja era tan perfecto como el sentimental.

Elegante, muy locuaz, con la palabra precisa en la conversación, versada, igual que Emilio, en los acontecimientos históricos dentro de las perspectivas establecidas por el análisis adecuado y profundo. En ella se conjugaba, pues, la belleza de la mujer del altiplano y cualidades intelectuales de gran realce.

Así, pues, podían pasar tardes enteras visitando los puntos de interés de la capital, sin mostrar el más mínimo asomo de cansancio.

23

En algunas ocasiones, en estas romerías, yo los acompañaba. Con regocijo y prudencia y con tan sólo doce años, sentía satisfacción al escuchar a Emilio y mi hermana como parte activa en las reuniones principales. Allí pululaban los estudiantes donde se discutían todos los temas, pero el principal era la situación social en el que se terciaba con gran habilidad y una riqueza de datos para dar base real a sus argumentos que se presentaban con gran entusiasmo. Por lo tanto, me era muy placentero compartir con quienes con altura intercambiaban ideas y conocimientos.

Buscaba siempre el momento propicio para aprender, así que no tenía peros cuando me invitaban a pasear, a visitar ciudades cercanas y, sobre todo, a escudriñar las manifestaciones culturales de los grupos étnicos originales exhibidos en diferentes museos de la ciudad capital. Por lo mismo, tenía la particularidad de poner suma atención en las conversaciones interesantes que enriquecían mi bagaje de conocimientos y recursos que yo después aplicaba en mis deberes como estudiante. Algunas veces se me preguntaba mi opinión. Yo respondía de manera espontánea. Creía en lo que me decía mi padre, que para enriquecer mis conocimientos, escuchar una buena conversación era un recurso acertado.

Lo había aprendido de mi padre, cuyos conocimientos en muchos campos me sorprendían cuando contestaba preguntas con gran idoneidad y convencimiento. A tan temprana edad ya había mostrado gran interés en la política nacional e internacional. Por ejemplo, nunca me perdí los interesantes debates de Obama y McCain, y en mi fuero interno en ciernes sentía gran aceptación por Obama, no por su condición étnica, irrelevante a tan temprana edad, sino por su sonrisa espontánea con la cual el candidato rubricaba sus pensamientos profundos sobre economía, política y situación social. Sin embargo, la parte más interesante de mi personalidad, la más cautivante, era mi humildad y un profundo sentido de discernimiento entre el bien y el mal, la verdad y la mentira, lo justo y lo injusto que yo buscaba descubrir en el diario vivir de la sociedad. La capacidad de deducir del juicio adecuado y la manera prudente de aplicarlo, me acercaban cada vez más a la perfección de mi ser.

Y dentro de este marco tenía ubicado al candidato norteamericano, que era poseedor de una gran serenidad y también a Emilio, para quien lo más importante del ser humano era la generosidad con la que se podía alcanzar la verdadera perfección, cualidad que resultaba de gran relevancia para mí, y por lo mismo a partir de ese momento dicho razonamiento sería mi directriz máxima.

En algunos momentos que yo sacaba de manera especial para plasmar en la palabra escrita mi vivencia al respecto, hacía uso del internet para indagar sobre temas necesarios. Lograba aclaraciones muy pertinentes, hacía anotaciones en mi libreta, y en algunas ocasiones narraba con precisión sobre algunos hechos que me serían muy útiles en su momento.

Sería, sin embargo, la gran biblioteca de los Lozano, la que se convertiría, en un futuro, en mi recurso más valioso, como lo era para Eduardo y para Emilio en sus constantes investigaciones.

Yo sería el primero que no pertenecía al augusto linaje de la familia Lozano en intervenir en la biblioteca.

24

Sombrío el rostro, pidió a la mucama que le preparara una taza de café, que se cultivaba, secaba y tostaba, en su Hacienda El Novillero. Se encerró en su enorme biblioteca: sus estantes empotrados formaban un óvalo perfecto, alrededor del amplio espacio del salón, sus paredes de blanco impoluto estaban ornamentadas, además de la pintura original de Dalí, con retratos de antepasados de la familia Lozano de la época colonial, en especial el del Marqués de San Jorge. La biblioteca, además, era rica en libros prácticamente hoy olvidados por el buen lector colombiano, tales como la *Elegías de Hombres Ilustres* de Don Juan de Castellanos; *Los Sueños de Luciano Pulgar* de Don Marco Fidel Suárez; dos ensayos inéditos muy comprometedores de José María Vargas Vilas; *Nociones de Prosodia Latina* y el *Compendio de Historia Moderna* de Miguel Abadía Méndez, el presidente del país durante la matanza de las bananeras, propiedad de la United Fruit Company y aciago y triste recuerdo petrificado en las páginas inmortales de la historia de Macondo; además, los quince tomos de Linneo y *Estudio del Derecho Romano* por F. Mackeldey, quien había sido profesor de derecho en la Universidad de Bonn. Su obra era de obligada lectura por varias generaciones de los Lozanos.

Y sobre una mesa pequeña de cristal adornada con un candelabro antiguo, entre dos esferas de mármol, se destacaba la edición en carpeta roja muy fina, el *María* de Jorge Isaacs, de 1922, editorial Camacho Roldán & Tamayo. En la primera página, en una caligrafía hermosísima, la dedicatoria "Con todo mi cariño para la señorita Josefina. 1958", firmaba Lozano.

Se acomodó en su sillón favorito en cuero repujado traído del Perú, sacó su teléfono móvil y llamó primero a Emilio, con quien quería hablar sobre las actividades que El Movimiento adelantaba por todo el país.

—¡Hola papá! ¿Cómo estás? Estoy en la cafetería reunido con un grupo de dirigentes de El Movimiento. Estamos organizando un programa sobre muchas actividades que vamos a celebrar en varias ciudades que, a su vez, nos llevará a la Máxima Reunión que tendrá lugar en la Plaza de Bolívar y que busca la consolidación de El Movimiento. Quiero reunirme con usted para explicarle todo al respecto.

—Gracias Emilio, precisamente mi llamada buscaba dicho objetivo: es decir, hablar sobre El Movimiento, sus propósitos, sus metas políticas y, sobre todo en relación con tu anunciada reunión máxima en Bogotá. Podría ser hoy viernes cuando regreses de la Universidad.

—Sé que hay muchos comentarios infundados. Las gentes siempre se encargan de demonizar cualquier grupo o persona que busca más justicia para su pueblo. Es una táctica tenebrosa de mucha actualidad.

—Eso es verdad, Emilio, pero debemos tener en cuenta los resultados catastróficos que dichos movimientos han producido a todo lo largo y ancho del país.

—Es cierto pero yo siempre he creído que eso es consecuencia de un mal cálculo del estado que muchas veces actúa desmedidamente. Pero de esto hablaremos personalmente. A propósito la reunión podría…

—¿Podría ser con Patricia? Ella es parte activa de El Movimiento.

—Me gustaría, por el momento, que fuera una reunión entre los dos.

—Podría ser.

—Gracias Emilio.

—Nos vemos el viernes, después de las 6.

Emilio se reactivó con el grupo. Era una reunión importante ya que tenía por objetivo organizar la demostración de El ΦMIKRON en la Plaza de Bolívar.

Se le adjudicó a cada cual sus obligaciones y se les entregó una lista de cada uno de los puntos a seguir que incluía puntualidad, transportación, representación folklórica, grupos de control debidamente identificados, hojas volantes alusivas a los propósitos y, sobre todo, un folleto bien presentado con los conceptos filosóficos y sociales de Caldas que se entregaría en el momento de la intervención de Emilio. Además, por todos los medios de comunicación se haría una convocatoria nacional.

25

Lozano, por otro lado, después de hablar con su hijo hizo el segundo contacto: la embajada de los Estados Unidos. Las relaciones del gobierno con este país siempre habían sido muy estrechas.

Era casi obligado que como ministro de defensa se comunicase con el embajador, William Brownfield, cuyo poder e influencia empezó a sentirse desde que se despertara con fuerza huracanada las luchas bolivarianas.

Se habían conocido en la Escuela de las Américas, donde Lozano cogió algunos cursos de especialización en técnicas de guerrillas y espionaje. Fundada en 1946, operó con éxito por varios años en Panamá, después del tratado Torrijos-Carter se instaló en Fort Benning, en Georgia con el rimbombante nombre de El Instituto del Hemisferio para la Cooperación en Seguridad.

En esta escuela se entrenan a aquellos líderes, políticos y mandatarios latinoamericanos que van a ocupar posiciones preponderantes, especialmente dentro de las fuerzas militares de sus propios países. Sus posiciones en su país de origen tendrían el objetivo de frenar el avance del comunismo. Lamentablemente mucho de los entrenados, especialmente aquello de alto grado, se convirtieron después en criminales de la peor calaña. Sus crímenes de lesa humanidad que con gran frialdad cometieron contra sus propios pueblos, sobrecoge a todos por igual en Argentina, Chile, América Central. De esa escuela han egresado más de diez mil soldados colombianos y algunos oficiales.

Tan pronto se inició la conversación con el embajador, Lozano le manifestó su interés de convocar de nuevo a Carmona con quien había tenido algunos contactos en la Escuela de las América. Conocía su modus operandi, su idoneidad en el campo del espionaje y su habilidad para infiltrase entre grupos rebeldes.

Era un activo muy importante y sus operaciones ejecutadas a la perfección eran motivo de discusiones y análisis por parte de sus compañeros. Carmona había participado, a veces, como impartidor de conocimientos basados en su amplia experiencia como agente del gobierno.

—Mister Lozano, I think is a good idea. Carmona is the best one to be able to control the situation. I know perfectly his abilities to undo any kind of complots or revolutionary struggles. We need a man like him.

—Mister Ambassador, I am going to keep contact with him as soon as possible. I also know he is very qualified since he worked for us several years ago. I know perfectly his modus operandi.

—Gracias, señor Lozano, please do not hesitate to contact me too if you have any questions about the operation we will initiate in a near future. I would like to know the president's opinion over this new operation... I mean our president. I will call him up immediately. We never go beyond the limits. I expect to hear from him a positive order.

—I know you will handle all things appropriately. Thanks for your cooperation.

Carmona era siempre la ficha que Lozano movía en el constante tablero de la intriga, la suspicacia y los actos de espionaje.

Sabía que activar cualquier operación era necesario tener mucho cuidado para evitar escándalos internacionales como ocurrió con el llamado Irangate en el que estaba implicado personal de la CIA y el Consejo de Seguridad Nacional del presidente Reagan.

Lozano tenía en cuenta que para el inicio de una acción ejecutiva Carmona era un buen recurso y para éste no era difícil su infiltración legal en el territorio colombiano, gracias a las excelentes relaciones diplomáticas entre los dos países.

Para la Compañía, como se le conoce en los círculos íntimos, su objetivo principal en el siglo XXI era la lucha contra el terrorismo, y esto podría facilitar las cosas a Carmona y poner a Emilio en una encrucijada en extremo peligrosa.

Pero no se podía olvidar precisamente que el presidente con gran astucia había convertido la presencia guerrillera en una fuerza terrorista que encajaba perfectamente en la nueva lucha de Estados Unidos a nivel mundial. Colombia había sido convertida en el primer país, no musulmán, en iniciar una lucha antiterrorista.

Por lo demás, la consolidación de El Movimiento continuaba con pasos firmes. La sabiduría del Profesor, manifestándose profundamente en muchas de sus conferencia, a estudiantes, a profesionales y al público en general; las de Emilio y demás dirigentes, en conjunto, con actividades constantes a todo lo largo y ancho del país, en la gran ciudad o en la aldea, en salas de conferencias, en los estadios, en las plazas de toros, o en sitios improvisados rápidamente, indicaban que la reunión máxima que tendría lugar en la Plaza de Bolívar de la capital, no solamente sería un éxito rotundo, sino que catapultaría a El Movimiento al máximo triunfo histórico que todos esperaban.

26

El auditorio, abarrotado de personas de todas las condiciones sociales. Humildes e intelectuales se daban la mano. El Profesor Sanz, incansable para presentar ampliamente sus posturas filosóficas y políticas, tocaba puntos muy valiosos, reveladores, lo cual explicaban la situación conflictiva del orden público social que presentaba unas mismas características violentas en todo el territorio nacional.

Desde muy joven tenía la costumbre de hacer uso de la palabra que informa, sin ataduras, la cruda realidad del país. Tenía la valentía de Gaitán a quien conoció personalmente.

Aún en sus años de bachillerato aprovechaba alguna fecha memorable para organizar charlas y conferencias sobre algún tópico con un contenido histórico, que la burguesía pasaba por alto. Esto por supuesto creaba contrariedades y motivaba reacciones que en más de una ocasión lo pusieron en peligro de una suspensión súbita e inapelable. Así, por lo tanto, recalcaba:

—Ustedes como yo sabemos que, con la aquiescencia del actual mandatario, el poder del gobierno norteamericano ha ido incrementándose en el país en todos los aspectos, ante la mirada de satisfacción de algunos colombianos y la de desaprobación de la mayoría aunque, por razones obvias, silente.

»Esta influencia de carácter militar, se remonta a muchos años, penetra por todos los resquicios del territorio patrio, con el pretexto de combatir a los alzados en armas, llamados ahora terroristas, peligroso subterfugio con el que ambas partes justificarían ante la opinión pública mundial cualquier intervención directa en la región por fuerzas de los Estados Unidos. Esto no es nuevo en Colombia.

»La oligarquía colombiana después de 1830, cuando el sueño de La Gran Colombia por intereses individuales y apetencias personales se hizo añicos, la fronda política se forjó el propósito de aparentar el sistema económico de la naciente nación del Norte, la cual pondría en curso un sistema capitalista democrático, cuyo desarrollo se logró de manera uniforme pues alcanzó todos los estamentos de la sociedad de la época».

Hizo una leve pausa para tomar algo de agua. Miró al frente, el auditorio permanecía en silencio. Todos atentos a las palabras del Profesor.

—El sistema partidista, el sistema legislativo de dos cámaras, una economía basada en la acumulación económica de unos pocos, cuya riqueza se extendió a la comunidad con bienes y servicios, el sufragio universal, fue y es una obra de mucho calibre y mérito que manifestó la iniciativa y el empuje del pueblo norteamericano. Hay que destacarla. Empujados por la mediocridad, algunos pretenden subestimarla, sin darse cuenta que dicha actitud los pierde en sus apreciaciones y conceptos recalcitrantes. Podemos documentales de cómo el obrero norteamericano de entonces, construyó su país con entusiasmo, gran capacidad, y la fuerza de sus músculos que empleó en la construcción de carreteras, del ferrocarril del Atlántico al

Pacífico; en la construcción de grandes represas como la de Hoover, sobre el río Colorado para electrificar una vasta región del país; en los enormes rascacielos, los más altos del mundo. En el amplio desarrollo de la ciencia a través de universidades de mucho prestigio e igualmente un desarrollo enorme en el campo intelectual con escritores de gran valía.

»No se puede pasar por alto, que en aquellas obras que se requería toda la fuerza del poder muscular del obrero, se debe tener en cuenta la participación de más de cinco millones de obreros de la raza negra, en ese entonces sometidos a la denigrante situación de la esclavitud.

»Con entusiasmo, construyeron, con todo el empuje de su inteligencia y de la fuerza física un país único para la admiración de las futuras generaciones. Así se actuó igualmente en el campo de la industria automovilística. Su inventiva no tenía límites. Su propósito: construir una nación justa para todos, digna de emular.

»Es, pues, la democracia representativa en toda su intensidad, política y económicamente, en simbiosis perfecta entre el gran capital y la masa obrera con unos mismos propósitos. Pero el sistema capitalista adolece de una condición humana que es casi imposible de superar: la avaricia. Cuando ésta se exacerba es otro el escenario. Cuando toma posesión de la mente de los dirigentes y el ego los arrastra, es entonces cuando se da comienzo a recorrer el camino de la decadencia. Ocurrió con España, también con Inglaterra.

»Debemos observar, por lo tanto, que obra tan prodigiosa se consolidó porque eran otros los tiempos, otros los propósitos y otros los hombres que la ejecutaron. Desde la implementación del neoliberalismo, todo se ha ido derrumbando poco a poco. La estocada final se dio durante el gobierno de Clinton, quien eliminó la ley que controlaba las especulaciones bancarias.

»Esta clase poderosa, los banqueros, continúa en el huracanado amasijo de capital mientras en todo el país se ve un escenario deprimente que indica que la pobreza se ha incrementado, que muchos han perdido sus residencias, el desempleo se incrementa, la inflación se caracteriza por galopante.

»Me es imposible pensar que aquí se hizo algo igual. Por mucho que la fronda se empecine en hacer creer que en Colombia ocurrió lo mismo; es decir, que se instituyó una economía uniforme. En verdad el sistema imperante es totalmente semifeudal y su bonanza se concentra en el ápice de la pirámide económica, dejando el rezago a lo que en la mentalidad de la fronda podría catalogarse como el siervo de la gleba. Podría decirse que el sistema colombiano es un sistema semifeudal, mantenido militarmente en especial desde 1952 durante la presidencia del ultraconservador Laureano Gómez quien, con el fin de congratularse con Estados Unidos y lograr poder para controlar al partido liberal, su adversario, envió un batallón a la guerra de Corea.

»En ese año se firmó con ese país el tratado de Asistencia Militar, el cual acompaña a los colombianos hasta nuestros días, tratado que da vía expedita a las fuerzas de Estados Unidos. Desde entonces casi se convirtió en una afición diaria desarrollar los vínculos con el embajador del gobierno de Estados Unidos. El de ahora, William Brownfield, nombrado en 2007 por George W. Bush, fue acreditado por nuestro presidente.

»Ese hombre joven, dueño de sonrisa permanente, su vasta experiencia permite ubicarlo entre los más eficientes colaboradores de la élite mundial. Gracias a sus habilidades de diplomático, ha podido recorrer gran parte de Hispanoamérica y ocupar los cargos de asesor político del comandante en jefe del comando sur en Panamá y subsecretario adjunto de Estado para asuntos del Hemisferio Occidental.

»Asistente especial del subsecretariado de asuntos políticos. Su idoneidad lo convierte en un hombre poderoso capaz de dislocar hasta el proceso bolivariano, como hicieron hace doscientos años sus admirados colegas, antepasados de oficio, con la Gran Colombia. La táctica siempre ha sido la misma: Enmarcarlo todo dentro de una amenaza de destrucción o un posible atentado contra la democracia que pone en peligro la cultura occidental y, con este pretexto, combatir el comercio ilegal de las drogas, crear el *Plan Colombia*, y sin escándalos ni aspavientos penetrar el país interviniendo solapadamente en todas las acciones del gobierno.

»Convertir a las FARC, un fenómeno social, de presencia perenne en el ámbito nacional, pero con diferente nombre, según la época, en un grupo terrorista y no beligerante para justificar cualquier ayuda militar al Estado y, si es posible, la intervención armada».

27

Para lograr de inmediato la atención y el interés de la audiencia, el Profesor dejaba en el aire una serie de preguntas, recurso muy hábilmente aplicado, cuya respuesta ponía en vilo a los espectadores y los obligaba a entrar en un proceso de análisis que al final podría llevar a deducciones muy atinadas.

Mientras hablaba, el Profesor se apoyaba sobre el podio con la mano izquierda mientras con la derecha hacía gestos que enfatizaban sus palabras y su poder de convicción, el cual surgía de manera espontánea.

No había premeditación, y menos un propósito de terciar a su favor por la causa que pregonaba. Simplemente, todo se aclaraba en aquellas mentes abiertas, disponibles y deseosas de conocer la verdad. Y esto es, y siempre había sido, su principal objetivo.

—La historia no puede se una simple narración acomodaticia. Se trata de los hechos humanos que sólo pueden ser entendidos cuando se conocen las causas que los propiciaron. Esta es la verdad histórica, que en mi constante peregrinar siempre he buscado. Y cuando la encuentro y la manifiesto en mis libros, surge la jauría vociferante con sus ataques despiadados —decía, y añadía—: Debo dejar completamente claro que estoy al tanto de la situación de los Estados Unidos de hoy. Hoy en día el panorama ha cambiado en ese país. Ya no es la democracia representativa del pueblo y sus instituciones. Ya no es el sistema democrático de Estado. Es el Estado al lado de las transnacionales y los grandes bancos, los cuales tienen a su lado, a su vez, como protector, el complejo industrial militar

Muchos meses antes, como una respuesta confirmativa a las palabras del Profesor, la prensa internacional anunciaba:

¡MÁS SOLDADOS DE ESTADOS UNIDOS A COLOMBIA!

*El presidente colombiano fortalecería siete bases con fuerte
presencia militar norteamericana.
"El tratado ya está cerrado", diría el presidente
en la reunión cumbre de la UNASUR.*

Un periodista ocasional, interrumpió al Profesor para cuestionarlo sobre las bases militares. Su respuesta fue lacónica y precisa:

—Era un secreto a voces. Sin embargo, la Corte Constitucional de Colombia declaró inconstitucional el tratado firmado entre Bogotá y Washington que permitía a los Estados Unidos instalarse en dichas bases militares en territorio colombiano.

»Esto no implica que con un toque legal a esta decisión gubernamental el exabrupto jurídico se haya superado. Cuando uno entiende, según la historia, que un gobierno es la sucesión de otro, debe entenderse que nuestra soberanía continuará mancillada».

—El presidente anuncia un referéndum para consultar al pueblo si acepta reformar la constitución para validar su reelección por tercera vez.

—Dicha reelección no será posible. Por eso hablo de un nuevo gobierno, y en ese sentido recuerdo las palabras de Gaitán: son los mismos con las mismas —sentenció, y continuó su exposición, enfatizando—: Es necesario, pues, como corolario a lo que me propongo establecer en esta mañana, analizar la información que se recibe con criterio objetivo para no caer en desvaríos y malentendidos.

Emilio seguía la disertación del profesor a la vez que lo asaltaban pensamientos similares, que después compartía con sus amigos inmediatos cuando se reunía con ellos y Patricia en la cafetería preferida, el enclave ya emblemático de El Movimiento, en el centro de la ciudad, para compartir ideas y entrar en discusiones que tenían el propósito de entender la actualidad colombiana. Se entendía, por lo tanto, su interés por lo sucedido a Galán, el comunero, y en años recientes al Padre Camilo Torres. El pecado de ambos patriotas, luchar por los menos favorecidos.

Los pensamientos de Emilio, atraía la atención de todos. Y entonces empezaban las preguntas: ¿Qué se podría gestar ahora que por primera vez empezaba Hispanoamérica a lograr una verdadera autonomía, mediante la unificación de toda la región? ¿Cuál sería el propósito de un movimiento de masas? Y continuaba Emilio de manera enfática: "No somos un corrillo de beligerantes. Somos en realidad un grupo interesado en conocer la historia desde el punto de vista de causas y efectos, y no una simple narración de hechos, espontáneos y sin resultados aparentes, es la historia de Indalecio Liévano Aguirre y no la de Henao y Arrubla, texto obligado en las escuelas públicas de nuestro sistema de educación. Es lo analítico y no lo superficial. Es la guerrilla como efecto y no la causa.

"Esta es la razón por la que el Movimiento crece más y más. El pueblo colombiano está ávido de conocimientos que bien organizados, debidamente planteados y estructurados, llevan a una liberación individual que a su vez, dentro de las circunstancias apropiadas, puede volverse colectiva, no para la destrucción, no para la guerra, sino para construir la paz que sólo se logra con la equidad social".

Entre todos los que estaban en la cafetería escuchando con atención la efervescencia de las exposiciones, Patricia y Emilio se miraron y sonrieron, mientras los demás compañeros lograban mantener la polémica histórica con argumentos a favor o en contra lo que convertía el momento en una actividad intelectual de altura.

Este centro peculiar de reunión, entre sorbos de café y algunas libaciones, se había convertido en el lugar preferido de estudiantes y profesores. Y por lo mismo, ya la cafetería, en pleno centro de la ciudad, era el enclave más famoso de la ciudad, a donde acudían las mentes avanzadas sin prejuicios ni obstáculos que tenían la habilidad de llegar a la verdad mediante un juego precioso de argumentos, datos históricos y discusiones de gran valía en la que se envolvían todos los asistentes. En medio de esta actividad, el propietario de la cafetería, un señor de edad madura, compartía con entusiasmo y admiración con los estudiantes. Su padre la había inaugurado en 1952 y siempre había sido el sitio de reunión de estudiantes e intelectuales.

Emilio miró su reloj. Era tiempo de despedirse y dirigirse a su casa pues su padre le esperaba. Los viernes era el día ideal, por las tardes, para reunirse en la cafetería.

En busca de algún sosiego muchos estudiantes se reunían allí para hablar sobre tópicos diferentes pero siempre con un contenido relacionado con El Movimiento. Emilio y Patricia coincidían en el sitio quienes entre exposiciones y planteamientos de altura, fueron consolidando sus relaciones cada vez más íntimas y placenteras.

28

Cuando llegaron a la mansión, se sentían completamente tranquilos, aunque sabían de antemano que el señor Lozano, muy dado al cuestionamiento, empezaría su serie de preguntas para indagar todo lo relacionado con El Movimiento. Fueron directamente a la sala y se sentaron a conversar sobre el tema del día que no podía ser otro que el de la guerrilla, y cuando se proponían terciar sobre sus causas, entró el señor Lozano.

Con todas la características de un hombre prudente y comedido, aunque su gran seriedad hizo creer a Emilio que su padre estaba al tanto de la substracción de los documentos antiguos que estaban vedados para cualquiera.

—Patricia, ¡qué grata sorpresa! —Se dirigió ella con voz suave, después de saludarla con un apretón de manos—. Necesito estar solo para hablar asuntos importantes con Emilio, entre los que se encuentra su próxima graduación y otros que sólo conciernen a nuestra familia.

Emilio recordó que su padre quería una reunión de solo a solo probablemente porque todo lo relacionado con los Documentos Comprobatorios era un tema estrictamente familiar.

Patricia sonrió aunque conmovida por el rostro desencajado del hombre poderoso, que nunca había mostrado piedad por nadie, lo cual era el planteamiento rutinario de sus enemigos políticos. Dio un beso en la mejilla a Emilio. Cuando se disponía a retirase, Emilio, mirando fijamente a su padre, pidió a Patricia que se quedara y participara de la conversación.

El padre, vaciló un instante, pero luego asintió de buena manera. En ese momento Lozano recordó que en su interior había un algo de sensibilidad hacia su hijo a quien en el fondo admiraba por su valor y generosidad. El intercambio de ideas no se hizo esperar:

—Padre, yo puedo explicar lo sucedido. Mi acción no corresponde a una falta de desobediencia. Sabe de mi deseo de conocer la verdad, y sé de la importancia de los documentos que usted protege tan celosamente.

Pero la ayuda de estos documentos, cuya riqueza histórica contribuye a una adecuada contextualización de mi tesis sobre el porqué de la violencia en mi país, es de enorme importancia.

El señor Lozano, mientras Emilio hablaba, sonreía.

—He descubierto, por ejemplo, la verdad sobre el sabio Caldas. Él conoció a la perfección la naturaleza de la ambición personal de la élite de poder de ese entonces. Esa élite sabía que la emancipación de España era una coyuntura feliz para hacerse del poder absoluto. Además... ¿quiénes serían los gobernantes de la nueva república?

En ese momento Lozano interrumpió a Emilio.

—No se trata de eso, Emilio. Por el contrario, me satisface que estés interesado en los archivos especiales de la familia. Son documentos muy valiosos y hay que hacer lo posible por protegerlos. Sé que tú le das el valor y la importancia que se merecen, y tienes todo mi permiso para leerlos, estudiarlos con esmero y hacer el mejor uso de ellos, según tu criterio. Además, estaba por sentado que en algún momento ibas a dar con los documentos escritos por el sabio, los que te ayudarán para cimentat los ideales que te mueven. Tus preocupaciones intelectuales me hicieron entrever que, tarde que temprano, harías el uso adecuado de la biblioteca. Esto ha sido motivo de gran satisfacción para todos los integrantes de la familia.

Ahora bien, Emilio, se trata de algo completamente diferente... no es que quiera desatender lo concerniente al sabio Caldas. Su importancia es incuestionable.

Su preocupación, manifestada en múltiples escritos, porque los poderosos en esa época se repartían el poder de manera absoluta, después de la independencia, como en realidad ocurrió, es clave para entender la Colombia de hoy. Estoy al tanto de esto...

Como diría Bolívar "Si no se cambia el curso actual de los acontecimientos, nuestra independencia no ha terminado con el coloniaje." Doscientos años después, todos los colombianos nos damos cuenta del acierto de dichas palabras...

El señor Lozano hizo una pausa, y reanudó la conversación:

—Se trata de las actividades estudiantiles que se están dando en la universidad. El Movimiento que has creado y diriges, cuya razón de ser le da énfasis a la historia, y es, al parecer, la fuerza que lo mueve, no es el problema. Es el curso que pueda tomar, pues hay grupos que buscarán otra trayectoria y tratarán por todos los medios que tu Movimiento, con todo lo honorable que es, caiga en el peligro de seguir un curso equivocado y explosivo. Son los oportunistas de siempre a lo que me refiero».

Lozano hizo una pausa, quería ser prudente y medir sus palabras. Sabía perfectamente de la fortaleza de Emilio para imponer su criterio, el cual construía dentro de una lógica imposible de rebatir.

Patricia permanecía en silencio. Seguía la conversación con interés y permanecía a la expectativa del momento apropiado para intervenir.

Emilio con una mirada de perplejidad, escuchaba a su padre con atención y respeto. Había usado algunas expresiones que permitían barruntar algún cambio en sus posiciones. Se veía más flexible, menos drástico.

—Emilio, no me cabe ninguna duda de tus buenas intenciones. Sé de tus reuniones en la universidad. Te alabo esto, porque obedece a tu amor impulsivo hacia los acontecimientos históricos. Sé de la probable influencia del Profesor Sanz, a quien admiro y respeto, pero también conozco a la perfección la entereza de tu carácter y tu extraordinaria autonomía intelectual en estos asuntos.

»Tu familia es también un hecho histórico que ha contribuido con el país, y puedes ufanarte y sentirte bien por tus antepasados. Pero conferencias a grupos de estudiantes y obreros exaltados, es otra cosa. Estás cayendo en aguas profundas».

—¡Y usted también! —Enfatizó, dirigiéndose a Patricia.

El temor que el señor Lozano sentía hacia los estudiantes y obreros tenía su fundamento en hechos cruentos del pasado que él tuvo que manejar con firmeza.

Una vez la exaltación prende es muy difícil extinguirla, y cuando se logra deja una estela trágica en su camino. Ya Lozano estaba al tanto de la realidad de las fuerzas estudiantiles en el mundo. Todas las protestas, a nivel mundial, habían sido iniciadas por estudiantes. Gran parte de los "indignados" eran estudiantes, en Chile, en España, en Grecia, en Wall Street. Allí donde se iniciaba una protesta antigubernamental, estaba la presencia del estudiante que, con la fuerza de la juventud y del intelecto arrastraban multitudes.

La joven se limitó a sonreír, y con una actitud, que manifestaba un respeto sincero, se aventuró, después de pensarlo, a intervenir activamente en la polémica conversación que iba a darse, instigada por el señor Lozano. Patricia sabía de antemano que él estaba en el pináculo del poder, y que su poder tenía características internacionales.

—Señor Lozano, con todo respeto, nuestro Movimiento no busca una meta política ni está movido por intereses políticos; no por los menos a la usanza colombiana, en la cual los intereses del partido están por encima de los intereses de la Patria —dijo—. No hay estudiantes ni obreros revoltosos. Somos el pueblo que buscará por todos los medios llevar a uno de los suyos a la primera magistratura, con el único y exclusivo fin de procurar cambios sociales que beneficien a todos por igual. Los que nos han gobernado siempre, nunca han manifestado el más mínimo interés de resolver el problema social imperante; por el contrario lo fomentan y lo mantienen. Obviamente, dependiendo del éxito de nuestras propuestas, y cómo serán acogidas, lo cual constituirá el momento propicio para lanzar públicamente la candidatura de quien creemos debe ser un verdadero intérprete de los intereses del pueblo —agregó—. Es el pueblo integrándose con decisión y espontaneidad a El Movimiento. Y por eso hemos querido darle un cariz intelectual; simplemente podría considerarse un movimiento intelectual filosófico que busca un despertar de conciencia para el desarrollo integral de todos los colombianos, inmerso en el presente en la arena movediza creada por los burgueses.

»Ya es tiempo que los colombianos no tomemos posiciones que nos indican el partido Liberal o el partido Conservador, que por años han dirigido la conciencia colombiana, y que a veces como un hábil camaleón se muta en otra colectividad, como la del presidente, pero que ideológicamente sigue siendo lo mismo. Desarrollamos un criterio propio y una lucha de pueblo sin ataduras partidistas Luchar por la justicia social es una obligación moral y cuando mencionamos la historia es porque los acontecimientos humanos usualmente generan actos injustos imposibles de aceptar. Estos están detallados por la historia que a su vez dan margen para que se dé una cadena de sucesivos hechos similares. No existe la democracia allí donde no hay justicia social».

—Como aquellos movimientos —enfatizó Emilio—, que se han dado en otras épocas en Colombia. La diferencia es que antes la base fundamental era la poesía de protesta, y hoy se trata del conocimiento como una totalidad que se mueve hacia el desarrollo del individuo. Ponemos el énfasis en la historia. Los pueblos se caracterizan por su memoria corta. Los círculos de poder con artimañas alimentan la amnesia del pueblo.

»No dudamos que en algún momento el pueblo alentado por la independencia filosófica y política de El Movimiento quiera poner en sus manos la dirección del Estado».

—Eso es verdad —intervino el señor Lozano—. Los pueblos a veces toman decisiones sorprendentes que marcan un hito en la historia, el cual logra cambiar su curso, a veces con el empleo de fuerza demoledora y en otras ocasiones mediante el poder electoral. Todo esto es plausible, siempre y cuando no se caiga en el caos. El misterio en todo esto es lo que me preocupa. No me gusta las cábalas ni los esoterismo multitudinarios, especialmente cuando están en manos de la masa anónima con propósitos suspicaces. Y de estos está lleno el mundo.

—Los misterios de cada individuo deben crecer hacia la comprensión de la verdad. Padre, no se usan para cubrir la ignorancia sino para proteger la sabiduría que debe llegar a todos.

—No pueden confundir el profundo crecimiento del hombre dentro de una escuela esotérica, cuya sabiduría se imparte para después servir a la humanidad. Precisamente la historia da cuenta de aquellos hombres privilegiados, los filósofos, que crearon escuelas con dichos propósitos. Aún así eran atacados por la muchedumbre y sus escuelas destruidas. Las multitudes nunca han podido entrar en el raciocinio de la verdad filosófica, y cuando lo intentan la internalizan para después exteriorizarla en una explosión emocional de violencia. Cuando se creó la logia neogranadina, se tuvo el cuidado de limitar el número de integrantes, expuesto en el manifiesto, porque su filosofía, sus propósitos, su secretividad, iba más allá de la disciplina del pueblo que podría dar al traste con la organización. Toda sociedad secreta es excluyente por necesidad.

La defensa que con estas palabras hacía el señor Lozano de los círculos herméticos eran de la total comprensión de Patricia y Emilio, quien por información de su padre ya tenía amplio conocimiento al respecto y conocía la historia de la logia neogranadina, cuyo Manifiesto, escrito en latín, buscó por horas en la enorme biblioteca, sin resultado ninguno. El mundo estaba dirigido por este tipo de organizaciones en todos los aspectos sociales, económicos, políticos. Eran los verdaderos hacedores de la historia y los seres humanos simplemente fichas que ellos movían a su antojo. Su origen se remontaba a seis mil años, y había pasado de generación en generación hasta nuestros días, mediante vínculos de consanguinidad y en otras ocasiones de afinidad. Sus reyes y reinas lo eran por derecho divino. Así lo establecieron ellos mismos. Con el curso de los siglos este poder fue vinculando a familias distinguidas a las cuales se le daban todos lo recursos para su crecimiento económico y el desarrollo de un poder desmedido.

Tanto Emilio como Patricia, sabían que el señor Lozano, por ejemplo, era miembro activo del Club Bilderberg, y había participado en la reunión del Club celebrada entre el 31 de mayo y el 3 de junio de 2007, en Estambul, Turquía. Constituida por políticos, empresarios, banqueros e individuos poderosos que forman la sociedad secreta con más poder en el mundo. Su objetivo principal: el Gobierno Mundial.

—Precisamente —respondió Patricia—, nuestro Movimiento se sale de los cuartos oscuros para enclavarse en los campos abiertos, en las plazas públicas. Es decir, optamos por separarnos de los cánones establecidos y los decálogos exclusivos. Igualmente, lanzamos la voz de alarma sobre la conmoción económica y la proliferación de la pobreza. Porque estamos conscientes que los que tienen el poder consideran que el desarrollo económico del individuo común y corriente es considerado un atentado contra el sistema capitalista.

»Por eso en esos cuartos oscuros se crean las crisis y se preparan sus efectos para ampliar la brecha entre los desprotegidos y los poderosos. Los costos se incrementan, se restringen los avances sociales, se crea el caos.

»Por ejemplo, las poderosas instituciones bancarias y las trasnacionales controlan toda la economía del imperio, manipulan el funcionamiento financiero del mundo y en coalición con otros crean momentos de crisis cuando el sistema, en su efectividad, reduce la brecha entre los desposeídos y los poderosos. No se trata, en esta ocasión, de la sabiduría que emerge con el quehacer filosófico, en lo que quizás usted podría tener razón. Ahora, en los círculos herméticos impera el quehacer económico que sí se da para nutrir las ambiciones de aquellos que detentan el poder económico mundial y que tienen la costumbre de identificarse con símbolos que han sembrado alrededor del planeta. En su ambición convierten la codicia en una acción de generosidad que por ser individualista no llega al pueblo. Sin embargo "superada la crisis" el poder económico de los Rothschild, los reyes de Inglaterra, los de Holanda, los Morgan, los Rockefeller, se incrementa al máximo, y ¿su poder en el mundo?... imperturbable».

El señor Lozano, comprendió que Patricia hacía sugerencia a la estrella de David en su jardín, sin perder su compostura, respondió:

—Las escuelas esotéricas permanecerán como una fuerza poderosa para la regeneración, a través de los siglos, de las instituciones humanas. No da paso a la descomposición de los más acendrados principios, sin los cuales la humanidad se paraliza. Para lograr esto y mantenerlo hace falta la existencia de grupos privilegiados que conocen la verdad y la llevan al pueblo en hechos y obras.

—Yo creo —argumentó Patricia—, que la historia nos enseña que la verdad hay que decirla abiertamente. Esto podría despertar tendencias peligrosas de alguno que, de todas las formas, se oponen al cambio.

Recuerdo ahora el martirologio de Hypatia. Permítame, señor Lozano, recordarlo: Mujer de gran sabiduría, propuso el cambio de su época a través del neoplatonismo y sus propios estudios astronómicos y filosóficos. El obispo de entonces, el patriarca Cirilo de Alejandría, creyendo esto un atentado a los principios cristianos, azuzó a las multitudes. Era la lucha entre el paganismo en su ocaso y la nueva sociedad cristiana proclamada por Teodosio en el año 380 después de Cristo. Un día, saliendo de la famosa Biblioteca de Alejandría, fue atacada por una masa intolerante y enfurecida, y muerta sin piedad. Dos mil años después, el obispo es un santo de la Iglesia, y ella una mártir olvidada del pueblo. Por eso mismo cabe la siguiente pregunta con todo respeto: ¿Cuál es entonces el verdadero propósito de los círculos herméticos? Creo que es lograr el control total de la humanidad.

—¡En absoluto! —Ripostó Lozano—, es la búsqueda de la mejor gubernamentalidad de los pueblos para su propio provecho. Los pueblos se pierden en su inconsciencia y son víctimas fáciles de los que conociendo los resultados, no dudan en lanzarlos a aventuras colectivas violentas, para desquiciar el sistema y montar otro que resulta con los años en un fracaso total.

—Fracaso —rebatió Patricia—, que se fomenta por las élites del poder mundial. Fíjese, señor Lozano, todavía los pueblos no habían salido de la crisis cuando ya los bancos de los Estados Unidos, estaban anunciando ganancias multimillonarias, igualmente las transnacionales petroleras.

»Mientras tanto, los medios de comunicación, el club, a nivel mundial se ponen de acuerdo para presentar, con propósitos aviesos, el caso de aquellos que han logrado superar la pobreza y están ahora dentro de los exitosos del sistema. Una forma ingeniosa de atenuar las injusticias.

»Por cada individuo que realiza el milagro aparente de la superación hay millones que viven en la miseria total. Se calcula que en América Latina hay alrededor de ciento setenta millones que viven en la total miseria. Por cada multimillonario en América Latina, hay millones de seres humanos a los que nunca llega un ápice de esa riqueza acumulada. Tiene usted razón, señorita Patricia, pero debemos tener en consideración la realidad de la iniciativa individual, hay que fomentarla. El estado paternalista tiene efectos demoledores en esa iniciativa. Pero como se requiere de un comienzo, el Estado debe proveer todos los medios necesarios para que los desvalidos puedan superar su posición de mendicidad. Es, pues, una labor en conjunto: el Estado como guía y el pueblo desvalido haciendo buen uso de los medios necesario que lo sacará de su deficiencia económica».

—Espero no equivocarme, padre —terció Emilio—, pero lo que usted plantea es el gobierno teniendo como base a la comunidad, que es precisamente el proceso que se adelanta principalmente en América Latina. Esto está en contraposición del mal llamado Neoliberalismo.

—Es verdad —intervino Patricia—, solamente dentro de la actividad política-económica con alcance comunitario se logra la justicia social. Y en el gran movimiento que recorre todo el continente, Colombia es una excepción, se desplaza a través del tiempo con un movimiento retrógrado, con una política económica equivocada, el neoliberalismo, implantado hace más de doce años, y que el presidente se empecina en mantener. Su derrota en unas elecciones será, por tanto, el triunfo de los países hermanos que la rodean.

»Como nuestro presidente goza de una estima sin igual por parte de los medios internacionales, por razones obvias, se lamentarían poderosamente un cambio en la dirección del país».

En este momento Emilio consideró necesario cambiar el curso de la conversación. Estas podrían tornarse un poco conflictivas, y en los momentos actuales lo más importante eran las excelentes relaciones de ambas familias que ya veían en El Movimiento una respuesta excelente imposible de imaginar en años recientes.

Miró a Patricia y a su padre. Entendía los compromisos de él. El deber impuesto sobre sus espaldas era de un peso gigantesco y enervante.

—Yo creo que la conversación está tomando un curso muy importante que coincide con nuestras miras, Padre. He dicho que es simplemente un movimiento intelectual, y no se debe tener preocupación alguna al respecto. Estoy seguro que ni para el gobierno, ni para las autoridades, tendrá trascendencia.

—Esta bien hijo. Confío en tu palabra. A propósito, ya las autoridades, desde antes de tu Movimiento, tienen sus miras puestas sobre el Profesor Sanz. Tiene una forma rara de pensar. Espero que su influencia intelectual no haga mella en tu capacidad intelectual. Reamente lo aprecio y admiro sus dotes intelectuales y la manera como expone sus ideas ya sea como conferenciante o como profesor.

Estas palabras llamaron la atención de Emilio. Observó que el tono tenía un aire de respeto al referirse al Profesor Sanz, pues era amigo de la familia desde hacía mucho tiempo. Aunque entendió que cuando su padre hacía mención de "una forma rara de pensar" se refería a la posición del Profesor de estar siempre de lado de los necesitados, del campesino, del obrero, de los pobres para quienes el rumbo del país por caminos de opulencia no existía arte ni parte.

—Pierda cuidado, Padre. Mi criterio es original, no es el del Profesor Sanz, ni el del padre Basmes, por decir algo. Por supuesto, es imposible esquivar la influencia de grandes hombres cuando curiosamente sus pensamientos se acomodan con facilidad a nuestro criterio. Que las autoridades pierdan cuidado. A su edad no creo que el Profesor Sanz sea una amenaza para nadie. Contestó Emilio a las palabras de su padre y consideró que era una advertencia de precaución y no necesariamente una amenaza.

—El Profesor es un hombre avanzado en edad, y también en sus ideas revolucionarias propias de un hombre joven —opinó Lozano.

—Y, señorita Patricia, debo felicitarla por su extraordinaria habilidad para sustentar sus argumentos... Emilio —agregó, dirigiéndose a su hijo—, puedes continuar en tu análisis de los manuscritos del Sabio Caldas, porque su propósito fue el que se usaran para el beneficio de la posteridad, ya es tiempo que el pueblo los conozca. No hay peor delito que esconder al pueblo la verdad escrita por las grandes figuras de su historia.

Emilio lo miró sorprendido en una actitud que manifestaba una gran satisfacción.

—A propósito, ¿cómo van los preparativos de la tesis?

—Todo va adecuadamente, y espero que en un par de meses logre terminarla.

—Muy bien, de antemano sé que será un magnífico trabajo...

El señor Lozano quiso continuar con los elogios pero pensó prudente ponerle un detente a la euforia que sentía con las expresiones de los jóvenes quienes, sin lugar a dudas, tenían todo debidamente claro y en su debido lugar, y correspondía, además, con el cambio personal que estaba experimentando, él mismo, en su fuero interno.

En ese momento hizo entrada la criada. Traía café para los tres. De ahí en adelante se olvidaron del tema, y terciaron sobre otros sobre la vida cotidiana de la ciudad, y el próximo regreso de Doña Josefina de El Novillero. Al fondo, dentro del marco de un cielo despejado y la exuberancia de las montañas circundantes, que ahora se veían iluminadas por miles de bombilla multicolores, la ciudad se manifestaba con toda su magnificencia. El funicular escalaba con esfuerzo la frondosa cuesta de la Monserrate. Después, al poco rato, Patricia se despidió efusivamente del señor Lozano y Emilio la llevó a su casa. Por el camino, Patricia comentó:

—Emilio, siento mucha satisfacción por el intercambio de ideas que tuvimos con tu papá. En esta ocasión estuvo atento y mantuvo el diálogo con sumo interés.

—Sí, es verdad. También me di cuenta de que su postura manifestó un cambio imposible en un pasado cercano. Además, debo admitirte que tu intervención fue genial. Estuviste a la altura de las circunstancias. Alabo tu capacidad. Me siento orgulloso de ti.

Emilio se acercó y, con pasión, la besó en los labios. Patricia le respondió de la misma manera. Cuando cambió el semáforo continuaron la marcha.

29

Mientras tanto, el señor Lozano se dio cuenta que por primera vez la soledad lo asediaba con pensamientos que tenían la cualidad de incidir en su alma, cuya transformación sentía, y que esto podía llevarlo por senderos amplios y peligrosos. Pensamientos que se agolpaban con tal fuerza que algunos le producían satisfacción y otros un temor que con esfuerzo trataba de dilucidar.

En la soledad de su enorme mansión, pensaba que, en efecto, la fama de su hijo se iba haciendo más ostensible e importante dentro de los predios y fuera de la universidad. Las circunstancias históricas estaban estructurando en su hijo al líder que, de acuerdo con el Profesor, tiene la fuerza para mover los ánimos por caminos del cambio. Esta era la evidencia de que la sociedad colombiana pedía una transformación, que, por evidente, saltaba a la vista los peligros que ella representaba para su hijo.

Algunos sindicatos, lo sabía de antemano, le proponían a su hijo dictar conferencias que versaran sobre El Movimiento y sus fines, a las cuales asistían miles de obreros y también estudiantes universitarios y de bachillerato, que se unían así al grupo para ser parte activa en llevar a nivel nacional el desarrollo de un gran amasijo de pueblo como hacía años no se veía en el país. Emilio cada vez fue adquiriendo preponderancia. Sus grandes dotes intelectuales, su habilidad en la oratoria, la claridad en la exposición de sus conferencias, y el arrobamiento que se apoderaba de él, lo convirtieron en el líder carismático que el pueblo anhelaba, como hacía tiempo no se veía en el país desde la época en que la tribuna pública estaba dominada por la presencia augusta de Gaitán.

Todo estaba debidamente preparado. El grupo con Emilio y Patricia a la cabeza, habían repartido dentro de los predios de la Universidad y alrededores cientos de hojas volantes que anunciaban la conferencia y se habían pasado algunas cuñas por la emisora de la universidad.

El profesor Nicolás Sanz había gestionado el permiso de la rectoría, que ésta aceptó de buen grado como muestra del respeto al sagrado derecho de la autonomía universitaria y sobre todo por prestigio del conferenciante, el estudiante Emilio. El tema se centraría en la intervención de los Estados Unidos en las luchas bolivarianas, tema poco conocido por los colombianos. El día de la conferencia y su contenido eran del conocimiento del señor Lozano, quien amplio conocedor de los operativos antigubernamentales, como medida cautelar se puso en contacto con el embajador de Estados Unidos.

Esta actitud, compulsiva por demás, y contradictoria a la luz de sus reacciones emocionales como padre, aunque como hombre de estado eran perfectamente naturales, obedecía más a satisfacer al embajador, una respuesta normal en otras épocas inmediatas, y por eso el aparente control de las autoridades tenía la sutileza de ser más una protección a Emilio.

Además, pidió a los columnistas destacados de su periódico para que se pronunciaran al respecto y de manera hábil dieran la voz de alarma.

Estos escritores que siempre ponían su pluma al servicio del sistema, eran duchos en sus escritos para establecer la ecuación de siempre, y que hacían suya gran parte del pueblo por su ignorancia y las fuerzas vivas del gobierno. Estaba la ecuación constituida por dos premisas universales y un resultado. Es un silogismo histórico de gran efectividad, de práctica cotidiana por los círculos de poder internacional. En un proceso que podría durar días o meses se establece la crisis, que se va haciendo insoportable con el tiempo, se genera a nivel nacional el miedo total.

El miedo en circunstancias de peligro es una reacción descontrolada que puede atentar contra la preservación de la vida, en vez del temor. Es una reacción histérica que crea debilidad y confusión; éste —el temor— es el mecanismo de defensa ubicado en la parte más antigua del cerebro.

En el aspecto político, el miedo se convierte en la mente humana, como un arma poderosa de destrucción masiva. Se lograba como resultado la segunda premisa, movilización de todos los estamentos de la sociedad pidiendo enérgicamente a las autoridades una solución inmediata. El gobierno entonces propone la solución acatada por todos. El problema es que la solución siempre ha sido a favor de las clases poderosas.

Esta es la fórmula favorita del imperio a nivel mundial, la cual ha empleado con gran efectividad para justificar la desestabilización de un país determinado, derrocar sangrientamente a su mandatario para reemplazarlo, después de asesinarlo, por un buen servidor a sus intereses.

Estos pensamientos de Lozano que todavía merodeaban en su mente, indicaban que su evolución política todavía estaba en ciernes, y que todavía yacía inmerso en el redil que le había trazado la historia en el curso de quinientos años.

La intervención de Emilio tendrá lugar en el salón de conferencias, con capacidad para doscientas personas. Había invitados especiales, dirigentes de sindicatos, escritores, analistas políticos, miembros del gobierno, y estudiantes.

30

En agosto de 2008, en el Salón de Conferencias de la Universidad Nacional, la inclemencia del clima por un frío intenso provocado por lluvias persistentes, no impidió el comienzo de la reunión. Cuando Emilio hizo acto de presencia en el proscenio, el público lo recibió de pie con un fuerte aplauso. Ya era el líder manifestándose con energía telúrica. Su palabra llegaba vibrante y convincente. Se destacaba principalmente por su imponencia en el momento de explicar las circunstancias sociales imperantes en el país que desarrollaban constantemente contradicciones aparentemente insalvables.

Es ahora el principal paradigma que cumple con el opúsculo escrito por el Profesor Sanz sobre el hombre histórico, porque encaja perfectamente con su figura dominante y gran energía que hala todos los hechos hacia el confeccionamiento de un futuro mejor.

Saludó al público y agradeció a todos por el caluroso recibimiento. Inició su intervención con apartes del profundo estudio del Profesor Sanz sobre el hombre histórico.

"Solamente cuando el hombre recorre el camino histórico que lleva a la virtud, al imperativo de la justicia y, por lo tanto a la generosidad sin condiciones —dice el Profesor en su famoso libro— se está dando la presencia del verdadero y genuino hombre histórico, el cual, además de estar movido por dichos valores, debe contar con gran energía exteriorizada a cada instante, no solamente ante la exultación que produce el éxito adquirido, sino también ante las circunstancias negativas, ante el dolor humano, ante la derrota. Es fundamental la figura energética dentro del marco de la virtud y la generosidad para que se dé la persona histórica. Sin importar los imponderables, los accidentes intempestivos durante la lucha, los enemigos que lo rodeen, el hombre histórico saldrá airoso y mantendrá el curso de la historia. Su impulso es producto del que ha acatado, en sus propósitos, el deber sin condiciones.

"Si en un gobernante en particular se da todo lo contrario; es decir, carencia total de la virtud, tenemos entonces un hombre histórico negativo y todo lo que de él emane, por su ausencia total de desprendimiento y generosidad, se alejará del verdadero camino y se tornarán sus intenciones en un afán de imponerse por la fuerza demoledora con órdenes y acciones llenas de un sadismo indescriptible.

"Tenemos entonces en el escenario a un hombre acorralado, asistido por el miedo. Es el máximo controlador de pueblos, es el dictador impuesto casi siempre por fuerzas extrañas, con la colaboración de los eternos usufructuarios del sistema.

"Estamos entonces en presencia del dictador, cuyo poder amenazante se incrementa cuando, dentro de un aparente propósito democrático, mueve todos los hilos a su antojo. Es la clara representación del que no cree en los derechos del hombre, ni en el sano equilibrio de fuerzas durante el acto gubernamental pero que lo usa para satisfacer sus ambiciones y su egocentrismo mediante el uso sádico de todas las fuerzas de represión bajo su control. Se congratula con los poderosos, de adentro y de afuera, enriquece a pocos, pauperiza a los demás, proscribe la virtud. A esta rara fauna pertenecen muchos de los llamados prohombres de nuestra historia, de la historia de América Latina.

"En época reciente —agregó— pululaban hombres energúmenos, apátridas, dictatoriales, desparramados por el sacro territorio latinoamericano, porque sólo escuchaban la voz del imperio que los impuso y que, por lo mismo, nuestros pueblos se vieron sometidos a atrasos sociales y desventajas económicas. Debemos ser incisivos para evitar por todos los medios que América Latina regrese de nuevo a las tinieblas.

"Gracias al movimiento bolivariano nuestros países empiezan de nuevo a destacarse a nivel internacional por su equilibrio y desarrollo, dentro de un propósito de justicia imposible en el pasado".

Después de citar al Profesor, miró a la abigarrada audiencia, sintió todo el entusiasmo del momento y con gran seguridad inició su presentación haciendo hincapié en la influencia de Miranda, precursor de la independencia y sus primeras reuniones conspirativas en 1798.

Hizo un análisis dialéctico de aquella época para después pasar a la influencia que desde el Norte se ejercía con el Destino Manifiesto y la Doctrina Monroe. Eran las primeras pretensiones de un imperio en ciernes, cuya influencia se haría sentir en toda la América Latina.

Dijo Emilio:

"Estos son hechos históricos que creo no podemos obviar y debemos tener siempre en cuenta para poder entender el curso accidentado de nuestra historia. Son acontecimientos que ejercieron política y socialmente una anómala influencia en el curso histórico de nuestros pueblos".

Emilio se extendió ampliamente sobre este particular para explicar con detalles la política exterior de Estados Unidos que aplicaba en todos nuestros pueblos con la amplia colaboración de algunos líderes de aquella época difícil, quienes solapadamente, "podría colegirse que por algún estipendio cuantioso", servían sin contemplaciones, sin miramientos, sin un análisis previo, sin amor a la patria.

"La gran nación norteamericana ejerció en un pasado reciente —decía— su poder en nuestros países, con la anuencia de nuestros líderes, con el fin de mantener su lucha contra el comunismo y el deseo de mantener el sistema democrático de gobierno. Sin embargo, este afán la hacía perderse en sus propósitos y abría las puertas para mantener dictaduras de triste recuerdo, las que frenaron el avance de los verdaderos principios democráticos.

"Fue una época oscura, una larga noche, que ha llegado a su fin para siempre. Los resplandores de un sol liberador de tinieblas ya se divisan en el horizonte".

Después tocó el argumento del mantuanismo de Bolívar, un argumento muy acariciado por los enemigos del Libertador:

"Considero necesario despojar a Bolívar de un calificativo usado por la oligarquía colombiana, aplicado por historiadores oficiales, siempre, con el único fin de desacreditarle y ubicarlo en una posición, que por su ideología y comprensión de los conflictos sociales, no le corresponde: el Mantualismo. Bolívar pertenecía a una de las familias más acaudaladas, descendientes directos de los españoles, factor que lo ubicaba en el grupo de los Mantuanos, que tenían todo el poder económico y buscaban ahora el poder político. La independencia les daría ese poder político.

"Bolívar, sin embargo, tan pronto abrazó la causa por la Independencia, no tuvo reparos en sacrificar sus comodidades para dedicarse de lleno a luchar contra el poder español, porque para el Libertador la independencia traería la igualdad social para todos y todas sus directrices ideológicas estaban movidas precisamente por su profunda convicción de que la justicia social convertiría a nuestro continente en el centro mundial de la paz y la convivencia.

"No debería ser una sorpresa destacar que el triunfo de los levantamientos sociales se ha debido, casi siempre, a que el líder que las comanda ha sido una figura poderosa de la pirámide social, un burgués desencantado por las injusticias y la opresión que se ejerce sobre el pueblo, o también por un líder de humilde casta, pero gracias a sus grandes cualidades y a sus contactos con los opresores del sistema, escucha un llamado de su conciencia, elucubra profundamente, cambia sus directrices y galopa, lanza en ristre, hacia un mundo social equitativo.

"Todavía no se había comenzado la institucionalización de Venezuela —expresó con voz firme y decidida—, cuando surgieron las primeras dificultades con los Estados Unidos, cuyos círculos de poder se dedicaron desde época bien temprana, a obstaculizar el propósito integrador e independentista que con gran perfección adelantaba Simón Bolívar.

"Debo entender que en esos instantes de la historia, ya la floreciente república septentrional, desarrollaba su hegemonía en toda la región. No podía haber obstáculos que pudieran frenar los propósitos de convertirse en un gran imperio. Y la integración hispanoamericana era el mejor muro de contención a las pretensiones de aquel país que usó todos lo instrumentos para obstaculizar el sueño del Libertador, tales como una aparente neutralidad. Como una fiera en acecho, agazapada, esperaba el momento propicio para lanzarse y dar el zarpazo final.

"Igualmente, tardó años en dar reconocimiento a los nuevos territorios liberados, especialmente para evitar lacerar las buenas relaciones que mantenía con España. Los Estados Unidos reconocen la existencia de la Gran Colombia —Venezuela, Ecuador Panamá y Colombia—, doce años después de que la Junta suprema de Caracas solicitó por primera vez el reconocimiento a la cancillería de Potomac".

Así, con lujo de detalles, se paseó por todos aquellos hechos históricos relevantes que contribuyeron a causar en nuestros países situaciones difíciles que incidió en los pueblos económica y socialmente. Dio énfasis a la profunda convicción de Bolívar de que la vía hacia una patria grande estaba en la reivindicación social de América Latina, y no en el enriquecimiento de unos cuantos que, por ambiciones, pondrían la riqueza del subsuelo de nuestros países en manos del imperio.

Después de haber dejado claro algunos procesos históricos que explican las circunstancias actuales, entró de inmediato a presentar un cuadro analítico del actual gobierno de Bush: "No sólo está en peligro el sistema con los desmanes del actual gobierno, sino también la humanidad. El equilibrio económico y la paz se ven amenazados por las acciones del señor Bush. La desarticulación del sistema de LEY Y ORDEN —ellos pueden hacerlo— mediante la Ley Patriótica, sacada del mango de la camisa en un acto de ilusionismo político oportunista, lanza al vacío el impecable derecho a la expresión de las ideas, a la presunción de inocencia y a la libertad del individuo".

En ese momento cruzó por la mente de Emilio un cúmulo de ideas para describir lo que sucedía actualmente en Estados Unidos, ideas que concretó en la imagen alegórica que expuso a la audiencia con gran seriedad. Profundizando en la obra del gran irlandés, Oscar Wilde, *El Retrato de Dorian Gray.*

Explicó someramente el alcance de la novela, su significado y luego se concentró en los últimos momentos del protagonista.

"Teniendo en consideración lo anterior me permito, para una mejor comprensión de lo que quiero establecer, hacer el siguiente símil entre el héroe de la novela del gran irlandés y el presidente de Estados Unidos. Dorian, joven, apuesto, un don de gentes cautivante, se paseaba con seguridad por todos los círculos sociales a los que cautivaba con su presencia dominante.

"Sin embargo, como una reacción prodigiosa, se reflejaban todos los pecados de su vida desenfrenada en el retrato que colgaba de la pared de la sala, cubierto por un lienzo aterciopelado. Al descubrirlo, el retrato manifestaba con horror toda la fealdad de su ánima monstruosa, mientras él, perplejo, mudo, lucía una radiante juventud. Esto precipita, en uno de esos días, el acto de atravesar el cuadro con un puñal lanzado por él con toda la fuerza. Dorian cae muerto de manera fulminante. Mientras la imagen del cuadro recupera su atractiva presencia juvenil, con su elegancia y belleza, el protagonista yacía en el piso con toda su fealdad, como la imagen fragmentada, que ha perdido su forma fractal, en una pantalla de televisión, y tan contrahecho que sólo pudo ser identificado por la sortija que llevaba en la mano derecha".

Oscar Wilde, no hubiera podido describir algo mejor y tan certero. ¿No es acaso la trayectoria de Bush la manifestación de una mente bipolar que se debate entre una sonrisa perenne y la capacidad horripilante de engrandecerse a través de la maldad?

"Por lo tanto, ya es tiempo que el pueblo norteamericano encuentre el estigma que, como en la obra del gran dramaturgo irlandés, lleve a la verdadera identificación de los que dirigen ese país de manera peligrosa que atentan contra la existencia misma del sistema y la paz mundial. Al buen ciudadano norteamericano también le asiste una imperiosa necesidad de un despertar de conciencia. La nación norteamericana también necesita de un hombre nuevo que la dirija".

Meses después se produciría el cambio anhelado no sólo por el pueblo norteamericano. La humanidad había caído en la desesperanza con el gobierno de Bush y quería un cambio radical. La humanidad celebraría con júbilo el triunfo de Obama. La era de Bush había terminado.

"Permítanme retrotraerlos al punto crucial que me propongo establecer esta noche —continuó Emilio—. No quiero profundizar en algunos hechos por mero capricho o por una simple reacción en contra de la gran nación norteamericana. Nada más lejos de la verdad. Cuando paseo mi mente por las páginas de la historia, ejercicio que hago diariamente desde los diez años, me convenzo de la importancia de entender que un hecho es la sucesión causal de otro. Nuestros prohombres, y en este particular me refiero a los de Colombia, se la ingeniaron para apoderarse del poder, y aferrados a una sucesión de consaguinidad y afinidad, en franco contubernio con el imperio, construir un mundo maravilloso para ellos. Bolívar presentía un futuro en el que se destacaría la presencia —con su fuerza económica y militar— del imperialismo norteamericano y señalaba sus características. Por eso, el Libertador siempre pensó en la integración política y económica como una conducta enteramente defensiva en busca de una gran nación, Hispanoamérica, capaz de librarse de los peligros del imperialismo europeo, ante la amenaza de la Santa Alianza de Metternich, y la del naciente imperialismo norteamericano, 'que busca plagar la América de miseria en nombre de la libertad'. El odio a esta idea genial de Bolívar, por su permanencia a través del tiempo y la distancia, tiene en Colombia características genéticas.

Esto podría explicar por qué los Estados Unidos combaten la anfictionía. Y para esto moviliza a todos los agentes que tiene desperdigados por toda América del Sur.

Fue una confabulación que en círculos herméticos, con algunas figuras prestantes de la lucha bolivariana, trataron de impedir el Congreso convocado por Bolívar.

A este respecto, la soberbia de los representantes de la América Septentrional, como Bolívar llamaba a la del Norte, se manifestaba en declaraciones de Roberts Poinsett, de triste presencia en la historia de México: "sería absurdo suponer que el Presidente de los Estados Unidos llegara a firmar un tratado por el cual ese país quedaría excluido de una federación de la cual el debería ser el jefe". Los efectos de los procónsules empezaron a sentirse muy pronto.

Las actividades del Congreso Anfictiónico concluyen el 9 de octubre de 1828, en Tacabuya, México. Ese mismo año, en diciembre, se nombra al General William Henry Harrison como su embajador en Bogotá.

Éste había expulsado a los indios y repartido las tierras de estos entre los conquistadores del Far West. Ya en Bogotá se vinculó estrechamente a los que conspiraban contra Bolívar. Fue declarado persona non grata y expulsado del país por el gobierno de la Gran Colombia.

Por su hoja de servicios, fue elevado a la primera magistratura, pero muere de pulmonía sin apenas haberse sentado en la silla presidencial. Que lean los colombianos la intervención de este ministro en Bogotá, tergiversándolo todo, acusando a Bolívar, el uso que hizo de actividades de inteligencia y contrainteligencia para sabotear la obra de Bolívar, con la colaboración de los eternos servidores al sistema septentrional.

Y así se extiende una tupida red de espionaje que permite que la correspondencia de Bolívar llegue primero a manos del agente de los Estados Unidos.

Ante este cuadro desolador, es bueno destacar la figura de Francisco de Paula Santander, gestor del atentado de la noche septembrina, y quien logró, pese a la opinión contraria del Libertador, la participación norteamericana en el Congreso Anfictiónico, y supo capitalizar la independencia de Colombia, para acomodarse, como hicieron otros, en las máximas alturas del poder ejecutivo cuyos efectos ha mantenido su trayectoria hasta nuestra Colombia del siglo XXI.

Su grandiosidad, la de Santander, no puede obviarse ni minimizarse. Brilló con luz propia y por eso no podemos restarle méritos en el campo de la educación, que, como presidente, fortaleció fundando colegios a todo lo largo y ancho del país.

Sin embargo, apegado como ninguno a las cuestiones legalistas, y a la ley y el orden, cuyo cuestionamiento esta vedado, porque nadie, so pena de ser declarado culpable, puede excluirse de su influencia, Santander aceptaba todo aquello que encajara perfectamente en el orden jurídico. Una vez la ley se establece ésta tiene carácter de perpetuidad, y nadie absolutamente nadie tiene la libertad de cuestionarla. Excepto el estado mismo, como en el caso de la Ley Patriótica.

El tinglado constitucional es para siempre. Si se analiza esta postura, siguiendo la filosofía jurídica de Santander, yo podría deducir, que el desarrollo histórico de la humanidad se hubiera paralizado.

Esta concepción legalista obnubilaba su conciencia y no le permitía ver que la ley que carece de norma moral, deja de ser ley pues ésta emana de las buenas costumbres, y de los valores y principio refrendados consuetudinariamente por la historia.

"Quiero recordar —agregó—, que desde época temprana comenzó Santander a reiterar su simpatía por el gobierno de los Estados Unidos.

Así, poco a poco, de intriga en intriga, Santander cambió para siempre el destino de la hoy República de Colombia, pues trastocó tajantemente la grandiosa concepción hispanoamericanista por el panamericanismo, cuyo único beneficio válido —para todo aquel que acepta esta postura de Santander—, es el de la sumisión a los Estados Unidos.

31

El gobierno actual, siguiendo la tradición, buscando proteger el orden establecido por los poderosos de siempre, cumple a cabalidad con Washington, sigue a pie juntillas sus órdenes sin importar la integridad y paz de la región. Por eso puedo decir que el general Francisco de Paula Santander, es el padre de la fronda oligárquica de hoy.

"Para terminar —dijo Emilio—, deseo aclarar que mi propósito es, no una actitud en contra del pueblo norteamericano, sino desenmascarar a nuestro líderes de todas las épocas, que por apetencias personales sacrificaron el bien común por el individual".

Las palabras de Emilio entusiasmaron a la audiencia que aplaudía con gran entusiasmo. Había aclarado, con explicaciones contundentes, algunas páginas de la historia relacionadas con la lucha bolivariana, las cuales se pasaban por alto, o se acomodaban a los intereses de los prohombres que, poco a poco, fueron configurando la Colombia de hoy.

Y terminó con estas palabras: "Yo me permito hacer un llamado para que todos sigamos el ímpetu de José María Carbonell en el levantamiento del 20 de julio de 1810, y el de Nariño, precursor de la independencia, y primer traductor en América de Los Derechos del Hombre, no a la Junta de Oligarcas sometiéndose al virrey de ese entonces, o como ahora, la oligarquía actual sometiéndose al gobierno de Estados Unidos. Porque en los ideales de aquellos estaba la esencia misma de los principios bolivarianos. Porque en Colombia, los llamados políticos revolucionarios perteneciente a la mejor casta, se usufructuaban en ese entonces de la relación colonial y ahora, con las mismas actitudes y posiciones lo hacen del sistema imperante en perfecta conjunción con el sistema norteamericano".

Por este estilo, las conferencias de Emilio estaban basadas en la verdad histórica fortalecida por documentos comprobatorios guardados en lugar especial en la biblioteca de Lozano, como los manuscritos del Sabio Caldas, recientemente descubiertos, propicios para ilustrar a los colombianos el modus operandi de la oligarquía, ampliamente conocida por el sabio.

Además, la exposición de Emilio se basaba en la abundante correspondencia que, para la época de Bolívar, se cruzaron representantes colombianos con los procónsules estadounidenses, entre ellos William Henry Harrison y Joel Poinsett, uno de los primeros espías estadounidenses en

América Latina. Gran parte de esa correspondencia se guarda en las frías bóvedas de la gran biblioteca de los Lozano.

Cuando terminó la conferencia se sentía eufórico porque sintió en todo su ser que sus palabras habían calado profundo en la abigarrada audiencia que no se detenía en aplausos y en gritos de "viva" dirigidos a él, y a su patria. Algunas figuras descollantes se acercaron para felicitarlo.

Terminada la conferencia, se dirigió a su casa a descansar. Consideró prudente comunicarse con Eduardo. Este diálogo constante estaba movido por su interés de colaborar con su hermano en su desarrollo intelectual y político que él buscaba —lo sabía con precisión— constantemente desde que por sus experiencias en Miami pudo ponderar el conflicto a muerte entre los que querían un sistema a cumplir con las ambiciones de la alta sociedad y los que, como él, buscaban el desarrollo de las clases menos favorecidas.

Activó el computador e inmediatamente se inició un diálogo que, por su contenido, contribuiría con la posteridad para entender los objetivos de El Movimiento y sus propósitos principales.

Entre otras cosas, en el desenvolvimiento del diálogo, Emilio hacía planteamientos importantes: El Movimiento no tiene por objetivo exteriorizar ideas deslumbrantes que cautiven la atención del pueblo con fines electoreros, para que individuos antropocéntricos se ubiquen en sitios de poder y puedan mantener el sistema que tanta veces le ha fallado al pueblo. El Movimiento busca, con un despertar de conciencia, a un pueblo deshaciéndose de prédicas inculcadas por años que lo condujo a una situación insoportable de desventajas sociales y económicas.

"El Movimiento tiene por objetivo la paz para todo el país, y por eso mismo, buscamos darle fin a la inequidad social.

"Es imposible la paz si la equidad social no existe... por eso resulta asombroso e increíble cuando se dice que el país en cientos de años no ha podido disfrutar de una paz verdadera. Ahí está la historia señalando con su dedo a los verdaderos responsables."

Antes de dirigirse a su casa, activó su computador personal y se conectó de nuevo con su hermano en Miami.

"Me gustaría que puedas estar presente para juntos adelantar nuestra tarea. La conferencia que acabo de presentar en la universidad tuvo el éxito esperado.

"Y en las conversaciones personales que tuve con invitados importantes, me ofrecieron su apoyo y sus servicios para sacar adelante El Movimiento.

"Por otro lado, he podido darme cuenta que nuestro padre me escucha con interés y da aprobación a muchos de mis conceptos. Lo mantengo al tanto de la organización, sobre todo en lo que respecta a la estructura que está tomando rápidamente a nivel nacional, la cual es de suma importancia para la gran concentración, nunca vista, que organizaremos para el año próximo y que tendrá lugar en la Plaza de Bolívar. Como una agradable sorpresa te cuento que recibí una misiva interesante y muy valiosa por la persona que la escribe. Me refiero al arzobispo Rubiano, muy amigo de nuestros padres. Me manifiesta que está siguiendo con sumo interés la trayectoria de El Movimiento. 'Siempre he creído en la justicia social', me comenta y se pregunta, '¿no es este acaso el camino trazado por Jesús?'"

"Un tanto preocupado por la reacción que pueda despertarse, pero lo pondremos al tanto de nuestra idoneidad para bregar con estos asuntos".

32

Cuando Doña Josefina recibió la llamada de su esposo, que la puso al corriente de lo que podría acontecer con El Movimiento de Emilio, se encontraba de visita en la ciudad de Cartago, fundada por el andaluz Don Jorge Robledo en 1540. Por problemas de seguridad los pobladores buscaron el asentamiento actual en un hermoso valle, a orillas del río La Vieja, llamado así porque, según el relato de un cronista desconocido, al llegar los pobladores a la región, vieron a una anciana indígena lavando oro a orillas del río de aguas cristalinas. Deslumbrado por el metal precioso, alguien se abalanzó sobre ella le quitó bruscamente de las manos la vasija de higuera que usaba como instrumento y arrojó a la mujer en las aguas torrentosas.

La vio sin inmutarse con los brazos en alto desesperada, alejándose entre la corriente hasta perderse en las profundidades. De allí el nombre del río de cincuenta y cuatro kilómetros de gran belleza y con un fondo formado de arena muy fina que se extrae para usarla en las obras públicas de la ciudad.

Cartago había formado parte de La Confederación de Ciudades del Valle del Cauca, y se destacó por sentar cátedra en los asuntos que concernían al pueblo en los años inmediatamente anteriores a los de la Independencia y sus habitantes se sentían orgullosos del comienzo de su historia con el título de ciudad que el rey Felipe VII le había otorgado desde su fundación, junto con su escudo de armas, uno de los primero en América, en el que se destacaban, sobre un campo de gules, un sol flamígero y tres coronas imperiales de oro.

Dona Josefina, había viajado a esta ciudad para actualizar y mejorar el capítulo del Norte del Valle de su organización fundada por ella con fines benéficos.

Sus actividades sociales la llenaban de entusiasmo, como cuando visitó la Casa del Pobre, en la que buenas señoras cartagüeñas repartían comida a algunas familias necesitadas de la ciudad y con estos propósitos se había reunido con un grupo de amigas en la Casa del Virrey, construida en el siglo XVIII para alojar al Virrey Ezpeleta en visita a Cartago que nunca se llevó a cabo.

De estilo mudéjar fue obra de Don Sebastián de Marisancena, hidalgo de la ciudad ennoblecido por Carlos III como Alférez Real de Cartago.

En ella se encontraba la biblioteca, que aunque pequeña cumplía con sus propósitos de contribuir con los interesados en incrementar sus conocimientos, con las obras clásicas de autores griegos y latinos y la colección de textos de filosofía e historia. También una colección fantástica de mitología griega.

Funciona aquí también el conservatorio de música Pedro Morales Pino en el que acceden estudiantes desde los ocho años para especializarse en guitarra, violín, saxofón, violonchelo y otros instrumentos.

Doña Josefina disfrutaba el viaje a la ciudad que le encantaba por la excelencia de su clima, cubierta por un cielo permanentemente azul y luminoso, rodeada también, como la ciudad eterna, por siete colinas hermosas, sobre una superficie a novecientos veinte metros de altura y con una temperatura promedio de veintiocho grados centígrados. Se sentía nostálgica cuando llegaba el día del regreso, pero el estar de nuevo al lado de su familia la llenaba de ánimo de nuevo. Así y entonces se comunicó con su esposo para indicarle el día y la hora.

El señor Lozano, aprovecha de inmediato su regreso, para explicarle lo que acontecía, y cuán involucrado estaba su hijo en la política y la organización de El Movimiento. Le habla también de los pasos posibles a tomar por parte del gobierno para evitar un levantamiento popular que pudiera desorganizar el orden del país. "Tengo que cumplir con mi deber", le decía. Doña Josefina, con ese instinto característico de madre presente que algo malo podría ocurrir a su hijo. Decide entonces regresar de inmediato a El Novillero. Organizó su equipaje y al otro día se presentó a primera hora en el aeropuerto Matecaña de la ciudad de Pereira.

Al llegar a Bogotá observó que todo transcurría con suma tranquilidad. Pidió al chofer que antes de llegar a su mansión, la pasara por la Universidad Nacional.

No vio ni una señal que presagiara algún contratiempo lamentable. Sintió un gran sosiego. Entonces para estar segura, antes de comunicarse con su esposo, prefirió llamar a su hermano, el Presidente de la Corte Suprema de Justicia, el doctor Mauricio Ricaurte:

—No quiero alarmarte. Hasta ahora El Movimiento parece ser solamente intelectual en el sentido de que está movido por conceptos filosóficos e históricos. Conociendo a Emilio, considero que es algo muy natural la actitud de él de presidirlo y darle todo su apoyo. Esto es propio de un Lozano. Él tiene toda la preparación y la idoneidad para hacerlo. Yo creo que el camino que buscan es el electoral, si es así no habrá nada que lamentar pues el derecho a elegir y ser elegido es un derecho constitucional.

—Sí, a Emilio, como sabes, le encanta estudiar todo acontecimiento que incida poderosamente en el transcurrir histórico. Desde pequeño manifestó su preocupación por los hechos históricos. Siempre exigió una explicación dialéctica. Aborrece las superficialidades.

—Efectivamente, sabemos que, con la colaboración de Don Nicolás Sanz, Emilio ocupa una posición preponderante. Esto, Josefina, se me parece al movimiento Nadaísta de Gonzalo Arango, radical en sus principios pero en el campo de la poesía, y aunque tocaban algo de lo social, de allí no pasaba.

»De esto da cuenta tu esposo en uno de sus documentos comprobatorios porque vio en el Nadaísmo un excelente movimiento intelectual que contribuyó a un despertar que condujo a la juventud hacia una forma nueva de manifestarse con altura, con sabiduría. La diferencia, es que El Movimiento de Emilio tiene como base la historia, y ésta siempre ha sido un arma poderosa en manos de líderes irresponsables. Tienden a soliviantar el ánimo público. A través de la historia, que nos presenta los hechos en un hilo conductor de causas y efectos, se pueden conocer a los responsables de todos los males que sobre Colombia han caído.

»Y hay que tomar precauciones. Hay que aceptar que la configuración de una sociedad y su política sólo puede ser entendible a través de la historia».

El doctor Ricaurte formaba parte de la alta clase social de Bogotá, y por su conformación ideológica adquirida en los estudios del Derecho, veía en la Democracia el sistema idóneo para hacer feliz a todos, aunque siempre estaba asistido por la duda como respuesta a los desmanes que se cometían por las autoridades para mantener la Ley y el Orden. En su fuero interno no creía en la inmovilidad de la ley.

Ricauter se refería al Documento Comprobatorio escrito por señor Lozano sobre el Nadaísmo y su creador Gonzalo Arango, a quien conoció perfectamente, y con quien tuvo una vasta conversación. "Lo más que me impresionó fue su sinceridad y la manera pura y espontánea con que exponía sus ideas política y filosóficas. Tenía un gran conocimiento de su pueblo, sus anhelos, sus preocupaciones, sus necesidades. Conciso en su presentación, amplio en el objetivo de explicar sus propósitos", le comentaba a Emilio, en una de esas conversaciones que surgían de improviso en cualquier momento y en cualquier lugar. El documento ya daba vestigios de la profunda transformación del señor Lozano, porque su estado de ánimo hacía ver en él prudencia y mesura en la exteriorización de su palabra; antes, en situaciones como ésta, en que el sistema se veía en peligro, daba cara a la situación con una actitud borrascosa que lo hacía usar toda la fuerza disponible sin contemplaciones.

—Está bien, Mauricio, mantenme informada. Hablaré con mi esposo y tendremos una reunión de familia. Tú sabes la felicidad que me causa cuando nos reunimos todos a hablar sobre diferentes tópicos, y el próximo es de suma importancia porque la suerte de Emilio, y de toda la familia, por supuesto, está en juego.

—No es una aprensión infundada. Sabes cómo se mueven las cosas en nuestro país, sobre todo las que tienen carácter político. Tu hermano te ha dicho toda la verdad al respecto

Las palabras de Lozano tenían por objetivo tranquilizar a Doña Josefina quien lo había llamado para dilucidar algunos aspectos.

Le informó de su llamada a su hermano y cómo sus palabras le habían dado tranquilidad. Así mismo le hizo ver que una reunión de familia pondría todo en su sitio y despejaría dudas y temores.

—Para esa reunión debes invitar a Patricia. ¿Quién es ella...? Es la novia de Emilio, que a menudo escribe artículos que se publican en un periódico con tendencias proselitistas e ideas una tanto inflamables. Tuve la oportunidad de conocerla y me impresionó su fogosidad para presentar sus puntos de vista que resultan claros y convincentes.

—Me agradaría mucho conocerla. La felicidad de Emilio es la nuestra.

—Y debes cursar una invitación al Profesor Sanz.

El Profesor había llamado la atención de Doña Josefina con sus conocimientos de historia, literatura y filosofía, que eran de ella sus disciplinas favoritas. Por eso veía al Profesor como un filósofo griego llevando luz con sus prédicas constantes. Le fascinaba su teoría de que todas las penurias de la raza humana, se iniciaron cuando, todavía inmersa en su estado de inocencia, rompe sus vínculos con la naturaleza, se libera prodigiosamente de ella y con toda la fuerza de su propia ley logra la autonomía que le permitió crear la suya propia y como consecuencia el mundo complicado de hoy, "El hombre —decía el Profesor— es un ser anonadado por su propia naturaleza".

Ella y su hijo tenían grandes semejanzas anímicas en especial en sus relaciones humanas, y por eso a ambos les había cautivado la augusta presencia del Profesor con sus grandes dotes humanísticas a la par con aquellos grandes pensadores que basaban su prédica en la necesidad de marcar rumbos al ser humano que le ayudaran a superar su primitiva condición homínida, todavía presente en la parte más recóndita de su cerebro, y así y todo madre e hijo recibían la reconfortante influencia del Profesor que tenía por encima de todo la humildad, aunque ella no podía despejarse de un aire aristocrático que la distinguía dentro de los círculos más heterogéneos.

El señor Lozano salió a recibir a Doña Josefina con gran entusiasmo pues no se acostumbraba a estar sin ella, y sentía la soledad de su enorme mansión aun en los momentos en que más ocupado estaba en sus reuniones con la junta o preparando algún tópico en particular con los que, a diario, despachaba sus obligaciones ministeriales. Se abrazaron e intercambiaron algunas palabras sobre los acontecimientos del momento, y sus amistades en el Quindío y el Valle del Cauca.

La servidumbre esperaba para scargar el pesado equipaje de sacos de diferentes viandas, frutas y café. Alrededor, alegre, haciendo cabriolas, gimiendo ruidos, Bruno logró llamar la atención de Doña Josefina, algo indiferente. Ella se inclinó un poco para pasarle dos o tres caricias que colmaron al noble animal, porque ya tranquilo en sus exigencias fue a echarse, cual largo era, cerca de la fuente su lugar favorito, y desde allí miraba a todos de reojo.

—¿Y Emilio? Mi hermano me estuvo explicando también lo de El Movimiento fundado por él.

—No te preocupes, estoy seguro de que la actividad que se organiza para el próximo año aquí en Bogotá, no tendrá ninguna trascendencia política. De todas maneras, Emilio y yo hablamos para tener una reunión en la que participarán su novia Patricia, su familia y el Profesor Sanz, y tu hermano, el juez.

—Ya oí hablar de ella. ¿Qué sabes sobre ella?

—Es una joven muy bien educada, manifiesta una gran preparación intelectual. Digo esto, aunque lo relevante en este caso es que es del agrado de Emilio. Al lado de ella luce muy contento. Ambos armonizan a la perfección. También toma clases con el Profesor.

—¡Ah! El bueno del Profesor. Siempre me ha gustado hablar con él. Es un hombre que convence. Su injundia es dominante. Si uno no tiene entereza de carácter, se convierte en uno de sus seguidores, no en el sentido de claudicar, sino en hacer que uno coincida con él como en realidad se coincide en muchos aspectos de orden social, político y filosófico.

—Es verdad.

—¿Para cuándo es la reunión?

—Para el próximo sábado.

—¡Dolores!

—Sí, señora.

—Mañana sábado tendremos visita. Empieza a hacer los preparativos para que la reunión sea del agrado de todos.

—Sí, señora.

Dolores, la criada, cargada de hombros por el peso de los años, de rasgos indígenas, llevaba muchos años trabajando para la familia Lozano, había servido también como nodriza de los tres hijos. Se retiró, conservando siempre el respeto debido y le comunicó la orden al resto de la servidumbre.

De inmediato todos empezaron a ocuparse en la faena de los preparativos para adelantarse a los trabajos que se iniciarían ni bien llegara el amanecer del próximo día.

33

El día sábado, temprano en la mañana, aunque una leve lluvia se cernía sobre la ciudad, el tiempo presagiaba un día soleado y tibio. Una gran actividad se sentía por toda la mansión, en los amplios corredores, los patios, los jardines y, en especial, en la amplia cocina. Dolores inició la confección de los platos típicos, con los que se agasajaría a los invitados.

El menú consistiría de ajiaco santafereño, con crema de leche y alcaparras y crema de habas. Se prepararía, además, sobrebarriga con papas chorreadas. De postre se serviría brevas con arequipe, cuajada con melao.

No podía faltar el canelazo, bebida con agua de panela, canela y aguardiente. Otros sirvientes daban toques allí y allá, en actos de limpieza y decoración.

Floreros con bellísimas flores del jardín entre las que se destacaba la cattleya, flor nacional de Colombia, engalanaban el ambiente.

Doña Josefina era una anfitriona muy hábil en el buen manejo de reuniones con amigos o grupos familiares. La reunión se iniciaría a la una de la tarde, después que el señor Lozano hubiera organizado sus cosas, leído todos los correos electrónicos y los periódicos de rutina. Era un hombre muy ocupado, pero sabía manejar adecuadamente sus compromisos y actividades.

—¡Emilio! Ve a buscar a Patricia y su familia y hazle una llamada al Profesor Sanz. Ya son las doce, y tu tío está por llegar.

—Esta bien, mamá, yo ya estaba a punto de salir a buscarlos

Emilio fue a la cocina, le dio un beso a Doña Josefina, y entró un momento al despacho de su padre para informarle que ya salía por los invitados. Siempre comedido, respetuoso, actitudes que manifestaba siempre con gran cariño, le habían granjeado el respeto y la admiración de todos, quienes veían en él al mejor representante de una familia que, a través del tiempo y la distancia, había logrado una posición de altura admirada por todo el pueblo colombiano.

—Muy bien. Estaré listo cuando ellos lleguen.

Emilio se dirigió a la casa de Patricia, por el camino la llamó al celular para conversar un rato sobre los temas que incluirían en la conversación a punto de darse con la familia. Se acordó que los padres de Patricia irían en su automóvil particular.

Por las amplias avenidas se veía cientos de personas caminando desprevenidos, sin rumbo fijo, sin una meta segura, a semejanza de los protagonistas de una película de Fellini, de 1960.

—Emmanuel, ¿quieres venir con nosotros? —Preguntó Patricia.

—Claro —dijo Emilio—, siempre estás invitado.

—Acepté la invitación con agrado ¡cómo no aceptarla! Iba a ser una reunión de altura.

Cuando llegaron, ya el Profesor Sanz había hecho acto de presencia. Emilio lo saludó con respeto; Patricia, con un beso en la mejilla. Manejaba un Studebaker Avanti 1964, color rojo, que mantenía en perfectas condiciones.

Después saludaron al doctor Mauricio Ricauter que se entretenía caminando por los alrededores del jardín, mientas Bruno le seguía marcándole el paso. Cuando vio a Emilio, el hermoso can corrió rápidamente hacia él, quien, acurrucado, abrazó al buen animal con muestras de cariño y admiración.

El animal sorprendentemente le respondía colocando su pie derecho sobre la rodilla de Emilio quien no tuvo recato de estamparle un leve beso en la frente. Patricia se acercó y empezó a pasarle caricias al perro que las aceptaba con gran satisfacción y mansedumbre.

Mientras tanto, el doctor Ricauter, que tenía la estampa del legislador clásico, siempre en una actitud meditativa, cabizbajo y las manos entrelazadas en la espalda a la altura de la cintura observaba la escena con admiración. Poco después, pasaron a la sala, donde fueron atendidos con refrigerios.

En ese momento, el señor Lozano hizo uso de la palabra para explicar la razón de la reunión, que era El Movimiento creado por Emilio y sustentado histórica y filosóficamente por el Profesor Sanz. Había una preocupación genuina pues en las actuales circunstancias podría aprovecharse por otros para subvertir el orden público. Todos tenían puesta la atención en las palabras de Lozano. El momento era solemne y gracias a las comodidades que la gran sala brindaba, todos lucían debidamente sosegados, aunque en expectativa.

Los amplios ventanales permitían la entrada de un sol tibio, dando un toque agradable a la sala, ocasión que se aprovechó para tocar algunos temas de familia antes de entrar en los que había motivado la reunión.

El profesor Sanz, mientras daba comienzo a la discusión, entre un grupo de revistas colocado cuidadosamente sobre una pequeña mesa, tomó la Semana y se puso a verla con curiosidad. Tocaba temas de la actualidad política del país, una entrevista al presidente sobre los paramilitares, un análisis del "conflicto de clases que el Comandante Chávez había despertado en el pueblo venezolano" y un largo ensayo sobre "el fenómeno de El ΦMIKRON que, como nunca antes, llenaba las plazas públicas del país, lo cual tenía en vilo a la clase dirigente".

Lozano, como hábil diplomático que practicaba aquello de que la diplomacia consiste en imponer el criterio propio dándole la razón a los demás, miró a su alrededor y dijo mirando a Emilio:

—Nosotros no nos oponemos a la actividad de ustedes que propicia un cambio en Colombia. Lo que nos preocupa es el giro que otros, intrusos, de ambos bandos, nacional o internacional pueden darle a El Movimiento y afectar la seguridad pública. Este tipo de oportunismo ha ocurrido otras veces. Y nos gustaría que se tomaran las precauciones del caso. Este es, pues, el motivo de esta reunión porque la suerte de ustedes es una preocupación de familia.

Emilio no rechazaba estas reuniones, aunque habían empezado a repetirse hasta el cansancio. Entendía a sus padres, y tenía muy claro que había un propósito oculto, una sutil tendencia a conocer a fondo los acontecimientos nuevos, pues en su fuero interno, el de los familiares, así lo interpretaban, sabían que el cambio era necesario y llegaría de un momento a otro con la fuerza de una avalancha imposible de evitar.

Y por esto mismo, una preocupación genuina por su integridad física y la de aquellos líderes inmediatos, asistían a todos los que participaban en la reunión familiar.

—Yo creo que si logran mantener un buen control, intervino Doña Josefina, El Movimiento puede lograr su propósito de ser un aliciente para que los colombianos marchen por senderos más productivos en cuanto a ideas y se tenga así un mayor crecimiento intelectual. Pero creo, Emilio, que están corriendo un peligro enorme. Y usted también señorita —dijo, y miró fijamente a Patricia.

Su intervención para responder a la mirada inquisitiva de Doña Josefina, fue impedida por la abrupta intervención del doctor Ricauter.

—Creo que lo importante es respetar el orden establecido. Nada que atente contra la Ley y el Orden puede ser aceptado. A lo menos esto siempre ha sido el objetivo del Estado, pues la ley y el orden es la esencia vital del Estado.

»La ley es la norma máxima, y todo acto social que busque cambios de algún tipo, resultaría en un acto al margen de la ley, y por lo tanto, ilegal y detrimental para nuestro ente jurídico. Aunque a veces se ejercen cambios por parte del estado y la legislación. Hago estos planteamientos para que tú Emilio los analices y asumas la responsabilidad que te toca al respecto. Creo en la perpetuación de la ley solamente cuando ésta cumple su cometido para la que fue estipulada.

»Aunque estoy persuadido que las circunstancias sociales claman por un cambio de la actual legalidad del país; a lo menos como una ruptura con el pasado. Y la ley, como lo vemos en el derecho, debe ser flexible y actualizante, según va transcurriendo la realidad social. Si esto no se da, la Ley pierde su razón de ser y el Orden establecido se desequilibra es entonces cuando debe cambiarse. Hay que evitar por todos los medios la rigidez de la ley.

»Esta posición, en apariencia contradictoria, a la luz de la historia parecía adecuada y perfecta, porque en la explicación que daba Ricauter se traslucía la necesidad imperiosa de la justicia social para que el sistema de Ley y el Orden no perdiera su rumbo y su vigencia».

—No es el poder del estado, con toda su fuerza coercitiva, la que la mantiene. Es el orden social el que permite la aceptación de la obligatoriedad de la Ley. Cuando el orden social deja de ser, el cambio es un imperativo, es un deber —dijo Patricia.

—Efectivamente, esa meta es la razón fundamental de El Movimiento. Demostrar que la ley no se cumple, que se aplica con una ausencia de honradez y de justicia social.

»Cuando esto no ocurre, es decir, cuando la ley pierde todo sentido de justicia popular, se ubica en contraposición a la Carta Magna, la ley pierde vigencia y deja de ser para convertirse en una imposición de la clase dirigente y así —*ipso facto*— en una ley con intentos coercitivos. Es entonces cuando su cambio se justifica».

Emilio manifestaba el control propio de los que son responsables de sus actos, y al mismo tiempo experimentaba una profunda satisfacción por las palabras de sus padres, que permitían entrever una aceptación de sus gestiones en el campo de la política y en las relaciones que establecía con su pueblo. Asimismo, respetaba las opiniones de su tío a quien veía como un experto jurisconsulto y de una flexibilidad para establecer planteamientos muy lógicos como los que acababa de exponer.

—No necesariamente buscamos la violencia —continuó Emilio— ésta no tiene razón de ser. Por lo tanto, tío, nuestro propósito no abriga la más mínima intención de desarticular el sistema; por el contrario, afianzarlo mediante el desarrollo del ser a través del conocimiento y la virtud. Algunos, lo sé a la perfección, verán esto como una flaqueza, pero ¿no es la virtud humana, la fuerza más consolidante de la sociedad, y la que le da sentido de ser al cuerpo de la ley? La ley basada en este principio está llamada a su perpetuación.

»Pero creo, tío, que las leyes ocasionales, que se promulgan para que cumplan con un hecho pasajero y por lo mismo su efecto es efímero, podrían estar sujetas al cambio. Cuando se quiere establecer un plan determinado conforme a la constitución, hay que darle un toque de legalidad, el Estado se las arregla para que la legislatura apruebe la ley correspondiente y así establecer un nuevo orden económico y social aunque totalmente parcializado y artificial».

El Profesor Sanz, vio el momento oportuno para intervenir. Hablaba con sumo cuidado y lentitud, siempre escogiendo la palabra apropiada, precisa y con frases de fácil discernimiento. Establecía primero la realidad histórica y poco a poco se explayaba en un análisis que tenía un desenvolvimiento lógico:

—La base es la historia y en ésta descansa la naturaleza de la ley. Nuestro presente emana de muchos de los actos históricos que ejecutaron otros en el proceso de producir un cambio, logrado este se estructuró su legalidad mediante la ley apropiada máxima que es la Constitución. De esta dimanan todo el campo legal que hace posible, mediante la aplicación de la ley y la realidad cultural, la existencia de la nación.

»Además, cuando dentro de la ley en curso no se ha podido lograr la justicia social, que es el objetivo primero de la ley, su cambio se convierte en un imperativo; de lo contrario, la ley se anquilosa y se vuelve inoperante. Todo cambio debe conducirse hacia el bienestar del pueblo. Para lograrlo cada representante del gobierno debe albergar en lo más profundo de su ser una buena dosis de generosidad.

»En el rumbo que han tomado las cosas en Colombia, la generosidad, que es la máxima caridad que se puede ofrendar, brilla por su ausencia. Muchos miran esto de soslayo y sólo se sobrecogen y empiezan a sentirse descompuestos y en zozobra, cuando las multitudes se levantan y exigen un cambio de rumbo. A veces se responde con justicia y se convoca al pueblo para que, mediante el instrumento del plebiscito o referéndum, se canalice de manera democrática y el cambio exigido. Pero cuando no se hace uso del poder decisisorio del Estado, porque los que gobiernan no quieren ver sus intereses personales afectados, es entonces —se puede ver en la historia— cuando se va desarrollando una fuerza desmedidas cuyo poder resulta imposible de detener ni con las armas».

—La vida no permite el regreso al pasado —dijo Doña Josefina—, y debe actualizarse. Creo yo que la ley puede moldearse para que esté a cónsono con la actualidad.

—Es cierto —dijo el Profesor—, la vida es presente y debemos ejercer todas las funciones propias del ser humano en el presente. Este es cambiable, y si lo enrutamos adecuadamente hacia el bien lograremos un futuro mejor. No es el taciturno social el llamado a cambiar el presente. El cambio sólo puede darse en una sociedad dinámica, consciente de sus deficiencias, que de manera apropiada, usando todos los recursos, y El Movimiento es uno de ellos, trepide la conciencia petrificada de sus dirigentes.

»Es el pueblo dueño de antemano de una mentalidad amplia, avanzada, llena de entusiasmo y generosidad, con arrojo, lista al sacrificio y a perpetuar dentro de acciones pacíficas, los ideales de los que han caído en la lucha. La ley promulgada por los representantes del pueblo tiene un efecto actualizante. Esto es precisamente lo que busca Emilio con El Movimiento que, en su máxima expresión, es un despertar de conciencia».

—¿Y si todo esfuerzo pacífico fracasa? —Preguntó el señor David— ¿Si la respuesta de los poderosos son las armas?

—En nuestra historia se encuentra la respuesta. Los que tienen el poder en sus manos, no estarían dispuestos a aceptar un cambio radical. Se pondría en peligro su alta posición. En el experimento venezolano vemos, sin sorpresa, que los poderosos de ayer se oponen al cambio y, creo, estarían dispuestos a la guerra con el fin de rescatar —dirían ellos— a la patria. Por el momento han escogido el instrumento electoral como la mejor forma para lograr sus propósitos, aunque en las urnas ellos han sido derrotados.

»Creemos, por la forma como se desenvuelven los acontecimientos, que se busca un cambio radical con el apoyo del pueblo. Este parece ser también el objetivo del El Movimiento. No es con simples innovaciones con que se logran los cambios sociales».

Yo de inmediato miré a mi padre con admiración. Me encantaba verlo interviniendo con seguridad en interesantes charlas de avanzada; hice algunas anotaciones en una pequeña libreta que extraje del bolsillo del pantalón.

Venía haciendo esto desde hacía algún tiempo. Cuando se me preguntaba por qué, mi respuesta lacónica era: algún día estos datos me serán necesarios.

El señor Lozano, interesado por el cariz que había tomado la conversación, y que en su fuero interno, le satisfacía, antes de que el Profesor u otra persona contestara dijo:

—La paz completa es una utopía. Nunca ha existido, ni existe en el planeta. Siempre habrá fuerzas misteriosas que dislocan el curso normal de la historia. Uno que otro interregno, pero a la postre la belicosidad humana se impone. Algunos científicos afirman que la violencia es un mecanismo de defensa presente en la parte reptilial del cerebro. Esta defensa natural se desempeñó al máximo cuando el ser humano estaba en su etapa homínida.

»Toda la fuerza física, toda la ira, todo el sadismo más impresionante del cerebro reptilial hizo posible la sobrevivencia del homo sapiens. Millones de años fueron necesarios para adormecerlo. Y fue reemplazado por el neocórtex donde impera la intelectualidad, el arrobamiento poético, la generosidad, la bondad, la virtud y la capacidad creativa.

»El escenario actual, el de nuestra nación y el de otras pero en especial el que vemos a nivel mundial, donde impera las masacres más horripilantes, me indican que el mundo está de nuevo en manos de los que hacen uso del cerebro reptilial. Esto es una verdad científica. Nada tiene que ver con alguna supuesta ocasionalidad extraterrestre Por eso vemos en nuestro presente cómo se recurre a la mentira, que se implanta internacionalmente, para hacer y justificar la guerra. No importa quien dirige el país llamado a ser un ejemplo internacional.

»No importa quién es el presidente, ni su criterio, ni su color. La necesidad de la guerra está moldeada por un sistema mediático con presencia mundial en manos de los que se proponen dirigir el planeta».

Emilio recordó la conversación que años antes había tenido con el Profesor. Se dio cuenta que el tema, como lo había planteado su padre, era un concepto ya aceptado uniformemente en todo su núcleo familiar.

—Vemos por eso mismo —recalcó el señor Lozano— cómo para lograr propósitos largamente acariciados, cualquier amago de protesta por parte del pueblo palestino, desata una guerra en la que se vuelca todo el poderío bélico moderno para sembrar de muerte y desolación en la franja de Gaza. Y todo se arregla con un armisticio hasta que salta la chispa de nuevo. Los victimarios pasan a ser los héroes, y las víctimas al olvido.

Emilio escuchó con asombro las palabras de su padre. Hacía años no oía sobre el tema del cerebro reptiliano, y menos en lo que concernía a los palestinos. Había tomado una posición diametralmente opuesta a la de los representantes del poder en el planeta, que hasta ese momento él había seguido con gran fidelidad. Patricia tuvo la misma percepción, lo cual la hizo intervenir en la conversación.

El profesor no intervino en el tema que planteaba Lozano. Tampoco le fue extraño. Hacía muchos años los dos habían conversado al respecto, y no obstante la capacidad de convencimiento del Profesor, jamás se volvió a tocar el tema.

El Profesor sabía de antemano que era cuestión de tiempo para que teoría tan extraña fuera aceptada por Lozano, como así ocurrió y ocurriría on otros que en un momento dado sin temor abordaron el tema.

Es entonces cuando intervino Patricia.

—Señor Lozano, eso es cierto, pero no en el sentido de que la exacerbación es innata en el hombre. Algunos se proponen explicar la violencia humana como una respuesta genética y no social. Esta es una posición justificativa de los desmanes del Estado, que como ente administrador del poder económico, establece medidas que subyugan al pueblo pero que enaltece a los poderosos con sus pingües ganancias. El hombre, en el sentido universal de esta palabra, debe ser servido por el Estado, y no el hombre sirviéndole al Estado. Este es un concepto neoliberal. Todo, pues, se ha trastocado, a veces de manera enervante. Esto es pensar que los hechos sociales transcurren sin lacerar a nadie. Cualquier reacción de fuerza por parte del pueblo, es una respuesta a la opresión, al hambre, al abuso, al trato abyecto y cruel.

»Explica, en épocas pasadas, la reacción popular contra la esclavitud, la razón justificativa o no de todas las guerras, de la persecución étnica, política y religiosa, y, en nuestra época, el abuso desmedido por la fuerza de las armas, contra cualquier manifestación, por ejemplo, de los palestinos, quienes obtienen una respuesta que va más allá de la imaginación. En un remanso de paz el hombre es un santo ¿Cómo se explicaría entonces que desde 1830 la violencia con un toque horripilante de sadismo es ya un lugar común en la historia de Colombia?

»Por eso nuestro propósito, el de El Movimiento, es implantar la semilla para que emerja un nuevo ser humano en nuestro país; es decir, un ser humano sin antropocentrismo, capaz de conmoverse ante el dolor de los demás, que acepte la equidad y la justicia, y, sobre todo, que tenga capacidad de generosidad. Un ser humano que busque el bienestar común, basado en la armonía de la interrelación, que acabe de una vez la competencia, la riqueza desmedida y el éxito basado solamente en el dinero».

—Sí —recalcó Lozano—, como dijo nuestro poeta Valencia: "el hombre en nidos de dolor será serpiente, en nido de piedad será paloma". Quizás, sin proponérselo, usted, Patricia, me ha dado la razón y su reacción a mis palabras sirve para dilucidar el tema escabroso que acabo de plantear.

Emilio, a quien la respuesta de su padre le provocó una gran satisfacción, no pudo evitar su emoción, por lo que acababa de decir.

—Esto es verdad —arguyó don David—. Nadie coge las armas por el mero placer de dispararlas. Ser guerrillero, pasar la noche fusil al hombro por riscos peligrosos, ríos caudalosos y tupidos bosques, no es fácil. Salvo un psicópata, yo le llamaría un terrorista, como ocurrió recientemente en Estados Unidos, que desde una torre un francotirador disparó a todo lo que se movía. Su sinrazón dejó una mortandad indescriptible. Un hombre en sus cabales, justo en sus conceptos sociales se lanzará a la lucha armada en busca de un escenario social de mayor justicia solamente cuando los poderosos le extienden obstáculos insalvables por los medios normales a su alcance o emplean la fuerza de las armas para subyugarle.

»La lógica de las armas es una respuesta a una opresión desmedida que busca, sin lógica, mantener la pobreza y las desigualdades sociales. Eso sí, el acto puro del levantamiento armado para enfrentar los desmanes del Estado puede con el tiempo corromperse, y el Estado también. Esta es la realidad imperante en todo acto de guerra. Ningún ejército se salva de ella. Todo depende de la calidad de los hombres, su sensibilidad, las directrices acertadas, lo cual podemos apreciar precisamente en El Movimiento».

—Soy historiador —dijo el Profesor—, y no doy nada por cierto hasta que no lo compruebo científicamente. Lo importante es llegar a la deducción lógica, a la verdad que emerge después del análisis científico. En el proceso de la consecución de la verdad, a veces nos quedamos cortos. Veamos, pues, los efectos de la política de la no violencia propagada y refrendada por el movimiento de Gandhi, con el apoyo total de su pueblo, con la que logra vencer al Imperio Inglés y obtiene la independencia para su patria. Una proeza histórica de por sí. Logró su propósito.

»Estoy seguro que Gandhi visualizaba un camino más largo porque estaba consciente de que su patria, después de su liberación, continuaría sumida en la oscuridad que emana de la sociedad de castas. No se eliminaron los privilegios ancestrales y milenarios. La independencia no necesariamente trae automáticamente la libertad, la equidad, la justicia social.

»Esta situación trágica de por sí se dio también con las fuerzas bolivarianas que usaron todos los recursos para lograr la independencia, pero en el fragor de la lucha no atinaron a conocer a aquellos que buscaban hacerse del poder con fines utilitarios personales. Esto trastocó nuestra luchas políticas en guerras que más sangre ha costado al país y que convirtió, dentro de la contienda, en "un arma lícita" el asesinato premeditado, súbito y seguro de hombres de prestigio que se ubicaron en una posición contraria a otros líderes y sus intereses poderosos».

—Por lo tanto Profesor —arguyó Patricia—, después de la Independencia todo fue desvirtuado. La lucha popular cesó y en su lugar se entronizó hasta nuestros días, en el caso colombiano, el poder de la oligarquía. Pero debemos observar que la historia se escribe a veces dando tumbos y tropiezos. Teniendo en cuenta lo anterior, vemos hoy en día algo similar con el pueblo palestino el cual ha sido arrinconado en un ámbito reducido y sometido a un control asfixiante, a manera de una aparente autonomía territorial. Las bondades del estado de Israel, son la desgracia del pueblo palestino. ¿Por qué no establecer la justicia para ambas partes? Hoy se ve un rayo de esperanza. El triunfo de Obama, si cumple a cabalidad con sus ideales, será de gran beneficio para el pueblo palestino porque, por fin, Estados Unidos tomará la posición de la necesidad de un Estado propio para ese pueblo.

»Aunque temo que fuerzas misteriosas pudieran superar cualquier intención de justicia de parte de Obama, y el actual gobierno de Israel tratar de extender sus dominios, fuera de la demarcación de la Línea Verde, o sea la frontera entre Israel y la tierra que ha ocupado desde el 1967.

»El presidente jamás podrá realizar una medida a favor de los palestinos, mientras esté rodeado de ayudantes que pertenecen al movimiento sionista. Por eso mismo, nosotros ya dimos un paso singular, de avanzada, el de la independencia, necesitamos ahora la verdadera transformación. Si el poder supremo de la oligarquía se opone, nuestro Movimiento debe ir como un ariete hacia delante. Los ideales de Bolívar son nuestra fuerza motriz. Como lo es en estos momentos en Venezuela. Y no necesariamente los ideales del Libertador, en la práctica, llevan por derroteros similares. Cada país debe ajustarse a su entorno social, a sus propias circunstancias establecidas por su propio ser histórico».

El señor Lozano, trató de argumentar en lo contrario en medio del silencio que siguió a las vehementes palabras de Patricia, con el propósito de establecer la polémica que lleva a la verdad, pensó que El Movimiento estaba claro en sus ideas y muy decidido a llevarlas a cabo, ante la incertidumbre de un futuro que no podía presagiarse dentro del actual sistema de poder, del cual él formaba parte descollante.

En ese momento intervino Emilio. Él sabía que se había dado punto final a la conversación. Pero, con el fin de terminarla adecuadamente, consideró prudente dar por sentado que todos estaban de acuerdo con

El Movimiento y sus propósitos: yo siento una gran satisfacción por la conversación de altura que hemos tenido en torno a El Movimiento, cuáles son sus ideas, sus propósitos, sus metas y su tarea principal. La clase política dominante nunca se ha dirigido al pueblo con el propósito de educar, de concientizar a la comunidad sobre los verdaderos problemas que la aquejan. La prédica política siempre ha sido, hasta el cansancio, una exaltación desmedida de la personalidad del político de turno, del que va a dirigir a la nación. Liberal o conservador. Se crea, pues, el prohombre. Aparece en la historia con toda su augusta presencia, dominante, inalcanzable, poderoso, ilimitado.

Dominante de su época, se pasea por las páginas de la historia... de las que escriben sus historiadores, porque todo se queda en familia, en el grupo particular que siempre ha gobernado el país. El Movimiento busca eliminar este escollo y entrar de lleno en el proceso de poner las riendas del poder en manos del pueblo. Es una fórmula sencilla, pero eficaz.

Las palabras de Emilio eran irrefutables. El silencio de todos parecía darle la razón.

En ese instante apareció Dolores.

—¡La mesa está servida!

El señor Lozano, haciendo un ademán con la mano, invitó a los visitantes a pasar a la mesa del comedor. Doña Josefina, como siempre, dijo una oración de gracias. La mesa lucía rutilante con los exquisitos y variados platos de la buena cocina santafereña.

Después de disfrutar del ágape y de una activa conversación sobre diferentes tópicos, que incluyó los preparativos para la próxima graduación de Emilio, pasaron de nuevo a la sala, donde una joven les sirvió café. Cuando la conversación estaba en todo su apogeo, cada cual terciando con argumentos para fortalecer sus opiniones, sonó el teléfono móvil del señor Lozano. Fue y se sentó tras la mesa de roble macizo de su despacho alterno. Habló por espacio de cinco minutos. Pasó de nuevo a la sala, donde se reconectó con la conversación. Varios minutos después el teléfono sonó de nuevo.

Una joven de la servidumbre, a petición de Lozano, contestó la llamada. "Es de Nueva York", informó la joven. Lozano pasó de inmediato. Era un representante del grupo Bilderberg. La conversación duró poco tiempo. Lozano regresó a la mesa. Doña Josefina se dio cuenta de que el rostro de su esposo daba señales de preocupación como si algo estuviera a punto de suceder, algo relacionado con las finanzas del mundo y de su esposo, quien para no alterar el curso agradable del momento no quiso hacer comentario ninguno. Los acontecimientos relacionados con las finanzas del mundo, le darían a Doña Josefina la razón. Hacía varios meses, venían conversando al respecto, sobre todo por la voz de alerta que les había enviado Octavio, cuya idoneidad sobre estos asuntos no se podía poner en duda.

34

Septiembre de 2008: los cimientos del estado financiero de Estados Unidos se tambalean. Un funesto capítulo se escribe en la historia de Wall Street, luego que el centenario banco de inversiones Lehman and Brothers se acogiera a la bancarrota, dejando en vilo a veinticinco mil empleados a nivel global, tras sucumbir ante la carga de préstamos hipotecarios incobrables de sesenta mil millones de dólares.

La quiebra de dicho banco de inversiones y, además, los problemas de liquidez por los que pasa American Internacional Group (AIG), la empresa de seguros más grande del mundo, produjeron caídas generalizadas en las plazas bursátiles de Europa, Estados Unidos y América Latina. No existía la menor duda de parte de economistas prestigiosos que esta irregularidad, que afectaba la economía mundial, era producto de la avaricia de un grupo de elevados ejecutivos que con el fin de incrementar sus ingresos personales, eran capaces hasta de dar al traste con las empresas que dirigían.

Octavio, que estaba a cargo de la mayor parte de las empresas de la familia y su movimiento bursátil, acababa de confirmar a su padre la noticia. El colapso del que fuera el cuarto banco de inversiones más grande de los Estados Unidos vino acompañado de la inesperada y casi forzada venta de Merrill Lynch & Co. al Bank of América, cuya fusión se consolidó en enero de 2009.

Sin embargo, cuando el Banco de América anunció que la condición financiera de Merrill había sufrido una pérdida de veintiún millones de dólares en el 2008, empezó a buscar una compensación por lo que obtuvo un rescate financiero de ciento treinta y ocho billones de dólares. De esta manera se evitó su desplome definitivo.

También llamó la atención los últimos esfuerzos de la aseguradora American International Group (AIG) por levantar unos cuarenta mil millones de dólares para evitar su desplome. Se socorre a la mayor aseguradora del mundo, cuyo poder económico, para algunos, es de dudosa procedencia. En una investigación que se hizo por parte del procurador general del estado de Nueva York, Eliot Spitzer, en 2004, se demostró que la compañía había emitido pólizas fraudulentas, por lo que se le impuso una multa cuantiosa. Las pesquisas de Spitzer en las compañías de servicios financieros produjeron cuatro mil cuatrocientos millones de dólares de multas. En la actual crisis el gobierno de Bush le inyectó ochenta y dos mil millones de dólares. Sorprende esta ayuda del Estado. La fórmula del neoliberalismo, una respuesta calvinista, implantada por Reagan estaba fracasando, porque aparentemente, pensó Lozano, no se tuvo en cuenta los vaivenes que el individualismo característico del sistema capitalista ejerce sobre toda negociación, empresa o corporación.

El problema del capitalismo, lo había dicho en alguna ocasión el Profesor Sanz, es que los propios capitalistas destruyen el sistema. Su avaricia los hunde.Entra entonces el Estado con el dinero del pueblo a salvar a la compañía o banco en crisis, aún, como en el caso de AIG que sorprendentemente se da a la inversa a lo que el Fondo Monetario Internacional le exige a los países prestatarios: la privatización de sus empresas.

Para evitar el colapso de las empresas privadas producto de la crisis, en su caso, el gobierno las salva convirtiéndolas, con fuerte ayuda financiera, en empresas mixtas del Estado. "Es decir, el Estado socializa las perdidas y capitaliza las ganancias". Lozano hizo este comentario al interlocutor en la segunda llamada.

Lozano, precavido como siempre, analizó detenidamente la situación económica mundial, y la conversación en la que terceras personas le advertían de los efectos que el colapso financiero podría ejercerse sobre sus empresas. De inmediato se dio cuenta que la fórmula salvadora discutida con Octavio y ponderada hasta la saciedad y puesta en la práctica por varios meses, había sido u n acierto. Sin embargo la presión que se ejercía por otros intereses para involucrarse estrechamente en la formula neoliberal para canalizar su poder económico hacia los círculos del poder mundial, lo obligó a tomar otras medidas de inmediato No era para menos. No podía permitir ningún error. Era la exigencia de hombres poderosos que confiaban en su gestión.

Fue entonces que se dio en su ánimo una resolución que trastocaría el plan preconcebido desde la época de la Colonia, y con una línea proyectiva a través del tiempo y la distancia era el orden del día en la actualidad: Tomar la dirección del país. No podía permitir que su pueblo se perjudicara. Si sus empresas se afectaran, el efecto repercutiría gravemente sobre el pueblo.

Sus empresas las pondría a buen recaudo, y porque había tenido la preocupación de convertirlas, como las convirtió, a lo largo y ancho de América Latina, en empresas autóctonas, con mano de obra del lugar, gerenciales propios del país, y capital mixto, colombiano y del país de su ubicación.

Lograría con esta fórmula, un éxito rotundo, en algunas áreas no sólo personales sino también en lo que concernía al desarrollo económico del país una vez se produjera el cambio total. Así más tranquilo abocaría al máximo todo lo concerniente sobre El Movimiento y lo que éste plantea a los colombianos. Estaría, pues, fuera del círculo de poderosos que aprovechando la oportunidad pronto estaría andando a la rebatiña de empresas debilitadas y de millones que el Estado ofrece a manos llenas.

Habiendo analizado todo al respecto, por noches enteras, sabía de antemano las graves consecuencias de romper súbitamente el código establecido por los círculos de poder. Y recordó la máxima: *Those who dare to breake the code will pay with their lives.*

Esa noche, después de concluir la cena, una fuerte explosión se sintió en toda la ciudad. Un coche bomba había hecho explosión en la carrera séptima. Afortunadamente no había víctimas y si mucho daño físico alrededor. No se había detenido ningún sospechoso, aunque las noticias que estaban pasando por cable televisión CNN y la televisión colombiana las cuales todos en la sala veían desconcertados, anunciaban que el acto terrorista había sido reivindicado por El Movimiento. Todos miraron a Emilio.

Emilio no tuvo que hacer ningún comentario al respecto, no por la perplejidad que le produjo dicha noticia, sino por lo inaudito, pues cualquier acto vandálico, todo el mundo lo sabía, riñe poderosamente con los principios de El Movimiento y jamás se daría apoyo a procedimientos como tal. Su padre se encargó de darle tranquilidad. Pasaría la orden a todos los medios de información y de prensa de no publicar noticias no confirmadas. Emilio se sintió más tranquilo con las palabras de su padre, pues un acto de violencia era una contradicción a las posturas de armonía, equilibrio y paz, prédica diaria de El Movimiento.

Segunda Parte

1

Se llega a la ciudad de Fajardo ubicada en un área privilegiada por su belleza en el este de Puerto Rico, a unos cincuenta y seis kilómetros del aeropuerto internacional, por una autopista excelente con hermosos paisajes a ambos lados acentuados por colinas de un verdor esmeraldino en cuyas laderas se destacan, además de hermosas residencias de todos lo estilos, pequeñas casas humildes, que desafían la gravedad sobre pilares que semejan improvisados palafitos. Son viviendas rústicas de gran colorido.

Impresiona a lo lejos la majestuosa presencia del Yunque, la montaña más alta de la isla, una de las varias maravillas naturales del mundo, el Olimpo del dios Yuquiyu que protegía a los indios Taínos que habitaron la región y hábitat de la iguaca, cotorra autóctona cuya característica es su color verde y en el centro una banda estrecha de color rojo. Se llega a sus laderas por un camino angosto pero bien mantenido que cruza un poblado de calles limpias y casas pintadas en colores brillantes.

A medida que se asciende por una carretera ondulante, las caída de aguas transparentes deshaciéndose al golpear enormes piedras oscuras que sobresalen en el lecho del río, la niebla siempre flotando por sus orillas, ruidos extraños, y enorme helechos, cubriendo tupidamente las laderas a ambos lados de la montaña, le dan al entorno un toque enigmático de presencia extraterrestre, presunción que se acentúa con la desaparición no explicada de personas, que, después de una búsqueda de varios días, aparecen desorientados en algún lugar cercano.

Los bañistas disfrutaban de las playas cercanas, como la de Luquillo, de gran atractivo turístico por su arena blanca y el mar siempre tranquilo. Cerca de la ciudad de Fajardo, se destaca el hotel El Conquistador, de estilo con mezcla entre árabe y español colonial. Antes de llegar al hotel, sobresale por estar ubicada en lo alto de un cerro aislado, la casa de estilo moderno de Carmona, de dos pisos y elegantes balcones que la circundan desde donde se puede ver en los días claros la convergencia del océano Atlántico y el mar Caribe, y la isla municipio de Vieques la cual desplegó en pasado reciente una lucha sin cuartel para sacar a la marina norteamericana, que la usaba como práctica de tiro y que después de muchos años la dejó en gran parte contaminada con productos de ensayos científicos y pruebas diarias con químicos peligrosos en envases identificados con el número 112, almacenados todavía en los bunqueres de hierro y hormigón construidos durante la segunda guerra mundial. La persona de contacto del señor Lozano, la que entraría en juego, como en otras ocasiones, sería José Carmona, nacido en Fajardo.

Carmona llevaba una vida normal en apariencia, que se desenvolvía entre su trabajo y sus actividades en el hogar al lado de su esposa Maritza.

Alto, complexión fuerte, una mirada escrutadora, característica de los que basan su éxito en la habilidad de leer las intenciones de los que se cruzan en su camino.

De rostro hierático, imperturbable, sobre todo cuando se comprometía con sus superiores en la consumación de un operativo en cualquier lugar del planeta y a cualquier hora. Aplicaba aquello de que cuando se escudriña la naturaleza humana, no se debe mirar al conjunto, sino a los detalles. A duras penas hablaba con su esposa temas comunes y corrientes.

Casi que no mencionaba a sus dos hijos quienes nunca sintieron su presencia de padre, porque sus actividades habían sido tan intensas que nunca tuvo tiempo de desempeñarse como tal. Sus ausencias prolongadas, inexplicables, se lo impedían. Maritza le reprochaba esta actitud de padre periferal, lo cual daba motivo a agrias discusiones. Su intemperancia de carácter era un obstáculo en las buenas relaciones con su esposa. Sin embargo, este hombre inadvertido, estaba signado por un destino difícil de imaginarse. Maritza se entera de todo varios años después y sus súplicas para que él no iniciara otra actividad de espionaje casi siempre desconcertante, ni que se lanzara a una nueva aventura que otros le exigían, apenas rasguñaban su sistema emocional férreamente constituido para soportar cualquier tipo de presión, y cuando hacía alardes de sensibilidad se trataba más bien de una simple expresión emocional para buscar congratularse con las circunstancias y no de una verdadera posición ante el dolor ajeno.

Su verdadera profesión se ejercía en cualquier punto del planeta, de manera inesperada y súbita. Una simple llamada telefónica daba comienzo a un hilo conductor de hechos inauditos y espeluznantes.

Esa llamada llegaría de Bogotá cuando el candidato a la presidencia de Estados Unidos, mister McCain, anunció su visita a Cartagena, la ciudad heroica de Colombia.

Con el fin de encubrir su verdadera actividad, Carmona tenía como oficio dar cursos de seguros para una prestigiosa compañía norteamericana cuyo propietario se había hecho millonario durante la Gran Depresión promocionando de casa en casa una póliza de accidente de mínimo costo. Carmona a veces atendía también a turistas por recomendación de la Compañía de Turismo. Hacía uso de un vehículo último modelo para estos menesteres, marca Ford con capacidad para diez personas, buen aire acondicionado.

Los llevaba a la ciudad señorial de Ponce, a las cavernas del Río Camuy, las terceras en importancia en el mundo que, además de presentar como atractivo el río que con fuerza se abre entre los profundos socavones, mostraba una enorme grieta de la cual emanaba un aire caliente y fétido debido a la temperatura de miles de murciélagos que vivían en sus profundas y oscuras oquedades. También era atractivo turístico el famoso radiotelescopio de Arecibo, gracias al cual se confirmó la teoría "de la gran explosión" que dio origen al universo y la obligada visita a la capital, San Juan. Sus puntos de contacto en Colombia eran la embajada de Estados Unidos y el Ministerio de Defensa que hizo posible una estrecha amistad con el señor Lozano. Era hombre de poco hablar, pues la proliferación de la palabra podría comprometerlo.

En algunas ocasiones hacía pensar que se trataba de un hombre culto, pero su acervo intelectual se relacionaba en su totalidad con la experiencia adquirida durante su trabajo que había iniciado hacía muchos años. Tenía contacto con todas las fuerzas que a nivel mundial establecen un freno a cualquier movimiento que pudiera amenazar el *establishment* mundial. La CIA, Interpol, el M16 Inglés y el Mossad israelí.

Era conocido en el exclusivo círculo cubano de Miami, donde había hecho amistad con el terrorista Posada Carriles, cuando los dos tomaban cursos con el Instituto Tavistock en esa ciudad y estaba vinculado con el cubano-austriaco Otto Reich, asesor de la Casa Blanca durante el gobierno de Bush, que estuvo involucrado en el golpe de Estado en Venezuela del 11 de abril de 2002 contra Hugo Chávez, cuando el vicepresidente José Vicente Rangel, al frente de la resistencia, resistió con valentía a los golpistas y restituyó el estado de derecho.

Autorizado y preparado por las autoridades correspondientes, Carmona había iniciado, años atrás, contactos con Colombia con la encomienda de desarrollar un plan conducente a la desarticulación del movimiento del padre Camilo Torres y muchos años después del cartel de Medellín, lo que se logró con la muerte de Escobar sobre el techo de una residencia. El éxito de las autoridades colombianas se debió al accionar de un comando de siete paramilitares liderado por Castaño, quien recibió asistencia de la CIA y la DEA, que con equipos de tecnología francesa interceptaron una llamada del narco a su hijo.

Un franco tirador, puertorriqueño, del grupo élite SEAL, desde la ventana de un edificio contiguo había logrado la proeza de dar final a uno de los hombres más ricos del mundo, disparándole un tiro certero que atravesó su cerebro. Producto de las desigualdades sociales con gran habilidad se había convertido en uno de los hombres más poderosos. Para muchos residentes de Medellín, Escobar había sido el único en toda la historia de la ciudad en construir cómodas urbanizaciones para eliminar algunos guetos donde vivía la clase baja, los más pobres. "¿A quién le amarga un dulce?", respondía cuando se le cuestionaba su filantropismo dentro de sus actividades ilegales.

Carmona había estado presente también en los propios comienzos del movimiento social cristiano creado por el padre Camilo Torres, quien como amplio conocedor de la problemática social de la nación, quiso llevar al pueblo su mensaje que lo aclamaba en la plaza pública, en las universidades, en sus reuniones con los sindicatos del país.

El señor Lozano fue copartícipe del aparato militar que se fraguó para destruir el sueño del gran sacerdote cuya base filosófica era la virtud y la generosidad.

2

Cumpliendo con la tradición de familia, el señor Lozano escribe su Documento Comprobatorio después de haber culminado con éxito la operación Patio Cemento, la cual incluyó la desaparición definitiva del padre cuando, ante la persecución que sufría por parte del clero y las fuerza oficiales, no vio otra salida que la de dejar la dirección del Frente Unido, su movimiento, y por invitación unirse al Ejército de Liberación Nacional.

Carmona entra de nuevo al escenario donde impera el poder del imperio. Se le ha llamado para que juegue un nuevo papel en el azorado sistema del escenario colombiano. Podría decirse que todo el país, desde siempre, había estado a merced de una intervención invisible que se destacaba por acciones que saltaban a la vista. Algunos columnistas de medios periodísticos manifestaban una excesiva conformidad con la situación de orden público. Algunos agentes secretos, llamados topos, actuaban a su antojo

Aparecen como colaboradores de altos oficiales del gobierno colombiano, aun a sabiendas del presidente, a veces participando en actividades gubernamentales, o como ayudantes en el Senado, o como consejeros. Porque son necesarios para una efectiva coordinación de fuerzas que se ejercen en lugares apartados del país. Algunos periodistas, directores de agencias de publicidad y analistas, parecían agentes de inteligencia puestos para distraer y manipular a la opinión pública, haciendo caso omiso o pasando por alto acontecimientos relevantes, sin publicarlo en los diarios o mencionarlos en los noticieros.

Con el regreso de Carmona se estaba activando de nuevo todo el operativo del pasado, como ocurrió con la reciente *Operación Jaque* que el gobierno quiso llevar a cabo para lograr una buena imagen internacional, la cual benefició no sólo al gobierno colombiano, sino también al de Francia.

Con este propósito, era imperativo rescatar a la candidata Ingrid Betancourt quien era una férrea crítica del gobierno y poseedora de información sensitiva capaz de desarticular el gobierno actual. Todo se preparó con fines electorales. Los resultados a este respecto son ostensibles con el triunfo de Sarkozy y el del presidente.

Un tibio sol calentaba su espalda cuando sonó el celular. Se incorporó, se quitó las gafas oscuras y miró hacia el horizonte. El sol se reflejaba en las aguas tranquilas del mar Caribe. Disfrutaba de su pueblo natal, Fajardo, que por esas antinomias de la vida, era a su vez, la patria chica de Antonio Valero de Bernabé quien se unió a Bolívar en su lucha por crear una América Latina unificada, que incluyera a Puerto Rico y Cuba. General de las fuerzas revolucionarias de Bolívar fue uno de los pocos que permaneció fiel al Libertador.

Buscó la integración de Borinquen a la Gran Colombia. Muere en Bogotá el 7 de junio de 1863 donde fue enterrado. Su nombre está inscrito en el Panteón Nacional de Venezuela. Sus restos jamás fueron hallados.

—¡Hola, qué tal señor Lozano! Tanto tiempo. Tenía la premonición que se me haría una llamada importante, pero jamás pensé que sería usted. Todo marcha de maravillas allá, ¿verdad? Es una sorpresa muy agradable.

—Es un placer escucharle. Usted siempre es bienvenido a nuestro país. Le llamo, señor Carmona, porque nubes borrascosas se están formando de nuevo en el horizonte. Tanto el presidente como yo, queremos tener una reunión urgente con usted para hablar al respecto. No queremos tener que enfrentarnos de nuevo a una condición de orden público.

Para Lozano el contacto con Carmona no representaba un regreso a épocas en que el desenvolvimiento para enfrentar conjuras o cualquier acto de subversión se ponía en su totalidad en manos extrañas, sino que, en las actuales circunstancias, se creaba con Carmona una forma segura de protección a su hijo y a los líderes que lo acompañaban.

La artimaña de Lozano de llevar a la práctica acciones parecidas del pasado, con el fin de darle protección a su hijo, no podía escapar a la perspicacia de Carmona, quien tenía la habilidad de desviar a su favor los acontecimientos adversos a su plan de trabajo, diseñado por los que ocupaban las altas esferas de la CIA.

Para Carmona, por demás, el nuevo operativo no representaba una abrupta interrupción de su descanso vacacional. Estaba dentro de lo normal. Hoy podía estar en Puerto Rico, mañana en México, Irán, Venezuela o Colombia.

Es decir, en todos aquellos sitios estratégicos donde pudiera ponerse a prueba la seguridad del imperio. Por su experiencia y conocimientos de las técnicas de espionaje, del algoritmo cifrado, Carmona era la figura clave. Era un verdadero trashumante del espionaje mundial. Viajar de inmediato a cualquier lugar era lo usual y le satisfacía, en especial cuando se trataba de Colombia, donde las atenciones que recibía y la cooperación de las autoridades difícilmente las encontraba en otro país de América Latina, con la excepción de Paraguay durante la dictadura de Stroessner.

Bajo el gobierno del dictador, otro agente de la CIA, también puertorriqueño, conocido como "Vícar", tenía las puertas de ese país abiertas de par en par cuando viajaba durante el año para entregarle al dictador la agenda de rigor, que él cumplía al pie de la letra. Con propósitos similares, de la misma manera, Carmona mantenía fuertes lazos de amistad con Lozano, quien no escatimaba incluso recursos personales, para darle la mejor atención.

—Voy organizar el viaje. Creo que estaré en el aeropuerto El Dorado dentro de 3 días. Estaré en contacto.

—Antes permítame, señor Carmona, aclararle que en esta ocasión hay algo que va a distinguir a su pronta actividad aquí en nuestro país. Se trata de que en el aparente movimiento subversivo, está envuelto mi hijo Emilio, es el dirigente-organizador de El Movimiento y por eso le pido tomar la prudencia del caso. Él tiene un papel destacado y cala hondo en la conciencia del pueblo. Por eso quiero hablar con usted antes de que entre en acción.

Hábil en la infiltración, el soborno y el chantaje, que junto con sus cualidades histriónicas, le permitían desempeñar bien su papel, respondió, un poco extrañado.

—Pierda cuidado, señor Lozano.

No podía concebir que un hombre de la voluntad de hierro como Lozano, tuviera una preocupación que sería normal en un hombre común y corriente.

—Confío en usted, señor Carmona.

—Buy, señor Lozano.

3

Carmona regresó a su descanso, tomó la copa a su lado y sorbió un poco de mojito que su esposa le acababa de preparar, y de inmediato se hundió en una serie de pensamientos todos relacionados con el desarrollo de las actividades que se darían de nuevo en el escenario colombiano. Minuto después se levantó y empezó a organizar el viaje. Verificó los documentos de rigor.

Todo estaba en orden. Activó su laptop, buscó en la página de internet la línea aérea Avianca, hizo la reservación para viajar directo a Bogotá. Por internet la línea le confirmó el pasaje. Pasó un informe detallado a sus superiores quienes de inmediato aprobaron el diseño completo del operativo, en esta ocasión con un alcance superior y equipos necesarios de avanzada.

El diseño tenía por objetivo la eliminación de El Movimiento con el mínimo de aspaviento y dentro de la sensación nacional de que Emilio sería víctima del destino forjado por no medir él mismo sus consecuencias.

Las relaciones del país con Estados Unidos siempre habían sido las mejores. Contaba con todas las fuerzas especializadas que Colombia necesitase, porque, según documentos que se dieron a conocer, Colombia era una puntal en la política exterior aplicada en la América Latina con el fin de mantener en control absoluto toda la región. Esta relación tan estrecha, se inició durante la lucha por la independencia del país. Los gobernantes sucesivos de la nueva República, mantenían nexos muy estrechos con los Estados Unidos, los cuales exteriorizaban con alegría y mucho orgullo con una prédica constante que fue calando hondo en la conciencia de algunos colombianos de clase alta y media, que hoy en día, en pleno siglo XXI, se manifiesta exacerbada y delirante.

—¿Quién era? Si se puede saber —le preguntó su esposa.

—Ya sabes, son los gajes del oficio. Tengo que viajar a Colombia de nuevo.

—¿De nuevo? Recuerda que es un país peligroso, y corres peligro. Alguien podría identificarte. No olvides a los rehenes. Corriste un riesgo espectacular.

—Recuerda, que "el riesgo es que me quiera quedar" —le respondió Carmona, mirándola y después de prodigarle una sonrisita graciosa.

Maritza pareció no comprender la respuesta de Carmona con una frase de promoción turística famosa en todo el mundo.

—Sí, es cierto, pero en el caso particular tuyo, el riesgo se incrementa por cada día que permanezcas en ese país.

—No te preocupes, mujer —le decía—. Conozco todos los riesgos y, por peligrosos que sean, sé cómo sortearlos. Además cuento con el apoyo necesario para salir bien. Los tiempos han cambiado. Antes nuestro trabajo era casi manual, con uñas y dientes. Nuestro ingenio y valentía nos sacaban adelante. Ahora la comunicación es un milagro de la tecnología y nuestros actos se desenvuelven a nuestro gusto y sin contratiempos que lamentar.

Se acercó a ella, le dio un beso en la mejilla y puso el brazo sobre sus hombros y empezó a explicarle todo en un tono comedido y de cariño.

—Ahora hay una tecnología que lo facilita todo, actúa en silencio alrededor del planeta y, sin ruidos, después, cuando nuestra labor ha terminado, recorre las cortinas para que la humanidad vea los resultados y conozca nuestra lucha por la Democracia. Nuestro propósito es mantener la estabilidad del sistema. No te preocupes, mujer.

Sus palabras que buscaban darle tranquilidad, logró su propósito pues la mujer bajó la guardia y se sentó al lado de su esposo a conversar sobre otros tópicos mientras disfrutaban la hermosa vista que les prodigaba el mar Caribe.

La esposa hacía varios años había descubierto el verdadero oficio de su esposo. Cuando lo supo estuvo a punto de pedirle el divorcio. Su silencio era peor que la mentira, porque nunca la puso al tanto de su verdadera profesión. Ella supo después que lo que a él realmente le gustaba era desafiar el peligro, exponerse en lugares extraños, pero, sobre todo, poder tener la voz de mando para ser el foco de atención de personas poderosas. Había desarrollado un extraño sentido del deber que lo impulsaba a faenas temerarias, y tenía el convencimiento de que, no importaba el daño que hiciera, todo era por el bien de su patria, que no era la isla de Puerto Rico.

Su labor como profesor de seguros le permitía llevar una vida casi normal e impartir sus enseñanzas con perfección e idoneidad en relación con las implicaciones legales del contrato que establecía la cobertura de accidente o de vida, a la luz de las cláusulas de suicidio, tema que le fascinaba. De esta manera aplicaba su gran experiencia en el espionaje internacional, con una precisión que cubría a Colombia o a cualquier otra parte del mundo, vedada a una persona común y corriente. Gracias a esta habilidad su éxito estaba garantizado. Y el peligro personal, también.

Su esposa, Maritza, cuando él se ausentaba por meses, se quedaba sola, sumida en la aprensión y la angustia. El único que la visitaba era su padre cuya edad avanzada no era impedimento para continuar al frente de una ferretería en el centro de la ciudad, Fajardo, ubicada al este de la isla.

Los dos hijos que el matrimonio había procreado vivían en Nueva York, pero la comunicación era tan mínima que por mucho tiempo no se sabía de ellos. Sin embargo, ellos llevaban en la gran urbe una vida cómoda gracias a su profesión médica, la cual habían logrado con el esfuerzo de su padre. La ejercían en el New York University Hospital, y tenían su consultorio personal en Elmhurst, Queens, con una clientela que los ocupaba todo el día y, mientras no ejercían su profesión, se dedicaban a viajar por todo el país y Europa.

Los dos habían roto su relación con sus padres y respondían cuando éstos les llamaban no por amor ni respeto y sí como un acto simple y rutinario.

Maritza, en la soledad, se dedicaba a fabricar, como un sucedáneo, gran variedad de pulseras con rutilantes piedras artificiales y diminutos vidrios de murano, que, engarzados en cintillos, vendía a sus amistades.

A veces cuando se le acababa el material de trabajo, deshacía las pulseras que ya había completado y empezaba de nuevo, esto le permitía prolongar su faena artesanal en una acción perfecta para convertir la monotonía insoportable en un acto de creatividad. Cuando él regresaba al hogar, ella se daba cuenta cuánto lo amaba y también cuánto él le había ocultado. Sabía de antemano que su esposo corría peligro a cada instante, cada operación que él adelantaba era enfrentar un peligro de muerte.

Esta era la razón para aceptarlo en el ejercicio de su trabajo y justificarlo porque exponía su vida en la realización de cada uno de sus actos, con agendas previas de trabajo, que, contra viento y marea, cumplía a cabalidad.

Su verdadera actividad era la más peligrosa del mundo, y sus compromisos ineludibles lo obligaban a entrar en negociaciones difíciles y peligrosas y en algunos casos con derramamiento de sangre, que satisfacían su ego. Colaboró con el teniente North en negociaciones de droga para vender a los negros en las calles de Harlem y así financiar a los Contras que se oponían a los Sandinistas. Nunca le hablaba sobre este tipo de operación y ella sólo se enteraba de algún acontecimiento por las noticias aunque, por la forma de ejecución, sabía que había sido dirigido por su esposo. Pero con todo, nunca pudo captar el alcance destructor de todas las operaciones en las que su esposo había participado con un saldo de víctimas muchas de ellas, propiciatorias.

Ella tenía la premonición que esta vez, en Colombia, podía ser la última, conclusión que deducía cuando juntos discurrían sobre cuestiones de diferente índole en las cuales se destacaban los operativos que en algún momento o en cualquier parte del mundo él llevaba a cabo casi siempre con un éxito demoledor.

Muchas vences, en la soledad de la noche, él mismo pensaba que los que trabajaban en la Agencia, con el curso de los años, se agotarían como un acumulador que pierde la carga. Precisamente, cuán temeroso se sentía al pensar que en algún momento se convertiría en un viejo valetudinario, y por eso daba énfasis a su trabajo porque sólo con su actividad diaria, en cualquier parte del mundo, podría evitar el proceso que con el desgaste de sus fuerzas lo llevaría al final.

Una vez esto ocurre la Agencia lo descarta como una cosa desechable. Su esposo había empezado a los veinticinco años de edad y, durante su estadía en Colombia, llegaría a los setenta y dos, edad riesgosa para una institución cuyo poder de ilegalidad cubría el planeta y se requería de agentes jóvenes para realizar con éxito todos los planes.

Aunque para Carmona, por su gran físico, la agilidad de sus acciones, y una gran rapidez para coordinar sus pensamientos con la acción, la edad no era ningún obstáculo y tampoco para la Compañía.

Se refería a los agentes establecidos en un país para la ejecución de sus operaciones diarias. Esta vez era Colombia.

Por eso Maritza no se perdía los noticieros diarios, en especial el de CNN que no escatimaba tiempo para presentar con realce las acciones intrépidas de aquellos agentes que lucían como héroes ante la opinión pública pues se les presentaba como los insomnes guerreros de la libertad y la democracia.

Era la única manera de rastrear la trayectoria de su esposo. Supo años después que él era el responsable directo de la suerte corrida por el gran sacerdote.

Católica fervorosa había contraído matrimonio dentro del rito de su iglesia, y por lo mismo le resultaba inaudito que su esposo hubiera estado al frente de la operación que produjo el asesinato del padre Camilo Torres. Pero él era un hombre listo a cumplir con el deber sin condiciones, y esto le permitía ejecutar cualquier operativo sin inmutarse, no importaba que su objetivo fuera un santo, como el padre o un malvado, según los criterios establecidos, como Hussein.

Todo dependía de las directrices que se recibiera, aunque las consecuencias devastadoras de la operación dejaran una estela de máxima destrucción.

4

Me destacaba entre los cientos de estudiantes del colegio, por mostrar una excelente disposición hacia los estudios humanísticos. Mi interés en este campo asombraba, sobre todo cuando tomaba notas que iba acumulando en mi libreta de cubiertas roja con argolla y también hacía uso de una grabadora que Patricia me había regalado. Cuando se me permitía grababa algunas conversaciones pertinentes por parte de un oficial del gobierno, o de El Movimiento, o de un miembro de la familia Lozano, incluyendo a Emilio, sentía un profundo entusiasmo porque mi propósito de escribir para la posteridad los acontecimientos histórico inherentes, como causa, a mi experiencia vital que llevaba a cabo y que yo plasmaba en mis escritos con lujo de detalles incluyendo la descripción pormenorizada de los personajes.

Mi padre me hablaba sobre la importancia de la buena educación, la cual se adquiere "mediante la lectura amplia y variada que provee una cantidad de conocimientos muy útiles para el momento propicio". Pasaba, pues, días leyendo escritores clásicos y modernos. De buenos modales, característica de los niños bogotanos, me gustaba escuchar la conversación de los adultos.

No intervenía, prefería aprender a interrumpir. Muchas veces daba un alto a la lectura para salir de paseo con mis amigos.

Me gustaba estar ocupado en actividades que me permitían hacer un paréntesis y por eso mismo los domingos, por ejemplo, era el monaguillo en la iglesia, y en días especiales me gustaba el trabajo de turiferario. Ver ascender la nube de incienso al cielo de la enorme cúpula, me fascinaba. Terminada mi labor, cogía el ómnibus que me dejaba cerca de la casa.

No obstante estar en el comienzo de mis preocupaciones intelectuales, poco a poco lograba mi propia visión del mundo, todavía en ciernes, lo cual me facilitaba una comprensión amplia de los acontecimientos humanos. Era el momento en que tomaba su posición clara entre el vicio y la virtud, la verdad y la mentira, el bien y el mal.

Este discernimiento que llegaba a mí de manera espontánea, gracias a la influencia de Emilio y mi hermana Patricia, lo aplicaba de forma natural en el juicio apropiado que me permitía buscar la ruta hacia el perfeccionamiento de la naturaleza humana y a su vez a la comprensión de lo que es el dolor humano, lo que se podía experimentar con la realidad social de los niños abandonados en las calles de la gran capital.

Entendería entonces la obligación de luchar por su salvación, con una acción, aunque individualista, lo ayudaría a crecer como persona, y, podría decirse, que por ponerme a la altura de ellos, mi influencia podría tener un efecto positivo.

Mi actividad variaba una vez en el hogar, entre ver la televisión, leer y darle alimento a Lupita, una cotorra africana gris, con la capacidad de aprender más de quinientas palabras.

Me la pasaba el día enseñándole los primeros versos de *Majestad Negra*, del poeta puertorriqueño Luis Palés Matos, y que ella repetía con mucha gracia con un ruido estridente.

Repetía todo el día: "Rumba, macumba, candombe, bámbula, entre dos filas de negras caras".

Después, me concentraba en hacer mis tareas con rapidez porque quería invertir el tiempo en descubrir algo útil para los años por venir.

Es domingo, en las primeras horas de la mañana, me preparo para salir con varios de mis compañeros de colegio. Ellos me esperan afuera. Los miro por la ventana y les hago señal de que ya mismo bajaba. Era uno de esos días que me producían una gran satisfacción al visitar, con el grupo, el museo de oro, la casa de Bolívar y otros lugares importantes.

La ciudad ejercía en mí un encanto que disfrutaba. Ambos —la ciudad y yo— nos compenetrábamos y crecíamos juntos.

A tan temprana edad ya tenía un cuadro claro de la condición social que confrontaba todos los días, cuando, camino al colegio, cercano a mi casa, al pasar por un puente, miraba abajo para saludar con alegría a un grupo de desarraigados pelafustanillos que habían convertido ese sitio en su refugio, de donde partían todos los días, sin importar la inclemencia del tiempo, hacia la gran ciudad indiferente, llegaban al parque Nacional, lo atravesaban para alcanzar la carrera séptima, donde multitudes realizaban su rutina diaria. Después se dirigían al exclusivo barrio Chapinero.

Eran, como en la obra de Andrés Caicedo, los antiadultos, los desechables, los que buscaban mediante la libertad absoluta, la de la calle, libres y soberanos, no caer en el apretado brazo de la burguesía que lo extendía a la población en general, con señuelos de vida buena, cómoda y elitista para después sofocarlos. En su inconsciencia infantil veían en esta predisposición su verdadera salvación.

Esa concepción que les había enseñado la vida cuando la violencia, las injusticias los había arrancado del seno de sus familias, les hacía creer que llegar a la adultez no valía la pena, no dentro del simbolismo de un Peter Pan, sino dentro de la cruda realidad de una sociedad egocéntrica, injusta e indiferente. Esto hacía casi imposible un acomodo aceptable para ellos. A ellos cantó Mercedes Sosa en dúo con "Calle 13", ambos con palabras musicadas llenas de tristeza y de rabia.

Cuando desde lo alto del puente, yo los saludaba con entusiasmo, me respondían con gran algarabía y se quedaban mirándome hasta perderme en la distancia. Esto me dejaba pensativo, con la sensación de que había una falla en mis obligaciones con los demás; a partir de ese momento, tuve el profundo deseo de iniciar con ellos una verdadera amistad. Sería acertado, con el debido permiso de mis padres, regalarles un balón de fútbol y compartir en ese deporte. La idea resultó ser muy efectiva.

Una forma hábil de ganarse su confianza, acostumbrados, por los peligros y las tentaciones de la calle, a desconfiar de todo aquel desconocido que podría convertirse en una amenaza.

Los gamines, es el apelativo que los identifica en toda la ciudad, siempre habían tenido ayuda de carácter individual. Toda ayuda individual a la infancia abandonada por magnánima que sea, puede anularse si el cuadro social continúa siendo el mismo.

La iniciativa del padre Rafael García Herrero era la más conocida. Sacerdote de gran sensibilidad social, usaba su programa de televisión de todas las noches, *El Minuto de Dios*, para tratar de llegar al corazón petrificado de la sociedad. Pero todos sabían, y dentro del Movimiento así se afirmaba, que ésta no era la vía correcta que llevaba a la solución definitiva del problema social de la infancia abandonada.

Debe haber medidas que toquen a la comunidad, auscultarla hasta descubrir las causas de sus problemas. En la crítica realidad social, lo mismo provoca la imagen de un niño abandonado en la calle de la gran ciudad, como la de un guerrillero, arma al hombro, en las montañas y selvas del país. Con enseñanza apropiada y justicia social, el niño crece adecuadamente, por lo que no será necesario en su futuro ningún tipo de amnistía que convierta en santo a un criminal con doscientos cincuenta muertos en sus espaldas. Y sí en un adulto capaz de enfrentarse a cualquier crisis y salir airoso de ella.

Se requiere para estos propósitos la presencia en la vida del niño de un adulto significativo. En el mundo desolado de los gamines de Colombia esta presencia no existe. En medio de estas elucubraciones, yo acataba a comprender lo intricado del tejido social colombianos que por siglos se había estructurado en un sistema desigual e injusto.

No era, pues, el análisis antropológico individual el que llevaría a la comprensión de la carencia de equidad del país; no, había que analizar todo desde el punto de vista políticosocial para comprender el porqué del dolor social, la niñez abandonada, la violencia sin cuartel y perenne presencia guerrillera, única en Latinoamérica.

Me doy cuenta que sólo con El Movimiento de Emilio, se podría encontrar la causa del problema y su solución. Pude apreciar entonces, con toda su dimensión, el porqué de la aceptación apoteósica de El Movimiento por parte del pueblo.

5

La mañana, excesivamente fría. Había llovido toda la noche. El agua acumulada bajaba rápidamente por las cunetas hasta precipitarse con fuerza en las alcantarillas. Iba a jugar de nuevo un papel preponderante como el que representó en el rescate de los rehenes que los medios dieron a conocer exhaustivamente. Tenía todo el poder para cumplir con el objetivo principal que era la lucha contra el terrorismo. Pasó el puesto de inmigración y la inspección de aduana rápido y sin contratiempos

Hizo una señal, se acercó un taxi.

—Hacia el hotel Tequendama, por favor —le dijo al conductor, una vez que se acomodó.

Camino al Hotel miraba la amplia autopista y sus alrededores con curiosidad.

Siempre le había gustado la ciudad por sus contrastes y, sobre todo, por la educación de sus gentes y la forma de expresar el español que las distinguía en toda la América Latina, cualidad que se explicaba por expertos en lingüística como Rufino José Cuervo. Por el celular indicó al señor Lozano que ya estaba en la capital, y que quería una reunión con las personas que colaborarían en su trabajo de inteligencia, para el próximo día a las nueve de la mañana Quiso descansar un rato. Pidió al cuarto una taza de café bien caliente. Prefería al colombiano por su aroma y sabor suaves.

Se extendió en la cama y entre sorbo y sorbo, empezó a organizar algunos documentos clave para dar comienzo al proceso de preparar las necesidades operativas conducentes a la realización del plan estratégico y la forma de infiltrar a la CIA información válida de fácil lectura en los ordenadores. Todo esto le permitiría llegar al producto de inteligencia final.

Recordó los días cuando estaba en todo su apogeo la probable liberación de Ingrid Betancourt, en manos de tres norteamericanos y once oficiales del ejército y la policía. En su desempeño en esta operación, ocupó una posición clave, que le dio un éxito rotundo. Así, pues, por sus conocimientos y experiencia, la ocasión de ahora venía como anillo al dedo.

Carmona, encargado de descodificaciones, había cumplido con la orden de preparar la tecnología del operativo para liberar a los rehenes.

Conocía la técnica para ocultar, con el sistema de códigos, un mensaje complicado hábilmente diseñado para hacer imposible conocer su contenido, salvo por aquellos pertenecientes a la Organización. Su hermetismo requería de una llave especial para abrirlo. Pocas personas la conocían. El mensaje se conocía como texto plano. Era experto en criptología clásica y moderna, de ahí el apelativo con el que se le conocía en los círculos de espionaje: el *crippie*.

Prefería usar el DES, un algoritmo o función matemática descifrado en bloques simétricos que aplicaría a las redes de computadora, ubicadas en cualquier lugar por lo que la data se podía manejar desde lejos.

Su eficiencia hacía imposible discernir entre el toque de veracidad y el de falsedad a lo menos que el coherente conociera el sistema de códigos o fuera un experto en criptosistemas, conocedor del texto plano que el cifrado convierte en incomprensible mediante la combinación técnica de sustitución y transposición. No hay un sistema más efectivo para lograr la mejor y más segura comunicación.

Algunas veces con palabras, otras con números, y, la más difícil, con ambos. Empleando algoritmos cifrados simétricos podía conseguir la privacidad necesaria, dentro de una variante basada en las matemáticas trigonométricas concentradas en las fórmulas de las curvas elípticas.

Estas técnicas avanzadas alejaban cada vez más la presencia humana de los círculos de espionaje. Sin embargo, Carmona siempre tenía como guía una de Las Reglas de Moscú: no dependas de la tecnología.

Además, se podía activar todo el proceso de recolección usando desde la interpretación de la comunicación hasta recursos humanos que suministran información. Carmona enviaría los datos al Centro de Análisis y Producción de Estados Unidos para su validación posterior.

Así trataba de conseguir una sinergia donde la información como un todo constituía mayor relevancia. Estos datos pasarían por las manos de agentes especializados y, en el Departamento, concentrados en el análisis para depurar la información, entre lo válido y lo desechable, empleaban horas de trabajo que culminaban en un gran éxito. Se buscaba satisfacer las necesidades políticas, económicas, tecnológicas y militares, además, de terroristas. Para esto hay que introducirse en la mente del enemigo y en esto su idoneidad era incuestionable.

Era una labor tan perfecta que, quizás sin proponérselo, la labor humanitaria de Chávez y Piedad Córdoba pasaba a un segundo plano. Sobresalía la del presidente y Sarkozy. Ambos veían en esta acción humanitaria una coyuntura feliz que los llevaría al éxito electoral. No se mencionaba para nada que Ingrid Betancourt era una crítica tenaz del gobierno y empleaba todos sus recursos para atacar acremente la corrupción oficial y su amenaza de revelarla ponía a temblar los cimientos del sistema.

6

No fue necesaria la llamada del hotel. Cuando timbró el teléfono ya se había levantado, se duchó, se acicaló de la mejor manera, y bajó rápidamente al amplio vestíbulo alfombrado que ya empezaba a llenarse de viajeros y huéspedes. Ingirió un desayuno ligero. Cuando regresaba al vestíbulo un desconocido se le acercó

—¿Es usted el señor Carmona, verdad?

Carmona miró su reloj. Era las ocho de la mañana.

—Sí, soy Carmona —respondió con seriedad.

Su rostro adusto indicaba su casi incapacidad para prodigar una simple sonrisa, especialmente cuando estaba a punto de iniciar una de sus actividades que requería mucha concentración y cautela.

—Buenos días, permítame presentarme. Soy canciller de la embajada norteamericana. El embajador me mandó a recogerlo. El Presidente, el Ministro de Defensa y el embajador lo esperan en la casa de Nariño.

Era la Casa de Nariño la residencia oficial del presidente y sede del gobierno del país.

—Me gusta la puntualidad. En nuestro trabajo perder un minuto siempre es censurable, porque puede dar al traste con horas de trabajo cuidadoso.

Al decir estas palabras el canciller designado enseñó su identificación a Carmona, quien en un solo golpe de vista pudo verificar los datos. En un auto Mercedes, color negro, con placa que identificaba la embajada norteamericana, se dirigieron a la cita.

Por el camino el canciller le preguntó a Carmona con curiosidad:

—¿Vale la pena tanto sacrificio que todo el mundo desconoce, y que nadie puede decirle a usted una palabra de aliento? No importa lo que haga usted siempre permanecerá en el anonimato. ¿No desperdicia usted su vida?

Las palabras del canciller, dichas con sorna, lo sacaron de balance. Podía pensar que su edad daba margen para estas suposiciones. Después de mejorar su postura, contestó:

—Sus preguntas no me sorprenden. ¡Me las han hecho tantas veces! Le aclaro que la mayor parte de todas las actividades de los seres humanos no trascienden. Ningún medio de información se ocupa de ellas. Sin embargo, la mayor parte son muy importantes y vitales para que el mundo siga su marcha.

El profesor impartiendo su cátedra a los futuros dirigentes de la sociedad; el médico-cirujano en la soledad de la noche haciendo un recuento de las vidas que ha salvado en el quirófano. En nuestro caso, debo decirle que soy una ficha más en el gran tablero de la intriga, de la lucha febril por el poder.

Y realmente lo que me importa es cumplir con el deber, no el que le debo a la gran nación que yo represento, sino el que debo cumplir por el bien de la humanidad. De esto es lo que se trata.

Proteger el sistema es lo que cuenta, y como éste está en todas partes, cualquier interrupción de su equilibrio pone en peligro a todos en cualquier rincón del planeta. El imperio romano fue destruido después de cientos de años de existencia. Para lograr el éxito, el sistema me dota de todo lo necesario para descargar todas mis responsabilidades. El sistema sabe como recompensarme. Esta es la razón para no estar pendiente de todo lo demás, ni de lo que usted me plantea.

—Pero, señor Carmona, excuse mi pregunta ¿Qué podría decirme de los que... en los círculos íntimos del espionaje, quizás compañeros suyos, se habla sobre lo que se ha dado en llamar el síndrome del espía, o compulsión a hablar?

Carmona no perdió la compostura. Sabía muy bien sobre lo que tal pregunta planteaba y los peligros que representaba para la buena marcha de sus gestiones: la compulsión a hablar. El síndrome era una debilidad que espías manifestaban en momentos muy cruciales, que, de no haberse detenido a tiempo, habrían desatado una tragedia. Él mismo había caído en esta compulsión, en un receso como profesor de seguros, con un estudiante de origen colombiano con quien conversaba acerca de la operación que detuvo al padre-guerrillero organizada por él.

Su error no percatarse que el colombiano, desaparecido ahora del escenario, estaba imbuido a la perfección del pensamiento bolivariano que esencialmente busca la equidad social para los pueblos del vasto territorio latinoamericano y la unión de todos sus países. Recordó los detalles de la conversación y la estupefacción del estudiante. Nunca supo que pasó con el estudiante colombiano después que se incorporó como agente de seguros.

—Ya se han aplicado las medidas correctivas con resultados muy halagadores. Todo aquel que ha realizado un acto de heroísmo, desarrolla la compulsión de pregonarlo. A la mejor oportunidad da información sensitiva a cualquier interlocutor. Realmente esto es muy peligroso. Nuestra agencia ha puesto a profesionales de la conducta humana a tratar directamente a los que tenemos este oficio.

El canciller aceptó la respuesta de Carmona. Cuando se disponía a cuestionarlo de nuevo, el auto Mercedes entró a la amplia Plaza de Armas, con la impresionante presencia de la Casa de Nariño.

En el salón seleccionado de la Casa Nariño sobriamente decorado con una amplia pantalla de alta definición empotrada en la pared, al que se llega por unas escaleras que llevan al hall principal, esperaban a Carmona, el embajador norteamericano, el señor Lozano, Mosquera, dos generales del ejército colombiano, tres agentes de la policía secreta y otro agente, perteneciente al grupo SEAL, que había llegado a la capital días antes, de estatura elevada, fuerte musculatura, gafas oscuras que cubría, se supo después, la condición sanpakú de sus ojos. Después del saludo protocolario y las presentaciones de rigor, sin dilación Carmona inició su presentación.

Haciendo gala de sus habilidades, cautivaba al importante grupo de personas con términos precisos y a la altura de una persona versada en la actividad que incide día a día en el curso actual de la historia. En el momento de culminar la explicación exhaustiva de cómo se iba a preparar el operativo contra El Movimiento todos agudizaron su atención y siguieron con interés sus explicaciones.

Los primeros bosquejos de cómo podría enfrentarse al movimiento estudiantil, principal punto de interés del gobierno, hizo que se reflejara en el rostro de Lozano una preocupación que manifestó después con palabras.

El señor Lozano escuchaba a Carmona con atención. Proyectada toda la información fundamental en la gran pantalla, Carmona iba explicándola con lujo de detalles, mientras señalaba con un apuntador.

El embajador de Estados Unidos, y los militares colombianos presentes, de la alta jerarquía, hacían las preguntas de rigor. Varios de estos militares eran en realidad oficiales de inteligencia entrenados en el Proyecto X en tareas de espionaje a oponentes políticos, infiltración en partidos, secuestros, asesinatos, torturas. Sus profesores eran oficiales y agentes de la CIA, creada en 1947 como un servicio de inteligencia que operase a nivel mundial, con sede en Langley, Virginia, a unos quince kilómetros de Washington. Los cursos se impartían en Fort Holabird, cerca de Baltimore.

La explicación que daba Carmona sobre la manera cómo se aplicarían sus planes, incluía todos los detalles relacionados con el diseño que sus superiores le habían entregado con anticipación.

Sentía poderosamente en todo su ser la fuerza de los que lo respaldaban y por eso también la convicción de que el éxito estaba asegurado.

El mejor ejemplo reciente, la *Operación Jaque* con todo el esquema de cámaras especiales que se usarían para la liberación de Ingrid Betancourt, candidata a la presidencia. Era el tema obligado del gobierno, desde que Hugo Chávez y Pilar Córdoba empezaron sus esfuerzos de contactar a la FARC para lograr su liberación No podía permitirse que los méritos se los llevara el Presidente de Venezuela.

Y aun la senadora Pilar Córdoba que había logrado renombre internacional con su intervención, producto de su generosidad innata, pero que por cuestiones políticas se había granjeado posiciones de detractores que hacían esfuerzos porque ella perdiera su curul. Una relación estrecha entre el gobierno venezolano y la guerrilla no era plausible para ninguno de los asistentes.

Carmona pensaba que su perspicacia y habilidad para detectar detalles le daban una gran satisfacción de ser un agente activo en cualquier acción, no importando el peligro de estar en la lista de los héroes del Libro de Honor en el que se lee: "En honor de aquellos miembros de la Agencia Central de Inteligencia que dieron su vida al servicio del país".

Lozano se puso de pie y, con gran dominio de sí mismo, dio énfasis de nuevo a sus preocupaciones sobre las medidas que habrían de tomarse para poner las cosas en su sitio sin que hubiera nada que lamentar. Temía, y así lo manifestó sin ambages, que, a todas luces, su hijo sería la víctima propiciatoria que permitiría la ejecución del operativo.

Para su éxito se tendría en cuenta la experiencia en la liberación de Ingrid. El plan cuya gestación exigió la pronta activación de la "inteligencia" incluía frenar el avance de El Movimiento cuyo máximo dirigente era Emilio.

Por lo tanto, había que concentrarse en un plan acertado, como se hizo en el proceso de liberar a Ingrid Betancourt y los tres norteamericanos, empleados de una subsidiaria de Northrop Grumman Corp, que fueron secuestrados después de que su avión se estrellara mientras estaban en una misión antidrogas o en otra actividad no revelada por las autoridades.

Por eso había que dar todos los pasos necesarios, para que la operación contra El Movimiento ejecutada por fuerzas militares colombianas, tuviera éxito, a semejanza de la que recibió el nombre de *Jaque*. La financiación correría por parte de los Estados Unidos.

Así, pues, se coordinaron los pasos necesarios para desarrollar la táctica usada en la *Operación Jaque*, que, según lo publicado por los periódicos en todo el mundo, fue de gran efectividad y con los propósitos de traerlos de nuevo a la memoria, Carmona hizo el recuento de los puntos que se usaron, cuyo resultado la prensa internacional presentó con lujo de detalles.

Carmona, antes de exponer todos los detalles del círculo de inteligencia, como se llama todo el proceso necesario para la ejecución de un operativo, hizo ver antes que nada, que, aunque había puntos en común, no se podía obviar que el operativo jaque se dio en un escenario selvático y el que se va a organizar ahora estará ubicado en el enmarañado escenario urbanístico, en las plazas, en las calles, en los altos edificios.

Detalló en seguida las cinco etapas que constituían el círculo de inteligencia: la planificación incluía: a) recolección o información que se pasaría a los distintos departamentos de la organización; b) procesamiento técnico para ser leído en ordenadores; c) producción; d) el producto de inteligencia. Este da paso a las medidas a tomar en el momento crítico; e) diseminación, o distribución del análisis final a otras agencias.

Empezó entonces a presentar el plan haciendo una especie de paralelismo entre lo ocurrido en la *Operación Jaque* y el que estaba a punto de iniciarse, que recibió el nombre de *Operación Sismo*.

Se emplearon sofisticados sensores que colgaban de los árboles a todo lo largo del río Apaporis, por las fuerzas especiales de Estados Unidos.

"También será factible el uso de sensores con los que se lograría información necesaria. Algunos agentes, entremezclados con la multitud, llevarán estos dispositivos escondidos en sus chalecos".

Se dio énfasis al entrenamiento de fuerzas colombianas por los Boinas Verdes, y se acordó que durante la acción se permitiría que equipos de dos y cuatro hombres de las Fuerzas especiales de Estados Unidos, fuerzas de rápida acción, se unieran a los comandos especiales colombianos.

"Serían comandos en traje de paisano, una opción buena en el caso que nos ocupa, pues se podría captar con mayor facilidad cualquier desliz que pudiera abortar el operativo"

El día del rescate, personal militar norteamericano y agentes negociadores del FBI observaron cada movimiento para asegurarse el éxito esperado. "Haremos lo propio. No podemos permitir, en este caso, un mínimo de error, que crearía una secuela destructiva irreparable".

Agentes de inteligencia del ejército colombiano, desarmados, se hicieron pasar por trabajadores de ayuda humanitaria y llevaron chalecos de la Cruz Roja Internacional, para usarlos si necesario. Durante algunos días estuvieron recibiendo clases de teatro para que su exteriorización histriónica fuera lo más espontánea posible.

"Camuflados, con apariencia de revolucionarios, tiene efectos muy positivos, o simplemente como estudiantes de la izquierda. Estarán perfectamente preparados para representar hábilmente su papel en el caso que nos ocupa".

Una nave de vigilancia de Estados Unidos sobrevoló el lugar para interferir las comunicaciones de los guerrilleros. "Con equipo sofisticado podremos observar ampliamente como está el camino a recorrer". El Gobierno colombiano aportó veinte millones de dólares para propósitos de soborno o recompensa para un tal Aguilar y otro apodado Gafas, contactos del gobierno para estos propósitos. "Ya estamos al tanto de la parte financiera por parte del gobierno para lograr el éxito".

Una vez transcurrido el plan sin obstáculos, con un final feliz, se introdujeron a los rehenes a bordo de un helicóptero blanco, de matrícula rusa para transferirlos aparentemente a otro campamento de la guerrilla, información falsa que a la postre dio resultados exitosos. "Aquí podríamos hacer algo similar, tenemos vehículos apropiados que nos permitirán arrestar, en este caso, y desaparecer, si fuere necesario, a los que intentan subvertir el orden establecido".

El plan que nos ocupó, perfectamente organizado auguraba un éxito rotundo, como lo tuvo, sin confrontación ni disparos. Miembros de la inteligencia colombiana culminarían el operativo. Sin embargo, el gobierno colombiano y sus autoridades militares requirieron de la bendición de Washington para darle el curso correspondiente. Ellos recibieron la luz verde después que el vicepresidente, Dick Cheney, la secretaria de Estado, Condoleezza Rice, y otros miembros del Consejo de Seguridad Nacional recibieron, el 30 de junio, una sesión informativa detallada.

"Una vez presentemos los lineamiento del operativo, también las autoridades concernientes de nuestro país darán la autorización para culminarlo. Mi presencia indica la invaluable colaboración de mi país que busca principalmente que la excelente actividad gubernamental de ustedes no sea descarrilada o llevada a condiciones inaceptables que fuerce a nosotros a una pronta intervención. Los procedimientos para culminar las acciones serán de otra naturaleza, obviamente".

El paralelo que estableció Carmona entre la *Operación Jaque* y la *Operación Sismo* produjo excelentes reacciones de aplausos, pero no se aprobó de inmediato por la súbita intervención de Lozano.

—No estoy seguro de cuál va a ser el resultados de todo esto. Me refiero específicamente por lo que me concierne en la parte del operativo que busca eliminar El Movimiento, el cual cada día coge más fuerza en todo el país, y en el que, como ustedes saben, está involucrado mi hijo. Por razones obvias que, creo yo, ustedes entienden a la perfección, me veo obligado a velar por la seguridad de Emilio y los que lo rodean en la inmediatez de sus gestiones que, tengo que recalcar en esto, no están salpicadas de violencia. La violencia en El Movimiento no es permitida.

Uno de los generales, conociendo lo que ocurría, trató de aliviar la situación y sugirió:

—Secuestrar a Emilio... Es decir, permítanme aclarar. Crear el simulacro de un secuestro de Emilio sería un recurso excelente para protegerlo. Todos pensarán que fue la guerrilla. Ponerlo a buen recaudo, y cuando hayamos socavado completamente El Movimiento, lo liberaremos para que él se comunique con su familia o con la prensa. Tenga la seguridad, señor Lozano, que en esta ocasión, como ha sido lo corriente, sólo el pueblo pondrá los mártires —recalcó el general.

Palabras patéticas que Carmona, el embajador y los militares, respondieron con una sonrisa. El señor Lozano con una profunda mirada de preocupación. No está por demás decir que esta idea descabellada fue descartada de inmediato.

Mientras tanto, Carmona que seguía con detenimiento el conversatorio, al ver una chispa de debilidad en Lozano, llegó a pensar que, por esas antinomias de la vida, frecuentes en sus actividades, Lozano muy bien podría dar el salto y ubicarse en la Lista Negra de la Agencia. Esto es común y corriente en su organización. Por lo que la suspicacia estaba basada en hechos reales muy lamentables.

En su preparación de inteligencia no tenía recato hacer mención, como lo hizo, de algunos agentes que, por estipendios jugosos, mientras ejercían su labor de contraespionaje, dieron el salto al servicio del KGB soviético.

—Es famoso el caso de Aldrich H. Ames, quien reveló cerca de un centenar de operaciones y los nombres de casi treinta operativos que trabajaban para la CIA. Por esta acción llegó a recibir casi tres millones de dólares. Se le descubrió y fue condenado a cadena perpetua. Su esposa colombiana, Rosario, fue condenada a sesenta y tres meses de cárcel —afirmó Carmona en voz baja a uno de los agentes de gran estatura y con gafas oscuras que tenía cerca todo el tiempo.

Lozano continuaba con su preocupación y sus pensamientos lo llevaron de inmediato a comprender que en la lucha sin cuartel entre los dos sistemas, siempre surgirían víctimas propiciatorias que la historia se encargaría de convertir en mártires. Y pensó:

Mártires, testigos, víctimas propiciatorias, no importa cómo se le llame. Lo cierto es que la historia está teñida con sangre por defender e impulsar convicciones y cuando un pensamiento o una idea luminosa transgrede el orden establecido, aparecen con toda su brutalidad los enemigos de la verdad.

Ellos, los mártires, para las fuerzas represivas y usufructuarias son los supuestos verdaderos enemigos del pueblo, como en la obra *El Enemigo del Pueblo*, de Ibsen.

¿Qué acontecía en el alma de este hombre de las altas esferas colombianas que, heredero histórico de sus antepasados, no se inmutaba ante la desolación y la muerte que provocaban las fuerzas que él lanzaban como fieras contra cualquier movimiento que pudiera afectar el estado de cosas de la sociedad colombiana?

No había logrado comunicación con su hijo que estaba ocupado en la culminación de la tesis, a la que ya había dado los últimos toques.

Terminada la reunión, en el que hubo acuerdos muy importantes, Carmona y el Embajador se dirigieron al automóvil que los llevaría a la embajada, donde continuarían con sus planes. Al salir a la Plaza de Armas que se abría ampliamente al frente de la casa de Nariño, se llevaba a cabo el cambio de la guardia presidencial a cargo del Batallón de Infantería N° 37. El cambio impresionaba por su solemnidad y fervor patriótico.

—Mister Carmona, What do you think about de Lozano's position? His words during the meeting show a great preoccupation. I understand all about. He knows that his son is in the middle of a plan that put his life in jeopardy. I don't want his son to be turn into a propitiatory victim.

—Mister Ambassador, you don't worry! The sword of Damocles not always produces a victim —la respuesta del embajador a Caroma, fue apenas una sutil sonrisa.

7

Ajeno a los planes que urdía la CIA y que Carmona ejecutaba a la perfección, Emilio, en la comodidad de su alcoba, empezó la organización metódica de su tesis que incluía el índice con el enunciado del objetivo del trabajo, metodología, nombre de la universidad, facultad, título, el nombre del director, bibliografía, etcétera.

Además, hizo un repaso del proyecto de movilización popular que tendría lugar en las ciudades principales de Colombia y que culminaría en la Gran Concentración en Bogotá que tendría lugar en la Plaza de Bolívar el 2009. Estaba seguro de su éxito, tenían tiempo suficiente para organizarla con toda la precisión y todo el esmero.

Fijó los objetivos y con un mensaje de texto lo comunicó a cada uno de los dirigentes principales, y los difundió por las diferentes redes sociales. Entonces se dirigió a la universidad para encontrarse con el Profesor.

En el amplio salón de conferencia me encontraba junto a Emilio, quien no perdía una sola palabra del conferenciante, el profesor Sanz. A mí me gustaba el énfasis que el Profesor le daba a la palabra, cómo la exteriorizaba con una gran fuerza de convicción. A veces me distraía.

De vez en cuando miraba alrededor para ver al público atento y la hermosa decoración arquitectónica del salón.

—Espérame aquí mientras hablo con el profesor, Emmanuel.

Cuando Emilio entró, el Profesor Sanz estaba a punto de terminar su conferencia.

Durante una hora había cautivado la audiencia con sus explicaciones históricas cuyos efectos dejaban claro la situación de la Colombia de hoy, y habían logrado la consolidación económica de la oligarquía. Con palabras ya características daba explicación sociológica al sistema colombiano.

Tan pronto terminó, Emilio se acercó al Profesor y le dio algunos detalles de su descubrimiento, que el profesor consideró de importancia.

—Estoy seguro que usted sabrá captar la importancia de este descubrimiento.

Emilio sabía perfectamente de la idoneidad del Profesor para analizar los asuntos históricos dentro de la dialéctica de causas y efectos.

—Tengo sumo interés de saber de qué se trata. Podemos reunirnos el próximo sábado.

Acordaron la hora. Yo permanecí sentado mientras contemplaba la serenidad con que el público salía, que dejaba en mi ánimo de niño, la convicción de que todos se sentían satisfechos por el deber cumplido al asimilar las directrices impartidas por el Profesor. Después en la sala, en el comedor, o en el jardín, hablaba con mis padres, quienes me escuchaban muy atentos pues estaban acostumbrados a mi gran habilidad de contar mis experiencias prácticas e intelectuales. Nunca me habían puesto cortapisas ni obstáculos, y así y todo yo crecía libremente, capaz de enfrentar las vicisitudes más apremiantes, experiencia personal, que yo sentía profundamente, que exteriorizaba la capacidad del bambú, de recuperar su forma original después de soportar un peso indescriptible cualidad que se da en aquellos niños bendecidos por la directriz sabia de un adulto significativo.

Mi capacidad cognitiva y mis dotes intelectuales me habían dotado de las herramientas necesarias para enfrentar, en un futuro, cualquier crisis o efecto potencialmente traumático.

Emilio disfrutaba de la tarde despejada y radiante. Era uno de esos sábados que la gente se tira a recorrer las calles de la ciudad y a visitar los lugares históricos, y en especial el museo de su preferencia y la amplia Plaza de Bolívar repleta de familias, es el ámbito preferido de los niños para jugar y perseguir palomas que él recordó con claridad cuando él hacía lo propio. Un joven con su esposa, sentados en uno de los bancos de cemento rústico, cercano a la escultura erguida del Libertador que da frente a la catedral, contemplan a sus dos hijos pequeños jugando con las palomas que no se inmutan y siguen picoteando granos y semillas que les arrojan los transeúntes. En otras ocasiones, como si nada, los niños corrían tras ellas en desbandada.

Emilio se dirigía a la casa de Patricia para ponerla al tanto de los avances en su tesis y todo lo relacionado con El Movimiento y la máxima concentración a celebrarse el próximo año.

8

Tocó el timbre de la casa, Patricia abrió la puerta. Estaba radiante, luciendo todas sus galas y sus encantos. Emilio la miró y con una sonrisa tenue la besó con ternura y satisfacción.

La madre de Patricia, Isabel, le extendió la mano,

—Bienvenido, Emilio, siga usted.

—Gracias Doña Isabel.

Lo propio hizo su esposo. Don David, hombre joven, de buen talante. Doña Isabel, oriunda de Manizales, con una belleza característica de las mujeres de la ciudad de las puertas abiertas, como se conocía a esta ciudad ubicada en el tope de los Andes, cerca del volcán el nevado de Ruiz, cuya erupción más reciente produjo miles de muertos, y la destrucción total de Armero, un activo pueblo con más de veinte mil habitantes.

El grupo se sentó en la sala, y por largo rato estuvieron hablando de diversos temas sobre todo en el aspecto de las comunicaciones, en las que Don David se había especializado. Después tocaron el tema sobre la situación del país, y de El Movimiento que ya se había organizado a nivel nacional y se desplegaba apoteósicamente por todo el territorio.

Emilio, a una pregunta de Don David, se llenó de entusiasmo, y contestó que El Movimiento no era un grupo subversivo, sino un gran amasijo de pueblo que buscaba a través del conocimiento el camino conducente hacia una Colombia más justa. Que el propósito no era atentar contra la Ley y el Orden, sino el de impartir profundos conocimientos al pueblo, ponerlo a pensar para despertar su conciencia y poder adelantar con una base sólida la gran marcha cívica que cubra todos los estamentos de la sociedad. Era una especie de movimiento peripatético incesante que se estaba dando en todo el país y que exaltaba en su prédica constante la importancia de la virtud y de la dimensión volitiva para ponerla en práctica, cuya energía vital está en las entrañas misma del pueblo.

—Buscamos la sensibilización del ser colombiano. Que nuestra lucha sea por el bienestar de todos, sin miramientos individuales ni colores políticos Que haya justicia en todo el territorio colombiano, y habrá paz para siempre. Que la equidad económica sea el pan de cada día. Se acabará entonces las reacciones violentas.

Los partidos dejarán de existir porque se convirtieron en depositarios de todos los mecanismos de los poderosos para usufructuarse del poder.

Que el presupuesto nacional beneficie a todos, y no a unos pocos en perjuicio de todos. El enorme bienestar de algunos es la deficiencia de muchos. Quien no vea estas injusticias, como dijera Luis Muñoz Marín, fundador del Estado Libre Asociado de Puerto Rico, en el Caribe, no es un hombre justo, recalcó.

Don David comprendía perfectamente la preocupación de Emilio. Hombre práctico, versado en comunicaciones era el gerente general de una empresa de teléfonos móvil para toda América del Sur. Él tenía la mente organizativa del empresario moderno y veía con admiración cómo Emilio, Patricia y sus amigos estructuraban El Movimiento.

—Es necesario —dijo Don David—, que Colombia al fin y a la postre entre en el siglo XXI. El siglo se nos vino encima y lo recibimos con bombos y platillos como nunca antes. Sin embargo, todo sigue igual, nada con trascendencia. Así como el general Reyes, que había sido presidente en el Siglo XIX, hablando de los rieles necesarios para el ferrocarril, obra portentosa y un jalón hacia la modernidad, dijo metafóricamente, que había que "zunchar a todo el país," el gobierno y la empresa privada, igualmente, deben cubrir con la tecnología todos los pueblos y ciudades de Colombia. En la tecnología, adecuadamente dirigida; es decir, con justicia, está la salvación de la humanidad.

—Excúsenme ustedes —ripostó Isabel—, refiriéndose a los propósitos de El Movimiento, pero un cambio de esa naturaleza podría desarticular a todo el país. El colombiano es muy volátil. Sé, porque lo he leído, y me lo han explicado mis padres, que en el plano político el colombiano actúa de manera desmedida y es capaz de destruir todo a su paso.

Doña Isabel se dejaba llevar, al emitir su opinión, por épocas horrorosas en las que predominaba la violencia extrema, partidista, la cual asoló el territorio patrio por muchísimos años. Su departamento, el Viejo Caldas, no escapó al flagelo que produjo más de trescientos mil muertos en todo el territorio nacional.

—Comprendo su preocupación. Si el cambio se da es por la expresa decisión del pueblo, éste no tendrá necesidad de responder con fuerza bruta a nuestros propósitos. El Movimiento nace de la virtud, la generosidad que van a beneficiar precisamente al pueblo. La agenda política se la dejamos a los políticos.

La nuestra será social, y nunca estará movida por ideologías de partidos. Sí por las ideas bolivarianas, de un profundo contenido social. Sin embargo, Doña Isabel, si miramos con cuidado los acontecimientos históricos de nuestros país, son precisamente los enemigos del cambio los que propician el hecho violento, porque, según ellos, al pueblo hay que aplacarlo por la fuerza porque el más mínimo desliz, cualquier liberación, pueden acabar con sus privilegios. Este es la razón de su temor, así se ha actuado en otras ocasiones.

El Movimiento, en sus prédicas diarias, realza la necesidad de la paz para lograr la transformación del país. Ya el pueblo está al tanto de ella y la sigue al pie de la letra.

—Emilio tiene razón, mamá. Esa es la esencia de El Movimiento. Comprender esto ayuda a despejar el ánimo de cualquier temor —argumentó Patricia, dirigiéndose directamente a Isabel y a su padre en el momento en que una empleada de servicio les servía café.

Y así estuvieron conversando sobre diferentes temas hasta tarde en la noche, y dejaron en claro cuál era la verdadera posición de Emilio y Patricia en relación con El Movimiento, que a la postre, tanto David como Isabel, se comprometieron a darles su apoyo e inclusive en su momento a colaborar en todo aquello que fuere necesario. Después de consumir algunas meriendas y satisfechos por los logros y la comprensión de la meta de justicia para el país, dieron por terminada la reunión y se despidieron.

Yo capté perfectamente todo el contenido de la conversación. A tan temprana edad tenía la rara habilidad de crear efectos luminosos en dibujos que, aunque carentes de perfección, destacaban por la belleza de la forma. Era poseedor de una excelente memoria. Ambidextro, yo podía escribir el mismo tema con ambas manos al mismo tiempo. De manera espontánea buscaba la verdadera sabiduría, a través del conocimiento, mi amor por la naturaleza y una insomne consideración por los demás.

En el momento de mi padre acabar con los datos históricos, me acordé de mi compromiso con el grupo de gamines para el domingo, temprano en la mañana.

Hice una señal a mi padre y le recordé mi compromiso: los había invitado a ver el partido de fútbol, un verdadero clásico, a llevarse a cabo en el estadio El Campín el próximo domingo.

Ellos eran siete, pasaban todo su tiempo en la calle, y dormían donde los cogiera la noche, pero debajo del puente era el sitio preferido. Entre paredes de cemento armado, tenían abrigo y protección. Me despedí de Emilio, me fui para mi alcoba, y me puse a adelantar la lectura de La vuelta al mundo en 80 días de Julio Verne, escritor que me fascinaba por el vuelo de su imaginación, la precisión de los datos geográficos, y, sobretodo, por su proyección hacia el futuro plasmado en el submarino Nautilus, que después se convirtió en una extraordinaria realidad.

9

Al otro día, sábado, un leve rayo de sol que entró por la ventana, anunciando un día esplendoroso, se posó sobre mi rostro. La luminosidad sobre mis párpados, me despertó casi de inmediato. Mientras me vestía, miré alrededor y hacia afuera. Me di cuenta de que el día era propicio para pasar un buen rato de camaradería con el especial grupo de gamines, y conocer sus preocupaciones y sus propósitos.

Me organicé rápidamente, tomé un desayuno ligero que yo mismo me preparé, di una ojeada a la cotorra y salí airoso hacia el encuentro.

Bajé una pequeña cuesta, tomando las precauciones debidas para encontrarme con mis amigos de debajo del puente. Al verme venir, muy orondo, con mi atuendo deportivo y balón en mano, me saludaron efusivamente, excepto Raúl, de unos nueve años, tímido, desgreñado, ropas raídas pegadas a sus carnes, que me miraba fijamente con cautela y suspicacia y con tal fuerza en sus ojos que infundían miedo por lo que era su arma favorita para enfrentarse al mundo exterior.

—¡Ay, qué muchacho tan alternativo! —Dijo Raúl, al mismo tiempo que miró mis zapatos guayos blancos con lengüeta roja y toperoles de aluminio, camisa deportiva de brillantes colores.

Nada de esto común y corriente en este entorno en el que nada se tenía y sólo quedaba, agazapada, la esperanza. Sus compañeros de vida lo animaron. "No te preocupes, él es nuestro amigo y nos está invitando a jugar fútbol. Él es diferente"

Raúl apaciguó su ánimo y sonrió.

—¡Quiay, ala! Emmanuel.

Yo hice lo propio

—Bien, gracias.

Hechas las paces, salimos a la calle y nos dirigimos a la estación del Transmilenio, para coger el corredor vial del Eje Ambiental que recorre la Avenida Jiménez entre la Avenida Caracas y la Carrera 3ª en el sector de las Aguas. Yo corrí con los gastos. Localizamos la cancha más cercana.

Allí improvisamos sendas porterías que los dos grupos —cuatro contra cuatro— marcamos con bultos en un amasijo de camisas, zapatos y correas. Iniciamos el primer juego.

A veces empujándonos entre celebraciones con carcajadas y chistes, pero a medida que el juego transcurría, cogimos las cosas en serio y empezamos a manifestar nuestros prodigios futbolísticos haciendo chilenas, pases perfectos, chutes que ponían el balón en el ángulo perfecto de la portería exigiendo al portero hermosas voladas y otros prodigios.

Algunos transeúntes se detuvieron a mirar. Todo el tiempo yo me desempeñé como portero, y tuve algunas tapadas que evitaron un gol seguro.

Como en los buenos tiempos de Efraín "Caimán" Sánchez o Julio "Chonto" Gaviria, cuyas proezas legendarias me había narrado mi padre con lujo de detalles.

El primer partido quedó dos a dos. Estuvimos jugando toda la tarde. Algunos transeúntes se detenían, me miraban como a alguien que no encajaba dentro del grupo, y seguían su curso.

Un simple juego de fútbol había roto las barreras sociales que el individualismo levanta a menudo en las calles de la gran ciudad, cuyo diario vivir se reduce para muchos en un acto cotidiano de supervivencia, aun dentro del ámbito oscuro y tenebroso de una alcantarilla.

Ya al atardecer, la temperatura había bajado varios grados. Regresaron conmigo. El grupo de gamines quiso acompañarme hasta mi residencia.

En el interín a lo largo de las calles de la gran ciudad, iba el grupo conversando animadamente sobre diferentes temas, algunos baladíes, otros con alguna importancia pues tocaba puntos que concernían al futuro del grupo, al que yo cuestionaba y que los niños respondían en su candidez pero certeramente: " no nos preocupamos por eso".

—En la calle no hay futuro ninguno y van a ver su vida perderse como agua arrastrada a torrentes por las cunetas hasta perderse entre los sumideros y desagües.

Estas palabras realmente las había escuchado en reuniones sociales en las que, en animadas conversaciones, se toca el tema desde la perspectiva de los que disfrutan el mundo opíparamente, para después con una facilidad pasmosa dejarlas en el olvido. Sin embargo, mis palabras sinceras, rebuscadas posiblemente por la aprensión que me causaba el tema, tenían toda la convicción de que ellos, si se proponían, serían capaces de producir un cambio al curso de sus vidas.

—No te preocupes, Emmanuel —contestó el mayor del grupo, a quien tenían por jefe, no porque fuera el mayor sino por su valentía, su aherrojo y su fortaleza para protegerlos de cualquiera, aún de depredadores.

—No pensamos en el futuro porque tenemos el presente. Nos educamos a nuestro modo y con nuestra experiencia sabremos enfrentarnos al mundo. No somos unos marginados porque estamos inmersos en la tangente de esta sociedad injusta. Conocerla bien es la mejor forma de aprendizaje. En algún momento, sin llave en mano, se nos abrirá la puerta del éxito.

Me miró fijamente, se alejó y siguió adelante.

—En una ocasión hizo correr a otro jefe, intervino el pequeño, Raúl, el desgreñado, señalándolo con el índice.

—No es lo que usted se imagina —dijo otro—. Era de una familia muy pudiente, un grupo de bandidos asesinaron a su familia cuando él estaba listo para iniciar su bachillerato.

Él nos lo ha contado. Les quemaron todo lo que tenían, abusaron de sus hermanas, y el logró salvarse porque se hizo el muerto con una herida de bala en el hombro derecho. Huyó del hospital y como pudo llegó a la capital.

Desde entonces siempre ha querido saber qué pasó con su familia y la propiedad de sus padres; quién hace uso del terreno arrasado que fue lo que quedó. Él nos dice que un tal Castrillón había dado la orden para apoderarse de la finca de sus padres, quienes la habían heredado de sus antepasados, por allá en el Norte del Valle, en un pueblo llamado El Águila. El hombre con el fin de apoderarse de sus tierras había lanzado toda la fuerza de bandidos insensibles contra su familia. La destrucción fue total.

Las historias continuaban. Otro mencionó lo que había ocurrido cerca de Marquetalia, en el Departamento del Tolima, la patria chica de Tiro Fijo, el creador de la FARC. Tema muy en boga entre el grupo de gamines, pues los efectos del magnicidio no se podía olvidar.

Yo en ese momento recordé que Lozano había escrito un documento especial que trataba sobre lo ocurrido en Marquetalia.

En esta ocasión, según supe a través de Emilio, quien siempre me mantenía al tanto de datos históricos sensitivos, el señor Lozano quiso dejar un mensaje de protesta por lo ocurrido. En forma lacónica, explicó todos los antecedentes y lanzó su dedo acusador. Don David, el padre de Patricia, también le había contado algo al respecto.

—Permítanme darles una explicación sobre lo que ocurrió en Marquetalia, es una horrible noche de las muchas de la triste historia de Colombia.

Los siete jóvenes se sentaron en un banco de cemento en cuyo espaldar se veía, grabadas, las siguientes palabras *A la ciudad - De la familia Rivera*. Ninguno de ellos sabía de qué familia se trataba, quizás de mucho dinero, gente importante y linajuda. No les importaba.

Todos atentos a mis palabra, me di cuenta por la expresión de sus caras que estaban interesados en conocer la historia de su patria, la que incide en el diario vivir, la que deja su marca indeleble, la que, por horripilante, permite calibrar las malquerencias, los odios ya ancestrales, lo oscuramente terrífico de la naturaleza humana colombiana, que se debate ente el bien y el mal, en un aparente mar tranquilo, calmado, sin amenazas.

Hace más de treinta años, en 1964, empieza a llevarse a cabo una acción militar todavía incomprensible, nunca explicada adecuadamente, en una amplia región entre los departamentos de Huila, Tolima y Valle del Cauca conocida como Plan Lasso por sus siglas en ingles: Latin American Security Operation.

Raúl me interrumpió de pronto.

—¡Oigan, muchachos ese es el idioma de los gringos! —Gritó, y agregó: —Esto luce interesante.

Raúl, no obstante manifestar a cada segundo gran desconfianza a todo lo que lo rodeaba, era el parlanchín del grupo, hábil para captar con facilidad la más mínima oportunidad para manifestar sus airosas intervenciones

—Pongan atención... —les dije con seriedad—. La estrategia desarrollada con exactitud en la región de Marquetalia y otras zonas rurales contra las llamadas autodefensas campesinas colombianas, es respuesta de la estrategia militar de los Estados Unidos en los años sesenta, conocida como Doctrina de Seguridad Nacional. Déjenme aclararles que Marquetalia, fue fundado el 15 de abril de 1924, situado en una zona rural sobre la Cordillera Central, con unos ochocientos kilómetros cuadrados, cuya actividad principal siempre fue el trabajo agrícola, con productos como el café, plátano, caña y otros.

»Allí se empleaba una tecnología tradicional por la ausencia de créditos y de la ayuda oficial. Los campesinos se reunieron con gran camaradería, y después de analizar su situación llegaron a la conclusión de que la salvación económica sólo se podía lograr mediante una amplia actividad comunitaria, cada cual según sus capacidades y conocimientos para el beneficio de todos y conforme a sus necesidades».

Interrumpió el mayor para decir

—Es una buena idea, es la unión y en la unión está la fuerza —interrumpió el mayor—, ¿por qué entonces oponerse? —preguntó.

—Por razones políticas. Hay políticos que no se conmueven y no quieren que se tomen medidas adecuadas para luchar contras las desigualdades. Son enemigos acérrimos del concepto económico de la comunidad.

—Sí, por razones políticas, pero más bien, podría decir, porque tienen en sus manos toda la fuerza del Estado. Esta clase dirigente está asistida por la fuerza de los militares.

—No estás lejos de la verdad... pero escuchen lo que ocurrió con un político conocido: Es entonces que figuras prestantes del partido conservador, con un joven dirigente a la cabeza, inician una ataque feroz en contra de la comunidad de Marquetalia, y desde el Congreso ven en ella los inicios de una República Independiente con características comunistas, acusación que lanzan a gritos sin ningún mínimo de prudencia. El trueno acusador de sus voces se escuchaba todos los días en el Capitolio. Como resultado de la prédica incendiaria conservadora, el ejército decide atacar y liquidar el gran experimento comunitario: Aviones bombarderos facilitados por los Estados Unidos, cubrieron completamente la región.

—¡De nuevo los gringos! —gritó el desgreñado—. Los demás muchachos respondieron con sonrisas nerviosas. Después hicieron silencio ante mi mirada seria que concentré sobre cada uno. Noté que los jóvenes, después, escucharon en completo silencio, con suma atención, mis palabras a las que daba énfasis con distintos golpes de voz.

—No hubo forma de evitar el ataque, ni con la intervención de personas de alto nivel que se ofrecieron para terciar como mediadores y evitar así la masacre de todo un pueblo. Camilo Torres se ofreció como mediador y Jean-Paul Sartre, Jacques Duclos y Simone de Beauvoir, manifestaron su solidaridad con los campesinos.

—Camilo Torres ¿el sacerdote? —Preguntó uno de los gamines.

—Sí, siempre estuvo preocupado por su pueblo. ¿Saben de él?

—Sí, yo he leído sobre sus ideas políticas, y creo que por mucho él tenía razón —contestó otro.

—Y los otros, ¿extranjeros? —Preguntó el mayor.

—Sí, gente muy importante de Francia, preocupada por el orden social de nuestro país. De ideas muy avanzadas pero no acataron, o quizás lo entendieron, que estaban tratando con políticos obcecados y conservadores.

»Sin embargo —continué—, hay que destacar que, con su heroísmo, la población atacada prefirió darle fuego a las plantaciones e incendiar al pueblo antes que entregarse a los dieciséis mil soldados que los cercaron. El Estado logró su propósito. Eliminar para siempre la existencia de una comunidad que ensayaba con éxito el gran poder del trabajo comunitario.

»Algunos medios de comunicación consideraron que la operación fue un éxito total. Otros, que había sido un atropello a los campesinos. Sin entrar a considerar opiniones, lo cierto es que aquí, en este acto propiciado por el gobierno de entonces, se dio inicio a la agrupación conocida como Fuerzas Armadas de Colombia, la FARC, formada por los remanentes humanos de la comunidad, entre ellos Tiro Fijo».

A instancias mías, Don David me había dado esta explicación histórica sobre la eliminación del experimento comunitario que adelantaban los campesinos en Marquetalia. Siempre consideré de gran importancia este hecho histórico y para recordarlo con detalles había sacado copia del ensayo del señor Lozano del cual había hecho un resumen escrito que después, aprovechando la ocasión, leí con entusiasmo a los jóvenes.

"El gobierno de entonces, nunca aceptó ni hizo suyas las palabras del militar Álvaro Ruiz Novoa. Puse énfasis en sus palabras 'Nunca se ha reconocido la injusticia en la posesión de la tierra y esta situación es la responsable de la pobreza y el atraso del país'".

También les mencioné que al inicio de una nueva administración, el gobierno de turno, con el presidente a la cabeza, con el fin de congratularse con el pueblo, siempre se anunciaba un proceso de paz al cual se le apellidaba con gran rimbombancia y se tiraba al aire para el consumo de los medios de comunicación.

Guillermo León Valencia	Plan Laso
Turbay Ayala	Estatuto de Seguridad
César Gaviria	Plan Integral
Andrés Pastrana	Plan Colombia
Álvaro Uribe	Plan Patriota

—Es decir, que siempre han cogido al pueblo colombiano de bobo —dijo Raúl.

—Sí, es verdad —contesté señalándolo con el índice— porque a la postre todo sigue igual, sin cambio ninguno y, lo peor, sin la paz que todos anhelamos.

Así después de impresionar al grupo con mis conocimientos me enteré a su vez de algunas de sus experiencias narradas por ellos, como el caso del matrimonio que fuera asesinado en dicho lugar, es decir Marquetalia. Ocurrió en 1964, durante el segundo período del Frente Nacional, creado por la oligarquía para salvaguardar sus intereses y mantenerse en el poder. Este dato histórico sorpresivamente me indicó que los gamines estaban al tanto de los acontecimientos escabrosos de la historia colombiana porque una fuerza huracanada, destructiva, siempre ha amenazado todo el territorio nacional. Es entonces cuando empieza a conocerse a Marulanda, Tiro Fijo, oriundo de la región y creador de las FARC.

Continuando con la historia, uno de los gamines contó que una joven madre amenazada por fuerzas oficiales que barrieron el lugar, antes de morir, envolvió precipitadamente a sus pequeños hijos, una niña y un niño, en gruesas mantas como protección y tiró a rodar los pequeños bultos por una pendiente que terminaba en una altiplanicie a orillas de una quebrada. Estuvieron allí a la intemperie por varios días hasta que una pareja campesina excursionando por el lugar los encontró, les dio atención inmediata y los prohijó con mucho cariño y una gran atención. Así salvaron sus vidas. Ella creció, formó una familia con un hombre que la abandonó, y para mantenerse y educar bien a sus hijos los dirigió con mano de hierro. También ellos, sus hijos, hacían su vida en la calle, también debajo de los puentes, colectando cosas y algún dinero para ayudarle a su madre, que al fin los sacó adelante.

Ella y él crecieron y cuando murió su madre, todavía muy joven, como pudieron se fueron para Estados Unidos. Ella ahora es enfermera en un hospital prestigioso de Puerto Rico, y él se alistó en el ejército y presta sus servicios en Alemania. No había gamín que no conociera esta historia.

—Parece que para superarnos estamos destinados a abandonar nuestra patria para ir afuera a servirle a otra. —Dijo uno de los niños, que hasta ese momento había permanecido en silencio.

Estas palabras me conmovieron fuertemente la sensibilidad y pensé que en las simples palabras del gamín estaba la explicación de la triste suerte del campesinado.

Sin importar el paso del tiempo ni las sucesivas administraciones siempre en manos de los prohombres que miran la realidad del pueblo de soslayo.

De esta manera fui enterándome de la suerte que habían corrido cada uno y por eso jamás volví a tocarles el tema sobre lo que les aguardaba y preferí compartir solamente su presente que a la postre, posiblemente, algún día daría un vuelco radical hacia algo mejor que les pudiera deparar el futuro. En el momento de despedirme les recordé el compromiso para el domingo.

—Recuerden que mañana vamos para El Campín. Tratemos de llegar temprano porque va a ir mucha gente. Nos podemos ver cerca de la cancha, entre la calle 57 y 63 en la carrera 20 del Parque San Luis.

—¿A quién vas?

—A millonarios, y ¿ustedes?

—¡A Boyacá Chicó! —respondieron todos a coro.

Sonreí.

—Buena suerte —les dije, y seguí caminando.

10

Después de algún tiempo, Emilio se concentró en su trabajo universitario, en diseñar su tesis consultando libros históricos, documentos originales; también, con dichos propósitos entabló largas conversaciones al respecto con el profesor Sanz, en la cafetería, en la biblioteca de su casa, en la misma universidad.

La tesis estaba lista, y después de revisarla por última vez, determinó que había llegado al punto adecuado, sin fallas que lamentar. Dentro de todo el proceso, consciente y premeditado, de la configuración de su ser plenamente realizado, estaba sin lugar a dudas, la culminación plena de una etapa principal de su vida: la graduación. Tenía en la cúspide del quehacer humano la educación plena, la que se adquiere con el mucho meditar, leer y analizar. Era el crecimiento de la conciencia y su pleno desarrollo, enrutada por caminos de virtud, la mejor manera de lograr la perfección humana. Sin ella todo es caos; con ella, todo es armonía, plenitud de luz.

La ceremonia de colación de grados era sobria, porque así lo habían determinado todos los estudiantes, a solicitud de Emilio, igual que la procesión inicial de los graduandos. La ceremonia incluyó la bienvenida y el saludo protocolar, además del Himno Nacional y el de la Universidad, interpretados por jóvenes cantores de escuela primaria. La reflexión estuvo a cargo del Profesor Sanz, que todos escucharon con respeto y admiración, la cual versó sobre el impacto de la buena educación intelectual que elimina radicalmente las diferencias de clases. Fue considerada por todos como una pieza literaria de gran perfección. Versaba en la necesidad de buscar el enriquecimiento del pensamiento dentro de los parámetros establecidos por la cultura nacional.

Ideas foráneas plasmadas por estudiosos de otras latitudes, soslayaban por completo la verdadera autonomía universitaria y, por tanto, la de la nación también. "Adentrémonos en nosotros mismos, sigamos el pensamiento vasto y universal de nuestros pensadores y veremos muy pronto el desarrollo de nuestra propia personalidad apuntalada por los estudios adelantados por nuestras universidades que, a la postre, serán las forjadoras del nuevo hombre bolivariano".

El rector, Moisés Wasserman, tuvo a su cargo la colación de grados y mención de honor. Con gran satisfacción hizo la presentación de todos los estudiantes, y tocó algunos puntos relevantes relacionados con la reelección del presidente por tercera ocasión, lo que podría convertirse, según afirmó, "en un claro atentado contra la Carta Magna".

Recalcó, con un claro análisis de la situación política del país, que cualquier reelección atentaría contra los principios democráticos que podría producir un deterioro moral en todo el pueblo colombiano.

—Esperamos que reine el mejor juicio y la consabida prudencia —dijo, e inmediatamente se inició la entrega de los diplomas y las correspondientes distinciones.

Cuando el rector mencionó el nombre de Emilio, todos aplaudieron y se escucharon algunos "¡Viva!" Con un aire de gran satisfacción, Emilio recibió el suyo que le otorgaba el título de Doctor en Derecho y la máxima distinción Sobresaliente *cum laude* por su tesis de grado. Emilio primero hizo entrega de su diploma a Patricia, quien con una amplia sonrisa lo abrazó y felicitó. Después a su vez ella lo pasó al señor Lozano y Doña Josefina, que a su vez pidió se enseñara a los demás familiares presentes. Inmediatamente se dirigió a todos los asistentes.

Con palabras firmes y gran convicción, estableció la importancia de la educación que tiene como directriz el amplio desarrollo intelectual del pueblo. Para dar soporte a sus palabras citó apartes del discurso pronunciado por Simón Bolívar durante el Congreso de Angostura, inaugurado el 15 de febrero de 1819 en Angostura, hoy Ciudad Bolívar.

—La educación popular debe ser el cuidado primogénito del amor paternal del Congreso. Moral y luces son los polos de una República, moral y luces son nuestras primeras necesidades... No puede haber libertad donde hay ignorancia. La esclavitud es hija de las tinieblas. Un pueblo ignorante es instrumento ciego de su propia destrucción —dijo Emilio, y continuó—: Hace Bolívar honor a sus palabras al promover la enseñanza gratuita y obligatoria, inclusive para las niñas, apartándose de Rousseau, que no veía bien la educación de la mujer porque estaba destinada, en palabras modernas, a servir a su esposo y su grupo familiar. Esta actitud característica de la época no lacera al gran pensador francés a quien le debemos mucho por sus planteamientos sociales.

Cada cita era analizada, ampliada en sus conceptos porque en ellos se compendiaba la filosofía educativa de Emilio que debiera aplicarse en toda Colombia, porque era la única forma de lograr bienestar para todos y uniformidad en la aplicación de la gran riqueza del país.

—Es en la educación abarcadora de toda Colombia y no en el fortalecimiento de las fuerzas militares con dineros del imperio, en que radica la verdadera salvación de la patria —afirmaba—. Ansiamos tener el poder de dirigir el curso de la nueva Colombia. De enrutarla directamente hacia una transformación total en la que reine uniformidad económica y educativa. Esta educación debe dar énfasis a la tecnología que es una mina todavía no explotada en nuestro país. La tecnología puede eliminar la miseria de la faz de la tierra, siempre y cuando haya buena voluntad y desprendimiento por parte de los que tienen el deber moral de ponerla en la práctica. Su diversidad es muy amplia. Su aplicación, ilimitada. Por eso, si nuestro deseo se cumple y logramos el comando de este país, dentro del presupuesto que presentaremos en su momento oportuno, la partida correspondiente a la educación, será la mayor en toda la historia de la nación.

»Todo con un profundo sentido de generosidad para todos, que es la uniformidad máxima, porque nivela a todos por igual. Imperará la justicia y el buen juicio. Por lo tanto, permítanme enfatizar que, imbuido por dichas ideas, El Movimiento es un instrumento del pueblo, por el pueblo y para el pueblo. Su gran poder se manifestará en su máxima concentración a llevarse que tendrá lugar en la Plaza de Bolívar. Muchas Gracias.»

Los estudiantes y todos los presentes se pusieron de pie para aplaudirlo con gran entusiasmo.

El agasajo tuvo lugar en el salón de uno de los restaurantes más distinguidos de la ciudad al que acudió toda la familia, amigos y algunos dirigentes de El Movimiento.

La conversación, muy animada, en la que participaron todos, se concentró en el futuro inmediato que por lo cercano exigía un análisis concienzudo de todos los aspectos que se cubrirían en la próxima reunión de Bogotá.

Se habló de El Movimiento, de su gran concentración en la capital, y, sobre todo, del extraordinario éxitos de los planteamientos sociales que se comentaban a todo lo ancho y largo del país, porque, como decía Patricia, era un lenguaje nuevo, optimista y esperanzador.

11

Esa misma noche, Emilio casi no pudo conciliar el sueño, no sólo por el cansancio producto de la actividad anterior, sino por el compromiso cimero de organizar la máxima manifestación de El Movimiento. Se levantó bien temprano. A escasas tres semanas del día memorable de la gran reunión, similar a la del 20 de julio, fecha que la Oligarquía celebra como la de la Independencia.

Pero con las nuevas enseñanzas que su Movimiento ha estado comunicando al pueblo, hoy en particular se va a conmemorar esta fecha como el día que la Oligarquía detuvo brutalmente, no el verdadero avance hacia la independencia, que se logró con la fuerza de las armas, pero sí la social y económica, que era el sueño de Bolívar, para el beneficio de la totalidad del pueblo. Hacía buen tiempo en todo el país. Se esperaba que para ese día el tiempo brillara de igual manera.

La participación en los eventos sería totalmente voluntaria, incluyendo la Homilía de la santa Misa y el Tedeum por el arzobispo de Bogotá, eminentísimo Señor Cardenal Pedro Rubiano Sáenz, natural de Cartago.

Esta parte que tocaba las fibras más sensibles del pueblo, era de importancia para Emilio porque no podía soslayarse las profundas convicciones cristiana que le había permitido al pueblo soportar tanto daño con un estoicismo digno de imitar.

La magna concentración se iniciaría con una marcha desde un lugar determinado por los dirigentes de cada ciudad hacia la plaza principal, y oradores debidamente escogidos, para que, enmarcando el tema dentro de los límites históricos, explicaran el desarrollo de los acontecimientos.

Se haría ver —esto sería el detonante— que el hilo conductor histórico establecido mantenía la conciencia colombiana actual en absoluto control, y envolvía a toda la población de manera tan sutil que pasaba por alto aún a las mentes más agudas, el escenario de violencia que, muchas veces, había abarcado casi todo el territorio nacional. Éste sería el tópico principal, cuya exposición con lujos de detalles la haría el Profesor Sanz.

El Profesor había preparado precisamente un diseño piramidal de las fuerzas del poder imperante, de tipo jerárquico, en cuyo ápice estaba incluida la familia de Emilio y otras cinco familias poderosas, con nexos, en el plano internacional, que iban más allá de las fronteras y se ramificaban con familias europeas y los Estados Unidos. Los hilos poderosos de la economía movían a todos por igual.

Esta era la razón de la premura de Emilio de contactar al Profesor. El contenido de los documento de Francisco José de Caldas, no sólo confirmarían la exposición del Profesor sino que coadyuvaría en ampliar la información, y establecer sin lugar a dudas los fuertes lazos entre la oligarquía de hoy con la del pasado de hace más de doscientos años.

Una mañana excesivamente fría. La lluvia pertinaz bajó la temperatura en varios grados. La cafetería de la universidad estaba llena de estudiantes que se preparaban para las clases del primer día de la semana. Cuando entró en el amplio salón, se dio cuenta que era la atención de todos.

Él los saludaba con un leve movimiento de la mano. Muchos se veían apurados en los repasos necesarios para salir bien del examen. Otros se despejaban el cansancio con partidas de ajedrez. Pidió un tinto.

Al poco rato, exactamente a la nueve de la mañana, puntual como siempre, llegó el profesor Sanz, saludó a Emilio y otros estudiantes que estaban cerca.

—Buenos días, Emilio, cada día hace más frío en esta ciudad, o mis huesos están destinados a la congelación. Pero aun así estoy presto para escucharle.

—Hace más frío, tómese un buen tinto, y se compondrá.

El profesor se sentó, sin quitarse el grueso abrigo que lo cubría, y empezó a degustar el tinto que una joven mesera le acababa de servir, era de excelente calidad.

Los granos se cogían en las laderas de las montañas que circundaban la ciudad de Armenia, parte del Eje Cafetero, en donde se producía el mejor café suave del mundo. Varios estudiantes se acercaron a la mesa a saludar al Profesor y a Emilio. Cuando estaban despidiéndose uno del grupo les dijo:

—¡Adelante! Paso de vencedores. ¡Estamos con ustedes!

Emilio los miró, les estrechó la mano y les dijo:

—Palabras históricas que se ajustan precisamente a nuestras gestiones. Cuento con Ustedes.

—Emilio, ¿de qué se trata en realidad?, pues lo que me adelantaste después de mi conferencia me tiene en ascuas.

—Profesor, entre los archivos antiguos de mi padre he encontrado unos papeles firmados por Francisco José de Caldas. El cilindro donde estaban por muchos años cayó inesperadamente en mis manos.

—Un gran sabio, sin duda, interrumpió el Profesor, pero al servicio de los intereses oligárquicos. Mire, fue el que fabricó las armas para enfrentar a Morillo, una acción loable en apariencia, pero eran armas para consolidar el poder de la oligarquía. Toda esta fronda atacaba al gobierno local español, buscando substituirlo mientras al mismo tiempo gritaba Viva el Rey. ¡Qué postura tan contradictoria! Pues sus verdaderas y burdas intenciones saltan a la vista.

Debo aclararte que, con respecto a la posición de Caldas, tengo mis dudas, pues hace muchos años se estuvo hablando de documentos que si se publicaran podrían salvar al gran Sabio y redimirse ante la historia.

El profesor se expresaba de esta manera con gran incomodidad, pues admiraba profundamente al gran sabio que contaba con un amasijo de conocimientos científicos que daban renombre al país. Por eso su rostro se iluminó cuando escuchó a Emilio.

—De eso se trata precisamente, Profesor. El sabio en los últimos momentos de su vida se arrepiente de su posición y escribe con lujo de detalles sobre las pretensiones de la oligarquía, y toma una postura más justa a favor del pueblo. Muchos ídolos falsos van a derrumbarse. Ya tengo los documentos originales que así lo atestiguan y que permanecieron ocultos hasta ahora.

—¿Dónde están esos documentos?

—En mi maletín.

—Vamos a mi despacho, entonces. Estoy ansioso por verlos.

Emilio se dio cuenta de que el Profesor hacía esfuerzos por traer a su mente algún hecho del pasado, algo que empezó a zumbar en sus oídos y que buscaba la forma de concretarlo en el momento propicio.

Después de recorrer un largo pasillo bordeado por jardines de salvias híbridas aromáticas, con llamativos racimos de flores moradas, llegaron al despacho, sobrio pero cómodo, donde atendía a sus estudiantes que acudían a aclarar asuntos de los exámenes próximos o alguna tesis en particular.

—Déjame ver —dijo, encendiendo la calefacción—, tengo la sensación que gracias a una serendipia, el pueblo colombiano podrá conocer la génesis de todos los problemas sociales de nuestra época.

Emilio con mucha delicadeza sacó el rollo de manuscritos, le quitó el cordón de rojo brillante que los aguantaba, colocó a ambos extremos pisapapeles de mármol para que no se enrollaran de nuevo. Puso aparte la carta reveladora de Camilo Torres. En la parte superior en tamaño destacado la inicial Φ de la palabra griega atravesada por una línea negra:

ΦMIKRON

—Es el mismo símbolo Φ que él dibujó antes de llegar al patíbulo —musitó el Profesor quien, emocionado, y después de apreciar la hermosa caligrafía y el arte con que se dibujó la primera letra, empezó a leer en silencio. Fue el momento en que recordó todo con gran claridad.

—¿Sabes, Emilio? Hace muchos años estuve buscando estos manuscritos. Quien me puso al tanto de esto fue el gran sabio Luis López de Mesa, quien tenía... debido a muchas ocupaciones en esa ocasión, pasaron los días y me olvidé de indagar más al respecto.

—¿Se refiere usted al sabio antioqueño, autor de muchos libros científicos y de sociología como el estudio titulado ¿Cómo se ha formado la Nación Colombiana?

—Sí, el mismo que daba conferencias internacionales sobre el origen y evolución de la vida en el planeta; que sentó cátedra en los asuntos educativos; autor de varias obras científicas, fue rector de la Universidad Nacional y ministro de educación. Es deslumbrante su periplo por los caminos del saber... El mismo que sin ambages y regodeos quiso establecer el concepto racista de que nuestro atraso social y económico se debía a la pobre mezcla racial que dio origen a un individuo totalmente inferior y pobre de espíritu. El que afirmaba que durante la colonización española, entre luchas y destemplanzas sexuales, se creó un hombre pusilánime, sin conceptos empresariales y con el único objetivo de la procreación.

El Profesor no pudo disimular su incomodidad. Las palabras espontáneas de Emilio, daba margen para imprecisas conjeturas, que llevaría a mucha gente a interpretaciones equivocadas. Miró a Emilio y con el fin de remediar el exabrupto, dijo con voz queda, casi paternal:

—Uno podría lamentarse, Emilio, por las conclusiones a las que llegó mi amigo Luis López de Mesa en su constante cogitación. Tuvimos un gran intercambio epistolar, cuando yo era todavía muy joven. Ambos nos escribimos intensamente al respecto. Era, casi podría decirse, el comienzo de nuestras vidas. En sus cartas, que guardo con cariño, tocaba con sumo cuidado esos asuntos no como si fuera su propia afirmación, o una nueva teoría de antropología cultural sobre el homo sapiens colombiano ¡No! era en verdad la posición de la élite, sus pareceres, sus conceptos con respecto al pueblo común; por lo tanto, el interés del gran sabio era exponer, en el mundo social colombiano, la actitud encumbrada de la alta sociedad, que miraba al pueblo por encima del hombro. Pero debo aclararte, Emilio, que sus opiniones eran producto de una hábil capacidad de detectar la conducta despreciativa de la élite social.

»No era su opinión científica personal, sino la interpretación a la postura despectiva que la oligarquía tenía hacia la gran masa del pueblo a la que había postrado con sus actos de beligerancia y su ambición por el poder político y económico. Oligarquía que convirtió el territorio de Colombia en un campo de batalla para dirimir sus diferencias. La secuela de estas guerras absurdas, propiciaron grandes deficiencias y afectaron la psiquis del pueblo que atrasó al país en su desarrollo agrícola, industrial y urbanístico y, peor todavía, en su educación. ¿Es que acaso las guerras civiles, la lucha atroz entre liberales y conservadores, el perenne escenario de masacres de campesinos e indígenas que siempre han permeado el suelo colombiano, no crea sus efectos destructivos en el alma colombiana?

»Por años la capacidad inventiva del pueblo se tronchó e hizo que el pueblo cayera en una parsimonia y abulia general que degeneró en una violencia constante y repetitiva. Fue y ha sido un círculo vicioso todavía no superado. Por lo tanto, tomaba el sabio las precauciones debidas. Creo que su propósito era desenmascarar a la oligarquía y su verdadera posición sobre el pueblo colombiano. Un hombre de la virtuosidad del sabio, que había logrado la prudencia gracias a su cultura universal, que veía en la generosidad el camino verdadero que conduce a la redención del pueblo, filosofía que se acerca por mucho a los ideales de El Movimiento, no podría tener una concepción tan pobre del pueblo colombiano.

»Al contrario, en una ocasión me afirmó que si se siguieran las recomendaciones que Caldas daba en sus escritos —que él tuvo en sus manos— se podría "salvar el alma nacional". Por eso puedo decir ahora que es imperdonable que haya dejado pasar tanto tiempo sin indagar sobre el escrito de Caldas; menos mal, que ha hecho su aparición en el momento oportuno. No me perdono el lapsus mental al respecto».

Emilio lo vio inmensamente conmovido, lo que confirmaba la sinceridad de sus palabras. Aceptó su error porque en su apreciación no había tenido en cuenta que en toda elucubración se da el aspecto de presentar la realidad desde las perspectivas diferentes de muchos que a la postre no son necesariamente la personal, es decir, del escritor, del historiador oficial o independiente.

—Me alegra muchísimo que pudiéramos enfocar al sabio antioqueño en su verdadera grandeza, no sólo como científico, sociólogo o antropólogo sino como hombre de principios, de valores y de una virtuosidad a toda prueba. Me llena de felicidad la interpretación que usted, Profesor, acaba de darme. Todo hombre con la sapiencia que manifestó el sabio, siempre debe estar a lado de su pueblo.

—Podríamos escribir al respecto.

Entonces cuando el Profesor se concentró en la lectura de los manuscritos. Mientras tanto, Emilio se entretenía, para no interrumpir al Profesor, en mirar publicaciones viejas de algunos periódicos del país que estaban tirados por el piso y sobre algunos muebles. (Recordó los que leía de niño en su casa que dio motivo a conversaciones muy serias con su padre.) Tenían un gran valor porque en ellos se narraban hechos importantes y anécdotas ya olvidadas por el pueblo.

Pudo leer rápidamente los debates históricos en el siglo XIX entre los parlamentarios Guillermo Valencia y Antonio José Restrepo, en los que ambos políticos hacían gala de su astucia y conocimientos, con excelente manejo de la lengua, que convertían la polémica en una magistral pieza literaria.

Cada uno tratando de convencer al otro sobre la necesidad de aplicar o no la pena de muerte, propuesta que fue derrotada. El parlamento colombiano de ese entonces recibió las felicitaciones del escritor Victor Hugo por esta sabia decisión, según se desprende de una reseña elaborada por un corresponsal en Francia publicada en la página editorial del periódico *El Tiempo*.

Le tomó al profesor aproximadamente dos horas y media en leer los manuscritos.

—¡Emilio, hay que darlo a conocer al pueblo! —dijo, cuando terminó de leer, mirando al joven—. Y nosotros le vamos a hacer justicia al Sabio. Manos siniestras han impedido, hasta ahora, que el pueblo colombiano conociera al verdadero Caldas. La labor que realicemos sobre el sabio será su monumento expiatorio. Ha sido una intuición mía mi apesadumbramiento cuando leía, de otros historiadores, todo lo relacionado con Caldas.

—Mire, Profesor, lea usted esta carta.

Emilio le pasó la carta, que el Profesor leyó con gran curiosidad. Levantó la cabeza. Su rostro manifestaba gran perplejidad.

—Esta carta del prócer Camilo Torres confirma todos estos documentos firmados por el sabio.

Hizo el comentario con una gran muestra de euforia y satisfacción. Creía profundamente que de manera inesperada se estaba entrando en un escenario en el cual mucho llamados eruditos querrán terciar en múltiples discusiones estériles, más con el propósitos de tergiversar los hechos, que el de confirmarlos con datos nuevos comprobados.

A buena hora, ellos tenían los documentos apropiados y en el momento propicio los darían a conocer. Los castillos de naipes de la intelectualidad intocable, se derrumbarían.

—Quiero hace una aclaración —riposto Emilio— uno podría pensar que mantener oculto estos documentos se podría considerar como una actitud imperdonable de mi familia. Sin embargo, Profesor, quizás sin proponérselo, mi familia, pudiendo hacerlo, no los destruyó y los mantuvo intactos para la posteridad.

—Es verdad, gracias a dicha precaución, la historia colombiana, la verdadera, se va consolidando fácticamente.

—¿Y la Φ qué significa? Preguntó Emilio señalándola con el índice.

—Ya veremos. Hay que sacarle copia a estos documentos y protegerlos al máximo. Yo voy a hacer el trabajo de rigor. A vuelo de pájaro he podido detectar varios puntos de gran valía que permite reestructurar toda la historia del país, en especial desde el levantamiento de los comuneros, hasta el mismo día de la muerte de nuestro sabio, y a partir de su muerte, el desenvolvimiento de un mejor futuro, si se hubiera dado a conocer la verdad. Los que creemos que la historia es una sucesión inevitable de hechos hábilmente dirigida de causas y efectos, nos permitirá a los colombianos comprender nuestra situación actual, no solamente social, sino también económica y política.

»Porque lo que acontece en la Colombia actual, es repercusión de lo que se daba en la Nueva Granada que le tocó vivir al sabio, y que produjo los fusilamientos públicos. Colombia nunca ha superado el entorno social de aquella época. Ya hemos escrito al respecto. Ahí están nuestros libros. Por eso el Caldas nuevo resultaba ser el eslabón perdido en la historia colombiana. Esperamos que con esto el pueblo salga por fin del letargo que padece. Pueblos a nuestro alrededor ya han salido y marchan hacia una nueva aurora. Debieran publicarse. Será una bomba que conmoverá a todo el pueblo colombiano».

—Estoy profundamente emocionado, ratificó Emilio. Creo que estamos bien encaminados, y que el contenido de los documentos fortalecerá la base ideológica de nuestro Movimiento. Necesitaríamos la autorización de mi padre para su publicación. Tengo el presentimiento que esto se dará a su debido momento, pues en conversaciones recientes que tuve con él le hice algunos planteamientos respecto a asuntos similares y se mostró muy comedido y de acuerdo con mis propósitos.

—Efectivamente —dijo el Profesor.

—Vamos a revelar estos documentos el día apropiado. Ellos nos permitirán refrendar todo lo que hemos dicho al respecto. Estamos a punto de redimir para la historia al Sabio Caldas, y dar a conocer la verdadera identidad de Juan Francisco Berbeo, cuya táctica la vienen aplicando los gobiernos de turno para mantener al pueblo sometido. Siempre que me topo con este individuo he barruntado que había algo de sospechoso en sus posturas. Primero inexplicablemente siempre está del lado del arzobispo Caballero y Góngora, quien con artimañas logró detener el movimiento comunero mediante unas capitulaciones.

»Una vez los rebeldes dispusieron de las armas, fueron detenidos y ejecutados, entre ellos José Antonio Galán. Berbeo se opuso a que el pueblo revolucionario —en una marcha multitudinaria— entrara en la capital. En la actualidad, la acción coercitiva del gobierno de turno es una copia fiel, histórica, de la de aquella época. Hay que reconocer que un antepasado de tu familia, Emilio, Don Jorge Tadeo Lozano, Marqués de San Jorge, tuvo participación favorable a la oligarquía en la actividad que se dio con motivo de la marcha.

»Con Berbeo se inicia una tradición que ha continuado hasta nuestros días, en la que se establece la discrepancia entre Galán y Berbeo; es como decir entre el pueblo y la oligarquía. Están en juego los cambios sociales y el rumbo a tomar. Berbeo, como el Marqués de San Jorge, buscaban cambios que beneficiaran a los criollos poderosos. Galán, por el contrario, representó las aspiraciones de los desheredados, y como dice nuestro historiador Indalecio Liévano Aguirre, la sublevación de Galán estaba ligada al levantamiento de los esclavos, las reivindicaciones indígenas, la invasión de los latifundios y la liberación de los cosecheros, largamente oprimidos por los grandes propietarios criollos».

—Lo que usted dice, profesor Sanz, confirma nuestra postura ideológica y da base para entrar en un proceso que lleve toda esta información al pueblo colombiano.

Después de sacar varias copias, se despidieron.

El profesor, entonces, se metió dentro de los pormenores de todos los datos dados por el sabio y se hundió profundamente y sin descanso en su trabajo hasta la madrugada. Aguzó todo su intelecto para un análisis perfecto de dichos documentos que incluyó aspectos históricos, políticos y filosóficos y, sobre todo, se dedicó con esmero a la búsqueda de imponderables que en su acción invisible atrasó el flujo adecuado de la historia. Porque los nexos entre la clase dirigente de entonces estaban intactos aún en la actualidad.

Cuando el Profesor hacía los análisis correspondientes, saltaba a la vista dicha conexión que se ha mantenido por su extraordinario poder de usufructuar a los descendientes que se apropiaron del derecho de ser los eternos dirigentes del estado.

Antes de salir de su despacho, miró por la ventana.

Quería verificar que todo estuviera en orden. Sabía que las autoridades del gobierno lo vigilaban, y que no era la primera vez que el Estado o cualquier otro con el mismo interés, era una realidad que no podía negarse. El tema no tenía cortapisas ni freno.

12

Mientras tanto, como ocurrió durante la visita de míster McCain, estaban reunidos en el palacio presidencial el señor Lozano, como Ministro de la Defensa, varios generales, dos representantes de una compañía israelita, expertos en el manejo de grupos armados, colaboradores en el operativo Jaque y que en el momento presente eran los mismos con el compromiso inviolable de frenar que El Movimiento siguiera adelante.

Todo el día se discutió el plan a seguir en el que se trató de incluir francotiradores capaces de resolver en segundos con un tiro certero el peligro en el que se encontraba, según ellos, la paz nacional.

Esta idea no siguió adelante por la fuerte oposición del señor Lozano.

Se hizo después un recuento del día 3 de julio cuando la televisión y la radio en todo el mundo pasaron la noticia de la liberación de los rehenes.

El *Operativo Jaque* había sido todo un éxito. Se había logrado la liberación y el Gobierno colombiano se llevaba los créditos. Los liberados se veían felices: Keith Stansell, Thomas Howes, Marc Gonçalves e Ingrid Betancourt.

Y por un golpe de suerte trece colombianos más, los cuales, aunque tardíamente, despertaron algún interés del gobierno y de la prensa internacional.

Los norteamericanos no dieron la cara a los medios periodísticos de Colombia, salieron raudos para Texas, a iniciarse en una vida normal y, al llegar el momento propicio, narrar en un libro lucrativo todas sus experiencias. La prensa nacional destacó de Ingrid su viaje casi de inmediato a Francia, donde la recibió el presidente Nicolás Sarkozy, y ella, sin darle la espalda a su amor patriótico por la nacionalidad colombiana, dio amplio reconocimiento a Francia, a su pueblo y gobierno, cantando La Marsellesa.

La excandidata se veía rozagante y parecía que había invertido todo el tiempo de su cautiverio, según decía la prensa, en provecho de su presencia física, procedimiento que se recomienda cuando se está en cautiverio para evitar un colapso emocional.

Su esposo se dio por entero a la tarea de presionar al gobierno para que tomara cartas en el asunto y preparara un plan conducente a la liberación de su esposa.

Constantemente, día a día, sin descanso, en la Plaza de Bolívar o en cualquier otra área de la capital, cartel en mano, se le veía manifestando su protesta y exigiendo la pronta intervención del Estado. Fueron tanta sus insistencias que, sin exageración, se convirtió en un héroe nacional. Tiempo después, la liberación fue una realidad.

Tan pronto ella regresó a Francia, se divorció de su esposo, puso una demanda al Estado colombiano, que no prosperó y, en un lapsus lingüístico, escribió sus memorias en francés.

Días después, aclaró lo del divorcio como un asunto personal y dejó claro que escribió en francés, lengua que manejaba mejor, porque se crió en Francia, y puso la demanda al gobierno por no darle la protección adecuada cuando entró, por necesidad, en áreas de peligro.

Es obligación constitucional del estado dar protección a sus conciudadanos, máxime cuando la persona en peligro es una figura pública de relevancia como era Ingrid en ese momento, en plena campaña electoral. Los otros colombianos liberados se vincularon de nuevo a sus antiguas posiciones rutinarias dentro del ejército o la policía.

La prensa Colombiana nunca mencionó que Ingrid era opositora tajante a los desmanes del presidente, y había manifestado personalmente sus agradecimientos a Hugo Chávez y a Pilar Córdoba. Sin la intervención de ambos su liberación no hubiera sido posible.

13

Todo el tiempo, Emilio se ocupaba en hacer ajustes para evitar una confrontación entre los que participaban en la celebración oficial organizada por el gobierno y los que iban a estar presentes en la de El Movimiento. El propósito de Emilio, por lo tanto, era unir a todos los colombianos alrededor de unos mismos conceptos en los que El Movimiento nada tiene que ver con ninguno de los partidos políticos tradicionales ni de nuevo cuño, porque es una exaltación a la nacionalidad, a los intereses del pueblo, a la verdad y a la independencia total sin injerencia de nadie ni de ningún otro país.

Pero por respeto a la verdad, interviene con sentido crítico y de responsabilidad en las gestiones gubernamentales como el de la liberación de los rehenes y la acción guerrillera, siempre en constante acción.

Emilio estaba descansando en su habitación, cuando sonó su teléfono móvil.

—Emilio, ¿cómo estás? Espero que no haya interrumpido…

—Para nada, Profesor. He estado esperando su llamada.

—Precisamente es para informarte que ya tengo descifrado el simbolismo de ΦMIKRON y la explicación del porqué del mismo. Así que te llamo para saber si puedes pasar esta tarde por mi oficina.

—Sí, claro que sí. Estaré allí lo antes posible.

Después del almuerzo, Emilio se dirigió hacia la oficina del profesor, pero quiso pasar antes por casa de Patricia para recogerla. Ella estaba muy interesada en conocer los pensamientos del gran sabio sobre el nuevo curso de los acontecimientos que, sin lugar a dudas, estaban a punto de producir un cambio en el escenario y saber cuánto esto podría incidir, a su vez, en la mentalidad colombiana. Ya Patricia estaba lista, cuando escuchó el ruido del motor, salió de inmediato.

Iban por el camino hablando sobre el tema en el que se mezclaban los datos históricos de hace doscientos años, su origen y su desenlace cuyos efectos llegaron a nuestra época con características que establecen un nexo insoslayable entre el pasado y el presente. Este era el punto crucial que el Profesor siempre tenía como base para establecer desde el punto de vista sociológico los aspectos humanos del intricado desarrollo de la Colombia de hoy.

El diálogo se daba con gran entusiasmo. Patricia exponía sus conceptos con gran efectividad. Tenía los atributos de la locuacidad: rapidez en la expresión, las palabras precisas y exactas, coordinación del concepto expresado dentro de una lógica irrefutable. Todo esto ponía de manifiesto en ella su portentosa inteligencia y la extraordinaria aptitud para atraer multitudes que querían escucharla en sus conferencias, en sus intervenciones en las plazas públicas y en la universidad.

De nuevo en el despacho del profesor, se concentraron en la letra del alfabeto griego que el sabio había dibujado con rasgos fuertes.

—Profesor, ¿cree usted que es la letra 0 (theta) o la Φ (omikrón) del alfabeto griego?

—Estoy completamente seguro de que es la Φ de omikrón, que el sabio atravesó con una línea para convertirla en la Φ. Es la misma letra que él dibujó camino al patíbulo un poco alargada accidentalmente, creo esto pues aquí aparece como un círculo perfecto. Señaló con el índice el documento donde aparecía la letra griega dibujada llamativamente, con sombras que le daban un aspecto esférico y a su alrededor una ramificaciones cuyo simbolismo acababa de escudriñar.

—Ambas figuras geométricas, el círculo y la esfera eran sagradas para los antiguos —apuntó Patricia—. Era el símbolo sagrado de los Druidas. La base de las mandalas es el círculo, y los egipcios inventaron el uroboro, o serpiente que se muerde la cola para manifestar la infinitud del círculo. Por eso hizo uso de la letra griega, a su vez una figura geométrica para, de manera hermética, manifestar su preocupación por el peligro que, en algún momento, tendrían que enfrentar los colombianos.

Porque hay que tener en cuenta que la esfera es un cuerpo en el espacio formado por un semicírculo que gira sobre su diámetro.

El ΦMIKRON es, en su simbolismo, una esfera constituida por un semicírculo social, que igual que el semicírculo geométrico tiene un valor acumulativo de trescientos sesenta grados. De esta manera, el Gran Sabio Caldas quiso configurar para las futuras generaciones el peligro que se iba a cernir sobre los colombianos, y que había dado comienzo con toda la fuerza humana que genera el poder en la azarosa vida de su época.

Y por eso, dentro de la perspectiva que permite la lógica, el sabio Caldas de manera simbólica, nos plantea la necesidad de desarrollar una vertiente independiente que conduzca a nuestro país hacia un futuro inmediato por rumbos de justicia para todos.

—Es cierto. Observamos que el sabio la parte por el centro mediante una línea inclinada, la que yo considero simbólicamente como una fulguración de la conciencia. Es un despertar. Por eso da énfasis a la Φ y su contenido de filigrana y colores llamativos que llama la atención de todos. En épocas antiguas en los momentos de cambios hacia un futuro mejor, se hacía necesario el uso del símbolo como instrumento de comunicación, que resultaba efectivo, y no ponía en peligro ni al que transmitía el conocimiento ni al que lo recibía.

—Es decir —dijo Emilio—, que el sabio quería representar mediante esta forma simbólica, un abrirse hacia la verdad.

—¡Exactamente! el sabio en su propósito —creo yo—, como buen matemático que fue, al querer trasmitir la verdad de sus descubrimientos políticos mediante la forma del círculo, concibe la esfera, que en realidad es un semicírculo que gira sobre su diámetro y que se describe con toda su perfección en el espacio. En este caso se abre como una granada hendida por el centro, y así emerge su contenido germinal, que en un prodigio de exuberancia va creando todo un árbol de múltiples ramas que harán presencia en todo el ámbito nacional. Esta es la verdad con toda su hermosa crudeza y simbolismo.

—Profesor, ¿cuál verdad? —Preguntó Patricia, con un gesto que manifestaba un gran interés.

—La que tiene lugar en el plano social, la que a la luz de la historia que percibimos con nuestros ojos como una ramificación hirsuta que ha invadido todos los estamentos de la sociedad colombiana. Se hará necesario, pues, reestructurar el concepto sociológico a la luz de este descubrimiento para entender mejor la postura social del colombiano, pero de sus dirigentes máximos, ante esta fuerza que nadie ve pero que todo el mundo siente. La lectura de estos documentos me indica que el sabio Caldas se refería a presencias muy fuertes en la sociedad neogranadina, con un poder que ha llegado hasta nuestros días a través del tiempo y la distancia y que se siente en todo el país. Puntos claves como Bogotá, Cartagena, la ciudad de Popayán, se distinguían por el poder omnímodo de unos hombres que lo ejercían sin escrúpulos en todos los estamentos de la sociedad y por todo el territorio nacional. Yo los llamo "los prohombres".

»En los comienzos del siglo pasado, por ejemplo, los llamados prohombres de la historia oficial, recorrían el territorio nacional como figuras infernales, azuzando al pueblo políticamente, exacerbando los ánimos y hundiendo a todos en crímenes horrendos, levantamientos armados de facinerosos azuzados por prédicas incendiarias, guerrillas como oposición a estos desmanes que degeneraron en nueve guerras civiles, mientras ellos, los poderosos, andaban de brazo en conciliábulos ocultos preparando la mejor forma para usufructuarse del poder. Crearon los dos partidos políticos de siempre para dividir al pueblo y mantener un poder hereditario que se ha perpetuado para perjuicio del orden social colombiano. Para poder mantener la continuidad de este poder a través del tiempo y la distancia, se conservaron vínculos de consanguinidad y afinidad que se remonta a cientos de años. Sus representantes establecieron fuertes nexos con el poder que también tiene su presencia internacional.

»En Colombia, más que en cualquier otro país latinoamericano, se da esta situación. Desde la época colonial, escasas seis familias poderosas le marcan el paso a la sociedad colombiana en los aspectos económicos y en las relaciones internacionales en los que prácticamente, en algunas ocasiones, se sacrifica el patrimonio nacional porque obedece a los intereses del imperio. ¿Quién hace posible la pérdida del canal de Panamá? Tomás Cipriano de Mosquera, figura histórica cimera de la oligarquía junto con Herrán vinculados por sangre, como generalmente ocurre, con los individuos que constituyen el poder».

Prohibido olvidar por parte de los colombianos que por orden de Mosquera se abandona el Tratado Mallarino-Bidlack, firmado por la Nueva Granada (Colombia), Panamá y los Estados Unidos, el 12 de diciembre de 1846. Este tratado frenó la emancipación de Panamá.

Su eliminación precipitó la pérdida de Panamá. La injuria que cometían constantemente los gobernantes colombianos de entonces prácticamente puso en manos del naciente imperio, nuestra región más valiosa.

Sus vínculos estrechos con Estados Unidos, y empresas privadas de ese país socavaron las estrechas relaciones entre Panamá y Colombia.

Caldas fue testigo presencial de los comienzo de ese poder detentado por los prohombres de siempre, quien, en su época, vio extenderse sus tentáculos por todo el territorio nacional y poco a poco fue destruyendo la obra de Bolívar hasta ubicarse inamoviblemente en el poder absoluto que se ejerce ahora con gran sutileza y actos de prestidigitación. La realidad que construye a diario el colombiano; es decir, su experiencia subjetiva de esa realidad, no encaja con la realidad física y social de sus circunstancias.

Por eso el colombiano ha vivido en una ilusión constante, creada artificialmente. Los descendientes de esas familias son los poderosos de hoy. Caldas también nos dice del contacto que ya se mantenía con los representantes de la América Septentrional, como usualmente en ese entonces se llamaba a Estados Unidos. El afán de los gobiernos de ese país de mantener vínculos fuertes con el nuestro, no es una acción espontánea en busca de interrelación, es la respuesta de la élite mundial preparándose para socavar los avances obtenidos por los pueblos latinoamericanos.

Ese era el enorme interés de míster Bush y explica la presencia de McCain y obviamente del Ministro de Defensa, señor Lozano, que, debo decírtelo Emilio, por su gran influencia económica y sus estrechas relaciones con los círculos internacionales del poder, sería excelente candidato a la presidencia, siempre y cuando se produzca un cambio substancial en las profundidades de su ser, el cual podría ocurrir según observamos en sus recientes manifestaciones y posturas.

—Y pudiera ser que el actual presidente no vaya a la reelección —agregó el Profesor—, y deje el camino expedito para el candidato de El Movimiento. Igualmente un triunfo del candidato Obama, podría ser un paliativo a las relaciones que se mantienen con nuestro país.

En ese instante la mente de Emilio se vio acosada por pensamientos cuyo atractivo consistía en llevarlo a ponderar la posibilidad de un cambio de su padre.

—Si las circunstancias nos llevan a una resolución parecida se daría para mí una coyuntura que debiera aprovechar al máximo para el progreso de nuestro Movimiento.

—Es difícil decir esto, Emilio, con toda la certeza del caso. Fuerzas oscuras y perniciosas están detrás de tu padre, y confían en él. No es que no pueda darse un cambio en su ánimo. La historia nos presenta casos aislados como éste. Pero esas fuerzas actúan de manera misteriosa e impredecible.

—Me atrevería hablar con mi padre. Sé que él me escucha. Hemos hablado muchos temas, aunque en verdad en ninguna ocasión hemos tocado el tema político, excepto en nuestra reciente reunión de familia. Su recia personalidad esconde a un ser humano comprensible que pudiera experimentar un cambio de un momento a otro.

Cuando mi madre regresó de la hacienda El Novillero, hablamos largo y tendido y me di cuenta que escuchó y asintió muchas de las opiniones de mi madre, y las mías también.

—Emilio, el futuro de Colombia podría estar gestándose —dijo Patricia, y apuntó—: Yo también he podido observar que tu padre parece manifestar una amplia transformación de sus convicciones ancestrales, y que ahora en sus múltiples expresiones intelectuales manifiesta a un hombre nuevo, más acorde con el mundo de hoy.

El Profesor Sanz tenía conocía la naturaleza humana. Había dedicado años de estudio para dilucidar su funcionamiento a la luz de las disquisiciones de grandes pensadores, lo que le dio la solvencia para después agrupar en uno de sus libros más controversiales. Lo tituló "Cuando el hombre se transforma buscando en su interior el ser histórico". En el libro, que se convirtió en un best seller, y había sido traducido a varios idiomas establecía como principio que todos tienen en su interior un ser histórico potencial, el cual dentro de un marco social de conflictos templa sus capacidades para empezar a timonear el desarrollo de los acontecimientos que dan al traste con esquemas obsoletos y elimina todo tipo de injusticia. Así, pues, analizaba sociológicamente la personalidad de grandes figuras de la historia, cómo incidieron en el transcurrir histórico, Julio César, Napoleón, Washington, Fidel y Che Guevara y por supuesto Simón Bolívar, y en nuestra época a Hugo Chávez.

Teniendo en cuenta estos paradigmas, el Profesor en sus profundos análisis busca el momento preciso, en el cual el hombre ante hechos y circunstancias especiales, empieza a desarrollar transformaciones que lo conduce poco a poco hacia la radicalización, convirtiéndose así en el hombre histórico por antonomasia quien tiene el poder omnímodo de dar un cambio total al curso de la historia, cuando el pueblo lo convierte en su líder máximo. Teniendo la virtud como coraza, con la energía espiritual necesaria, venciendo obstáculos y enfrentando la intransigencia y la maldad humanas, logra crear el escenario oportuno para una nueva aurora: ese es el líder del Profesor Sanz.

No es el prohombre, impertérrito, artificial y utilitario. Es el hombre histórico, que tiene la fuerza para cambiar el curso de la historia para beneficio de la humanidad.

Además, sus dominios de lenguas antiguas como el arameo, el sánscrito y su capacidad de traducir el lenguaje cuneiforme de los sumerios le permitían escudriñar las profundidades de libros antiquísimos, en los que ya se hablaban de una conjura por el dominio del planeta y en la que, inadvertidamente, en esta época, existía el mismo peligro con la cooperación de los colombianos mediante componendas que el gobierno actual y los anteriores habían hecho con las élites del poder mundial. No es mito ni fantasía. Gracias a los nuevos sistemas de comunicación, como Internet, los pueblos conocen ya que este poder, dirigido por hombres enigmáticos desde salones herméticos, basa su éxito en el dominio del planeta, la estructuración hipnotizante de un mundo material de gran impacto por su belleza, por la manera como crea comodidades que suplen perfectamente cualquier deficiencia humana. Paradójicamente, este mundo aparente explica la miseria que sufren los pueblos y el atraso de muchas naciones.

Esto preocupaba al Profesor por Emilio.

¿Cómo abocaría cualquier reacción inesperada de su padre? Aunque así son las antinomias de la vida. Los buenos resultados, surgen a veces de la manera más inesperada, del encuentro de fuerzas en oposición. Un cambio radical del señor Lozano, lo inmortalizaría.

Como de costumbre, el Profesor se hundió en profundos análisis y razonamientos que escribía con suma rapidez en cuartillas que iba a constituir su famoso libro.

Profundizando en sus disquisiciones que buscaban dejar claro lo que estaba ocurriendo en el país desde hacía muchos años, y que, en términos generales, había permanecido desapercibido por todos. O aceptaban el sistema electoral capaz de producir un cambio sin considerar que precisamente a través de dicho sistema se perpetuaba la oligarquía la cual se mantenía intacta para su propio provecho.

El pueblo estaba inmerso profundamente en las prédicas eternas que convertían a los hacedores del sistema en superhombres imposibles de reemplazar. Cualquier destello de liberación terminaba en un parricidio más. Es decir, cada vez que se levantaba un hombre, un nuevo líder, capaz de unificar en él los intereses del pueblo, era asesinado. Por eso, pensaba, la salvación estaba en la educación del pueblo, en la evolución volitiva de sus dirigentes y en la prudencia de todos.

Ya en la madrugada dieron por terminado el análisis y los pensamientos de Caldas, quien manifestaba claramente el grado de discrepancias muy profundas que dominaban la opinión pública de su tiempo. El Profesor Sanz cerró su despacho y Emilio lo llevó hasta su residencia al otro extremo de la ciudad, dejó a Patricia en su casa. De regreso, la gran ciudad se veía desolada.

Sentía sorpresa y angustia al crear conciencia de la triste realidad de no poderse experimentar en el país un instante de verdadera paz y tranquilidad, de un momento en que no se violara el sagrado derecho a la vida; pero, sobre todo, que el pueblo no reaccionara hacia una búsqueda de un cambio radical conducente a la transformación genuina del país en los aspectos sociales y económicos.

La violencia con su presencia de siempre, que venía sufriendo el pueblo de generación en generación, con todo y el impacto directo de su fuerza demoledora, todos, sin miramientos de clases, optaban por tomar una posición sumisa y en vez de enfrentarse al flagelo con valentía, optaban por abandonar el país para iniciar una nueva vida en otras tierras donde se sentían seguros, plenos y satisfechos. Un ruido intenso lo sacó del ensimismamiento. Un enorme camión militar de marca Hummer pasó por su lado. El espíritu colombiano —pensó— está sometido por el miedo, una fuerza negativa de supervivencia que aniquila toda iniciativa y convierte al hombre colombiano en un ser pusilánime dedicado a vivir, algunos, en la holgura de su vida rutinaria permitida por el sistema, y a otros en la incertidumbre de una vida sin metas ni propósitos.

TERCERA PARTE

1

Santiago de Cali, la capital del Valle del Cauca, amaneció empapelada de anuncios que convocaban al pueblo a participar en la gran concentración de El Movimiento, a la que se le dio el título de "Paso de Vencedores", grito de batalla del general colombiano Córdova que se escuchó como un trueno en la famosa batalla de Ayacucho, la cual selló para siempre la independencia de Perú. La magna manifestación tendría lugar en la Plaza Caycedo como antesala a la gigantesca reunión a celebrarse el próximo 20 de julio de 2009 en la Plaza de Bolívar de Bogotá. Sería el momento propicio para lanzar la candidatura de Emilio, cuyo liderato se había consolidado a plenitud, y aunque él mismo había dado margen para otras candidaturas, todos por unanimidad aceptaron la de Emilio, quien gracias a sus esfuerzos, su gran tesón, su don de gentes y maravillosa presencia de líder aguerrido, se había ganado la posición por derecho propio.

El enorme espacio de la plaza Caycedo, sus altas palmeras, zonas verdes y las fuentes que la circundaban, enmarcada por la hermosa catedral metropolitana y el palacio nacional de estilo neoclásico francés, la convertían en el sitio ideal. Estaba a cargo de la organización un hombre joven que tenía la preparación ideológica apropiada y la idoneidad para realizar todo de manera exitosa, pese a los hechos que ocurrirían al abrir del día. Emilio había depositado en él toda su confianza, porque sabía que tenía la capacidad para superar todos los escollos y dificultades. Se habían conocido en los comienzos de El Movimiento, cuando ya Emilio empezaba a viajar por todo el país, dictando conferencias en las universidades y en colegios de bachillerato. De regreso a Bogotá, después de tener una gran actividad en Cúcuta, compartieron el mismo vuelo.

El intercambio de ideas indicó a Emilio que Antonio sería un buen dirigente en todo el Valle del Cauca. Así, pues, Antonio Grajales fue nombrado representante de El Movimiento en la ciudad de Cali y para todo el Valle del Cauca, con capítulo en cada uno de sus cuarenta y dos ciudades.

Antonio Grajales se despertó súbitamente a causa del estruendoso tableteo que provenía de la calle. Abrió rápidamente las ventanas del hotel, ubicado a escasas dos cuadras de la Plaza Caycedo. Dos soldados disparaban contra un grupo de malhechores que, extrañamente, se supo después, se habían fugado de la cárcel de mayor seguridad en todo el país. A escasos dos minutos entraron en escenas varias patrullas de la policía. Eran presos comunes dedicados al tráfico de estupefacientes.

Antonio, consideró prudente llamar de inmediato a Emilio. Su constante comunicación era el mejor recurso para lograr que todo marchara sin efectos que lamentar.

—¡Alo! Te llamo para informarte que acaba de acontecer una situación de orden público, y tú sabes muy bien las medidas que el gobierno toma en estos casos. No sé exactamente de qué se trata. Aparentemente varios forajidos fueron alcanzados por la autoridad a pocas cuadras de la Plaza Caycedo.

—Tenemos que buscar la mejor solución, pero no podemos suspender las actividades. Yo creo que podría tratarse de una artimaña del gobierno para sabotear la reunión. Todo venía dándose sin contratiempos, y auguraba una manifestación exitosa.

—Efectivamente, yo pienso lo mismo. Es mucha coincidencia. La manifestación se iniciaría precisamente en la plaza Caycedo, y a todas luces, por la reacción de las gentes al llamado que se venía haciendo por días, iba a ser multitudinaria.

—Antonio, yo creo que debemos convocar al pueblo, en lugar de la manifestación, a una conferencia en la que se pueda establecer todos los puntos filosóficos, políticos y sociales que dan base a nuestro grupo. Hay que aprovechar el tiempo al máximo. Debes pasar un comunicado rápido para informar al pueblo de los cambios que nos vemos obligados a hacer.

Dos horas después el gobierno departamental pasaría una ordenanza que prohibía todo tipo de reuniones hasta nuevo aviso, pues se había turbado el orden público. El estado de sitio o el toque de queda eran recursos hábilmente aplicados por todos los gobiernos sin lacerar, aparentemente, los principios básicos de la democracia. Nunca se explicó cómo pudieron ocurrir los hechos, aunque se filtró a la prensa que algunos guardias de custodia se habían hecho de los de la vista larga y abierto el camino fácil y expedito para la escapada.

¿Cómo se explica que casi de inmediato, sin aviso previo, aparecieran dos soldados y minutos después varios policías que lograron someter a los forajidos?

Mientras tanto, la ciudad siguió el curso de su amanecer, que se despertaba con el brío de siempre, y se fue colmando poco a poco de automóviles y gente apresurada al trabajo. En la calle de marras, el saldo fue de varios heridos y una congestión enorme que se fue disipando con la ayuda de agentes de tránsito. La Plaza volvió a su normalidad, y entre el follaje de las altas palmeras, mecidas por el viento, se producían claros destellos de un sol caluroso, y se podía escuchar el carretear de cotorras anunciando el comienzo del día.

De todas maneras la actividad se dio sin contratiempos en unos amplios terrenos preparados para construcciones futuras, paralelos al río Cali deslizándose tranquilamente entre orillas hermosamente arborizadas. Miles llegaron a la actividad en la que se tocarían sólo aspectos básicos de El Movimiento. Hizo la presentación uno de los estudiantes de la Universidad del Valle del Cauca, se leyó una proclama preparada en Bogotá que hacía un llamado a toda la población en el sentido de que El Movimiento no constituía un partido político y sí una reclamación nacional al gobierno y los poderes de turno para que se estructurara una base económica más equitativa, propios del Siglo XXI. Intervino Arturo Mazuera un joven estudiante de bachillerato, cuya personalidad calaba hondo en todos aquellos que lo conocían. Pertenecía a la clase media, y vivía con sus padres en la urbanización Versalles de amplias calles, hermosos parques, avenidas de árboles florecidos.

Se daba por entero a muchas actividades y en los ratos de ocio escribía poemas de contenido social, que se publicaban en el periódico *El Faro del Colegio*. Su exposición fue corta pero decisiva: "Una responsabilidad intrínseca nos ha traído a esta reunión para intercambiar ideas que dejarán clara la tendencia particular de nuestro Movimiento. No nos mueve la violencia. Ésta, en todas sus manifestaciones, es un arma de desestabilización del sistema. Por lo tanto, la violencia sería, en todo caso, nuestro principal obstáculo.

"Nos mueve sí el cambio que el país pide a gritos no sólo para llevar justicia a nuestro pueblo, sino también para podernos enlazar en el gran movimiento bolivariano que mueve apoteósicamente a todos los países latinoamericanos.

"No podemos marginarnos y quedarnos solos, inmóviles, viendo pasar sin inmutarnos los acontecimientos históricos por un capricho de nuestros actuales dirigentes, que ven en El Movimiento una fuerza de oposición a sus intereses. Cambiemos de actitud y yuntémonos al corcel histórico que avanza a todo galope. Todo colombiano debe abocarse a la realidad que nos ocupa y mediante una catarsis intensa lograr el cambio individual para así lanzarnos al cambio colectivo."

Explicó entonces, con lujo de detalles, cómo se estaba organizando la gran concentración que tendría lugar en la Plaza de Bolívar de Bogotá. Su gran capacidad organizativa le presagiaba un puesto de relevancia en El Movimiento y en el país en un futuro cercano. Por noticias que había recibido, Arturo dio a conocer a la multitud sobre las otras actividades que se estaban llevando a cabo, a la par con la de Cali, en muchas ciudades del país que habían transcurrido con éxito y sin contratiempo, con la excepción de Medellín, donde hubo problemas con las autoridades, aunque no dejaron de ser una simple escaramuza sin efectos que lamentar. La de la Costa del Atlántico, en Cartagena, fue la más concurrida. En todo el país se vivía la efervescencia de la actividad nacional que culminaría en la manifestación masiva en la Plaza de Bolívar. No está por demás decir que la del Valle del Cauca, dirigida por Antonio Grajales, había tomado un cariz espectacular.

2

Antonio Grajales residía en Yumbo, de más de cien mil habitantes, al norte de la ciudad de Cali. Es llamada la capital industrial de Colombia por sus dos mil fábricas asentadas en su región distrital. De familia muy pobre, originaria de Cartago, al norte del Valle, donde nació y se crió y terminó su bachillerato en el prestigioso Colegio Académico, fundado en los comienzos de la República, el 5 de septiembre de 1839 de gran importancia como centro de estudios por varias generaciones. Pertenecía al famoso grupo de colegios santanderistas.

Sus principales vivencias habían transcurrido en la ciudad de Cartago que recorría a diario, visitaba sus templos, especialmente el de San Francisco donde recibió las aguas bautismales, excursionaba con amigos a lo largo del río La Vieja y a veces llegaban hasta el río Cauca a más de cinco kilómetros de distancia uno de los afluentes principales del Magdalena.

La exuberancia de la vegetación a lo largo de sus riveras, transmitía una agradable sensación de tranquilidad, que todos disfrutaban a lo largo del caudaloso río, en cuyo recorrido pasaba por ciento ochenta municipios de nueve departamentos. Las caminatas que Antonio hacía constantemente, desde muy pequeño buscaba compenetrarse con todos los sitios claves del entorno citadino, el cual consideraba de singular belleza; por la noches le fascinaba escuchar la emisora Ondas del Valle para escuchar las declamaciones de poemas románticos, que el locutor Jaime Ramírez expresaba con voz conmovedora que tocaba el corazón romántico de las jóvenes de entonces.

También no podía olvidar las agradables reuniones con sus amigos de la niñez en la Plaza de Bolívar en las que conversaban sobre diferentes tópicos. La actualidad política siempre era el primer tema del día lo que producía una división partidista en el grupo. Para superar los encontronazos, estériles muchas veces, se entraba entonces a discutir temas filosóficos o poéticos y sobre un escritor en particular. Kafka era el favorito por sus planteamientos de lo absurdo y las circunstancias de la irrealidad humana; y, además, era el sitio ideal para hacer planes, organizar fiestas y contar aventuras de amor que embelesaban a todos.

Era la época en la que se daba acciones políticas desmesuradas entre liberales y conservadores cada cual tratando de establecer su criterio, dentro de los parámetros establecidos por el Frente Nacional, cuya influencia dejó huellas profundas en el alma colombiana.

Era la época en que la presencia monolítica, tajante, perentoria de un Laureano Gómez, de un Alberto Lleras o un Carlos Lleras Restrepo, los grandes prohombres del momento, señalaban el camino a seguir, cada cual pregonando su verdad absoluta. Esta casi imposición del liderazgo político era algo común y corriente, como había ocurrido en los comienzos del siglo XX. Desde entonces hasta las actuales circunstancias, las fuerzas vivas de la nación se han movido por caminos de genuflexión, porque sin cuestionarse nada seguían a pie juntillas la prédica incendiaria del derechista máximo, y otros a la del liberal consumado, el clásico por antonomasia, el favorito acogido por la Casa Blanca, y escuchado con entusiasmo y respeto por el Congreso en pleno al cual se dirigió haciendo alardes en un Inglés de corte clásico. Era, pues, Colombia en ese entonces un país sumido en la violencia pero con alardes de moderno, democrático y equitativo.

Los abuelos de las nuevas generaciones, dentro de sus conversaciones políticas, siempre hablaban de las gestiones de los políticos de turno, muchos con sumo respeto y otros llenos de ira que no podían disimular y que a veces consideraban como una pérdida de tiempo, pues todo, absolutamente todo, seguía su curso sin cambios contundentes dignos de aceptación, mientras la nación se debatía en la desesperanza en medio del hambre, las injusticias sociales y una violencia que dura hasta nuestros días.

Todo, pues dependía de los criterios establecidos y la comprensión adecuada de la historia. Así, pues, entre los jóvenes de ahora casi siempre la conversación caía inevitablemente en una discusión política acalorada, cada uno ubicándose en el bando que habían conocido desde su niñez a través de sus padres.

Se destacaban César Castillo, Heriberto Moriones, Fabio Ramírez, Gonzalo Pérez, Hernán Soto, los hermanos Méndez, Antonio y otros que se fueron añadiendo movidos por los temas que se debatían con idoneidad intelectual y gran efervescencia ideológica.

Sin embargo, Antonio siempre recordaba con cariño las conversaciones con su padre, Don Víctor, quien, aunque vencido por el peso de los años, mantenía una mente vivaz y lista para exteriorizar de inmediato sus reminiscencias. Su padre lo había puesto al tanto de una parte de la historia colombiana. La que la prensa nacional no mencionaba. Las rencillas políticas, las faenas de algún líder nacional que con el poder de la palabra imponía su criterio y algunas escenas terribles que lo impactaron para siempre en el sentido de ver más allá de la simple realidad que lo circundaba con sus halagos, satisfacciones e impresiones.

Con mucho esfuerzo Don Víctor había logrado un título universitario de Administración de Empresas, por lo que, no sin dificultad, pudo conseguir trabajo en una fábrica ubicada a orillas de la ribera opuesta del río La Vieja, en jurisdicción de Pereira.

Todavía en sus años mozos y por sus ideales, que se había forjado mediante lecturas de libros muy avanzados para su época, quiso formar parte de la guerrilla que en ese entonces merodeaba por los valles y montañas de Popayán y Pasto y en la frontera con Ecuador. Para Víctor, este acto de rebeldía no era lo usual y obedecía más a su tendencia natural de aligerar el cambio social que el país necesitaba. Tenía el convencimiento que las desigualdades de clases, la pobreza extrema, sólo tendrían solución si las bridas del estado estuvieran en otras manos, cambio casi imposible por la forma dura en que la oligarquía mantenía la conducción del país.

De ahí su aprobación de una fuerza de oposición, fuertemente armada, porque sólo así podría forzarse la transformación del país. La conversación entre el pueblo y la clase dirigente no se daba. La prepotencia de los conductores del país, con las fuerzas coercitivas a su mando, impedía el diálogo. Cualquier agenda no podría pasar por alto la imponencia de los latifundios, los cuales, según se explicaba por expertos en sociología y en economía comparada, era la causa de la inequidad, el desplazamiento y la pobreza rampante. El poder económico de la tierra era intocable. Por eso Víctor veía bien la lucha armada, "como efecto y no la causa". Pero su madre logró disuadirlo y lo convenció que para sus propósitos era mucho más conveniente entrar en la palestra pública que en un campo de batalla.

—Será una experiencia corta que me enseñará cómo es la vida para los que han escogido la lucha armada para dirimir los conflictos sociales. Siempre en Colombia, desde la época colonial, la lucha armada ha sido un instrumento oportuno para la consecución de la justicia social.

—Pero m'hijo, recuerda que todo ha sido en vano, y cuando se sientan a la mesa de conversación, y se logra unos acuerdos aparentes, todo termina en nada porque los líderes del pueblo terminan asesinados. Nadie, ni el pueblo, ni los oficiales del gobierno se enteran quienes los ejecutaron. La impunidad reina en nuestro país. Además, Víctor ¿no ves que si pierdes la vida la revolución no avanza?

—Otros me reemplazarán.

—¡Usted es irreemplazable!

Se le facilitaba la entrada en el grupo armado, porque era amigo personal de Carlos Toledo Plata, el comandante amable, y quinto en la jerarquía del M19, asesinado en 1984, pues fue copartícipe en la conformación del movimiento en 1974, como respuesta al aparente fraude electoral en las elecciones del 19 de abril de 1970 en las que se enfrentaron el candidato del Frente Nacional y el aparente seguro ganador Gustavo Rojas Pinilla quien era para muchos la salvación del país y para otro su condena definitiva.

Antonio seguía los pasos ideológicos de su padre enfrascado en una duda vivencial con angustias insoportables. Realmente no estaba preparado emocionalmente para coger las armas y lanzarse al campo de batalla. Tenía la rara inclinación al respeto por la vida; por lo tanto, vio en El Movimiento la ocasión para manifestar en hechos lo que quería para su país. Era la oportunidad para propiciar el cambio, sin el cual, el país continuaría marchando en una misma ruta que empezó a correr desde los primeros albores de la República. El Movimiento seguía calando hondo entre las multitudes, sobre todo cuando se presentó como el recurso social apropiado para enrutar al pueblo por el camino que, sin lugar a dudas, llevaría a la total redención de la Patria. Había sido nombrado por Emilio para que dirigiera El Movimiento en esa parte de Colombia. Desde un principio empezó a manifestar su gran capacidad organizativa. Su centro de operaciones estaba ubicado cerca de la Plaza Caycedo.

Marchaba sin contratiempos gracias a la colaboración voluntaria de muchos que con gran entusiasmo le imprimieron un ritmo desbordante. Precisamente, después de dejar el orden necesario en la ciudad de Cali, al otro día se dirigirían a Pereira. En algunas ciudades intermedias, como Tuluá y Cartago, también tendría reuniones con dirigentes y conferencias especiales donde acudiría el público en general. Se sentía la efervescencia de la dinámica de El Movimiento a todo lo largo y ancho del país. Antonio estaba en lo cierto que sólo a través de El Movimiento, se podía dinamizar el cambio social.

En Pereira se haría una marcha especial, integrada por estudiantes universitarios y de secundaria. Iba a ser una jornada agotadora, pero Antonio tenía una fortaleza de hierro y su ánimo se incrementaba con los días. En El Movimiento lograría su realización como colombiano. El viaje a la ciudad de Pereira tomó unas ocho horas.

Las paradas en distinta ciudades que se encuentran a todo lo largo de la amplia carretera que recorre El Valle de norte a sur, prolongaron el viaje. Este se inició al amanecer con gran entusiasmo de todos.

Antonio y su amiga Mariliza, Arturo, y varios líderes más, encabezaban la caravana. Mientras tanto, Emilio y Patricia se encargaban de darle fuerzas a El Movimiento en los pueblos circundantes de la capital, y ciudades principales. Se habían nombrado dirigentes en Villavicencio, puerta de entrada a la enorme extensión de los Llanos Orientales, que había sido el escenario de múltiples batallas ente el llanero, hombre libérrimo y aguerrido, y las fuerzas españolas, durante la lucha por la independencia. También en Tunja, enclave de rancias familias ancestrales, y centro poblacional importante de la sabana bogotana.

Los primeros rayos empezaron a darle forma a la gran exuberancia de esta comarca ubérrima, que lucía en ese momento toda la actividad propia de su naturaleza prodigiosa. A lo lejos en fila simétrica gigantescos samanes formaban un muro poderoso con la capacidad para detener las ráfagas que se iniciaban todos los días alrededor de las tres de la tarde.

Recorrida a todo lo largo por el río Cauca entre imponentes montañas que demarcaban con precisión el hermoso valle con sus extensos cañaduzales manifestaba la magnificencia de su entorno natural y de tramo en tramo, la presencia urbanística de imponentes ciudades.

3

Una bandada de garzas blancas, cuello encogido y las patas echadas hacia atrás, acaba de levantar vuelo y se dirige hacia la región montañosa dominada por la cordillera Central.

A lo lejos todos miraban con asombro y admiración, un cornúpeta de quinientos kilos, que en la vastedad del hermoso valle pace sin inmutarse. El terral bajaba por la ladera para internarse en el valle regulando la temperatura con sus vientos frescos y suaves de la enorme extensión de la planicie que, bañada por el río, se extendía hasta el horizonte.

A lo lejos se escuchaba el balido de ovejas realengas. El campo con toda su actividad manifestaba la realidad bucólica tantas veces cantada por poetas y escritores románticos. La caravana iba identificando los pueblos por el distintivo de la torre de la iglesia, que, semejante a un obelisco inconfundible, podía verse desde lejos.

Pasaron por Buga, la ciudad del Señor de los Milagros, recogida y fervorosa, de activa peregrinación de los fieles movidos por el amor divino y de los románticos por el amor de Efraín y María. La ciudad siempre estaba llena de feligreses y enamorados; los unos llenos de fervor no escatimaban tiempo en hacer con gusto y devoción filas espectaculares para lograr así fuera sólo los cinco minutos de rigor que permitían estar frente al Señor detrás del altar con su milagrosa presencia; los otros viajaban hasta la hacienda El Paraíso, cerca de la ciudad y escenario inmortal de la obra de Jorge Isaacs. Casa colonial de campo, amplios y ventilados corredores con barandas en madera rústica y techo de tejas a dos aguas, rodeada por sauces, naranjos y rosales. Todavía en ella se podían sentir los suspiros de María leyendo las cartas de Efraín.

Después, cruzaron por el centro de la ciudad de Tuluá que había sido azotada, como toda Colombia, por la violencia fraticida, campesina y partidista. Todos recordaron al padre Correa que, con gran valentía y riesgo, no temió por su vida y se enfrentó, desde el púlpito, con sermones encendidos, contra los violentos que prácticamente se habían apoderado de la ciudad, azuzados por políticos inescrupulosos.

Era la única voz discordante en medio del silencio de los demás que tomaron la actitud de espectadores ante un escenario difícil de aceptar. La caravana se detuvo en esta ciudad para merendar algunos bocados.

Algunos hicieron comentarios acerca de la valentía del sacerdote en enfatizar su fe y recriminar a los que daban apoyo a la violencia, lo que minimizaba algunos desvaríos que todos los feligreses conocían.

Cuando arribaron a Cartago, que lucía radiante, se dirigieron hacia el centro de la ciudad a todo lo largo de la calle 10, la calle principal, cuando empezaron a escuchar el repicar de las campanas de la torre de San Francisco dándoles la bienvenida.

Al llegar a la plazuela Santander se dio en Antonio una reacción sinestésica activada por el constante golpear del badajo, junto con el dulce olor de la camia que crecía centenaria al frente del Colegio Académico, y de la Iglesia de San Francisco, construida en 1786, donde había sido bautizado.

En este lugar exacto por su disciplina, en dos ocasiones, había tenido el honor de izar la tricolor nacional en el asta que se levantaba en el centro de la plazuela. El aroma permeaba el ambiente, que le hizo evocar, en una sensación profunda, los momentos dulces de su niñez y de sus años mozos en el Colegio.

Conservaba el recuerdo de cada rincón de la ciudad, de la isleta donde jugaban fútbol con sus amigos de la niñez todas las tardes y las famosas subiendas del río La Vieja arrastrando con la poderosa corriente árboles enteros que hombres fornidos sacaban de las aguas ayudados por garfios de hierro atados a largos cordeles de cabuya que halaban hasta la orilla para usar la madera en la elaboración de prodigios artesanales.

Era imposible olvidar los paseos en los solsticios de verano a todo lo largo del río de La Vieja en balsas construidas con guadua. El viaje fluvial que tomaba varias horas se iniciaba cerca del pueblo de Quimbaya hasta llegar a las cercanías de Cartago. El boga que conocía a la perfección cada recodo del río, se destacaba por su pericia.

Recordó la anécdota de su padre con la que manifestaba en especial su valentía y entereza de juventud de exigir al colegio que le diera las clases correspondientes, haciendo caso omiso al paro, que la totalidad de los estudiantes, azuzados por estudiantes desconocidos de otras ciudades, habían organizado contra el gobierno de Gustavo Rojas Pinilla, quien, en una acción exitosa nunca registrada antes por la historia, mediante un golpe de estado, había enfilado sus ataques contra la oligarquía. Este detalle había puesto a Don Víctor, en plena juventud, al lado del gobierno militar, lo que le trajo algunos sinsabores con sus compañeros de clase. Una opinión adversa a la del círculo de poder que en su lucha contra el gobierno militar, pregonaba por la prensa toda su oposición contra la llamada dictadura de Gustavo Rojas Pinilla, acarreaba momentos de peligro y sinsabores difíciles de evitar. No se atinaba a comprender por parte de sus compañeros estudiantes y por el pueblo en general que, por primera vez en la historia, los poderosos temieron perder sus privilegios ancestrales.

En las tertulias con sus compañeros estudiantes, siempre terciaba a favor del nuevo gobierno porque entendía que por primera vez se buscaba la consolidación de un sistema que no estuviera sujeto a los caprichos de los grupos de poder.

Y entre pensamientos, que van y vienen, Antonio nunca olvidaba sus primeros desvaríos de juventud cuando con varios amigos, visitaban el barrio de Canta Rana, una tranquila zona roja hoy desaparecida, para experimentar por la noche las delicias de la vida con jóvenes meretrices que durante el día habían mostrado sus mejores galas caminando por las calles centrales de la ciudad, acompañadas por Gloria una famosa proxeneta dueña de varias casas de lenocinio cuyo ambiente de placeres y diversión hacían desaparecer como por encanto cualquier tendencia suicida. Se bailaba a la vida, y no a la muerte como en un famoso Suicidario del país.

Siguieron adelante y al llegar a la amplia plaza de Bolívar, una multitud de más de diez mil personas con un enorme cruzacalles en alto les daban la bienvenida entre vítores y aplausos, en su mayoría jóvenes, que de inmediato entonaron el himno nacional.

Cabe destacar que la ciudad había padecido todos los estragos de la violencia que mantenían facinerosos de ambos partidos en todo el territorio colombiano, oportunidad que aprovechó la clase dirigente, a nivel nacional, porque usó la amenaza que pendía sobre sus espaldas para crear el Frente Nacional con el que reemplazó la dictadura militar e impuso la alternancia presidencial de cada cuatro años de los grupos de poder. Con la nueva fórmula las aguas poderosas que sacudían a la nación habían vuelto a su nivel. La calma —aparente— favorecía de nuevo a la clase dirigente.

Cartago, se distinguía por ser un remanso de paz a orillas del río La Vieja, que mantenía su curso tranquilo dibujando meandros entre bosques y pueblos, mientras el boga, en su canoa, extraía la arena que usarían obreros para el mantenimiento de las calles de la ciudad. Al otro lado, se podía ver el hermoso valle de Risaralda, donde sienta sus reales la pujante ciudad de Pereira. Los cartagüeños, gentilicio de los nacidos en la ciudad, decían que el gobierno central del departamento en Cali, tenía olvidaba la ciudad. Pero esto no era obstáculo para que el gobierno municipal a través de su oficina del Departamento de Valorización, dirigida magistralmente por el ingeniero Gerardo Sánchez, mantuviera la ciudad en excelente presencia, con sus calles amplias, limpias y bien asfaltadas; y los pequeños parques, como el de Guadalupe, con toques arquitectónicos que les daba relevancia gracias al arquitecto Uricoechea, con sus nuevas ideas de espectaculares diseños traídas del Brasil, muerto trágicamente, durante una disputa doméstica; se destacaba, además, la Plaza de Bolívar, en un cuadrado perfecto demarcado por calles de más de cien metros y en la parte central un círculo perfecto con jardines y palmeras, y en su centro una réplica de la escultura por el gran Tenerani, la insomne presencia de Bolívar, cuyo pecho fue atravesado por un bala perdida nueveabrileña.

Cuando las gentes, todos los domingos, celebraban la retreta caminando en grupos alrededor del círculo de la plaza, el maestro Benjamín Marín, exhibía sus prodigios dirigiendo la banda municipal que entonaba sonatas, pasillos, bambucos, valses y marchas. También, a petición popular, Cuba Guerrera del maestro cartagüeño Pedro Morales Pino.

Algunos niños participando en las romerías, inquietos, lanzaban pequeñas flechas de papel a las señoritas que con sus peinados abultados enseñaban sus mejores galas a jóvenes embelesados mientras hacían la ronda dominical alrededor de la plaza. Había que verlas buscando con desespero la improvisada flecha, que como una pequeña flor blanca se enredaba entre el cabello, mientras los niños disfrutaban de sus maldades inocentes. La noche del domingo era, pues, la delicia de todas las gentes que hacían gala de camaradería y amistad. Momento propicio, bajo un cielo despejado llenos de estrellas, para la buena conversación y la tertulia política y poética.

Era la época en que todo el mundo se conocía, y sólo bastaba señalar con el dedo y decir ese es don fulano de tal, aquellos son los hijos de Don Fidel, ese grupo es de estudiantes de la Escuela Modelo, aquellas niñas pertenecen al colegio de María Auxiliadora.

Durante los días laborables la ciudad cobraba impulso, un auge encendido por el calor del día. Todos los negocios operaban a plenitud como la farmacia y tienda de regalos de don Eloy Botero, hombre enigmático, poseedor de una gran fortuna, que había decidido, según se decía, encerrarse en su negocio para siempre entre sus pertenencias y valores; los almacenes de telas de libaneses agradecidos, los turcos, como el pueblo los llamaba cariñosamente, las varias ferreterías por los alrededores de la plaza de mercado, que todos los domingos se llenaban de campesino de los pueblos circunvecinos para adquirir herramientas de labranza.

Al frente de la plaza, siempre concurrida, la librería de Don Cayetano, donde hacían su tertulia hombres mayores que discutían las noticias políticas del momento, sin desequilibrios emocionales y, mejor, dentro de una gran camaradería. Algunos compraban el periódico con las noticias del día; otros algún libro curioso o de historia nacional. Pero quien más se destacaba era el fotógrafo, el señor Fontán, con la constante manía de detener el tiempo en fotografías de hechos, unos anecdóticos y otros trágicos, ya olvidados, que él exhibía en las paredes de su negocio. Conmovía la de los dos hermanitos gemelos, queridos por toda la ciudad, envenenados de manera extraña, el día que se les ocurrió hacer novillos y dedicarse a recorrer la ciudad.

Sus fotografías de matrimonios, estilizadas y artísticas, de las niñas de la sociedad, eran famosas en la ciudad y adornaban el álbum de familias distinguidas. Dentro de las actividades de la ciudad, se destacaban la feria ganadera que se celebraba los primeros lunes de cada mes; perrero en mano el vaquero empujaba las reses a lo largo de algunas calles hacia los corrales, en las afueras de la ciudad, donde tendrían lugar las transacciones de compra y venta; las inundaciones del río que presenciaban multitudes directamente desde la orilla, las procesiones de la Semana Santa, organizadas por el Padre Botero, cuya fama trascendía los límites del municipio y, no podía faltar, una que otra pelea sin repercusiones lamentables. Un día la amada ciudad ocupó las primeras páginas de los periódicos del país: la masacre de toda una familia campesina cuyo autor intelectual, un respetado hombre de la sociedad, inmensamente católico, con esposa y dos hijos, que llevaba siempre el palio en la procesión de Semana Santa, mientras el sacerdote llevando, con gran respeto, al Santísimo, marcó la historia de la ciudad para siempre.

Familia campesina, esposo, ella embarazada, tres hijos pequeños, atrechaban para acortar el camino hacia su parcela, por los predios de la finca del gran hombre de la sociedad, quien enfurecido, por esta acción inocente de la familia campesina, sin mediar explicaciones, lanzó su pulcritud cristiana al vacío para dar orden de asesinarlos. Uno de los autores materiales confesó los hechos y divulgó su nombre. Este caso único e inaudito, estremeció las fibras sensibles de todos los habitantes de la ciudad.

A la postre fue como un grito agorero que anunciaba la borrasca de violencia que estaba a punto de empezar. Sin embargo, después de corto tiempo la vida de la ciudad continuó como si nada hubiera ocurrido. La rutina se activó, especialmente los domingos cuando se acudía a la misa. La de la iglesia de San jorge era la preferida pues a los fieles les encantaban las prédicas del párroco, el padre Botero O'byrne, que oscilaban entre las explicaciones teológicas de los dogmas de la Iglesia y las enseñanzas de geografía e historia que el buen padre describía con lujo de detalles, mientras su mente se paseaba por tierras lejanas y acontecimientos mitológicos.

Los niños de los diversos colegios acudían a las conocidas iglesias de San Francisco, Guadalupe, la de San Jorge y también la del Carmen, cuya arquitectura, imitando en escala menor la de San Pedro en Roma, daba un toque distinguido a la ciudad. Era obligatorio asistir a la celebración de efemérides importantes que, como la del 20 de julio, día de la Independencia, había que escuchar atentos la exposición erudita del Orador de la ciudad, Don Arturo Gómez, dedicado al magisterio, que se explayaba por horas en la exposición de sus kilométricas explicaciones históricas, en la que destacaba con énfasis al general Santander, héroe de la independencia, porque dijo "si las armas nos dieron la independencia sólo las leyes nos darán la libertad". Con sus peroratas, y los alardes de una erudición que sí tenía, colmaba de aburrimiento a todos los estudiantes.

Después por las tardes, acicaladas las niñas y elegantes los jóvenes acudían a la sala de cine El Virrey o al hotel Mariscal Robledo donde todos los domingos entre baile y baile se hacía nuevas y bellas amistades o se reunían en la fuente de soda Castañuelas, en el centro de la ciudad, en la que se entablaban acaloradas e interesantes conversaciones sobre literatura, política y otros tópicos. También se hacían bailes en el club de El Río, ubicado en la isleta, un parque natural a orilla del famoso río, un verdadero remanso de paz. Igual en el club social Orión, exclusivo para los socios, que celebraba unas despedidas de años con tanto colorido y efervescencia que se habían convertido en leyenda. Era, pues, Cartago una ciudad tranquila, amable, sana y sin aprensiones ni conflictos sociales. Era la respuesta natural de una ciudad que se ceñía a los principios y valores establecidos por sus habitantes de todas las épocas que de generación en generación mantuvieron intactos junto a las relaciones de familia y amistad dentro de un cuadro de principios y acendrada virtud.

4

El 30 de marzo de 1948 se inaugura en Bogotá la IX Conferencia Panamericana. La delegación colombiana es presidida por un antepasado de los Lozanos, Carlos Lozano y Lozano, gran abogado y diplomático. El general Marshall, de Estados Unidos y los delegados, ministros y presidentes de América Latina, han concurrido para discutir temas inherentes a la región. Se destaca la gran presencia de Jorge Eliécer Gaitán, el líder máximo del pueblo colombiano quien está listo para reunirse con un grupo de estudiantes dirigidos por un joven llamado Fidel Castro, quien ya tenía claro la imperiosa necesidad de la unión latinoamericana. Organizaban una protesta multitudinaria a celebrarse en la Plaza de Bolívar. Estarían presentes los estudiantes de varios países.

Antonio iba tejiendo con sosiego sus hermosas experiencias en Cartago, y recordó a sus amigos las palabras de su padre. La descripción que les hizo correspondía, más o menos, a la historia que contaba Don Víctor: "ese día el sol brillaba en toda su intensidad. La ciudad de Cartago, a esa hora, una de la tarde, lucía tranquila y despejada. Se veía la rutina diaria transcurriendo sin contratiempos. Muchos recogidos en sus casas para la hora del almuerzo. Escolares caminaban de regreso a la escuela para terminar la jornada escolar del día. Se veían escolares pasando por un lado de la Iglesia del Carmen, dirigiéndose a la escuela Modelo, la preferida de los estudiantes, regentada por maestros nacidos en la ciudad. Era un día normal, caluroso, claro y tranquilo como había sido —casi podría decirse— desde el momento de su fundación. Era una ciudad forjada por los principios y valores de sus habitantes que no escatimaban en sus esfuerzos de mantener siempre su estampa de ciudad única y tradicional.

Al ausentarse alguien por años y después de regresar se podía comprobar tal acierto: la ciudad había cambiado muy poco.

Sin embargo, algunos acontecimientos darían al traste con lo que constituía la máxima cualidad de la ciudad. Nadie pudo imaginarse que su ambiente de tranquilidad, que se podía sentir con gran satisfacción a todo lo largo de sus calles bien delineadas, la presencia bucólica de sus alrededores, acentuada por su río, sus bosques, sus colinas, se irían al traste de manera inesperada.

De pronto, la usual parsimonia de los habitantes se vio interrumpida por noticias que empezaron a pasar emisoras en cadena las cuales provenían de la capital. La ciudad se paralizó.

Grupos de vecinos se arremolinaban alrededor del radio que esparcía las noticias a todo volumen. Se hacía lo propio en los bares y cafetines alrededor de la ciudad. Sobrecogidos, todos continuaban escuchando los informes radiales que ya presagiaban un descontrol total en especial por el tono inflamable y amenazante con que se pedía a gritos que el pueblo se levantara en armas pidiendo su venganza: Jorge Eliécer Gaitán acababa de ser asesinado.

Acababa de salir de su despacho después de una reunión con líderes de su partido y algunos amigos íntimos. Se proponía, según su agenda, contribuir a la organización de la manifestación estudiantil. Tendría, pues, una segunda reunión con el joven Fidel Castro.

De ahí en adelante, como una maldición lanzada por alguien estremecido por la ignominia, las injusticias y la constante violencia en el campo y las ciudades, "la noble y leal ciudad de Cartago". leyenda en su escudo de armas, se convirtió en un antro de violencia, de robo y rapiña a mano armada, réplica perfecta de lo que ocurría en todo el territorio nacional. Colombia no estaba preparada para enfrentar el magnicidio. Los violentos se apoderaron de las calles, y mientras las familias buscaron refugio en sus casas, destruían todo a su paso como un vendaval incontenible.

No hubo negocio que no fuera vandalizado. La destrucción masiva cubrió, de cuneta a cuneta, con una compacta alfombras de vidrios y desperdicios casi todas las calles.

Truenos ensordecedores se oían a la distancia. Eran policías descontrolados haciendo uso de sus armas oficiales para ejercer el poder no como representantes de la ley, sino como hombres movidos por la ambición de la sangre y el dinero.

Los pueblos aledaños en la montaña, como el Cairo, el Águila, Ansermanuevo, fueron atacados e incendiados por facinerosos azuzados por políticos inescrupulosos, de ambos partidos, que aprovechándose del momento, hacían uso de su poder para despojar al campesino de sus tierras. Al rato los aldeanos bajaban en fila india con los cadáveres embutidos en sus carros maltrechos y desvencijados, y con estruendos de bocinas y de gritos los heridos eran llevados al hospital municipal y los muertos a la morgue para que el médico patólogo efectuara la autopsia de rigor, no sin antes pasar el cortejo fúnebre por la atractiva plaza de Bolívar en el centro de la ciudad. Era, si se quiere, una procesión macabra a la que por lo rutinario muchos se fueron acostumbrando".

El grupo continuaba en silencio escuchando la historia que les narraba Antonio. Nadie le interrumpió:

"A todo lo largo de las calles se veía la multitud, que en cuestión de minutos había congestionado la plaza principal, desfilando en masa con los ojos encendidos de ira, destruyendo todo y saqueando cuanto negocio veían. Cuando don Eloy, distinguida figura de la ciudad, fue amenazado para que abriera el suyo, éste tomó la sabia decisión de tirar a la calle parte de sus mercaderías como herramientas de labraza que mucho tomaron para usarla como armas. Entreteniendo la multitud desbocada, pudo Don Eloy evitar que en un ataque súbito perdiera la vida.

"La librería de Don Cayetano, principal centro de reunión de señores para la tertulia y conversaciones políticas, fue saqueada y sus libros tirados al desperdicio. Este descontrol marcó la ciudad para siempre, y en los días subsiguientes la violencia, como un fantasma, fue apoderándose de todo el país. Tiempo después, el ejército entró en la ciudad y logró apaciguar la ciudad. El capitán que lo dirigía, Germán Gutiérrez, fue acogido apoteósicamente.

"Con suma cautela confrontó el fenómeno de los pájaros, como el pueblo llamaba a los facinerosos urbanos, presentes en todo el territorio nacional. Trabajaban para terratenientes ambiciosos, que mediante amenazas, iniciaron el desplazamiento humano que dura hasta nuestros días. Empleaban matones a sueldo que cometían atropellos y asesinatos y despojaban, con intimidaciones, las tierras de los campesinos de la región. Algunos se hicieron poderosos por lo que podían marcar ahora con su estilo inconfundible el transcurrir del día y señalaba con su dedo a quien requería su recomendación para un trabajo con el gobierno o con la empresa privada. Fue muy difícil superar esta época aciaga y tormentosa que marcó a varias generaciones. Esta tragedia, que incidió en la vida cotidiana de la Colombia arcádica, transmutó a la nación en una sociedad capaz de mantener una eterna guerrilla, un desplazamiento humano incontrolable, que continúa hasta nuestros días y ocupa el segundo puesto en el mundo, un partidismo ciego y obcecado y una fronda política sin deseos de cumplir la exigencia del pueblo por un cambio radical. Las nuevas generaciones no están al tanto de la tragedia que marcó la vida de muchos para siempre. Como al padre de Antonio, Víctor, nacido y criado en la ciudad. Éste era niño cuando se inició la masacre nacional que la originó el magnicidio, y que siempre se ha conocido como *la violencia*.

"Por esos días la ciudad al carecer de un cuartel militar, estaba a merced de policías que, olvidándose de la Ley y el Orden, se dedicaron a proteger a los que asaltaban los negocios, quemaban viviendas o amenazaban a los buenos señores de entonces, quienes sin miramientos políticos se reunían para escuchar las noticias que provenían de Bogotá y otras ciudades. Este desenlace de violencia descontrolada duró varios días, hasta que hizo entrada el ejército que a tiros apaciguó la ciudad.

"El teniente a cargo de la operación pacificadora, Germán Gutiérrez fue nombrado más tarde alcalde de la ciudad. Los caballeros y damas de la ciudad lo colmaron de homenajes, y así poco a poco la ciudad fue tomando otro rumbo, aunque la ciudad nunca volvió a ser la misma. Nunca se borró el daño y quedó la cicatriz para siempre. De igual manera se dio en todas las ciudades y pueblos del país. La destrucción abarcó gran parte de Bogotá, y como una nube lenta se fue desplazando hasta cubrir toda la faz de Colombia: ciudad por ciudad, pueblo por pueblo, aldea por aldea. No hubo río que no llevara en sus corrientes la sangre de algún colombiano asesinado".

Después de varios minutos de silencio, Arturo se atrevió a preguntar

—Y en ese entonces, ¿qué paso con los líderes del pueblo? Todo se redujo a una explosión multitudinaria de pueblo sin un rumbo, sin una directriz.

—Recordemos que Jorge Eliécer Gaitán era el líder que dominaba el escenario. Su verbo revolucionario caló en la conciencia del pueblo. La oligarquía no podía disimular su temor y, recordemos también, que el país estaba en manos de la élite conservadora más recalcitrante. La explosión, así desorganizada, sin un plan, fue la respuesta espontánea de un pueblo enfurecido. Su máximo defensor acababa de ser asesinado.

—Entendemos tu explicación, Antonio. Pero ¿por qué el pueblo se atropelló a sí mismo? Puso, como reacción, sus propias víctimas producidas por las manos mismas del pueblo. No entiendo esta dicotomía histórica.

—Obedeció, creo yo, a que aunque las multitudes seguían al líder, el pueblo estaba escindido en los dos partidos tradicionales, el liberal y conservador, cuyas enseñanzas tradicionales había logrado inculcar odios ancestrales que se manifestó con toda su monstruosidad a la muerte del líder. Un pueblo inhibido a veces requiere de un detonante que lo fuerce a eclosionar toda su ira reprimida, cuando ese detonante se hace presente, actúa sin control, a la deriva, no atina con sus propósitos

—Sin embargo —dijo Mariliza—, esta experiencia histórica debe ser una enseñanza para todos, en el sentido de que el líder, aunque es el máximo en encarnar los ideales del pueblo, debe estar rodeado de otros dirigentes con el mismo calibre, el mismo temple listos a reemplazarlo si por un hecho fortuito el líder desaparece del escenario.

—Es verdad. La máxima preocupación de Emilio ahora, es que dentro de El Movimiento haya otros con igual presencia dinámica en los que el pueblo confíe.

5

Aunque tenía el temple para enfrentar las circunstancias más apabullantes, Víctor pensó que era necesaria una resolución drástica para poderse substraer del orden social imperante que podía llevarlo a la anulación total. Así, pues, tomó la resolución a los viente años de dejar el país, a su familia y amigos íntimos. No era fácil la separación.

Siempre había dado mucha importancia a sus nexos indisolubles con su familia y sus amistades. Compartía con sus amigos en todo momento. La tranquilidad y el sosiego de la ciudad se habían perdido después del magnicidio. No obstante, sus vínculos familiares y de amistad permanecían intocables. La hermosa plaza de Bolívar, lucía ahora desolada.

No era fácil dejar atrás, por lo tanto, el escenario en el que se forjó su visión del mundo y sus más caros valores y principios. Pero ya la decisión se había tomado, y en contra de todo sentimentalismo, se marchó a buscar mejor fortuna a la ciudad de Nueva York. Desde entonces siempre se había preguntado el por qué de esta decisión y por qué a la ciudad de los rascacielos. Sentía entonces, se dio cuenta, la necesidad de conocer otras latitudes, con sus diferentes costumbres y culturas. Y la gran ciudad era el lugar adecuado porque con su atmósfera cosmopolita podía sacar deducciones propias sobre costumbres, hechos históricos y rasgos culturales.

Mediante diferentes vivencias en las que no estuviera entronizada la violencia, buscaba su perfeccionamiento como escritor y los datos que la ciudad le brindaba en abundancia serían una herramienta de gran ayuda. Antes había escrito un cuento que narraba el asesinato de varios campesinos a los que les aplicaron el corte de franela. Con varios amigos acudieron al lugar de los hechos. El espectáculo de un niño sujetando por los cabellos las amoratadas cabezas desgajadas, que las acercaba a sus ojos, una a una, con el fin de identificar la de su padre, lo conmovió.

El cuento que se tituló "La Muerte porque sí", fue publicado en *El Espectador*, en la sección de Gonzalo González GOG, pero semanas después, sin explicación alguna, fue declarado como una Fe de Erratas.

Nueva York representaba en los aspectos financieros la capital del mundo, donde "en rútilas monedas se tasa el bien y el mal". Había conseguido una respuesta satisfactoria. Frustrado por una vida llevada desde el comienzo dentro de un torbellino social de negatividad total, en el que hasta el crimen fue deshonrado.

Tenía el presentimiento que estaba a punto de perder a su patria. La nostalgia colmaba sus sentimientos. Para aliviarse un poco pensaba en su proyectos mientras ejercía la buena costumbre de caminar por los alrededores de la ciudad, su ciudad, en una actitud contemplativa que lo colmaba de placer ético; en otras ocasiones, escalaba la colina de Palatino, una de las siete que como la ciudad eterna circundan la ciudad, y desde lo alto miraba su ciudad con cariño y absorto la inmensidad del Valle del Cauca y al norte el Valle de Risaralda. Allende, la pujante ciudad de Pereira.

Con su mirada absorta grababa para la eternidad el escenario cautivante donde había echado sus raíces, donde se forjó su conciencia que ahora clamaba por una liberación total, se manifestaba radiante, imponente por el lampo de luz que el sol depositaba sobre la ciudad a las dos de la tarde.

Un tanto nervioso pues nunca había estado fuera de su país, aguardaba a que se diera la orden de abordar el avión. Estaba consciente de que pronto empezaría a recorrer caminos difíciles hasta penetrar en selvas oscuras y riesgosas. Con escasos recursos y con la oposición de su familia había organizado el viaje. Era, pues, una aventura que representaba riesgos.

A su familia y amistades esta decisión los cogió de sorpresa. Uno de sus amigos lo acompañó hasta el aeropuerto de Pereira. El avión de hélice remontó cruzando el valle de Risaralda, haría escala en la ciudad de Miami, donde abordaría el avión que lo llevaría a la flamante ciudad de Nueva York. Por su inexperiencia, en vez de retirarse a la sala de espera, para continuar hacia Nueva York, su destino final, hace fila ante un agente de Inmigración. Eran los tiempos del éxodo cubano, por lo que las autoridades de Inmigración tomaban sus precauciones. No todos huían del nuevo gobierno establecido en la isla, y existía el peligro de que muchos de los recién llegados fueran seguidores ideológicos de Fidel.

Cuando le toca el turno y empiezan las preguntas de rigor, despierta sospecha al agente sobre todo al enterarse del escaso dinero que traía, con mirada escrutadora le dice

—En esta forma usted no puede continuar viaje, y su caso tiene que decidirse en la corte.

Las explicaciones de Víctor no lograron convencer al agente de Inmigración quien insistió que su situación tenía que dilucidarse en Corte.

El agente le consigue hospedaje en las cercanías del aeropuerto y le organiza una cita con Inmigración para el próximo día a las ocho de la mañana.

Para Víctor, según le contaba a Antonio fue una experiencia extraordinaria. El pequeño hotel estaba lleno de familias cubanas en el exilio, que habían hechos sus arreglo en el Refugio, como se conocía el edificio de estilo mediterráneo, pintado de color mostaza, donde los cubanos, además de recibir ayuda, y el derecho a los beneficios del seguro social, sin haber cotizado, normalizaban su estadía en el país. Conoció la generosidad de muchos de ellos que al enterarse de su situación, se ofrecieron como voluntarios, para ayudar.

Tenía profundo agradecimiento en especial con los hermanos Rivera, de la provincia de Oriente. El menor, Don Roberto, había participado en la invasión de Bahía de Cochinos organizada por la CIA por orden del presidente Eisenhower en abril de 1961.

Logró escapar de la isla y regresó a la Florida donde se reintegró a una vida aparentemente normal, muere en 1964 en un segundo intento de servir a su patria cuando por orden de Kennedy se reanudaron todas las acciones hostiles contra la isla.

Mientras llegaba la cita con la corte, en el ínterin, sus nuevas amistades lo llevaron a conocer la ciudad, que encontró hermosa, tranquila e ideal para ancianos ya retirados. En un auto pequeño, modelo atrasado, recorrieron varios de sus sectores y calles principales. El sur de Miami Beach en donde visitaron el área de clubes y discotecas. Recorrieron la calle 15 y la avenida Collins. Pero Víctor quería ver la Pequeña Habana, ya en ciernes, cuya fama trascendería fronteras, y desde la cual el exilio cubano manifestaría no sólo sus valores culturales sino también su lucha y oposición al régimen de los Castro, como ellos suelen decir. Le encantó la calle 8 con su bullicio, sus negocios, sus restaurantes prodigiosos en la preparación de la cocina cubana con su característico plato de moros y cristianos.

Fue un tiempo corto pero intenso que le permitió calibrar, aun dentro de los avatares políticos, la profunda unión de los cubanos y su alegre personalidad para atender a los latinos que se adherirían a las nuevas exigencias de la ciudad.

Ya en el hotel de nuevo, Víctor compartió, en el *lobby*, con los hermanos Rivera sobre variados tópicos. Un par de horas después se dirigió a su cuarto.

Está en pie su propósito de salir airoso de la corte, contestando todas las preguntas del juez. Así, pues, durante la noche imaginó todas las preguntas probables que el Juez haría y sus respuestas. No podía fallar.

El día del juicio, una joven cubana, que le sirvió de intérprete, lo llevó hasta la sala. Al poco rato entró el juez. De unos cincuenta años, puesta la mirada fija por encima de los espejuelos, atemorizaba detrás del estrado. Víctor se sentía incómodo y con algo de aprensión.

—¡La mano derecha sobre la Biblia! —Le murmuró al oído la joven cubana, mientras el juez miraba intrigado.

—¿Jura decir la verdad y solamente la verdad?

Pregunta de rigor que le despertaba una sensación de irrealidad que le hizo pensar en una de esas situaciones kafkianas que con sus amigos discutían su inexplicabilidad allá en la lejana Cartago.

—Sí, juro.

—Le advierto —dijo el juez—, que por no ser ciudadano americano no tiene derecho al pago de abogado para su defensa. Pero usted está aquí ahora y mi responsabilidad es ejercer justicia. ¿Está usted dispuesto a hacer su defensa personal o conseguir un abogado para que lo defienda?

—Yo, señor Juez, me defiendo yo mismo.

El juez sin conmoverse con esta repuesta, le endilgó la siguiente pregunta:

—¿Cuál es el motivo de su viaje a este país?

—Conocerlo. Mi deseo es conocer a los que han llevado a cabo la proeza de convertir a este país en el más poderoso del planeta. Deseo conocer los mecanismos que han establecido aquí una sociedad justa y equitativa, dentro del marco de una paz permanente. Siempre he deseado esto para mi patria.

—Y convertirse así en un usufructuario de nuestras bondades.

—Cuando llegue el momento adecuado, dentro de la legalidad que este país me permita, sí, en un usufructuario, pero con el sudor de mi frente.

—¿Está al tanto de las leyes de inmigración?

—Las que me conciernen.

—¿Y cuáles son esas?

—No puedo, por ejemplo, ejercer ningún trabajo si no soy ciudadano de este país o residente legal, con el número del seguro social y con la green card, la cual legalizaría mi estadía en este país. Vine como turista y quiero pasar aquí una corta temporada como tal y así conocer los pormenores de esta sociedad.

—Es imposible que usted logre su propósito en un tiempo tan corto y limitado.

—Señor juez, soy un buen observador y hasta el más mínimo detalle despierta en mí el análisis más profundo.

—Es usted un creyente de la democracia o está movido por otra ideología.

Este tipo de pregunta tenía su fama en los círculos hispanos. Las autoridades mantenían un férreo control sobre el movimiento hispano y todo aquel que pudiera, por algún desliz, despertar desconfianza y recelo.

—Si usted se refiere al gobierno del pueblo, por el pueblo y para el pueblo, sí, creo en la democracia.

El juez lo miró por encima de los espejuelos y bastante extrañado por la respuesta, volvió a preguntar:

—Y... ¿sus convicciones ideológicas?

—Las que emanan de la democracia.

—¿Como la nuestra?

—Como la de ustedes.

—Y como la de su patria, porque puedo imaginarme que en su país impera la democracia.

La intérprete hacia esfuerzos por mantener su control mientras hacia la traducción de rigor. Se notaba un poco nerviosa por la imponencia del juez con que hacía las preguntas: rápido y al grano y con una inmensa exteriorización de poder. Pero también con una disimulada admiración cómo el joven respondía todas las preguntas.

—Su señoría, aunque nuestra democracia flaquea por momentos, adolece de ciertas desigualdades, pero es nuestra democracia. No podría equipararlas. Mi observación no está movida por ideales políticos, y sí por una profunda preocupación personal, cuya base es la justicia social, la que podría encontrar en su país, pero no en el mío.

—¿No hay justicia social en su país?

—Nuestro país muestra un cuadro de desigualdades permanentes desde hace mucho tiempo. No se hace nada al respecto. Nuestra clase dirigente no tiene la voluntad para hacerlo.

—Pero yo tengo aquí algunas estadísticas de su país muy halagadoras que me indican con detalle acerca de los ciclos económicos que ha enfrentado su país. Puedo deducir que son ciclos muy dinámicos que reflejan una economía en ascenso.

Además, Colombia hace esfuerzos por aplicar una tecnología de producción muy adelantada que le ha permitido desarrollar —según las estadísticas— una distribución equitativa de su riqueza.

—Nunca he creído en las estadísticas. A veces distorsionan la realidad. Los políticos y economistas hacen prodigios con ella.

—¿Por qué?

—Señor juez. Le respondo con unas palabras del gran escritor ingles Bernard Shaw: "No creo en las estadísticas porque cuando se hace el censo de los vehículos que circulan por todas las carreteras de mi país, las estadísticas me asignan uno, que yo no tengo, y el que me asignan es el de mi vecino porque él tiene dos".

El juez no pudo contener una sonrisa por la ocurrencia de Víctor. Estas eran preguntas de rigor, pues estaba en toda su efervescencia la migración cubana. Inmigración tomaba sus medidas de precaución. No todos los exiliados eran enemigos del régimen cubano. Las autoridades sabían de éstos, así pues tomaban todas las precauciones del caso.

No todos los que abandonaban la isla de Cuba eran opositores al gobierno revolucionario como pudo comprobarlo, al iniciarse en un trabajo importante con la compañía Ewin & Mcdonald en Nueva York. Varios de sus compañeros eran cubanos, con los que hizo amistad e intercambiaban ideas en la hora del almuerzo. Algunos defendían el gobierno de Castro, y echaban la culpa de su presencia a la insensibilidad de los altos grupos sociales de la isla por mirar de soslayo lo que se le venía encima.

Esta dicotomía política que se manifestaba ante sus ojos cada día, le permitió aguzar su entendimiento y empezar a ver su acto de presencia en la gran nación, como la oportunidad única y feliz para comprender el movimiento de la historia a la luz de los principios de causas y efectos Estaba en todo su apogeo destructivo la guerra de Vietnam. En 1965 se produce la intervención directa de Estados Unidos con el envío de más de cien mil soldados al frente de batalla. En este mismo año miles de cubanos continuaban llegando a Miami. Él conoció a algunos de ellos que en sus conversaciones recordaban con profunda melancolía sus altas posiciones sociales en Cuba, y como, de manera inexplicable —decían ellos—, habían perdido sus privilegios.

—Su pasaporte es de turista y lo capacita para estar aquí por un período corto. Se me informó que usted no tiene el dinero suficiente.

—He tomado todas las provisiones al respecto. Una familiar mía trabaja en la tienda *Gimbles* de Nueva York. Voy a contactarla para solucionar esta situación, esta es la razón por lo que necesito que se me permita continuar el viaje hasta Nueva York.

El padre de Antonio, había respondido con seguridad pues estaba preparado para satisfacer cualquier pregunta que le endilgara el juez federal. Para su alegría desfilaron las mismas preguntas que había imaginado con sus correspondientes respuestas durante la noche. Preguntas que cubrieron todo desde asuntos personales, política, familiares. Pero todo resultó al pie de la letra.

Aunque el juez empezó con un cuestionario vasto, en algunos momentos con preguntas capciosas que el padre de Antonio logró sortear con gran maestría, precisión y conocimiento de causa. El juez consultaba en un gigantesco libro de folios para saber si las preguntas eran respondidas verazmente, como las relacionadas con empresas colombianas que, como la Compañía Colombiana de Tabaco, hubo que mencionar, o el caso de la pariente empleada de la tienda Gimbles, una de las principales de la gran urbe. El juez continuaba así con sus preguntas incisivas.

A veces Víctor se sentía arrinconado, pero lograba zafarse con habilidad para responder las preguntas de manera precisas y convincentes. Tiempo después el juez se dio cuenta que no había causa para deportación. Su presencia nada tenía que ver con el álgido problema con Cuba. Además, las relaciones con Colombia eran las mejores lo que contribuyó para que Víctor tuviera un trato benevolente.

Víctor había logrado aclarar todas las dudas del juez, quien, al no encontrar base para la suspicacia que había sentido en un principio, dijo:

—Puedo concederle la estadía. ¿Cuánto tiempo desea permanecer aquí?

—Tres meses —contestó.

—Se le aprueba su solicitud —dijo el juez—, pero le advierto que no puede continuar en esta ciudad. Debe viajar a la ciudad de Nueva York dentro de tres días. De todas maneras ese era su destino final.

El papá de Antonio había interpretado esta decisión como una colaboración amable del Juez, que buscaba, sin embargo y ante todo, cumplir con su deber al dejar el caso organizado para la probabilidad de que en un futuro la estadía legal de sólo tres meses de estadía se violara y así inmigración entraría a ejercer su autoridad con prontitud. Eran preocupaciones válidas que exigía la realidad de una migración en constante movimiento que por lo multitudinaria podría salirse de las manos de los llamados a controlarla.

Camino a la calle, la joven cubana le dijo:

—Lo felicito, se ha defendido usted muy bien. Yo de usted tomaría una resolución sabia, me regresaría a mi patria. Usted puede hacerlo. Yo no. Deje que se queden con la de ellos.

—Gracias, es usted muy amable —respondió Víctor con una amplia sonrisa, aunque sorprendido, y añadió—: los admiro, su gestión aquí es genial, han sabido sobreponerse a las deficiencias que les produjo la no aceptación de la revolución, y a los contratiempos que este sistema, dentro de los aspectos legales, les plantea. Ustedes los cubanos, de aquí y de allá, son los únicos latinoamericanos que no le bajan la cabeza al gringo.

»Y esto no es por cuestiones políticas, sino más bien por una inveterada costumbre de estar siempre en alerta y responder a la adversidad. Perdone mi imprudencia, Cuba es una isla sin puertas, usted también podría regresar. No encontrará las comodidades que usted tiene aquí, pero... ¿acaso la Patria no implica sacrificios?»

La joven guardó silencio.

En ese momento, el padre de Antonio, se salvó de ser clasificado como un inmigrante ilegal, y aunque se le había concedido un permiso provisional, estaba seguro que lograría sus propósitos de realizar el sueño americano.

Al llegar al hotel vio que muchos amigos, entre ellos los hermanos Rivera, lo esperaban, que al ver su sonrisa amplia, prorrumpieron en un aplauso estruendoso. Algunos se acercaron para felicitarlo y abrazarlo. Identificaban su problema con el suyo propio. No era fácil salir airoso y él lo había logrado. Después de la manifestación de euforia lo invitaron a cenar y entre la activa conversación que se dio, en voz alta —costumbre característica del cubano— Víctor se dio cuenta de la gran generosidad del cubano, de su desprendimiento, siempre listo para dar la mano amistosa no sólo a sus compatriotas sino también a todo aquel que estuviera pasando por una encrucijada difícil de resolver. Esta respuesta, producto de un profundo sentido de reciprocidad, ponía al cubano en la posición loable de servir a los demás.

Para cumplir con la orden del Juez, tres días después, viajó a la ciudad de Nueva York. Lamentó mucho no poder continuar cultivando las nuevas amistades que le hubieran permitido conocer las interioridades del exilio cubano de ese entonces, que, presionados por las circunstancias, prefirieron echar raíces fuera de su patria. Muchos de ellos, gracias a su bagaje intelectual, coronarían posiciones de gran relieve.

Otros harían lo propio gracias a sus torvas actividades en Cuba las cuales ya de antemano les habían dado una vida cómoda y sin contratiempos, las cuales habían prolongado hasta los cimientos mismos del imperio.

6

El autobús se acercó al puente que conecta a Queens con Manhattan, penetró el intricado amasijo de calles y avenidas hasta llegar a la Penn Station. La silueta de la gran ciudad, ahora al frente de sus ojos, que tanta veces lo hicieron soñar en plena niñez, le llenó de gran entusiasmo para ir desarrollando el plan establecido. Con algunas colaboraciones, consiguió apartamento, cercano al Lincoln Center, en pleno Manhattan. Después de varias semanas se trasladó a Queens, en Elmhurst, habitado en ese entonces por irlandeses.

Le encantaba el ambiente tranquilo del barrio, la belleza de sus avenidas arboladas. Cerca de ahí había un natatorio público que usaba todas las tardes; además, estaba en todo su apogeo la gran actividad de la Feria Mundial, en Flushing Meadows Corona Park, a la cual se llegaba por Subway en el Tren Azul, que recorría, elevado, todo el condado de Queens. Vivió en la ciudad seis meses, tiempo en el que se dedicó a conocerla.

Tomaba el *Blue Train* de regreso que llevaba hasta Times Square, en pleno Manhattan. Subió al Empire State Building, para sentir la vivencia de captar en un solo golpe de vista a la enorme ciudad. La silueta de algunos edificios, casi al alcance de la mano, el contraste de luces y sombras que se proyectaban a lo largo de los prolongados cañones formados por la fila de gigantescas estructuras, y, al fondo, el Hudson River con su constante actividad, le manifestaban con toda su realidad la inventiva y la fortaleza empresarial de los que hicieron posible la prodigiosa ciudad.

Tuvo la oportunidad de subir a la Estatua de la Libertad, que le impresionó por la imponencia de su flamante figura de mujer; en un ómnibus de dos pisos, destapado, le dio la vuelta a la isla de Manhattan, desde el Village, el barrio bohemio, hasta Harlem.

Visitó casi todos los museos. En el Museo de Arte Moderno tuvo la oportunidad de ver en sala especial, los diferentes bosquejos que el gran Picasso usó para esbozar al toro, al caballo, la luz languidecente y la humilde mujer con su hijo en su regazo antes de llegar al acabado final: el mural

Guernica, el cual le impresionó por el simbolismo que manifestaba los horrores de la guerra. Caminó desde Wall Street, el centro financiero, hasta la calle 172 a todo lo largo de la Quinta Avenida. Todo le parecía hermosa fuera de su proporción. Después, gracias a una colombiana casada con un yugoslavo, empezó a trabajar en el restaurante, cuyo propietario había sido encarcelado por más de treinta años por luchar contra Tito, ubicado en las cercanías de la Ave. Myrtle, en Brooklyn. Una labor honorable, transitoria, mientras se habría camino en el difícil mundo neoyorquino.

Víctor recordaba siempre y lo mencionaba a sus amigos, el contacto con colombianos en un pequeño restaurante en Woodside, Queens, cuyos propietarios, dos hermanos oriundos de Cali, de apellido Rodríguez, que agradaban por su amabilidad y atención empezaron a ostentar un poder económico sorprendente, el cual no permitía una explicación aceptable que encajara dentro de los recursos ganancials de su negocio dedicado a la venta de platos típicos colombianos. Algunos miraban el desarrollo económico de los dos hermanos con cierta sospecha.

Otros daban por sentado que se trataba de la gran capacidad que los hermanos tenían para desarrollar todo tipo de negocios, con buenos precios, calidad del producto y excelente atención.

Víctor empezó a organizarse al conseguir trabajo como oficinista de una compañía de exportaciones. Antes había trabajado de bibliotecario con la American Bible Society, cuyo presidente, un doctor en teología, conocedor de varias lenguas antiguas, entre ellas el arameo, con quien en algunas ocasiones había conversado sobre la importancia de traducir la Biblia a todos los idiomas, incluyendo en Braille: "Tenemos, por ejemplo la Biblia protestante en tailandés, que la iglesia católica usa para impartir su fe en Tailandia. No hay traducción de la Biblia católica en ese idioma".

En la compañía de exportaciones, tenía a su cargo preparar documentos de exportación y facturas consulares. En un corto tiempo aprendió a manejar con maestría el Schedule B, de *commodities,* libro que contenía, clasificados por números, todos los artículos de exportación de la nación, identificación indispensable para legalizar su exportación a cualquier parte del mundo. Aquí conoce al cubano castrista, que tuvo que retirarse aquejado por la tuberculosis.

Gracias a él enfrentó de nuevo la generosidad del cubano quien lo preparó para que ejerciera su oficio con prudencia y cautela. "La ley de monopolio, Víctor, prohíbe usar siempre una misma línea mercantil. Diversifícate en el momento de ubicar las mercaderías, y nunca aceptes prebendas para que hagas lo contrario favoreciendo a una compañía en particular". Tiempo después recibió la visita de un aparente ejecutivo de una empresa.

Vestido con elegancia, de elevada estatura y buen talante, después de conversar un rato, le hizo la invitación de almorzar en un restaurante-bar de prestigio, cerca de Union Square. Ya en medio del calor de unos cuantos J&B, vino la oferta: comisión inmediata por poner mercaderías en los barcos de su compañía y otra más jugosa al final de cada mes.

Gracias al consejo del cubano que siguió al pie de la letra, y a la intuición de que el hombre de marras era un agente encubierto, se escapó de la redada que las autoridades hicieron, meses después, por diferentes empresas de exportación por violar la ley de monopolio. Fue noticia de primera plana en los principales periódicos neoyorquinos

Todo marchaba bien, buen trabajo, excelentes amistades y, sobre todo, porque estaba realizando el sueño de toda una vida: estudiar en la universidad, en New York University. Se había iniciado en los estudios de la Antropología Cultural, que, desde muy niño, veía como el campo fértil que le permitiría tener una mejor comprensión, en sus orígenes, de los asuntos sociales. Sabía que de la Antropología Cultural se desprendían muchas disciplinas sociales.

Un amplio y profundo conocimiento de ellas le daría la fortaleza intelectual para analizar la problemática social de su país de la manera más acertada. Pero todo termina abruptamente. Para su sorpresa, recibió correspondencia de Inmigración, en su apartamento de Elmhurst: Tenía que abandonar el país de inmediato o sería deportado.

Había violado el acuerdo en corte, en Miami, de una estadía de sólo tres meses. El tiempo había volado. Así que no habiendo otra alternativa, para no ser deportado, organizó el regreso a Colombia. Se afectó por un leve sentimiento de frustración, de no poder concretizar su sueño.

Con propósitos de regresar, obtuvo la documentación legal, que le permitiría gestionar su residencia en el consulado norteamericano de Cali.

Los amigos de Edwin & Mcdonald, la compañía de exportaciones, colaboraron con él para conseguir la documentación necesaria, debidamente notariada. La despedida fue triste no obstante habérsele asegurado su posición en la Compañía.

Tan pronto el avión de Avianca voló sobre territorio colombiano rumbo a la ciudad de Bogotá, Víctor sintió una profunda satisfacción cuando desde la ventanilla miraba extasiado la belleza de la campiña de su patria, sus valles, montañas y ríos, y uno que otro pueblecito que desde lo alto podía ver con precisión sus calles, dirigiéndose a la plaza central y el consabido torreón de la iglesia, y pensó en ese momento que algo le faltaba, que su realidad ontológica estaba incompleta dentro del sistema que creyó colmaría sus sueños, pero sus sueños, así lo entendió no podrían limitarse a satisfacciones materiales, eran de mayor alcance y que por lo mismo, sus genuinas aspiraciones se estaban yendo por la tangente en cuanto a la responsabilidad que tenía con su patria. Es entonces cuando pensó en las palabras que le dijo a la secretaria durante el absurdo juicio que se le sometió: Cuba es una isla sin puertas, ¿acaso la Patria no implica sacrificios?

Aún ensimismado en sus pensamientos, se incorporó exaltado para ver por la ventanilla la imponente Sabana de Bogotá con sus humedales y lagunas naturales, enmarcada por la Cordillera de los Andes, y el Río Bogotá que después de recorrerla de norte a sur se precipita por sus estribaciones formando el Salto de Tequendama, rodeado de misterios por la imaginería mística de los Muiscas. El avión aterrizó sin contratiempos. Al día siguiente viajó a Cali. Empezaba a recorrer la tercera etapa de su vida siempre llena de preocupaciones y deseos de superación.

Una vez se compenetró de nuevo con el terruño de sus padres, con su familia y amigos, no hizo esfuerzo por conseguir la *green card*, llave mágica para muchos colombianos, aunque le fue aceptada la solicitud por el consulado americano en Cali. Un hecho inaudito, el asesinato del presidente Kennedy, lo favoreció.

El imperio hacía esfuerzos por congratularse con el mundo. Había sometido al consulado en Cali todos los documentos necesarios. Cartas de referencia, contrato de trabajo certificado por notario y otros documentos, pero a la postre prefirió quedarse para luchar en y por su patria.

Tiempo después una apoplejía súbita, lo sacó de carrera En su inhabilidad y somnolencia, se hundía en pensamientos que lo llevaban a buscar la verdad de los hechos. Comprendía, por ejemplo, el problema serio de Estados Unidos con los inmigrantes ilegales, aunque documentados porque todos, decía, tenían la documentación apropiada de su país de origen. Había sido, le explicaba a su hijo Antonio, una negligencia crasa o un acto de servir por parte de las autoridades a los poderosos que estaban prestos a tomar a extranjeros ilegales para que trabajaran por sueldos miserables. Para esto, sólo se requería presentar la tarjeta del seguro social, que en ese entonces se expedía al que la solicitara.

Además, insistía, cuál es la responsabilidad de los que dirigen a los países de América Central, el Caribe, y de América del Sur, Colombia, Argentina, Perú, etcétera. ¿Por qué el gobierno norteamericano, mediante gestiones del ejecutivo, no exige a los gobiernos de esos países que implanten medidas sociales que conviertan en innecesario a sus gentes salir del país en busca de una mejor vida?

La narración de esta vivencia de su padre, le permitió a Antonio tener la convicción de que el cambio no debe darse en el aislado fuero interno de cada persona, y sí colectivo, a nivel nacional, que un mayor progreso y verdadera justicia social pudiera hacer innecesario tanto desplazamiento de colombianos a otros países. Antonio, por lo tanto, podía colegir que esa era la interpretación que su padre le había hecho a su experiencia.

En el río emigratorio no sólo se iban los necesitados sino también muchos cerebros capacitados que podían servirle bien a la patria y otros que buscando seguridad, se las inventaban para pasar por perseguidos políticos, para obtener la autorización de la oficina norteamericana de inmigración.

Las nuevas generaciones establecen residencia en la Florida, en la que inician una vida buena que los aleja de la patria. Así, pues, de ahí en adelante, Antonio trabajaba todos los días a favor de la causa que desde Bogotá para todo el país adelantaba Emilio y el profesor Sanz, con los que coincidía ideológicamente.

7

La directiva de El ΦMIKRON acordó por unanimidad hacer uso práctico de los adelantos cibernéticos para adelantar con mayor efectividad la educación del pueblo sobre el contenido ideológico y económico de El Movimiento. De esta manera, también, la gran concentración en Bogotá, sería todo un éxito. Emilio, ducho en el manejo del Internet, sugería pasar videos por *YouTube*.

Un solo video de cuatro minutos, decía, puede ser visto por millones de personas. *YouTube* llega a más gente porque las personas pueden participar y dedicar su talento creativo a adelantar los intereses de su partido o su candidato. "Se entró de inmediato en la tecnología y se creó el video El Movimiento con imágines que sugestivamente animaban a la juventud", explicó Antonio, quien daba los pormenores a todos los delegados para que aprovecharan esta coyuntura feliz y poder realizar aquellas ideas que propiciaban y ayudaban a la restructuración de una Colombia más igualitaria.

Son grandes las aportaciones del debate en línea que podrán hacer los internautas, con preguntas que serán respondidas por los candidatos. Además, se podría tener un seguimiento masivo en *Twitter* y otras redes sociales como *Facebook* y *Orkut*, el cual tiene una gran comunidad en Colombia. Internet permite movilizar nuestros militantes en otros ambientes no virtuales. Ya Emilio tenia un microblog personal en el que congregaba más de trescientos mil seguidores.

Sin excepción, todos dieron aprobación a la propuesta y, como dijo Antonio, "El Movimiento —que representa el futuro— nos lleva de la mano por el amplio camino de la información tecnológica, que todos debemos usar para llegar a todos los rincones de la patria."

8

En marzo de 2009, la reunión en Cartago, sería en el salón de conferencia del hotel Mariscal Robledo, de estructura muy moderna con un frente que se caracterizaba por sus inmensas columnas agrupadas en conjunto de tres poderosas pilastras, que permitían el paso sólo a niños pequeños, quienes hacían esfuerzos por colarse entre sus espacios. Antonio preparó todo con gran meticulosidad. Hizo un diseño organizado de sus palabras que se concentrarían en el conciso pero vasto significado del preámbulo de varias constituciones, cuyo contenido daba énfasis al pueblo como verdadero depositario del poder y recipiente universal de todos los bienes del Estado. Al frente, alrededor de dos mil personas lo esperaban.

"El Preámbulo de toda Constitución —comenzó diciendo Antonio— tiene el propósito, no el de interpretar la norma establecida, sino de analizar los valores que definen a un pueblo en particular y lo enmarcan dentro de unas estructuras con carácter de perennidad; son los aspectos axiológicos de la conducta, las ideas y principios de una comunidad que se unifica cultural y lingüísticamente dentro del amplio concepto de nación, siempre y cuando no se margine de la norma de normas que es la Carta Magna.

"Pero el fin principal, según jurisconsultos cuyos análisis al respecto he leído, no es la interpretación de la norma, sino su sana aplicación. Éste ha sido el propósito del legislador, que mediante el Preámbulo deja claro cómo debe regirse y comportarse la comunidad. No es sólo un título. Cuando el Preámbulo se rebaja a esta categoría; es decir, a la interpretación festinada de la norma, sin un curso fijo inexorable, el país no tiene claro el rumbo a seguir en el futuro. Tampoco cuando se hace uso de la ley por encima de la norma establecida. Se llega entonces al imperio de la ley, que atenta contra la Carta Magna. Por lo tanto, el Preámbulo, de manera concisa y con términos que requieren una amplia interpretación jurídica, expresa al texto constitucional a la perfección, y no va más allá de esa interpretación".

Con este PREÁMBULO empezó su conferencia explicando, desde este punto de vista, la constitución de varios países. Su contenido universal, dentro de una exposición similar en todas la constituciones, daban margen para establecer como principio universal la justicia social. Colombia, Estados Unidos, Francia, Rusia, etcétera, hacían gala en sus preámbulos de dicho principio. Presentó esto como argumento para demostrar que el Estado Colombiano ejercía sus oficios, muchos de ellos, en un constante acto violatorio, puesto que en su quehacer económico y social el pueblo no tenía ninguna participación directa, si se exceptúa cualquier desarrollo social en el momento eleccionario de cada cuatro años, por razones obvias y el proceso eleccionario mismo sujeto a manipulaciones sicológicas que creaban un exceso de exultación y un mínimo de discernimiento.

¿Pero qué se podría decir cuando se mira desde lo lejos, con un actitud individualista, la injusticia social, la violencia, el desplazamiento humano, la niñez abandonada, un doce por ciento de desempleo, sin inmutarse?

Entró entonces de lleno a leer los preámbulos de algunas constituciones con lo que demostró sin lugar a dudas su acierto de que la justicia social estaba delineada en el preámbulo de todas las constituciones, incluyendo la de Colombia. Pasó a explicar el preámbulo de la constitución de Venezuela.

—Este preámbulo analizado dentro de la realidad social que avanza en Venezuela gracias al movimiento Bolivariano adelantado por Chávez, puedo observar —y ustedes también, le dice al público señalándolo con el dedo— que está cumpliéndose para decirlo en términos sencillos, al pie de la letra. Como diría Simón Bolívar la masa en Venezuela, la de los reformadores, ha seguido a la inteligencia.

»Y así —continuaba Antonio con su exposición— puedo seguir citando uno a uno los preámbulos de otras constituciones como la de Cuba, Rusia, China, Argentina, Ecuador y la de cualquier país latinoamericano, con la excepción de Puerto Rico que, aunque su Magna Constitución establece que la soberanía descansa en el pueblo 'nosotros el pueblo de Puerto Rico', cuya ciudadanía norteamericana les fue otorgada por la ley Jones de 1917; su constitución fue reconocida por el gobierno de Estados Unidos y tiene el endoso de la comunidad internacional pero el verdadero poder decisitorio, en la práctica, está en manos del Congreso de los Estados Unidos, a través de la Ley de Relaciones Coloniales, que es la que siempre han acatado los gobernadores, senadores y representantes de turno. Porque miran todo esto, ellos también, sin inmutarse.

»Porque sin excepción todos los preámbulos de la constituciones alrededor del mundo establecen la soberanía del pueblo y que éste no sólo es el salvaguarda del país, sino que a la postre debe ser el máximo beneficiario de todas las iniciativas del Estado, que se debe al pueblo y no éste al Estado. El principio fundamental del Preámbulo es similar al que rige los sistemas políticos dispares. Porque la soberanía es el poder que tiene el pueblo para establecer su criterio sin influencias espurias.

Preámbulo
El Pueblo de Colombia

En ejercicio de su poder soberano, representado por sus delegatarios a la Asamblea Nacional Constituyente, invocando la protección de Dios, y con el fin de fortalecer la unidad de la nación, y asegurar a sus integrantes la vida, la convivencia, el trabajo, la justicia, la igualdad, el conocimiento, la libertad y la paz, dentro de un marco jurídico, democrático y participativo que garantice un orden político, económico y social justo, y comprometido a impulsar la integración de la comunidad latinoamericana, decreta, sanciona y promulga la siguiente:

Constitución Política De Colombia

»Desde el punto de vista del Preámbulo de nuestra constitución Colombiana se podría pensar que, cumpliendo con la Carta Magna, Colombia es un país de paz, un país donde se da la equidad, la justicia social en todo su territorio. La pobreza es casi inexistente. El derecho a la educación es inviolable. La seguridad está garantizada. La salud, igual.

»Nada hay más lejano de la verdad. El incumplimiento del preámbulo establecido en nuestra constitución, y es necesario tener esto bien claro —enfatizó Antonio—, no es producto de algún tipo de circunstancia social que surge de manera espontánea y que por lo tanto está fuera del alcance del Estado. ¡No! Todo se da mediante la debida premeditación y la precisión inequívoca del Estado. ¿Por qué nunca ha habido paz en el territorio colombiano? ¿Por qué la presencia de guerrillas desde 1830? ¿Por qué la FARC? Nuestro propósito es, pues, afirmaba Antonio, exigirle al Gobierno y a los círculos de poder más justicia y equidad para la mayoría de los colombianos, como lo afirman y establece el preámbulo de nuestra constitución que es más o menos similar a la de todos los países del planeta. Que cumplan, pues, nuestros dirigentes con la Constitución. No puede ser letra muerta, y seguir manteniendo las apariencias. Si logramos que esto se haga, habrá paz en Colombia, de lo contrario, hoy es la FARC, mañana será otro el grupo guerrillero, como en el pasado cuando grupos armados cubrieron la faz de la patria, pero con los mismos propósitos que hoy. No olvidemos a Guadalupe Salcedo y su dominio sobre los Llanos Orientales; nosotros buscamos por caminos de respeto mutuo, por caminos de la paz lo que otros quieren por medio de las armas. Sólo se requiere una pequeña dosis de comprensión y generosidad».

Cuando hubo terminado la ovación fue extraordinaria. Algunos se ofrecieron para continuar con la lucha pacífica mediante posiciones ejecutivas. Se creó así una junta directiva y se nombró a Antonio como su presidente ejecutivo y a Arturo como secretario, y se acordó de inmediato nombrar los representantes a la Máxima Expresión que tendría lugar el próximo 20 de julio. Habiendo dejado todo organizado continuó la caravana, a la que otros de pueblos circunvecinos se fueron uniendo.

Pereira los esperaba con entusiasmo. La comunicación era constante en toda Colombia.

Por teléfono regular, por mensajes de texto a todos los celulares, y mediante el Internet, por correos electrónicos que llegaban a las computadoras en las oficinas centrales de El Movimiento en Bogotá daban cuenta del regocijo, el fervor patriótico que se movía por todo el territorio nacional. La Perla del Otún, llamada así por estar a orillas del río de mismo nombre, es una ciudad joven, moderna, pujante, que siempre está al orden del día en un progreso sostenido. Su desarrollo, su belleza arquitectónica se palpaba de día a día. Su civismo es también digno de imitar, lo que se manifiesta ahora con gran entusiasmo en la organización de la gran manifestación de El Movimiento.

El director en esta ciudad, Luis Gaviria, de prestigiosa familia, quien tenía dotes de organizador y la plaza de Bolívar, decorada para la ocasión, presentaba una atmósfera de entusiasmo sin igual. Había diseñado una bandera para El Movimiento. Ésta era blanca en seda, con la misma dimensión de la nacional, cruzada por tres barras verticales. Las tres barras tenían las mismas dimensiones en colores, verde, azul y rojo, los colores representativos de la tierra colombiana, y en un rectángulo al lado izquierdo superior, el retrato impresionista de Bolívar.

Con la autorización del Comité de Coordinación, en Bogotá, instalado por los dirigentes, la junta de Pereira había adoptado la bandera para todo el movimiento nacional. El mensaje era contundente.

Así, pues, la plaza de Bolívar estaba decorada con banderas colombianas y la nueva bandera. A alguien se le ocurrió, y nadie pensó que fuera una falta de respeto poner en la mano del Bolívar del escultor Rodrigo Arenas Betancourt, que dominaba con su presencia toda la plaza desnudo, sobre su caballo galopante, la nueva oriflama representativa de El Movimiento. Resultaba imponente ver a Bolívar, como un centauro, llevando el mensaje de El Movimiento por toda Colombia.

Gaviria hizo uso de la palabra, después que otros representantes expusieron la parte organizativa y mencionaron los nombres de los integrantes de la junta que estaba encargada de la organización de actividades en esta parte del país.

"Como en épocas pasadas, cuando el poder omnímodo estaba en manos del Imperio Español, prestantes figuras de nuestra historia tuvieron el valor de manifestar sus ideas conducentes a una vida mejor para todos los habitantes de esta tierra. No se acobardaron, nunca dieron un paso atrás, nunca prefirieron la inmovilización del silencio, a la palabra revolucionaria. Su verbo se escuchaba como un trueno en el ámbito nacional. El imperio se conmovía.

"Vino entonces el grito de independencia, la cual se refrendó para siempre en la memorable batalla de Boyacá. Bolívar sellaba para siempre nuestra emancipación.

"Ha llegado el momento de salir del letargo y luchar por medios pacíficos para lograr una segunda emancipación: la equidad social. Paz, justicia y libertad es el grito nuestro, es el grito de todos ustedes para todo el país. Recordemos las palabras del maestro del Libertador, don Simón Rodríguez, escritas en 1828: "Hoy se piensa, como nunca se había pensado, se oyen cosas, que nunca se habían oído, se escribe, como nunca se había escrito, y esto va formando opinión a favor de una reforma, que nunca se había intentado, la de la sociedad".

Todos aplaudieron, gritaron al unísono las tres palabras: ¡Paz, Justicia, Libertad! De inmediato se organizó la marcha de rigor que recorrió la ciudad por las calles principales, sin contratiempos que lamentar, aunque no pasaba por alto la enorme vigilancia policiaca. El entusiasmo, su preparación académica, el uso hábil de la palabra en la exposición de sus ideas, su don de gentes, ubicarían a Gaviria en un futuro en la dirección del Departamento de Risaralda. Era parte del programa de El Movimiento, que en cada uno de los treinta departamentos del país, estuviera la presencia direccional de un miembro de El Movimiento.

La información que se tenía era que en todas las ciudades de los treinta departamentos el pueblo se había manifestado con alegría, con mucho respeto y con el corazón lleno de esperanza.

9

Es 18 de julio, temprano en la mañana, multitudes dirigidas por los representantes ejecutivos de El Movimiento, de todos los rincones del país, empiezan a trasladarse a Bogotá. De las ciudades lejanas, por vía aérea. Otros por barco a lo largo del Magdalena, el río tutelar de Colombia, hasta la ciudad de Girardot y desde este puerto, por carretera, hasta la capital. La mayoría en autobuses. Bogotá será el centro nacional de El Movimiento durante una semana, con una concurrencia jamás vista. A esta gran movilización humana se unió un grupo de indígenas que organizaron en el 2008 una marcha de más de treinta mil personas, como protesta a la violación de sus derechos humanos. Los caminos de la tierra colombiana se abren para dar paso a un hervidero humano que se mueve con toda la fuerza hacia su destino final.

La plaza de Bolívar de Bogotá es el sitio obligado, histórico, donde el pueblo da rienda suelta a todas sus manifestaciones de protesta. Es un gran espacio enmarcado por el capitolio con su hermosa fachada que se caracteriza por sus dieciocho columnas de estilo jónico, el nuevo edificio de justicia, y, cruzando la avenida, la catedral primada, donde se encuentran los restos del fundador de la ciudad, Gonzalo Jiménez de Quesada, y en la parte oeste de la plaza con su arquitectura francesa, la alcaldía mayor. Casi en el centro, la imponente presencia de Bolívar.

Con el permiso de las autoridades pertinentes, se han levantado tiendas de campaña, en áreas cercanas a la plaza, donde cientos de personas pernoctan y buscan alojo y protección. Otros se resguardan, mientras tanto, en cientos de ómnibuses usados para la ocasión.

El 20 de julio de 2009, fue un día nublado, frío y con poco tránsito. Al frente del capitolio un podio sencillo pero bien construido. A las diez de la mañana, se ven camiones con soldados patrullando las calles y los alrededores de la plaza. Se prevé que dentro de unos treinta minutos, empiecen a entrar los representantes de cada región identificados con cartelones llamativos. No se da el acicate de cantantes famosos ni de artistas. Sólo un grupo de pequeños cantores asistidos por la banda municipal de Guatavita la Nueva.

Cuando la banda empezó a entonar el himno nacional seguida por el coro de niños, empezaron a hacer entrada por los cuatro puntos cardinales los primeros grupos encabezados por los dirigentes.

Las cámaras de televisión empotradas en cada esquina entre ellas CNN, TeleSur de Venezuela y Televisión de Francia y de España, informan al mundo de la magna actividad. Un dirigente al preguntar por qué lo de las patrullas, recibió la respuesta de un teniente: "Queremos evitar confrontaciones con los que no están de acuerdo con ustedes".

En otro rincón de la ciudad, el gobierno celebra, a su modo, la memorable efeméride colombiana que marca el comienzo de la independencia de Colombia. En el lado de acá hay bullicio, alegría, entusiasmo y todo transcurre conforme al orden establecido.

Uno que otro inconveniente que no pasó a mayores, gracias a la intervención de los llamados a ejercer control de la multitud, identificados con camisas amarillas y en el antebrazo una banda blanca. Sin embargo, un grupo de unos seis hombres, moviéndose entre la multitud camuflados, y bajo la camisa instrumentos sofisticados, se paseaban entre las gentes para grabar cualquier conversación que pudiera desenmascarar, según ellos, el verdadero propósito de El Movimiento. El plan urdido por Carmona ha dado su comienzo. Cabe agregar que el señor Lozano había dado orden de no crear ningún tipo de perturbación.

Lo que él no sabía es que la operación que se estaba dando en ese instante, estaba bajo el mando absoluto del señor Carmona, quien tenía orden expresa de sus jefes de desarticular por todos los medios la organización de Emilio. Sin importar el riesgo, el precio, o resultado según la autorización enviada por correo electrónico, el cual terminaba con la siguiente frase, famosa en los círculos íntimos de la CIA: No queremos incrementar nuestra lista de países designados.

Esto era lo usual, palabras muy claras para Carmona que empezó a ejecutar órdenes siguiendo las instrucciones del exterior que él decodificaba. Vendedores ambulantes se habían colado entre la multitud, lo que daba un toque típico a la actividad. Había niños curiosos que, desprevenidos, seguían jugando con sus mascotas, y a veces con la bandada de palomas que, algunas, se paraban a picotear pepitas y semillas en sus manos extendidas.

Como era lo usual de pronto el firmamento se vio invadido por pequeños aviones de diversos colores, que por arte de magia, salían de las manos del hábil artesano en la técnica de papiroflexia. Muchos se extasiaban mirándolos, hacían piruetas, zumbaban por encima de las gentes, planeaban un rato y regresaban a su punto de partida. Era un día de fiesta, para la historia, un momento trascendental, por la marcha que se originó en todas las ciudades del país, que, usando todos los medios de transportación, culminaba ahora en el centro de la capital de la República.

Era la primera gran reunión de El Movimiento moviendo al pueblo colombiano por los caminos que conducen a una verdadera y total liberación y una franca demostración de poder popular. La gigantesca multitud así lo atestiguaba. Todos los departamentos estaban representados, según se podía deducir porque algunos llevaban los atuendos típicos representativos de cada región, camisa, zapatos de cuero o alpargatas de fique, el carriel de cuero, nutria o tigrillo, los ponchos y las ruanas, y la mujer con su poncho negro, con bordados y flecos, o las que se engalanaron con la falda negra y bordes en tejido de macramé, típico de su región. Es entonces cuando empieza la gran fiesta nacional: La interpretación de los ritmos típicos de las diferentes regiones por parte de campesinos y estudiantes en un amasijo alegre de pueblo. Era el folklore vibrando en toda su intensidad:

El Mapalé de origen africano; no podía faltar la Cumbia, con su sonido cadencioso, traído por esclavos negros africanos; el Vallenato, dado a conocer por Carlos Vives, su máximo embajador; y, de la parte central, la máxima expresión del país, el "♪Bambuco♪", conjunción de la tradición indígena con ritmos europeos, que siempre acompañó a los patriotas con Bolívar al frente en su lucha libertaria a todo lo largo y ancho del país. El entusiasmo era desbordante. Las gentes aplaudían con furor. Tan pronto hubo terminado el jolgorio, se iniciaron las intervenciones de los diferentes oradores.

El primero en hablar fue Antonio. Con los brazos en alto enfrentó las multitudes lleno de entusiasmo, se acercó al micrófono y con voz firme y decidida en varios minutos hizo un pormenorizado lineamiento de hechos trascendentales que han marcado la historia social de Colombia de manera trágica, y sus efectos en el desarrollo equitativo del país. Habló de la experiencia de su padre, cómo se había aventurado a ausentarse de su patria, movido por la necesidad, y tratar suerte en Nueva York, donde se desempeñó en todos los quehaceres para poder sobrevivir.

Ya encarrilado en un trabajo más llevadero y cónsono con sus capacidades, lo sorprendió inmigración con una acción rápida que le tronchó su futuro, en apariencia. Aprovechó la oportunidad para explicar el origen del enorme problema migratorio que afecta a la nación norteamericana. Por razones económicas era necesaria una obra de mano barata. El ciudadano norteamericano, por sus conocimientos y preparación, no estaba dispuesto a desempeñarse en lo que ellos identifican con la palabra "menial"; es decir, trabajos humildes en restaurantes, fábricas, con compañías de limpieza, hoteles, o en el campo como colector de manzanas, tomates y hortalizas.

Esta facilidad abrió las puertas a muchos latinoamericanos que vieron la oportunidad, la de la tarjeta de inmigración, para obtener la solución a sus problemas económicos. Los problemas sociales se señorean sobre la faz de nuestros países porque los gobiernos nunca tuvieron la voluntad para manifestar el más mínimo destello de generosidad. Todas sus energías estaban dirigidas a satisfacer los grupos de poder, nacionales e internacionales. Hoy en día el trabajo que desempeñan, no importa lo servil que sea, es útil a la nación norteamericana.

"No entendemos, nadie lo entiende, que a estas alturas, y ante un problema social como el de inmigración, el gobierno de Estados Unidos no haya elevado su enérgica protesta hacia los gobiernos que por desidia o negligencia, o por abulia social no frenan la emigración de sus conciudadanos y más bien la fomentan. Cuando se inició el Estado Libre Asociado de Puerto Rico, bajo el gobierno de Luis Muñoz Marín, se cree que cerca de un millón de puertorriqueños alentados por programas del gobierno dejaron la isla del encanto para aventurarse a brazo partido en la selva impenetrable de Nueva York, New Jersey, Connecticut e Illinois. Su labor en fábricas, áreas de limpieza, restaurantes y como colectores de tomates es encomiable. Eran reclutados para estos menesteres a través de agencias de empleo. Tenían la ventaja de que gracias a la ley Jones, de 1917, se les había concedido la ciudadanía de Estados Unidos. Por lo tanto, se puede afirmar que, quizás, mediante componendas entre los empleadores y las oficinas del seguro social e inmigración, se alentó el éxodo actual de mexicanos, centroamericanos y suramericanos quienes, salvando todo obstáculo y control, llegaron a la tierra de promisión en busca de una mejor vida, y así enfrentarse a empleos difíciles, vacantes por la ausencia de la mano norteamericana. Para los gobiernos de esos países la emigración masiva fue un alivio a la dura situación económica y que por lo mismo continúan fomentándola. ¿Por qué el gobierno de Estados Unido no ejerce todo su poder para que se produzca en esos países políticas económicas que hagan innecesaria la emigración desbocada?"

No enfatizó en lo acontecido a su padre, y sí en la presión social que lo llevó a la triste realidad de convertirse en un desplazado más. Su padre le había explicado todo al respecto, y así lo había informado a la multitud que lo escuchaba con atención y a veces con perplejidad.

Al terminar introdujo a Arturo, cuyo nombre ya era familiar en todos los intersticios culturales y sociales de la ciudad de Cali, quien hizo galas de sus habilidades en la declamación y puso al pueblo a reaccionar con energía con un poema que había escrito la noche anterior. Después habló Gaviria, en representación de la ciudad de Pereira. Y así sucesivamente fueron desfilando representantes de las distintas regiones del país en una actividad entusiasta de varios días.

Cuando hizo su aparición el Profesor Sanz, el faro iluminador de El Movimiento, su ideólogo, el público prorrumpió en un masivo aplauso. Su augusta presencia, como siempre, cautivó al público de inmediato y cuando empezó a manifestarse, con su gran habilidad de expositor claro y preciso, todos ponían atención en sus palabras, que inició con una frase universal que él consideró y explicó con propiedad para el momento trascendental que se vivía

"Something is rotten in the state of Denmark".

Después de explicar estas palabras de Shakespeare, que sirven para señalar a las estructuras gubernamentales como causantes de las injusticias sociales, y presentar con lujo de detalles el programa filosófico, político y económico de El Movimiento, agregó:

"Ha empezado, por fin —dijo con voz fuerte—, la redención de la patria. Este Movimiento ínclito, puro de cuerpo y alma, es el conatus histórico que nos impulsa hacia una nueva aurora, donde cada colombiano tenga presencia en el quehacer diario del país, y no parte, como ahora, de una masa amorfa sin propósitos ni metas ni tampoco de grupos enajenados de la realidad, los cuales están a merced de los llamados líderes políticos.

"Nuestro Movimiento exige, ha exigido siempre, el cumplimiento de nuestra Carta Magna, que establece la soberanía del pueblo, y no de un grupo pequeño de soberanos del poder, los cuales se han arrogado el derecho de las mayorías.

"La felicidad nos colma al comprender que, por fin, con El Movimiento, las mayorías podrán ejercer el derecho máximo que les pertenece: la dirección del país. Viva Colombia".

Al terminar, su ínclita figura daba la impresión de haberse crecido y con sus gestos y mirada, cautivaba a todo el mundo. Su carisma en ese momento tocaba las fibras más sensibles de todos. Para cerrar la actividad, y después de hacer el Profesor su presentación, Emilio entró al escenario. Su juventud era desbordante, tenía la presencia del líder y la voz del buen orador con un timbre perfecto, clarísimo. En medio del entusiasmo que lo embargaba, al dirigirse al público, no dejaba de pensar las veces que había soñado con un momento como el que estaba viviendo con toda la imponencia popular que su imaginación le había presentado en los albores de El Movimiento. Envolvió con su mirada la inmensa multitud que lo ovacionaba, y que se extendía más allá del ámbito mismo de la plaza

"Compatriotas, repican las campanas de la patria. Es el llamado hacia una nueva aurora, hacia el día hermoso en que todos nos sentiremos como hermanos buscando el bienestar, el progreso fraternal, y la justicia social para todo. Atrás quedarán los egoísmos, los partidos, las facciones, la violencia política y con una nueva conciencia, constituimos un Movimiento de paz, es ésta nuestra mejor aliada y no la guerra que aniquila, destruye y trae la oscuridad a todos. La masacre rutinaria de campesino e indígenas desaparecerá para siempre. La Paz plena en nuestro territorio y en todos los países latinoamericanos, debo decirlo, es nuestra mejor arma de protección, junto con nuestra protección férrea de todos nuestros recursos naturales. Ambas forman parte substancial de nuestro programa que realizaremos muy pronto.

"La razón de nuestro Movimiento es, pues, lograr que todos los colombianos al unísono forjemos la Colombia nueva que nos una a nuestros países hermanos del resto del continente, como era el sueño de Bolívar. El pueblo acaba de constituirse como El Movimiento, el pueblo sin estigmas, sin nomenclaturas, sin clasificaciones, sin facciones porque nuestra base es el desarrollo social igualitario; la fuerza impulsadora, los ideales de Bolívar; nuestra meta, igualdad social, la paz y la unificación de toda América del Sur. Si logramos esto Colombia dejará de ser un país de guerra en el cual, por intereses ocultos, nos hundieron los poderosos de siempre. En nuestros propósitos no cabe ningún tipo de fragmentación, ni político ni económico, miramos a Colombia con toda su presencia natural y humana interconectándose en todos los aspectos de la vida y la realidad".

Es entonces cuando en pocas palabras diseñó para el pueblo, que lo aclamaba, el plan que seguiría avanzando hasta llegar a la culminación de poner en manos del pueblo las bridas de la patria. Se dirigió después al Profesor Sanz

—Profesor, puede usted ahora informar al pueblo sobre nuestro descubrimiento, que se revelará ahora por primera vez, con la aquiescencia de mi padre, para el bien de las generaciones presentes y futuras.

En ese momento, mientras el Profesor daba las explicaciones correspondientes, varios jóvenes empezaron a repartir entre la multitud un opúsculo diseñado con la figura distinguida del sabio Caldas en las que se daba cuenta del descubrimiento histórico de su verdadera posición, sus estudios al respecto, los nombres de figuras prestantes, y extractos de su profundo análisis de la relación del pueblo y la fronda política de su época. En él también se hacía un análisis, sociológico e histórico, de lo que a nivel mundial representaba la escisión de la humanidad entre Conservadores y Reformadores.

El Profesor de inmediato, después de dar las explicaciones de rigor, empezó a leer apartes de los escritos de Caldas, y dejó para lo último la carta que le escribiera Camilo Torres al gran sabio.

—Los extractos que les acabo de leer fueron escritos por nuestro sabio Francisco José de Caldas. Hasta este momento la oligarquía había escondido la verdad de que el sabio en realidad estaba con el pueblo y si fue el ejecutor de instrumentos bélicos lo hizo para proteger a su pueblo y garantizar la existencia incipiente de la patria. Para entender las pretensiones perennes de la élite del poder, es bueno que ustedes observen lo siguiente:

"Nadie volvió a preocuparse por el verdadero significado de la criptografía que a todas luces se trataba de la letra griega ΦMIKRON, con la cual el sabio mártir quiso identificar sus manuscritos. La interpretación que se dio, baladí por demás, no tuvo trascendencia.

"Aparentemente, según otros documentos posteriores de compañeros de luchas, la letra griega identificaba a una facción revolucionaria y popular que conocía los verdaderos propósitos de la fronda oligárquica, y que por esta razón se había realizado reuniones supersecretas en el observatorio astronómico de Bogotá para preparar la lucha contra las pretensiones de los poderosos que esperaban una coyuntura feliz para reemplazar el poder de los representantes directos del imperio español por el suyo propio. A la cabeza de ese movimiento secreto estaba Caldas que mantenía activa correspondencia con los líderes que abogaban por la causa del pueblo, cuyas epístolas con un gran contenido social también se encontraron en la biblioteca de los Lozanos. Varias cartas, poco conocidas, fueron dirigidas a Simón Bolívar.

"Esto es de un gran significado histórico que se ha querido minimizar por los enemigos del cambio justo, quienes con la ayuda de los historiadores de oficio, se empeñaron en presentar sólo el lado meritorio de Caldas como hombre de ciencias. Y esta es la causa también que explica la desaparición de muchos documentos importantes que dejó la verdad histórica de Colombia obnubilada y trunca, inmersa desde entonces en una atmósfera acomodaticia a los intereses del grupo que con habilidad movieron y mueven los hilos de los acontecimientos del país. Es bueno que observen que el Libertador estaba al tanto de la existencia de esta fronda elitista y que a la postre destruyó su obra".

De inmediato leyó la carta de Camilo Torres, con lo cual se daba por terminado el propósito de revelar al pueblo la realidad histórica de Caldas. Con esto por fin la historia del país se escindía entre el mito vivido por años y el nuevo período que, sin lugar a dudas, inaugurarían los Lozanos.

El pueblo aplaudió.Después de presentar todos los detalles del plan que iba a ejecutar en todo el país, y que tenía como propósito preparar al pueblo sobre cómo dirigir a la nación por derroteros de justicia y equidad, Antonio tomó la palabra y cuando iba a dar clausura a la gran concentración, Emilio pidió de nuevo la palabra. Su verbo cubrió todo el ámbito de la plaza

"¡Pueblo de Colombia! A partir de este momento, nuestro Movimiento empezará a conocerse por ustedes y gracias a ustedes como: El ΦMIKRON".

Al terminar, la multitud se fue dispersando poco a poco. Muchos en el momento en que atravesaban la plaza, leían con atención copia de los manuscritos de Caldas que se habían organizado en forma de opúsculo para que sirviera de guía al despertar de la conciencia colombiana.

En el pequeño libro se incluía el plan trazado por Francisco José de Caldas en el que aparecía con lujo de detalles toda la logística cuyo papel preponderante lo ejecutaría el pueblo. Éste, con sus líderes, empezaría por suplantar a los actuales dirigentes para evitar que, con su ambivalencia, cogieran las riendas del poder y enrutaran a la nueva República por caminos favorables a sus intereses. Para culminar con éxito, no se descartaba la lucha armada. Todo organizado, se esperaba el momento propicio para activarlo. No se podía caer en la trampa que se diseñó por los oligarcas en los momentos difíciles de las luchas libertarias. Después de los fusilamientos ordenados por Morillo, trastocaron el plan y, una vez lograda la independencia por las fuerzas bolivarianas, y muerto el Libertador, el Gran Sueño fue destruido por aquellos que propiciaron repúblicas separadas que, como Colombia, se crearon para su provecho personal. "Repúblicas Aéreas", las llamaría Bolívar.

10

Emilio, Patricia, Antonio juntos con el señor Sanz, Arturo y varios de los representantes regionales, se dirigieron a un restaurante cercano. Detrás de ellos, los hombres de Carmona pisándoles los talones. Emilio, en su trayectoria, iba a ser marcado por el destino forjado por otros. Antonio ya tenía marcado el suyo. Así lo disponía la abultada carpeta que se le había levantado desde el momento en que empezó su trabajo activo al involucrarse en El Movimiento.

A Carmona le habían establecido que el dossier de Antonio debiera de culminarse. Ya estaba maduro para cerrarlo. Por lo tanto, Carmona aceptó el desafío y empezó entonces a desarrollar la estrategia para cumplir con dichos propósitos. Tenía vía libre por orden del presidente. Su trabajo estaba diseñado por fases: primero detener el avance de Emilio con sus manifestaciones públicas, sus marchas multitudinarias y sus reuniones secretas con varios de sus lugartenientes, entre los cuales, por su acción descollante, se destacaba Antonio. Uno a uno iría cayendo. Había que realizar este plan antes de que empezara la campaña eleccionaria. El grupo compartió con gran camaradería que permitió al Profesor Sanz manifestar su habilidad en la buena conversación.

Como él decía: "Prefiero la palabra oral a la escrita. Aquella es más completa y está acompañada de una teatralidad que la fortalece y le da un toque de veracidad. Yo creo que en este momento todos debemos sentirnos felices por el éxito obtenido, la manifestación fue multitudinaria y creo que todos han comprendido nuestros propósitos y hacia donde nos dirigiremos".

Terminada la cena, Antonio, Yaritza, Arturo y otros más se despidieron y cogieron la carretera de regreso a Cali. Emilio y Patricia se quedaron en Bogotá para continuar la actividad proselitista. El viaje era largo y muy duro, pero entretenido por la imponencia del paisaje que se podía sentir en gran parte del territorio de la patria. Pasaron por Pereira a altas horas de la noche y se dirigieron hacia El Valle. Al llegar a Cerritos, bajando la cuesta hacia el Valle, antes de llegar al puente sobre el río La Vieja, Antonio les señalo a lo lejos a Cartago la ciudad de sus padres. Entre las múltiples calles con filas de variadas casas, se destacaba la catedral con su hermosa torre y su reluciente cúpula plateada.

El padre Botero O'Byrne, logró construir tan imponente conjunto arquitectónico católico con un gran esfuerzo y una procesión anual con la imagen de la Virgen del Carmen cuyo manto se tachonaba de billetes que daban los feligreses, dinero que se usó para financiar la construcción de la iglesia de estilo neoclásico y la torre, separada, única por su estilo en el país, orgullo de la ciudad.

Antonio estaba ensimismado en estas vivencias de su niñez, que él narraba con precisión y encanto, cuando un *jeep* les cerró el paso justo cuando se disponían pasar el puente sobre el río. Hubo una gran aprensión de todos. Un teniente se acercó y, sin entrar en muchas explicaciones, les dijo:

—Es preferible que ustedes se regresen a Pereira y hagan el viaje a Cali por avión. La vida de ustedes va a estar en peligro, cerca de la ciudad de Tuluá.

—¿Quién es usted? ¿Podría identificarse, o por lo menos decirnos quien lo envía? —Respondió Antonio.

—Usted excuse pero no es necesario dar explicaciones y entre menos prolonguemos el tiempo es mucho mejor para ustedes —terminó, sin pensar que el destino establece sus propios juegos.

Sin mediar palabra, Antonio pidió al conductor que diera marcha atrás. Pasarían la noche en Pereira. Antonio se había dado cuenta que el militar era el mismo que les había aclarado la razón de su presencia en la reunión de la Plaza de Bolívar, en Bogotá, durante la Gran Manifestación de El Movimiento. Es entonces que tuvo la impresión de que corrían peligro y que la ocasión era apremiante.

De regreso al centro de Pereira, les tomaría sólo una media hora, sino fuera por la rareza de algunos acontecimientos que partieron en dos el hilo conductor de los hechos y mancillaron el día de manera inesperada.

Como toda sincronización en los acontecimientos en los cuales el poder humano se anula. Nada de fatalismo. Es la realidad forjándose en actos que ocurren de manera espontánea, que son producto de una sincronización cuya explicación es imposible porque está más allá de la comprensión humana.

Pero el premeditado plan elaborado por Carmona era producto de la clara intencionalidad humana de hacer daño.

Aunque la advertencia del militar era certera por su veracidad, no se sabía que existía una doble celada, muy bien organizada porque su autor sabía que tener un plan B, era una táctica excelente.

Caía una leve llovizna. Eran las ocho y media de la noche cuando se vieron asediados por un vehículo *Hummer* color oscuro, ocupado por varios hombres que de inmediato soltaron un repentino aguacero de balas en una curva después del aeropuerto Matecaña.

En pleno tiroteo un neumático estalló y el carro —un *Toyota Corolla* color rojo— zigzagueó y se detuvo. Antonio que estaba al timón, y dos compañeros más, salieron del carro, atravesaron el zoológico cercano y se metieron en una zona boscosa. Él recibió un impacto de bala en la cadera izquierda. Yaritza, que los acompañaba en todas las faenas políticas, recibió heridas leves en varias partes del cuerpo; y a Arturo, que hacía su primer viaje con sus compañeros, le alcanzó una bala mortal en el lado izquierdo de la cabeza. Algunos parroquianos cercanos, les prestaron ayuda. Llevaron los heridos al hospital más cercano de la ciudad.

El vehículo desde el cual se hicieron los disparos, apareció quemado en una vereda cercana a la ciudad de Santa Rosa de Cabal. Dispararon con un rifle Ak-47 y una pistola de nueve milímetros, alcanzando varias veces el auto en la tapa del baúl y en el cristal trasero. Varios oficiales de la policía coincidieron al decir que había sido una ejecución de profesionales.

La noticia se regó como pólvora. Emilio y Patricia empezaron a hacer los arreglos para viajar a Pereira al día siguiente. El señor Lozano y Doña Josefina repudiaron tan terrible atentado y ante las cámaras de televisión el señor Lozano indicó que se agotaría toda la investigación del caso hasta dar con los culpables y aplicarles la ley correspondiente.

El Presidente hizo caso omiso del asunto y se limitó a decir que "Todo estará en manos de las autoridades competentes". Antonio llamó a Emilio para decirle que Yaritza y él estaban fuera de peligro.

Muy triste por la muerte de Arturo, un joven prometedor que iba a desempeñar un papel preponderante en El Movimiento. Porque su llamada pudiera estar intervenida, Antonio no quiso contarle a Emilio la relación posible entre el teniente que les sugirió el regreso y el atentado. Pero ya Emilio estaba al tanto de lo que ocurría.

Su padre que lo mantenía informado de la actividad desplegada por Carmona, a quien, por razones de seguridad, no podía detener sin alborotar fuerzas poderosas que podrían incendiar el país. "Hay que ser cautelosos. Nos enfrentamos a fuerzas extrañas, poderosísimas, que están acostumbradas a ejercer todo su poder en nuestro territorio", le había dicho a Emilio.

Mientras tanto, el señor Lozano agilizó una reunión con los encargados de la seguridad del país, en la que, además del Presidente, estarían también el jefe de la policía nacional y los generales a cargo del ejército. Como invitado especial, Carmona. Se llevaría a cabo, según se acordó con el Presidente, en el palacio de Nariño, el próximo día a partir de las diez de la mañana. Las fuerzas especiales de Lozano le habían conseguido mucha información. Su agenda era pesada y los datos, sin lugar a dudas, serían controversiales.

Las contrariedades por las que pasaba Lozano, hacían pensar en un cambio en sus conceptos políticos y económicos. En épocas pasadas, cuando se proponía desbaratar algún amago de subversión, que pudiera atentar contra la Ley y el Orden, no le temblaba la mano por lograr la ejecución exitosa de sus planes.

Era el máximo protector del Estado de Derecho. Era una lucha sin cuartel que desplegaba con gran exactitud. Hacía uso de estrategias especiales, y cuando era necesario, también de la fuerza más indescriptible.

En este instante, manifestaba mucha prudencia y consideración, sin embargo. En los momentos de soledad en su despacho de su hermoso castillo, había empezado a releer la historia de Colombia, en sus momentos más cruciales, sobre todo en los que había intervenido algún miembro de su familia.

Quizás por las advertencia de Doña Josefina, que tenía una intuición formidable para detectar las tendencias reales de sus interlocutores, en especial los que la rodeaban en las reuniones oficiales del gobierno y de las embajadas; o, más bien, por el entusiasmo cautivante de Emilio y su aire descuidado de benevolencia y sinceridad que rodeaba su lucha diaria para sacar adelante El Movimiento, había empezado en todo el ánimo de

Lozano una catarsis profunda de sus ideas, tendencias y acciones. Sólo a través de una conciencia prístina podía enfrentar las circunstancias que lo acosaban. No podía soportar la dejadez de las autoridades ante la impunidad absoluta con que los paramilitares continuaban con sus matanzas diarias de campesinos, con el fin —todo el mundo lo sabía— de apoderarse de sus tierras. Las masacres de campesinos era la orden del día. No había otra alternativa para el desenfreno del odio y las más bajas pasiones que sólo pueden expresarse con la barbarie y la crueldad.

Porque la masacre siempre se caracteriza por manifestar una naturaleza humana de prepotencia y sadismo que movida por la ambición sin límites, se vuelca sobre las víctimas inocentes. Son las víctimas propiciatorias de los que, en cónclaves secretos, financian sus gestiones en busca de la tierra ubérrima y ancestral en manos de los campesinos. Le conmovía ver cómo fuerzas no colombianas actuaban en la clandestinidad, sin respeto a las leyes del país, y que, pensaba con mucha tristeza, él era cómplice de que existiera tal exabrupto que parecía incontrolable y que ahora lo estaba tocando de cerca.

Emilio llegó a Pereira temprano en la mañana y desde el mismo aeropuerto Matecaña, se dirigió en taxi hacia el hospital donde se encontraba Antonio y Yaritza. Su presencia reconfortó a ambos y ya solos Antonio le informó lo que había pasado. Se llegó a la conclusión que el teniente que había hecho presencia militar en la Plaza de Bolívar, cuando la Gran Manifestación, y había alertado a Antonio de un posible atentado, no estaba relacionado con el intento de asesinato ocurrido cerca de Matecaña. Les dio la impresión que el teniente obraba de buena fe, y que estaba del lado de El Movimiento.

¿Estaría solo? ¿Estaría recibiendo órdenes?

—De mi padre —contestó Emilio—. El militar que intervino cerca de Cartago, es el teniente Mosquera, la mano derecha de mi padre en los asuntos de seguridad. Lo conocemos, sabemos de su cualidad y su fidelidad. Dirige un grupo de veinte hombres preparados para desarticular cualquier complot, nacional o internacional. Sé de antemano, Antonio, que él siempre estará del lado de mi padre.

Antonio, yo pude averiguar la verdad. Mi padre me puso al tanto de todo lo relacionado con él, en quien confío. Es un buen amigo a carta cabal. Lo sé... lo conocí cuando era niño, cuando yo tenía sólo diez años. Guardar silencio, con el fin de proteger a alguien, resulta doloroso, pero hay que hacerlo, Antonio. El teniente Mosquera, en muchas ocasiones ha expuesto su vida en aras de la patria, y es, dentro de las autoridades de mi país, en quien mi padre confía.

—Tienes razón. En ambas situaciones yo noté como un aire de verdadera preocupación en el teniente. Había sinceridad en sus actos. Cuando nos detuvo cerca del puente que lleva a Cartago, y se dirigió a nosotros, me di cuenta que su actitud era una advertencia y no una emboscada, la cual como ocurrió en realidad puede indicarnos que fuerzas extrañas tienen el propósito de destruir nuestro Movimiento.

—No te preocupes, Antonio. Estoy seguro de que si todo se da como pensamos, la lucha que nos proponemos será un éxito. Ya sabemos que hay mala saña contra nosotros. Alguien intenta crearnos una imagen fatal que podría influir en la opinión del pueblo. Acuérdate del coche bomba en Bogotá. No olvidemos que la lucha de los pueblos encara situaciones en las que hay derramamiento de sangre y víctimas. Los poderosos se acuartelan y usan la fuerza más brutal. El atentado en Bogotá nos lo adjudicaron a nosotros. ¿Quiénes? La prensa está colaborando con ellos. Pero no se saldrán con la suya. De ahora en delante debemos tener más cuidado y voy a sugerirle a mi padre que autorice a Mosquera a mantenernos informados.

Entonces, Antonio, cuya recuperación era rápida, preguntó, con tristeza, a Emilio qué se haría con el cadáver de Arturo. Emilio se sumió en profundos pensamientos tratando de explicarse la tragedia que representaba la pérdida de Arturo.

Desde que lo conoció supo de antemano que era un ser humano de temple, capaz de calibrar el dolor humano y con la idoneidad para comprenderlo desde el punto de vista sociológico pero sobre todo poético, pues en la poesía era cuanto más y mejor vibraba la sensibilidad de su espíritu, pues, como el mismo Arturo repetía a diario las palabras de un poeta en ciernes de Puerto Rico "la poesía es un caracol oscuro en un camino de tinieblas"

—Ya se están tomando las providencias adecuadas. Yo viajaré a Cali con el féretro para lo cual se están haciendo los arreglos correspondientes.

Pese al control que manifestaba Emilio, en algunas ocasiones no podía evitar exteriorizar algunos sentimientos de culpa. Sin creer en el destino, pensaba que la vida se mueve por senderos misteriosos. Arturo se cruzó en su camino, creyó en él, se vinculó a El Movimiento, y con alma y corazón se entregó completo a la causa sin la más mínima idea de los acontecimientos trágicos que le aguardaban en su futuro inmediato, que no se habría dado, ni vuelto realidad, si el contacto que dio rienda suelta a los hechos, no hubiera ocurrido.

Estos pensamientos que se movían en su mente, lo ponían en la disyuntiva de sentirse culpable o de creerse un instrumento fácil que manos misteriosas usaban en obras que día a día desde la temprana edad de diez años, venía configurando su ser histórico. Era hijo de las circunstancias. "Mis circunstancias nada tienen que ver con algún fatalismo ideológico; son producto del determinismo de unos hechos, imposibles de evitar, creados por otros que temen al levantamiento del pueblo."

Los padres de Arturo llegaron acompañados de otros familiares a hacer los arreglos del funeral que tendría lugar en Cali. El golpe había sido terrible. Sus padres tenían puestas en su hijo todas sus complacencias. Desde niño había mostrado una personalidad única, diferente. En algunos aspectos era como cualquier otro niño. Su euforia constante, su apasionamiento por el deporte, en especial, y su amor por los animales lo convertían en un niño que presagiaba un adulto equilibrado que serviría bien a su patria. Quizás por eso mismo, a medida que adelantaba en sus estudios fue mostrando una sensibilidad que manifestaba a través de poemas con un profundo contenido social. Su estro poético estaba dirigido a la búsqueda del perfeccionamiento humano. Muchos de sus poemas se publicaban en el periódico *El Faro del Colegio* y algunos en las páginas literarias de *El Espectador*.

Su "Oda a la Vida" había suscitados comentarios muy positivos y entusiastas de los críticos del momento, porque establecía una visión positiva del futuro colombiano plasmado en el simbolismo de un paisaje de luces con un amplio río de aguas rutilantes, que recorría una amplia vega donde reinaban aves de una belleza impresionante y al fondo de una sabana esmeraldina, en un espacio sin límites, entre una niebla aclarándose, la insomne figura del Libertador.

Hacía hincapié en la métrica exacta de los versos al estilo de los mejores poemas parnasianos de Guillermo Valencia, aunque en algunos poemas, de contenido social, prefería el verso libre, y a veces, en su prodigio, unía las dos corrientes con resultados de gran belleza sonora. El Movimiento se había convertido en su aliciente principal y por eso no vaciló un instante en afiliarse y empezar la lucha por la realización pragmática de sus sueños.

Cuando llegaron a Cali miles de seguidores de todas las edades, los esperaba en el aeropuerto Alfonso Bonilla Aragón. El silencio profundo, daba realce al féretro cuando lo bajaron de la nave seguido por Emilio, los padres de Arturo y otros jóvenes compañeros de Colegio, quienes lo llevaron en hombros a lo largo de la autopista hasta el centro de la ciudad. Recorrieron la distancia de veintiún kilómetros a paso lento, ensimismados. El pueblo veía pasar el cortejo fúnebre en un silencio solemne. Al llegar a las cercanías del cementerio, en ese momento se empezó a escuchar las notas vibrantes del himno nacional. Con rostro compungido todos mostraban el desconcierto total y un deseo de lanzar un grito de protesta. Había sido un asesinato vil. Llegaron a la iglesia, donde un sacerdote esperaba para oficiar los ritos de rigor.

Asperjó agua bendita sobre el féretro, cubierto por el pabellón nacional, y con voz queda y profunda musitó algunas palabras de consolación. Cuando llegaron al cementerio todos los compañeros del Colegio, puño en alto, hacían guardia de honor. Al pasar el féretro entre ellos, y escuchar el clarín de despedida, algunos no pudieron evitar el llanto emocionado. Antes de darle cristiana sepultura, el padre de Arturo había pedido a Emilio despedir el duelo.

El silencio absoluto se interrumpía por el llanto de algunos, quienes sin despegar la mirada del cadáver, todavía expuesto, perdían control de sus fuerzas.

Emilio pasó al frente. El rostro pálido, la mirada fija en el féretro abierto. Un niño en su inocencia señalaba a sus padres la escena que no podía encuadrar en su comprensión en ciernes. Pasaron segundos que parecían una eternidad, Emilio no atinaba a dar comienzo a sus palabras. Se recompuso, miró a su alrededor, a los presentes compungidos.

—La lucha por el bienestar de los pueblos, según enseña la historia, se escribe con sangre. El egoísmo humano, incapaz de manifestar ni siquiera una brizna de desprendimiento y generosidad, crea tragedias como esta. Así lo atestigua nuestra historia. Nuestra palabra ahora silenciosa, no se perderá en el vacío del desierto. Ella vibra y seguirá hasta el final en busca del objetivo principal que era el sueño de Arturo. Una patria digna, donde cada colombiano se sienta a sus anchas, pleno de bienestar, recompensado por la justicia y la libertad. Arturo no ha muerto en vano, y seguirá como testigo, como otros en la historia, señalándonos siempre el verdadero camino. No hay marcha atrás. El paraíso de paz que nos aguarda no permite el retroceso.

»Por el contrario, aunando fuerzas, seguiremos en la lucha, con más bríos y entusiasmo hasta la etapa final. Y cuando lo logremos nos daremos cuenta que Arturo estará más presente que nunca».

Y en seguida leyó el poema inédito escrito a mano por Arturo, después de la impresión que le creó el poema "¡Oh mi capitán!" escrito por Whitman a la muerte de Lincoln, asesinado por los poderosos de entonces.

11

Dedicado a Filiberto Ojeda Ríos un mártir luchador por la independencia de Puerto Rico, asesinado en el año 2005. Era el dirigente máximo del Ejército Popular Boricua, mejor conocido por Los Macheteros. La forma simbólica del poema dejaba entrever que estaba escrito para todos aquellos que se inmolaban por la causa de los pueblos.

El Idealista

Los pueblos te aclaman con fervor
¡Oh, mi capitán, mi capitán!
Asombra que tu cuerpo
con su sangre luminosa derramada
golpea con la fuerza del amor,
los que otros con su mano ensangrentada.

Tu sangre luminosa
ilumina caminos
pulsa en oquedades
interroga el infinito
con energía universal
que se forja a golpes
en la mole nevada de los Andes,
o en el Yunque lapidario
de la tierra irredenta de borinquén
donde los bárbaros mercaderes
del negocio usufructúan
todo lo banal
y en sus aquelarres afrentosos

ofrecen sus ósculos malditos
al verdugo oportunista
y a los suyos, el disparo fatal.

Es la voz, tu voz, ¡Oh mi capitán!
ruge como un trueno
nunca se aleja
y en su marcha triunfal
recorre la América Latina
ora en borinquén,
y de la Cuba de Martí
a la patria de Bolívar
y de la Yucatán de los Mayas,
a las montañas de los Incas
siempre en continuo movimiento
rompiendo barreras
soslayando pantanos
penetrando las selvas del Darién
vadeando el Amazonas
y desde los picos imponentes
coronados de nieves impolutas
en la tierra del mártir guerrillero
mirar en lontananza
la batalla sin terminar de las Malvinas.

¡Estás vivo!
Tu pueblo te aclama
se escucha el grito vivaz
presto el machete y puño en alto,
ha empezado jubilosa la odisea
es la lucha valiente y tenaz
¡Oh mi Capitán!
Revivida en el numen perenne de tu idea.

Todos se retiraron en completa armonía. El silencio era absoluto. Acompañado por mis padres, me adelanté un poco, con una bandera pequeña en la mano, me arrodillé al frente de la lápida de cemento todavía fresco, y con un palillo, que recogí del piso, escribí de Gustavo Adolfo Becquer

"De que pasé por el mundo, ¿quién se acordará?"

Era mi primera intervención pública. Algunos abrazaron a los padres de Arturo, e hicieron lo propio con Emilio, Patricia, Antonio. No hubo presencia oficial.

No hubo presencia de políticos de los partidos tradicionales. El padre de Arturo ordenó al sepulturero conservar intacto en la lápida mi escrito. Yo me las arreglé para que Emilio me regalara el manuscrito de Arturo, su poema "El Idealista".

CUARTA PARTE

1

La reunión en el Palacio de Nariño empezó puntualmente. Se destaca de inmediato un enorme cuadro que muestra al Libertador y al general Santander, frente a frente, interrogándose. Fuerte la mirada del Libertador, huidiza la de Santander, dan un toque de majestad al recinto. El señor Presidente, el Ministro de Defensa, señor Lozano; el General Director de la policía nacional, el General a cargo de las fuerzas armadas, y Carmona, acompañado de dos hombres enigmáticos enviados por la embajada de Estados Unidos.

El presidente da comienzo a la conversación. Luce tranquilo, rozagante, y con un aire de satisfacción que se capta en su rostro. Bien acicalado, lleva una corbata roja, camisa blanca y un traje azul de corte inglés. Saludó de mano a cada uno.

—Como en otras ocasiones cuando se atenta contra el orden público, se da este tipo de reunión para tomar las previsiones necesarias. Considero que usted, señor Lozano, ya tendrá en su agenda los pasos a seguir para evitar que los atentados que se están dando continúen.

Las palabras del Presidente dichas mientras miraba a Lozano, era producto de la enorme confianza que le tenía, pues era la persona indicada para enfrentar cualquier levantamiento y sofocarlo con tácticas que el ministro de la defensa usaba con gran eficacia.

—Es bueno observar, señor Presidente, que el actual escenario está enseñando un cuadro bastante distinto, muy diferente al de épocas pasadas. El Movimiento realiza todas sus actividades dentro de un orden jamás visto en otras similares que se dieron por años. Siempre terminaban en destrucción y vandalismo. En El Movimiento, que se sepa, no hay nadie armado y nunca han originado ningún hecho de sangre. No podemos alejar las multitudes. La democracia termina cuando se establecen linderos de separación haciendo uso de las fuerzas armadas o de la policía o mediante leyes que se improvisan en el momento. Siempre he rehusado atentar contra los derechos establecidos consagrados por la constitución. Proponer un cambio en la constitución para cambiar o reajustar algún derecho es un atentado contra todo el aparato jurídico del país.

»Mi hijo me ha hecho saber que no hay pretensiones que se dirijan hacia una revuelta improvisada. Quieren triunfar dentro del marco trazado por la legalidad. La paz es consubstancial a los ideales que mueven a El Movimiento».

Lozano estaba persuadido que la democracia se invoca por la burguesía cuando sus intereses económicos están en peligro; una vez este peligro existe se mutan en fieras humanas capaces de ejercer la violencia bruta más indescriptible con el pretexto de que la democracia hay que defenderla con toda la fuerza que sea necesaria. Él estaba consciente que, en ocasiones parecidas, había caído en este tipo de reacciones.

—Yo creo —dijo el Director de la Policía Nacional en un tono un tanto irónico, que pareció ser un lapsus mental o un desliz de su lengua—, que el señor Lozano tiene razón. Da la impresión que otros buscan tentar al Movimiento hacia derroteros que pudieran reñir con su filosofía de paz y de orden.

Sus palabras contradecían su verdadera postura dentro de la seguridad pública, que veía, como había manifestado en el pasado, una oportunidad para manifestarse a favor de declarar el estado de sitio y lograr así un control absoluto sobre el pueblo.

Carmona permaneció en silencio ante el diálogo que se desenvolvía poco a poco, y trató en su mente organizativa de escudriñar lo que acontecía. Como buen sabueso, ya tenía conocimiento de antemano de la intervención del teniente Mosquera en dos ocasiones, y aprovechó para recalcar en este asunto. Tenía en sus manos, y dentro de su actividad, el instrumento poderoso de la comunicación constante, en un sistema cifrado de código cuya interpretación se hacía con rapidez en ambos lados, en el territorio colombiano y más allá de las fronteras.

—Como se conversó, ya hace varios días, estamos vigilando al Movimiento para impedir que sea penetrado por personas interesadas en socavarlo para su provecho, e iniciar una ola de violencia sin precedentes. A veces esta penetración la realizan agentes encubiertos del orden público y por eso estamos recopilando información sobre un tal teniente, quien, extralimitándose en sus funciones, ha tomado decisiones que lo implican en órdenes recibidas de terceras personas.

»Él fue el responsable de que el vehículo guiado por Antonio se regresara a Pereira, y fuera presa fácil del atentado. El pueblo podría desconfiar de su gobierno y creer que fuerzas oficiales tienen orden de frenar a toda costa al movimiento».

—Permítame, señor Carmona, recordarle que en ningún momento nosotros ni ustedes, dentro de las investigaciones que se han hecho por nosotros y ustedes, se ha detectado el más mínimo acto de violencia que pudiera adjudicarse a El Movimiento. Así que lanzar acusaciones sin una prueba contundente es una extralimitación que las autoridades de este país no están dispuestas a permitir y, además, exacerbará los ánimos del pueblo. Su colaboración es enorme y creemos que su organización es un puntal poderoso en nuestro plan de evitar que fuerzas extrañas desarticulen el país. Por eso mismo usted está aquí, en mi país, por invitación mía, porque siempre he reconocido sus amplios conocimientos sobre estos asuntos y la manera hábil con que los resuelve como aquellos del pasado de los cuales dio buena cuenta la prensa nacional e internacional.

El señor Lozano conocía el juego de palabras, capciosas, por demás, que tienen el propósito de hacer que el interlocutor se hunda en la arena movediza de su respuesta. Las palabras de Carmona eran una trampa bien urdida para una mente desprevenida.

Las palabras de Carmona le confirmaron a Lozano de su responsabilidad del atentado en Pereira, porque la secretividad con que actuó Mosquera con el grupo antes de que cruzaran el puente hacia Cartago, era imposible que fuera de su conocimiento. Carmona estaba, pues, tergiversando los hechos para hacer creer que Mosquera buscaba desarticular a El Movimiento con el propósito de crear múltiples actos de violencia en todo el territorio nacional. Esto daría pie para una intervención contundente del ejército colombiano.

El Presidente escuchaba con atención, aunque todavía no salía del asombro que le produjo las palabras de Lozano. Su defensa de la democracia, como la defendió, le dio la impresión de que en Lozano se estaba produciendo un cambio imposible en un hombre dado por entero a la defensa del sistema establecido.

Carmona guardó silencio, no por temor, no porque tuviera que cumplir con las directrices impartidas en la reunión, sino porque captó en la expresión facial de Lozano una transformación sutil que, en su larga y azarosa trayectoria, había visto en otros con los que había colaborado en situaciones parecidas y que él consideraba producto de una debilidad que podría llevar el plan al fracaso. Tenía, pues, que actuar con contundencia y sin miramientos.

—¿Sabe algo al respecto, señor Lozano? —Preguntó el presidente—. Y usted mi general, qué dice —el militar no supo qué contestar.

Fue entonces que el Presidente, molesto, respondió con una de sus características explicaciones:

—Yo rehúso aceptar que otros del extranjero vengan a manifestarse con expresiones que se convierten en calumnias contra mí, o por lo menos con expresiones que pueden lacerar mi nombre y mis acciones. Que no actuamos con vigor, y otras sandeces. Soy una persona honorable y no tengo nada que esconder. Yo no he dado ninguna orden al respecto. Por lo tanto, todo lo que viene ocurriendo debe tener una explicación lógica, conforme a los conocimientos que las autoridades pertinentes deben tener acerca de este tipo de reacciones violentas.

—Señor Presidente, voy a ordenar una investigación. Que se comuniquen con el teniente para cuestionarlo sobre este particular —dijo Carmona, sin atinar a comprender las palabras del Presidente.

—No será necesario, señor Carmona.

El Presidente sabía de las consecuencias que traería una intervención de Carmona con el teniente, quien contaba con el respeto y la admiración de su pueblo. Además, sería un atrevimiento darle vía libre a un extranjero en los asuntos que solo el gobierno colombiano y su pueblo podrían dirimir.

—Señor Lozano, encárguese usted del caso y me pasa un informe a la mayor brevedad.

El teniente era un hombre joven, que hacía honor a su raza, por su valentía y honradez, nacido en Condoto, capital mundial del platino, en el Chocó, uno de los treinta y dos departamentos, y el único en ser considerado el departamento prieto de Colombia.

Aquí asentó sus reales la Chocó Pacífico con un contrato inaudito a perpetuidad y un título de propiedad de los últimos diez kilómetros del lecho del río Condoto. Se le permitió explotar la mina más grande del mundo de platino, metal muy bien cotizado en el mercado mundial. En 1916 y 1926 Colombia fue el principal exportador de platino del mundo. Sin embargo, Colombia obtuvo un beneficio irrisorio, ridículo si se quiere. En una sola draga la compañía remitió a Nueva York noventa mil onzas de platino. Colombia por esta enorme exportación recibió por regalías menos de cuarenta mil pesos. Mosquera sabía de esta injusticia y por

informes que conocía de antemano, tenía los nombres de los protagonistas que se explayaron con sumisión ante la transnacional y con esto
condenaron al espacio natural de sus ancestros —El Chocó— a vivir en
eterna deficiencia económica que lo clasifica como el departamento más
pobre de Colombia.

2

El teniente tenía un record de excelencia, y en algunas ocasiones de peligro
había desplegado un heroísmo sin igual. Por su honradez y cumplimento
del deber, se había ganado la confianza de altos oficiales en especial del
señor Lozano, quien meses antes, lo había condecorado por haber colaborado con las autoridades al ser el negociador con raptores de un conocido
comerciante de la capital, por el que pedían un rescate de varios millones
de pesos. La acción efectiva de Mosquera permitió su liberación. Los
secuestradores fueron capturados. Por su inteligencia, valor y habilidad
para bregar con individuos de la peor calaña, con criminales fríos y cal-
culadores, había logrado llegar al grado de teniente. Fue condecorado en
una ceremonia televisada a nivel nacional, y presentado por Lozano como
un ejemplo para los jóvenes del país. En cursos en los Estados Unidos
se había preparado para enfrentar manifestaciones de todo tipo. Siempre
conservaba un control absoluto y no iba más allá de lo que le permitía la
ley, por lo que recalcaba "Hacer uso de la fuerza bruta amparándose en la
ley, es quebrantarla como autoridad representativa de la misma; es llegar
al sadismo como ser humano."

Para Carmona resultaba muy sospechosa la relación entre Mosquera
y Lozano y para el señor Lozano, no cabía la menor duda que lo que
acontecía eran extralimitaciones de Carmona, por lo que optó por tener
una reunión personal con él. Porque allí donde estaba la presencia de
Mosquera no podía estar la de Carmona. Eran dos fuerzas encontradas que
se conocían a la perfección y cada uno buscaría ejercer sus conocimientos
para salir adelante en sus propósitos: Mosquera, en defensa y protección
de Emilio; Carmona, en la destrucción de El Movimiento.

—Yo creo, señor Carmona, que lo mejor es que nos reunamos y
analicemos todo al respecto antes de entrar en acciones de fuerza que
pudieran desestabilizar el país. No son necesarias las suspicacias. Nuestra
labor se caracteriza por su nitidez. No hay escollos ni obstáculos que
salvar. Hacemos un análisis cuidadoso de la situación y responderemos

conforme a las circunstancias. No se trata de crear víctimas propiciatorias que después el pueblo convierte en mártires. Nuestro aparato jurídico es para todos y contra todos. Nadie escapa al poder inhibidor de la ley. Así, pues, una reunión es lo indicado para limar asperezas.

—Es una buena idea —contestó Carmona, mientras limpiaba los espejuelos con la punta de la corbata de color rojo encendido con líneas diagonales blancas—. No está por demás un intercambio de impresiones, así podremos poner las cartas sobre la mesa, aclarar todo el asunto y llegar a unos acuerdos que puedan fortalecernos para luchar contra los que se empecinan en desestabilizar a este país, el cual —y lo digo con mucha sinceridad— podría considerar mi segunda patria. Creo que mi labor aquí es encomiable y que gracias a la misma el país sigue operando sin contratiempos en Ley y el Orden.

El señor Lozano miró al presidente, intercambió una sonrisa con los presentes.

—Yo creo lo mismo, asintió el Presidente. Siempre he creído en la conversación franca y abierta; sobre todo, como ahora, que se hace necesaria para lograr la mejor armonía.

Así, pues, se fijó el día y la hora para la reunión. Al final de la conferencia, se establecieron varios puntos a seguir, entre ellos impedir por todos los medios que el ejército o la policía interfirieran con las reuniones de El Movimiento. Sí estar siempre al tanto de lo que pudiera pasar, y ejercer control sobre los medios de comunicación para impedir, que haciendo uso de la libertad de prensa, fueran más allá de lo especulativo con falsos conceptos y peligrosas expectativas.

Mientras tanto, la oficina central de El ΦMIKRON, cruzó una convocatoria a todos los dirigentes regionales para establecer la postura adecuada ante probables actos de violencia que se estuvieran gestando por partes de interesados en desvirtuar el verdadero camino de El ΦMIKRON.

Y también para dejar establecido su sistema de financiación, la creación de un periódico de circulación semanal, y un programa por una de las emisoras de la capital, que se conectarían en cadena con otras de las principales ciudades del país.

Al terminar la reunión con el presidente, en el momento que Carmona se dirigía a la calle, a lo largo de un corredor especial, pasó por su cabeza un plan necesario para dar cuenta del teniente Mosquera. Hay que decir que el grupo de Carmona, tenía todo el poder necesario para suplantar y reemplazar a las autoridades colombianas, e intervenir aun en asuntos comunes, cotidianos y de orden público doméstico, como por ejemplo, un asalto a un banco a plena luz del día. Muchas veces, gracias a su enorme red de espionaje, Carmona había desbaratado muchos casos, aun con un saldo de sangre de ambas partes. Todos los créditos se los llevaba la policía nacional.

Tenderle a Mosquera una celada, podría lograr que él fuera la víctima principal.

Su muerte era por el bien de Colombia, y de todos los planes a llevar a cabo en relación con El Movimiento, para lo cual había sido contratado por el señor Lozano.

Él en persona hizo las gestiones para que Mosquera se uniera a su grupo. ¿Cómo se justificaría su muerte? Fácil. Mediante la treta de poner personas de un mismo equipo de trabajo a disparar contra los suyos, en fuego cruzado. Su grupo, el de Carmona, contra el grupo desprevenido de policías al mando del teniente Mosquera. Es decir que todo se resolvería con un "Freindly Fire or Fragging". o atentado directo con granada, si fuera el caso. Ambas eran contingencias aceptables de combate, que podían tener causas múltiples. Se ha usado con éxito en todas las guerras. En Vietnam el catorce por ciento de las bajas correspondieron a esta acción imprevista pero segura. Realizaría su plan con o sin la autorización del Ministro de Defensa.

De esa manera Carmona explicaba a su grupo el procedimiento a usar para frenar las acciones de Mosquera, cuya trayectoria, para Carmona, daban margen a la desconfianza y exigían una pronta solución.

Sus sospechas de una colaboración solicitada del teniente Mosquera, le permitiría actuar conforme a ellas. Sin embargo, acudiría a la reunión privada con el señor Lozano, para ponerlo al tanto de todos sus preparativos para destruir El Movimiento sin que afectara a su hijo. Ya había dado los pasos exitosos al respecto.

La prensa se prestaría para la manipulación y los altos oficiales del ejército y la policía también. El presidente sonreía, aunque aislado en su despacho tomaba decisiones que crearían conmoción. Elogios en la prensa internacional por sus gestiones en la lucha por la democracia y los derechos humanos, satisfacía su ego y el de los que con fe ciega lo seguían sin cuestionamientos innecesarios.

El plan estaba diseñado. Se lo pasaría al señor Lozano y observaría su reacción, que él sabía leer muy bien en cada ser humano, y darle la interpretación exacta y adecuada.

3

Bogotá amaneció más frío que nunca, de entonces acá, había llovido de manera persistente. Una espesa niebla se posaba sobre las montañas.

El señor Lozano, se dirigió a su despacho, en su hogar. Carmona estaba por llegar. Un deber inviolable en su profesión, la de Carmona, es la puntualidad. Pocos minutos después, sería anunciado por una joven de la servidumbre. Doña Josefina, que en ese momento se entretenía podando el jardín y puliendo el amplio conjunto de orquídeas, provenientes en su mayoría de las tierras de Armenia. Su cultivo se había convertido en su entretenimiento principal y siempre para el mes de julio abría las puertas para que el público pudiera apreciar la belleza de su orquideorama. Siguió indiferente en su labor, después de saludar a Carmona a quien conocía por sus actos, había advertido a su esposo para que tomara todas las precauciones necesarias. El señor Lozano, como de costumbre, lograba mantener su aplomo aún en los momentos difíciles. Por aquello, como Carmona decía, que para conocer la naturaleza humana, no se debe mirar el conjunto, sino a los detalles, conocía todas las interioridades de Carmona, su forma de trabajar y, sobre todo, su mirada escrutadora de alguien acostumbrado al análisis de la personalidad para detectar sin dilación un punto débil o cualquier pretensión peligrosa. Sabía de su habilidad y dominio para mimetizarse con otras profesiones. En Puerto Rico, por ejemplo, era un excelente profesor de seguros y, en otras ocasiones, un atento servidor de turistas.

Pero el señor Lozano era un zorro viejo para dejarse intimidar o embaucar; por el contrario, tenía las armas apropiadas para reclamarle a Carmona su extralimitación en el instante de aplicar sus conocimientos como espía producto de una vasta experiencia. A último momento había decidido atenderlo en la biblioteca para dar un toque de privacidad al momento.

4

La luz intensificada. La Rapsodia Húngara Nº 2 de Frans Liszt se escuchaba con suavidad. Bruno duerme en la enorme alfombra roja de pared a pared. Una gran calma se siente alrededor, la cual invitaba a la meditación o a la lectura de un buen libro sobre un mundo imaginario que lleva al arrobamiento y la paz emocional.

Carmona, a una señal de la joven del servicio, se dirige a la biblioteca, por un camino empedrado, con arbustos florecidos y árboles frutales a ambos lados.

El aroma permea el ambiente. Reflejos de un pálido sol, que se filtraba entre las ramas de manera intermitente, hicieron notar a Carmona los amplios ventanales, que desde lejos permitían ver los libros acomodados con criterio en los enormes estantes. Una ventana central estaba abierta. En el segundo nivel, a unos dos metros del piso, la enorme bóveda de seguridad en cuyo interior se destacaba un amplio espacio rodeado por estantes metálicos en los que se mantenían los documentos originales más valiosos y antiguos. Es todo un solo conjunto que impresiona. Desde afuera se oye la sinfónica, las flautas, los violines, el piano. Carmona no capta la diferencia tonal.

Está tan concentrado en el desarrollo de la reunión que no escuchaba nada a su alrededor. Es uno de los momentos más difíciles en su trayectoria como espía, no porque su vida esté en peligro o fuera descubierto, sino porque siente el peligro de que sus privilegios en Colombia están llegando a su fin.

Se va a reunir con quien lo conoce, a quien ha respondido todas sus directrices e inclusive y por lo mismo obsequiado por su Agencia con reconocimientos muy apreciados.

Carmona sabía del enorme poder de Lozano por su habilidad en el manejo de las circunstancias, cuando el orden social establecido estaba en peligro de desarticularse. Pero en esta ocasión, un toque familiar en el intricado acertijo que tenía que descifrar cuanto antes, establecía diferencias abismales muy difíciles de sortear. Y Lozano conocía todos los hilos que movían la realidad de los hechos, descritos y plasmados en documentos que sólo las máximas fuerzas de inteligencia, las que movían todo a nivel mundial, conocían y aplicaban en cualquier sitio del planeta.

—Entre señor Carmona. Como siempre usted tan puntual —lo invitó a entrar, y se estrecharon las manos.

—La lluvia arrecia, señor Lozano y el frío se intensifica —mientras miraba alrededor, se quitó la bufanda y la chaqueta y las colocó en el espaldar de una silla que acercó a la butaca reclinable en cuero repujado, traída del Perú.

Era la primera visita de Carmona en la casa de Lozano. Antes, todo tenía un aspecto de mayor oficialidad pues se preparaban los detalles y se daba las órdenes en las propias oficinas del Ministerio de Defensa.

En la intimidad de su hogar, Lozano podían llevar a cabo un análisis adecuado de los acontecimientos por venir. Todo sería tratado con calma, prudencia, y con una profunda confianza entre ambos.

—Uno se acostumbra a los altibajos del tiempo, no cuando se vive en el Caribe que casi siempre es cambiado por un vendaval súbito (llamó a la joven del servicio).

—Y saber que es más o menos lo mismo todo el año. (Se frotó las manos intentando calentarlas).

—La frugalidad de la tierra, la belleza de la gran sabana, explica por qué los Muiscas llegaron hasta esta altura a construir la ciudad y los españoles a fundar la suya.

—¿A qué altura está esta ciudad?

—A dos mil quinientos metros.

—¿Qué grupo indígena la habitó?

—Los Muiscas.

—¿Sabe señor Lozano?, de todas las ciudades construidas por indígenas en este continente, Bogotá es la única que no ofrece ruinas que con su imponencia sirvan de atracción turística (miró alrededor y a través de la ventana). México tiene las pirámides de los Aztecas y Mayas; Perú, las ruinas de Machu Picchu...

En su interior, Lozano se daba cuenta que la conversación iniciada por Carmona, tenía por objetivo eliminar la tensión del momento. Por eso siguió el ritmo de la conversación sin inmutarse pues se estaba logrando su propósito. Quería ser espontaneo, sincero.

—Tiene usted razón —respondió con una leve sonrisa—, pero hay otros aspectos a considerar para poder comprender con justicia la grandeza de una cultura determinada que, como la Muisca, no se basa en estructuras impresionantes. Primero debemos considerar que no hay una cultura superior a otra. Esta es una regla de oro de la Antropología Cultural. La cultura sin importar su ubicación en el planeta cumple a cabalidad con su función de dar sostén y cohesión al pueblo que la crea. Fíjese señor Carmona, que ahí están las crónicas en las que se destacan la organización geopolítica que tenían los nativos de esta región andina, sus costumbres, sus mitos y leyendas y la manera como trabajaban el oro gracias a su conocimiento de la ductilidad del noble metal, técnica empleada en la confección de hermosos objetos que hoy asombran al mundo. Su tejido de filigranas es impresionante. Además, crearon una sociedad coherente, aunque jerárquica, pero se respetaba a la comunidad.

Todas estas manifestaciones culturales presentan una visión del mundo única y una cosmogonía rica en concepciones, con sus propios mitos y leyendas originales. Los pueblos hacen uso de lo que les provee la naturaleza.

Los Muiscas hicieron uso de su ingenio e inventiva. Fíjese usted, ellos aplicaban la técnica de la fundición a la cera perdida.

Los orfebres indígenas creaban adornos y vasijas que modelaban en cera con sus manos, luego se construía un molde alrededor de él, se fundía la cera que salía por un orificio en la parte inferior, dejando una cavidad que ocupaba el metal.

Obtenían la cera, muy especial y fina, de colmenares cercanos de abeja angelita, muy diminuta, que se encuentra en casi todo el territorio nacional. Mire usted la calidad de esta pieza de arte, que por su diseño asombra.

Lozano para dar énfasis a sus palabras había sacado de una vitrina un par de piezas cuya belleza era indescriptible.

—Esto se le conoce como poporo y se usaba como recipiente ceremonial para el mambeo de hoja de coca durante las ceremonias religiosas.

Carmona la miró con gran curiosidad aunque no emitió opinión ninguna. El asombro de su cara hizo que Lozano le diera una explicación.

—Fíjese usted que la realidad científica, presentada por expertos, explica que no es lo mismo cocaína que la hoja de coca. "La uva no es vino, la caña de azúcar no es ron, la hoja de coca no es cocaína", como lo dijo recientemente un alto oficial del gobierno de Bolivia. Nuestros indígenas la usaban con un profundo sentido místico y todavía es masticada por los indígenas en Bolivia para combatir los efectos de tres mil metros de altura.

Carmona guardó silencio. La DEA y otras instituciones en su sistema de clasificación de la coca, en ninguna forma, tenían en consideración a este respecto las convicciones milenarias de los indígenas.

Le enseñó después un objeto rutilante, aerodinámico, cuya forma era algo inusual para la época en que se confeccionó. Tenía la forma de un pequeño avión, o lo que parecía serlo, en oro sólido, que hacía posible el vuelo de la imaginación tratando de descifrar el maravilloso objeto. Pertenecía a la cultura Tairona, al norte del país, cerca de Barranquilla.

Carmona tomó el objeto de las manos de Lozano. Lo miró con curiosidad. Lo acercó a sus ojos en varias ocasiones, y, después de varios segundos de escudriñarlo, sólo atinó a decir: "¡Asombroso!"

—Mire ahora estas piezas en las que se destaca la maestría de los Muiscas en el manejo de la ductilidad del oro. Mire qué hermosas filigranas.

—¡Impresionante! Pero cómo es posible la confección de estas figurillas, si en esta región no había minas de oro.

—Lo obtenían de pueblos circundantes. Eran muy hábiles en el intercambio comercial en el que los Muiscas usaban la sal y las esmeraldas. Esta pieza aerodinámica —se la enseñó nuevamente—, pertenece a otra cultura en el norte del país, la cual carece de estructuras majestuosas. Ahora bien, mire la variedad y la belleza de estas otras.

Lozano abrió con cuidado otra vitrina, y Carmona se pasmó al ver la gran variedad de figurillas, diademas, collares, tiaras, pulseras y los famosos tunjos decorados con hilos de oro.

—Son figuras votivas…

—¿Votivas?

—Es decir, eran ofrendas a los dioses, que se encuentran por toda la sabana —dijo Lozano, quien tuvo la paciencia de explicar el alcance cultural de los Muiscas, pero se dio cuenta que la conversación iba de largo y que el propósito de la reunión podría desviarse

—Visite el museo del oro y se dará cuenta de lo que le digo. La belleza de la orfebrería lo deslumbrará con sus miles de piezas cuyo propósito principal era adornar y acicalarse y hoy son invaluables obras de arte.

—¿Y... esa enorme bóveda? —dijo, y señaló hacia el segundo piso.

—Documentos antiguos que requieren protección especial.

—Se protegen o se aíslan. ¡Qué excelente uso le daría un buen historiador del país o de afuera!

La insolencia de Carmona, no obedecía a una prepotencia natural de su carácter ni a un propósito malintencionado, y sí a una simple falla de prudencia, la cual no alteró la solemnidad del momento que continuó sin obstáculos.

—Tengo la esperanza que algún día, alguien que no tiene que ser un Lozano, como ha sido hasta ahora, ofrezca la seguridad suficiente para depositar nuestra confianza en él y que, a lo mejor, haciendo uso de estos documentos produzca una obra de gran trascendencia.

Estos documentos tienen la capacidad para reestructurar no sólo la historia sino también el hecho social del país, que para muchos constituirá una sorpresa. Ya está cercano el día en que dicha sorpresa recorrerá a toda Colombia.

—¡Sorpresa! ¿En qué sentido?

—La narración de la historia, en el que todos confían, tiene a veces sus lagunas que tienden a dar un concepto equivocado o acomodaticio

—dijo, antes de hacer una pausa y retomar el hilo de la conversación—. La historia colombiana no es una excepción. Se crea, pues, un vacío que sólo puede llenarse, para tener una mejor comprensión del hecho histórico, con documentos genuinos y refrendados por sus autores. La historia debe basarse en la verdad. Cuando se hace ostensible la verdad histórica conculcada por siglos, puede despertar bajas pasiones a aquellos que se beneficiaron con la mentira.

—Comprendo su posición. No es lo mismo, dentro de la narración oficial de la historia leer que Puerto Rico pasó a manos de los Estados Unidos con gran alborozo y alegría y, como ocurrió en realidad, con el ruido repetido de cañonazos que dejo una estela de víctimas inocentes. Puerto Rico cambió de manos como un botín de guerra. Todavía puede verse una enorme esquirla clavada en las paredes interiores del fuerte San Felipe del Morro. Además este acontecimiento histórico detuvo el proceso autonómico de la isla y su independencia de España.

—Ha dado usted en el clavo.

En ese momento entró la joven del servicio y les sirvió tinto bien caliente.

Carmona se puso a caminar por los alrededores de la gran biblioteca y mientras tomaba pequeños sorbos de café, observaba cada detalle, pinturas, libros que después los regresaba a su sitio. Lozano se sentó detrás del enorme escritorio de nogal, y observó cuando Carmona se detuvo justo al frente de la pequeña mesa de cristal.

—¿Todavía hay alguien en este país que lee la María? (Hizo un ademán de permiso para coger el libro, en carpeta roja. Empezó a hojearlo con cuidado. Leyó la dedicatoria y una que otra línea).

—Extraño. Esa misma pregunta la hizo Jorge Luis Borges, en una visita que hizo a Colombia hace algunos años. Fue mi invitado especial. Conversamos por varias horas.

Él hizo gala de su gran sabiduría y su amplio conocimiento de la literatura inglesa, durante la época Isabelina. Su pregunta —la de Borges— me sacó de balance. Aunque me di cuenta que estaba centrado en esa gran literatura, que conocía a la perfección. No está por demás mencionar que hizo gala de su habilidad para recitar unos cuantos sonetos isabelinos en el inglés de la época.

—¿El argentino?

—Sí, el gran escritor argentino —contestó, sin sorpresa, sin molestarse en dar explicaciones.

—¡Las humanidades! Nunca he podido entender la importancia que se le da a esa disciplina. La humanidad podría vivir sin ella. Pero nunca sin la ciencia. Fíjese que el desarrollo del planeta se debe gracias a la técnica. En la actualidad no podríamos vivir sin ordenadores. Si despareciera la mayor parte de las obras literarias, el mundo seguiría igual. Permítame informarle que yo tuve la oportunidad de ver una entrevista por televisión al gran escritor. Sus conocimientos no tenían límites. Los conocimientos que Borges tenía de la literatura inglesa pusieron al entrevistador en una actitud incómoda, pues daba la impresión de no entender nada por lo que asumió la actitud de la indiferencia.

—Quizás usted tenga razón dentro de la visión del mundo que tiene usted y muchos como usted.

Quizás esta conceptualización hubiera evitado que nuestro mejor hombre de ciencia fuera fusilado. Nunca, Carmona, he podido entender por qué la gente pierde sensibilidad a medida que envejece. Algunos son románticos en la juventud, pero con los años se petrifican y llegan a preguntar si un libro como el Jorge Isaacs todavía se lee. Sin libros el mundo sería una total desolación. Porque no es sólo la parte estética de la obra que incide en la humanidad la que desaparecería; tampoco es un simple entretenimiento. La literatura regula al ser humano y lo enmarca dentro de sus principios y valores. El mundo occidental es hechura de las humanidades creadas por los griegos. Los libros templan el alma humana.

—No todos los libros. Algunos se escriben por hombres que propician la guerra, la destrucción. *Mi Lucha*, por ejemplo —se mordió los labios y manifestó después una leve sonrisa.

—Por supuesto. El ser humano tiene la capacidad de diversificarse en el campo del saber. Desde un libro que incita a la guerra a otro que busca la paz; desde una institución que se puede convertir en la conciencia de la humanidad, a otra que trastoca todos sus objetivos, cuyos principios se estructuran alrededor de la moral, los valores, la virtud, la prudencia y el buen juicio. El orden, en un caos; los principios de la virtud, en tendencias desvalorizantes; la paz, en la guerra. Todo es cuestión de criterio.

»¿Por qué enfocarnos en aquellos que tienen el poder de destruir, o que, motivados por nuestras pasiones, deducimos que lo tienen?

»No tendría la misma opinión si lee La Imitación de Cristo, por Tomás de Kempis, un nórdico que dijo: "No eres más santo porque te alaben, ni más vil porque te desprecien. Lo que eres, eso eres; y no puedes ser más grande de lo que Dios sabe que eres". Depende de su interpretación y cómo se aboca a la verdad o a la mentira. Hay hombres importantes que en su esfuerzo por dar justificación a una causa, con las mismas palabras con que la afirman y la defienden, la atacan. Todo depende de las circunstancias. Usted es un buen ejemplo, como ciudadano estadounidense usted defiende los intereses de ellos aun en contra de su país, es decir Puerto Rico, que carece de soberanía, y cuando se carece de ella, como dice el profesor Antonio Fernós, no se tiene derecho a ejercer la libertad de proponer y escoger el régimen que los puertorriqueños prefieren. El silencio —como dice el profesor Fernós— es señal de dictadura: "El silencio del pensamiento es siempre la señal de la dictadura, la que conduce a la dócil obediencia"».

—Excúseme. Nuestro gobierno busca mediante un plebiscito que el pueblo se exprese al respecto. Además, quisiera saber qué institución se ha convertido en la conciencia de la humanidad.

—Puerto Rico no podrá expresarse en libertad como país soberano mientras exista la actual relación... Se habla de plebiscito que no conduce a nada. Todo sigue igual y la situación política de la isla, sigue siendo la misma... En la conciencia espiritual de la humanidad, la Iglesia Católica.

En un acto de fe, como fervoroso católico, Lozano entró a defender sus creencias religiosas, que, como la de todo el pueblo colombiano, databa desde los propios comienzos de la conquista española.

—No puede ser señor Lozano. La Iglesia Católica es un antro de depredadores que han mancillado la acción y las palabras de Cristo.

—Es cierto; sin embargo, se podría decir: institución que esté libre de pecado que arroje la primera piedra. Yo hablo de la Iglesia como la institución que ha superado a través del tiempo los reveses más horribles, desde el Cisma de Avignon y la Inquisición con todo su sadismo. Por cien sacerdotes corruptos hay un San Francisco de Asís; por cada Papa censurable hay un Juan XXIII; por cada iglesia insensible al dolor de los pueblos, como en Colombia, hay un Padre Camilo Torres. Pero siempre se lanza el dedo acusador. Por qué no pensar en el arzobispo Oscar Arnulfo Romero, asesinado el 24 de marzo de 1980, un mártir de la Iglesia Católica y de América por ponerse del lado de los pueblos perseguidos y acosados, en especial de su pueblo El Salvador. Su martirologio hundió para siempre a los D'Aubuisson de la vida. Lo que está ocurriendo en la actualidad con la Iglesia Católica, con ataques por parte de los medios de comunicación, y que se agrava cada día, parece más un propósito de responder a un plan preconcebido para destruirla. No es que el pecado no exista.

La Iglesia ha pecado, pero su debilidad se usa ahora para combatirla, porque su influencia en la humanidad resulta peligrosa para algunos. Por eso hay que destruirla. Esto se inicia el 11 de septiembre de 2001, cuando el ataque de las dos torres.

La multitud llenó todos los templos católicos como nunca. Desde entonces, como en otras ocasiones, se ha revivido la agenda para destruirla. Los más nobles propósitos de la Iglesia —los valores cristianos— son un detente a aquellos que siempre han querido apoderarse del planeta. Y mientras exista indemne el pensamiento cristiano, encarnado en el más humilde sacerdote, todo es superable. Recuerde, señor Carmona, que en su país, Puerto Rico, la iglesia favorece la autonomía para la isla. Un Puerto Rico estado, sería el comienzo del fin de su fe católica.

Carmona no pudo disimular su perplejidad. El hombre de hierro que tenía al frente, quien había urdido el plan para detener al Padre Camilo Torres, y que él ejecutó al pie de la letra, manifestaba una actitud imposible en épocas anteriores. Sin embargo, no emitió palabras, no le interesó seguir con la controversia.

Curtido en su relación constante con aquellos que eran fieles al sistema y con aquellos que buscaban destruirlo, había aprendido a detectar el más mínimo viso de transformación o proceso de cambio en cualquier persona que, de hecho, pasaba a convertirse en una potencial víctima en el tablero de la intriga y la suspicacia.

Lozano se dio cuenta que Carmona guardó silencio. Sabía por qué.

—Y cambiando de tema, y volviendo a las humanidades la sensibilidad intelectual en necesaria para hacer una evaluación adecuada de lo que estamos hablando.

—No es un asunto de sensibilidad. Es con un puro sentido práctico que hago mi comentario —dijo, y leyó la dedicatoria en voz alta en la página de "La María".

—Entiendo su observación. Los tiempos cambian y endurecen el alma humana.

—También la responsabilidad de un trabajo, que, como el mío, hay que mantenerlo exitoso alrededor del mundo —Con mucha delicadeza cerró el libro y lo puso en su sitio.

—Entiendo sus palabras, Carmona y capto su sinceridad. Pero a propósito, ¿ha pensado en su retiro? Sé de sus grandes habilidades y cómo usted ha cumplido con su deber. Y debo decirle que todas sus actividades, sobre todo en el manejo de los medios de comunicación, son admirables.

—¿Medios de comunicación?

—Hoy en día dichos medios son necesario, son los grandes colaboradores que coadyuvan a un éxito rotundo. La guerra a Irak, por ejemplo. Recuerdo el día que usted me informó de la importancia de hacer uso de los medios de comunicación.

—Es verdad, pero no se puede pasar por alto que su colaboración está basada en un verdadero principio patriótico.

—Lo comprendemos así si pensamos que, hoy en día, es imposible separar los medios de comunicación de la CIA. Trabajan juntos. Inclusive para configurar un frente de batalla que sea de la aceptación de todos. Se celebra después el triunfo. Las víctimas, inocentes, pasan al olvido.

—Toda guerra deja siempre una secuela de víctimas inocentes.

—Pero en la actualidad, en las guerras virtuales que se adelantan, cuyo desenlace se ve en la comodidad de la casa, no existen víctimas inocentes. El escenario de pérdida de la vida ocasionada por mercenarios a sueldo, la destrucción masiva con aviones no tripulados, nos llega por los canales de televisión con imágenes que subyugan la mente humana y la preparan para la aceptación de unos hechos, que años después, gracias a investigadores independientes, se conoce la verdad... demasiado tarde. Verdad que usted conoce a la perfección por la excelente labor que usted despliega en el descargue ministerial de su trabajo.

Lozano hacía uso de la palabra precisa, que se ajustaba a la personalidad de los que conocía. Sabía cuán importante era el halago, el reconocimiento, el elogio desmesurado sobre todo aquel como Carmona, cuyos actos muchas veces heroicos, pasaban inadvertidos por todos con la excepción de sus jefes inmediatos que conocían al detalle sus acciones alrededor del mundo. Siempre detrás del escritorio, ejercían sus buenos oficios creando escenarios, manipulando personalidades, diseñando imágenes de guerra, siempre en busca de los resultados que redunden en beneficio del sistema, el de ellos, o también en la comodidad de la oficina el joven experto militar controlando con gran frialdad y pericia el avión sin piloto que en su vuelo él lo ubica sobre algún lugar del planeta, una calle, una villa lejana, una concurrida plaza publica, para activar sin contemplaciones ni misericordia, su artillería letal .

Después de unos minutos de conversación irrelevante, Carmona entró al grano con altivez, no sin antes percatarse, a través del ventanal, que Doña Josefina continuaba podando con primor su hermoso jardín, mientras un empleado, rastrillo en mano, recogía las hojas mustias, regadas por los caminitos que, en zigzag, confluían todos en el espacio donde se encontraba la hermosa fuente de piedra.

Carmona entonces hizo posible reiniciar la conversación en el punto en que había empezado, y de esta manera pudo marginarse de los argumentos de Lozano, los cuales le había producido, para su temple, cierta incomodidad.

—Como venía explicándole, se hace necesario serlo; es decir, ser puntual, señor Lozano, en mi labor todo se reduce a ejecuciones diseñadas de manera concienzuda, y el factor tiempo es primordial. Fíjese, por ejemplo, lo que me sucedió en la capital georgiana, Tiflis, durante la invasión rusa, que en ese momento se estaba dando en dos frentes.

Necesitábamos contactar a un ayudante especial del presidente georgiano, Mijail Saakashvili, para ponerlo al tanto de los elementos de un acuerdo de paz con Rusia, que incluía un alto al fuego inmediato. Fue en vano nuestro intento. No pudimos salvarlo. Tuvimos un retraso de unos pocos minutos. Cuando llegamos al sitio donde se encontraba, todo era ruina. El ataque de los tanques rusos fue devastador —miró sin inmutarse a Bruno.

—Muy lamentable, por demás. Yo he tenido que bregar con asuntos similares, y créame, sé de lo que usted me habla. Son gajes del oficio...

—¡Gracias a nuestros entrenamientos! —Acentuó sus palabras e hizo un movimiento extraño con las manos.

—No necesariamente. Nuestros conocimientos se deben a la práctica durante quinientos años de acciones similares, que a la teoría que ustedes imparten en pocos días. Han pasado de generación en generación y por eso están siempre actualizadas. Pero... vamos al grano, que es para lo que estamos reunidos aquí. (Lo invitó a pasar a otra sección de la biblioteca).

Se sentaron en sendas sillas mecedoras, con espaldar y asiento de mimbre. Se sirvieron un poco más de café. Una música suave, se esparcía por todo el ámbito de la biblioteca.

—Mozart, ¿verdad? —Lozano asintió con un leve movimiento de cabeza.

—Dicen los entendidos que su música tiene la peculiaridad de animar a las plantas. Estas florecen más rápido —miró varias catleyas que por sus encendidos colores le llamaron la atención.

—Puede ser verdad. Es una música cautivante.

Lozano, después del comentario, no continuó dando énfasis a las palabras de Carmona, y prefirió abordar el tema principal de una vez.

Continuar con el rodeo simulatorio, no los llevaría a ninguna parte y desenfocaría la razón por la que habían optado reunirse.

—Sé de antemano de sus extraordinarias capacidades para organizar ataques inesperados y súbitos, y complots que se ejecutan sin errores. Su colaboración y la de la agencia para la que usted trabaja han sido fundamentales para el curso normal de nuestro país. Su asistencia fue esencial para lograr el éxito que tuvimos con los rehenes. Ahora bien, están sucediendo algunas cosas que nos preocupan. El atentado con el coche bomba, el atentado criminal en la ciudad de Pereira, quiero que me diga con franqueza si usted tiene que ver con esas acciones intrépidas. Porque no creo que en la actualidad el escenario colombiano dé muestras de desarticulación que haga necesaria la fuerza de las armas para mantener su control.

»Por lo tanto, debo solicitarle que a partir de este momento se suspenda cualquier intervención suya y de la agencia que usted representa en el territorio nacional. No es que sus servicios no nos sean necesarios. Es más bien que consideramos que El Movimiento no representa ninguna amenaza que pueda alterar el orden establecido. ¿Por que, entonces, insistir en la creación de un ambiente tenso para justificar cualquier ilimitación?»

El señor Lozano sabía, por confidencias muy particulares, la verdad de lo que ocurría y cómo y por quién se estaba llevando a cabo. Pero tenía que tratar el asunto con mucha cautela. Y la pregunta tenía por objetivo despejar cualquier sospecha de Carmona sobre la actividad que ya Mosquera tejía para neutralizar cualquier operativo diseñado por la CIA.

—¿Insinúa usted algo?

—No, necesariamente, yo sólo indago sobre acontecimientos que exigen una explicación por parte de mi gobierno. Sé de su idoneidad en estos asuntos y quizás tenga usted alguna información. Pero usted debe tener en cuenta mi enorme responsabilidad. Mis obligaciones no son actos de rutina. En ellas están la buena marcha de mi país que es, por encima de todo, mi primera obligación.

—Yo nunca actúo por iniciativa personal, si es lo que se sugiere. Siempre sigo órdenes —dijo, con dureza, mientras miraba a Lozano de manera inquisitiva.

Carmona, ducho en estos asuntos, trataba de defenderse de la manera más adecuada porque cualquier reacción en el momento podría producirle que una más de sus operaciones, pudiera estar descarrilándose. Esto no era del agrado de sus jefes que ya estaban acostumbrados que toda operación adelantada por Carmona en Colombia, culminaba en un rotundo éxito.

—Pero no puede ir más allá de las que se le han impartido. Una vez usted toca territorio colombiano, o como cualquier otro agente de su país, tiene que ceñirse a nuestros parámetros, a nuestras leyes. No puede ir más allá de nuestro aparato jurídico. Cualquier violación de nuestras leyes es una afrenta al pueblo colombiano.

—Nunca he ido más allá. Todo ha sido al pie de la letra. Sucede señor Ministro que bajo la piel de cordero del Movimiento se mueve gente radical que busca implantar su propia ideología. Por ejemplo, hemos investigado las acciones de un teniente que, lo sabemos con certeza, sigue órdenes de terceras personas. Este teniente más que investigar las acciones del Movimiento, lo protege. A todos nos extraña que un miembro de la fuerza policiaca actúe de esa forma a menos que tenga directrices específicas de algún alto oficial, que no es de la policía. Todos los oficiales de este cuerpo comparten propósitos y metas. Que un agente de la policía esté involucrado a favor de cualquier movimiento radical, es una impertinencia que no podemos tolerar. Hay que cortarla de raíz

En ese momento, gracias a su autocontrol, el señor Lozano pudo disimular muy bien su reacción interna. No era bueno que Carmona supiera que el teniente trabajaba para él. Esto pondría al teniente en peligro. La impertinencia de Carmona le produjo un fuerte sabor amargo.

—Pero no se pueden lanzar acusaciones gratuitas. Además, a todo movimiento radical lo hemos tratado con cautela. A la postre nos da buenos resultados. No se trata de incendiar el territorio nacional. ¿Qué le hace pensar que el teniente obedece órdenes tendientes a infiltrar el Movimiento que, por estar constituido por personas de la extrema izquierda, es con el propósito de favorecerlo? Esto no le permite extralimitarse y sus obligaciones no pueden estar sujetas a lo que le ordene su Agencia. Mientras usted esté en territorio colombiano, insisto, debe ceñirse por entero a nuestras exigencias. Además, el teniente Mosquera, que es de quien usted me habla, cuenta con toda la confianza de este gobierno y, por supuesto, de la mía también. Él es admirado por todo el pueblo colombiano.

—No he mencionado a la extrema izquierda que, dicho sea de paso, está bajo un control absoluto. Hablaba de terceras personas. Alguien de alto rango colabora con Mosquera y es, por lo tanto, la única forma de evitar cauces borrascosos que lleven a un tsunami devastador. Por lo tanto, sugiero que todo apunta a que lo mejor es mantenerlo en la retaguardia. Su presencia en el escenario actual, de manera activa, puede hacer mucho daño y esto nos obligaría a tomar la decisión de eliminarlo.

A Lozano no le quedó otra alternativa que hablar directo, sin ambivalencia.

—¡Imposible! —Contestó, sin poder controlar su reacción. Bruno se despertó y empezó a emitir algunos ladridos—. ¡No lo puedo admitir! Llevaría al país por derroteros muy peligrosos. Debe tener información veraz que el teniente es conocido por la comunidad por su heroísmo y sus servicios a la nación, y es apreciado en el cuerpo de la policía. Él tiene su forma característica de ejercer su autoridad, y pareciera que tiene el poder de la ubicuidad. Se mueve hacia el lugar donde se requiere su presencia.

Fue entonces cuando Carmona, habiéndose dejado claro la presencia del agente, y con oídos sordos a las palabras de Lozano, haciendo gala de sus experiencias en estos menesteres, empezó a explicar su extraordinario plan que terminaría con el teniente Mosquera dentro de un procedimiento que pasaría inadvertido por él mismo pues sería la víctima principal. Esta resolución estaba bien cimentada en las tácticas que se enseñaban por la CIA, la cual establecía: ante los obstáculos que pongan otros en su camino, recula y continúa con la operación y dentro de una plena autonomía. Nosotros nos encargamos de la logística.

En ese momento Carmona hizo caso omiso de las palabras de Lozano y con gran habilidad empezó a tejer su plan. Era un acicate muy bien urdido.

Él usaría sus mejores hombres, y los miembros de la policía nacional, a cargo de Mosquera, harían su oficio con candidez, ignorando el verdadero propósito del operativo. Sería el comienzo del fin de El Movimiento.

—Permítanos, señor Lozano, la realización de nuestra operación. Le aseguro que tendremos éxito. —Cambió el tono de voz, para exteriorizar su súplica—. Se trata de la suerte de Colombia ¡por favor!. Su país es ahora un buen ejemplo en América Latina. Ustedes son el muro de contención a las intenciones de Chávez de llevar su socialismo recalentado a todas partes. Mire el caso de Bolivia, de Ecuador, de Nicaragua. No se puede continuar así.

Si estos países logran consolidar su sistema, como fichas de dominó todos los pueblos caerían en una encrucijada brutal que haría inevitable la intervención armada de mi gobierno con toda la fuerza que posee. Una Colombia inmersa en el movimiento bolivariano sería la perdición.

—No necesariamente. No debemos por ningún motivo pasar por alto el gran movimiento bolivariano. Sus ideas, sus pensamientos forman parte integral de nuestro ser. Pasan de generación en generación. Gracias a mis conversaciones con mi padre y a estudios en lo sucesivo, yo, también, me convertí en bolivariano, que es una actitud ante la vida que todo latinoamericano debe tener. El problema es que en Puerto Rico no se enseñan los ideales de Bolívar. ¿Qué usted sabe al respecto? ¡Nada! ¿Cómo puede usted rechazar o combatir los ideales que mueven todo un continente sin conocerlos?

La perplejidad de Carmona llamó la atención de Lozano. Sabía de antemano que la historia del Libertador no estaba en la temática curricular de la isla. La oposición hacia las ideas de Bolívar, era más como consecuencia de una ignorancia absoluta y no producto de una inteligente interpretación de su gesta.

—No se preocupe señor Carmona. La concepción apocalíptica que ustedes tienen de El Libertador, los lleva por caminos de terror. El Presidente Chávez no había nacido cuando yo ya recitaba de memoria las profecías de su Carta de Jamaica y su concepción filosófica de su Mi Delirio sobre el Chimborazo y el discurso al Congreso de Angostura y el Manifiesto de Cartagena. Su carta a Fanny du Villar, escrita pocos días antes de su muerte, hoy por investigaciones especiales, decodificada, nos da a conocer hechos sorprendentes que van a asombrar al mundo latinoamericano. Lo que sucede es que no somos indiferentes al respecto, estamos ponderando todos los aspectos y la realidad de los que se han unido a Venezuela. La integridad de América Latina es impostergable. Ante la crisis que azota al mundo estoy con los que piensan que nosotros debemos prepararnos e iniciar la unión cuanto antes. La fuerza económica de América Latina, sus enormes recursos humanos y económicos, impedirán que nuestros pueblos sufran los efectos de la crisis y estaremos iniciando el camino del desarrollo total. ¿Doscientos años de espera por la unión latinoamericana no son ya suficientes?

Carmona no pudo disimular su perplejidad. La nueva postura de Lozano le indicaba que no podía confiar y que, por lo tanto, debía de actuar lo más pronto posible.

Hizo silencio y sin hacer comentarios retomó el hilo de la conversación relacionada con Mosquera.

En este momento, pensó Lozano, se encontraba en una encrucijada. No acceder despertaría sospechas —se cruzó de brazos en una actitud dubitativa—, y si daba el visto bueno, pondría a Mosquera en un peligro mortal. Era el agente de su mayor confianza, y, además, el encargado de proteger a su hijo.

Así, pues, tomó la decisión, sin importar las consecuencias, de poner a Mosquera en alerta, y dar visto bueno a la acción intrépida de Carmona para que la celada preparada por Carmona, fluyera sin contratiempos. Confiaba en Mosquera y estaba seguro que saldría incólume de cualquier atentado contra él. Sus pensamientos se movían con rapidez y para nada tuvo en consideración las palabras de Carmona que manifestaban más que una realidad un temor emocional. A veces ceder en las encrucijadas, abre caminos nuevos que se pueden recorrer con más seguridad.

Lozano siempre había sido el sostén inamovible del *establishment*. Cada vez que éste estaba amenazado, no sólo como Ministro de Defensa, sino también como jefe máximo de los círculos de poder, movía todos los hilos a su alcance, sus influencias, sus relaciones nacionales e internacionales y, como sus antepasados, con argucias lograba desarticular las fuerzas que podrían constituir un peligro para la estabilidad del país. Contaba con todos los recursos humanos, económicos y militares que fueran necesarios.

Pero por esas antinomias de la vida, su reacción a la actual situación, lo había ubicado en un punto peligroso de conflicto con aquellos que antes habían sido sus más íntimos colaboradores.

Entre ellos Carmona, figura que ahora seguiría instrucciones directas del exterior. Lo sabía de antemano. Conocía la prepotencia de la CIA, y su inmensa autonomía para realizar con éxito sus operaciones en cualquier parte del mundo. Lozano conocía a la perfección la personalidad de Carmona, cuya peligrosidad se proyectaba como una sombra que impedía conocer su verdadero ser configurado mediante constantes entrenamientos. Su pasta humana era maleable. Pero Lozano sabía discernir la apariencia de la realidad. Su idoneidad a este respecto databa de muchos años.

La aprendió de su padre, éste del suyo en una línea de consanguinidad que se inició durante la conquista del continente. Era su mejor arma, y tenía plena confianza que su uso le lograría el éxito buscado.

Por eso, pensó, debía reunirse con su familia para exteriorizarle el cambio radical que se estaba dando en su interior. Por primera vez en su vida sentía carencia de poder. Este cambio se debía a las circunstancias íntimas imperantes.

No sólo por la labor de Emilio, encomiable por demás; sino, hay que decirlo, porque venía sintiéndolo en la intimidad. Cuantas veces, por la noche, no podía conciliar el sueño porque en su mente revoloteaban pensamientos diversos, ajenos a los de sus antepasados. Con su esposa, en la intimidad de su alcoba, discutían mucho sobre este particular.

Doña Josefina siempre había sido una mujer de ideas liberales las cuales había recibido de un lejano familiar que había alcanzado altas posiciones durante la lucha bolivariana.

Sus escritos en un diario íntimo, que ella leyó durante la niñez, y que su familia mantenía olvidado en un enorme arcón, de estilo árabe, de madera de nogal barnizada de negro, con herrajes de hierro, puesto en un rincón de la casa con otros cachivaches, prendió en ella unas inquietudes cuya exteriorización no pasaba de su deseo individual de actos de caridad, pero que en su esposo tomaba un cariz de proyecciones universales. Todo esto contribuyó a un cambio radical de Lozano, y esperaba el momento propicio para anunciarlo a su familia. El primer paso, confrontar a Carmona y sentar las bases de su autoridad para impedirle que su acción se extendiera con un poder inusitado. Es entonces cuando tomó la decisión radical de su vida, convocar a Mosquera a la reunión secreta en su mansión.

Era necesario porque tener frente a frente, quizás de manera inusitada o en una forma confrontal directa, al que tenía el propósito de desarticular al país para consolidar su poder, el verdadero, el del imperio, que se manifestaba a diario y que, en su apariencia irreal, los colombianos miraban como el verdadero poder de su país.

En esta interpretación de la suerte de Colombia se exceptuaba a Mosquera y su grupo cuya labor siempre había sido excelente no sólo contra el crimen organizado sino también contra aquellas órdenes que venían de afuera del país para desarticularlo.

Algunos consideraban a Lozano como un hombre taciturno, sobre todo en las reuniones de Estado, que ponía incómodo a los demás. Sus aliados, aquellos que lo conocían y apreciaban, sabían que dicha exteriorización de su persona, era una cortina de humo para dominar a algunas escenas y sus actores.

Pero en esta ocasión, iba a entrar en confrontación directa con el hombre más hábil para ejercer, mediante intimidación, todo su poder sobre los demás. Carmona, backiado, como diría un puertorriqueño, por el poder del imperio, con frecuencia, y con una sonrisa sardónica, ostentaba su poder. Era, pues, muy hábil en la interpretación de su interlocutor.

Aunque Lozano, curtido por la experiencia en dilucidar asuntos de la diplomacia internacional, tenía una bagaje genétio y cultural que se remontaba a cientos de años y había continuado hasta él, en una línea de consanguinidad que manifestaba que en ellos el lenguaje lacónico era el poder mismo.

Sin embargo, había un abismo entre las dos personalidades. Carmona ejercía su poder en la clandestinidad; es decir a espaldas del gobierno, porque en realidad era un infiltrado con cobertura diplomática y todo el apoyo del imperio. Pero por circunstancias contradictorias, lo que parecía un escudo protector, se convertiría con el curso del tiempo en su talón de Aquiles. Lozano actuaba abiertamente.

Mantenía al tanto de todo a su gobierno, y a los círculos de poder internacionales. Carmona era un hombre frío, que, una vez articulado el plan a seguir, actuaba por impulsos, muchas veces emocionales. Lozano era un hombre analítico. Se concentraba en los más mínimos detalles, configuraba la acción en un proceso de causas y efectos.

Pero estaba empezando a verse en él una reacción, que Carmona ya había detectado, con un profundo aire de virtuosidad. A él mismo se le había oído decir "la virtud es más importante que el poder. Este es vacuo, se sustenta con la imaginación de muchos y el interés económico de algunos. La virtud embellece el interior del ser y es eterna.

La reputación basada en la virtud es inexpugnable, quien la posee nunca es olvidado". Estas palabras, que formaban parte del razonamiento filosófico del Profesor Sanz en su opúsculo, le reconfortaban.

El destino, o la fuerza de las circunstancias, había reunido de nuevo a los dos hombres más importantes, si se quiere, del país. Jugarían un papel importantísimo en representar acontecimientos que configurarían una historia diferente, trascendental.

—Estoy esperando su respuesta —dijo, con cierta impetuosidad.

El señor Lozano en ningún momento perdió el hilo de la conversación y aceptó con una actitud de prudencia más que todo, la solicitud de Carmona que a todas luces resultaba imposible de aceptar.

—Diríamos que la suerte está echada. Si no hay otra salida, usemos la que tenemos como último recurso. Pero, señor Carmona, tenga usted cuidado (lo señaló con el índice de la mano). Por informes sé que el teniente Mosquera es un militar sagaz y valiente y muy hábil en el manejo de hombres y de todo tipo de armas. Especialmente en los momentos de peligro. No sea que el cazador resulte cazado.

Carmona sabía lo que estaba ocurriendo. Sabía que las palabras de Lozano eran, como las dijo, con una mirada fija y deslumbrante, una amenaza.

—Despreocúpese señor Lozano. En mi trabajo, los momentos de peligro forman parte del escenario. La vida puede pender de un hilo.

Estamos construidos para enfrentar cualquier adversidad, aun la pérdida de la vida, y pasar, después, al olvido absoluto. Somos los únicos héroes a quienes se nos niegan monumentos, aunque nuestros hechos mantienen el movimiento de la historia, desaparecemos y sólo se nos recuerda con cenotafios espectaculares desparramados por el mundo entero.

—Su análisis merece respeto, aunque noto un cierto aire de conformidad; hay que cumplir con las órdenes extendidas y, sin un análisis adecuado, someterse a cualquier riesgo y a cualquier resultado. Sé que su organización impide todo tipo de ponderación y menos propósitos de cambios estructurales al plan establecido. La orden hay que cumplirla, cueste lo que cueste.

Llegaron, pues, a un acuerdo acomodaticio para la ejecución de un plan fríamente calculado: Uno para eliminar a Mosquera, que se había convertido en el obstáculo al trabajo que se gestaba, con alcances internacionales, en todo el país para frenar el avance de las ideas bolivarianas; el otro, el de Lozano, para tratar de proteger al teniente. La enorme idoneidad de Mosquera en estos asuntos, adquirida en años de práctica constante, hacía pensar a Lozano con toda seguridad que Mosquera saldría incólume en la lucha que estaba a punto de empezar.

Los dos hombres se despidieron con un fuerte apretón de manos. A ambos les quedó la agria sensación de que la estrecha relación de antes se había roto en mil pedazos y que a partir de ese momento se había iniciado una confrontación de vida o muerte.

En el momento en que Carmona se disponía salir de la biblioteca, Bruno se levantó y se le acercó con un aire amenazante, rugiéndole con un sonido profundo que impresionó.

En un ademán de Lozano, el animal se contuvo y se echó de nuevo.

5

Lozano llamó de inmediato a Enrique, su chofer. Hombre leal como ninguno, por su antigüedad, su honradez y, sobre todo, por su costumbre de estar siempre en silencio, y sólo profería palabras cuando era cuestionado o se le pedía alguna opinión. Gozaba de la total y entera confianza de Lozano.

Enrique hizo acto de presencia, deteniéndose en el umbral.

—Entre Enrique, necesito enviarle un mensaje a Mosquera, confidencial y secreto y sin pérdida de tiempo.

Lozano le entregó un sobre con una nota que acababa de escribir en su despacho. Hacía algún tiempo habían acordado una señal que indicaría si la seguridad de ambos estaba en peligro, era la forma más sigilosa de protegerse. En este caso eran dos palabras pentavocálicas en paralelo, escritas con caracteres griegos:

Χυεστιουαρ

Συπεραχιον

—Cerciórate que nadie te sigue. Ve en tu propio automóvil, él puede estar en el centro de la ciudad dando las rondas de vigilancia o en su cuartel. Sé que le gusta caminar, vestido de civil, por la séptima avenida y desde allí se dirige al Museo de Oro o a otro lugar importante. Tiene la mala costumbre de apagar el teléfono móvil, por seguridad, según dice él.

Enrique estuvo todo el día buscando a Mosquera, hasta que al llegar a la plaza lo vio caminando como uno más entre la gran multitud. Con todo el sigilo del caso se le acercó sin aspavientos y de inmediato hizo entrega del sobre. No intercambiaron palabras.

Mosquera interpretó el mensaje. Se dio cuenta que se había urdido una amenaza contra él, y que Lozano lo estaba alertando para que lo contactara de inmediato. Podría imaginarse de quién la llevaría a cabo. Iba a enfrentar las fuerzas prepotentes del imperio.

Así que, a partir de ese momento, tomó todas las provisiones del caso: empezó a usar un chaleco antibalas, además de la pistola Luger alemana, su favorita, preparó otra adicional, una Glock Parabellum de nueve milímetros que acomodó en la pierna derecha, mediante un pequeño cinturón elástico, habló con su grupo de veinte hombres, que estaban dispuestos al sacrificio por su jefe.

—Vamos a enfrentar a gente poderosa. Su poder es ilimitado. Siempre han celebrado con regocijo el desenlace de todas sus operaciones. A lo menos aquí, en nuestro país. Han dejado de ser nuestros aliados. Debo advertirles que no tienen clemencia y son implacables con aquellos que, como nosotros, conocen sus secretos.

»Nunca bajen la guardia. Siempre a la expectativa y presto a la acción rápida y efectiva. No se amilanen ante el enemigo. Nosotros poseemos el arma más poderosa: el amor a nuestra patria. Ellos no».

Sus palabras fueron acogidas con entusiasmo. Todos estaban dispuesto al máximo, no sólo con darle protección a su jefe, sino que por fin había llegado el momento de demostrar que no era necesario delegar en mano extrañas la protección de la Patria.

Mientras tanto, Carmona había movilizado a sus hombres que se movían a todo lo largo y ancho del país, con la complacencia del gobierno. En reunión a puerta cerrada había escogido la ciudad de Tunja, cercana a Bogotá, para su operativo: Un posible asalto a la sucursal del Banco de Colombia. Un alto oficial de la policía del Comando de Operaciones Especiales —que había dirigido la *Operación Apocalipsis 1* y otras similares y devastadoras contra los carteles de la droga—, daría la orden a Mosquera para iniciar la ronda de rigor por los alrededores del Banco.

Todos ignoraban la celada que Carmona le tendía a Mosquera, bien preparada sus efectos serían demoledores. Eliminar la vulnerabilidad de su operación, sólo se lograba con la pronta desaparición de Mosquera, quien para Carmona era un obstáculo que había que destruir. La suerte estaba echada.

Minutos después de la misiva, Lozano y Mosquera acordaron verse el próximo día temprano en la mañana.

6

Mientras tanto, muchos se cuestionaban sobre la crisis mundial que azotaba sin piedad. El sistema se tambaleaba. Los pueblos se hundían con la agudización de la pobreza. Los gobiernos, para enfrentar la crisis, usaban recursos inaceptables para la mayoría: más impuestos, rebaja de salarios, desempleo, incremento en el costo de los estudios universitarios que provocaban manifestaciones multitudinarias de estudiantes, recortes en salud, los fondos de retiro en precario. Todos los días la prensa se encargaba, mediante la imposición del miedo, de enervar las fuerzas físicas y mentales lo que hacía posible a los poderosos seguir con sus propósitos. Era el neoliberalismo en toda su prepotencia.

Una *troika* improvisada, con el Fondo Monetario Internacional a la cabeza imponía su criterio. Lozano sabía de qué se trataba. Hacía muchos años no ocurría nada igual. Sin embargo él y los suyos y su país permanecían en calma, sin inmutarse. Todo estaba planificado y de nuevo se imponía el silogismo histórico de siempre: presión brutal, la crisis, sobre el pueblo; los pueblos se lanzan a la calle a protestar, exigen una solución; el Estado afloja, por decirlo así, el torniquete opresor y la solución llega aliviando las tensiones, pero a la larga favoreciendo a los grandes intereses.

Por eso se anuncian ganancias por parte de la banca norteamericana, laboratorios, compañías de petróleo y la industria en general. Las aguas vuelven a su nivel, porque el gobierno, con el fin de enfrentar la crisis, acude al recurso de adquirir las empresas en precario: Las nacionaliza. En apariencia. ¿La realidad?

Mediante una estrategia que pasa inadvertida por el público en general, las fortalece para que continúen amasando grandes ganancias. Su avaricia destructora tuvo resultados positivos. Se informó que, durante la crisis, el capital de muchos millonarios se había incrementado en un veinticinco por ciento.

Sin embargo, el poder económico de Lozano, en realidad no se encontraba en peligro dentro de la crisis mundial que se estaba suscitando con toda sus fuerzas.

Había superado la hecatombe económica que capitalistas irresponsables habían producido en la economía de Estados Unidos; ni siquiera cuando las fuerzas mediáticas enfilaron sus cañones contra él. En las juntas de gobierno, en las conferencias por radio y televisión, en los ensayos que se publicaban en su periódico, no daban a entender que su gran imperio, que cubría gran parte de Latinoamérica, estuviera en peligro.

Sus enemigos sabían de antemano, que uno de sus hijos seguiría al frente de todo cuando Lozano desapareciera por algún caso fortuito. Lozano sabía el peligro que corría. Pero nunca antes ningún miembro de su familia había perdido la vida.

Es cierto que nunca antes ningún miembro de su familia tomó ninguna posición parecida a la suya. Tenía que tomar las precauciones del caso. Así, pues, trazó todo un plan de protección antes de reunirse con el Presidente, quien ya había anunciado su reelección.

El senado colombiano abrió el camino hacia la posible reelección el 20 de mayo, había aprobado en una decisión histórica el proyecto de ley de referéndum que la permitía al presidente presentar su candidatura a la segunda reelección en los comicios de 2010. La aprobación fue por sesenta y dos votos. La ley, por lo tanto, pasaría a la Corte Constitucional, la cual después de un cuidadoso estudio en el que se determinaría que todos los pasos se ajustaban a la Carta Magna, declararía exequible la reelección del presidente. Sólo bastaba que fuera acogida por las fuerzas vivas del país.

Acordaron reunirse al día siguiente, en el palacio presidencial. Sería a puerta cerrada y tan en secreto que ni siquiera un guardia podía estar presente. Se tomó tan crucial decisión porque, como decía el Profesor

Sanz, en su obra sobre el hombre histórico, "Los verdaderos hacedores de la historia son aquellos que lanzan a los pueblos a una nueva alborada, los que no vacilan en sus decisiones, no sienten temor de ninguna clase, y afrontan con valentía los escollos para llevar por el camino amplio de la virtud a los que han sabido interpretar el mensaje verdadero que no es otro que el que hace posible el surgimiento del hombre nuevo".

—Mañana me veo con el Presidente, para tratar asuntos muy especiales. Así que se me dé de desayuno, sólo algo de café.

—Se puede saber de qué se trata. Siempre me mantienes al tanto. —Contestó Doña Josefina.

—No te preocupes que a la mejor oportunidad me reúno con la familia de nuevo y los pondré al tanto de la reunión. Pero por el momento te adelanto, o mejor te confirmo, que es acerca de mi candidatura a la vicepresidencia, en las próximas elecciones. Es mi deber acompañar a Emilio en su noble tarea.

—Podía imaginármelo, pero ya sabes que cuentas con mi apoyo y el de todos los que te rodean.

Las palabras de Doña Josefina no podían ocultar su asombro. Sin embargo acogió todo con gran naturalidad y regocijo. Ella sabía que su esposo se iría por un camino que lo llevaría a sentir la satisfacción profunda del deber cumplido, del deber hacia su pueblo.

—Gracias Josefina, sé que estás siempre de mi lado.

—Estoy al tanto de lo que ocurre, y estoy convencida de que la prédica de nuestro hijo ha calado hondo en la conciencia del pueblo. Tu presencia al lado de nuestro hijo es un deber ineludible y será motivo de una gran alegría nacional.

—Coincidimos. Hay que ver el entusiasmo del pueblo. Nunca antes los anales de la historia presentaron un caso parecido. Me refiero a la organización, a la acción y su contenido social, basado en la integración latinoamericana y la justicia.

—Así, pues, sigue adelante. Nuestro hijo se sentirá feliz, y estoy segura que el pueblo te acogerá.

—Gracias, Josefina.

Dona Josefina se acicaló antes de ir a la cama, costumbre que hacía con calma y gran relajación, mientras que Lozano, se retiró a la sala de estar para ver televisión, se puso a buscar alguna información por Internet, después se enfrascó en la lectura de un libro de economía de un escritor que había ganado el premio Nobel.

Después de un rato decidió aislarse en la biblioteca y se puso a compaginar documentos oficiales importantes relacionados con el quehacer histórico de su familia.

No era extraño que en esta ocasión decidiera estar en la biblioteca, su lugar favorito para empezar a recorrer, en una amplia introspección, su interior, su conciencia. En ese momento en particular la soledad y el silencio le eran necesarios.

La presencia casi real de sus antepasados gracias a la valiosa documentación epistolar, que él guardaba en sección aparte, lo reconfortaba y le servía de inspiración. Así poco a poco iba entrando en la fase profunda que le permitía llegar al estado mental que presentaba toda su realidad ontológica de forma muy clara.

Es entonces cuando tomaba sus decisiones trascendentales. Dejó abierto el inmenso ventanal central, amortiguó un poco la luz y activó el *Allegro* de Mozart.

Se sentó en su silla de cuero repujado del Perú, miró con agrado todo el ámbito que lo rodeaba, en medio de cientos de libros, se sintió a sus anchas, inclinó un poco la cabeza, cerró los ojos. Gran soledad, profundo silencio:

"Sí... es verdad el paso del tiempo es inexorable pero hay forma de detenerlo y esto se logra cuando se está en completa soledad donde transcurren todos los hechos en una línea interrumpida de causas y efectos... todo mi ser absorto inquisitivo inconmensurable ... al frente el espacio infinito es la esencia espiritual manifestándose a plenitud el tiempo en realidad es una ilusión de la mente humana con un comienzo y un final porque es consciente de su fin inevitable teme a la muerte y traza su existencia entre el Alfa y el Omega... lo real es el ser no vayas a imaginarte que el no ser existe... es universal uno y continuo... te prohíbo decir y pensar que el ser no sea, exigía Parménides, existe el ser mismo dentro de mi universo que me forjo diariamente... éste es el verdadero misterio de la vida si no velo por mi ser integral cómo puedo hacerlo por los demás así se plasma la historia humana con toda su grandeza o con toda su nimiedad cuando los hombres son briznas que el Supremo Hacedor forja en sus obras... qué presencia divina hay en hombres históricos que como dice el Profesor Sanz trastocan el curso de la historia y la enrutan por senderos diferentes, justicia social, generosidad, virtud. No quisiera ver el escenario de lo que hasta ahora ha sido mi vida me interrogo entonces y pienso que no debo tener como instrumento lógico un criterio político so pena de caer en

el egocentrismo o un criterio cristiano, sin llevar a cuestas la cruz, que me conduciría a un misticismo obnubilante, no a San Agustín entonces su vida fue una crisis total que se fue acercando a su paroxismo y, después de aceptar la cruz, a su sanación así se disiparon las tinieblas de la duda y el pecado... después de asesinar a doscientos cincuenta seres humanos un colombiano indultado por predicar la palabra, sin llevar la cruz me asaltan las dudas con las bondades del lujo material no se lleva la cruz Pablo la llevó hasta el fin de sus días San Agustín nunca se desprendió de ella

Según también he sido un hombre poderoso, fáustico, colmado de éxitos que obedecen más a una realidad atávica que se da en mí gracias a mis antepasados deseo ser objetivo mirar hacia atrás y ver en la distancia y el tiempo donde se ubican mis antepasados cada cual en su momento en sus acciones en su constante delirar en sus sueños y me doy cuenta que su quehacer es deslumbrante por meritorio... sorprendente por individualista... hoy se diría que todos giraron alrededor de su ser totalmente antropocéntrico mis éxitos ¡oh dolor! se concentran en la acumulación de una riqueza personal sin límites! ¿Cuál el objetivo? ¿Estoy dispuesto a llevar mi cruz? Servir o ser servido la virtud la generosidad el desprendimiento no cabe duda que la Colombia actual es el resultado de una ausencia de generosidad hacia los demás es la cruda realidad de millones viviendo un país forjado construido hermoseado para el usufructo de unos pocos... la suntuosidad de pocos es el dolor de muchos... asumo desde este momento una posición menos compatible con esa realidad abyecta y cuyo contenido he podido encontrar gracias a Emilio que ha logrado que en mi se dé una transformación que me provee las fuerzas necesarias para luchar por el cambio que tanto se necesita... mi hijo ha puesto su dedo en la llaga que se amplía con cada palpitación de mi corazón es pues imperativo que cada colombiano enfrente todos los misterios que lo circundan con una buena dosis de comprensión... en el plano social político económico nada es espontáneo se da porque así lo ha querido fuerzas poderosas que inciden en nuestras vidas diariamente... incluyendo las masacres y el asesinato vil de grandes figuras de nuestra historia... las masacres parecen ser parte de nuestra cultura con su naturaleza siempre igual en cualquier lugar o época. No hay peor libertad que la libertad absoluta de la violencia en el momento de cometer la masacre, siempre con entusiasmo y delirio. yo sé de esto... fui copartícipe en algunos casos... todo puede cambiarse y ese será mi propósito principal si soy aceptado en El Movimiento... no puedo seguir manteniendo el determinismo que me marcaron mis antepasados quiero alcanzar la libertad se acabó el miedo a la derrota al futuro al cambio no a la inmovilidad a la indiferencia a la nada no puede ser nada la nada porque nada es no voy a defraudar a mi hijo me dedicaré en cuerpo y alma a realizarme y hacer los cambios que sean necesarios para lograr la justicia social y económica para nuestro pueblo... pero que dirán los demás... dejarán de ser mis aliados... se convertirán en enemigos implacables... me llevarán al borde del sepulcro tendrán para mi su propia Montaña de Berruecos no importa... todo aquel que inicia una lucha a favor del pueblo tiene que enfrentar los escollos que otros enfurecidos tienden en el camino... ¿por que yo voy a ser una excepción?... no es acaso un sacrificio y todo lo que vaya avanzando... estaré ahí al frente sin importar las consecuencias... si mi muerte contribuye... lo importante es abrir el camino para que todos empiecen a caminar en él si muero... he dejado la impronta y otros levantarán el lábaro de victoria que está más cerca que nunca para sorpresa de algunos apátridas y de la América septentrional del mundo... cuando hablaba con Emilio pude darme cuenta que desde niño estaba inclinado a la generosidad y mientras otros proclives a la maldad y al daño no se detenían en su amasijo de riqueza... Emilio me enseñó que el cambio puede darse... está en manos de todos... es necesario sopesarlo a echarlo a rodar... he podido llegar a la experiencia de la realidad de Colombia gracias a él que me marcó el camino a seguir, muy diferente al recorrido por mí en este mundo denso en el que me encontraba dormido. Hay que despertar todos debemos hacerlo a nivel nacional debe buscarse primero en el interior del ser y ya lo he encontrado soy hombre nuevo soy libre mis decisiones altruistas marcarán un rumbo diferente he superado toda fruición que pudiera producirme lo estrictamente material soy libre ya empiezo a recorrer el camino el verdadero... el de mi hijo, el del profesor Sanz en fin el que marcaron los genuinos padres de la patria los verdaderos los que sufrieron martirio persecuciones y la muerte en público o misteriosa. Ofrendaron su vida por la patria por el pueblo. Yo ahora en este instante que en medio del silencio me sobrecoge y me llena de profunda satisfacción juro ante el Supremo Hacedor ponerme al servicio de mi pueblo por el bienestar de la Patria... Rompo pues con el equilibrio que he mantenido entre mi ser mi realidad ontológica y mis ancestros... Soy ahora una partícula del universo por la que pasa una corriente meta homeostática vinculada a la evolución... logro entonces mi progresión cognitiva... mi equilibrio expansión libertad amor ¡he llegado a la verdad he trascendido el Nirvana soy feliz he superado todo obstáculo! Vivo en el presente".

Su pensamiento pasó raudo por su mente como una exhalación. Parecía dormitando. Pero estaba más vivaz que nunca. Era otra ocasión en la que se hundía en las aguas profundas de sus autoanálisis, con los que se enfrentaba cuando estaba a punto de tomar una decisión trascendental. La primera, antes de que se tomara la decisión de eliminar al padre Camilo

Torres, a quien admiraba, lo cual le dejó un sabor amargo y que por algún tiempo le ocasionó pesadillas horrorosas. Sin embargo, en esta ocasión empezó a sentir una profunda paz interior. Sintió su espíritu vibrar, entre columnas de luz intensa cuyo resplandor no le encandilaba... experiencia que sólo se siente en aquellos momentos apoteósicos que nos da la vida cuando nos encontramos en las cercanías de la muerte, y estamos conscientes que podemos cruzar el umbral sin temor porque hemos cumplido a plenitud con el deber.

Se incorporó, apagó la luz y fue a acostarse al lado de Doña Josefina quien dormía profundamente. La miró con ternura y se acomodó con cuidado para no despertarla.

7

Ese 8 de abril de 2010, la premura del señor Lozano de reunirse en su despacho, hizo pensar al presidente que en este caso había un interés personal y no público. En muchas ocasiones tuvieron conversaciones para ventilar situaciones de orden público en todo el país o problemas suscitados por las guerrillas o los paramilitares. Recordó los acontecimientos acaecidos en la frontera con Ecuador en el que murió Raúl Reyes, número dos en la línea de mando de la FARC.

De todas maneras, casi sin excepción, desencadenaban una acción multitudinaria que había que tomar con cautela, aún en los informes enviados a la prensa local e internacional o a la embajada de los Estados Unidos. Reconoció que Lozano manifestaba una gran capacidad para manejar todas esas situaciones y de esa manera la postura del gobierno tenía aceptación. Aún en los contratiempos con Hugo Chávez, que resultaban muy difíciles, Lozano les daba un giro que a la postre satisfacía al presidente venezolano.

Embebido en estas elucubraciones, el edecán anunció la llegada de Lozano que no obstante su enorme poder siempre actuaba con cuidado y respeto al llegar al despacho presidencial. Nunca se extralimitó y mucho menos abusó ni de su poder ni de su prestigio. Esperó que el edecán le diera la señal para entrar. El presidente lo esperaba con mucha curiosidad.

Por el camino venía pensando en el sueño que tuvo durante la noche: en un espacio ilimitado dos fuerzas poderosas hacían amagos de enfrentarse. Por un lado, una masa multitudinaria de pueblo; por el otro, una gigantesca fuerza represiva, fuertemente armada, casco y escudo protector lo cual parecían reminiscencias de la época feudal. En medio de las dos, Lozano, con el puño señalando a la fuerza represiva, a su lado Bruno, en estado de alerta que manifestaba con su mirada fija y centelleante.

En ese momento se percata de que su estatura rebasaba la de los que constituían a los dos grupos. Alguien se dispone a dar la orden de empezar la embestida. Lozano se ve entonces, puño en alto, dirigiendo a la multitud que avanza con paso firme y energía. Bruno al frente, marcándole el paso a la muchedumbre. Retrocede, avanza; retrocede, avanza... avanza.

Recapituló por el camino su sueño y llegó a la conclusión que era la respuesta de su subconsciente después de ver por televisión varios escenarios similares de multitudes protestando contra el sistema.

Curiosamente, en su experiencia onírica, la presencia de un can en esas protestas explicaba la de Bruno. Sin embargo, tiempo después el sueño tendría características proféticas.

El Presidente acababa de reunirse con varios ministros de su gabinete. Algunos de ellos salían de su despacho, y se encontraban con Lozano.

—Cuánto gusto, señor Lozano.

—El gusto es mío —contestaba Lozano, al mismo tiempo que se estrechaban las manos con entusiasmo, e intercambiaban algunas palabras sobre política, economía o algún acontecimiento internacional.

Pasó entonces al despacho presidencial. Los dos hombres poderosos se saludaron, sonrieron y se dijeron algunas palabras con un tono de familiaridad. Lozano no venía con evasivas y, sin pensarlo mucho, dio inicio a la conversación, directamente al grano.

—Gracias, Señor Presidente, por atenderme. Todos saben que usted está decidido a buscar la segunda reelección, ya su camino desde el punto de vista legal podría estar expedito, aunque falta que la Corte Suprema le dé aprobación al referéndum.

Usted sabe mis reservas al respecto; por lo tanto, le he pedido esta reunión especial para anunciarle que he tomado la decisión de lanzar yo también mi candidatura, en esta ocasión a la vicepresidencia.

Las últimas palabras de Lozano fueron dichas tan rápido que lograron desbalancear al presidente, quien tuvo una reacción de perplejidad.

El hermoso despacho parecía brillar con más intensidad. Se detuvo un momento frente a los ventanales, enmarcados por cortinas con guirnaldas doradas. Se podía ver a las gentes apresuradas bajo un sol poco usual en la capital.

Era una masa informe moviéndose constantemente. Su vaivén le recordó una frase cuyo autor no pudo recordar: "¡Qué triste es ver a la humanidad en torrente!" Su capacidad auditiva sólo se concentró en el desafío que Lozano planteaba a su reelección.

Hay que recordar que los dos habían creado una coalición cuyo objetivo era frenar las ambiciones de los dos partidos tradicionales. Con su decisión, la coalición dejaría de existir, y de esta manera se estaría abriendo de nuevo una puerta que haría posible el retorno a los viejos tiempos.

—¿No cree usted, señor Lozano, que su actitud nos llevaría a un camino sin retorno? Nuestra obra, que es la admiración internacional, debe continuar, por eso mi afán de lograr la reelección. El mundo no se hizo en un día. Y en esta obra monumental, su cooperación es invaluable.

El presidente se expresó de inmediato terció en el tema que acababa de sacarle de balance.

—Además, yo contaba con su cooperación. Sabe usted muy bien que aunque no he hablado al respecto, deseo la reelección para culminar mi obra que tiene el reconocimiento del pueblo colombiano y la opinión internacional la favorece. ¡Lanzarse usted por la vice presidencia! ¿Qué dice su familia al respecto?

—Yo no he hablado con mi familia, salvo algunas palabras con Josefina, quien me ha dado todo su apoyo. Todos habrán de aceptar mi decisión, e inclusive van a cooperar conmigo en muchas actividades. No me cabe la menor duda.

—¿No cree usted que es una locura? La clase qué diría. La clase dirigente no habla.

—¿La clase dirigente no habla?

—Sí, correcto —contestó el Presidente, un tanto airado.

—La clase dirigente no habla no porque no sabe; porque sabe, no habla. Esta siempre ha sido su posición acomodaticia de la cual, casi siempre, saca un buen partido.

—Pero ¿usted lo ha meditado? Insisto que es una locura de parte suya. Una decisión tan crucial no se toma a la ligera, requiere una buena dosis de meditación.

—Por el contrario, Señor Presidente, es una decisión sabia después de un gran análisis, y de una amplia meditación de largos años producto de profundas preocupaciones.

—Pero le resultaría en una tarea muy difícil, ardua, empezar a estas alturas en una campaña presidencial sin contar con toda la maquinaria apropiada, y no sería justo provocar una división del partido. Yo no pienso desistir, por el contrario, pienso que mi reelección es lo que más le conviene al pueblo colombiano. Por eso su apoyo multitudinario. Además ¿Quién sería el candidato a la presidencia?

—Resulta que a ese respecto ya hay un gran trecho recorrido. Voy a contar con todo el apoyo de El Movimiento.

—¡El Movimiento!

—Sí, El Movimiento, fundado por Emilio, Señor Presidente. He analizado su base filosófica y política, y en mucho coinciden con las mías.

Creo, por lo tanto, que debo aprovechar esta coyuntura feliz y tirarme al ruedo político, una vez más, en esta ocasión al lado de mi hijo...

Sería un complemento para mi existencia, que yo, en la soledad, he estudiado muchas veces. Emilio, mi hijo, será el candidato. He tomado esta decisión porque a estas alturas del Siglo XXI, un cambio, una transformación debe darse.

No podemos continuar empeñados en mantener el sistema rígido que ha logrado sobrevivir por doscientos años superando todos los escollos, guerrillas, protestas y levantamientos gracias a nuestro empecinamiento por mantener incólume sus estructuras para bien de nosotros, para mal de la gran mayoría del pueblo. Se requiere un cambio radical. El Movimiento es la opción, sobre todo porque está movido por la generosidad y la virtud.

El Presidente palideció. Sabía que Lozano era un hueso duro de roer. La transformación que manifestaba Lozano en esos momentos, la entereza con que dijo sus palabras, pensó, era un vuelco total que lo obligaría a tomar una resolución crucial que trastocaría todo.

Además, en el tiempo que había transcurrido trabajando juntos se habían mantenido secretos que sólo Lozano conocía, y que ahora en la oposición podría develar en cualquier momento. Aunque había que reconocer que Lozano nunca había violado la palabra empeñada.

—¡Su hijo, Emilio! Es una locura que despertará las más bajas pasiones Muchos se opondrán. Los acusarán de nepotismo, y por su edad Emilio no está habilitado, y la Corte Suprema tomará una posición adversa. No puede sacrificarse la legalidad del país. Usted se convertiría en la víctima propiciatoria de las ambiciones de su hijo... excuse usted mis palabras, son fuertes, lo sé, pero en estos momentos es lo único que se me ocurre decir. —Bajó la cabeza, meditó unos instantes, y añadió—: Yo contaba con que usted se opusiera pero respeto su decisión. Hay que ser demasiado verraco para lanzarse de esa forma al ruedo político. Por lo demás, sé que usted cuenta con la idoneidad suficiente para dirigir con acierto los destinos del país. Su experiencia como Ministro de Defensa le ha otorgado un bagaje que, en el caso de usted obtener la victoria en los comicios, le permitirá enfrentarse, como lo ha hecho hasta ahora, a los enemigos de la Democracia.

Sus palabras de consuelo indicaban que el presidente tenía una completa seguridad de su victoria, y que dejar que los acontecimientos siguieran su curso, era lo acertado.

—En este caso en particular, permítame decirle Señor Presidente, que no se trata de verraqueras ni algo que se le perezca —Lozano estaba acostumbrado a esta reacciones intempestivas del presidente—, además, la verdadera democracia es la que está en manos del pueblo. Sólo así se logra la verdadera equidad, la justicia y la prosperidad completa. Yo creo que el verdadero cambio se da cuando se enrute al país por el camino apropiado. Hasta ahora, es rutinario hablar de la democracia todos los días. Ha sido el sistema por excelencia. —Lozano en ese momento miraba al presidente, quien escuchaba con atención—. Según los historiadores, su origen se remonta a la Grecia clásica, pero desde entonces la Democracia ha existido en forma aparente. Siempre ha estado al mando de un grupo privilegiado de hombres que creando una fuerza necesaria coercitiva han logrado mantenerse en el poder, y han creado un sistema electoral que se reduce a una fiesta popular cada cuatro o cinco años. Usted y yo hemos sido utilitarista del sistema. Con el fin de crear el espejismo de un sistema igualitario, se crea la existencia de partidos que debilitan el poder del pueblo al dividirlo en su opinión política, en facciones irreconciliables, pero que fortalecen a la élite dándole gran poder en el gobierno y en la economía, aunque debilita el poder omnímodo del pueblo.

»Cada vez que, como ocurrió en Honduras, un hombre quiere hacer cambios estructurales al sistema para abrir la puerta que lleva a la justicia social, surgen de inmediato los Micheletti que se hacen del poder, destruyen todos los avances sociales, dejan caer sus manos de hierro sobre el pueblo e invocan la sagrada inmovilidad de la ley. Como los Micheletti están por todas partes, el caso de Honduras podría repetirse».

—Siempre —dijo el Presidente—, señalando a Lozano con el dedo, cuando el poder cae en manos del pueblo, la historia lo enseña, sólo hay un paso entre la democracia y la anarquía. El pueblo guillotinó a sus mejores hombres durante la Revolución Francesa. Stalin, un hombre del pueblo, masacró a miles. En Cuba se montó el paredón. Y Allende con sus ideas precipitó un golpe de estado sangriento e hizo fácil el camino a una dictadura terrible. Ya se barrunta en Venezuela algo parecido. Por eso el poder de la ley es inviolable.

—Son hechos, en apariencia, volátiles que podría considerarse la excepción, según su opinión, y no la regla. Los casos que usted menciona, como los menciona, dejan de ser, para mentes desprevenidas, los mejores ejemplos; mirándolos de otra manera, más acorde con la verdadera historia, sin la presión de colores políticos ni de convicciones ideológicas, y sí de manera descarnada nos permite ver el hecho real histórico, sin engalamientos, y es de esa manera cuando tenemos la explicación acertada y es entonces cuando se convierten en verdadero paradigmas dignos de imitación. Hay hombres revolucionarios que con el poder en sus manos se embriagan y pierden el juicio. Eso es cierto. En vez de verdaderos líderes de pueblo, se convierten a la postre en los peores dictadores. Son, como los llama el Profesor Sanz, los hombres históricos negativos.

»Esto no es el caso de Venezuela, ni el de Cuba. Y mucho menos el de Chile. Intereses internacionales, y yo sé de esto, socavaron las bases del gran experimento chileno y han intentado lo mismo con el de Cuba. Fue un 11 de septiembre cuando se atropelló con toda la fuerza al gobierno de Allende, en un plan urdido por la ITT y ejecutado por la CIA. El Presidente fue asesinado, se conculcaron todos los derechos, se estableció la coerción aun con derramamiento de sangre, se destruyó la paz y se acomodó la dictadura de Pinochet, la más sangrienta de ese país y de América Latina. Miles fueron ejecutados.

»Otro ejemplo, a sólo noventa millas de Cuba una fiera acecha sin piedad. El paredón en Cuba fue un arma de enfrentamiento que se levantó para proteger el nuevo sistema, asediado por todos lados. En Colombia, que es lo que nos mueve a los dos en este momento, El Movimiento nos indica que el pueblo quiere un cambio, que no desea marginarse. Por eso lo invito a que se una a nosotros por el bien de todos.

»Y en Venezuela, Señor Presidente, hay que reconocer la verdad, la democracia se ha puesto en pie y avanza segura en manos de Chávez, y muestra avances extraordinarios. Y por eso mismo el pueblo muestra un estado constante de entusiasmo, con el puño en alto, siempre, reciben a su Comandante en las plazas públicas. La CEPAL confirma que es el único país de América Latina que está superando la pobreza extrema. Y gracias a su valor de emancipar a Venezuela de la economía de Norteamérica y de su Fondo Monetario Internacional, ese país no ha experimentado ningún efecto negativo en su economía. Las oscilaciones en el costo del barril del petróleo podría afectar el país bolivariano, pero el presidente Chávez tiene recursos para enfrentarse a la situación y gracias a su economía sustentada por el poder del petróleo, avanza hacia la estructuración de un país más equitativo

»Además la ley es inamovible cuando trata de principio y valores. Es la ley que hace posible la existencia del derecho consuetudinario. Cuando la ley, consagrada por cualquier constitución, se aboca a una reorganización por parte de los círculos de poder, porque el orden establecido está en peligro, aquella puede estar sujeta al cambio, y no es, como lo es en realidad, un atentado a la legalidad. Un buen ejemplo es su reelección. Usted es signatario de la constitución que la prohibía, y no tembló la mano de ningún legalista para enmendarla de inmediato.

»Durante el gobierno de Bush, se dio lo mismo con la Ley Patriótica, que ha atentado contra los más nobles avances de los derechos del buen ciudadano estadounidense. La ley es inmutable, según ellos y sus intereses; cuando sus intereses están en peligro, se las arreglan para suplantar la ley con otra amañada y convergente a sus propósitos de proteger sus intereses».

—Señor Lozano, usted nota mi sorpresa. Su cambio es radical, y con su decisión se pone al margen de lo que quiere este gobierno, y sólo resta decirle, muy a pesar mío, que usted presente su renuncia. Tomo esta decisión por amor a Colombia. No podemos darnos el lujo de perder los nexos con Estados Unidos y sus principales organismos de financiación, y tampoco permitir que desaparezca como por encanto toda la ayuda militar que ellos nos proveen para nuestra lucha contra la FARC. Ya están bien adelantadas nuestras conversaciones para tener asistencia militar en cada una de nuestras bases. Usted ha participado en esas conversaciones, señor Lozano.

—Señor Presidente, mi decisión es inquebrantable. Cuente con ella. Hoy mismo la oficializo, y mañana será noticia en las primeras páginas y en los noticieros de radio y televisión. Y de la ayuda que me habla, hay que decirlo, usted y yo lo sabemos, es costosa para nosotros porque implica la pérdida de la soberanía. Siempre he sido un hombre cauteloso al respecto. No me opongo a negociaciones con otros países. ¿Por qué entrar en negociaciones que laceran al pueblo económicamente? ¿Por que inventarse circunstancias oportunistas para justificar la lucha armada oficial? ¿Quiénes son los beneficiados? ¿Por qué buscar confrontación con Venezuela? El país hermano se sentirá amenazado con la presencia militar norteamericana en nuestras tierras. Una guerra entre los dos países sería devastador para ambos pueblos. Todos saldríamos perdiendo».

El presidente se dio cuenta que Lozano estaba experimentando un cambio que lo separaba del curso que siempre había tomado su familia. Sus palabras de ahora no coincidían con el Lozano que siempre estaba presto a defender el sistema establecido. Su decisión, su triunfo sería letal para el país. Había que frenarlo en sus propósitos, no permitirle seguir adelante, aplicando todos los recursos que fueren necesarios.

Con aquellas palabras inquisitivas de inmediato se dio por terminada la conversación. Lozano salió y se dirigió con rapidez a su mansión. Por el camino empezó a hacer las primeras llamadas. A Emilio, el Profesor Sanz, y demás dirigentes de El Movimiento. Aprovechó entonces para comunicarse con Mosquera.

Aún en el afán de comunicarse con sus más allegados, no dejaba de meditar en la mentalidad del presidente, que sin lugar a dudas, sin exageraciones, respondía a un hombre forjado en las ideas más conservadoras, un defensor a ultranza del sistema instituido.

8

Cuando Mosquera llegó a la residencia de Lozano, éste se encontraba solo. Mosquera representaba para él la seguridad de su hijo y su propio futuro que después de la conversación con el presidente había tomado un rumbo diferente. La imponente contextura del agente daba siempre la impresión de poseer una gran habilidad para someter a todo aquel que se opusiera a sus designios.

Sin embargo, para Lozano su idoneidad en el manejo del conflicto, de la insurrección le daba la tranquilidad para hacerle pensar que su hijo no correría peligro.

—Gracias Mosquera por venir. Me urge hablar con usted.

—Siempre estoy listo para servirle. Usted dirá.

—Las circunstancias imperantes nos mueven por caminos diferentes y encontrados con aquellos que hasta ahora hemos servido con lealtad. Creíamos en el sistema como el instrumento ideal para el desarrollo económico del pueblo. El Movimiento de Emilio nos indica que el sistema trastoca todo y, por el contrario, el máximo perdedor es el pueblo, y, creo yo, Emilio podría convertirse en una víctima cuya ausencia haría imposible el cambio y atrasaría el objetivo principal por muchísimos años.

Mosquera escuchaba a Lozano con respeto y con una naturalidad impresionante. Entendía cada una de sus palabras, y conocedor de las bondades del gran hombre, ya de antemano se había puesto del lado suyo.

En lo más profundo de sus sentimientos, Mosquera aceptaba las palabras de Lozano con cierto regocijo, pues nunca había comprendido por qué un hombre de la valía de Lozano, caía en encrucijadas que resultaban imposibles de explicar.

—Señor Lozano, entiendo sus palabras y reconozco su preocupación. Dígame sus directrices que yo estoy listo para cumplirlas.

—Gracias Mosquera, como usted puede colegir mi hijo y yo vamos a entrar en campaña las próximas elecciones. Habrá una gran oposición y tratarán por todos los medios de desarticular El Movimiento.

Quiero que estés vigilante de los paso de Emilio y tomes las debidas precauciones. Tu vida también puede estar en peligro. Vamos a enfrentarnos a hombres sin limitaciones. A hombres entrenados para detener el avance de los pueblos.

Mosquera con su su voz fuerte, profunda, le contestó:

—Usted siga adelante, sé que triunfará. Yo me encargo de preparar la logística necesaria que permita crear la seguridad necesaria.

—Gracias Mosquera.

—Pierda cuidado. Todo saldrá bien. Permítame felicitarlo por su decisión, con las riendas del poder en mano de ustedes, Colombia cabalgará con paso firme y seguro por el camino apropiado.

Se despidieron efusivamente. Mosquera por el camino a su casa en su pequeño Fiat del año, empezó a preparar el plan que frenaría a los que se oponían a El Movimiento de Emilio. Haría después una reunión especial con sus hombres. Su plan se iniciaría en Tunja y su resultado daría a entender cuán efectivo fueron los pasos que se tomaron para lograr un cambio en los acontecimientos a punto de ejecutarse por hombres diestros, curtidos en estos asuntos, que Carmona había escogido con sumo cuidado. El operativo sería un avance para conocer muy de cerca a los que buscan socavar a El Movimiento.

Días después se estaba fraguando el operativo de Tunja, situada en el altiplano cundiboyacense, fue la segunda ciudad del Nuevo Reino de Granada. Varios jeeps con Mosquera y sus soldados se ubicaron cerca de la sucursal del Banco de Colombia, en la calle 19 cerca de la Plaza de Bolívar, con el monumento ecuestre del Libertador, como vigilante insomne de la suerte de la patria. Carmona con sus hombres sabían todos los pormenores de cada paso que se ejecutaba con miras a convertir a Mosquera en una víctima más de la violencia común. Mosquera, advertido por Lozano, ya había tomado todas la precauciones del caso. Sus hombres, en estado de alerta y ojo avizor. Carmona con un agente encubierto tenía preparado el asalto bancario que iban a dar cuatro hombres escapados de una de las cárceles de Bogotá, y se había conectado con Mosquera para que éste preparara a sus hombres y juntos abortar el asalto cuyo proceso estaba planeado, Mosquera sería la víctima propiciatoria, desenlace de la operación que se explicaría como resultado de un accidente fatal. A la una de la tarde como estaba programado cuatro hombres entraron en la sucursal del Banco. Uno de ellos era el agente encubierto de Carmona.

Su protección se daba a toda prueba. Algo extraño empezó a originarse en el interior de la sucursal, movimientos raros y algunos gritos. Media hora después, salieron los cuatro asaltantes. Se dirigieron a una calle adyacente, donde tenían estacionado el automóvil, un Chevrolet Nova 1999.

Cuando se disponían pasar a toda velocidad la calle transversal Mosquera y sus hombres les cruzaron el paso. Al otro lado, Carmona hizo lo propio. Mosquera sabía las intenciones verdaderas de Carmona, y a una señal sus hombres se bajaron del jeep, se tiraron al piso, en el instante que los hombres del lado contrario dispararon las primeras ráfagas.

Los hombres de Mosquera respondieron al ataque, alcanzando a tres de los hombres de Carmona. La acción duró casi media hora.

Terriblemente frustrado Carmona dio la orden de detener el ataque, e hizo señales a Mosquera. Cuando la calma llegó, los tres asaltantes y el agente encubierto yacían en el interior del auto, desangrados. No tuvieron tregua. En la calle la multitud se arremolinó a contemplar con incredulidad los agentes, tirados ahora en el piso con el pecho y los rostros destrozados. Carmona se acercó a Mosquera y sin mediar palabras lo increpó:

—¿Qué clase de soldado es usted? ¡Sabía de esta operación! Se le instruyó con toda la información. ¡No podía fallar!

—Es cierto, Carmona, sucede que en este tipo de operación en algunos casos se hace uso de la táctica del fuego cruzado, la cual por cierto no tiene nada de amistosa y puede ocurrir a propósito o por accidente. No tengo por qué pensar que éste no fuera. Así se describirá en el informe oficial. Espero que usted presente el suyo. Carmona, con una mirada perpleja, por la ironía con que Mosquera planteó su explicación, hizo que bajara la guardia y contestara con cierta sumisión.

—Tenga la seguridad, agente, que yo haré lo propio.

Casi de inmediato se informó al Presidente de lo ocurrido. Lozano lo supo por sus agentes secretos que a su vez recibieron informes de Mosquera.

La radio dio la noticia con mucho aspaviento, igual que los noticieros en la televisión y al otro día se publicaron los detalles en una esquina de la primera plana de los periódicos. Todos coincidían al decir: "Agentes especiales del gobierno se matan entre sí al tratar de evitar un robo bancario. Los malhechores mueren en el sitio. Se harán las investigaciones del caso y se adjudicarán responsabilidades".

El impacto de los titulares que anunciaba la candidatura de Lozano, hizo que el plan de Carmona pasara a un segundo plano y así se dio por terminada la secuela de su plan para eliminar al teniente. La misión fue abortada.

Ninguno de los reporteros acataba a imaginarse que todo fue una treta urdida y que el tiro había salido por la culata.

Y así todos los periódicos importantes del país, palabras más, palabras menos, anunciaban el paso dado por Lozano, cuya decisión aunque sorprendió al pueblo en círculos íntimos en la plaza, en el cafetín de la esquina, en los corrillos, en fin, donde ocurrieran, se manifestaba la incredulidad de algunos, y la satisfacción y aceptación de muchos. Hacía muchos años no se daba una lucha por la presidencia y vicepresidencia de tal calibre y categoría. La augusta presencia de Lozano al lado de su hijo presagiaba la ya considerada táctica política sin parangón en la historia del país.

9

El nuevo embajador de Estados Unidos, Peter Michael McKinley, designado por Obama el 7 de mayo de 2010, pasaba a su gobierno un informe detallado de todo lo que podría ocurrir con la decisión de Lozano que, sin lugar a dudas, ponía en peligro los intereses norteamericanos como consecuencia de sus inexplicables vínculos con El Movimiento, cuya lucha e ideología bolivariana "ponen en peligro a la nación, atenta contra los intereses norteamericanos y el Plan Colombia". Por sus opiniones, se podía colegir que un cambio de embajador resultaba irrelevante. El escenario seguía siendo el mismo donde se llevaban a cabo todas las acciones conducentes a crear el ambiente propicio para que el gobierno saliera airoso en sus gestiones convenientes a los intereses norteamericanos.

El nuevo embajador se mantenía en constante comunicación con sus superiores, mediante documentos especiales en los que se daba cuenta de todo lo que acontecía en Colombia.

Incluso se destacaban detalles que tenían que ver con algunos dirigentes, cuyos nombres se mantenían en secreto, porque al divulgarlos "podrían lacerar la reputación de algunos y poner en peligro sus vidas".

La respuesta de su gobierno era la esperada:

Iniciar el Plan 2, que incluía: Reorganización del grupo de Carmona, fortaleciéndolo con agentes especializados adicionales; eliminar figuras claves del Movimiento; iniciar en los periódicos la eliminación de personalidades, mediante el desprestigio; atentados dinamiteros que se adjudicarían a los grupos radicales, para lo cual se haría uso de valijas diplomáticas en los que se incluiría toda la parafernalia necesaria para la ocasión y, lo más importante, usar al máximo la red de espionaje telefónico que cubre a toda la nación colombiana.

Se hacía uso, por tanto, del estatus extraterritorial y la inmunidad diplomática cuya activación, de ambas, desencadenaba acontecimientos sutiles pero demoledores en cualquier parte del mundo.

Mientras tanto, Lozano enviaba por Internet a todos los periódicos importantes, la oficialización de su renuncia como Ministro de Defensa, y por otro lado, una explicación de su decisión mediante una proclama sencilla y clara en sus términos:

"No se trata de pasar una página más del libro de nuestra historia. En el curso del tiempo siempre algún miembro de mi familia ha estado involucrado en algún acontecimiento extraordinario, cuyo desenvolvimiento ha dirigido al país hacia un sistema consolidado alrededor de privilegios imposible de aceptar en pleno Siglo XXI. Se trata, pues, de un llamado de la patria que yo interpreto como un deseo infinito de servir al pueblo.

"Así lo haré. Sólo con el solio presidencial en manos de Emilio podremos encauzar al país por los caminos de la verdadera democracia. Pueblo colombiano sigo un llamado de mi conciencia. Cuento contigo".

La decisión de Lozano no se tomó precipitadamente. En un cónclave familiar, semanas después, en el que estuvieron presentes Doña josefina, con sus hijos, Lozano explicó con lujo de detalles por qué se iba a lanzar como candidato en las próximas elecciones junto con Emilio.

10

Escogieron el gran espacio de la biblioteca. Era el lugar preferido de la familia desde hacía mucho tiempo cuando la importancia del tema a considerarse exigía inspiración para ponderar las circunstancias y armonía para aplicarlas con cautela. Siempre había sido así cuando se trataba de decisiones íntimas de la familia. Cuando esto ocurría, todo se planificaba. Una vez convocados por carta, por celular o, como ahora, a través del correo electrónico, todos estaban conscientes de iniciar de inmediato los preparativos para llegar justo a tiempo al hogar familiar sin pérdida de tiempo. La fecha de la reunión estaba establecida:

El Sábado 3, abril de 2010 Eduardo, que se encontraba en Miami, de inmediato organizó el viaje y fue el primero en hacer acto de presencia. Emilio fue al aeropuerto El Dorado a recogerlo. Haría lo propio con Octavio quien llegó a la capital tres días después. Los tres se mostraban eufóricos y algo intrigados por la súbita reunión. Hacía algún tiempo no estaban juntos, por lo que entrar en algunas reminiscencias era casi obligatorio. En el trayecto hacia la mansión, a todo lo largo de la Avenida El Dorado, en animada francachela compartían experiencias y recuerdos de los días de asueto que los pasaban casi siempre en Cartago, y de vez en cuando se cuestionaban sobre la súbita reunión de familia, que los intrigaba porque hacía años no se daba nada igual y menos con el hermetismo con que se había organizado. Octavio, siempre precavido, no pasaba por alto alguna precariedad de las finanzas de la familia; Eduardo no acertaba a captar ninguna razón para la reunión. Emilio, que sí la conocía, se limitaba a sonreír, y después de ver la preocupación de sus hermanos, les dijo:

—No se preocupen. Todo saldrá bien. Nada tiene que ver con nuestras finanzas. Pero sí es algo trascendental que los asombrará a ustedes y al pueblo en general. No es la violencia como en otras épocas. Nada de eso. Así, pues, entró a darles todas las explicaciones del caso.

Hacía años no se daba nada igual, desde los azarosos días de 1948. Lozano les hablaba a sus hijos al respecto, les reseñaba el momento cuando juntos, toda la familia, con sus padres, sus hermanos, presentían que la patria estaba a punto de sucumbir. Las arengas incendiarias que se transmitían por radio producían pavor.

Era la respuesta natural de un pueblo ante la pérdida violenta de su líder. Por momentos el gobierno había perdido control del país, era casi la anarquía total. La constitucionalidad de la nación estaba en crisis. La violencia se señoreaba del territorio nacional. El ejército hacía esfuerzos por sacar el país del caos. De esta manera les dejaba claro que en los momentos de crisis la unión familiar era imprescindible. Por lo tanto, la trascendencia del momento, el cambio radical de Lozano, justificaba la premura de la reunión.

Emilio aprovechó la ocasión para explicar a sus hermanos lo que ocurría. Ellos no acataron a comprender cómo se había dado un cambio tan radical en la personalidad de su padre. Emilio entró de lleno a explicar algunos aspectos que sus hermanos desconocían como la tensión del momento producto de unas elecciones en las que el presidente buscaba una segunda reelección, la crisis mundial que podría afectar los negocios de la familia y, sobre todo, el avance nunca narrado por la historia contemporánea de las ideas bolivarianas que el pueblo colombiano veía como un recurso imposible de rechazar y que Lozano comprendía a cabalidad. La concepción ideológica de El ΦMIKRON que atraía multitudes.

—Todo esto —afirmó Emilio— hizo posible que se produjera en nuestro padre la catarsis que lo ha llevado a una reconsideración muy profunda de sus posturas ante la situación económica de nuestro pueblo.

—Siempre tuve el convencimiento, conociendo las cualidades de nuestro padre, que él tendría, en algún momento, una gran trasformación de conciencia —dijo Eduardo y Octavio permaneció en silencio.

Las reuniones de familia era algo común y proverbial. A ella se invitaban a amigos y otros familiares. El Profesor Sanz acudió a muchas de ellas. Pero desde 1948 no se daba un cónclave familiar tan hermético y trascendental. El padre del señor Lozano había hecho lo propio con su núcleo familiar cuando el pueblo enfurecido se tiró a la calle a vengar la muerte del líder Jorge Eliécer Gaitán. Tomó las precauciones y medidas del caso, y aunque ocurrieron momentos de peligro, gracias a una fuerte protección, logró superar la situación y salir incólume de la amenaza en contra de su familia a la que el pueblo, en ese momento, consideraba un fuerte puntal del sistema oligárquico.

Engalanada la biblioteca con catleyas, varias jarras de jugos naturales sobre la mesa del centro, la música de Mozart.

—Creo que ha llegado el momento de la verdad. Sin interrupción, mi familia ha sido el principal sostén de este sistema... muchas veces nos hemos visto obligados a tomar medidas drásticas para enfrentar unas supuestas crisis que, estamos a tanto de todo, tienen un origen artificial y forzado. Nuestra Patria se ha fortalecido, su economía crece, la población también, gracias a la riqueza natural que poseemos no existe el peligro de verla atravesando por la deficiencia que manifiestan otros países, especialmente en Europa.

»Creo, por lo tanto, que Emilio y su Movimiento tienen razón. No podemos dar a las fuerzas internacionales nuestra patria en bandeja de plata. Ahora entiendo el por qué de la resistencia del pueblo. Contra viento y marea yo también, si tu Movimiento, Emilio, me lo permite, haré acto de presencia como un soldado raso o en la posición que se me asigne. Quiero ser colaborador y no mantenerme en la tangente disfrutando de mis riquezas mientras el pueblo desesperado clama por justicia. Las deficiencias económicas de nuestro país no son unos datos estadísticos que de por sí asombran».

—Gracias padre por entender nuestro propósito —dijo Emilio—. Estoy seguro que nadie objetará su participación, que será descollante y muy provechosa para nuestra organización. Con usted El Movimiento obtendrá un triunfo apoteósico.

—Cuenta con todo mi apoyo, —recalcó Doña Josefina—. Sé que estás asistido por la razón y buen juicio. El pueblo colombiano te lo agradecerá.

La decisión de Doña Josefina manifestada de inmediato, sin dudas ni cortapisas, no asombró a nadie, era su costumbre natural de estar siempre al lado de su esposo en todas sus decisiones aun las ideológicas, porque en su fuero interno, gracias a su organización humanitaria cuya ayuda se sentía en todo el territorio colombiano, estaba convencida de que un cambio social era necesario. Y Colombia estaba ubicada en el punto crucial de un posible cambio de estructura o atenerse a una eclosión social multitudinaria. Era cuestión de tiempo.

—Yo nada entiendo de política —enfatizó Eduardo— pero pienso que usted ha tomado la decisión con gran comprensión y sabiduría. Usted sabe que yo nunca he altercado con usted y sus decisiones. Por eso estaré siempre al lado suyo y de El Movimiento. Es la única salida honorable que permitirá traer justicia social a este pueblo.

Eduardo en realidad contaba con un bagaje político que había adquirido observando la labor de su padre como alto oficial del gobierno, de pequeño había estado presente en algunas de las reuniones de la junta que se llevaban a cabo en la propia casa de los Lozanos. Además, en la soledad de la noche sacaba uno que otro libro de la biblioteca para leer sobre acontecimientos en los que un familiar suyo había jugado un papel importante.

Sin embargo, se pronunció con timidez sobre la decisión que acababa de tomar su padre, no por desconocimiento, no por una reacción adversa, sino porque desde su más temprana niñez siempre tomó ante su padre una posición de recato y respeto y, además, porque sus convicciones sociales correspondían a las prédicas de su madre.

Octavio no hablaba. Su silencio era sepulcral. Se dio cuenta que los demás le miraban, a la espera de sus comentarios.

Siempre había actuado en las conversaciones importantes de la familia con una marginalidad insoportable. En su fuero interno rehusaba cualquier cambio radical del país.

No sólo no creía en la existencia de las injusticias sociales, sino que también veía cualquier desigualdad social como un desenlace natural de la economía, la cual, a través de la historia de la humanidad siempre había estado en manos de unos pocos. Toda su percepción de los asuntos económicos versaba sobre el poder que impulsaba a los seres humanos a la búsqueda de una vida más llevadera, más cómoda, con más satisfacciones.

Este poder era el origen de todas las invenciones sin las cuales no existiría el mundo moderno de hoy ni el del futuro. Pero mirando las cosas en su conjunto, el acierto en parte de los razonamientos de Octavio, se perdían en el estilo desenfrenado de su vida de sibarita consumado; en el círculo íntimo de sus amistades desplegaba sus habilidades gastronómicas y etnólogas. A veces entre carcajadas prolongadas y sarcásticas hacía ostentación de su poder económico cuando daba explicaciones a sus amistades de las actividades bursátiles y los negocios. Hay que abonarle que dos veces por año hacía un paréntesis a sus consabidas francachelas cuando viajaba, junto con su familia, especialmente a Europa. Era otra persona, y manifestaba su profundo amor a su esposa y sus hijos. Esta excelente relación familiar siempre había sido la característica principal de la familia Lozano.

—¿Qué va a ser de nuestros negocios? Padre, lo van acusar de conflicto de intereses. Que gracias a nuestro poder económico ahora la familia Lozano quiere dirigir la nave del Estado. Y cosas así. No creo que resulte conveniente desafiar al sistema que ha permitido consolidar nuestra riqueza.

—Eso tiene una solución que la ley provee en estos casos. Poner toda nuestra economía en un fideicomiso. No usaré mi poder económico para financiar mi candidatura a la vicepresidencia. Esta debe tener un toque popular. Y la campaña presidencial, ya lo he hablado con Emilio, tendrá toda la fuerza que El Movimiento le imprima. En los aspectos económicos se hará uso de lo que provee la ley. La austeridad será la principal característica en el manejo económico, así los fondos provengan del Estado o del pueblo mismo, y todo dentro de la legalidad que exige el Estado.

—Yo ya me comuniqué por correo electrónico con todos los dirigentes de El Movimiento —dijo Emilio—. Nadie puso reparo alguno. Por el contrario, hubo regocijo y el apoyo fue nacional. Los dirigentes ya están preparando comunicados para explicar su candidatura. Porque de eso es que se trata y así se comunicará a toda la nación. En reuniones recientes se habló de candidaturas, no se tomó ninguna decisión Yo fui escogido por unanimidad y usted, padre igual, cuando les sugerí su nombre. Todo aceptaron que "el ticket" Lozano era una táctica política de primer orden.

Todos los dirigentes de El ΦMIKRON habían aprobado la presencia de Lozano en una posición de relevancia, como la de la vicepresidencia, porque su experiencia como oficial del gobierno lo había dotado de conocimientos, estrategias, posiciones, todas indispensables para salir adelante en cualquier gestión gubernamental, sobre todo en la aplicación de cualquier cambio en la naturaleza política y social del país que el círculo exclusivo del poder, y él formaba parte del mismo, había mantenido desde los comienzos de la república. Además, todos los dirigentes, amplios conocedores de la historia universal, estaban al tanto de que en el proceso que configura al hombre histórico una radical transformación era total factible.

—Pero el Movimiento tiene una postura radical contraria a nuestros intereses —dijo Octavio.

Octavio, que siempre había estado animado por las cuestiones económicas, y, hay que decirlo, las mantenía en absoluto control aún en momentos de crisis como los de ahora que azotaba al mundo, enmarcaba todo dentro de los intereses del gran capital y no acataba a comprender que la reunión de familia planteaba algo diferente.

—Los pueblos se transforman. El poder económico ha desquiciado todo movimiento popular, porque se desenvuelve en un proceso aislado produciendo así una entropía que no permite que el país avance por el camino de un desarrollo uniforme que produzca resultados y beneficios conjuntos —respondió su padre—. Debemos eliminar este proceso aislado. Debemos buscar la integración de todos los estamentos de la sociedad y cohesionarlo en un verdadero sistema sinérgico que sea capaz, como lo será, de producir la libertad, la justicia y la base económica para beneficio de todos. Podemos hacer una obra gigantesca, llevar justicia social a todos los rincones del país, porque de lo que se trata es trabajar todos al unísono por el engrandecimiento del país con un propósito amplio de generosidad, y esto se logra con un buen juicio y desprendimiento. Nuestras tierras producen los recursos necesarios en abundancia. La totalidad del pueblo, ricos y pobres, juntos poniendo toda la energía para lograr un solo propósito: Construir un país grandioso, a cónsono con la enorme riqueza natural y humana que el mismo nos provee. Nos tocará después entrar en el dominio de la técnica que debemos llevar al pueblo en el proceso educativo. Además, Octavio, puedes permanecer en Nueva York, manteniendo el ritmo productivo de los negocios, como hasta ahora.

El señor Lozano conocía a la perfección las debilidades de su hijo mayor, de cuyas ínfulas de burgués poderoso él se sentía culpable, por eso mismo se había dirigido a él con el fin de buscar su comprensión de lo que estaba transcurriendo en el seno de la familia. Después entraron a hablar sobre la crisis económica y cómo podría incidir en la economía colombiana.

—Precisamente, padre, las dudas que me asisten están basadas en mis conocimientos económicos. Por entender como entiendo los casos singulares de España y Grecia me cuestiono si algo parecido puede ocurrir en nuestro país —argumentó Octavio—. En ambos países se creó un frente parecido a El Movimiento, para lograr el prodigio, al unir fuerzas, de crear unas economías que asombraran por su desarrollo sostenido. Sin embargo, por lo menos ya dan muestras de debilitamiento, porque interrumpieron el camino trazado y se dejaron llevar por ambiciones comunitarias que siempre es el lastre que hunde cualquier economía. Debemos buscar para Colombia la sustentación de una economía piramidal, es decir integrada, que el gran capital ejerza sus efectos beneficiosos en la totalidad de la población, como ocurrió en los Estados Unidos en los comienzos de la organización económica del país. Esa es la táctica que se aplicó en la República de Singapur, y hoy es una de las primeras economías del mundo.

—Yo creo, Octavio, que los tiempos cambian y la economía también. Muchos quieren mantener su desarrollo dentro del neoliberalismo. No tengo dudas que todo se debe al neoliberalismo que da rienda suelta a las ambiciones individuales por el poder del dinero, y a fórmulas hipotecarias desequilibrantes y también a la especulación bancaria.

»Esto fortalece la economía piramidal, como dices, pero en los momentos actuales, la prosperidad sólo destella desde el vértice de la pirámide. Así, pues, mientras la situación produzca un cambio hacia la generosidad colectiva, creo que lo mejor es que puedas continuar al frente de nuestros negocios en Nueva York».

Octavio no pudo disimular la amplia sonrisa que le produjo las palabras de su padre. En realidad, minutos antes, temía perder sus privilegios.

Se dio por terminada la conversación, y entraron Emilio y su padre a desarrollar toda la estrategia. Anunciar la candidatura, y como resultado la prensa del país se encargaría con amplios titulares, como sucedió en realidad, catapultarla a nivel nacional.

11

Después de la proclama, se celebró en la mansión de los Lozano otro cónclave que se había acordado con anterioridad. Estaría presente la plana mayor de El Movimiento. Todos llegaron con puntualidad.

Se inició la reunión de manera informal con algunas copas de vino y pasabocas que una joven de la servidumbre pasó a los invitados. Todos se dirigieron al jardín de la mansión y se inició la actividad con las palabras introductorias de Emilio.

No está por demás hacer mención que la presencia de Bruno se destacó de inmediato y era el regocijo de todos.

Se paseaba entre los grupos con toda calma y cuando alguien le acariciaba respondía con un regocijo tal que todos celebraban con sonrisas y comentarios.

—En este momento estamos haciendo patria, vamos a organizar El Movimiento como la fuerza del pueblo, no en el sentido de una agrupación que se ubica en el lado derecho o el lado izquierdo del escenario, como ocurrió durante la Revolución Francesa. Es el pueblo íntegro e integrado, con un solo objetivo. Diversidad ideológica en un solo movimiento con un solo propósito: el poder para el pueblo. Se establecerá la base política y filosófica a la luz de los acendrados principios bolivarianos que por su contenido universal pertenecen a todos los latinoamericanos. Nuestro Movimiento oficializará la candidatura del señor Lozano para la vicepresidencia. Su nombre se anunciará con antelación a la gran convención a llevarse a cabo el 20 de julio 2010.

Emilio, tomando la prudencia de rigor para no dar margen a indisponibilidades por sus nexos familiares, hizo la presentación de su padre que fue recibida con un aplauso multitudinario.

—¡Amigos! Gracias por su asistencia. Mi candidatura no está movida por intereses mezquinos. He aceptado el desafío que la colectividad de ustedes me ofrece. Tengo derecho a que proceda en mí un cambio profundo, un cambio que ha traído luz a mi ser y que yo deseo proyectar en el pueblo colombiano para su desarrollo integral y su bienestar. Todo es producto de una profunda meditación.

»En la soledad cavilé acerca de la suerte de mi país, y me di cuenta que ustedes tienen razón: con el pueblo y sólo con el pueblo llegaremos a la tierra prometida. Buscaremos por todos los medios el bien común. Estoy convencido que tendremos éxitos en nuestros propósitos. Fuerzas oscuras tratarán de frenarnos en el camino.

»Nos lanzarán acusaciones y toda clase de inuendos. Conocemos sus artilugios, sus tácticas y sus hombres enigmáticos. Sabremos hacerles frente. Lo importante es la unión férrea de esta colectividad. Seremos un muro inexpugnable que deshacerá sus artimañas. Ya hablaremos sobre las tácticas a usar por nosotros. Por el momento debemos oficializar a El Movimiento ante El Consejo Nacional Electoral el cual le dará personería jurídica. La financiación de nuestra colectividad, surgirá de las manos del pueblo. No permitiremos la intromisión de empresas privadas en la financiación de nuestra candidatura. No importa que sea legal. La legalidad no asegura la ausencia de corrupción. Muchas veces la crea y la fomenta. Y para despejar dudas, destinaremos todos nuestros haberes a un fideicomiso que viabilice su canalización a una persona natural o jurídica.

»La Ley de Ética admite su uso como medida para garantizar la mejor función pública. Por eso mismo, no tememos el escrutinio público. No será un fideicomiso irrestricto, y, para estos fines, daremos a la nación el nombre de la institución fiduciaria, que en el caso que no ocupa será la National Investment Trust Colombia, S. A. No caigamos en la inequidad financiera de los otros partidos. Convocaremos al pueblo a unirse a nuestro Movimiento Nacional Libertador, a esta cruzada por la libertad de la patria. Conformaremos una lista nacional para las próximas elecciones.

»Cruzaremos un comunicado de apoyo al doctor Ricauter, presidente de la Corte Suprema de Justicia, que se ha pronunciado a favor de nosotros porque reconocemos el Estado de Derecho, la independencia de los jueces y rechazamos la intromisión indebida del poder ejecutivo en los asuntos que le conciernen sólo al poder judicial. Nuestra meta es lograr la segunda independencia que descansa ahora en la autonomía económica, que no nos la inculque organizaciones financieras internacionales. Otros países, para zafarse de las garras de esas instituciones, han pagado sus deudas.

»Nosotros haremos lo propio. Fortaleceremos nuestra moneda, fortaleciendo nuestra economía. Y ampliaremos nuestros vínculos con los países hermanos de América del Sur. En la unión absoluta de los pueblos de esta región, está el éxito de todos. Y para lograr el éxito anhelado cuento con tu apoyo y colaboración. Desde hoy como dijera el conde de Casa Valencia, seré un ciudadano de la patria. Muchas Gracias. ¡Viva Colombia! ¡Viva El Movimiento! ¡Viva la unión de América Latina!»

Todos aplaudían y repetían los gritos de esperanza al unísono.

12

Mientras tanto, el presidente anunciaba el reemplazo de Lozano, en la persona del general Ramírez, cuya amplia sonrisa a menudo cubría las pantallas de televisión. Lo conocía a la perfección. Sabía de sus debilidades, y también de su capacidad para ejercer el mando absoluto sin mostrar ninguna sensibilidad, aún en los momentos más azarosos de la patria. Tenía conocimiento de la aceptación con la que él contaba de parte de los altos mandos militares. Esto era importante, crucial para el presidente poder continuar ejerciendo su poder, el cual ambicionaba a toda costa, porque sólo dentro del poder podía mantener su pundonor.

Hay que aclarar que Lozano estaba al tanto del organigrama jerárquico que se tenía preparado para establecer, con el centro nacional de inteligencia, la contrainteligencia para detectar y contrarrestar a los adversarios y prevenir subversiones y sabotajes a nivel doméstico.

Por eso mismo, Lozano sabía todo lo relacionado con el general Ramírez. Su amor por el poder era ilimitado y no vacilaría someter al país a un aberrante golpe de estado por intereses personales. Pero en su fortaleza aparente había una fisura, la necesidad de ejercer el poder que por sí solo no lo tiene. Requiere del apoyo de otros, y éstos lo pierden en un enmarañado y tupido bosque de intrigas que a su vez laceran la integridad de la patria.

Mediante reuniones constantes, estudios pormenorizados de cada detalle, de los que se informaba al pueblo por los diferentes medios de comunicación, El Movimiento Liberador fue, poco a poco, afianzándose en la conciencia del pueblo.

Dejó de ser el simple movimiento estudiantil. La presencia del padre de Emilio abrió una puerta nueva, amplia, que dio cabida al pueblo en general. Por un prolongado tiempo, Lozano buscaba la forma de redimirse ante el pueblo, cuando lo logra, en el momento de abrir su alma y acatar las bases filosóficas de El Movimiento, arrastró consigo de manera deslumbrante a multitudes que todavía El Movimiento no las cautivaba, pero un cambio como el de Lozano sólo se podía ver en un demiurgo cautivado por el pueblo y cautivante de multitudes.

Emilio, Eduardo, Gaviria, Patricia, el Profesor Sanz, Antonio Grajales y los principales dirigentes a nivel nacional, continuaban trabajando con gran entusiasmo, haciendo ajustes en cada ciudad, en cada pueblo del país.

Por radio, por televisión e Internet, por la prensa diaria y su propio periódico ahora con una tirada nacional diaria, se mantenía muy bien informado al pueblo. Las mejores plumas del país colaboraban con artículos y ensayos, que daban hincapié al sistema electoral del país y la importancia de preparar a los delegados que estarían presentes en las mesas electorales.

Por fin un frente nuevo pondría en peligro la reelección del presidente, que, según las encuestas oficiales todavía contaba con el apoyo de la mayoría.

Pero a estas alturas, ya no era cuesta arriba despertar la conciencia del pueblo, aún después de la propaganda oficial ensalzando al mandatario y forjando una imagen atractiva a través de una que otra de sus actividades internacionales, con posturas en apariencia armoniosas, sobre todo cuando lo hacía con países latinoamericanos, pero que en el fondo de su ser, de su intimidad, los propósitos eran otros. El mandatario tenía a su favor, por razones obvias, a la prensa internacional, a los canales CNA, y Globovisión, enemigo acérrimo de la gestión bolivariana de Chávez.

En circunstancia tan apremiante, lo más importante era la campaña educativa que se desplegaba haciendo uso de los medios más diversos para que llegara a plenitud al pueblo sobre la base social de El Movimiento, con sus propósitos y todo el proceso del cambio que día a día se forjaba con gran entusiasmo. Se daría énfasis al sistema usado por El Movimiento que incluía conferencias, marchas y reuniones masivas en las plazas públicas del país. Así se hizo con gran disciplina y puntualidad. La presencia de Lozano siempre era acogida con mucho interés por el pueblo.

Lozano hacía gala de su gran habilidad como expositor. Explicaba con claridad meridiana su acogida de las ideas filosóficas y políticas de El Movimiento, porque lo acogió a él sin una sola voz disidente que cuestionara su presencia.

Así y todo, se diseñó para cierre de la campaña electoral en la ciudad capital, una gran manifestación de pueblo. Se daría, en días previos, el nombre del vicepresidente, y el de cada uno de los senadores, representantes que darían la batalla por el triunfo de Colombia.

Mientras tanto, Carmona, daba instrucciones especiales a sus hombres y representantes especiales del gobierno, que se encargarían de abortar la candidatura de Lozano y la destrucción posterior del Movimiento. "Históricamente, decía Carmona, los Lozanos han sido verdaderos desvirtuaderos de todo movimiento social. Hay que buscar la forma de crear suspicacia en el pueblo, desconfianza en Lozano. Esto debilitaría su candidatura y facilitaría la estocada final al Movimiento".

Se iniciaba así la lucha a muerte entre los dos bandos.

La campaña presidencial arreciaba a medida que se acercaba la fecha de las elecciones generales; sobre todo porque, según las encuestas, en los varios debates televisados entres los cinco candidatos con mayor presencia, que tocaron todos los temas sensitivos y concernientes al futuro del país, Emilio despuntaba como el seguro ganador. Muy bien documentado y con una idoneidad a toda prueba, con argumentos poderosos, datos precisos y acertados, poco a poco fue socavando la de los otros candidatos, en especial la del candidato oficial, que a última hora reemplazó al presidente (por razones legales como se verá más adelante) contra el cual apuntaban los cañones de Emilio.

Ya en estos debates salieron a relucir acusaciones tendenciosas que ponían en duda el propósito genuino de Lozano como vicepresidente cuya ambición política y económica había sido a lo largo de toda su vida la tónica preponderante.

Sus vínculos, enfatizaban sus enemigos de ahora, con los círculos del poder nacional e internacional estaban intactos. Sus actividades de espionaje seguían en pie, y había sido el responsable de la presencia en el país de Carmona, que el partido Liberal y el partido Conservador, habían declarado persona non grata.

Además, era claro partidario de entregar las bases colombianas al gobierno norteamericano para su administración. Esto había creado una fuerte oposición del pueblo, sobre todo cuando se enteró de la presencia de más de mil quinientos militares extranjeros. Así y todo, con una sarta de acusaciones, la persona de Lozano salía incólume, y continuaba llenando las plazas públicas del país. Su elocuencia y la autoridad de su palabra se imponían.

Pero la presencia sin mácula de Emilio siempre a la diestra de su padre, dándole su apoyo en sus actividades populares por todos los barrios de la capital junto con Patricia, las concentraciones multitudinarias en diferentes ciudades y pueblos era la mayor fuente que irrigaba la confianza que el pueblo tenía por Lozano y su hijo. La oposición no lograba despertar ninguna suspicacia que pudiera ocasionar recelo y desconfianza. La ecuanimidad de Lozano era conocida por su pueblo que lo apoyaba. La disyuntiva de un atentado podría considerarse inevitable. Esto lo presentía el presidente y por eso su entorno se convirtió en campo fértil para el operativo que Carmona empezó a tramar con la ayuda de otros expertos.

Se usaría la fórmula de siempre: un oscuro hombre solitario de pueblo o un sicario del grupo Águila Negra, responsable de los asesinatos de cientos de dirigentes; lo importante es que fuera alguien vinculado a El Movimiento, que no aceptara "el cambio radical del candidato".

El desenlace se daría en algún lugar de Colombia en el momento de máxima efervescencia. Las actividades continuarían en todo su apogeo y la prensa nacional anunciaría en sus primeras páginas:

"Vicepresidente para hoy. Esta noche en un programa especial Emilio anunciará al país el nombre de su candidato a la vicepresidencia, que no es un secreto, porque el pueblo ya lo ha escogido de antemano, y su anuncio sólo busca darle un toque de oficialidad a su candidatura".

Y así cada cual en su mejor estilo, en grandes titulares.

A las ocho de la mañana del 10 de Septiembre, Emilio se ubicó entre la bandera colombiana y la de El Movimiento. A su derecha, una silla vacía. Afuera una multitud espera el anuncio que producirá un cambio radical.

¡Colombianos! —dijo—. Después de analizar todos los pormenores propios de las decisiones históricas, después de muchas conversaciones con las figuras prestantes de El movimiento, hemos llegado a la mejor opción que podría darse en un momento tan crucial para el destino de la patria.

»Sé que el pueblo acogerá nuestra decisión, porque está movida por las mejores intenciones. Los lobos esteparios de siempre, movidos por la rabia, los eternos enemigos del cambio, nos lanzarán múltiples acusaciones. No harán mella en nosotros. Nos sentimos fortalecidos como nunca, gracias al pueblo colombiano a quien por primera vez desde 1948 le hemos restituido al pueblo la esperanza en una Colombia justa en su desarrollo social, con soberanía y presencia internacional».

Entonces, emocionado y sin dejar de mirar a todos como tratando de auscultar su reacción, con voz firme dijo:

—¡Padre, he aquí tu silla! ¿Podrá alguien acusarnos de nepotismo? ¿Podrá alguien objetar tu trayectoria como servidor público? —dijo, y agregó, para quienes lo escuchaban—: Él, como excelente exponente de la iniciativa colombiana, ¿no tiene acaso méritos propios para ejercer con altura su posición? ¿Será imposible rehabilitarse para la historia?

Hizo una pausa dramática, mientras con una sonrisa a flor de labios y un toque impresionante de dignidad, Lozano se sentó al lado de su hijo.

—Padre: tienes la palabra.

Detrás de las cámaras, la plana mayor de El Movimiento, un grupo de estudiantes, Doña Josefina, y varios miembros de su familia, entre los que destacaba el señor Ricauter, Presidente de la Corte Suprema de Justicia, y el Profesor Sanz.

Y Patricia, toda sonrisa, manifestando su regocijo al ver con el aplomo cómo Emilio se dirigió al pueblo colombiano. Estaba segura de que la acogida iba a ser multitudinaria.

—Sin ambages, sin rodeos quiero en primer lugar agradecer a mi hijo la confianza que ha depositado en mí —comenzó a decir—. Igualmente debo decir, lleno de fortaleza, que el pueblo colombiano también tiene en mí su confianza y sus complacencias. Debo decir, se me ocurre ahora, como dijera Gaitán: ¡Soy un pueblo!

»Nada de limitaciones de seguir creyendo en aquellos superhombres que siempre se nos presentaron como redentores de la patria, de los cuales yo formé parte. Me di cuenta que estábamos movidos por ambiciones personales. Tanto en mi hijo como en mí se conjuga los más extraordinarios anhelos del pueblo. ¡No los vamos a defraudar!

»Somos bolivarianos y con base en estas ideas forjaremos una nueva Colombia, y fortaleceremos el camino que conduce a la consolidación de América del Sur. Acepto ser el Vicepresidente del país. Gracias a todos. ¡Viva Bolívar, Viva Colombia!»

Después de estas palabras con Emilio a su lado, y rodeados por su familia y los principales dirigentes de El Movimiento, salieron a la calle. La multitud los recibió con aplauso y vivas.

Se cerraba así un capítulo importante de la historia de Colombia, y El Movimiento entraba de lleno en la campaña electoral.

Por razones obvias, al otro día, la jauría de leguleyos y rábulas levantaron sus argumentos plagados de terminología legalista, y a gritos de afrenta contra la Carta Magna, hicieron intentos de confundir la conciencia del pueblo, en vano, por que éste en su fuero interno había comprendido que un presidente joven era factible y podría tener, como lo tiene Emilio, todas las cualidades y conocimiento para realizarse, en algún momento circunstancial, como el primer mandatario del país y ¿por qué no aceptar la de su padre, cuya idoneidad práctica y moral nadie podría poner en duda y menos ahora, cuando el pueblo aclamaba su presencia?

Todos los argumentos favorecían su candidatura. Primero la fronda política no escatimaba esfuerzos para cambiar la constitución a su antojo según sus conveniencias, aún para reelegir al presidente, quien era uno de los signantes de la constitución que la prohibía.

Igualmente cuando el *establishment*, "Ley y Orden", se vio amenazado en años pasados, Laureano Gómez y Lleras Camargo, los máximos pontífices de la oligarquía, hicieron trizas la constitución para legalizar la fórmula salvadora del Frente Nacional y la alternancia presidencial, con la cual buscaron perpetuarse en el poder, según se desprende del Documento Comprobatorio sobre el Frente Nacional.

Con Lozano como vicepresidente, en caso de algún hecho fortuito lamentable, la continuidad del nuevo gobierno no se interrumpiría. Había sido, para muchos analistas, una jugada política de gran altura.

Sin embargo, los dos estaban al tanto del poder de la ley y lo que podía acontecer si se trastocara los buenos principios normativos de la Carta Magna. Por eso en reuniones familiares, le habían pedido al señor Ricauter, que ejerciera sus buenos oficios en los pasos que había que dar para lograr la habilitación legal de la edad de Emilio, los veintiún años. Lo de nepotismo no los asustaba. ¿Quién se atrevió a cuestionar la alta posición de Robert Kennedy durante la presidencia de su hermano, el presidente John F. Kennedy?

13

Aún dentro del intricado ajetreo de la campaña presidencial, que ocupaba la mayor parte del tiempo de la famosa joven pareja, sus bellas relaciones se fueron acrecentando. Unidos en el esfuerzo de cambiar el curso de la historia colombiana y en el amor, dentro de la fogosidad de la actividad que se daba, se colmaban en los ratos de soledad y descanso, en un disfrute compartido.

Estaban en el clímax de la pasión y en ningún momento las presiones del combate electoral, pudo interrumpir las delicias que se prodigaban a una mínima oportunidad.

Sus amigos íntimos sabían del intenso amor que los unía y las veces que yacían en lugares apropiados. Se habían aceptado tal como eran desde los comienzos de la relación, sin necesidad, por lo tanto, de entrar en exigencias de cambios personales de conducta o apetencias, para colmar los intereses del otro, común hoy en día entre los jóvenes que propician de esta forma el fracaso total desde los mismos comienzos de la relación. Se aceptaban el uno al otro sin reparos, sin objeciones. No existía el peligro de un dominio de uno sobre el otro. Así la pareja se completaba en perfecta armonía, no sólo en el aspecto físico y emocional, sino, como se sabe, en lo concerniente a los asuntos políticos en los que coincidían. Desde que se conocieron, la cohesión se inició tan fuerte que no les interesaba en ningún momento, por decirlo así, de libertad individual, que no buscaban ni exigían. Tampoco se trataba de que uno buscara absorber al otro y poseerlo como un objeto de exclusividad.

Ninguno cedía una parte de su ser que seguía en toda su intensidad incólume y así se colmaban siempre juntos en una misma dirección. Estaban, pues, unidos por los lazos del amor, de la pasión, dentro de un marco de armonía y comprensión plena.

Habían superado todos los obstáculos porque la naturaleza íntima de ambos brillaba con toda intensidad y les permitía verse a la perfección individualmente y en pareja. Por lo tanto, ambos habían comprendido en su fuéron interno, que la fuerzas que los unía contribuían a que sus pensamientos fueran un éxito rotundo en toda la nación. El sosiego de los dos, con su profundo amor, proyectaba una armonía en toda la faz de la tierra que los vio nacer y en su pueblo que ahora respondía con alegría, con entusiasmo y con la profunda sensación de que, por fin, se estaban realizando todas sus aspiraciones.

Cuando Patricia llamó a sus padres, éstos ya tenían la impresión clara de lo que estaba ocurriendo con la pareja, por eso no causó sorpresa el anuncio de matrimonio que Doña Josefina y el señor Lozano, recibieron con profunda alegría.

De inmediato hubo comunicaciones diversas entre las dos familias, aceptando el enlace de sus hijos. De ese momento en adelante, se iniciaron todos los preparativos de rigor, en los que intervenían los dos jóvenes con gran regocijo. La boda sería en la catedral y la recepción de invitados en la residencia de los Lozanos. Después de las invitaciones se haría pública la noticia. Se fijó el día de la boda para el mes de abril tres meses antes de empezar en forma la campaña presidencial. Se esperaba, por supuesto, que el litigio establecido por la edad de Emilio se resolvería justo a tiempo.

14

El Movimiento estaba asesorado por sus propios abogados, expertos en todos los aspectos jurídicos que planteaban la Carta Magna en especial en el momento en que los opositores sacaba a relucir la juventud de Emilio lo cual daba margen para recordar a Liborio Mejía, quien había sido presidente de Colombia a los veinticuatro años de edad en los tiempos azarosos de comienzos del siglo XIX. Fue fusilado por los españoles en 1816.

La base fundamental del planteamiento era que la edad de Emilio no sería óbice para ejercer con idoneidad sus funciones, pues su preparación filosófica y política, sus vastos conocimientos económicos, cuya praxis se había dado en él desde niño con las constantes prédicas al respecto por su padre acerca del movimiento internacional de sus empresas. También porque las funciones del señor Lozano, que le correspondían como alto empleado del gobierno, Emilio las había convertido en sus mejores dominios, y estaba, por tanto, versado en la administración de la cosa pública y sus conocimientos a este respecto superaba a los de hombres de mucho mayor edad.

Además, ¡cómo pasar por alto el mecenazgo del profesor Sanz! Los conocimientos del Profesor, su dominio de la historia, sus amplias disquisiciones filosóficas y la manera justa de ver la vida fueron configurando en Emilio, desde sus diez años, la persona histórica de hoy, que todo el pueblo colombiano aclama con entusiasmo. Como su mentor, el Profesor acertó en su proceso de ver la tenue proyección histórica de Emilio en sus primeros años y la colosal personalidad de hoy a punto de tomar las riendas del poder.

Por otro lado, como se establece en el derecho romano la voz del pueblo (*vox populi*) es la que se impone en situaciones parecidas.

Así pues, se presentaban al pueblo un trascendental planteo: la habilitación de Emilio para ser presidente y su boda. El pueblo con su sabiduría innata había convertido este planteamiento nacional en motivo de alegría y en una oportunidad feliz para crecer como pueblo.

Cuando se inició el proceso legal, todo el pueblo colombiano concentró su atención en cada debate que era presentado con lujo de detalles por la prensa, radio y televisión y había trascendido a niveles internacionales. Cuando la sala plena de la Corte Constitucional emitió su comunicado relacionado con la sentencia, ésta fue publicada por la prensa del país en primera página. Se expusieron los antecedentes. Decía:

"En el ejercicio de la acción Inconstitucional, y con el fin de buscar la inviolabilidad de la ley fundamental del Estado, el ciudadano Emilio Lozano Ricauter, nacido en Bogotá, mayor de edad, demanda el artículo 191 de la Constitución Nacional sobre la edad que rige para ser Presidente del país, que dicho mandato constitucional puede flexibilizarse para el bien de la Patria, y habilitar la edad del demandante para que pueda ejercer el sagrado derecho a ser Presidente, si esa es la voluntad del pueblo soberano.

"El demandante solicita que la norma violatoria de la libre decisión del ciudadano demandante para ejercer una alta posición en el gobierno sea declarada inexequible. Expone el demandante que en ocasiones la Carta Magna ha estado sujeta a cambios radicales —que han establecido precedentes decisorios en la interpretación y aplicación de la ley—, refrendados por los organismos gubernamentales y los partidos tradicionales del país. En este sentido el demandante considera que el impedir a un candidato ocupar una alta posición en el país debido a su edad, transgredía dicha regla constitucional.

"Por lo tanto, el Ministerio de Justicia y del Derecho, a través del apoderado judicial solicita declarar la exequibilidad del precepto demandado. Con fundamento en la jurisprudencia constitucional explica el interviniente que la mayoría de edad, los 21 años, debe ser requisito básico y decisorio para elegir y ser elegido y poder cumplir con el sagrado compromiso de servir a la Patria en una alta posición ministerial.

"Concluye que la disposición demandada se encuentra ajustada a la Carta Política.

"Después del análisis jurídico anterior, el Procurador General de la Nación considera que el precepto establecido otorga al Congreso la facultad de reglamentar la enmienda constitucional —*ad interim*— para habilitar la edad del demandante. Colige, además, que la norma acusada no transgrede el ordenamiento constitucional, puesto que el legislador en desarrollo de su libertad de configuración, tiene la competencia para establecer la edad de 21 años del demandante para ejercer —dentro del ámbito constitucional— el puesto de presidente.

"Se concluye, por tanto, que para el Ministro de Justicia y para el Procurador General de la Nación, el precepto demandado está ajustado a la Constitución.

En aplicación del citado criterio hermenéutico, la Corte resuelve declarar la habilitación de la edad del ciudadano colombiano señor Emilio Lozano Ricauter como candidato a la presidencia del país.

"El anuncio de esta decisión suprema fue realizado por el presidente del Tribunal en el Palacio de Justicia de Bogotá."

El fallo completo compuso varias sentencias, producto de varias votaciones respecto de las demandas en contra de la habilitación. Para la mayoría de los nueve magistrados de la corte, el acto legislativo que reforma la constitución no viola su espíritu y es acorde con la misma por lo que fue aprobado con los debates requeridos y los procedimientos por el Congreso. Esta decisión suprema fue del agrado unánime del pueblo.

Días después el mismo Congreso aprobaba la reelección del Presidente, haciendo difícil el triunfo de los Lozanos, no por no desaparecer la candidatura del presidente, pero sí porque iban a proliferar muchos obstáculos y riesgos y que, con la ayuda de los medios de comunicación —CNA y Globo Visión— podrían confundir y desvirtuar la voluntad del pueblo.

Emilio se encontraba en la biblioteca de la Universidad Nacional junto con Patricia, quienes enfrascados en la investigación histórica para la realización de la tesis, no se habían percatado que un grupo de sus compañeros de la universidad y de El Movimiento, hacían entrada al recinto para darles la buena nueva.

Fue imposible evitar la manifestación eufórica que interrumpió el silencio y llamó la atención de todos. Al salir a la calle, un grupo de periodistas los esperaban para hacer las preguntas de rigor, a las cuales Emilio fue contestando con aplomo y precisión, y como corolario, todas sus respuestas las terminaba con la frase: "es por el bienestar de la patria. Haremos cumplir el criterio del pueblo, que es el nuestro".

Después de compartir un rato con la multitud que lo vitoreaba, se dirigieron en el *Subaru* al Castillo. Al pasar por las calles de Bogotá, las gentes los saludaban en una gran manifestación de cariño, aprobación y triunfo.

Algunos reporteros le seguían el paso e iban pasando la noticia a todo el país. Cámaras de televisión enfocaban la escena y algunos hacían comentarios aceptables. Emilio sonreía, y podía verse que su juventud se destacaba por encima de todos. Al llegar, cientos de personas se remolineaban al frente de su casa, y entre la multitud se destacaban el señor Lozano, Doña Josefina, y el Profesor Sanz, quien días antes había publicado un ensayo de gran profundidad jurídica y en el cual, al final, daba sentado, la aprobación de la demanda que los abogados de El Movimiento habían incoado ante la Corte Suprema de Justicia, la Procuraduría General de la Nación, la Corte Constitucional y el Congreso de la Nación.

Se apearon del vehículo. Doña Josefina, se abalanzó sobre su hijo y lo abrazó, conmovida. El señor Lozano hizo lo propio. Intercambiaron algunas palabras de aliento. Sus padres hacían suyos los triunfos de su hijo.

Emilio lucía firme, dueño de si mismo. Su presencia de líder explicaba la reacción entusiasta del pueblo.

Nunca en la historia de América Latina se había dado una campaña electoral de características tan especiales y con una reciedumbre sin igual que permitía entrever un triunfo rotundo.

La servidumbre lo miraba con respeto. Emilio se dirigió a ellos y con humildad saludó a todos uno a uno. Se sirvieron después botella de champán y se brindó por el bienestar de la patria.

Sus hermanos en Estados Unidos le escribieron sendos Emails felicitándolo. Octavio, con palabras sencillas y sin emoción. Eduardo enfatizaba: "Espero estar allá para colaborar en la campaña que se avecina. La vivencia que tendré en ese momento, me hará crecer en lo espiritual, lo que aquí no he podido conseguir en ninguna forma".

No está por demás, destacar la conducta de Bruno que en medio de la multitud manifestaba entusiasmo y alegría, como si supiera el resultado exitoso que acababa de suceder.

Mientras Emilio escribía algunos ensayos que se publicarían en los periódicos del país y otros que se enviarían por el correo electrónico, atendía reuniones en diversas partes del país y otras manifestaciones en plazas públicas, Doña Josefina y Doña Isabel hacían los arreglos de la boda, que tendría lugar en la Catedral, el próximo sábado a la una de la tarde. Ya Patricia se había medido el traje de bodas confeccionado en seda natural y encaje de Chantilly con una larga cola. El velo en tul de seda amantillado, se sujetaba con una espectacular diadema de diamantes de Cartier, colocada a modo de broche.

Emilio, un tuxedo negro con solapas grises, chaleco gris y una corbata roja que destacaba un nudo pequeño y bien ajustado. Camisa blanca de seda con puños unidos por mancornas elaboradas con madera de palma colombiana.

La Catedral Primada de Colombia, presentaba una gran armonía en el realce de la decoración para la ocasión y su espectacular arquitectura con planta clásica en forma de cruz latina. Además de su altar mayor, sus catorce capillas estaban decoradas para el momento. El transepto corta en ángulo recto a la nave central que está formada por dos filas de columnas blancas de trece metros de altura, con capiteles dorados, sosteniendo cada una cuatro arcos, unidos con los de las naves laterales por bóvedas de aristas que rematan en flores doradas.

La gran bóveda, de diez metros de altura, termina en un farol arquitectónico de dos metros de diámetro. La puerta central de nueve metros de altura por cuatro y medio de ancho fue decorada para la ocasión por filas de guirnaldas de flores naturales de varios colores, que recorren por todo el borde hasta el arco recto, donde termina por partes iguales.

Un sábado esplendoroso domina el cielo de Bogotá, y la brisa suave hace agradable la tarde. Muchos curiosos ya se acumulan alrededor de la Catedral y en la plaza de Bolívar.

El pasillo central de la catedral estaba decorado con ramos de flores blancas, y el piso con una estilizada alfombra roja.

Las columnas de la nave central estaban engalanadas con pequeñas cornucopias, elaboradas con flores de variados colores, de las que cuelga una larga cinta blanca con los nombres de la pareja.

El público ansiaba la pronta aparición de Emilio. Llegaron en la limusina particular del señor Lozano. Los invitados los esperaban a la entrada de la imponente catedral con gran regocijo, algunos con las cámaras listas. Sabían que las fotos eran para la posteridad.

El chofer en elegante traje oscuro y sombrero de copa del mismo color, les abrió la puerta. Cuando Emilio y su familia salieron, el público los recibió con un aplauso caluroso. Emilio a la derecha de Doña Josefina se dirigió por el pasillo central saludando con su sonrisa y un movimiento leve de la cabeza y a algunos les estrechó la mano. Al final se ubicó cerca del altar. A su lado, su madre. Minutos después llegó Patricia, que contestaba con una sonrisa cada aplauso.

Tras los entusiastas vítores de cientos de colombianos, la novia radiante irrumpió en la iglesia del brazo de su padre. Se empezó a escuchar La Marcha Nupcial de Mendelsohn.

Del brazo de Don David, Patricia se dirigió por el pasillo central hasta el altar. El encuentro de la pareja acentuó la ceremonia.

Los niños cantores de Guatavita la Nueva amenizan la ceremonia. Los novios se sentaron en sendos escabeles bordados por manos expertas, para seguir con respeto y atención el santo sacrificio de la misa. Terminada la misa, siguió de inmediato el rito del matrimonio:

El arzobispo de Bogotá procedió con el escrutinio, consentimiento y entrega de los anillos y arras, que bendijo de inmediato. Al final hizo la consabida pregunta:

—Emilio y Patricia ¿vinieron a contraer matrimonio sin ser coaccionados, libre y voluntariamente?

—Sí, vengo libremente —fue la repuesta de cada uno.

Tras responder, los novios se intercambiaron los anillos. El arzobispo, después de decir unas breves palabras que exaltó a la pareja, los declaró marido y mujer.

—Hermanos, en nombre de nuestro Señor Jesucristo, id en paz.

Al salir, entre una nube de pétalos rojos, que los invitados les arrojaban con entusiasmo, se besaron aunque con timidez, después empezaron a sonreírle a la multitud mientras algunos les tomaban fotos desde diferentes ángulos.

El recinto sagrado estaba lleno de gentes importantes de la sociedad de todo el país, y algunos representantes del gobierno; así como embajadores entre los que se destacaban el de Estados Unidos, Francia, España, Brasil, Ecuador, Argentina, Bolivia, Nicaragua; los de Venezuela y Cuba por invitación especial de Los Lozanos. La pareja, había recorrido el pasillo central, mientras se ejecutaba la Marcha Nupcial de Wagner. La multitud no cesaba de recibirlos con vítores y aplausos. La pareja en un acto encomiable se mezcló con la multitud e intercambiaron palabras y abrazos con algunos.

Un fotógrafo especializado les tomó algunas fotos sirviendo como fondo las columnas jónicas del Capitolio. Mosquera y su grupo a una cierta distancia, con prudencia, ejercían todos los cuidados necesarios.

De pronto se acercó a ellos el hábil artesano de la papiroflexia y les entregó un hermoso diseño de un fuelle, de varios centímetros de largo, hecho en papel muy suave y flexible. Varios pliegues de diferentes colores le daban un toque atractivo.

El hábil artesano, había desarrollado en su interior, tres recámaras pequeñas con un contenido de arroz micronizado de colores. Las recámaras tenían sendas aperturas la mayor y las dos menores, en anchos iguales. Al mover el fuelle, salían tres nubes pequeñas que formaban, poco a poco, la bandera colombiana, flotando en el espacio.

La pareja observó el prodigio con regocijo, captó su simbolismo y entre los agradecimientos sinceros tomaron su dirección. La gente aplaudió con entusiasmo y le dieron un caluroso reconocimiento al humilde hombre, cuya fama ya recorría el país.

Regresaron a la limusina y raudos se dirigieron a la casa mansión seguidos por varios vehículos donde iban algunos familiares y amigos. Muy sonreídos, detenidos en la entrada principal al amplio salón donde acudían los invitados, fueron recibidos por la pareja. Patricia les ponía a los caballeros un diminuto arreglo floral y Emilio entregaba a las damas una pequeña porcelana alusiva a la ocasión. Los invitados se iban acomodando en los sitios previamente marcados.

El Profesor Sanz, encomendado por Lozano, hizo el brindis de rigor. Con palabras, muy acertadas y elegantes, presentó a los jóvenes "como verdaderos representantes de la juventud colombiana, que marginándose de lo burgués y superficial, están dispuestos a servir sin cortapisas e intereses a su pueblo, que les prodiga ahora con un inmenso cariño nacional".

Entonces la pareja abrió el baile con el vals Danubio Azul de Johann Strauss.

Los jóvenes se retiraron temprano y a las seis de la mañana tomaron el avión de Avianca que los llevó a la isla del encanto, Puerto Rico.

QUINTA PARTE

1

El avión aterrizó en el aeropuerto con varios minutos de retraso. Vientos huracanados exigieron la pericia del piloto que logró poner la nave en tierra. Todos los pasajeros aplaudieron. Emilio y Patricia, no obstante el desasosiego, en ningún momento perdieron la compostura ni disminuyó el regocijo de poder pasar varios días en la isla de la que el señor Lozano les hablaba a menudo pues había estado allí en sus reuniones relacionadas con sus negocios. En su estadía en 1975, había compartido con el gobernador entonces, Rafael Hernández Colón. Su padre había hecho lo propio con Luis Muñoz Marín, cuando el gran líder se convertía en el primer gobernador elegido por el pueblo. Era el creador del Puerto Rico moderno. Según su padre le contaba, la gran personalidad del líder, el amor por su pueblo, a quien se entregó con alma y corazón, le había impresionado.

"Nunca claudicó, decía mi padre, renunció con pesar a sus ideas de un Puerto Rico libre, pero víctima de las circunstancias del momento prefirió su sacrificio por el bienestar de la isla. Estuvo siempre presto a servir a su pueblo, sin lamentaciones ni protestas. Nunca renunció a cargar la cruz para siempre, porque para el líder el verdadero camino de su pueblo se había distorsionado y por eso se consideró siempre una víctima propiciatoria de las circunstancias"

Una vez en tierra firme, querían recorrer la isla, ver sus encantos y disfrutar de la bondad y generosidad de su pueblo. Un taxi los llevó al hotel El Conquistador, ubicado cerca de la ciudad de Fajardo, el pueblo natal de Carmona. Este había sido citado para reajustar el plan que daría al traste con la candidatura de Emilio, cuya edad había sido habilitada por el congreso por unanimidad.

Su padre, el señor Lozano sería el vicepresidente.

Por un juego del destino, o por una sincronización perfecta de los hechos, su viaje coincidió con el de los recién casados. Carmona, siguió los movimientos de la pareja tanto en inmigración como en la aduana, hasta el momento que la joven pareja abordó un taxi.

Carmona tomó su automóvil particular guiado por su esposa, quien llena de entusiasmo, no advirtió que en ese mismo instante Carmona descargaba sus compromisos buscando información sobre el seguro itinerario de la pareja y la fecha de su regreso.

Al dejar el taxi los predios del aeropuerto, Emilio se percató del nombre, en letras grandes, adornadas sobre una pequeña colina improvisada: Aeropuerto Luis Muñoz Marín. Emilio señalando hacia las letras, en color blanco, se dirigió a Patricia.

—Como decía, es el hombre más importante que ha dado la isla. Hábil político, valiente, de ideas sociales muy avanzadas que él supo llevar a la práctica mediante la fórmula transitoria que llamó Estado Libre Asociado, con la que trató de dar legalidad jurídica a la relación colonial de la isla, aunque en verdad ha sido un instrumento que puso en manos de Muñoz para que pudiera administrar la isla. No había otra posibilidad: era eso o continuar el *statu quo* sin base jurídica a merced de las decisiones exclusivas del Congreso, o establecer un sistema de relaciones más justo y un poco más independiente, aunque a merced del Congreso.

»Así se crea el Estado Libre Asociado, que cambió la vida de los puertorriqueños desde el punto de vista económico. El líder tenía el mérito de no haberse dejado cautivar por lo burgués, su generosidad por el pueblo no tenía límites. Un dato curioso —Emilio miró a Patricia— Muñoz Marín tuvo la suerte de contar con hombres de gran sabiduría y sensibilidad. Esto nos indica a la perfección que los hombres históricos no pueden realizar su obra si no tienen el apoyo de colaboradores cuyos conocimientos se engranen al proyecto histórico que se quiere establecer. El verdadero camino de la historia no sólo lo recorre quien se proyecta con gran poder, sino que es obra en conjunto de todos los que comparten una misma ideología y los mismos propósitos.

»Durante la campaña electoral, Muñoz visitaba al jíbaro en su choza, perdida en lo alto de la montaña, compartía con él para explicarle todos los pormenores de lo que sería su gobierno. Su prédica caló hondo en la conciencia del pueblo, el cual lo convirtió en el primer gobernador elegido por el pueblo en la historia de la isla. Desaparecido el líder todo empezó a desmoronarse de manera gradual.

»De ideas independentistas desde su juventud las circunstancias históricas lo obligaron no a claudicar sino a ejercer su poder en un interregno histórico que está a punto, yo espero, de llegar a su culminación. Durante ese espacio el pueblo de Puerto Rico sin renunciar a su realidad ontológica se desarrolló al máximo, sin lograr hasta ahora la independencia. Creo que hace falta el instrumento catalizador que eduque la conciencia del pueblo.

»Muñoz creía que, dentro de las circunstancias imperantes, había incompatibilidad entre la independencia y el desarrollo social. Dentro de las actuales circunstancias, se demuestra que el progreso social en una relación de dependencia, se da pero de manera efímera. Como se está viendo ahora, cuando el gobierno actual quiere poner al pueblo en el camino suicida del Neoliberalismo.

»Dentro de la independencia, el desarrollo es más lento pero su presencia se afianza con el curso de los años, dependiendo de quienes están al frente de la nave del Estado, y la manera acertada de administrar su riqueza dentro de un plan ajustado a programas de justicia social».

—Es cierto, afirmó el conductor del taxi, que escuchaba con gran atención la disertación de Emilio. El problema, jóvenes, recalcó, es que nuestra isla está huérfana de líderes. Nuestros dirigentes de hoy están interesados en sus conveniencias personales. Por lo general las revoluciones las hacen burgueses desencantados. Y los nuestros disfrutan de sus posiciones.

—Es verdad, Bolívar era el hombre más rico de América; el Che Guevara formaba parte de la clase alta de Argentina, y era médico; Fidel Castro, es un gran abogado; Gandhi era abogado graduado de Oxford; Washington fue el burgués líder de su país.

—Mire usted —dijo, dándose vuelta para ver a la pareja—, nadie se atreve a exigir ni la independencia de nuestra isla en el Estado 51. El Partido independentista cada día es más débil. En las elecciones pasadas, tuvo la peor derrota desde su fundación y su presidente, Rubén Berríos, permanece en silencio aun dentro de la crisis actual en la que el pueblo demanda una palabra de aliento, de justicia. Ha desaparecido del escenario.

»El Partido Nuevo Progresista que aboga por el Estado, incrementa sus filas con populares renegados, pero no avanza porque la metrópoli lo rechaza, porque no podría aceptar como Estado a un pueblo que en términos generales sólo habla español y sus condiciones económicas lo ponen por debajo de Mississippi, el más pobre de la Unión y su visión del mundo sustentada por una cultura hispánica lo ponen en una posición opuesta a la de los Estados Unidos. Mientras tanto, subestiman nuestra cultura hispánica, nuestra esencia, nuestra visión del mundo. Y más ahora, cuando el actual gobernador tratando de imponer, como diría Walter Martínez de Telesur, el paquete neoliberal, empieza por dejar sin empleo a miles de empleados públicos. El Partido Popular Democrático, que fundara Muñoz, se ha sentado en sus laureles, y como dice un profesor amigo mío, parece un fósil prehistórico y no la fuerza motriz que transformó a nuestra isla.

»Ahora mismo al exgobernador se le siguió juicio en la corte federal por uso indebido en la financiación de las elecciones. Aunque salió no culpable, su caso hizo expedito al contendor que a la postre se convirtió en el nuevo gobernador de la Isla, quien pregona a estas alturas el neoliberalismo, una posición que comparándola con la de Obama, resulta retrógrada. Pero no podemos perder las esperanzas.

»Nuestro pueblo a veces da sorpresas, aunque la puerta que dejo Muñoz Marín para, en el momento apropiado, enrutar nuestra isla por caminos de más autonomía, fue cerrada por la decisión de los líderes del Partido Popular...» —Sentenció el taxista.

—Es usted una persona leída —le dijo Emilio.

—No tanto, mi abuela acompañó al líder por valles y montañas. Él visitaba al jíbaro en su bohío y disertaba con él sobre la política de entonces mientras todos tomaban sorbos de café puya de las montañas de Yauco, el pueblo principal en la producción del mejor café del mundo. Yo siempre la escuché con atención y aprendí mucho de ella.

»Por eso no entiendo por qué algunos buscan destruir la fórmula salvadora, la que sacó al pueblo de la pobreza y lo llevó a vivir en una sociedad afluente y fuerte. A lo menos debiera pensarse no en destruirla, sino ajustarla al tiempo que nos ha tocado vivir, pero vuelvo a repetirlo esa puerta se cerró hace algunos años».

—Lo felicito. Conozco muy bien la historia de su pueblo. Gracias al interés que tuvo Simón Bolívar por la isla. La fórmula del Estado Libre Asociado siempre tendrá características transitorias, aunque permite barruntar un escenario más acorde con el sentimiento patriótico de la isla.

»Permítame decirle que los partidos políticos burgueses pierden en sus desvaríos sociales a los pueblos. Cuando aquí ocurra de nuevo un verdadero movimiento de masas, con unas firmes directrices sociales, este pueblo será libre y soberano. Se requiere las premisas históricas indispensables para que la praxis se dé con todo su vigor. El único error que puedo señalarle a Muñoz fue haber transformado su enorme movimiento de masas en un partido político».

—El cambio trascendental que logró el pueblo de Puerto Rico se debió a lo mismo —afirmó Patricia, mirando al conductor— Muñoz no fundó un partido pero caló hondo en la conciencia del pueblo a través de la movilización de las masas. El partido vino después. Los verdaderos líderes no surgen por generación espontánea. Son hechura sublime de los pueblos revolucionarios. Un pueblo pusilánime no crea líderes verdaderos. A veces recuerdo los líderes del pueblo colombiano durante la época colonial. Se caracterizaban por su postura ambivalente. Oscilaban entre el poder político y el económico. Se quedaron con ambos.

»Tan pronto Colombia obtuvo su independencia aquellos que ocupaban posiciones políticas y sociales de preponderancia durante la colonia, fueron los mismos que se apoderaron del poder de la nueva República, y con sus luchas personales incendiaron la nueva nación hasta nuestros días. Si Puerto Rico se independizara, ¿Quiénes serían sus nuevos conductores? Mencione usted los nombres.

»Se debe recordar —continuó Patricia— que el proceso histórico es largo y dispendioso. Muere el líder, pero deja su diálogo. No hay nadie más alejado de su pueblo que un político burgués contento. Y Puerto Rico está en manos de burgueses que luchan por sus intereses personales, por lo mismo, cada medida correctiva de la economía en realidad tiene el propósito de afianzar la economía de los poderosos.

»A este respecto, el pueblo, lleno de temor e inseguridad, no acata a entender el cuadro social que lo exprime y lo deja exhausto. Pero a veces estos sucesos dan sorpresas.

»En momentos aciagos, cuando ya se ha perdido toda esperanza o el pueblo ha perdido su rumbo, cuando los que lo gobiernan hacen alardes de una insensibilidad insoportable, se fragua de manera espontánea un nuevo líder cuya prédica cala en el alma del pueblo. Su voz ya se escucha en el cuadrángulo de la universidad, o en algún residencial público o en la montaña, o en algún pueblo de la isla. Y es entonces cuando comprendemos que la verdadera conciencia del país está en la mente de los universitarios. O en la del joven de caserío cuya energía salpicada de resentimiento social que lo lleva muchas veces a acciones negativas, canalizado por rutas adecuadas podría responder al llamado de la patria. Son el futuro del país. Es el pueblo. Las gigantescas contradicciones sociales, por lo tanto, puede estar a punto de finalizar, porque las pretensiones del actual gobierno, podría estar creando la praxis necesaria que empieza a moverse por los caminos que llevan al cambio total. Por lo que el gobierno actual, cabe la posibilidad, podrá ser derrotado en las próximas elecciones. Si esto ocurre, no debe pasarse por alto que el partido opositor es el mismo que perdió las elecciones pasadas y dio vía expedita a los que apoyan la estadidad. Si el cambio no se da, se puede vaticinar que regresarán con más fuerza que nunca. Cualquier nacionalismo falso podría dar al traste con el cambio radical que el pueblo clama en sus momentos de angustia».

El conductor asintió con gran satisfacción y admiración.

—Hemos llegado. Disfruten la estadía, y tenga esta tarjeta por si requieren mis servicios.

Los jóvenes se apearon mientras dos botones se hicieron cargo del equipaje. Al frente del mostrador, antes de disponerse a hacer el check in, Emilio murmuró en el oído de Patricia:

—Acabo de ver a Carmona...

—¿Quién?

—Carmona, un americano nacido en Puerto Rico.

—Lo sé. ¿Y qué importancia tiene?

—Es un agente de la CIA y sé que hace su trabajo bien.

Emilio conocía la verdadera identidad acerca de Carmona. Su padre lo había alertado al respecto y el propio Carmona, sabía que el próximo día en el vuelo de la cinco de la mañana, Mosquera llegaría a la isla con varios agentes para darles protección. La gestión se había hecho en Bogotá.

La autoridad de la que ya Emilio estaba investido, reconocida inclusive por los consulados representativos en Puerto Rico de los países de América Latina, que les habían organizado un agasajo, impidieron que las autoridades estadounidenses rechazaran la protección desplegada por el gobierno colombiano, que en un principio también la rehusaba, el cual a regañadientes tuvo que ceder a la presión de la opinión nacional colombiana y de algunas prestigiosas figuras de Puerto Rico.

Estaban encantados con la belleza arquitectónica del hotel El Conquistador, y acodados en el balaustre podían ver desde el balcón el área de las piscinas, con altas columnas decoradas que le daban un toque romano, y a lo lejos la belleza del Atlántico.

Se retiraron al cuarto, donde encontraron un hermoso arreglo que incluía una botella de champaña, al frente una tarjeta que leía "Consulado de Venezuela. Felicidades" Cuando hubo terminado de acicalarse, Patricia se presentó ante Emilio.

Lucía radiante. Y en ese momento Emilio empezó a colmarla de besos y se inició así la más hermosa relación que nada podría interrumpir.

2

El brillo del fuerte sol que penetraba por el enorme ventanal que daba a El Atlántico los despertó. Eran las dos de la tarde. Emilio buscó la tarjeta de presentación del chofer que los trajo al hotel. Éste llegó rápidamente.

Por el camino hacia San Juan, el chofer no se detenía en sus explicaciones de lo que la pareja contemplaba al borde de la carretera y a lo lejos.

Al pasar por el aeropuerto, se desviaron para coger la ruta turística de Isla Verde, con sus modernos hoteles y edificios de apartamentos con sus famosas playas en el Atlántico. Después pasaron el capitolio de cara al Océano Atlántico, inaugurado en 1929. Ya en la Plaza de Colón empezaron a caminar la ciudad por sus estrechas calles adoquinadas, sus viejos edificios de varios pisos, que resultaron evocativos para Emilio por sus recuerdos de lo que había leído sobre un remoto antepasado que había huido a los avances de Bolívar y había escogido a Puerto Rico como su residencia, donde continuó en la ciudad de San Germán su profesión de boticario.

Acostumbrado a la prédica constante sobre historias, hechos, actos de heroísmo de la familia de su padre que tuvieron lugar durante la época colonial tan presente en la sección vieja de Bogotá, el barrio Candelaria, y, sobre todo, en Cartagena, en cuyas murallas centenarias están enterrados los huesos de algunos de sus antepasados.

Patricia y Emilio, cogidos de la mano recorrieron toda la ciudad, visitaron la Catedral donde, después de pasar la puerta de la ciudad, llegaban los marineros a dar las gracias por arribar sanos y salvos después de cruzar la mar océano, travesía que duraba unos tres meses. Construida en el Siglo XVI por Monseñor Alonso Manso primer obispo de la isla al frente de la primera sede católica en el continente americano.

También ellos, después de recorrer un amplio camino empedrado que bordeaba la costa y las enormes murallas de El Fuerte San Felipe del Morro, en honor al rey Felipe II de España fortificación española construida hace cuatrocientos años, vigilante insomne de la Bahía de San Juan, pasaron la enorme puerta de la ciudad y se dirigieron a las calles adoquinadas. Cruzaron una pequeña plazuela que los llevó hasta las escalinatas al frente de la Catedral.

Entraron con recato, se arrodillaron y después de musitar algunas oraciones al frente del altar principal, empezaron a observar los retablos, a leer las tarjas conmemorativas de algún hecho histórico, como la visita del Papa Pablo VI, quien mediante la Bula 11 de 1969 declaró a Nuestra Señora Madre de la Divina Providencia patrona principal de toda la nación de Puerto Rico. Llegaron a una gruta en donde descansaban, en una urna de madera, de tamaño al natural tallada a mano y labrada en cedro y caoba, el cuerpo incorrupto del joven mártir San Pius.

Cuenta la historia que en 1948 el obispo de Puerto Rico, Mariano Rodríguez Olmedo le pidió al Santo Padre el privilegio de traer a la isla una reliquia del tiempo de los mártires del siglo I de la era cristiana, expuesto cerca del altar mayor. Se podía apreciar su juventud en perfecto estado de conservación y su tenue sonrisa de adolescente.

Visitaron después la hermosa casa que había sido la residencia principal del conquistador de Borinquen, don Juan Ponce de León.

Amplia y solariega, enjalbegada, con un hermoso jardín con un largo canal al centro por donde corre agua que termina en una cara de león siempre hidratando, y a su alrededor un conjunto de árboles centenarios que mantienen el lugar fresco y cómodo.

El fundador muere en la Florida por una flecha envenenada mientras buscaba el elixir de la juventud. Sus restos están en la Catedral en un catafalco de mármol.

Y así Patricia y Emilio disfrutaban de una vivencia sin igual en el último bastión del Imperio Español en América, que, en 1889, tras la derrota de la madre patria en la guerra hispanoamericana, había pasado como botín de guerra a manos de los Estados Unidos.

El proceso autonomista de la isla, que se adelantaba con firmeza y seguridad, se tronchó para siempre. Aquellos que llevaban tiempo en el proceso de emancipación habían acogido la invasión con entusiasmo, pues veían en esta feliz coyuntura, la resolución final de sus propósitos: la independencia. Sin embargo, ésta nunca llegaría.

—Es la única región de América Latina —intervino el taxista— ,que ha visto el curso normal de su historia, fragmentarse en dos ocasiones. Primero en 1498, con la llegada de los españoles, y segundo en 1889, con la de los americanos. En ambos casos, traían en una mano el cristo redentor y en la otra, la espada o el trueno de los cañones. Desde entonces, los puertorriqueños no hemos podido encontrar el camino que nos ayude a resolver nuestra realidad, y nos debatimos cada cuatro años en una juerga electoral que se reduce a elegir nuestro gobernador, cuya presencia y trabajo es siempre una continuidad del anterior sin importar el partido al que pertenezca.

—Debo recordarle que hubo un segundo caso. Es decir, igual que el de Puerto Rico, y me refiero a Panamá. El 10 de octubre de 1502, en su cuarto viaje, Colón hace presencia en las costas de Panamá, interrumpiendo el curso histórico natural, indígena, del istmo. La transculturación se da hasta el año 1903, cuando, con la intervención de Estados Unidos, Panamá se separa de Colombia.

De nuevo se fragmenta, como el caso que usted expone de Puerto Rico, el curso histórico de un pueblo, el de la nación panameña. En ambos casos, el de Puerto Rico y Panamá, se destacan por la intervención de los Estados Unidos.

El conductor, muy interesado en los asuntos históricos, agradeció a Emilio por recordarle el hecho histórico ocurrido en Panamá, muy similar al de Puerto Rico.

3

Pasaban los días y los jóvenes continuaban visitando lugares de interés por el centro de la isla de una naturaleza exuberante y de un verdor intenso que atenuaba el intenso sol de la tarde. Les encantaron las cavernas del Río Camuy, el tercer río subterráneo más caudaloso en el mundo en las que se destacaban las columnas que se habían originado de la unión de estalagmitas y estalactitas y la enorme grieta de cuyo fondo emanaba un calor extraño, producido, se les explicó después, por millones de murciélagos. Les encantaban las atenciones de las gentes, su amabilidad y su generosidad. Mientras tanto, Mosquera y sus agentes, Carmona y los suyos hacían esfuerzos por no encontrarse cara a cara. Ambos tenían órdenes estrictas de sus respectivos gobiernos de no interrumpir la estadía de Emilio y Patricia con ninguna acción lamentable. Debían dejar que todo siguiera su curso normal.

En conversaciones supersecretas, se había llegado a la conclusión que cualquier acto irregular crearía un escándalo de proporciones capaz de afectar los buenos comienzos del posible nuevo presidente y las buenas relaciones que Colombia mantenía con Estados Unidos.

No se podía pasar por alto que el poder político de Emilio había trascendido las fronteras del país, y su fama llegaba a gran parte de los países del mundo, y de manera muy diplomática, se les había dado la bienvenida.

Los jóvenes habían cumplido con sus visitas al cuerpo consular, una particular del cónsul de Venezuela, y otra de la Universidad de Puerto Rico, hacia donde se dirigieron por una invitación especial del expresidente de la Universidad, Antonio García Padilla quien había hecho gestiones especiales junto con el Colegio de Abogados antes las altas esferas del gobierno de la isla para atender a la pareja, porque el actual presidente, perteneciente al partido del gobernador, sin dar explicaciones, rechazó de inmediato cruzarles la invitación. El señor Padilla, acompañado de algunos profesores, estudiantes, y figuras políticas les esperaban a la entrada del portón principal. Llegaron justo a tiempo. El expresidente empezó a narrarles la historia de la Universidad, de sus estructuras y de algunos detalles arquitectónicos de tan noble recinto. En ese momento empezó a sonar las notas del carillón reproducidas por el tañido de veinticinco campanas tubulares que ejecutaron el "Lamento Borincano". Se muestra en ese momento el ideario universitario. "Para el pueblo de Puerto Rico, les decía, la Universidad representa un hito en la historia, fue el comienzo de un desarrollo socioeconómico sin parangón. En el cuadrángulo de la Universidad de Puerto Rico, el elemento dominante es la Torre.

Con forma de minarete islámico español y decoración del estilo Renacimiento español, la fachada de La Torre que se construyó entre 1937 y 1939.

—Se conjuga en ella, —les decía—, lo romántico y lo islámico así como la exteriorización de la relación, a través del puente que establece Puerto Rico en la conexión entre el Norte y el Sur de América. —El presidente de la Universidad explicaba a Emilio y a Patricia sobre la hermosa fachada que combinaba el formato del arco de triunfo—. Tiene un parecido a la Giralda de Sevilla. Sobre cuatro pedestales se levantan sendas columnas a los lados de la entrada.

»En sus gruesos fustes y en los intercolumnios se despliegan motivos del repertorio plateresco. Animales fantásticos, guirnaldas, candelabros, medallones, alegorías y símbolos del pensamiento humanístico renacentista.

»Pueden ver aquí también tres escudos que representan la Universidad de Puerto Rico, la Universidad de San Marcos del Perú y la Universidad de Harvard, haciendo hincapié en el punto de conjunción que representa la isla entre las dos Américas».

A la joven pareja les impresionó la trayectoria de la universidad desde su fundación y la dirección extraordinaria de Don Jaime Benítez, con quien la universidad se convirtió en uno de los mejores centros de educación del mundo, en especial por su cátedra de literatura a cargo de escritores e intelectuales de talla mundial. Ha sido siempre el sostén de la cultura puertorriqueña, y el mejor centro en investigaciones científicas que ha trascendido los límites de la isla y con su tarea intelectual de comunicar a sus estudiantes los profundos valores de su cultura, establecía con claridad su visión del mundo desde la perspectiva de la cultura hispánica.

Siguió el grupo caminando bajo árboles frondosos, de pronto Emilio se detuvo al frente del edificio de Ciencias Naturales y señaló a Patricia hacia lo alto del edificio, en la cornisa, en donde aparecía en relieve nombres de hombres de ciencias y entre ellos pudo leer con júbilo el de Francisco José de Caldas, ocupando un lugar visible ente otros grandes científicos de su época, como Humboldt y Bonpland. Se sintió halagado por las explicaciones que dejaron ver los amplios conocimientos que tenían en los círculos universitarios sobre el sabio colombiano.

En el podio, Emilio improvisó las siguientes palabras, antes de leer su ensayo basado en su tesis: "El porqué de la Violencia en Colombia":

—En 1931 el canciller de este augusto recinto Carlos E. Chardón, decía: "Nunca nos apartaremos del pensamiento de considerar a Puerto Rico como una parte vital y por demás necesaria de la gran familia de los pueblos hispanoamericanos." —Hizo una breve pausa y continuó—: No podría entrar en las disquisiciones que me propongo, sin mencionar antes a uno de los hombres más extraordinarios de América Latina, La Octava Conferencia Interamericana de 1938, lo honró con el título de El Ciudadano de América: Eusebio María de Hostos. ¿Qué podría agregar que no fuera conocido por ustedes? Su nombre brilla con luz propia en nuestros países.

»En recintos universitarios, en colegios, en museos, en instituciones donde se prepara al hombre para lograr la esencia de la grandeza humana, su sueño; por su apoyo al proyecto del ferrocarril tras-andino, su nombre también brilla en la mole de los Andes; enemigo acérrimo de la injusticia, combatió la esclavitud en Brasil; su periplo siempre buscó eliminar la ignorancia y se dio por entero en República Dominicana, en Perú, en Venezuela, en Colombia, al desarrollo de la pedagogía.

»Su recorrer intelectual es portentoso, su estudio del Hamlet de Shakespeare es una obra maestra. ¿Su pueblo lo conoce? ¿Se le ha dado a conocer en las escuelas y colegios? En el sentido de dar forma y substancia a la verdadera realidad cultural puertorriqueña y que sus conceptos políticos, históricos y filosóficos sirvan de directriz a la conciencia de las nuevas generaciones. Ustedes tienen la respuesta. En lo que a mí respecta, sigo sus directrices plasmadas en éstas, sus palabras: "El mundo me ha derrotado muchas veces; cuantas veces he intentado hacer un bien con mi pluma, con mis palabras, con mis actos, con mi vida. No me he desalentado jamás y cada vez que mis principios han necesitado un sacrificio de amor propio, de afectos, de interés, de porvenir personal, el primero en ofrecerse al sacrificio he sido yo"».

Entonces Emilio inició su exposición:

—¿Soy un héroe o una víctima de las circunstancias imperantes en mi país? No lo sé. Sé que los halagos de la juventud deben ceder a la obligación por la patria. Servirla es mi mayor satisfacción. Vengo de una familia, cuyos actos están presentes en la historia de mi país hasta nuestros días. Conozco a la perfección la línea de conducción y el camino sin meandros y recodos recorrido por sus intereses personales.

»Después de mucho leer páginas enteras que no llegan a las manos de los estudiantes colombianos, y cavilar día y noche pude llegar a la estulticia quijotesca de lanzarme lanza en ristre en una lucha tenaz por contribuir en un cambio radical en mi progenitor, próximo vicepresidente de Colombia, y en mí mismo para poner todas mis energías físicas, intelectuales y espirituales al servicio del pueblo colombiano.

»Nuestro Movimiento se inicia con un propósito: sacar a la juventud del letargo en que se encuentra. Quinientos años de conceptos impuestos no se borran con facilidad y la lucha a veces resulta enervante. A veces deja sus mártires como Arturo. Pero nada nos detiene. La pequeña luz que nos guiaba se ha convertido en una llamarada deslumbrante. Nuestro Movimiento, que no es un partido político, sino un perfecto amasijo de pueblo, con una directriz clarísima, está a punto de saborear las dulces mieles de la victoria. El Movimiento está cumpliendo, está haciendo realidad las profundas cogitaciones de Eusebio María de Hostos.

»El propósito fundamental programático es lograr que nuestro país forme parte de los países bolivarianos. Como Venezuela, Ecuador y Bolivia, Colombia también nació del numen de Bolívar. El nuevo mundo latinoamericano resultaría trunco sin su presencia. Por lo tanto, no podemos substraernos a esta realidad, y pensar que nuestro país debe continuar en el camino que otros le trazaron y que lo ha llevado a un escenario de injusticias, de persecución de campesinos y, lo peor, al manejo por parte de nuestros líderes de una políticas económicas cuyos usufructuarios se regodean en las altas esferas del poder. Esta realidad empecé a sentirla, a vivirla, a conocerla desde niño. Por la alta posición social de mi familia, histórica por demás, estuve en contacto directo con los que hicieron suyo, como propiedad privada, el alto honor de dirigir la nave del Estado.

»Gracias a El Movimiento, esta anomalía está a punto de terminar. En las próximas elecciones un gran torbellino de pueblo se pronunciará al respecto y obtendrá la victoria. Es entonces, que pleno de satisfacción, podré clamar a los cuatro vientos: He cumplido con mi deber, Colombia por fin se une a la gran revolución bolivariana».

Escuchó el aplauso y los vítores con una amplia sonrisa. Lo propio hizo Patricia que estaba al lado del expresidente de la Universidad y varios profesores. Inició entonces la lectura de su ensayo. Dentro de una dialéctica incontrovertible de causas y efectos, con probados hechos históricos, pues enseñaba documentos de la época, cuyas copias se pasaron a la audiencia para su comprobación, estableció cargos de culpabilidad a la clase dirigente, oligárquica y burguesa de su país. Mencionó a algunos de éstos con nombre propio, quienes fueron los causantes de tantas tragedias dolorosas, como la matanza de las bananeras, revivida en las páginas inmortales de *Cien Años de Soledad*.

—Nadie se cuestiona cuál es la causa de todo esto. Nadie se pregunta cómo y por qué se llegó a dicho estado de cosas. Y sobre todo, nadie se pregunta, ningún colombiano de la actualidad, viejo o joven se pregunta por qué existen las Fuerzas Armadas de Colombia, las FARC. Esta fuerza no es un fantasma que hace su aparición de pronto, y después desaparece sin dejar rastros. No es un fuego fatuo. Es una realidad social que sólo se explica y se entiende a la luz de un análisis lógico de causas y efectos. Pero los colombianos nada dicen. Su silencio es comprometedor.

»Cada vez que el escenario colombiano se salpica de sangre, se da por sentado que es un caso más para que las autoridades pertinentes inicien la investigación correspondiente. Así se anuncia por el encargado de mantener la ley y el orden; la prensa hace una que otra reseña. Pero nunca se hace un análisis de la situación a la luz de los conceptos sociológicos o de la antropología cultural. Esto ampliaría nuestra comprensión y permitiría entender los nexos sociales, imposible pasar por alto, entre la inequidad social y la eclosión de violencia que siempre ha reinado en nuestro suelo patrio. Sin embargo, siempre la respuesta es el silencio y, en algunas ocasiones, con el fin de mantener incólume el sistema imperante, la respuesta se da con el despliegue de un ejército coercitivo.

»La historia oficial no lo explica. Son historiadores desmemoriados. Hoy gracias a nuestro Movimiento el pueblo está conociendo la verdad, y señala con el dedo a los verdaderos culpables de ayer y de hoy. Para los poderosos los cambios que se están gestando en Latinoamérica, son considerados como una desestabilización de la región.

»Y hacen amagos de iniciar una lucha militar, por eso fortalecen su ejército y firman contratos de ocupación representada por nuevas bases militares. Cambian las relaciones amables, diplomáticas por el desafío directo sin importar el resquebrajamiento de la soberanía. Espero que este tipo de confrontación no nos lleve a situaciones serias que puedan generar mucho dolor en nuestra región.

»La patria está mancillada y la paz más remota que nunca. Por eso El ΦMIKRON parece emerger de las entrañas mismas para tomar en sus manos la redención del pueblo colombiano. Muchas gracias».

La audiencia se puso de pie y aplaudió. Cuando llegó la calma se inició una serie de preguntas por partes de jóvenes universitarios y los representantes de la prensa.

Todas fueron contestadas a satisfacción hasta que intervino el reportero Israel Rodríguez del periódico *El Nuevo Día*, cuyos propietarios forman parte de la élite del poder económico de la isla y su periódico pertenece, posiblemente, al Club Internacional de la Prensa.

—Lo felicito por su exposición. Muy cautivante. Pero ¿no exagera usted yendo a un pasado tan lejano para encajarlo en una realidad del siglo XXI?

—Hay que tener mentalidad dialéctica para entender lo que digo. La historia se da a cada instante. Y un hecho es la consecuencia de otro.

—Pero usted es producto de esa historia. Usted es parte de las familias más poderosas.

—Todos somos productos de la historia. Ahora bien, todos podemos adquirir presencia dinámica dentro de los procesos históricos, y obligarlos, parafraseando a Bolívar, a que nos obedezca. Esto es lo que está haciendo nuestro Movimiento.

—Es una actitud muy radical.

—No es una actitud conservadora.

—Usted a veces habla como si en un momento fortuito se fuera a convertir en el presidente de Colombia.

—Perdone. ¿Es una pregunta personal suya, u obedece a las directrices del periódico que usted representa?

—Yo represento a mi periódico a carta cabal.

—Yo represento a Colombia de la misma manera. Permítame decirle que soy candidato a la presidencia, y seré elegido por votación popular, el mismo día y en la misma fórmula con el vicepresidente, conforme al artículo 202 de la Constitución política de Colombia, y si logro tan honorable posición el vicepresidente no será una figura decorativa. Cumplirá con todas sus responsabilidades que son muchas, conforme al Decreto 2719 del 27 de diciembre de 2000, inclusive el de la salvación de la patria, si se diera el caso, como ocurrió en Venezuela, cuando el abortado golpe a Hugo Chávez.

»Fue el vicepresidente José Vicente Rangel quien con gran valor regresó a Venezuela al estado de Derecho, durante el intento de golpe el 11 de abril de 2002. Estoy consciente que hay fuerzas que actúan en cuartos oscuros con propósitos oscuros».

—¿Podría identificarlos? —preguntó el periodista—. Es muy importante conocer sus nombres.

—Todos sabemos de la existencia de conspiradores. Nadie es capaz de identificarlos. Trabajan en cuartos oscuros, como acabo de mencionarle. Ellos mismo se identifican en el momento de los hechos porque, paradójicamente, los lleva a un destello de luz que los retrata de cuerpo entero. Es un patrón establecido que cada vez que surge un movimiento que lucha por el pueblo, se da una reacción contraria que busca, por todos los medios, detenerla. Teniendo en consideración lo anterior, hemos dado los pasos para revertir cualquier intento al respecto.

—Buena respuesta y muchas gracias —contestó el reportero del periódico.

Esto dio por terminada la actividad, y los jóvenes se dirigieron al hotel a descansar. Más tarde tendrían un intercambio de ideas con el analista politólogo García Passalacqua, quien había sido secretario de Don Luis Muñoz Marín, alto empleado durante la presidencia de Carter y había servido en la supervisión de varios hechos electorales en diversas partes del mundo. Se caracterizaba por manifestar un pensamiento libre de ataduras, franco en sus expresiones, directo en sus argumentos.

Se escogió el auditorio del afamado y prestigioso colegio de abogados, con un servicio a la comunidad de excelencia por casi ciento setentas años, ubicado en la exclusiva área de Miramar, en la capital de la isla. Las cámaras de Univision transmitirían la ocasión para toda la isla y los Estados Unidos en cadena con CNN.

Estaría también presente Telesur de Venezuela. El moderador sería Julio Rivera, joven periodista radial quien había mantenido un programa con el analista, y contaba con una excelente habilidad para profundizar en el cuestionamiento a sus invitados e interlocutores.

Una abigarrada audiencia esperaba la presencia del joven candidato a la presidencia del país. El escenario era sencillo. Además de los micrófonos, una jarra de agua y algunas orquídeas que decoraban la mesa rectangular.

Primero apareció el moderador, periodista Julio Rivera, quien con su habilidad en el manejo del escenario, logró abrirse camino en el exclusivo grupo de periodistas de la isla. Hizo la presentación del analista García Passalacqua y después la de Emilio. Entre el público, al lado de algunos representantes del gobierno, Patricia.

En ese momento, segundos antes de dar comienzo a la actividad, Emilio se percata de la presencia de Carlos sentado en la parte de atrás. Su gran inteligencia para mantener un diálogo fuerte, profundo y comedido con el Profesor Sanz, lo lanzó a la fama en todo el país.

Muchos, entre ellos Emilio y Patricia, sintieron con pesar profundo su ausencia. Becado, había viajado a La Florida, donde iniciaría sus estudios ¿Qué hacía en Puerto Rico?

Julio Rivera anunció la presencia de García Passalacqua y Emilio.

—Con ustedes el decano de los analista de Puerto Rico, Lcdo. García Passalacqua y Emilio el próximo presidente de Colombia.

Los dos se presentaron en el escenario, se sentaron en las sillas correspondientes. Y se inició el diálogo:

—¿Pensó usted algún día —preguntó Rivera— que ocuparía una posición de tanta relevancia y responsabilidad a una edad en la que muchos jóvenes apenas logran vincularse a la cadena de trabajo?

—En primer lugar quiero manifestar mi satisfacción por tan extraordinaria asistencia en este auditorio. Muchas gracias. Nunca. Siempre he buscado la equidad y la justicia, y en esta lucha fui marcando mi trayectoria en cuyo recorrido otros fueron uniéndoseme. El pueblo hace su acto de presencia. Juntos, otros compañeros y yo, iniciamos una poderosa movilización de masas en la que todos tienen su lugar de privilegio sin importar el color político, el concepto filosófico o el credo religioso.

»Los pueblos fragmentados, cuyas decisiones están basadas en el partidismo, se pierden en sus desvaríos y actúan por impulsos cromáticos y no por una genuina búsqueda de la verdad. El partidismo es un arma peligrosa en manos de políticos sin escrúpulos. La humanidad ha perdido siglos con las componendas entre partidos que buscan más que el bienestar del pueblo, el suyo propio; además, un control absoluto del sistema creado por ellos».

En este momento, en el que no se oía el mínimo murmullo, la audiencia seguía con atención el conversatorio. García Passalacqua interviene.

—Su respuesta es lacónica pero efectiva. Pero ¿cómo compaginamos el concepto con su rechazo rotundo a la constitución de un nuevo partido político?

—Su pregunta me permite aclarar mi posición. Rechazo al partido político como instrumento de las fuerzas oficiales, desplegadas por el poder económico y que se configura alrededor de una persona proveniente de los grupos elitistas, que recibe el apoyo del estado constituido y es financiado por el gobierno. Es peligroso caer en el partidismo. Los pueblos cuyas decisiones están basadas en el partidismo, se convierten en los eternos practicantes de la genuflexión, sobre todo cuando el partido al que pertenecen está subvencionado por el Estado.

—¿Como en el caso del Partido Independentista Puertorriqueño?

—Exactamente. Un partido político que se constituye alrededor de ideas opuestas al gobierno, y su cohesión es frágil, logra sobrevivir si se somete a los parámetros oficiales establecidos por el sistema y a la ayuda económica que éste le provee. Esto lo lleva a la degradación y al fracaso. Rubén Berríos, cuya capacidad intelectual y política es incuestionable y tiene en mí un gran admirador, por las razones expuestas, no ha podido mantener la cohesión de su partido y así vemos en recientes elecciones, como su pueblo se fue en desbandada. Se requiere más cohesión por parte de los integrantes del movimiento de masas. Mediante la actividad del pueblo, desprendido y generoso, se logra la financiación de la campaña sin tener que recurrir a la dádiva del Estado.

Emilio hizo una pausa, tomó algo de agua y prosiguió:

—Permítanme enfatizar en mis conceptos, ya que quiero dejar todo claro respecto del partido, que se mueve por ideologías, y tiene una forma de pirámide, en cuyo ápice se destaca un grupo exclusivo de utilitaristas, burgueses de alto coturno. El movimiento constituido por un gran amasijo de pueblo, no es exclusivista ni piramidal, y lo mueve el propósito social. Considérenlo una actitud ante la vida; no es un grupo de individuos. Son personas que siguen las directrices de la virtud, la generosidad, el bien. No es una masa informe, marginal, ignorada, invisible, que sale del anonimato cada cuatro años.

»El Movimiento es el más puro acto de pueblo, que hace posible el surgir del verdadero líder, que lo es por ser intérprete genuino de los anhelos del pueblo a quien se debe y hace posible su existencia. Su existencia es consubstancial a la existencia de El Movimiento; es decir, del pueblo. No ocurre así en el partido.

»El director, el líder, el presidente, como se llame hace uso del pueblo para encumbrarse, una vez en lo alto del poder, se convierte en el máximo servidor de los que con su enorme poder económico dirigen desde las sombras la conciencia del pueblo y la aplasta socialmente ¿Cómo puede originarse un movimiento de esta categoría?

»Saben ustedes que los partidos políticos de Puerto Rico se configuran de manera férrea alrededor del *statu quo*. No hay otra alternativa, emocional ni mental. O te alíneas o sigues a la deriva. Alinearse es caer en el partido que busca la estadidad, o PNP; el Partido Popular, que tuvo la gloria de ser un gran movimiento de masas, pero después se fue anquilosando cuando puso todos sus esfuerzos en el Estado Libre Asociado, su creación; y el Partido Independentista cuyo único propósito es la emancipación de la isla.

»Cualquier disidencia o facción, que emane de estas fuerzas originales, con el tiempo se extingue, para caer de nuevo, como una gota de agua, en el marullo del partido. Porque son instituciones políticas sin asidero en un ideal que no esté sujeto a la influencia del sistema de dependencia que configura, por todos lados, la realidad ontológica. Impera esta relación en la mente de todos.

»No hay autonomía ideológica, partidista. Sí en el plano intelectual. La literatura que se da en este plano es abundante. Y a veces saltan chispas impresionantes, hombres maravillosos que se sacrifican por su pueblo, por un pueblo que no responde conforme a los esfuerzos del verdadero líder. Queda entonces el líder burgués que con su prédica demagógica conduce a su rebaño hacia tierras de promisión, que, como en la historia bíblica, sólo puede verse desde lejos con un esfuerzo de imaginación. El *statu quo* sigue en pie».

—Yo creo, además —dijo el analista Passalacqua—, que un toque de radicalismo que se dio durante la campaña, en especial la del candidato a la gobernación por el Partido Independentista, afectó al partido. El pueblo no acepta lo radical. Somos muy conservadores. Y obsérvese que el candidato era un candidato idóneo, doctor en economía.

—No hay que culpar el radicalismo. Este es connatural al cambio. Sin el cambio la historia no tendría movimiento. La historia es movimiento por radical. Y ésta se da sin necesidad de enmarcarla dentro de actos de violencia, y sin dejar de ser dinámica. Todo cambio es —debe ser— radical. Sucede que esta palabra, tanto aquí como en Colombia, atemoriza, ocasiona una visión apocalíptica.

»Esto se supera con una educación constante, que lleve al pueblo a tener una concepción positiva del quehacer histórico. El cambio conducente al bien común, es *ipso facto* constructivo; el cambio que busca colmar las ambiciones de grupúsculos egocéntricos, es destructivo para el pueblo. Este sí puede precipitarse en la violencia. Por eso existe el interés de las fuerzas coercitivas de mantener la inmovilidad del *establishment*. Este debe ser para siempre. Esto explica el desarrollo de todos los conflictos sociales, y el origen de todas las revoluciones.

—Es clara su explicación y debo atenerme a ella muy a pesar mío, pues siempre me ha preocupado la desidia de mi pueblo.

—Los pueblos necesitan de un impulso previo, de alguien que esté al frente dando la batalla. Además, la desidia es producto del partidismo que lleva a los pueblos a la parsimonia y la indiferencia. Son las ideas oscilando sin propósito que lleva al fin y al cabo al aburrimiento y a la desidia. El partidismo es una plaga en la política del mundo moderno.

»Fíjense cómo se divide a los pueblos en ideologías que no tienen asidero en la mente de los votantes, mientras los jefes políticos andan de brazo con los farsantes sin consideraciones ideológicas de ninguna clase. Por eso Bolívar dijo: "Si cesan los partidos y se consolida la unión yo bajaré tranquilo al sepulcro". El partidismo se maneja como un club social. Mediante elecciones manipuladas por los medios de comunicaciones, cuyos propietarios, muchas veces, son los mismos que aspiran al poder político, y por la oratoria azuzante, se lleva a la primera magistratura o a la gobernación al candidato de turno, como los socios de un club nombran a un nuevo presidente. Una vez posesionado del poder, todo continúa igual y las promesas se desvanecen en el aire».

—Se puede considerar por lo tanto que su Movimiento nunca será un partido político.

—Exactamente. Cuando mi padre hace entrada en nuestro Movimiento, muchos de nuestros dirigentes y organizadores tuvieron ese temor; es decir, como mi padre fue siempre un puntal del sistema, esto iba a crear influencias perniciosas. Hubo varias discusiones acaloradas al respecto. Yo les advertí que en el proceso catártico de mi padre, se rechazó el partido y la configuración de una plataforma política y económica a la cual de manera uniforme tiene que rendírsele pleitesía.

»Nuestro Movimiento es una actitud ante la vida y el proceso social que se da en Colombia y en él podemos incluirnos todos los que estamos movidos no por una concepción intelectual personalista, sino por una realidad injusta que todos captamos en nuestras circunstancias exteriores y todos queremos cambiar para el bien de todo el pueblo, y éste, pleno de virtud, ve la realidad mediante un buen juicio y un máximo de prudencia, valores que son, por tanto, los de El Movimiento. Para entender esto se requiere una buena dosis de generosidad. Una mente burguesa está ubicada en el utilitarismo personal y, por lo tanto, entiende pero no asimila el dolor humano».

—¿Cual es la base de ese cambio?

—El cambio tendrá como principios la salud, la educación y la economía equitativa. Colombia tendrá relación con todos los países, sin miramientos políticos o filosóficos. Todo con un profundo sentido bolivariano. Concentrar la economía en un intercambio con dos o tres países es un error garrafal. En el nuevo sistema no cabrán aquellos cuya religión consiste en una constante adoración a la codicia.

—¿Como Venezuela, que entra en negociaciones con países que antes estaban vedados por mandato del Imperio?

—Exactamente. No puede olvidarse que ambos países emanan del pensamiento de Bolívar. Su criterio siempre está presente en el quehacer de ambos pueblos, que es el que nos hermana en muchos aspectos.

—¿No teme que fuerzas oscuras, como otras veces, quieran poner un detente a El Movimiento aun de manera violenta?

—Existe esa posibilidad. No podríamos ser una excepción. Ya El Movimiento recibió un golpe duro con Arturo. Ahora bien, no importa las amenazas ni los peligros. El Movimiento no descansa su poder en un solo hombre. Su poder está en la totalidad que lo constituye. Que avanza con fuerza telúrica hacia un futuro sin igual. No es la rama frágil que detiene el vendaval; es el árbol bien cimentado en sus raíces. Desaparecido el líder, surge un reemplazo apropiado, no por generación espontánea, sino por la sacra voluntad del pueblo que lo nombra.

—Se puede colegir, por lo tanto, que El Movimiento no confrontará el peligro de convertirse en un partido político, como ocurrió con el movimiento creado por Luis Muñoz Marín, que se transformó en el Partido

Popular, y que en estos instantes, ante el avance de las fuerzas de derecha, parece perder poder cuando muchos se pasan al partido contrario, el Partido Nuevo Progresista, que busca convertir a Puerto Rico en el Estado 51. Dicho partido se nutre de populares renegados.

—Conozco los hechos históricos que propiciaron la creación del Partido Popular. Sería injusto atacar ahora a su creador, porque él creyó, maniatado por el poder absoluto del imperio, que la alternativa era por el momento la redención social. Logró su propósito. Su sacrificio fue enorme. Tal situación no será posible en nuestro caso. Primero porque El Movimiento siempre será la entelequia política que moverá las fuerzas del pueblo. Segundo porque nuestro Statu Quo fue solucionado hace muchos años. Como el símil anterior, el árbol no emerge si no existe la presencia de la semilla. Su energía siempre lo conducirá por caminos de justicia y generosidad.

»Existirá el líder como organizador y comunicador, cuyos conocimientos y decisiones se plantearán para su aprobación al pueblo. Nada se dará en cuartos oscuros. Ni en concilios herméticos. El culto a la personalidad no tendrá cabida en El Movimiento, que es como un gigantesco árbol que se nutre en el ubérrimo territorio nacional».

—Una última pregunta.

—Permítame primero enfatizar en la figura augusta de Don Luis Muñoz Marín: No cabe duda ninguna de la generosidad del gran líder por sacar de la miseria a su pueblo, hundido por los invasores, que, después de sesenta años de administración colonial, mantenían a este pueblo en un estado lamentable. Don Luis, puede uno pensar, tuvo que capitular a sus ideas que significó mucho dolor, porque a su vez tuvo que cumplir exigencias en contra de su voluntad. Pero dio la batalla y aquí está su obra. No me caben dudas que, en el resto de su vida, tuvo que seguir llevando, con dignidad, la cruz sobre sus hombros.

—¿Hay contradicción entre El Movimiento que usted lidera, y su participación en elecciones libres con candidatos a la presidencia y vicepresidencia?

—El Movimiento saldrá incólume de esta participación; es más, saldrá fortalecido. ¿Acaso no da mejor resultado manifestar el poder del pueblo en una elecciones burguesas, que dejar el disfrute del poder a la burguesía? No participar en las elecciones, como ha hecho en Puerto Rico el movimiento Hostosiano, es dejar el camino expedito a los partidos burgueses. El voto es un arma poderosa en las manos del pueblo. Cuando lo ejerce, decide.

Lo que constituye a un Movimiento, que lo diferencia del partido típico, es la diversidad del pueblo y su propósito principal: la tarea social.

»El partido político está encapsulado en una ideología; el Movimiento, es un cúmulo de ideas con un solo propósito que busca el desarrollo social del pueblo; el partido divide al pueblo; el Movimiento lo aglutina; el dirigente de un partido político, o candidato, es una figura monolítica y egocéntrica; el dirigente de El Movimiento o candidato es la consumación de los anhelos del pueblo centrado en el dirigente.

»El presidente o gobernador elegido por un partido político descarga sus responsabilidades ministeriales a favor de los poderosos, a quienes se debe; el presidente de El Movimiento, a favor del pueblo, a quien se debe. La labor gubernamental del presidente o gobernador se diseña en cuartos oscuros; la de El Movimiento, en las plazas públicas o con estudiantes que, a nivel mundial, se están convirtiendo en la conciencia de los pueblos.»

Emilio parecía haber dado final al diálogo que todo el mundo seguía con interés y satisfacción. Había dado respuestas que satisfizo a todos. Sin embargo, de improviso, retomó el hilo de la conversación.

—Teniendo en consideración lo anterior, que hemos analizado de la mejor manera, y aprovechando mi corta estadía en esta hermosa isla, y con el amplio conocimiento que tengo de su historia, su desarrollo, de alguno de sus verdaderos líderes, y, sobre todo, de sus aspectos sociológicos, económicos y políticos, hay un punto crucial que debe ponderarse por ustedes. Permítanme traerlo a consideración en esta augusta audiencia. La historia de Venezuela y Colombia, nos enseña que en el curso de los acontecimientos se producen hechos contradictorios característicos de la naturaleza humana. Podrían verse como una gran paradoja histórica que emana de las contradicciones que se producen en el desenvolvimiento del quehacer que lleva a la liberación. Ser o no ser. Nuestra independencia se logró a base de sangre y fuego. Fue una lucha tenaz para lograr nuestra realidad de una patria libre y soberana.

»Pero es bien sabido que muchos, aun dentro de la lucha férrea que se desplegó, miraban bien las relaciones con España o luchaban por la independencia para, una vez autónomos, continuar con sus privilegios. Los verdaderos patriotas, los genuinos de mente y de espíritu, creían en la independencia para enrutar al pueblo por caminos de justicia social. En ese entonces la explotación más cruda era el orden del día; por esta razón el pueblo se puso del lado de los realistas y luchó contra las fuerzas independentistas. El pueblo se enfrentó así con gran valentía contra el mayor beneficiario de la explotación social: la oligarquía criolla. Bolívar era la esencia máxima de los que creían en la justicia social. Pero los otros, es triste decirlo, sólo veían en la independencia un instrumento para lograr el poder político y económico para sí.

»Lamentablemente triunfaron porque ya en el poder, enseñaron sus verdaderos propósitos y de ahí en adelante vemos figuras cimeras, dentro de una línea de consanguinidad y de afinidad gobernando nuestros países por casi doscientos años. Muchos, por herencia, son los propietarios de los grandes latifundios que desequilibran la economía del país, del nuestro, de Colombia y no permite su distribución equitativa.

»Venezuela enseña que un cambio puede darse para enderezar el camino de la historia que se interrumpió con la muerte del Libertador y los que lo acompañaban. He hecho esta pequeña explicación antes de hacer la pregunta de rigor».

El público en completo silencio, a la expectativa, no podía entender de qué se trataba.

—Estuvimos hablando de las varias vertientes políticas en que se manifiesta el pueblo de Puerto Rico. Es decir, los tres partidos políticos, que sustentan la convicción del pueblo. Hemos hablado que por esta vía jamás habrá una república soberana, con presencia jurídica a nivel mundial. ¿Qué sucedería se la hubiere? ¿Qué si en una forma u otra, el pueblo exigiera una separación, y el Congreso Norteamericano, la concediera? Sabemos de antemano los compromisos que adquiriría la nueva nación. Sería necesaria, por ejemplo, la creación de altos cargos gubernamentales para dirigir y administrar la República. También altas posiciones en el campo internacional, embajadores, cónsules, posiciones de prestigio en cada una de la Instituciones Internacionales que requiere representación ¿Quiénes querrían participar? ¿Quién sería el que con orgullo se ceñiría la banda presidencial, quien el vicepresidente? ¿Quién representará a la isla en las Naciones Unidas?

»¿Los mismos que ahora son enemigos de la independencia, los mismos que han gobernado para provecho personal o que han favorecido a los círculos de poder? Las preguntas llegarían hasta el cansancio, la respuesta es una sola: La oligarquía de siempre. Sus prohombres de siempre, los que impidieron hasta el último momento la creación de la República, serían los que se sentarían a la mesa del banquete a disfrutarla sin limitaciones.

»¿Cómo obviar este desenlace cuyo obstáculo impediría el desarrollo de la isla por los caminos de la generosidad, la bondad, la justicia social? Por lo tanto, si ustedes al fin y al cabo logran la autonomía y cogen el mando del país con sus propias manos, jamás olviden las palabras de Bolívar: "La gloria no es mandar sino ejercer grandes virtudes"».

Todos se pusieron de pie y refrendaron las palabras de Emilio con un fuerte y prolongado aplauso.

El señor Passalacqua después que se apaciguaron los ánimos, dijo:

—El realismo de sus palabras, Emilio, nos permite comprender a cabalidad la extraordinaria proyección de su ánimo cuando usted trata de los asuntos latinoamericanos, y la manera como debemos enfrentarlos cuando ya seamos parte de los países bolivarianos. Más claro no podría exponerse el peligro silencioso que de hemos enfrentar en el momento de la verdad. Gracias por todo, y, con sinceridad, le deseamos éxito.

Así se terminó el encuentro entre el gran analista y el joven Emilio, sin que después de la discusión política se llevara a cabo una conversación amena sobre temas diversos que incluyó aspectos económicos, literatura y algunas declamaciones de poesías que hicieron las delicias del público.

Gustó mucho la declamación que hizo Emilio del soneto En la Brecha de José de Diego y algunos apartes del gran poema lírico social Anarkos, de Guillermo Valencia, que plantea las desigualdades de clase en la Europa del Siglo XIX con el simbolismo de un "mísero can hermano de los parias", con el cual se establece la lucha de obreros y mineros, y el martirio de anarquistas, cuyo "valor ante la muerte espanta…"

Tan pronto terminó la actividad, Emilio de inmediato llamó por celular a Patricia, y le informó de la presencia de Carlos. Patricia empezó a buscarlo entre la audiencia. Se acercó a él tan pronto lo vio, se saludaron e intercambiaron algunas palabras. Ella lo invitó a comer en el Hotel El Conquistador, que el joven aceptó de buen grado, coordinaron el próximo día a las ocho de la noche. Le esperarían en el vestíbulo del hotel.

A una pregunta de un periodista sobre la opinión que tenía ahora García Passalacqua sobre el joven, el gran analista contestó:

—Todo el reconocimiento se lo ha ganado con derecho propio, incluyendo la presidencia de su país.

5

Estando la pareja en Puerto Rico se enteraron por las noticias que pasaba CNN que el presidente, por un mandato de la Corte Constitucional, no podía ir a la segunda reelección. La Corte Constitucional informaba que una ley para llamar a un referéndum reeleccionista del presidente violaba normas de la Carta Magna. Debido a que los fallos del alto tribunal son inapelables, se cerraba la posibilidad de la reelección.

El presidente de la Corte Constitucional, Mauricio González, se dirigió a todo el pueblo colombianos con estas palabras: "La Corte Constitucional de la República de Colombia, administrando justicia en nombre del pueblo y por mandato de la Constitución resuelve: declarar inexequible en su totalidad la ley que convoca a un referéndum constitucional y se somete a consideración del pueblo un proyecto de reforma constitucional".

Haciendo uso del recurso de casación la Corte puso freno a la reelección del presidente.

Emilio de inmediato llamó a su padre.

—Yo creo que la oportunidad de lograr un triunfo es ahora factible, porque podremos enfrentarnos a los otros contrincantes con un despliegue más amplio de nuestra campaña. Nuestra lucha toma una fuerza demoledora, que nada ni nadie podrá detener.

—Es cierto, Emilio, ya el presidente acató la decisión de la Corte. El Movimiento está a un paso de tener un presidente no sujeto a partido alguno. Estoy seguro que la prédica educativa de El Movimiento ha calado hondo en la conciencia del pueblo y éste tomará una decisión sabia el 30 de mayo y no será necesaria una segunda vuelta.

—¡No podremos fallarle al pueblo!

—¡No le fallaremos!

El entusiasmo de padre e hijo era desbordante y manifestaban una seguridad a toda prueba pues el momento de la transformación del país estaba a punto de empezar. Antes de despedirse, hablaron de algunos asuntos familiares.

Cuando terminaron la comunicación telefónica, a los dos les quedó la satisfacción de que estaba llegando el momento supremo en que la nación colombiana daría un vuelco total, dentro de un panorama en el que no cabrían privilegios de ninguna clase.

Carlos Zaldúa y María llegaron con varios minutos de retraso. Emilio y Patricia los esperaban en el amplio vestíbulo del hotel, que a esa hora manifestaba un gran movimiento de turistas, mientras varios niños se regocijaban contemplando hermosas cotorras y guacamayos en enormes jaulas pintadas de blanco.

Al ver a Emilio y Patricia, se dirigieron a ellos y se estrecharon las manos. La apariencia de Carlos manifestaba en su rostro el aspecto de la persona dueña de sí misma; podría decirse, hasta más joven, sonriente y elegante. Les impresionó la locuacidad de María, característica del habla caribeña, que, de inmediato, empezó a tratarlos con confianza.

—Excusen la tardanza pero hasta hora la congestión de tránsito es excesivo. El tapón de siempre, como le dicen aquí.

—No se preocupen, es una de las características del mundo moderno, que tenemos que aceptar, —les respondió Emilio—. Lo importante es que podemos ahora intercambiar algunas ideas, después de alguna temporada sin saber de usted, Carlos.

—¿Y el profesor Sanz? ¿Cómo está él? —Preguntó Carlos, quien nunca pudo olvidar la conversación de altura que mantuvo con el Profesor frente a muchos estudiantes universitarios quienes escucharon la polémica con respeto y silencio—. Extraño su augusta presencia —agregó.

—Él también desea saber de usted —respondió Patricia—. Siempre activo como Profesor y guía de El Movimiento. Aunque hubo controversias, él quedo impresionado con su habilidad para terciar en temas tan sensitivos, y con gran idoneidad intelectual. Nosotros también pensamos, a partir de ese momento, que usted pudiera ser un activo de excelencia en nuestro gobierno. Sus conocimientos del intricado tejido social colombiano, así nos lo indica.

En ese momento Emilio intercedió y solicitó pasar al comedor y continuar la conversación mientras cenaban. La conversación no sólo se desenvolvería con entusiasmo sino que también daría un giro muy importante

Se dirigieron al restaurante.

—Carlos, jamás pensamos que podríamos encontrarle aquí, en la isla del encanto. Sabíamos que estaba en La Florida. Ha sido una excelente sorpresa y nos agrada su interés de participar de la conferencia y los intercambios de pareceres con el gran analista Passalacqua.

—Todo fue para mí una sorpresa. Me iba bien en La Florida. Terminé mis estudios. Gracias a que logré conectarme con un bufete, empecé a conocer el azorado mundo de lo jurídico lo cual me abrió las puertas del círculo cubano. Conocí sus interioridades y palpé la generosidad de muchos de ellos. Me trasladé después a Nueva York. Terminé mis estudios en New York University.

»Todo cambia cuando inicio mi amistad con María —la miró con una sonrisa de cariño—. Me impresionó, tanto ella como su familia; no está por demás decir, que es una fiel creyente de la independencia, aunque no está afiliada a ningún partido (sonrieron). Gracias a ella he podido conocer la extraordinaria paradoja de la historia reciente de la isla. Así, pues, contraje matrimonio y ahora vivimos felices en un apartamento en un área metropolitana que aquí se llama La Milla de Oro, en Hato Rey.

»Y en cuanto a trabajo, estoy vinculado con el Banco Popular, principal institución bancaria de la isla, ocupación que me ha permitido conocer todo lo relacionado con los cambios bursátiles, y, por otro lado, los aspectos educativos que se dan y se plantean en las altas esferas, sobre todo en los estudios tecnológicos y de computadora».

El diálogo seguía intensificándose, mientras María permanecía en silencio disfrutando del mismo.

—Todo eso es muy importante, pero hay algo que quisiera auscultar. Dejas a Colombia defraudado, por la falta de oportunidades. Una trágica realidad de muchos. El éxodo de colombianos motivado por distintas razones es enorme. El desplazamiento, que así llamamos al éxodo de los campesinos desterrados, continúa. Pero todo eso va cambiar, Carlos. El Movimiento sigue adelante...

—Ya lo sé, interrumpió Carlos. —Tomó un poco del licor que le acababan de servir—. Las noticias que me llegan por Internet son muy halagadoras. Yo también creo que el triunfo de ustedes está asegurado. Las multitudes que los siguen así lo vaticinan.

—Nos gustaría que usted se vinculara a nosotros, a El Movimiento y pudiéramos tener a favor del pueblo sus conocimientos. Un gran bagaje intelectual se requerirá para sacar adelante al nuevo sistema que queremos impere en nuestro país. Nos gustaría contar con usted.

—Y con usted también —Dijo Patricia, al mismo tiempo que miraba a María—. Siempre he creído que ser independentista en Puerto Rico es un honor que cuesta. Sus convicciones son de mucho valor y la acercan a El Movimiento.

—No hay contradicción entre ser un fiel creyente de la libertad de mi país y ser parte de El Movimiento. La ideología que lo mueve está a cónsono con la mía, y tengan la seguridad que no vacilaría en seguir a mi esposo en un proceso de cambio, como yo misma le he sugerido.

Carlos manifestando una gran euforia por las palabras de María, de inmediato respondió:

—Siempre he creído que todo ser humano puede estar sometido a cambios profundos, de acuerdo al desarrollo paulatino de la vida y las circunstancias sociales que se van dando en el camino. No hace mucho que el Profesor y yo discutíamos al respecto. Y aunque la controversia fue fuerte, sus palabras dejaron en mí la impresión de que no hay valor más encomiable que la virtud cuando henchida de generosidad, buen juicio y prudencia, aún en el campo de la educación tecnológica. Me gustaría, por ejemplo, brindar mis conocimientos de la ciencia de la computación que abarca el estudio de las bases teóricas de la información y la computación, así como su aplicación en sistemas computacionales.

»Me dedicaría por entero, a propiciar una buena educación pública que incluya Internet de banda ancha para poder conectar todas las regiones y a las personas con las oportunidades del mercado. Debemos ocuparnos en lograr una sociedad más equitativa. Tengo al respecto un título certificado por la Universidad del Sagrado Corazón. Emilio, Patricia, cuenten conmigo y con mi esposa.»

Emilio y Patricia, emocionados, abrazaron a Carlos y a María y les agradecieron mucho por depositar su confianza en ellos y creer en el futuro que planteaban en ese momento con gran entusiasmo.

En ese momento Emilio se dio cuenta que lo que había ocurrido con Carlos, su cambio, su disposición como un simbolismo que dejaba entrever el triunfo del pueblo colombiano que traería resultados inigualables.

Tiempo después se enterarían que Carlos había jugado un papel importante en la transformación de un joven, Pablo, que se encontraba perdido sin rumbo, sin propósitos, ofuscado por prédicas desvirtuadoras de la realidad social de la isla, lo cual impedía que el joven encontrara el verdadero camino de la liberación total. Carlos, con conversaciones constantes con él, fue despertando su conciencia y hoy en día es un poderoso activo en un gran movimiento de masas que augura un triunfo en los años por venir. Estudia en la universidad de Puerto Rico donde se le admira por su liderato y su don intelectual plasmado en un estudio profundo que él presentó en El Festival de la Palabra celebrado al que asistieron escritores de América Latina y España. En su libro, titulado "Cambio de Soberanía" manifiesta, con precisión política y sociológica, que Puerto Rico no ha perdido su soberanía, porque fue y está ocupada por fuerzas ajenas a su cultura, su idioma y tradiciones. "Con un despertar de conciencia, activaremos de nuevo nuestra soberanía" había escrito en la dedicatoria. "Pidamos soberanía, porque la independencia nunca la hemos perdido".

Las manifestaciones de Pablo, sus prédicas constantes en las plazas públicas, universidades y por las diferente redes sociales, estaban calando profundo en la conciencia del pueblo puertorriqueño, lo que contribuía, como se deja ver en las explicaciones de Carlos, que miles harían lo propio y que, como ocurría ahora en la Colombia magistral, daría el resultado definitivo de una obra en conjunto, multitudinaria y libérrima. Su gran Movimiento tenía una característica nunca antes vista, ni en el período del coloniaje español ni tampoco, durante el dominio actual norteamericano. Atraía multitudes sin el lastre de ideologías partidistas.

Al cabo de varios días, regresaron a Colombia.

6

Nunca olvidarían las experiencias hermosas con que los prodigó la gente de Puerto Rico, aunque preocupados por el giro que podría tomar la situación, después de la huelga, de la Universidad de Puerto Rico, cuyos administradores, obnubilados por sus actuaciones emocionales, sin mediar ningún análisis objetivo, aprovecharían para prolongar el cierre de la universidad, sin medir las consecuencias que podría afectar a toda la isla. O, a la sumo, producirle un cambio estructural con la manía de federalizarlo todo.

En lo más recóndito de sus administradores se forjaba el plan para privatizar la entidad que tanto bien había hecho al forjar excelentes profesionales que servían, después, con todas sus capacidades a su pueblo. La universidad había sido el centro vital que permitió el desarrollo moderno del Puerto Rico de hoy.

7

Mientras seguían con los trámites de inmigración y aduana, podían ver a través de las enormes puertas de cristal a sus familias que manifestaban entusiasmo y alegría. Isabel y Doña Josefina los saludaban con la mano. Al salir fueron recibidos con abrazos de todos, e intercambiaron algunas palabras con el Profesor Sanz y varios amigos. Por el camino contaron sus experiencias con la buena gente de la isla, los encantos de sus paisajes y la belleza de sus pueblos, todos fundados durante la época del dominio español.

Emilio hizo entrega al Profesor una carta personal del Licenciado Fernós en la que ampliaba sus conceptos, según comentó el Profesor, sobre las extralimitaciones del nuevo gobierno de Puerto Rico, que estaba alterando el estado emocional de su pueblo. Esto le hacía pensar que dentro de ese estado de cosas, no era imposible las premisas que conducen a la emancipación con la fuerza de las masas sobre todo cuando se toma como pretexto la violencia común para movilizar la Guardia Nacional o cerrar la universidad, que hasta ahora había sido un puntal de la obra desarrollada por el pueblo de Puerto Rico, el cual se sentía orgulloso del gran recinto universitario que había dado renombre a la cultura de la isla.

Ya en la tranquilidad de la casa, Emilio y Patricia obsequiaron a sus padres con artesanías de la isla, representadas por tallas de santos: la Virgen, la Sagrada Familia, los Reyes Magos, Jesús Crucificado, el *Ecce homo*, símbolos que cumplen con la imaginería popular boricua que se remonta al siglo XVII. Tenían el propósito de dar énfasis a la fe Católica y, en años posteriores, enfrentarse al protestantismo que hizo aparición con fuerza huracanada a partir de la llegada de los norteamericanos el 25 de julio de 1898.

En conversaciones con su padre, Emilio hizo énfasis al hecho de que ya Puerto Rico, antes de 1898, no sólo era una sociedad en marcha sino que también había logrado alguna autonomía que llevaría a la postre a una completa independencia.

Los españoles habían logrado, con su presencia de siglos, crear una sociedad antropológica y socialmente hispánica con sus principios, valores, y visión del mundo que, como todos los países latinoamericanos, continuaba y continúa vínculado con la Madre Patria a través de la lengua, la religión y las costumbres. Este proceso se interrumpió con la presencia bélica de Estados Unidos durante la guerra hispanoamericana.

La acogida de algunos dirigentes de la isla que le brindaron a las fuerzas de ocupación, podría pensarse, era producto de la creencia generalizada de que dicho acto coadyuvaría a la independencia de la isla. La cual nunca se plasmó, porque algunos líderes que propiciaban la independencia vieron, en la nueva relación, un camino que podría dirigirse hacia un futuro mejor.

8

Un día les bastó para recuperar el ritmo de la campaña política, la cual adquiría gran relevancia pues en las elecciones que se diera el 14 de marzo para renovar el Congreso, los candidatos de El ΦMIKRON habían obtenido la mayoría.

Votaron casi treinta millones de colombianos para elegir ciento sesenta y seis miembros de la Cámara de Representantes y ciento dos del Senado. Además se elegían cinco diputados al Parlamento Andino.

La victoria fue contundente. Se obtuvo una mayoría de ochenta senadores y ciento veinte representantes. Emilio manifestó su regocijo y contestó todas las preguntas con certeza y explicó ante las críticas que se lanzaban por haber candidatos de otras agrupaciones: "Es sólo la manifestación de la gran cohesión que está adquiriendo El ΦMIKRON".

El congreso se posesionó el 20 de julio, fecha en la que también se conmemoran los primeros albores de la independencia de Colombia.

Pese al triunfo, El Movimiento continuaba con su ímpetu en todo el territorio de la Nación. Reuniones allí, conferencias allá, manifestaciones en plazas públicas, contactos con todos los dirigentes de El Movimiento. En especial con Antonio, quien mantenía a Emilio informado de todos los procesos que El Movimiento adelantó durante su ausencia.

Era, pues, una actividad constante, que requería gran dinámica, lograda gracias a la reacción entusiasta del pueblo. En el último día permisible por ley para adelantar la campaña presidencial, padre e hijo concentraron su trabajo proselitista en Bogotá. Un cartelón diseñado con Bolívar en el centro, se desplegaba en todas las actividades. El mensaje era claro.

El pueblo lo aceptaba. La campaña de El Movimiento se enfocaba en la ideología del Libertador, y recorría la faz de Colombia, con el efecto que se esperaba, y los colombianos entendían cuál era el camino a seguir para lograr el cambio radical que todos anhelaban.

9

Por primera vez, se daba al traste con los partidos tradicionales, porque el del presidente, era simplemente una componenda entre varias facciones de liberales y conservadores renegados, que hizo posible su elección y reelección. Algunas élites de la alta sociedad se oponían, otros de la clase media alta, también, por temor de perder sus privilegios.

No obstante, todo está preparado para el proceso eleccionario. Los jurados, deberán llegar a la mesa de votación que se les asigna a las siete y treinta de la mañana con el fin de que instalen la mesa. La mesa de votación se abrirá a las ocho de la mañana y se cerrará a las cuatro de la tarde. Se exigirá la cédula al votante para verificar que se encuentra inscrito en la lista. Se le entrega la tarjeta y después pasa al cubículo para que pueda votar. Se usara la etiqueta RFID o chips inalámbricos de identificación por radio frecuencia.

La familia Lozano-Ricauter llegó a las nueve de la mañana. Depositaron su voto en la misma mesa, acompañados por simpatizantes y partidarios. Padre e hijo, después de depositar sus respectivos votos, acompañados de Doña Josefina y Patricia, se dirigieron a su casa para seguir por televisión el desarrollo del proceso, que transcurría en calma y con mucho entusiasmo, dando así el pueblo colombiano una excelente muestra de excelente civismo.

A las cuatro se cerraron las mesas de votación. Algunos ya en fila pudieron ejercer su derecho. Se inició el conteo de votos. El país aguardaba con impaciencia el resultado. Desde un principio el ticket Lozano empezó a despuntar con firmeza, seguido por el candidato oficialista en substitución del Presidente quien, desde su residencia, afirmaba que su victoria estaba asegurada, teniendo a su lado al general Ramírez.

Desde Cartagena, Carmona seguía todos los pormenores del resultado electoral, para, si fuera el caso, darle curso a su plan desestabilizador, que él había confeccionado siguiendo los parámetros establecidos por la Agencia, la cual le había dado aprobación de inmediato. Tres horas después, las cifras que aparecían en la pantalla de televisión ya indicaban como seguro ganador a los Lozanos. No había sido necesaria una segunda vuelta.

El rostro desencajado del presidente mostraba su inconformidad porque el candidato del gobierno había sido derrotado. El general Ramírez, frunciendo las comisuras de los labios, no podía disimular su ira. Carmona, frío, inconmovible, impartió la orden por celular. La llamada había iniciado una vez más un plan devastador que, por lo bien planificado, su éxito era predecible.

A las diez de la noche, miles reunidos en la Plaza de Bolívar, exigían la presencia del nuevo Presidente de la República y el nuevo Vicepresidente. Como ha ocurrido siempre, la plaza de Bolívar es el escenario por excelencia donde el pueblo se ha manifestado siempre de manera apoteósica.

—Creo que debemos hacer acto de presencia —dijo Emilio—. El pueblo nos aguarda.

El doctor Ricauter, Presidente de la Corte Suprema de Justicia, quien había jugado un papel destacado en detener la reelección del presidente, el Profesor Sanz, la familia de Patricia, algunos senadores y representantes, recién elegidos, los directores regionales de El ΦMIKRON, les acompañaban en su casa y los colmaban de felicitaciones. Todos gritaban "¡Viva

Colombia!" y entonaron el himno nacional. De inmediato la caravana se dirigió a la plaza de Bolívar al encuentro histórico con el pueblo. Estaba a punto de iniciarse una nueva alborada con los Lozanos en quienes el pueblo colombiano tenía puesta todas sus esperanzas.

Por otro lado, a través de la televisión y la radio, el presidente reconoció el triunfo de Emilio y el señor Lozano, felicitó al nuevo presidente, ofreció toda su colaboración y anunció una transición en perfecto orden.

Mientras tanto, Carmona, cuyo estado emocional pasaba inadvertido por todos los presentes, tomó una decisión colosal por los efectos que tendría en el curso histórico que se estaba dando.

El programa que había sido preparado por el nuevo gobierno y explicado a todo el pueblo ya había tenido los mayores elogios de parte de experto en la materia. El ΦMIKRON lo aprobó por unanimidad e incluyó proposiciones, tácticas económicas y reformas, que establecían lo siguiente:

Haremos el panorama atractivo para los inversionistas, dentro de unas negociaciones justas para las partes. Colombia no se marginará del concierto de las naciones del mundo. No es necesario el aislamiento. En una u otra forma estamos conectados. Lo importante es la negociación clara, equilibrada, justa.

Crearemos un comité multisectorial que desarrolle una reforma sin banderas políticas con la única intención de sacar al país del derrotero actual de un grupo de privilegiados que, como dijera alguien, capitalizan las ganancias y socializan las pérdidas, con el dinero del contribuyente, como hiciera Estados Unidos durante la crisis de 2008.

Nuestro gobierno será el responsable directo de crear el ambiente propicio para generar bienestar económico y prosperidad para el pueblo de manera equitativa, según lo establece el preámbulo de nuestra Carta Magna. Es deber del Estado hacerlo y de los ciudadanos exigirlo.

El pueblo necesita apertura y transparencia para que se entienda la actual situación del país. Al pueblo hay que presentarle siempre la verdad. Mentirle al pueblo es soslayar los verdaderos propósitos gubernamentales y es una manera tácita de incapacidad. No vivamos de la mentira, de la palabra rimbombante y solapada. Vamos al grano, a la verdad sin regodeos ni tapujos.

El enfoque de este comité debe ser la ejecución de un plan mixto que desarrolle y propicie la inversión privada dentro de un marco de producción socialista y equidad. Esto producirá la creación de nuevos empleos para mover la economía. Nuestra economía debe estar concebida y puesta en práctica con propósitos comunitarios.

El individuo en nuestros propósitos y en la tarea que realizaremos no cuenta para nada, y sólo se tendrá en consideración su preparación, conocimientos, y capacidad empresarial que pudiera aportar en el desarrollo del nuevo país.

Es sólo un instrumento que sirve para mover los intereses de la comunidad. Nuestro eslogan será: "Una familia en comunidad y una comunidad de familias".

Haremos frente a la globalización. Este es un proceso irreversible cuyo individualismo está dando al traste con los propósitos comunitarios. Cualquier decisión que tomemos tendrá repercusiones mundiales. Haremos que nuestras decisiones sean exitosas porque estarán hechas para el beneficio del pueblo. Y serán cuantificadas. Se erradicará por completo de la economía del país el neoliberalismo, causante de la debacle económica mundial, como se puede ver en Grecia, España y Portugal. No más privatizaciones. Y las empresas privatizadas por gobiernos anteriores se regresarán a manos del pueblo.

Entraremos en conversaciones con las transnacionales para establecer relaciones más justas para nuestro pueblo. Si hacen caso omiso a nuestro llamado, haremos uso, dentro de la legalidad que nos cobija, de la expropiación. Nuestra autonomía debe respetarse. Seremos parte activa de la revolución bolivariana.

El plan de reforma incluirá reducción del gigantismo gubernamental sin que nadie sea sacrificado. Esto ocurre dentro del partidismo que lo convertiremos en cosa del pasado. Se simplificará los procesos burocráticos y bajaremos las tasas contributivas. Esa reducción se hará con un amplio sentido de justicia. Nadie será perjudicado, y el plan a ejecutarse reducirá el desempleo en vez de incrementarlo.

Fomentaremos la creación de nuevas empresas para incrementar la empleomanía empresarial dentro del marco institucional creado por el gobierno. Esto se logrará abriéndonos al mundo. Negociaremos con todos los países del mundo. El desarrollo de este plan estará moviéndose hacia el frente, y nunca se abandonará.

Su principio básico será las ideas bolivarianas. Desarrollaremos a nuestros estudiantes por el camino de la alta tecnología. Esta acabará con la explotación de los obreros. La producción tecnológica, como no va a estar basada en ganancias exorbitantes individuales, hará posible la abundancia que se empleará en beneficio del pueblo. Estudiaremos el Tratado de Libre Comercio. Buscaremos sus pros y sus contras de acuerdo a la experiencia que gobiernos anteriores han experimentado, y así saber si es una forma efectiva o catastrófica para el país.

No buscaremos rupturas innecesarias, pero ningún tratado se permitirá allí donde se perjudique un solo producto colombiano, porque si éste es excluido, repercutirá en perjuicio de la clase obrera, de nuestros campesinos, de nuestros agricultores, de nuestros industriales, y, como consecuencia, atentará contra la estabilidad del país Continuaremos con el tratado si resulta beneficioso; es decir, con resultados que indiquen que se ha fortalecido nuestra economía comunitaria.

La educación y la salud son para nosotros un derecho, no un privilegio. Así se consagran en la Constitución. Cumpliremos con nuestro deber de que toda gestión relacionada con la educación y la salud no se salga de las directrices acordadas y el plan establecido se cumpla en su totalidad, porque son prerrogativas sagradas del pueblo.

Siendo Colombia un país con una naturaleza exuberante, con una enorme diversidad en su ecosistema, gran variedad de climas debido a su topografía, se hace necesario —y así se hará cumplir— la protección total de cada una de sus regiones. La fauna, la flora, sus aguas, son intocables y su alteración será castigada con toda la fuerza de la ley. Con el nuevo sistema, todo será parte integral de la naturaleza. La trasnacional que no esté dispuesta a respetar el ecosistema, no tiene cabida en nuestro territorio nacional.

En el aspecto político y de las relaciones internacionales se recalca que El Movimiento en voz del nuevo Presidente de la República, hará valer la consigna de los principios de la Carta Magna que prohíbe la presencia de ejércitos extranjeros en el país, salvo el caso que sea aprobado por el Congreso en pleno como lo estipula la Constitución y no mediante decisiones unilaterales y sólo en el caso de que la nación corra peligro, lo cual con el nuevo movimiento Bolivariano cualquier peligro o amenaza está más lejos que nunca.

Además, las relaciones de Colombia con el mundo serán de igual a igual en el campo de las negociaciones económicas, políticas y culturales. En ningún caso habrá sometimientos que laceren la soberanía del país.

Daremos los pasos para la eliminación total de los latifundios. Mantendremos informado al pueblo a este respecto. El latifundio, que se originó después de alcanzada la independencia, es la causa principal de la desigualdad social en Colombia y del desplazamiento actual de campesinos.

Con el plan establecido, por su gran alcance social, la presencia guerrillera dejará de ser porque sus causas han dejado de existir. Nunca se logrará la paz en el territorio nacional mientras exista la injusticia social, las desigualdades, y el poder económico de unos en contra de los demás. Así lo comprenderán sus dirigentes. Sabrán ellos que sólo dentro de un marco de total armonía, la paz en todo el territorio colombiano será una realidad. Es el deber máximo de todo. De todas formas haremos un llamado a los insurgentes, entraremos en conversaciones y les garantizaremos todos los derechos una vez hayan depuesto de sus armas.

Porque en ellos, los guerrilleros, existe el temor de que en otras ocasiones sus representantes negociadores fueron asesinados. Su vida dentro del proceso de El ΦMIKRON estará garantizada. Su inmersión en la nueva sociedad también, con toda la ayuda del gobierno. Se destaca el slogan de que la paz en necesaria para la perfecta confección de los ideales de El ΦMIKRON y que sólo con la paz se cumplirá con los objetivos.

El programa se dio a conocer por todos los medios de comunicación. El pueblo se había manifestado a su favor y esperaba la ceremonia de investidura del nuevo Presidente que tendría lugar al frente del Capitolio el día 7 de agosto.

11

Días antes de las elecciones, en la ciudad de Cartagena se iniciaba una reunión a puerta cerrada. La ciudad amurallada lucía radiante. Por los alrededores de la puerta del Reloj, una multitud entre sus actividades diarias incluía las compras en el mercado. Al fondo el mar Caribe, el mismo mar que tanta veces permitió la llegada de los que en una forma u otra forzarían la historia del país.

Bolívar también tocó a sus puertas. La ciudad lo aclama con fervor y respeto, la Asamblea lo acogió como a uno de sus hijos y le ofreció toda la ayuda necesaria para continuar su obra que se registró por la historia como la Campaña del Magdalena. Además, le sirvió de inspiración para escribir uno de los primeros documentos que ya indicaba la grandeza de miras del Libertador: El Manifiesto de Cartagena, de gran vigencia aunque está a punto de cumplir los dos siglos de haberlo escrito el Libertador.

En esta ciudad, que Bolívar llamó *La Heroica*, en uno de los salones del Centro de Convenciones, frente a la bahía de la ciudad, junto a la zona histórica, engalanado por una hermosa escultura, hecha de piedra carolina, material que se empleó en los edificios del centro histórico, al lado de la muralla, en el barrio Getsemaní, se acababa de iniciar una reunión siniestra.

El nuevo embajador norteamericano, varios hombres claves, enviados por la CIA con Carmona a la cabeza, planifican el golpe certero que terminará la lucha del pueblo colombiano —una vez más. La CIA desarrolla toda una actividad huracanada cuando emerge en cualquier parte del mundo algún régimen que ellos consideran lesivo a los intereses del imperio. Los acontecimientos en Colombia que se desarrollaban por El Movimiento de Emilio, despertaban sospechas y exigían una pronta respuesta.

El sometimiento de las entidades gubernamentales del país había llegado a extremos impredecibles con el Plan Colombia, que se inició durante la presidencia de Pastrana en 1999, quien abrió las puertas del país de par en par a la penetración norteamericana, especialmente al grupo con Carmona a la cabeza, El Equipo como se conoce a este grupo especializado en el lenguaje cotidiano de la Casa Blanca. Están presentes sólo los que pueden estar. No confían en nadie, en ningún colombiano. Exceptuando al general Ramírez. Su abultada presencia, su sonrisa perenne, lo distinguen.

Al frente de una pantalla especial, Carmona manifestó de nuevo su gran destreza para presentar un plan adecuado que nadie podía rechazar. Con una artimaña sorprendente va descartando opciones.

—No puede ser un atentado truculento cuya confección resulte repugnante para muchos. No puede ser mediante un sicario aislado. Este es ya un símbolo de la violencia oficial.

—Ni siquiera podemos pensar en ejercer un acoso personal para obligarlo a aislarse en la clandestinidad —se refería a Emilio— o unirse a un grupo armado, como hicimos con el padre Camilo Torres. Ojo avizor con el señor Lozano que es un hombre muy hábil, tiene el respeto y la acogida del pueblo colombiano; además, conoce las interioridades secretas de nuestras operaciones por haber sido colaborador en algunas de ellas. Liquidarlo no es una opción porque su ausencia súbita, su desaparición, desestabilizaría la democracia colombiana hasta extinguirse y afectaría nuestra operación porque, recalco lo dicho, conoce a la perfección todos los recursos técnicos, sicológicos y humanos que nos impulsan a lograr nuestros propósitos. Fue parte substancial en el desarrollo de nuestros actos del pasado.

Dicho esto, el general Ramírez, interrumpiendo a Carmona, quiso exponer sus ideas y el plan más acertado. Todos, incluyendo a Carmona, lo escucharon sorprendidos pero con interés.

—Creo que podríamos contratar un experto francotirador. Es lo más limpio. En el mundo la acción nítida, perfecta de un francotirador, siempre ha sido con un éxito rotundo. No olvidemos el asesinato de Kennedy. Además es lo más seguro para el ejecutor y su seguridad permite la nuestra.

—Carmona —dijo el experto, mirando al general—, ya lo tenemos entre nosotros.

—Nunca falla. Se nos adelantó, mi general. Usará una Stag arm Super Varminter 5.56 mm, modelo 6, con un peso máximo de siete kilos, mira telescópica de gran precisión y con un mínimo de estruendo. Puede dar en el blanco desde un máximo de doscientos setenta metros, gracias a que su diseño reduce el retroceso. Además, nuestro hombre es un experto.

Se daría por segunda vez en el país la presencia de un experto SEAL, quien tendría a su cargo la responsabilidad de frenar, con precisión, el proceso de liberación del pueblo.

El grupo élite SEAL había saltado a la fama internacional con la proeza de liberar al capitán Phillips del buque de carga *Maersk Alabama*, secuestrado en el océano Índico a pocas millas náuticas de Somalia. Con precisión impecable, desde un punto lejano, eliminaron a los piratas somalíes.

El experto, cuya identidad y expresión de carácter apenas se conocía, pertenecía al grupo 10 con un comandante y seis pelotones de los Navy SEALs, cuya base opera en Little Creek.

Su ámbito geográfico de operaciones es desconocido. Se sabe que están ahí, en el lugar preciso, donde su puntería se haga necesaria. Había terminado con éxito el entrenamiento intensivo de veintisiete semanas, y el complementario de meses. Además, su visión era 20-20 y no tenía el vicio de fumar.

El uso del cigarrillo y la necesidad de espejuelos de aumento inhabilitan a un militar para pertenecer al grupo élite SEAL, porque una pequeña exhalación de humo o un mínimo destello puede abortar la operación que podría tomar, en muchas ocasiones, muchos meses para su reorganización o ser la causa de una retahíla de acontecimientos lamentables. Todo trabajo de un SEAL debe tener un éxito rotundo. Cualquier falla es detrimental para la organización.

—Lo que importa es el éxito de la operación. No queremos escándalos internacionales. Menos ahora que USA estrena un nuevo presidente, quien en esto no tiene arte ni parte. Estamos persuadidos que el presidente Obama, nunca aprobaría una operación como esta. No olvidemos que un presidente por esa razón suspendió al director de la CIA cuando se enteró que estaba complicado en el golpe contra el Presidente Allende. Carter y Obama son presidentes de una misma altura moral.

—No podemos —dijo el embajador de los Estados Unidos, con un dejo de preocupación—, comprometer a nuestro gobierno y al gobierno de este país que ha sido siempre un estrecho aliado. Nuestras relaciones son indispensables para frenar el avance bolivariano. La opinión de este país y la opinión internacional buscarán un culpable. ¿Cómo podríamos bregar con esto?

—Recuerde señor Embajador —dijo el general Ramírez—, que hasta hace poco el señor Lozano era parte del *establishment*. Lo defendía a capa y espada. Fue el responsable directo de la muerte del padre Camilo Torres. ¿Verdad señor Carmona? Y su padre, jugó un papel importante en la de Jorge Eliécer Gaitán. Claro está, sin la intervención de la CIA, nada se hubiera podido realizar. Atacó, además, como ministro de Defensa, sin compasión a la guerrilla produciéndole bajas substanciales. Y trabajó contra Escobar pues creía que el narcotráfico organizado era un atentado a la libre empresa. Esta acción militar contra el narcotráfico ayudará para que muchos piensen, como ha ocurrido en otros asesinatos de personas importantes —y Lozano no sería la excepción—, que cierto barón de la droga usó su poder e influencias para vengarse.

Todos estuvieron de acuerdo que el general había hecho un planteamiento muy acertado y que era cuestión de, mediante una propaganda bien conducida, despertar la suspicacia del pueblo y que éste a la postre vería bien la muerte del señor Lozano.

—A una sugerencia de Ramírez de usar la famosa AK-47 —Carmona riposró de inmediato.

—General Ramírez, es el arma ideal por su exactitud. Sabe usted, mi general, que su creador el ruso Mijail Kalashnikov, estaba arrepentido pues se trata del arma que ha causado más víctimas en la historia de la humanidad. Como es la favorita de los narcotraficantes, su uso implicaría acusaciones y propósitos equivocados.

—Carmona, eso mismo desvirtuaría cualquier sospecha. Y permítame decirle, que Kalashnikov no estaba arrepentido. Decía que sus armas son para la defensa, y que la culpa de haber inventado la AK-47 era de los alemanes.

—Pero mi general, su uso podría implicar al nuevo presidente, ¿me entiende usted?

En ese momento el agente de la SEAL, un hombre joven, muy alto y de rostro fuerte, se quitó las gafas oscuras de siempre, lo cual dejó al descubierto la característica de su mirada sanpaku enseñando la esclerótica sobre el párpado inferior del ojo. Según los entendidos esta condición era un distintivo de personas muy inteligentes pero con tendencias tortuosas para realizar hazañas espectaculares que, en muchas ocasiones, terminaban accidentalmente. Miró a todo el mundo y con voz fuerte dijo:

—Pero recuerden que el señor Lozano es el actor principal en el escenario geopolítico del estado, y es el padre de Emilio, quien casi con seguridad será el próximo presidente de este país. No pasemos por alto que él ejerció su poder y sus buenos oficios en defender el sistema. Sin la actividad de su inmenso poder, el sistema aquí ya hubiera colapsado.

—Es verdad —dijo Carmona después de traducir las palabras del agente—, pero tenemos que empezar por el principio. Después él tendrá su turno.

—En esta lucha a muerte entre los dos sistemas en algunas ocasiones hay también un Robert —sentenció el puertorriqueño con una seguridad tal que todos los presentes, de ahí en adelante, pensaron al unísono, que el éxito sería rotundo y decisivo.

Carmona inicia entonces la exposición del operativo a ejecutar y su logística. Presentó al oficial experto que resultó ser el que había hecho la pregunta sobre la sucesión, quien a una orden de Carmona, extrajo de un maletín las partes del arma de largo alcance que ensambló con pericia. Era la Stag Arm Super Varminter. Carmona hizo un diseño muy claro del área donde tendría lugar la posesión del presidente.

El Capitolio, la plaza y edificios adyacentes, marcadas en pies las correspondientes distancias. Sabía la distancia exacta entre la tarima presidencial hasta el tope de un edificio moderno desde el cual el francotirador tendría una vista perfecta. Un dispositivo electrónico medía la distancia a la perfección. El perímetro trazado aseguraba el éxito de la operación y la logística fue aprobada.

Cuando entraron los meseros a servir la comida ordenada, todo lucía normal, y el ambiente el de unos buenos amigos, importantes hombres de negocios, compartiendo en una animada francachela. Conversaban sobre la labor desplegada por el nuevo presidente Obama, quien en una acción prodigiosa anunciaría medidas para evitar el colapso del sistema capitalista. Sin temores y pensando en el bienestar de la humanidad ejercería presión al Congreso en pleno para desmontar el sistema neoliberal mediante restricciones al capitalismo salvaje, las cuales se establecieron durante el gobierno de Franklin D. Roosevelt para frenar a las ambiciones individuales, y ampliar las medidas de índole social como la ley Glass-Steagal que fue derogada en 1999, durante el gobierno de Clinton. Regresaría de nuevo la avaricia bancaria con la práctica de las especulaciones.

Algunos de los comensales manifestaban cierto entusiasmo, pero en realidad sus emociones estaban en ascuas y pensaban que el plan que se iba a ejecutar en Colombia, podría hacerse también, en algún momento, allá donde las cosas podrían tomar un curso inaceptable.

En medio del entusiasmo de la conversación, no se enteraron que uno de los meseros era un agente infiltrado de Mosquera, quien tenía el compromiso de no perder los pasos de Carmona.

En pocos instantes el agente, mirando a cada uno de los presentes, aprendió de memoria su fisonomía. La de Carmona, el general Ramírez y el embajador no era necesario retenerla. Ya ellos estaban retratados de cuerpo entero.

12

A través de los siglos, como explicaba el Profesor Sanz en algunas de sus conferencias, se ha podido demostrar que todo complot a la larga puede desbaratarse en cualquier momento. Basta sólo un mínimo de observación, de tener la capacidad de detectar los detalles que pudieran producir resultados relevantes. Mosquera tenía esta capacidad. Como Carmona, él también había estudiado en las mejores escuelas de espionaje, pero estaba curtido en la lucha antiguerrillera en la cual los detalles cuentan.

Era un hombre de gran constitución física, propia de su raza por lo que era conocido en Cartago, a la que había escogido como su residencia por su cercanía al Chocó, su tierra natal.

Una vez cruzó el Río La Vieja en su parte más ancha, sin salir a la superficie, al llegar a la otra orilla, sacó la mano como señal y, sin coger aire, regresó al punto de partida donde estaban sus amigos esperándolo.

Recién investido de policía, cuenta una crónica publicada en el periódico local el diario *El Norte del Valle* de la ciudad, se confronta con un grupo de cuatro policías tratando de someter a un hombre furibundo. No podían con él. Al llegar Mosquera, "¡Déjenmelo a mí!", gritó, y acercándose con una sola mano agarró las dos del hombre con tal fuerza, que éste se desvaneció y cayó al piso.

El hombre fue detenido, y Mosquera, gracias a muchas anécdotas tejidas por la imaginativa popular, se hubiera convertido en un ser mítico si no hubiera tomado la sabia decisión de irse a vivir a Bogotá, donde, gracias a contactos con Lozano, empezó a ejercer sus capacidades en una posición de relevancia.

Quizás por arrogancia, Carmona había cometido el craso error de ir a buscar al aeropuerto al franco tirador, el experto número uno del grupo élite de la SEAL con quien en una ocasión habían estudiado juntos y compartido en los juegos deportivos que se practicaban para despejar la tensión, y poder regresar descansados a las dos o tres horas a la práctica de sus disparos de precisión. Mosquera y sus hombres tenían detectado todos los pasos del francotirador y, por ende, los de Carmona y sus hombres, desde la reunión en Cartagena hasta su llegada a Bogotá, dos días antes de la ceremonia de posesión. La CIA, por otro lado, hacía lo propio siguiendo las órdenes de Carmona. No se podía permitir el más mínimo error.

Mosquera tenía ojos de lince que lo detectaban todo y la silente actividad de la serpiente de pasar inadvertido. Cualidades que había heredado de sus antepasados acostumbrados al inhóspito ambiente de las selvas de su lar nativo, el Chocó, con su estado natural de ríos caudalosos, tupidas selvas y montañas encumbradas.

A los tres días de la posesión, Mosquera y sus hombres hacían esfuerzos por mantener en control absoluto los movimientos del francotirador.

Se le vigilaba las veinticuatro horas del día. Su aprehensión se haría en el momento oportuno que los llevaría al arresto de todos los envueltos en el complot. Hacerlo ahora sería un error de cálculo.

Un error imperceptible daría al traste con la estrategia, y por el poder de los actores, podrían salir incólumes. Se hacía todo al alcance para capturarlos en el acto sin una sola oportunidad de salvarse del enjuiciamiento.

El espía, muy astuto, lograba a veces camuflarse entre la multitud, y en segundos desaparecer de la vista de las autoridades concernientes, las que de inmediato se ponían en estado de alerta e irradiaban una amplia actividad para ubicarlo. Se buscaba que él mismo, en un descuido, los llevara a los que habían organizado el complot. Le preocupaba a Mosquera que se descontrolara la fiesta de pueblo organizada por las nuevas autoridades del país. A este respecto, mantenía al señor Lozano informado de todo.

Evitar el descontrol era de su absoluta responsabilidad. Empezó a reorganizar el plan. Ubicó a sus hombres en puntos estratégicos. Personal de la policía se mezcló entre la multitud y agentes secretos se posicionaron en las azoteas de los edificios cercanos.

Después de identificar a los involucrados en el complot, a los cuales se les levantó sendas carpetas con datos biográficos y generales, gracias a una investigación concienzuda y precisa, se había logrado el control absoluto de sus acciones y pasos en tal forma que se había establecido en el círculo especializado de Mosquera, que una señal, conocida por todos, se indicaría que el contracomplot había tenido éxito. En ese momento, entrarían miembros de la policía escogidos para ejercer sus funciones contra todos los participantes del complot, con excepción del Embajador. Éste estaría a cargo del Ministro de Estado y del nuevo presidente.

No se quería crear un conflicto internacional, y menos con la presencia del representante del nuevo presidente de Estados Unidos, Obama, con quien Lozano quería establecer vínculos muy estrechos, dentro de los cánones de las relaciones de sana convivencia y justas negociaciones, las cuales el presidente de Estados Unidos, apoyaba sin regodeos.

El agente designado para cumplir la orden decisiva, que con una mínima acción podría escindir el hilo conductor de las circunstancias, logró escabullirse en el momento que un fuerte convoy militar llevaba soldados para ubicarlos en puntos clave de la ciudad.

Por una ironía del destino, escudado por los enormes camiones pudo penetrar en un edificio cercano, escogido por él con antelación, se cambió de indumentaria de pies a cabeza, y se mezcló de nuevo con facilidad entre la multitud hasta llegar al edificio escogido durante la preparación del complot. Había logrado posesión del edificio clave que determinaba con exactitud el perímetro establecido. Al tratar de llegar a la azotea, un guardia privado lo descubre.

En un español claro le explicó que su propósito era dar vigilancia de protección del representante especial de Estados Unidos.

La imponencia del francotirador y una propina jugosa convencieron al guardia, quien cometió el doble error de dejarlo pasar y no cumplir con las directrices de dar informes inmediatos en caso de que alguien sospechoso hiciera intentos de llegar a la azotea. Un error por olvido u omisión, o por una fuerte gratificación, puede dar al traste con todo un plan aunque su organización presente un cuadro de exactitud y de perfección.

Sexta Parte

1

La plaza luce renovada, no por el nuevo edificio de Justicia. El antiguo había sido destruido por el ejército durante un asalto del M19. Tampoco por los retoques que se hicieron hace varios días. Sí porque ya no deambulaba el cachaco de épocas pasadas, pequeños comerciantes, parroquianos, todos de punta en blanco, traje oscuro, nudo de corbata de doble vuelta, sombrero negro bien calado, estampa distintiva que conjugaba con el ambiente gris de la ciudad, siempre en la penumbra.

El pueblo bogotano manifiesta su alegría en su día favorito, ese sábado 7 de agosto, su entusiasmo haciendo acto de presencia vestido a la moderna, abigarrados colores, en un ambiente en el que se respira con entusiasmo el cambio a punto de iniciarse, de gran estabilidad, de verdadera paz y extraordinario equilibrio económico.

La fiesta popular con motivo de la llegada a la Presidencia y Vicepresidencia de los Lozanos, cogió el vigor que todos esperaban.

Esta fecha coincidía con la celebración apoteósica de la victoria del ejército bolivariano en la Batalla de Boyacá, que selló la independencia de la patria. La gesta libertaria estaba fija en la mente de los colombianos y era motivo de orgullo y alegría celebrar en lo sucesivo tan insigne efemérides, junto con la posesión del nuevo presidente, cuya gestión gubernamental tendría por objetivo gobernar en consonancia con los postulados bolivarianos, cuyos planteamientos filosóficos coincidían con los de El Movimiento.

El presidente, con sus actitudes y ademanes, reflejando una gran satisfacción, se dirigió al Congreso de la República para la ceremonia de rigor. Se escuchan las notas vibrantes del himno nacional dando un toque especial al solemne acto.

El presidente del Congreso tomó el juramento a Emilio quien refleja en ese momento augusto una especie de aureola lumínica que le daba el aspecto de estar predestinado para la ocasión. Decenas de delegaciones internacionales presencian el acto. Prestó juramento frente al presidente del Congreso

"Juro a Dios y prometo al pueblo cumplir fielmente la Constitución y las leyes de Colombia."

"Si cumple con su deber, la Patria y el pueblo se lo recompense; si no lo hiciere la Patria y el pueblo se lo demanden".

De inmediato el presidente del congreso le colocó la banda tricolor, símbolo del poder del Estado, que él ayudó a acomodarse, al mismo tiempo que manifestaba una amplia sonrisa.

Investido con el máximo rango del país y cumpliendo con la constitución, le tomó el juramento a su padre para desempeñarse como vicepresidente. La multitud, que veía la ceremonia en una pantalla gigantesca de alta definición ubicada en el centro de la plaza de Bolívar, al frente del capitolio, aplaudía. Padre e hijo están ahora al frente del gobierno. Se manifiesta la euforia popular con grupos musicales. Con tiples y guitarras interpretan hermosos bambucos y vallenatos. De la costa, Los Rosales ejecutan sus mejores composiciones en especial El Cantante de las Cumbias.

A una solicitud del presidente, que iba muy acorde con los nuevos acontecimientos, se había preparado al frente del capitolio una tarima especial para dirigirse al pueblo.

Estaban allí presentes Doña Josefina y Patricia al lado de Emilio. Eduardo miraba alrededor con entusiasmo y con la profunda sensación que por fin se iniciaba una nueva etapa de la historia colombiana. El pueblo participaba en el acto de posesión junto con muchos dignatarios y prominentes hombres y mujeres que esperan pacientes por la llegada del presidente: gobernadores de los distintos departamentos, varios de los rehenes liberados por la FARC, entre ellos Moncayo, el rehén más antiguo de la guerrilla, y ahora un gran admirador del presidente; embajadores y presidentes entre los que se destacaba Hugo Chávez, quien eufórico manifestó su gran satisfacción de que jamás, con el nuevo presidente colombiano, se volvería a dar un ruptura con Colombia.

El comandante calaba hondo en la conciencia del pueblo colombiano y se le miraba con admiración y respeto por su mérito de ser el reiniciador del pensamiento bolivariano, olvidado por casi doscientos años por aquellos que tuvieron en sus manos el poder de regir sus países con equidad social ausente en la estructura social de todos los países latinoamericanos. Su característica principal era su humildad para tratar con gran sabiduría los temas históricos y políticos. La oligarquía miraba todo esto con recelo y temor. Había roto por completo con la costumbre de la oligarquía de mirar a su pueblo por encima del hombro, con desprecio y rechazo, actitud muy en boga en algunas altas castas sociales de América Latina.

Su gran don de gentes le permitía tratar a presidentes y ministros, a dignatarios y representantes de igual a igual, con una familiaridad nunca vista pero que todos aceptaban con entusiasmo. Después llegaron Raúl Castro, Ortega, Cristina Fernández de Kirchner, Lula da Silva, acompañado de la candidata, y su posible sucesora Dilma Rousseff, Evo Morales, orgullo de su raza, Rafael Correa, así como el presidente de México, Felipe Calderón y el de Chile, Sebastián Piñera, acompañado de algunos de los mineros rescatados del yacimiento San José. Y José Mujica, el Presidente guerrillero de Uruguay. Además, de otros embajadores y plenipotenciarios.

A último momento, el flamante presidente de Estados Unidos, Barack Hussein Obama, quien tenía entre sus promesas, la aprobación del plan universal de salud para todos los ciudadanos de su país, promesa que resultó difícil de cumplir no obstante el Partido Demócrata, el partido del presidente, dominar el Senado y la Cámara de Representantes, se excusó por no participar en la ceremonia de posesión. Una agudización en la guerra con Afganistán hacía necesaria su presencia en su país; además, se supo después, ciertos movimientos diplomáticos y militares relacionados con Libia, también justificaron su ausencia. Esto era de gran preocupación pues la beligerancia de Obama reñía con la filosofía de paz que había logrado la atención de todos los pueblos que lo habían acogido.

Obama, en la política interna, tenía que enfrentarse ahora a la Cámara de Representantes que en elecciones pasadas había caído bajo el poder de los republicanos. A estos efectos nombró como delegado y representante especial a su vicepresidente, míster Joseph Biden.

El pueblo tomó la noticia con desaliento puesto que querían ver de cerca a quien había manifestado gran solidaridad con todos los países del continente y haber sido distinguido con el premio Nobel de la paz. A este respecto, el presidente había contestado en rueda de prensa en la Casa Blanca:

—No creo que este sea el momento propicio para dicho reconocimiento, pero como un símbolo que clama por la paz en todas las regiones del planeta, he tomado la decisión suprema de aceptarlo aun cuando nuestro país está llevando a cabo dos frentes de guerra, y, podría decirse, preparando un tercero. Podríamos tener, por lo tanto un incremento enorme en las hostilidades. Las circunstancias exigen mi presencia al lado de mi pueblo.

El Profesor Sanz, en una de sus conferencias, había establecido con datos verificables, que Obama estaba rodeado por personas poderosas porque o eran judíos sionistas, o pertenecían a ese movimiento que tiene como derrotero mantener el Estado de Israel a toda costa. Esto incidía, sin lugar a dudas, en la gestión gubernamental de Obama. "Según información fidedigna, decía el Profesor, tanto el vicepresidente como la secretaria de Estado, pertenecían al sionismo." En algunas de sus conferencias con gran precisión histórica hacía la distinción entre los que en épocas remotas habían adoptado la religión judía y los verdaderos descendientes de Abraham. Era fundamental conocer a cabalidad este hecho histórico, para poder comprender el desenvolvimiento histórico del mundo de hoy.

Desde la tarima, Emmanuel miró a lo lejos y alcanzó a ver a sus amigos del puente. Ellos le contestaron el saludo. La ceremonia está a punto de empezar. Emilio está listo y su padre también.

Después de leerse el Acta correspondiente de la sesión del Congreso, el presidente Emilio y el vicepresidente Lozano, seguidos por un séquito de admiradores que se entremezclaron con dignatario y oficiales del gobierno, se dirigieron a la tarima; antes las fuerzas militares le reconocen como su comandante general.

Los asistentes a su llegada, se pusieron de pie y con un vibrante aplauso, hicieron que una bandada de palomas levantara vuelo y revoloteara por varios minutos en cielo bogotano de una mañana clara y soleada. Emilio uno a uno fue estrechando la mano de todos los dignatarios.

Seguro de sí mismo, conversaba algunas palabras con ellos.

Cuando estuvo al frente de Hugo Chávez, hizo una pausa. Se miraron conmovidos. Los dos se saludaron con amplias sonrisas e intercambiaron algunas palabras que no se pudieron escuchar por el bullicio. Sin embargo, tiempo después en entrevista que el periódico *El Tiempo* le hizo al señor Lozano, éste explicó que la conversación de Emilio y Chávez versó sobre el ideal de Bolívar y cómo Chávez le explicaba su convencimiento de que en dicho ideal estaba la salvación de América Latina y su futuro "Gracias a usted, señor Chávez, nuestros pueblos han recuperado la senda marcada por el Libertador. La unión de América latina hoy es una realidad. Jamás la abandonaremos. Señor Presidente, a muy temprana edad cuestioné a mi padre la razón por la que, hasta ese momento, ninguno de nuestros mandatarios ni de nuestros líderes latinoamericanos hicieron intentos por buscar la realización del sueño de Bolívar. Usted tiene el mérito, después de casi doscientos años, de convertirlo en una apoteósica realidad".

Al lado del presidente electo, se destacaba la presencia del presidente saliente, que en su fuero interno, se sentía satisfecho, pues conociendo muy bien a Lozano, no dudaba de su idoneidad para ser un buen vicepresidente.

Le preocupaban las probables buenas relaciones con el gobierno de Chávez, quien por su estilo, su fervor revolucionario, se le hizo imposible a él continuarlas y que el nuevo gobierno de los Lozanos podría reiniciar con tendencias inaceptables.

Sin embargo, había rechazado cualquier acto de agresión que se pudiera adelantar por alguien contra el nuevo presidente. No había dado ninguna autorización al respecto, ni aprobación a hechos que pudiera perjudicar el devenir de su país.

Una conflagración sería letal para todos. Se notaba apesadumbrado, sin embargo, y había manifestado que era una víctima de círculos de poder, que con artimañas habían penetrado su gobierno. "Puedo considerarme una víctima de las circunstancias, de los imponderables de mi naturaleza humana", pero ya era demasiado tarde para rectificar. Su actitud recalcitrante y su naturaleza vesánica lo habían convertido en una figura trágica, solitaria, que no encajaba en la nueva historia del país a punto de empezar. Sin embargo, en una posición muy extraña se dedicó a hacer declaraciones extravagantes en diferentes foros con un contenido belicista que lo exponía ante la opinión pública como un enemigo de la reconciliación.

Un vocero del gobierno al explicar esta rara actitud del expresidente, se limitó a decir: "Se puede entrever una preocupación muy grande del expresidente, la cual lo obliga a tratar de mantener el poder que tuvo en épocas recientes. Sin el poder se siente desprotegido, así que lo busca sin descanso con una ansiedad que raya en lo ridículo.

Vestido con un traje azul oscuro a rayas, corbata roja y la banda presidencial radiante en su pecho, con el distintivo del escudo nacional, Lozano veía a su hijo con admiración y orgullo y cómo la multitud lo victoreaba y éste respondía con los brazos en alto y lleno de energía "por el bien de Colombia".

Emilio entonces se paró detrás del micrófono para iniciar su discurso de posesión. Su padre al lado observaba cada detalle. Un silencio absoluto.

Con gran firmeza miró alrededor de la plaza iluminada por un sol cálido. La multitud ansiosa. Empezó su discurso de manera sosegada, con una dicción perfecta, dando énfasis con la mano derecha a cada expresión, exponiendo puntos relacionados con las actuales circunstancias del país y adelantando cuáles serían los cambios estructurales que se llevarían a cabo para lograr la promesa programática de El ΦMIKRON de unificar al país en un equilibrio equitativo en los aspectos sociales. Es entonces cuando entró a tocar puntos sensitivos relacionados con el proceso de unificación de América Latina.

"La reestructuración de Colombia es una imperiosa necesidad y una obligación. La unión de América Latina así lo exige. Colombia, que nació del numen de Bolívar, no puede estar en la retaguardia.

"No puede ser un obstáculo, más bien un puntal poderoso en la conformación de la unión latinoamericana, tantas veces impedida, tanta veces subyugada. Ahora en otras manos está al frente de un futuro sin igual que, venciendo borrascas, nos permitirá salir adelante.

"América Latina es el futuro, y toda nuestra gestión buscará realizar nuestros propósitos, dentro de un escenario de bondad y justicia.

"Daremos pasos sobre caminos que forjaremos con uñas y dientes como lo hicieron nuestros antepasados que a golpes de machete construyeron una Colombia, en ese entonces, digna de admiración. Es entonces cuando no necesitaremos de la ayuda económica internacional.

"Pagaremos nuestra deuda al Fondo Monetario Internacional, y así, como nuestros antepasados, con nuestras propias manos, continuaremos con la consolidación de una Patria Grande, libre, soberana, autónoma.

"Nombraremos una junta de alto nivel, con instrucciones precisas de este gobierno, para que inicien todos los contactos con los presidentes de la región, y también con todos los foros internacionales para plantear los cambios conducentes a la integración de Colombia con los países bolivarianos y su participación en la consolidación de la CELAC, a celebrarse en el año 2011 en Caracas.

"El sueño de Bolívar está a punto de lograrse. Internamente, daremos comienzo de inmediato al desarrollo de una economía más justa y equitativa y al desarrollo de una mentalidad colombiana muy capaz en todo lo tecnológico. El analfabetismo será cosa del pasado y la educación gratuita hasta los grados universitarios.

"Diversificaremos el comercio a todos los países del mundo, y, dentro de nuevos parámetros de relación, entraremos en conversaciones con los representantes de Estados Unidos, aquí presentes, para diseñar intercambios y relaciones en los que no se ceda por ningún motivo la integridad de la patria, especialmente en el campo militar. Pacificaremos el territorio nacional con nuestras propias manos. Ya hemos hecho contactos con los alzados en armas, y su reacción nos colmó de optimismo. Ellos cuentan con toda la seguridad que les proveerá el Estado.

"En estas conversaciones nos sentaremos también a discutir con los líderes campesinos que siempre han visto a las FARC como un ejército protector. Tenemos el apoyo del pueblo. Nuestro gobierno está a punto de iniciar su obra.

"El Estado colombiano usufructuado por gobernantes insensibles, será cosa del pasado. Apelo a que, dentro de una armonía a toda prueba, el capital privado colabore con nosotros en esta empresa. Pero aún así, si esa colaboración no se da seguiremos adelante tras nuestro sueño y haremos esfuerzos por convertirlos en una realidad..."

2

Mientras tanto el francotirador se prepara, tranquilo, sosegado, en la azotea del edificio de veinte pisos, ubicado fuera del lugar de la ceremonia, como se había planificado, y desde allí seguía cada movimiento del presidente con su mira telescópica. Al enfocarlo ve a Lozano detrás y murmura: "Dos pájaros de un tiro".

Abajo, el ámbito de la plaza, sus edificios clásicos, la multitud, la catedral primada con su imponente arquitectura colonial, y un sol tibio y brillante, creaban un escenario que tocó las fibras del hombre que, en ese momento, tenía en sus manos un poder inconmensurable.

Era el dueño absoluto del transcurrir de un tiempo que en segundos se detendría en un acto brutal e incomprensible. De pronto se abstrajo de sus pensamientos, mientras estaba tratando de tomar la postura adecuada para la acción correspondiente que era cuestión de segundos. En su vesania una chispa de sensibilidad relampagueó por un instante. Nunca había experimentado algo igual. Curtido por el entrenamiento sistemático y el uso constante de las técnicas en diversas modalidades prácticas, hizo esfuerzos por recomponerse y permitir que la acción siguiera su curso normal.

Ensambló en un instante la Stag arm Super Varminter y siguió las instrucciones al pie de la letra: el pulso bajo control, ojo fijo en la mira telescópica, la mirilla sobre el objetivo sin obviar las instrucciones sobre balística, el dedo índice doblado presto para el movimiento fatal, respiración retenida, cuando empezó a escuchar por la retaguardia el acercamiento de un helicóptero de la policía.

Se resguardó rápidamente. En la prisa dejó olvidado sobre el piso el magazine de repuesto, cromado, que enviaba al espacio los reflejos lumínicos del sol cálido. Los policías del helicóptero captaron el destello y se comunicaron de inmediato con Mosquera.

Éste, con los agentes que siempre lo acompañaban en las operaciones de mayor riesgo, se abrían paso rápidamente entre la multitud, entró al edificio identificado desde el helicóptero.

Al ver que los ascensores por seguridad estaban apagados, sin mediar palabras con el guardia de turno, el grupo ascendió a zancadas por las escaleras hasta la azotea. Antes de llegar escucharon una detonación y el ruido de palomas en desbandada y segundos después, alaridos repetitivos que colmó todo el ámbito de la plaza. Mosquera presintió lo peor.

Hombre curtido en estos avatares, por su poder ejercido con éxito absoluto, se dio cuenta que frenar un francotirador SEAL un segundo después sería demasiado tarde para detener una acción que podría trastocar la escena en una secuela imposible de detener.

Cuando el hombre se disponía a usar su arma de nuevo, Mosquera se lanzó sobre él y después de forcejear un rato, con todas las fuerzas de sus manos lo inutilizó. La gran fortaleza física del francotirador no lo ayudó cuando trató enfrentarse a Mosquera, quien hizo uso de su enorme poder físico. Había dado órdenes de no dispararle. Lo esposaron, lo bajaron a la calle tratando que la multitud no lo identificara, pues se haría difícil detenerla en su afán de lincharlo, lo pusieron bajo fuerte custodia dentro del vehículo.

El escenario era imposible de describir. Yo hacía esfuerzos por contenerme, por controlar mis emociones. Presentí lo peor. Se había atentado contra el futuro del país que el pueblo, a través de Emilio, forjaba con entusiasmo a partir de ese instante. Miré alrededor, vi la masa del pueblo en completa exacerbación, y a los dignatarios extranjeros tratando de escapar en busca de protección. Patricia no podía aceptar el desenlace de los acontecimientos. Hacía esfuerzos porque Emilio, que sostenía en su regazo, despertara de su inconciencia. Todo fue en vano. Los enemigos de la patria habían cumplido con su misión. A lo lejos pude ver a Eduardo alejándose cabizbajo. Sin embargo, me conmoví con la entereza del señor

Lozano. ¡Qué valentía, qué habilidad! Empezó, con voz firme y decidida, a dar instrucciones que militares armados cumplían presurosos.

Como buen estratega que era, empezó a dar órdenes certeras y así mover a las autoridades pertinentes especializadas en el manejo de estas situaciones y de multitudes. Sabía por su experiencia que no era el final, que el plan concebido por mentes perversas había dado comienzo. Había que detenerlo y arrancarlo de raíz.

Una vez el ejército logró tomar control del escenario, fue cuando Lozano, profundamente afectado, se dirigió al pueblo y empezó a dar las órdenes de rigor, las cuales se cumplieron en el acto. Yo cuando pude, logré reunirme con mis padres.

En la plaza de Bolívar todo era agitación, un pandemonio. Un descontrol absoluto. "Lo mataron, lo mataron", era el grito de la gente. Focos de obreros y estudiantes ya empezaban a lanzar gritos de ira y "a la carga", el grito de guerra de Gaitán.

Personas mayores que se habían unido a El Movimiento, recordaban a la perfección su experiencia en plena niñez de los aciagos momentos de 1948, los cuales habían marcado el alma nacional para siempre. Presentían un desenlace horroroso. El asesinato de Jorge Eliécer Gaitán había desatado la ira del pueblo.

Sin embargo, en esta ocasión, el ejército hizo acto de presencia y empezó a controlar la situación, en el momento en que el caos amenazaba un rumbo peligroso.

Poco a poco fue calmándose el ambiente, sobre todo, cuando Lozano apareció de nuevo detrás del atril, y con voz entrecortada anunció que estaba bien, excepto su hijo que en ese momento varios paramédicos y un médico que hizo su aparición de inmediato le daban los primero auxilios, en vano, el proyectil que había rozado el antebrazo derecho de Lozano, antes había atravesado la cabeza de Emilio. El doctor que se había hecho presente certificó su muerte. Técnicos en balística indicaban que era imposible que un experto del SEAL errara un disparo.

Con un gran temple Lozano anunció a todo el país el fallecimiento de su hijo y pidió al pueblo insistentemente que en su honor, se mantuviera la calma y que no se cayera en el descontrol absoluto como en otras épocas. Ya él, investido de la autoridad que le concedía la Constitución, había impartido órdenes al ejército para que, sin extralimitaciones, controlara, con prudencia y moderación, el orden público.

La multitud todavía en la plaza al escuchar las palabras de Lozano, se detuvo, absorta, pasmada, sin ánimo.

Cuando el presidente Lozano se retiró a auxiliar a doña Josefina que sollozaba sin control vio cerca de ella a Patricia, con un terrible rostro transido por la pena, seguía al lado de Emilio, abrazándolo mientra su mirada de incertidumbre se perdía en el espacio. La foto del cuerpo exánime de Emilio yaciendo en el regazo de Patricia, tomada por un transeúnte ocasional, recorrería la portada de todos los periódicos del mundo.

Todos miraban asombrados, incrédulos. Yo manifestaba en mi rostro la constante inverosimilitud de algunos hechos humanos, cuya fuerza fatídica había leído en las páginas de la historia latinoamericana, y jamás pensé que golpe así habría de tocarme tan de cerca.

A lo lejos alcancé a ver, con extrañeza, que Eduardo hizo esfuerzos de zafarse de la multitud, y cabizbajo, se fue alejando de la plaza, hasta perderse entre las calles estrechas del barrio La Candelaria.

Llegó hasta su automóvil, y se dirigió a la Villa.

Mosquera lloraba en la soledad interior de su automóvil. Hombre curtido por la experiencia de cientos de casos de violencia, enfrentados desde su adolescencia, sintió desvanecerse por el golpe enervante que por escasos segundos él pudo haber evitado. Escasos minutos habría salvado la vida de Emilio. La sincronización, el cierre perfecto de acontecimientos sucesivos, dolorosos o exultantes, se había dado en fracción de segundos. Un sentimiento de culpabilidad lo obligó a entrever, en medio de la zozobra, que le había fallado a Lozano.

Pero se hizo la promesa de capturar a Carmona y su banda cuanto antes. Empezó a llamar a sus agentes por celular dándoles órdenes de inspeccionar los lugares en los que, identificados, pudieran esconderse.

Una fuerte vigilancia se había montado en el aeropuerto y alrededor de varios aviones de carga, de compañías norteamericanas, que de antemano lucían sospechosos.

Cuando la plaza se despejó un poco, y ya los embajadores y demás dignatarios habían abandonado el lugar, en busca de protección, dirigidos por las autoridades hacia sitios seguros, obligaron al francotirador a salir del vehículo y tomando las precauciones debidas lo llevaron hasta el capitolio donde fue encerrado en un cuarto de almacenaje y allí le pidieron que hablara y dijera la ubicación de Carmona y sus hombres.

Su lugar de escape estaba en el aeropuerto. Recibía e impartía órdenes desde uno de los aviones, acondicionado con todos los implementos electrónicos muy sofisticados que le permitían la comunicación perfecta con sus lugartenientes en el país y con sus jefes en el exterior. En menos de dos horas todos los conspiradores fueron capturados.

El general Ramírez fue declarado traidor, destituido y puesto en manos de las autoridades para el juicio correspondiente. En menos de veinticuatro horas el embajador norteamericano, en un comunicado a la cancillería de su país que cursó el nuevo gobierno colombiano, fue declarado persona non grata y expulsado del país. Carmona y sus hombres serían acusados por la justicia colombiana. El presidente Obama, al enterarse del suceso, censuró la acción y anunció, compungido y un poco descontrolado, a la prensa mundial que tomaría las medidas correctivas correspondientes, para lo cual dio instrucciones especiales a su vicepresidente.

Los otros serían juzgados, en palabras de Ricauter, conforme a las leyes colombianas y no sería aceptada por ningún motivo una solicitud de extradición.

La defenestración de grupos encubiertos colombianos y foráneos, que siempre en la oscuridad de la clandestinidad dirigían por mucho tiempo junto con Carmona, innumerables casos violatorios de la integridad del país, había casi desbaratado el complot que buscaba descontrolar al pueblo completo, como en otras ocasiones, y así impedir la posesión de Emilio.

Una mínima falla había precipitado los acontecimientos. Gracias a la rápida acción de las autoridades competentes, se logró, sin embargo, la pronta juramentación del nuevo presidente y el ritmo del proceso se cumplimentó a la perfección para seguir adelante con la ceremonia.

La justicia colombiana, por primera vez en muchos años, ejercería su poder absoluto, acentuando así el propósito del cambio del nuevo gobierno.

Pese a la tragedia el cambio definitivo de Colombia se acababa de iniciar. La historia tenía que seguir su curso correspondiente. No ocurrió, como antes, que, después del asesinato de una figura insigne del pueblo, el país caía en la vacuidad absoluta, sumido en el descontrol, en el caos, creado y propiciado por las fuerzas enemigas del pueblo colombiano. Ahora, Lozano a la cabeza, y con la colaboración de países hermanos, tenía firme las riendas del poder. No sería vengativo, pero aplicaría la justicia. Tenía que hacerlo, tenía que obedecer al imperativo categórico del deber que había puesto en sus manos la voluntad del pueblo colombiano

Mosquera en persona informó a Lozano de lo ocurrido y le notificó el lugar donde tenían detenido al asesino. Para su sorpresa, el presidente de inmediato mostró interés de hablar con él. Se dirigieron al capitolio. Cuando llegaron a la improvisada celda, el terrorista se puso de pie, nervioso.

—Lo estaba esperando. Conozco de antemano su calibre y el actual momento es oportuno para exhibir su dominio emocional en esta ocasión especial como presidente de su país.

Lozano no contestó. Se quedó en silencio por unos minutos. Le observó y en la incomprensión del trágico momento no acataba a comprender las veces que hizo uso a hombres como el que acababa de asesinar a su hijo. Era ahora la víctima y no el victimario.

—Somos hijos de lo absurdo. Usted como culpable y yo como su creador. No puedo sondear las oquedades de su espíritu y pedirle que tenga clemencia por usted mismo.

Sé de muchos que han logrado crecer y habilitarse pero usted es creación misma del sistema y actúa conforme a las exigencias de su mente. Ha asesinado usted a un hombre bueno. Su gran desprendimiento cautivó a las multitudes. Su meta servirle bien a todos por igual. Usted, en un acto inverosímil, ha interrumpido tan loable tarea. Me toca a mí activarla y continuar con ella por los caminos que él trazara. Su sueño será una realidad. No el que ustedes se proponían adelantar con tan execrable crimen.

El francotirador se hundió en un completo silencio. Pero, haciendo un gran esfuerzo, y con una mirada de perplejidad, y un visible desespero, en un español perfecto, dijo:

—Yo no vine al mundo para ser un asesino. Fui preparado para ser un activo en la lucha tenaz que se despliega contra los que atentan contra el sistema que me ha tocado vivir. Yo, por la fuerza del destino, o por caprichos de la historia, estoy del lado de acá. Los de allá me consideran un asesino; los de acá, un héroe. Usted me considera ahora un asesino porque usted ha cambiado de bando.

»Ninguna posición o ubicación me interesa. Pertenezco a la extraña fauna de los que trabajamos en el anonimato por el bien de la humanidad. Yo solo cumplí o traté de cumplir con mi deber. Le deseo éxitos en la empresa que usted ha de iniciar. Usted será ensalzado por la historia; yo pasaré al olvido en un cenotafio en cualquier rincón perdido de mi patria».

—Entiendo su posición, patética por demás. Su deber siempre estuvo supeditado a cumplir la orden impartida a usted por otros… conozco lo intricado de las fuerzas que protegen el sistema. Cómo se trabaja en cuartos oscuros, en los que se decide sin exagerar la suerte de la humanidad para lo que el sistema cuenta con hombres como usted.

»No se basan en ningún tipo de consideración ni tienen ningún grado de sensibilidad. Simplemente se actúa. Usted hizo lo suyo. Usted es parte de la historia que siempre se ha escrito con sangre».

—Con la que todos tenemos las manos manchadas. Todos los que nos damos enteros a la consumación de actos que interrumpen la historia, tenemos el prodigio, sin proponérnoslo, de crear héroes que el pueblo venera con respeto. Su sacrificio es ostensible. El nuestro, por loable que sea, pasa al olvido inexorablemente.

—¿Qué otro castigo podría aplicarse a hombres como usted? Usted ha logrado su propósito., como hombre que lleva a cabo su deber, que es el de proteger al sistema, pero esto lo ha convertido en un personaje patético, sin historia. Su transcurrir será borrado para siempre por la pátina del tiempo. El de mi hijo brillará con luz propia en cada gestión de mi gobierno que será la admiración de las generaciones por venir.

Con estas palabras, Lozano se dirigió adonde estaba detenido Carmona. Tenía que apurarse. Se le esperaba para su alocución presidencial.

El francotirador bajó la cabeza y después levantó la mirada para ver cómo se desvanecía la imponente figura de Lozano entre la penumbra del local y el intenso resplandor que entraba por la puerta.

Carmona, quien fue trasladado del aeropuerto a un lugar de máxima seguridad, cambió de color tan pronto vio a Lozano.

Se le hacía difícil el enfrentamiento con quien por mucho tiempo habían organizado múltiples ataques planificados por ambos, y que tenía por objetivo mantener la inmovilidad del sistema que por doscientos años había servido a círculos de poder nacional y estadounidense.

—Esperaba un ataque preparado por usted contra mí. Dí por sentado dicho desenlace. Pensé que, como usted mismo lo diría en su jerga, yo habría de ser la tarjeta. Jamás pasó por mi mente que sería mi hijo.

—Así se había planificado, pero nuestro trabajo no esta exento de accidentes. Lo siento mucho señor Lozano.

—Lo siento por usted y su familia. El daño que usted me ha hecho crece en proporción contra los suyos, no porque yo lo desee así. Es el desenvolvimiento natural que sus actos han propiciado, y el de ahora no es una excepción, alrededor del mundo. Es la respuesta natural a los hechos adversos propiciados por la mente enajenada de aquellos que, en un momento dado, sucumben a su naturaleza humana.

»Afortunadamente, gracias a mi hijo, mi ser se ha fortificado con su prédica constante y valerosa. Estoy preparado para superar la tragedia y realizar la obra que me propongo. ¿Podrá usted superar la suya?»

Carmona bajó la cabeza. Su semblante, los labios fruncidos, daban la impresión de culpa, aunque más que por el daño causado, por la ruptura de una relación llena de éxitos, que le había granjeado múltiples reconocimientos por parte de la agencia a la que se había entregado con cuerpo y alma por casi cuarenta años, de acciones intrépidas todas llevadas en suelo colombiano. Recordó a su esposa y sus advertencias de peligro que lo acechaban a cada instante, sobre todo cuando hizo alusión a lo avanzado de su edad. Debido a este recuerdo y al del terruño bucólico de su infancia en la Isla del Encanto, por poco lo invade una profunda melancolía.

—Su carácter y la transformación de su espíritu permite prever la obra que usted ha de realizar. Porque no se trata de un acto esporádico, ni mucho menos; tomó mucho tiempo en el que usted se preparó para este momento. Su hijo estaba al tanto de dicha transformación y esto le permitió contribuir con usted. Admiro su proeza, pero no puedo compartirla.

Soy sólo una brizna en las manos del imperio que la maneja a su antojo. Disponga de mí como a bien usted tenga.

—De usted dispondrá la justicia colombiana.

Con estas palabras salió y se dirigió al lugar donde se llevaba a cabo la ceremonia. La televisión nacional e internacional esperaba con ansiedad al presidente. Dos horas después, el nuevo edecán hizo acto de presencia y con voz firme dijo: "con ustedes el Presidente de la República de Colombia, el Doctor Antonio Lozano".

3

El Congreso se había reunido y, cumpliendo con la ley, otorgó a Lozano todo el poder del Estado. Fue él quien, con el rostro desencajado, las manos algo temblorosas, los párpados inflamados, y apoyándose del atril, empezó su alocución:

—Colombianos... el dolor embarga nuestro espíritu. No es fácil aceptar la desaparición súbita y trágica de Emilio... Todos lo lloramos desconsoladamente.

»El paso inexorable del tiempo y el sentido profundo del deber nos obliga a seguir adelante, y empezar con la configuración de una nueva Colombia. Emilio es irremplazable. Él estará presente en la obra que nos proponemos empezar, con un profundo sentido de justicia social, autonomía económica y total independencia en los asuntos internacionales en los que estará presente siempre el espíritu visionario de Bolívar y que a su vez era el sueño de Emilio. Precisamente, éste es nuestro reconocimiento póstumo a Emilio.

»Cuando hayamos terminado nuestra obra, las generaciones futuras al disfrutar el quehacer humanitario que la caracterizará verán siempre su presencia y es entonces cuando jóvenes como él presentes en los asuntos de la patria será el orden del día.

»Los enemigos nos han causado dolor pero no han tenido éxito en sus propósitos perversos, porque el dolor nos llena a todos de esperanza y nos fortalece.

»A veces el dolor conduce por el camino que lleva al éxito que se ha buscado y que, de pronto, nos damos cuenta que lo tenemos en la mano. Ahora es nuestro, ahora es la oportunidad, con todas las fuerzas vivas del país, empezar la realización de la nueva Colombia. El sacrificio de Emilio no ha sido en vano».

—Ahora bien, he pedido al Profesor Sanz que sea él quien lea el discurso completo, que Emilio había preparado para su inauguración como presidente de nuestro país. Profesor Sanz lea usted las palabras del joven presidente.

El profesor Sanz pasó al frente, tomó de las manos del Presidente el discurso escrito, y con voz quebrada por la emoción empezó a leerlo:

—¡Compatriotas! Desde muy niño aprendí de mi padre que el propósito fundamental del ser humano es servir y no ser servido; es decir la verdad y no la mentira. Esta se manifiesta de múltiples maneras. La verdad es eclética, pero es una sola. A lo largo del camino muchas cosas nos atraen, incluso bifurcaciones que a veces nos confunden.

»Pero cuando vamos en busca de la verdad, el camino se ilumina y resulta difícil perdernos en nuestro propósito. Sobre todo cuando el camino conduce a una Patria grande y sin sometimientos. Gracias a mi padre, ahora nuestro flamante vicepresidente, forjaremos un nuevo país cuyos cimientos indestructibles están elaborados con el légamo de la verdad, la virtud y la justicia para todos.

»Se acabó para siempre el tiempo de los exclusivismos. Todo esto implica sacrificios, a veces el martirologio, como es el caso de Arturo, quien tiene ahora un sitial firme en la historia de la nueva República como otrora los verdaderos héroes del pueblo que nuestra historia venera con admiración y respeto. Arturo también luchó por su pueblo.

»Todos queremos luchar por nuestro pueblo. No olvidemos que los enemigos acechan agazapados en la oscuridad, y tratarán de acabar con la vida de quien esté dispuesto a ofrendarla por la Patria. En especial cuando se toca la intimidad del egotismo que se caracteriza por exteriorizar sus posesiones ilimitadas y sus latifundios que van más allá del horizonte.

»¿Cuántos han muerto en esta lucha sin cuartel? Muchos escribieron con su sangre el acta atestiguando su propio sacrificio. Igual ha ocurrido en otros países latinoamericanos. Cada vez que alguien levanta el cuerpo augusto de la justicia social para todos, es aplastado por la mole poderosa, máquina infernal, del poder económico que se extiende por el mundo entero con su compleja maquinaria militar.

»Pero una nueva aurora tiñe el firmamento indicando el cambio que forjaremos para lograr la transformación de la conciencia colombiana. Una conciencia sin egocentrismos, de amor para todos, de justicia, educación y salud para todos.

»Una Colombia que no sea indiferente a la miseria de tantos compatriotas, al desplazamiento humano, a la niñez irredenta, que es nuestra generación perdida. Una Colombia capaz de emitir su voto decisorio con sabiduría, y no por el impulso que despierta la palabra falsa, la postura engañosa y solapada que se encubre en el partidismo obcecado, un lastre para el desarrollo adecuado del país, una invención utilitarista.

»Una Colombia preocupada por el avance de la violencia la cual tiene su explicación en la ausencia de los elementales principios de la convivencia y la justicia, sin las cuales nunca disfrutaremos de una verdadera paz en el territorio del país, y si de una guerrilla constante que nos acompaña desde 1830. Una Colombia, en fin, donde impere el pueblo y no el partido político. Este en realidad es un instrumento que tiene como objetivo la perpetuación de la oligarquía.

»A partir de este día memorable se da comienzo al forjamiento de una sociedad estructurada en la virtud y en el reconocimiento de que el bien común tiene características universales. ¡Viva Colombia!»

—Debo añadir —dijo el Profesor— que con estas palabras proféticas en toda su dimensión se revela la grandeza de espíritu de quien no escatimó tiempo ni esfuerzo por el bien de su país. Sorteó el peligro como ninguno, siempre adelante llevando sus ideales y sentimiento por todos los rincones de la patria, hasta que vio el camino amplio, para todos.

»Los manuscritos del Sabio Caldas fortalecieron sus convicciones porque en ellos se descubre el verdadero propósito de la oligarquía durante la colonia cuyos actos estuvieron siempre presentes en nuestro quehacer hasta este maravilloso instante en que se inicia una nueva aurora gracias a Emilio.

»Espero, señor Presidente, que los culpables serán castigados con todo el peso de la ley de la Nueva República, y que no defraudaremos los anhelos de Emilio y que su labor grandiosa empezará a manifestarse de inmediato por todos los rincones de la patria».

Cumpliendo con el artículo 202 de la Constitución, Lozano en una ceremonia sencilla pero emocionante, tomó juramento a Patricia quien sin ser parte del gabinete ministerial, pasó a ser la vicepresidenta del país. La aceptación fue multitudinaria. El pueblo se manifestó por Email con regocijo y respeto. Patricia, todavía compungida por la pena, hizo esfuerzo para musitar algunas palabras:

"La Patria obliga. El pueblo me fortalece. Circunstancias por las que atravesamos nos deja ensimismados por la tragedia imposible de comprender... imposible de superar. Nos alienta sí nuestro ferviente deseo de convertir en realidad la filosofía de Emilio: educar al pueblo por los caminos del saber, de la moral y de la virtud. Muchas gracias".

4

El velatorio tiene lugar en la Universidad Nacional, antes de dar inicio a las exequias fúnebres, en la Catedral. Miles de estudiantes desfilan para darle la despedida al joven presidente. Cartelones de protesta abundan entre la multitud.

Con todo se mantiene un control absoluto dentro del silencio que da realce al desarrollo de los acontecimientos. Se expone su cadáver en un ataúd de cedro rojo con tiradores de bronce, cubierto de orquídeas blancas, del hermoso jardín de Doña Josefina.

Sobre sus ojos apagados, una corona de laurel, como reminiscencia de aquellos héroes que ofrendaron en épocas clásicas la vida por su patria.

Mosquera y su grupo hacen la guardia de honor, mientras una fila interminable de estudiantes desfilan en completo silencio.

De allí el féretro es trasladado al capitolio donde los restos son puestos en el patio central. Se realizaron varias guardias de honor a cargo de funcionarios gubernamentales.

El cortejo fúnebre era esperado por miles de personas, que una a una son autorizadas a pasar en total silencio frente al cadáver y, sollozando, inclinan reverentes la cabeza en señal de respeto y reconocimiento.

En hombros de seis miembros de la guardia presidencial, lo conducen a la catedral, colmada por cientos de personas, muchas de ellas con el rosario en la mano. El Señor Lozano, Doña Josefina, Patricia, nuestros padres y yo, el Profesor Sanz, los dirigentes de El ΦMIKRON presentes al frente del altar rodeando el féretro sobre una cureña, símbolo de fortaleza y liderato, cubierto con la bandera nacional y la de El ΦMIKRON. Siguen el rito de la misa en gran silencio. Los presidentes de los países bolivarianos y de otras latitudes se intercalan para hacer guardia de honor. El arzobispo Rubiano, a petición de la familia, junto con varios sacerdotes, encabeza los actos oficiales de carácter religioso. Para sorpresa de todos el arzobispo Rubiano tomó la palabra:

—Acontecimientos como éste laceran nuestra integridad física y las fibras más sensibles de nuestro corazón. Conocí a Emilio cuando ya él empezaba a reflejar su extraordinario dominio sobre los asuntos de su Patria. Siempre estaba al tanto de lo que acontecía y señalaba a todos con su dedo acusador por no buscar solución al álgido problema de la injusticia social. Gracias al Profesor Sanz supe de sus preocupaciones. Siempre se le recordará por el extraordinario cambio que produjo a través de El ΦMIKRON.

»Estaba seguro que con El ΦMIKRON se acabaría la división del pueblo colombiano en múltiples vertientes, artilugio muy bien ingeniado por la clase dirigente para mantenerse en el poder, como se mantuvo por casi doscientos años. Se ha dado comienzo a un nuevo sistema que por la calidad de los hombres y mujeres que empiezan ahora a dirigirlo augura un éxito rotundo».

Un coro de niños entona el himno de El ΦMIKRON que el Profesor Sanz había compuesto días atrás y que se iba a inaugurar con la posesión de Emilio como presidente.

Pendiente de una larga cadena, se balanceaba una urna cineraria con una pequeña flama agonizante.

Se le conduce a la última morada en el cementerio nacional con su pórtico monumental, imponentes mausoleos, los ángeles del silencio y el cristo redentor que lucía más estremecedor que nunca, acentuado por los tenebrosos columbarios cuyos pasillos se perdían en la distancia. Un par de sepultureros había organizado el mausoleo de los Lozanos. Los guardias pusieron el ataúd sobre dos fuertes pedestales de mármol. El arzobispo de la ciudad, habló a la multitud mientras asperjaba agua bendita.

En el momento de ubicar en la fosa el ataúd, se escucha el lóbrego repicar de unas campanas. Es la misma escena de siempre que por el orden en que se presentó, auguraba para los colombianos una ruta nueva, hacia un futuro pletórico de progreso.

El pueblo colombiano había logrado por fin la madurez suficiente para evitar que el nuevo martirologio fuera en vano.

Eduardo, después de cumplir con el deber de dejar para la posteridad los hechos históricos, que por comprometedores muchas veces se pasaban por alto o se tergiversaban, se había dirigido a la catedral para participar en los actos fúnebres de su hermano, al lado de su familia.

Es entonces cuando yo, con una fortaleza increíble y un control total de mis emociones, me acerqué, rodeado de mis amigos del puente, y puse sobre el ataúd una pequeña corona de rosas blancas

—Adiós Emilio —dije en voz que todos escucharon— no has muerto en vano. Otros cogerán la batuta en el momento oportuno y con los mismos propósitos que nos enseñaste".

Y empecé a cantar en voz baja las palabras proféticas del coro del Himno Nacional

¡Oh gloria inmarcesible!
¡Oh júbilo inmortal!
¡En surcos de dolores
el bien germina ya!

Al mismo tiempo, al lado de la tumba, planté un pequeño árbol evocando para todos, como expliqué más tarde, la libertad y la verdadera unidad nacional.

Tres disparos masivos de salva estremecieron los aires de la capital y el espíritu de todos los colombianos.

Mientras las multitudes amenazaban con castigar a los culpables del asesinato de Emilio, su padre en una acción valerosa enfrentaba la situación y establecía las directrices a seguir por las autoridades, para capturar a los culpables, proteger a todos los representantes y dignatarios extranjeros, y regresar al país cuanto antes a la normalidad para evitar su colapso como ocurrió el 9 de abril de 1948, ante la manifiesta impotencia del gobierno de ese entonces.

8

Eduardo, ya en la mansión de sus padres, había empezado la culminación para la posteridad del "Documento Comprobatorio Z". Con gran fortaleza, imbuido del acto de conciencia que las circunstancias del momento exigían, entró de lleno a describir los acontecimientos que marcarían un hito en la historia del país, con los nombres exactos de las personas involucradas, quienes a través de El ΦMIKRON podían por fin dar rienda suelta a sus anhelos de una transformación social. Hizo énfasis en aquellos personajes que por largo tiempo tuvieron las riendas del poder, cuyos actos desplegados con una gran insensibilidad, jamás plantearon la más mínima idea de cómo lograr el equilibro social. Por el contrario, su tarea diaria parecía tener la intensión de agudizarlos.

Las intransigencias del presidente, siempre preocupado por su adopción de posturas teatrales que impactaban a la prensa y la televisión internacionales que se encargaban de exaltarlas, no permitían llegar con desprendimiento a la verdadera trabazón de la situación social de la nación; a Carmona, el agente coordinador de los hechos, cuyo poder cedido por la CIA como el agente principal en estas latitudes, lo expuso con lujo de detalles sin descuidar los pormenores sicológicos de su personalidad y sus conocimientos técnicos que conformaron un espía exitoso, quien hizo de nuestro territorio patrio el lugar favorito de sus operaciones coordinadas desde afuera y mantenidas desde adentro; el francotirador, con su figura imponente, parco en palabras, explosivo en sus acciones, prepotente, con una pasta humana blindada, siempre la misma, sin conmoción. Y sobre todo hizo énfasis en sus aspectos sicológicos que se proyectaban de manera enigmática con sus ojos sanpaku.

Gracias a documentos con los que contaba, Eduardo había podido trazar la trayectoria completa del espía desde los primeros días de entrenamiento intensivo hasta el momento en que adquirió su gran poder que ejercía en cualquier parte del mundo, con un éxito total; para el general Ramírez y su imponente sonrisa, con la que se ganaba la simpatía de los medios tuvo sección especial aparte pues Eduardo consideró al militar, que se había convertido en el enemigo acérrimo de El ΦMIKRON, como el principal sostenedor de los hechos los cuales desembocaron en la tragedia que él, cumpliendo con su deber, pudo haber evitado.

Eduardo, pues, logró darle forma al Documento Comprobatorio con la descripción exacta, histórica, de los que con sus actos fueron tejiendo la trama que, en una forma u otra, iba a envolver a Emilio de quien resaltó su acción intrépida, su habilidad en crear la organización de El Movimiento, ahora nuestro glorioso El ΦMIKRON, sus luchas diarias, su desarrollo intelectual, y, sobre todo, su portentosa influencia en el ánimo de su padre que logró, gracias a su virtud sobre la cual conformó El Movimiento, una transformación de la personalidad de su progenitor. Además, Eduardo, no pasó por alto los lugares importantes que constituyeron los escenarios de los hechos, y así poco a poco fue destilando la información que me hizo posible, años después, la preparación y coordinación para plasmar en la novela que venía preparando de tiempo atrás y que había configurado a la perfección dentro del realismo que los acontecimientos exigían.

En el proceso intelectual, tenía por costumbre decir a sus amigos y familiares: "Los pueblos latinoamericanos no podrían captar toda la brutalidad de la historia de Colombia mediante una narración agradable, hermosa sí, satisfactoria y por mucho, y ceñida a los cánones del idioma, pero dentro del estilo del realismo mágico que deja en el lector la incómoda posición de investigar si lo que acaba de leer es una mera fantasía o una cruda realidad. Mi novela es una respuesta real a los problemas que planteaba, por años, la confusa naturaleza humana, en especial la de Colombia".

Los propósitos —el de Eduardo y el mío— fueron el de destacar las causas y efectos en un análisis epidemiológico de la violencia colombiana, que por su presencia persistente de los últimos doscientos años había sido aceptada por todos como un hecho natural y espontáneo.

La fragilidad humana se acomoda en un escenario de violencia, por eso la vive sin inmutarse y da por sentado que su desenvolvimiento atropellante es parte inevitable del desarrollo consuetudinario. La realidad es que los colombianos habían crecido como individuos pero habían fracasado como personas, en el sentido de que éstas fundan su ser en la virtud. Los actores de ahora, caracterizados por la generosidad y la bondad, se mueven en un escenario propicio, sin ideologías perturbadoras, sin ambiciones mezquinas, sin antropocentrismo, sin violencia.

Así, pues, armados de la prudencia los mueve el servir bien a su patria, a su pueblo, dentro de las ideas bolivarianas que se forjaron hace más de doscientos años.

5

Doña Isabel no pierde un segundo en colmar a Patricia con los cuidados necesarios. Doña Josefina hace lo propio. A sólo varios meses desde que el doctor confirmara la buena nueva, en ese marzo de 2011, Patricia mantenía un cuadro de salud envidiable y además, después de dar a luz, vendría el período de adaptación que debe enfrentar toda primeriza.

Patricia estaba preparada y aguardaba el momento con gran satisfacción y alegría. Se habían hecho los arreglos correspondientes con la clínica David Restrepo que estaba localizada en el sector Chapinero de la ciudad. Todo estaba en su orden.

Los preparativos cumplían a cabalidad con los pasos correspondientes, tales como un plan de parto, tipos de respiración que Patricia debía practicar, lactancia materna, ejercicios de Kegel. Doña Josefina y Doña Isabel estarían en el paritorio.

Cuando ocurrió el alumbramiento, todos los presentes en el pasillo querían ver al bebé, al nuevo heredero, el hijo de Emilio, quien mantenía así la perpetuación de la línea paterna de consanguinidad y, sobre todo, la perenne presencia espiritual de Emilio.

El regocijo del pueblo por este acontecimiento sin igual se manifestaba en todo el territorio nacional. Patricia mantuvo su excelente salud, y al mes se vinculó a su trabajo como vicepresidenta de todos los colombianos.

6

En 2012, ha pasado poco más de un año desde la toma de posesión del presidente Lozano, y ya el cambio se manifiesta sobre todo en el regocijo del pueblo porque se siente una transformación positiva en todo el ámbito del territorio nacional. Todos consideran que ha sido un buen comienzo, cuando se analizan las gestiones dentro del primer año de gobierno. Se ejecutan obras sociales dentro de una dinámica que vibra sin descanso. Cada uno en el gobierno aporta en su medida al éxito del proceso.

Mientras tanto el Presidente acaba de iniciar su gira por todo el continente asiático para fortalecer los vínculos con cada país. Con varios de sus ministros, y acompañado por profesionales con gran peritaje en economía y tecnología, busca cumplir con la agenda que se ha trazado y que tiene como objetivo unas sólidas relaciones económica y culturales con los países a visitar. Antes de viajar, había iniciado gestiones para lograr ingresar a Colombia en el Mercosur. Estaba, pues, realizándose el programa establecido por El ΦMIKRON.

En los primeros dos meses de su gobierno, para principios de noviembre, había iniciado su visita a varios países de América Latina, acompañado de un grupo del más alto nivel de expertos en el mercado internacional cuya agenda, además de establecer el intercambio comercial, buscaba la unión férrea del continente.

El Presidente Lozano fue una de las figuras principales durante la reunión de la CELAC a principios de diciembre de 2011, en Caracas, y junto con Hugo Chávez se hizo un conmovedor elogio a la gestión por la unión latinoamericana de Kirchner.

Este reconocimiento se entregó por escrito a la Presidenta de Argentina, Cristina Fernández de Kirchner, quien agradeció el gesto con palabras conmovedoras. Su labor en la Argentina siguiendo los pasos de su esposo y con todo el apoyo de su pueblo, fortalecía la su país en todos los campos en especial el social con una economía equitativa y justa y, sobre todo, con una total emancipación de las instituciones financieras internacionales. La Presidenta aprovechó la oportunidad para destacar las excelsas cualidades de Emilio y cómo, gracias a él, Colombia había tomado por fin el derrotero de la integración latinoamericana.

La muerte de su esposo fue un duro golpe a la lucha por la unión latinoamericana. Con suerte, se ha continuado con la misma sin contratiempos y si se quiere con más fuerza y decisión, a lo que ha contribuido la nueva postura colombiana.

Patricia está interinamente a cargo de la conducción del país. En su despacho espera al periodista Jon Lee Anderson, columnista independiente del *New York Times*. Se había acordado una entrevista a solicitud del gran periódico que seguía de cerca el proceso colombiano.

Llegó al aeropuerto El Dorado a las nueve de la mañana en el vuelo 950 de COPA.

Tomó un taxi oportuno que lo llevó al Hotel Tequendama, en pleno centro de la ciudad. Por el camino observaba las amplias avenidas de la ciudad, que por su estilo o su ambiente siempre frío y nublado, le lució un tanto europea.

Descansó varios minutos y después hizo la llamada de rigor. Una de las secretarias de la Presidenta interina verificó la hora de la entrevista que tendría lugar en la casa Nariño. La Vicepresidenta conocía al periodista desde los días de la campaña presidencial, y lo esperaría al día siguiente a las diez de la mañana.

Después de confirmar la hora de su visita a Patricia, empezó a preparar el borrador de lo que sería, según lo conceptuaba él, el mejor ensayo que pudiera escribir sobre los asuntos latinoamericanos. Era su segunda visita a la Casa de Nariño. El huésped de la primera visita le dejó incomodidades y la impotencia de un intercambio de pensamientos que, por los desaciertos y ambigüedades, hizo imposible distinguir entre la verdad y la mentira. Hermético, impidió un diálogo fluido y claro en muchos aspectos que el periodista había articulado y todo se redujo, pues, a aquella táctica en la que el interlocutor usa los pros y no los contras, clara manifestación de una defensa de su gestión gubernamental.

"No ha pasado mucho tiempo —escribía el periodista— desde que la tragedia enlutó el acto solemne de la posesión presidencial y llevó a Patricia —con quien tuvimos la oportunidad de conversar durante un buen rato— a la Vicepresidencia de la Nación.

»Nos recibió en el hermoso Salón Nariño, con sillas, sofás y sillones del siglo XVIII. Patricia lucía entusiasmada con su gestión diaria y el avance del Plan Nacional de Desarrollo que el gobierno había establecido, y que incluía reducción de impuestos, creación de empleos, plan médico gratuito para toda la población, educación gratuita hasta grados universitarios, sistema de cupones de alimentos por los que estuvieran impedidos de generar sus propios ingresos».

Todo enmarcado de una paz verdadera en el territorio nacional la cual se logró gracias a la genuina voluntad del gobierno. Podría decirse que el terruño patrio lucía sus mejores galas dentro de un marco real de tranquilidad y sosiego.

Todavía quedaban pequeñas áreas en las que los paramilitares insistían en mantener su presencia. Están bajo control del ejército, según se me informó. Es encomiable, por su valentía los pasos que se están dando para eliminar por completo el latifundio."

Una de las secretarias lo mandó a sentarse mientras la Vicepresidenta lo atendía. La sala de espera le lució cómoda y elegante. Le llamó la atención la hermosa colección de bargueños, que habían sido propiedad del Libertador, con cajón de nogal, herrajes de chapa de hierro, forrados con terciopelo verde. Algunos con adornos de carey y marfil. Cuando apareció Patricia, Anderson se puso de pie. Se saludaron e intercambiaron algunas palabras antes de dar comienzo a la entrevista, la cual tuvo lugar en el propio despacho presidencial.

—Cuéntenos Patricia ¿Cómo va en su gestión como Vicepresidenta?

—Es un honor estar aquí trabajando con el Presidente Lozano, con quien coincidimos en ideas y propósitos para, de una vez y por todas, enrutar a Colombia por las vías de la justicia y la equidad, con oportunidades de educación total y empleo para todos. Ya se ven los resultados de nuestros esfuerzos. El pueblo lo celebra con alegría y la Comisión Económica para la América Latina y el Caribe de la ONU ya nos ha manifestado un gran reconocimiento a este respecto. El sueño de Emilio ya empieza a realizarse y a brillar con luz propia.

—Precisamente, ¿cuáles son las gestiones que se adelantan por ahora y así llegar a las metas anheladas?

—El Presidente nos ha dado instrucciones de dar énfasis en este primer año, dentro del Plan Nacional de Desarrollo, a los aspectos económicos, al desarrollo de una amplia fuerza humana profesional, que con la actualización de nuevos conocimiento cubra una amplia gama tecnológica a tono con el progreso de hoy en día, a ampliar las relaciones con todos los países que incluya el intercambio comercial, cultural y deportivo, sin miramientos de barreras ideológicas, fortalecer nuestras relaciones con todos los países latinoamericanos, revisar, inclusive, nuestras relaciones con Estados Unidos.

»Ya estuvimos en conversaciones con el nuevo embajador de ese país, a quien le hemos dejado claro que buscamos unas relaciones de mutuo respeto y colaboración, intercambio comercial y cultural en el que predomine lo justo y la prudencia. Nuestro embajador en ese país tiene una amplia agenda diplomática que tiene como objetivo limar asperezas y llegar a la realidad de unas relaciones de excelencia. Estas nuevas relaciones deben estar refrendadas por Obama y el señor Lozano, en una reunión cumbre cuya fecha se dará a conocer en su oportunidad.

»Se tratarán asuntos muy sensitivos sobre la presencia del Plan Colombia y también la de aquellas transnacionales, agrícolas, industriales o mineras, que no acepten nuestro estricto respeto por la integridad ecológica de nuestras tierras y nuestro productos.

»Por ningún motivo se permitirá la presencia de fuerzas militares extranjeras en nuestro territorio nacional. Antes de nuestro gobierno, Colombia era el mayor receptor de ayuda militar de Estados Unidos en todo el hemisferio, con un presupuesto de más de cinco mil millones de dólares. Esta presencia se incrementó al conceder el presidente anterior nuestras bases más importantes: Palanquero, Puerto Salgar, Apiay, Meta y Malambo, bases aéreas y las navales de Cartagena y Bahía Málaga. Nunca antes se había irrespetado en tal forma la soberanía nacional.

»Fue una clara violación de nuestra Constitución que prohíbe la presencia militar extranjera en el territorio colombiano. Los culpables nunca recibieron castigo.

»Nos proponemos repatriar miles de colombianos que por múltiple razones abandonaron su tierra. Muchos con la idoneidad suficiente para servir a su patria.

»Este gobierno está seguro que así será la reacción de los colombianos en el exterior que al ver la transformación positiva ellos querrán regresar al terruño que los vio nacer, donde echaron raíces y forjaron su nacionalidad e idoneidad intelectual».

—¿La gira que en este momento hace el Presidente por los países asiáticos, cumple con la misión que él le ha encomendado a su grupo de trabajo?

—Efectivamente, Colombia busca ampliar y desarrollar, en otros casos, nuestras relaciones con países que hoy en día representan la posibilidad de incrementar nuestra balanza comercial dentro del marco de un intercambio sostenido nunca visto antes. Ceñirse en el intercambio comercial a un grupo cerrado de países porque los demás riñen ideológica, política y culturalmente con el nuestro, es un error garrafal que hay que corregir y superar de inmediato. Cada oficial del gobierno sabe cuál es su papel. Cómo hay que conducirse en sus funciones para que veamos pronto excelente resultados.

—¿Y la guerrilla, el paramilitarismo y otros grupos alzados en armas?

—Como usted muy bien sabe, porque ha escrito al respecto, todo ello era el resultado de un problema social agudo que las élites de poder mantenían para su usufructo personal por lo que temían, en la probabilidad de un cambio, perder sus privilegios. El fenómeno de las guerrillas del pasado y del presente siempre fue el efecto y no la causa.

»Ese temor siempre lo mantuvieron escondido desde las luchas bolivarianas. La inmovilidad de esa problemática social daba origen a la guerrilla —así, sin apelativos— que podía ser, como lo fue muchas veces, aniquilada por las fuerzas del Estado, o mediante negociaciones con el gobierno de turno, pero como el Ave Fénix, revivía de sus cenizas porque el orden social injusto la reavivaba. Desde el punto de vista sociológico era una respuesta a una realidad para muchos insoportable. Este gobierno estaba seguro que era cuestión de un corto periodo de tiempo para superar el problema de la guerrilla. Ahora es un mero recuerdo triste del pasado histórico colombiano.

»Debo añadir que este gobierno dio la orden de respetar la vida de los guerrilleros que, en conversaciones con oficiales designados, entregaron las armas. Ahora se han integrado a la sociedad y con el tiempo se irán ajustando al nuevo orden.

»Así logramos evitar que ocurriera como en el pasado con la guerrilla comandada en los Llanos Orientales por Guadalupe Salcedo quien en negociaciones con el general Gustavo Rojas Pinilla, entregó las armas para después caer abatido en una emboscada por fuerzas oficiales. La revista Life dio buena cuenta fotográfica de este hecho histórico. En otros casos ocurrió lo mismo. Los líderes de los alzados en armas y el gobierno de turno, promovieron conversaciones bilaterales en busca de la paz. Cuando ésta estaba a punto de ser una realidad, los líderes fueron asesinados. Me refiero a la Unión Patriótica y al M19, sobre lo cual usted ha escrito y con gran exactitud.

—A medida que se vaya ampliando un sistema social más justo, que usted denomina un nuevo orden, ¿habrá paz en todo el territorio colombiano?

—Así es. Ya se puede caminar con tranquilidad por todos los caminos y veredas del país. Sin embargo, en el trasfondo todavía no hemos podido eliminar la causa principal de la inequidad social colombiana: El latifundio. O mejor dicho, a los generales hacendados, como nos lo explica un excelente antropólogo colombiano.

—¿Latifundistas militares?

—Efectivamente. A través de las Fuerzas Militares: "El marginamiento que caracteriza a esta institución en el conjunto de la nación, explica y por mucho las desigualdades en nuestro país. Desde la guerra de independencia en Colombia se formó un cuerpo militar al servicio de los intereses de grupos y no, como en Venezuela, al servicio de la nación. Se apoderaron de los territorios baldíos de la nación como fuente de ingresos fiscales y como recompensa militar. Así, pues, nuestro ejército se convirtió, por sus intereses económicos, en un ejército de ocupación, el cual a través del tiempo cambió la defensa de la nacionalidad, por la de los intereses estadounidenses plasmados en sus poderosas trasnacionales".

El periodista miraba con atención la forma como Patricia leía los apartes subrayados del libro que acababa de sacar de la gaveta. Y miró para memorizar el título de la obra y su autor: "La tierra y el Poder Militar en Colombia" por Darío Fajardo Montaña. Anotó la información en su libreta y siguió escuchando a Patricia.

—Agrega el autor: "Estos generales se trenzaron en guerras constantes a todo lo largo y ancho del país cada vez que sus haciendas estaban en peligro. Este es el origen de todas las guerras civiles, en cuyo caso, liberales y conservadores, el pueblo, se llevó la peor parte." Ahora podrá usted entender la razón histórica de nuestros infortunios y desigualdades sociales.

»Podrá entender inclusive el porqué de tantas guerras civiles con el propósito de defender sus latifundios y protegerlos de probables invasiones. No es fácil darle punto final a este problema cuya génesis se explica en la interrelación de nuestro Ejército y los círculos de poder económico al cual también han pertenecido la vieja casta militar. Sin embargo, ya se barrunta un cambio y en los altos mandos militares, la transformación necesaria para borrar para siempre el máximo generador de pobreza en el país».

—Esa información es digna de ponderación y análisis. Algunos investigadores nuestros, no me cabe la menor duda, se interesarán en hacer sus propias investigaciones...

—¿Y los paramilitares?

—Permítame explicarle que este grupo requiere un trato diferente. No los mueve ni nunca los movió un interés político de cambio social. Sí el lucro personal logrado con la violencia más extrema. Este grupo, por lo tanto, todavía mantiene un acto de beligerancia en algunas partes del país. Fue organizado por el gobierno con el propósito aparente de proteger a latifundistas y con el tiempo se convirtió para ellos en un excelente mecanismo generador de riqueza, y el Estado los mantuvo de manera persistente hasta los últimos días en un completo grado de impunidad, la cual, usted lo sabe, es la madre de todos los crímenes. No estaban movidos por ideologías ni mucho menos por propósitos altruistas. Eran cuatreros a sueldo al principio y después explotadores de los mismos que decían proteger. Crearon "la vacuna" o pago en efectivo por tener protección. Quien no cumplía era asesinado. Es el responsable de múltiples masacres. Como no entienden los propósitos sociales del actual gobierno, no acatan nuestra solicitud de entregar las armas. Su postura es el colmo del individualismo.

»Nuestro gobierno actuará a cónsono con su actitud beligerante. Nuestro propósito es evitar que se conviertan en un obstáculo a la gestión administrativa actual. El plan que se ha diseñado, en el que todos los colombianos, en una forma u otra, colaboran, dará por terminado a este absceso muy pronto. Por eso mismo, porque su intransigencia pudiera alterar el ritmo social impulsado por el gobierno, les hemos dado un plazo para entregar las armas; de lo contrario, caerá sobre ellos toda la fuerza de la ley, de las armas, o de ambas».

—Pasando a otro tópicos, ¿para lograr el éxito social todas las iniciativas conducentes a ese respecto tendrán un esfuerzo nacional?

—Hemos impartido instrucciones a los ministros del despacho, gobernadores, directores de los Departamentos Administrativos con directrices muy claras que deben implementarse sin dilaciones. Permítame decirle, que, con los mismos propósitos, la empresa privada, en reuniones que tuvimos recientemente, aceptó y acordó colaborar en todas nuestras iniciativas, dentro de los parámetros establecidos.

»Para lo cual hemos constituido un grupo selecto de especialistas en diversos campos del conocimiento tecnológico que bregarán en distintas zonas en que hemos dividido el país. Cada una deberá abocarse a las metas de competitividad, desarrollo intelectual del individuo, diversificación económica, defensa del ecosistema y creaciones de grupos comunitarios que, además de colaborar, velarán por la buena marcha del proceso. En dichas zonas se prepararán infraestructuras adecuadas según el producto tecnológico.

»Sacaremos las industrias de avanzada de los grandes centros poblacionales, para ubicarlos en áreas con menos concentración humana, y así resolveremos un problema demográfico. Habrá propuestas internacionales, que respondiendo a nuestra solicitud, convertirán a los Llanos Orientales, praderas que constituyen la mitad de Colombia, en la despensa del país. En esa región se encuentran los más grandes latifundios, en especial en el Meta. Dentro de la actividad tecnológica que se aplicará, está el velar por la protección del ecosistema.

»Ahora bien, las empresas que respondan a nuestro llamado, deberán ceñirse a nuestras directrices que marcarán las pautas justas para ambas partes».

—¿Cuándo su gobierno espera ver los primeros resultados?

—Ya los resultados han empezado a verse por parte del pueblo. Lo primero que hicimos fue crear un estímulo económico, mediante un fondo especial que está bajo nuestro absoluto control y está llegando al pueblo. Este fondo nos permitirá crear nuevos empleos, pequeños negocios y desarrollar una infraestructura periferal, es decir, que no estará en los grandes núcleos industriales, sino en zonas acondicionadas de ciudades pequeñas y áreas estratégicas que hará viable la movilización rápida de la nueva fuerza de trabajo. Próximamente inauguraremos las primeras áreas especializadas en muchos campos del saber moderno, lo que nos permitirá un desarrollo tecnológico conforme a los requerimientos del siglo XXI. Este nuevo gobierno está convencido que la tecnología, debidamente aplicada, acabará para siempre con la miseria, no sólo en Colombia, sino también en el resto del mundo.

»Por eso hemos contratado matemáticos y técnicos de la India, cuya experiencia en el campo tecnológico desean compartir con nosotros. Se requiere, eso sí, una gran sensibilidad por parte de los gobiernos. En el nuestro esa sensibilidad social no se puede cuestionar o poner en duda. No es una utopía, pero se requiere de mucha especialización, de una masa obrera integrada a la producción uniforme en todo el país, mediante conocimientos tecnológicos que contribuirán con el desarrollo de la economía en sus muchas vertientes».

—¿Se podría deducir por lo que usted plantea que se está creando un nuevo sistema económico? ¿No teme a las acusaciones que puedan hacerle de que se lleva al país por los caminos de socialismo extremo? O, por otro lado que se le acuse de no cumplir con la palabra empeñada.

—Nuestro propósito es eliminar hasta el último vestigio del neoliberalismo, que en verdad se trata del antiguo liberalismo, que limitaba el poder del Estado. Es el mismo liberalismo con su *laissez faire - laissez passer*. La oligarquía colombiana se la agenció para mantener el uso de los conceptos económicos de Adam Smith, David Ricardo y Thomas Malthus los teóricos del neoliberalismo; el argumento de la superpoblación del planeta, como causante de la inequidad social planteada por Malthus, era la teoría favorita de uno de nuestros prohombres que, por conveniencia, defendía en todos los foros y en su clásica columna periodística. Es decir, a la luz de nuestro planteamiento lo que la clase dirigente buscaba era que el Estado no interviniera, no regulara, ni controlara la actividad económica.

»Dejar la economía a merced de los capitalistas es un error con graves consecuencias. Es desconocer la naturaleza humana que casi siempre está movida por la avaricia. La oligarquía colombiana, a través de sus ínclitos voceros intelectuales, de sus prohombres, dieron la voz de alarma y presentaron el crecimiento poblacional como un peligro contra la economía —es decir, contra sus intereses económicos— sin importar que la mitad del territorio de Colombia está casi deshabitado. Para neutralizar la voracidad del gran capital, se requiere el control de la población. En la práctica este modelo implantado e iniciado como experimento en América Latina por Reagan atenta contra el desarrollo económico del pueblo, aunque el sistema capitalista se fortalece, gracias a la concentración económica en grandes corporaciones y monopolios. Quita a los pobres lo poco que el Estado les provee para llevar una vida más o menos decente. Pero a la postre tiene también sus resultados peligrosos para el sistema.

»Dar vía libre al capitalista con la creencia de que su enriquecimiento beneficia a todos por igual, permitir que grandes corporaciones manejen sus inversiones y negociaciones sin control del Estado, dar absoluta libertad a los bancos en su negocio favorito de la especulación, es caer en la utopía y a la postre en el deterioro mismo del sistema.

»Ocurrió en Inglaterra con Margaret Thatcher, en Argentina con Carlos Menem, México con Carlos Salinas de Gortari y continúa con Felipe Calderón, Venezuela con Carlos Andrés Pérez, Colombia con César Gaviria y continuó con Álvaro Uribe y, obviamente en Estados Unidos cuyo deterioro económico llegó al máximo con el gobierno de Bush quien puso en peligro la economía mundial. Por lo tanto, vamos a reforzar al Estado como la entidad gubernamental obligada a dar al pueblo el mejor servicio. Afortunadamente la unión latinoamericana está haciendo posible la eliminación del neoliberalismo en toda la región, con la excepción de uno que otro que persiste en ese sistema. Pero Unasur y la CELAC dan garantía a todos los países y presidentes de América Latina.

»Proyectándonos hacia el futuro por eso vimos necesario unirnos a la CELAC, y participamos en la Primera cumbre de la Comunidad de

Estados Latinoamericanos. Fue una experiencia extraordinaria y gracias a la CELAC por primera vez nuestro país en doscientos años empieza a enseñar una independencia económica nunca vista. El señor Lozano ha trabajado mucho a este respecto. No continuaremos con la privatización de los bienes del Estado ni la de la empresa pública y regresaremos a manos del Estado aquellos bienes y empresas que fueron privatizados.

»Nuestro gobierno no atentará contra la empresa privada siempre y cuando se amolde a las iniciativas del Estado. Nuestro propósito es fortalecer nuestra economía para todos y a nivel nacional. Habrá un propósito comunitario, y no se permitirá ninguna acción individualista. Permítame añadir: la tecnología en manos de los que mantienen el sistema neoliberal, convertiría a la economía de un país en un privilegio radical de altas clases sociales. Por eso su fracaso en España y Grecia, para dar estos ejemplos».

—Y la segunda pregunta...

—¿Sobre el temor que tienen algunos al socialismo?

—Exactamente.

—Hacer caso a comentarios perniciosos, estar pendiente de las críticas por aquellos que se habían apoderado del país, es perder el tiempo. Sus irregularidades fueron ocultadas por la Prensa, nacional e internacional, peligroso contubernio; es la misma que, ahora, las pregonan a los cuatro vientos sin verificarlas, sin confirmarlas. En estos días hojeaba un libro titulado "Obama 2010", el cual, más o menos, empezaba con estas palabras: "Obama está destruyendo a América y su capacidad individual e iniciativa empresarial basada en el individualismo productivo. Está cambiando todo con un rumbo socialista. Ahora el objetivo principal es la comunidad y la iniciativa comunitaria". ¿Destruyendo a América? Nada de esto se dijo ni se dice del gobierno de Bush, quien, muy orondo, todavía se pasea con su sonrisa fría y calculada con la que se ostenta como el mejor presidente de los que en los Estados Unidos han sido.

»Si Obama en su difícil gestión gubernamental hace caso a estas sandeces, y por temor revierte sus ideas para identificarse con los que son enemigos de las innovaciones, quizás no tendría el éxito que todo el pueblo norteamericano espera celebrar con júbilo. Además, permítame aclarar aquello que usted llama la palabra empeñada. Ellos nunca la cumplieron. Se la prometían a nuestro pueblo todos los días. Y así dejaron al pueblo esperando durante doscientos años la palabra empeñada, todo se redujo a una espera diaria hasta que hizo aparición deslumbrante El ΦMIKRON. Nuestra respuesta ha sido inmediata».

—¿Es posible tanto desarrollo en tan corto tiempo?

—Sí, cuando todas las fuerzas vivas del país colaboran plenamente y con entusiasmo.

—¿Y el tráfico de drogas? ¿Seguiría aceptándose la ayuda de los norteamericanos?

—Este problema social hay que abocarlo en dos frente: el interno, de incumbencia única del Estado colombiano; es decir, el que tiene que ver con la oferta que genera enormes ganancias. Las leyes del país, las autoridades especializadas, el avance de nuestro nuevo sistema económico, convertirá en realidad la desaparición de este lastre presente por mucho tiempo en nuestra historia.

»El otro frente es el internacional: la demanda que maneja de manera ingeniosa la importación de la droga para satisfacer a usuarios de las sociedades desarrolladas como Estados Unidos y países europeos. El consumo debe ser castigado por ley. El día que los grandes importadores de drogas, presentes en todos los niveles sociales, sean aprehendidos y castigados con toda la fuerza de la ley y sus bienes expropiados tanto allá como acá les habremos ganado la guerra, para lo cual la ayuda estadounidense es esencial, y es su deber moral. El nuestro hace tiempo lo estamos ejerciendo.

»La reacción en contra del tráfico de droga debe hacerse con un profundo sentido recíproco.

Pero para lograr el éxito rotundo hay que aplicar una nueva táctica: combatir el consumo. Si no hay consumo, el negocio desaparece. Aquí también se aplica la ley de la oferta y la demanda, cuyo equilibrio es indispensable para que el comercio florezca».

—Regresando al tono de las preguntas anteriores, ¿Ustedes firmarían El Tratado de Libre Comercio con Estados Unidos?

—Como le anticipé antes, podría decir que están en consonancia con nuestro propósito de establecer amplias relaciones siempre y cuando sean con respeto mutuo y las consideraciones esperadas.

»A este respecto, hemos detectado en dicho Tratado unos visos desagradables que nos indican que productos colombianos estarían en peligro, porque no pueden competir con los de allá. Es característico que el primer efecto del TLC es el desmantelamiento de la economía campesina. Dicho tratado se estableció en México hace quince años. Desde entonces el campesinado mexicano es el de menor progreso en América Latina.

»Ellos, si así lo desean, pueden exportar aquellos productos inexistentes en el mercado colombiano. Nosotros haremos lo propio con los nuestros que son muchos. Hace algún tiempo se está haciendo con flores colombianas y con mucho éxito. La tecnología de ellos será bienvenida, y, por lo tanto, el intercambio de estudiantes que puedan relacionarse con esa tecnología, sería una medida aceptable. Siempre, sin embargo, estaremos a la defensa del producto colombiano. Mire este ejemplo, señor Anderson: Hace algún tiempo, la cadena CNN pasó un video muy interesante».

Los camarógrafos de la cadena de televisión, se trasladaron al Valle de Cauca para hacer una reseña de los amplios y hermosos cultivos de arroz. Los productores fueron entrevistados.

Enseñaron sus maquinaria, muy modernas por cierto, y explicaron cómo se usaba las tierras planas apropiadas para garantizar un proceso de trilla y almacenamiento, después de habérsele reducido la humedad al grano hasta un veintisiete por ciento.

Su cultivo se fortaleció en Colombia a partir de los años '30. Actualmente se registran trescientos ochenta trilladoras con una capacidad de más de cuatro millones de toneladas.

Es una actividad agroindustrial muy importante, en la que se incluye el uso de subproductos de la trilla como son el afrecho, la harina, el arroz partido, que se usan para preparar sopas, alcoholes y aceite.

Por lo anterior, cómo es posible que en el tratado se incluya para exportarnos el arroz aun con la abundancia que tenemos en nuestro país. Esta redundaría en un fracaso de nuestros agricultores. No es posible. No es justo.

El periodista Anderson guardó un poco de silencio con el que aceptó de buen grado la explicación de Patricia.

—Una pregunta ocasional, señora Vicepresidenta: Entrando en el campo internacional, y a la luz del cambio social en Egipto le hago la siguiente pregunta: ¿El caso de Egipto podría decirse que tiene unos visos de comparación con el caso colombiano?

—Creo que sí. Los pueblos sometidos a la opresión por sus gobiernos, económica, política y militarmente, con apariencia muchas veces de democráticos, tarde que temprano se levantan con toda su fuerza demoledora y produce el cambio. Sólo se requiere de un momento coyuntural. Esto fue lo que se dio en Egipto después de treinta años de un gobierno prepotente instalado por fuerzas internacionales con el fin de mantener un control absoluto en toda la región árabe.

»Esta reacción popular se inició en Tunizia y ahora en Egipto. "Aires revolucionarios soplan sobre toda la región árabe", dijo alguien. Se requirió del ingenio del joven Wael Ghonim que convirtió una página de facebook en plataforma de las protestas.

»Ahora es un símbolo central de las amplias protestas gubernamentales, que sacaron del poder a Mubarak. Nada de esto es objetable siempre y cuando no intervengan manos extrañas poderosas, como ocurrió con Irak. No puede permitirse que se destruyan los derechos y la legalidad de toda una nación.

»Los pueblos en su lucha por su liberación son omnímodos en sus propósitos, su inviolabilidad debe respetarse, incluyendo su derecho a producir un cambio cuando las circunstancias sociales llegan al grado insoportable del paroxismo».

—Ustedes usaron el instrumento electoral para lograr el cambio.

—Antes de dar respuesta a su pregunta, permítame agregar que la reacción de los pueblos del medio oriente hay que tomarlo con cautela. Podría ser el caso de Libia, país que en 2006 hizo acercamientos financieros a Occidente con el fin de unirse al mismo en un intercambio económico en un acto de extrema confianza y sin mediar un análisis para detectar las verdaderas fuerzas internacionales que estaban a escondidas esperando darle un golpe fatal a Muamar el Gadafi, quien logró que su país fuera el primero en África de lograr su independencia.

»Existe el peligro que esté en juego miles de millones de dólares ahora en manos de corporaciones e individuos conocidos por todos. En estos asuntos, se destaca casi como doctrina económica aquello de que "En río revuelto, ganancias de pescadores"».

—Volvamos, por favor, a la pregunta anterior.

—Los pueblos hacen uso de los recursos disponibles. La dictadura en Egipto no permitía un proceso electoral. Tuvo el pueblo que manifestarse, pese a la represión que llevó a cabo la fuerza policiaca organizada con ese propósito por el gobierno. Allí se logró la unificación total del pueblo. Aquí con las prédicas de Emilio y el Profesor Sanz se logró lo propio. Sin embargo, hay que observar que Egipto es un país asediado por fuerzas que buscan desestabilizarlo. Cualquier cambio podría darse de nuevo. Con el pueblo a nuestro favor, sería absurdo rechazar el mecanismo del proceso electoral. El pueblo íntegro, no escindido entre liberales y conservadores, nos dio la razón a nosotros. Y esta es la razón que explica por qué logramos el triunfo multitudinario dentro de un proceso pacífico.

—Muy clara su explicación. Por otro lado ¿Cree usted en la reelección del Presidente Lozano?

—Es prematuro hablar de reelección —Patricia sonrió—. Hace poco estábamos inmersos en la campaña electoral. Sin embargo, creemos que el pueblo en este sentido será el que tenga la última palabra. No me cabe duda que el pueblo sabrá apreciar la gestión que nos proponemos cumplir en su totalidad. De todas maneras la Constitución permite la reelección.

—Es decir, que las puertas estarán abiertas para la reelección del Presidente y cerradas para cualquier otro candidato.

—Yo sólo acato la voluntad del pueblo, y en este momento, en la difícil tarea de transformar al país en la que está involucrado todo el pueblo, estoy segura que éste esperará el momento propicio. Y si la reelección se da, sé de antemano que será un rotundo triunfo de El ΦMIKRON. El pueblo es el que canaliza los triunfos esperados ya sea por medio de la subversión o mediante los procesos electorales. El ΦMIKRON tendrá siempre la última palabra.

—Gracias, Patricia, por permitirnos informar a la opinión mundial sobre las gestiones de este gobierno. Ha sido un momento muy valioso y para terminar, nos gustaría conocer su opinión respecto de la publicación en portada que hiciera la revista *Time* de Emilio, como el personaje del año, además de felicitarla por ese bebé encantador.

Patricia algunos días llevaba su bebé al despacho. Su presencia la reconfortaba y la llenaba de entusiasmo.

—Me sentí muy halagada. Igual que sus padres y mi familia. Creo que es una demostración de lo que Emilio, con sus prédicas y la manifestación sincera de sus creencias, caló hondo en la conciencia mundial.

—Gracias Patricia, ha sido usted muy amable en atendernos.

—Gracias a usted. Estamos siempre a sus órdenes.

Durante la entrevista, el periodista no pudo evitar mirar la foto sobre el escritorio que tenía como fondo *La Fortaleza*, la residencia oficial del gobernador de Puerto Rico y frente de ella, muy felices, Emilio y Patricia.

Recordó en ese momento crucial la terrible contradicción entre el status de la isla y el ideal que movía a Emilio, quien, como profundo bolivariano, no debió sentirse extranjero en la isla del Encanto porque el ser bolivariano es consubstancial a todo el territorio latinoamericano.

Eduardo acababa de reiniciar la narración de hechos contemporáneos muy valiosos, relacionados con la posesión de la presidencia de su padre, el asesinato vil de su hermano, y por decisión del Congreso, el nombramiento de Patricia, a la vicepresidencia del país, cumpliendo con el articulo 205 de la Carta Magna que establece que el Congreso se reunirá por derecho propio, o por convocatoria del Presidente de la República a fin de elegir a quien vaya a reemplazarlo por el resto del período. El cuerpo legislativo votó unánimemente por Patricia por contar con la preparación intelectual, gran carácter y sensibilidad, pero, sobre todo, por la enorme aceptación del pueblo.

Gracias a esta oportunidad, la nueva posición de mi hermana, pude yo compenetrarme en acontecimientos de gran trascendencia que permitieron estructurar la novela con toda la realidad incuestionable que yo vi con mis propios ojos y sentí en las noches cuando adelantaba el contenido de la obra.

Encerrado en la biblioteca de su padre, Eduardo escribió hasta altas horas de la noche manteniendo así la tradición centenaria de su familia de narrar la verdadera historia de Colombia, presentada como Documentos Comprobatorios para el beneficio de las generaciones por venir.

A su lado Bruno continuaba dormido, ajeno a los hechos propiciados por los seres humanos en su lucha de siglos entre los que buscan el bienestar individual y los que buscan realizar lo propio pero con un profundo sentido comunitario.

Su escrito lo tituló "Documento Comprobatorio Z", pues se narraba los hechos que propiciaron el final de una época de violencia, magnicidios de grandes figuras históricas y genocidios, después de los cuales se iniciaba una etapa nueva del país dentro de la realidad apoteósica que acababa de empezar.

Casi niño había leído los documentos de uno de sus abuelos que presentaba futuros acontecimientos como presagio que, a la postre, se convirtió en una cruda realidad.

Nunca quiso tomar una posición activa dentro del nuevo gobierno.

Prefirió seguir colaborando con El ΦMIKRON mediante reuniones con los dirigentes en diferentes partes del país, en los que explicaba con detalles su génesis y, sobre todo, la fuerza que hizo posible el desarrollo del nuevo país. En sus conferencias a las que era invitado por universidades daba énfasis a la imperiosa necesidad de la continuidad de El Movimiento por siempre y para siempre. Junto con su esposa siguió cultivando sus amistades, sus reuniones sociales y viajes a países de Latinoamérica, en especial a Venezuela, donde se le admiraba por su fidelidad a las ideas de su hermano.

Además, siempre estaba pendiente de sus padres y hacía esfuerzos de mantener comunicación por correo electrónico con su hermano, que seguía con la inveterada costumbre de vigilar los movimientos bursátiles para detectar cualquier falla que pudiera inferir en el crecimiento de los caudales de su padre, quien, siendo presidente, estableció el cambio radical de canalizar parte de sus ganancias a manos de sus empleados y en la creación con su peculio propio de institutos relacionados con la educación y salud del pueblo sin propósitos gananciales.

8

Después de un largo transcurrir de dinamismo, proezas, energía espiritual y gestiones de amplia generosidad movidas por el bien común, figuras cimeras de la historia, un día aciago, en su culminación, sorprenden al mundo con su renuncia final, el 15 de marzo de 2013. A principio del mes, el pueblo de la nueva Colombia, recibía la infausta nueva de la muerte del Comandante Hugo Chávez, el hombre que logró despertar la conciencia de los pueblos latinoamericanos; sumidos en el letargo absoluto por doscientos años, se enfrentaban ahora con la desaparición física del que abrió el camino hacia la nueva epopeya latinoamericana.

Tres puntos fundamentales ocuparon su existencia y marcaron la historia para siempre: la unión latinoamericana, reactivación del pensamiento bolivariano para siempre, y la convicción de que el socialismo es el camino de salvación de la humanidad. Sin su presencia, sin su palabra sencilla pero profunda, sin sus acciones movidas por la virtud, sin su compasión por los pobres de su patria y del mundo, El ΦMIKRON jamás hubiera existido. Su grandeza de espíritu que emanaba del acto más puro de servir a los demás, siempre despertó malquerencias de aquellos que vociferaban contra su obra. El profesor Sanz los llamaba "los eternos crucificadores" pero éstos jamás prevalecerán. En el desenlace final, por lo tanto, el profesor Sanz no era una excepción. Cuando él vio que su magna obra había llegado a la plenitud de los resultados, cumpliendo así consigo mismo y con su pueblo, dicen que en perfecto estado de conciencia se fue extinguiendo y en el momento de exhalar, también clamó por ella como lo hiciera el poeta alemán: "¡Luz más Luz!" y murió en el Hospital de San Juan de Dios.

Estando el presidente reunido con varios de sus ministros, para el descargue de una agenda especial, le llegó la noticia de la súbita muerte. Patricia, apesadumbrada, le había pasado la comunicación.

Lozano la leyó un tanto sorprendido, bajó la cabeza en actitud meditativa, después miró a su gabinete de ministros, y con voz baja les dijo:

—Señores, nos ha dejado la mente más prístina de Colombia. Su larga vida, contra viento y marea, la dedicó a la tutela de su patria. Bajo su mecenazgo Emilio pudo encontrar el camino que yo no le enseñé, y a través de él, de mi hijo, yo encontré el mío, que es el derrotero de la Colombia de hoy. Señores, Colombia está de luto. Ha muerto el Profesor Sanz.

Inmediatamente, habló con su edecán para organizar la ceremonia oficial de rigor y pidió que se pasara al pueblo la triste noticia.

Los ministros, confundidos, lamentaban la infausta noticia, y comentaban los prodigios del Profesor, su gran memoria y la manera perfecta con que hilvanaba todas sus elucubraciones filosóficas y, en especial, por su extraordinaria habilidad y valentía para señalar los graves problemas sociales del país y presentar con términos precisos y adecuados el escenario en el que se libraría una lucha de pueblo, masiva, sin apelativos políticos, para lograr por primera vez y de manera pacífica la conducción de la nación. Todos empezaron entonces a hacer comentarios de la manera prodigiosa con que el Profesor fue conduciendo la presencia de Emilio en dicho escenario. Conoció como ninguno las grandes cualidades del joven.

Todo en él brillaba en exuberancia y estaba enmarcado por su generosidad, la prudencia y la virtud a toda prueba. Desde joven se dedicó por entero al servicio de la Patria. No hubo resquicio de la sociedad colombiana que no analizara. Sus estudios indicaban con claridad irrefutable las causas del problema. Y éste continuaría porque estaba montado sobre unas estructuras que las élites del poder rehusaban cambiar.

Sin temor, con voz enérgica y con la palabra precisa y adecuada logró que la luz brillara con toda su intensidad en la mente del pueblo colombiano. Es entonces que hace aparición la presencia inconfundible de Emilio. Fue su obra máxima.

Inmediatamente, se pasaron comunicados a la prensa y demás medios de comunicación. El cadáver estaría expuesto en cámara ardiente en el salón elíptico del Capitolio Nacional. A un lado las banderas del país y de El ΦMIKRON, ambas a media asta. En un atril especial, el opúsculo, la guía, que constituía el armazón de sus disquisiciones filosóficas y políticas, el cual contribuyó a abrir la senda en la que se forja la Colombia actual. Sobre una mesa de cristal, el manuscrito del sabio Francisco José de Caldas.

El pueblo le rendirá sus tributos, mientras el senado, a su vez, ordenará hacer su escultura en mármol de Carrara, de cuerpo entero, con la mano izquierda sujetando el opúsculo. Se ubicaría en un lado de la Plaza de Bolívar.

En la tarja sobre el pedestal, que completaría el monumento, en alto relieve, una frase célebre de José Martí, la cual en Hugo Chávez y en el profesor Sanz, en toda su dimensión constituyó una realidad que se sintetizó en toda la trayectoria del insigne pensador y del gran Comandante: "La muerte no es verdad cuando se ha cumplido bien la obra de la vida".

Epílogo

Año 2020

Como parte de la familia y con la debida autorización, acabando de cumplir la edad de veinticuatro años, me ubiqué en la biblioteca de la familia Lozano, por varios días, con el fin de prepararme para los exámenes finales. Estaba a punto de recibirme como abogado en Derecho Internacional.

Pasé horas estudiando los Documentos Comprobatorios que tan celosamente se guardan en una bóveda especial los cuales habían contribuido en la transformación de Emilio y el despertar de conciencia del señor Lozano. ¡Cuántas veces se reunieron a discutir diversidad de temas, que los dos trataron con idoneidad y elocuencia, mientras mantenían abiertos libros de diversos contenidos que ellos consultaban de inmediato cuando los asaltaba una duda que podría obnubilar su entendimiento! Mi profesión como ninguna otra, requería también del conocimiento de los hechos históricos que me ayudarían a reestructurar mis conceptos filosóficos e históricos a la luz de los acontecimientos verdaderos ocultados por generaciones. Tuve también la oportunidad de analizar el "Documento Comprobatorio Z", escrito por Eduardo, organizado por él y puesto en una carpeta especial, que incluía la foto de Emilio, sonreído, en el momento en que se acomodaba la banda presidencial.

Acababa de culminar mi primera obra, en la que los personajes se mueven dentro de un transfondo histórico, como lo explico en mi testimonio. Esto cumplimentaba mi deseo de siempre de ser abogado.

Mediante el conocimiento de la ley y del concepto jurídico, pensaba, se logra entender el desenvolvimiento de los hechos históricos y las enormes contradicciones sociales que eran el orden del día en el país. Este ha cambiado mucho desde el primer gobierno de Lozano y su reelección a solicitud electoral del pueblo.

En un lapso corto de diez años, incluidos los dos de Patricia, ya se han sentado las bases para estructurar la Colombia moderna:

Las guerrillas son una fuerza del pasado. Usada por la oligarquía para estigmatizar cualquier manifestación popular o campesina. Fue la primera gran obra del nuevo sistema. Con gran decisión y exuberante voluntad, y sin rimbombancia de personajes internacionales, se lograron los acuerdos necesarios, se establecieron los puntos de contenido social connatural al nuevo sistema y, sobre todo, se cumplió con la palabra empeñada —por primera vez en la historia del país—, de respetar la vida de los que habían accedido a deponer las armas y vincularse a la conducción del país. Los conflictos sociales mantenidos por los burgueses de siempre, habían desaparecido; la necesidad de una fuerza armada opositora, también. Los paramilitares han dejado de existir, no por su voluntad y sí por la intervención del nuevo ejército patriótico.

No más rupturas entre Colombia y Venezuela. Reinaba la armonía en el nuevo escenario y, por lo tanto, el proceso de consolidación de América latina en una Patria Grande, el sueño de Bolívar, es ya una hermosa realidad. Ya se consolida los frutos de la CELAC, gracias a los que avivando las ideas bolivarianas creyeron que el camino franco a seguir era la unión de toda la América latina, que hoy celebramos con regocijo. Colombia no podía continuar marginada de un proceso histórico que cubrió la región con fuerza huracanada.

Esta idea se volvió realidad después de la reunión de la CELAC en Chile y se culminó con la de Cuba. Nadie puede objetar la realidad de que a este respecto todos los créditos se los llevaba Hugo Chávez.

Fue necesario que pasaran doscientos años para que todos los presidentes de América Latina, por primera vez y por iniciativa de Chávez, se sentaran a la misma mesa. Por lo demás, en los aspectos internos de nuestro país, se han eliminado los privilegios de un sistema sólo asequible para millonarios, al establecer, en su lugar, una economía uniforme e incluyente; se ha instituido la educación para todos y el plan de salud universal; se adelantaron los estudios legales sobre la posesión de tierras por usurpación, y entregadas a sus verdaderos dueños. La triste historia de los gamines ya es cosa del pasado, porque el equilibrio social establecido impide las desigualdades sociales. Y los niños que son el activo más precioso con el que cuenta Colombia, o en cualquier país, en el nuevo sistema, han adquirido la posición de preponderancia a la que tenían derecho. Se ha eliminado de raíz el desplazamiento humano y castigado con severidad a los que lo propiciaron, y, sobre todo, se logró la emancipación total de las agencias de capitalización crediticia y de los capitales internacionales, que ejercían, a sus anchas, un poder omnímodo, desde que se otorgó concesiones rentables al capital foráneo durante el gobierno de Olaya Herrera de 1930 a 1934.

Ahora mediante el desarrollo de una economía independiente, como ocurre también en nuestros países amigos, va a ser posible la creación por fin de la Patria Grande.

Por lo demás, el éxito espectacular de El ΦMIKRON, se debe a que ha logrado mantenerse fuera de la influencia de partidos y sigue siendo una gran fuerza de masa popular.

Eduardo había escrito todos lo que él vivió desde niño, y que aproveché para adelantar mi obra con una tendencia argumentativa histórica. Además, también escribí, arrobado por impulsos inexplicables, de manera profética, los próximos acontecimientos que se darían paso en unas próximas elecciones en las que, en su momento propicio, podría, según algunos, lanzar su candidatura otro miembro de la familia Lozano y así continuar, sin interrupción, en la consolidación de La Patria Grande, cuya existencia dependía de su fortalecimiento económico, basado en el nuevo socialismo bolivariano y la creación del ejército Libertador que sería el custodio de tan magna obra añorada desde la muerte de Simón Bolívar en 1830 y que gracias a las gestiones valiente de los mandatarios de todos los países suramericanos se había convertido en una hermosa realidad.

Pero mis sueños, en lo que a mí respecta, no encuadran dentro del poder por meritorio y equilibrado que fuere. Quería estar libre para concentrarme en una producción intelectual que abarcase a la nueva Colombia.

En este lado del planeta se está dando las premisas maravillosas de un nuevo orden (no un gobierno omnipotente) cuyos propósitos serán el de desarrollar una sociedad donde impere la justicia, la igualdad y el bienestar para todos, teniendo como fundamento la concepción rousseauniana que siempre la naturaleza humana tiende al bien, a la justicia, a la equidad, con un profundo sentido de generosidad hacia todos.

La unión latinoamericana y su extraordinario progreso social, servirá de ejemplo a las naciones del mundo, que verá en ella un camino a seguir digno de emularse, y así como dijera Bolívar, mostrar al mundo antiguo la majestad del mundo moderno.

La grandiosidad de estos valores, exaltados al máximo, le permitirá al país alejarse para siempre de la violencia de aquellos países que se la agenciaron para ser los depositarios únicos de armas de un poder ilimitado y que, en su obcecada prepotencia, entronizaron la guerra en el planeta.

El propósito de erradicar del planeta el culto a la personalidad, el amasijo descontrolado de dinero en manos de individuos que, sin escrúpulos, habían sacrificado por años el bien común por la satisfacción individual. La avaricia los internó en un laberinto del que nunca pudieron salir. Eran los eternos hacedores de riqueza, legal o ilegal, no importaba la diferencia, porque como fuera afectaba negativamente a los pueblos. Un excesivo poder económico en manos de un solo hombre, es la substracción sigilosa o succión de la economía del país; es decir, del pueblo. El caso colombiano es un buen ejemplo a seguir por todos los pueblos.

La existencia de la humanidad está en juego, y sólo con el hermoso paradigma colombiano y venezolano ya aplicado en todos los países latinoamericanos, siguiendo a su vez la praxis fundamental del pensamiento bolivariano, con un gran trecho recorrido, podemos servir de ejemplo en los años por venir a todos los países del planeta.

Este era el sueño de Bolívar, plasmado en su profética Carta de Jamaica. Y el de Hugo Chávez quien, con su prédica diaria, reinició la lucha bolivariana hoy plasmada en la gran Unión Latinoamericana.

El pueblo, entusiasmado, tuvo la oportunidad de llevar a la presidencia a Patricia. La oposición fue una fuerza irrelevante y quedó en el ridículo.

El Presidente Lozano había concluido su segundo período con el cumplimiento del Plan establecido, y se requería una continuidad con Patricia, quien contaba con el apoyo multitudinario de los que estaban seguros que ella seguiría la misma línea de administración de los que habían pasado a la historia como los padres de la nueva, gran patria bolivariana, por la que muchos ofrendaron su vida, entre ellos Emilio.

Fue reconfortante, y el pueblo aplaudió hasta el delirio, ver a Patricia jurando para la Presidencia junto con Emilio, su hijo, quien atento y entusiasmado observaba con seriedad el curso ceremonial en un escenario propicio para proyectar el comienzo de un futuro mejor.

Mientras tanto, yo pasé toda la noche leyendo, analizando, mirando los aspectos gramaticales, el mejor significado de algunas palabras, los datos históricos relevantes que no permitían ninguna falla y, sobre todo, los Documentos Comprobatorios de algunos miembros de los Lozanos, que también presentaba cápsulas históricas de gran veracidad. Siempre he sido un perfeccionista de la lengua por antonomasia.

Después de varias horas de una consciente revisión, di por terminada la obra, imprimí entonces la primera página, en la que iba el título que escribí al frente en un estilo especial: El ΦMIKRON

Había preparado desde el inicio la introducción de la obra que me tomó casi dos años por acontecimientos que surgían de improviso y que siempre consideré de suma importancia esperar el momento adecuado para su publicación. Su título correspondía a los acontecimientos que envolvieron a toda la nación en una respuesta efectiva guiada por el Profesor y Emilio, siguiendo el pensamiento establecido por el sabio Caldas.

Ahora con gran placer y con la satisfacción del deber cumplido, la grabo en dos CD. Pongo uno en un sobre de manila dirigido a la Editorial, y el otro también en un sobre de manila, en los estantes de la bóveda de seguridad, donde está ubicada la producción intelectual histórica más reciente.

La ceremonia se inicia a las diez y estará presente la Presidenta con toda su familia. En el acto solemne seré el orador designado por los estudiantes. Salgo, no sin antes tomar la precaución de dejar la biblioteca bien cerrada.

En ese momento siento la ausencia de Bruno, con un gran esfuerzo impidió que los recuerdos se apoderaran de mí, no por la ausencia de las delicias de sus juegos con que el bello animal colmaba a todos sino lo que representaba en relación con Emilio. Todos comentaban que desde su muerte el noble animal no era el mismo. Notaba su súbita partida. Lo buscaba por todos los rincones del jardín y las otras áreas de la casa. Oteaba entre los arbustos y daba vueltas sin descanso alrededor de la fuente.

No volvió a jugar como antes, ni comía y todos le veían mohíno caminando sin rumbo o reposando ensimismado en la biblioteca, al lado de la silla favorita de Emilio que siempre había usado desde niño, costumbre que el animal seguía aún a su edad avanzada. Siempre fiel con todos, en especial con Emilio, como lo fue el perro Argos en la Odisea de Homero. Un día el propio Lozano lo encontró muerto, al lado de la fuente cantarina. La melancolía había acabado con su vida.

Su cuerpo yace en la parte central del jardín. No es necesario destacar que su presencia fue vital en el círculo íntimo de la familia, al transformar su aspecto prepotente en otro formal de apaciguamiento y dulzura que caló profundo en las interrelaciones familiares. Fue clave en la formación de Emilio desde su niñez.

Su gran presencia natural siempre dio realce a todas las actividades que la familia Lozano celebraba en su mansión, y sobre todo cuando la familia viajaba a los hermosos bosques de El Novillero, y Bruno regocijaba a todos perdiéndose entre los guaduales y apareciendo después en las frescas aguas de la quebrada en las que, pleno de euforia, hacía chapuzones y cabriolas con saltos que desafiaban la corriente. Parecía entender sus habilidades porque se movía cuando todos lo aplaudían con entusiasmo.

Al llegar y unirme a los demás compañeros graduandos, sentí una gran emoción al ver a mis padres. Los abracé con gran respeto. Estreché calurosamente a Eduardo y le di cuenta de la finalización de la novela.

Eduardo me respondió con una sonrisa de satisfacción, y dijo: "Hemos logrado nuestro propósito, perpetuar para la posteridad unos acontecimientos que el pueblo jamás debe olvidar"

"Nunca serán olvidados", respondí, y entré de inmediato a saludar a Patricia y a Emilio, sentado a su lado, con ojos curiosos y atentos al desenvolvimiento de la ceremonia, ya un joven preocupado también, como su padre, por la suerte del país.

Llamaba la atención por el gran entusiasmo con el que abocaba el desarrollo de los hechos. Sus grandes preocupaciones intelectuales ya vaticinaban que estaba siguiendo con paso seguro las huellas de su padre.

Patricia no podía evitar la aprensión que las inquietudes de su hijo le producían, nunca había podido superar la pérdida de su esposo, del amigo, del hombre, del compañero de luchas que había logrado llegar a la cima de sus anhelos, y sólo la reconfortaba al ver que el tesón con que Emilio enfrentó todos los avatares en su lucha patriótica no fue en vano, se fue concretando en la obra majestuosa que se veía a diario y por todos lados desde que el padre de Emilio llegó al poder y ella a la vicepresidencia por la decisión unánime del pueblo, y luego, ocho años después, a la primera magistratura. Además, cómo impedir que la naturaleza de Emilio, de su hijo, no se manifestara con la propiedad esperada de un Lozano, y sobre todo, como hijo del creador de El ΦMIKRON?

Saludé a todos por igual y estreché con respeto y cariño la mano del señor Lozano y la de Doña Josefina, quienes pese a su edad avanzada disfrutaban con fuerza juvenil del momento. Su aspecto venerable destacaba la felicidad del deber cumplido, y ellos, como ninguno, disfrutaban al máximo mi graduación, que hizo recordarles con regocijo la de su hijo y cuando éste, desde muy temprana edad, empezó a recorrer el periplo de una vida dedicada al conocimiento que lo llevó en plena juventud —caso único en el país— a la primera magistratura gracias a la fuerza popular del Movimiento que él creó y consolidó con todas sus fuerzas.

Había una gran concurrencia. Fui a sentarme con mis compañeros. Una vez que el rector hubo terminado su presentación, oí mi nombre.

Me paré al frente del micrófono. Mis amigos y todos los líderes nacionales, seguían con entusiasmo la ceremonia. Se consideraba crucial para dar énfasis al acto, porque de nuevo un fiel creyente de El ΦMIKRON se destacaba en la conquista de una etapa de relevancia.

Sólo los más íntimos sabían que yo había escogido el camino de escritor y que, por lo mismo, sería como un cronista que interpretaría los hechos históricos para la posteridad, no dentro de la estructura de una simple narración, sino enmarcada por la dinámica de causas y efectos al estilo de la obra histórica prodigiosa de Indalecio Liévano Aguirre. Sorpresivamente al fondo, de pie, pude ver a cinco jóvenes bien vestidos y de buena presencia. Me saludaron con una tenue sonrisa, que si no fuera por la solemnidad del momento, ellos hubieran actuado con gran algarabía.

Me di cuenta quienes eran por la mirada inconfundible de uno de ellos que siempre me llamó la atención desde que los conocí en plena niñez, debajo del puente.

Al ver a Antonio, la mano derecha de Emilio en el Departamento del Valle del Cauca, ahora su gobernador, me acerqué y le estreché la mano. Sabía cuánto confiaba en él Emilio, por sus gestiones rápidas y precisas para consolidar El Movimiento en esa región.

También pude ver, un poco aislado a Carlos Zaldúa, al lado de su esposa María. Se ganó la admiración de Emilio, y adquirió renombre dentro de El Movimiento, gracias a su memorable intervención en una conferencia del profesor Sanz, en la que descolló su sinceridad en los planteamientos y una gran habilidad en el manejo de la polémica. Emilio que podía detectar con facilidad los valores ocultos de la naturaleza humana lo había recomendado a El Movimiento.

Todos aceptaron de buen grado la sugerencia de Emilio, en especial Patricia, quien lo había invitado a ser colaborador en sus gestiones gubernamentales.

En la conversación que Emilio y Patricia tuvieron con la pareja, allá en Puerto Rico, durante su visita de luna de miel, salió a relucir el ferviente deseo de Carlos de colaborar con El Movimiento y vivir, en la práctica gubernamental, toda la fuerza del cambio que transformaría al país.

Carlos contaba con el apoyo indispensable de María, quien veía en El Movimiento de Emilio excelente oportunidad para lograr un cambio radical en la mente de los puertorriqueños. Sus grandes dotes intelectuales, su criterio firme y decidido, lo convirtieron en una figura clave dentro de la nueva Colombia.

Es bueno dejar para la posteridad que Carlos con el propósito de que Puerto Rico obtuviera su independencia había sembrado en la mente de Pablo, un humilde joven puertorriqueño, la importancia y la necesidad de la emancipación de la Isla y la acentuación de su cultura y valores. En la actualidad el joven ya se destaca como un gran conductor de pueblo: energía, carisma, sublime presencia, verbo revolucionario.

Y según noticias e información que recibía a través de Internet, Pablo, que ya había organizado un gran movimiento de masas, conocido por toda la isla como Los Naborias podría salir victorioso en las próximas elecciones, no obstante la gran oposición de los partidos tradicionales y los medios que, sin recato lanzaban al aire falsedades y frases distorsionantes de los ideales de la nueva agrupación.

Zaldúa por su haber intelectual fue nombrado ministro de Educación dentro del gabinete ministerial de Lozano y luego en el de Patricia.

Gracias a sus gestiones se le empezó a dar reconocimiento máximo al avance de estudiantes en las ciencias de computación, así como apoyo financiero mediante becas otorgadas por parte del gobierno a estudiantes avanzados en este campo, cuya máxima preparación obtenían en estudios especializados en la India, el país más avanzado en la matemática computacional.

Es entonces que con voz segura y con una muestra inconfundible de euforia empecé mi presentación que inicié con las siguientes palabras:

"El día que los colombianos escucharon atentos las palabras de Emilio y del Profesor Sanz, cuya presencia de ambos todavía nos acompaña con toda la fuerza de sus ideas y pensamientos, y sin miedo las siguieron con entusiasmo y no permitieron que la corriente contraria los arrastrara, se inició la redención definitiva de la patria... Colombia por fin es libre".

TESTIMONIO

Mis compañeros de colegio, mis amistades, mi excelente relación con mi familia, fueron constituyendo en mí la fuerza intelectual que me permitió desde la niñez exteriorizar todo mi potencial como escritor, sobre todo en los asuntos históricos que movían, en una trayectoria llena de imponderables, la vida del país. Me dediqué por entero a escudriñarla, a tener la mejor comprensión de los hechos, para después exteriorizarlos por escrito para que sirviera como guía a la posteridad. Siempre empleé los tiempos libres para dedicarme a la buena lectura.

De manera especial, tuve la oportunidad de visitar la gran biblioteca de los Lozanos, en la cual encontré los datos históricos necesarios en los Documentos Comprobatorios de la familia, o testimonios del acontecer histórico que todos ellos coadyuvaron en múltiples formas a la realización, con sus hechos, de gran parte de los acontecimientos del país.

Yo, Emmanuel Portocarrero Salazar, no podía evitar mi aversión por las novelas históricas Conversaba mucho al respecto con mi padre y mi hermana, Patricia, quien jugaría un papel especial en la historia contemporánea de Colombia.

En plena adolescencia, me enfrasqué en la lectura de Tiberio de Allan Massie, obra que, después de repetidas lecturas, me pareció la historia del poder y no del gran emperador romano. Busqué siempre compenetrarme con el ser humano, con su grandeza y debilidades, y no con el simple gestor de los hechos históricos.

No soportaba, por lo tanto, leer a un Julio César tratando de explicar el paso del Rubicón, o a un "Napoleón Bonaparte" hablando de los puntos estratégicos en la batalla de Austerlitz, con ideas y pensamientos que el escritor pone a su gusto en la mente del gran corso o del insigne emperador romano.

No importa lo acertado que parezca un diálogo con un contenido de esa magnitud, insisto, siempre existirá el peligro de la manipulación. Un mínimo destello de influencia que emocional o intelectualmente pueda poner el escritor, dará al traste con la figura histórica que se ha querido novelar, y con ella todo el proceso histórico a su alrededor.

Razones muy profundas me movieron a escribir la novela. Para configurar la figura tenebrosa de Carmona, el antihéroe, como agente de la CIA, leí con interés la obra de Eric Frattini: "CIA Historia de la Compañía". Sin la información acertada de dicho autor, hubiera sido imposible comprender a Carmona y otros acontecimientos reseñados en El ΦMIKRON. Los datos necesarios para configurar una operación apropiada no eran tan relevantes; sí la pasta humana que configuraba al espía, al profesional que se movía por todo el territorio colombiano con la tenebrosa habilidad en el manejo de todo el engranaje que como espía tenía el objetivo de eliminar a todo aquel cuyas actividades pudieran poner en peligro al sistema; sus actos tenían la rara propiedad de desencadenar la violencia más indescriptible. En esta clase de resultado, siempre con un amplio número de pérdidas humanas, se basaba todo el éxito de sus planes e iniciativas.

Sin embargo, en la intimidad era un gran esposo y buen padre de familia no correspondido. Sus grandes cualidades como esposo, no le eran óbice para enfrascarse con todo el poder en la ejecución de un operativo, sin importar los resultados catastróficos siempre y cuando se cumpliera a la perfección con la protección del sistema, su objetivo principal.

Desde niño, en una libreta de escuela, tomaba notas de todo aquello que consideré relevante para modelar los personajes y su transcurrir en el escenario que fui configurando conforme al pasado histórico y su presente. Daba especial importancia a las conversaciones que escuchaba de personas alrededor acerca del desarrollo de los acontecimientos, cuyo análisis en su trayectoria histórica se convertían para mí en un gran cúmulo de información que volcaría en mis escritos.

Así, pues, el propósito principal, el objetivo, era el de contribuir al despertar de la conciencia colombiana para que ésta pudiera abocarse de manera clara a la terrible realidad de su historia, en la que todo parecía ir al revés producto de individuos que, abusando de su propia razón, trastocaron principios y valores. Sabía de antemano que mi obra despertaría controversias, conflictos y polémicas sin un rumbo fijo. Pero como no había en mí temor alguno, seguía adelante con mi propósito de crear el Documento Comprobatorio por excelencia, y de esa manera, por primera vez, en el siglo XXI seguía en pie la costumbre ancestral iniciada por el Marqués de San Jorge, aunque yo no era miembro consanguíneo de la Familia Lozano.

Así, pues, gracias a los conocimiento que adquirí en la biblioteca de los Lozanos, la cual me llevó hasta los albores de la independencia, y en mis conversaciones con Eduardo, quien me narró todo lo relacionado con El Movimiento y me presentó los detalles del hecho trágico reciente que muchos vivieron con dolor, le di forma a su estructura con un contenido didáctico que da énfasis a una estética relacionada con la naturaleza humana, para que sirva de guía a todos los que quieren tener la oportunidad de convertirse a través de la educación y un despertar a la prudencia en verdaderas personas de la Colombia nueva.

Se requerirá comprensión y una buena dosis de generosidad y sacrificio. Mi obra no es esencialmente histórica. Los escenarios que aparecen en el trasfondo, que es la base circunstancial en el que se mueven los personajes, sí lo son.

Es decir, que dentro de la realidad social que se plantea, realidad existencial de muchos colombianos, de antes y de ahora, relacionada con la violencia, los personajes activos, debidamente caracterizados, son producto de la invención, arquetipos, algunos de ellos, que proyectan una trayectoria histórica que podría tocar a algunos personajes de nuestros días, o del pasado, aunque cualquier parecido o semejanza con la realidad no es pura coincidencia.

En dicha realidad, la que pudiera traslucir la obra producto de los hechos históricos, no hay ningún toque mágico que pudiera satisfacer al lector y llevarlo por un camino de comprensión equivocado.

Cabe destacar que el prólogo, que es el conatus que dio origen a los hechos que transcurren durante el proceso independentista, y los convulsionados siglos posteriores hasta llegar a la época en que se mueven los personajes, trata de un acontecimiento histórico conocido, el cual se puede constatar en documentos especiales, que yo tuve la oportunidad de consultar, y que esperan activarse en las frías bóvedas de la gran biblioteca de la familia Lozano.

Son documentos tan certeros y vitales como los escritos por el sabio Francisco José de Caldas, y los que tratan de hechos reales del presente que viví desde la edad temprana de los doce años, en acontecimientos que fue almacenándose en la bóveda de mi memoria hasta reciente como en 2009 y 2010.

El "Documento Comprobatorio Z", escrito por Eduardo, testigo del asesinato que enlutó la historia de la Colombia moderna, fue piedra angular para la confección de esta novela. Sin testimonio tan valioso hubiera sido imposible porque requeriría, ante todo, la opinión actualizada, coetánea, de un Lozano de la realidad política y económica del país junto con la narración trágica de una violencia omnipresente que se agudiza cada vez que surge un verdadero hombre histórico —conforme a los planteamiento filosóficos del Profesor Sanz—, con el propósito de lograr un cambio radical del sistema implantado por los círculos de poder y protegido por las fuerzas coercitivas de siempre, lo cual nos lleva a conocer nuestra realidad mediante un trato etiológico de los problemas sociales con características patológicas. La desaparición abrupta de este hombre histórico es una realidad repetitiva en la historia de Colombia, enmarcada siempre por un desenlace desbocado y funesto. Para poder darle cuerpo a la parte histórica, la circunstancial, hice uso de la prodigiosa obra de Indalecio Liévano Aguirre. ¿Quién si no este gran escritor colombiano, que, de manera profunda y analítica, presenta todos los acontecimientos ocurridos en el país desde la época de la conquista, podría llevarnos a la verdad histórica por excelencia para comprender a la Colombia de hoy y barruntar la presencia del hombre nuevo colombiano?

Siempre persuadido que el colombiano, adaptado al nuevo orden social, sería todo él, completo, prudente y por lo tanto movido por la virtud; no el utilitarista, el que se presenta como lo máximo, el héroe, el de ellos, los que dirigen la economía de mercado: es decir, el individualista, el liberal consumado, el prohombre en vez del hombre persona, inmerso en la comunidad a favor de la cual ejerce todas sus potencialidades.

Es bueno observar que Emilio tamién hizo uso de algunos apartes de la Plataforma Política de uno de los grandes partidos emergentes de la isla, pues encajaban perfectamente en la idea de El ΦMIKRON.

También di reconocimiento a la obra de Francisco Pividal: Bolívar Pensamiento Precursor del Antiimperialismo. Sin la información que él provee me hubiera quedado corto para enfatizar la figura cumbre de Bolívar, hoy más actualizado que nunca. Porque en su época se sintió también la presencia ominosa del imperio, cuya ambición lo llevó a coaligarse con España lo que creó obstáculos a la lucha por la independencia.

En la escuela, durante los recreos, los días de asueto y los fines de semana, me hundí en ambas obras, subrayando partes relevantes, o haciendo anotaciones en sus páginas.

Desde los comienzos de mi adolescencia mis compañeros, al verme ensimismado en mis lecturas, me hacían preguntas al respecto, yo les respondía con entusiasmo y los exhortaba a compenetrarse con las obras de ambos historiadores: "Si ustedes quieren conocer la historia real de nuestro país, lean a estos excelentes historiadores".

Gracias a estas lecturas, profundas y seguidas, la novela obtuvo forma y asidero en hechos históricos, rubricados con sangre, cuyas consecuencias han sido imposibles de superar por parte de los colombianos. Es bueno también que se sepa que la idea de escribirla tuvo su génesis en la tragedia durante la actividad de la cual yo fui testigo ocular, y por eso, como algo raro del destino, por obra y gracia de la experiencia que acababa de enfrentar, me convertí por derecho propio en el primero que no lleva el apellido Lozano de entrar en la costumbre centenaria de plasmar, en Documentos Comprobatorios, propiedad intelectual de la familia, la triste realidad de mi patria.

Decía Alberto Zalamea a propósito de la obra de Indalecio Liévano: "Frecuentemente se ha acusado a los colombianos de no tener memoria, y la parte de verdad que pueda haber en este cargo se deriva de la manera deficiente como ha sido registrado, por los historiadores tradicionales, el pasado de la Nación".

Siempre opiné que los pueblos olvidan por imposición del estado, mediante una deficiente enseñanza de la historia y, a veces, por desidia personal. Me preguntaba ¿por qué las protestas ahora, y no antes, contra la guerrilla y olvidar que desde 1830 la vida cotidiana del colombiano siempre ha estado salpicada por el marullo de todo tipo de guerrillas, paramilitarismo y guerras civiles?

¿Por qué se olvida que la historia nacional es la narración no interrumpida del sufrimiento del campesino y obrero colombianos? Siempre salí airoso, cuando enfatizaba que la FARC no es y nunca ha sido un movimiento armado único en la historia del país. Los movimientos guerrilleros, en Colombia, aunque han sido una fuerza antirrepresiva social en sus orígenes, son aves de paso. No el profundo conflicto social que los genera, la verdadera génesis del problema, cuyo origen se remonta a la época colonial, y que la oligarquía ha mantenido incólume en una perpetuidad insoportable. Siempre dije que se trataba de un conflicto social no resuelto. Este conflicto se acentúa a la muerte del caudillo Jorge Eliécer Gaitán.

En ese momento aciago para el pueblo colombiano, los políticos se enfrentaron al pueblo escindido entre liberales y conservadores.

Políticos irresponsables con sus arengas incendiarias asaltaron la bondad del pueblo, lo convirtieron en una bestia sin control que se lanzó a una lucha fraticida, asolando el territorio nacional.

Fue muy difícil compenetrarme con este escenario trágico que, en muchas ocasiones, me puso meditativo y me llevó a momentos de una nostalgia insoportable. A veces no acataba a entender el desenlace de los acontecimientos y menos a los protagonistas cuya insensibilidad los llevaba a ejecutorias enajenadas que dejaban siempre una estela de sangre. Ante este escenario horripilante, desatendido por las mayorías, especialmente las de alta posición, veía un cielo encendido en llamas y, muchas veces, como la figura de primera plana de El Grito de Munch, empezaba a lanzar mi propio grito con todas mis fuerzas, el cual se perdía como un eco sobre el gran espacio de la sabana capitalina, que me hacía recordar el grito tenebroso de Caldas, fusilado en 1816. Es entonces que vi en la ocupación que me exigía la novela una catarsis profunda, un grito de desahogo que daba reposo a mi espíritu y tranquilidad a mi mente.

Como todo el mundo sabe, el asesinato de Jorge Eliécer Gaitán no es un caso único en la historia del país. El asesinato de Emilio, que acaba de ocurrir, que toca las fibras más sensibles de mi corazón y ensombrece la faz de todos los colombianos, es el más reciente. El pueblo tenía en sus manos la respuesta. Y no fue a través del amañado proceso eleccionario de siempre, sino mediante un despertar de conciencia que le permitió al pueblo, por fin, ver la verdad que lo hará libre. Y para encontrar esta verdad hubo que entrar en una faena catártica, a través de El Movimiento ΦMIKRON que implicó sacrificios, que luchó contra la deformación de la conciencia moral y la exaltación del sistema establecido.

Los resultados son deslumbrantes, y llevaron a la liberación definitiva del espíritu del pueblo colombiano.

De Profundis

Cuando Doña Josefina se levantó y se dio cuenta que ya su amado esposo, a quien acompañó en todas sus batallas, había entrado en el sueño eterno, mantuvo su serenidad y mientras lo miraba con orgullo, pasó la mano por su frente y le musitó en el oído las siguientes palabras: Has cumplido con tu deber y tu espíritu incólume, íntegro, disfruta ahora de la vida eterna.

Recuerdo ahora con tristeza cómo desde muy joven se dedicó por entero a servir a su patria. Seguía al pie de la letra lo que antepasados suyos, según los Documentos Comprobatorios que yo leía con asiduidad, habían ejecutado siempre con un profundo amor patriótico o, en algunas ocasiones, por intereses personales. Y a veces haciendo uso de la fuerza que les permitía el mandato de la ley. El señor Lozano había hecho lo propio. Pero gracias a su hijo, Emilio, se dio cuenta a tiempo que él confundía el profundo sentido de patria, con el de sistema al cual defendía para beneficiar a los intocables círculos de poder y a sí mismo.

En verdad, son conceptos diferentes, pensaba, después de sus constantes coloquios con Emilio: "El de patria era universal; el de sistema, cambiante, limitado, en manos de prohombres impertérritos. El uno abarca a la perfección todo el contenido de la naturaleza humana de un pueblo, en su mayoría, sumido en la pobreza; el otro, la complacencia de los prohombres, cuya exigencias, propias de la debilidad individual, tenía por directriz el utilitarismo personal. Pero ambos, con sus tendencias y conceptos, en toda su propiedad, pueden unificarse de manera maravillosa para la redención de la Patria. Pero para esto se requiere una buena dosis de desprendimiento y virtud que en las actuales circunstancias de Colombia no se dan".

Es entonces cuando el señor Lozano, en una profunda catarsis movida por las palabras de Emilio que yo escuché muchas veces y sus prédicas a través de las enseñanzas de El ΦMIKRON, se entregó por entero al servicio de El Movimiento, cuya base fundamental era la práctica de la virtud. Recuerdo el momento en que, reunido con los líderes de El ΦMIKRON, se expresó con elocuencia y la manera como, con un fuerte aplauso, se le aceptó en el gran movimiento.

A solicitud de la familia, y del propio Lozano, en testamento de su puño y letra, que yo tuve la oportunidad de leer, las ceremonias de rigor serían austeras y sencillas. No habría discursos oficiales ni religiosos.

Se aceptaría que el cortejo fúnebre fuera presenciado por el pueblo y que se cantara un responso ante el panteón de familia. Este honor, también a petición de Lozano, le tocó al Cardenal Pedro Rubiano Sáenz que no obstante sus noventa y tres años, aceptó con gusto. El arzobispo que veía con entusiasmo los avances sociales de la nueva República, había sido un puntal importante que supo enfrentar, con gran energía, a aquellos que querían mantener sus privilegios dentro de la obsolescencia de un sistema que nunca se preocupó por el bienestar de su pueblo.

El panorama era desolador: la guerrilla permanente, una intervención foránea negociada, crímenes horrendos de lesa humanidad cuyas víctimas siempre eran ofrendadas por el campesinado e indígenas del país, asesinatos sin cuartel de prestantes dirigente sindicales y de extraordinarias figuras políticas que, si sus vidas no se hubieran tronchado por criminales a sueldo, el cambio de Colombia se hubiera dado con mucha antelación. Gracias a Emilio se produjo el cambio. Gracias a Emilio, el señor Lozano, después de mucho cavilar, entró de lleno en El ΦMIKRON, y se convirtió así, en la figura cimera que reemplazó, debido al parricidio, al primer presidente, su hijo, con la apoteósica aceptación de todo el pueblo colombiano. Un silencio absoluto. Todos esperan con ansiedad. De pronto se escucha la voz vibrante del Cardenal:

"... desde lo hondo a Ti grito, Señor..."

Después, en un paréntesis prodigioso leyó, conmovido, la siguiente comunicación:

—A través de su secretario, el sacerdote Alfred Xuereb, el Papa Francisco nos envió un mensaje de condolencia personal por el fallecimiento del señor Lozano. Dice el comunicado:

> *"Siguiendo los pensamientos de su hijo Emilio y a cónsono con los principios cristianos del socialismo, hizo posible la unión de Colombia a los países bolivarianos y de esta manera la realidad de la Patria Grande Latinoamericana, el sueño de nuestros libertadores, la cual nosotros apoyamos con la convicción de que la inmensa región donde tuvimos el privilegio de nacer será un puntal en la salvación de la raza humana. Dios dé fuerzas a nuestros pueblos por la pérdida del señor Lozano, cuya trayectoria, ungida por un despertar de conciencia, será luz a las generaciones por venir. Requiescat in pacem"*

Mientras los congregados, sorprendidos, aplaudían con entusiasmo Emilio, conmovido por la muerte de su abuelo, con prudencia se retira y se encamina hacia la casa-mansión. Intercambió algunas palabras con Enrique, el chofer de la familia. Se dirigió después a la biblioteca. Recorrió el amplio pasillo central. Se acercó a la sección donde se encontraban los Documentos Comprobatorios más recientes. Abrió el sobre de manila, miró la foto de su padre. Muy joven y alegre acomodándose la banda presidencial. Activó el ordenador y se concentró con toda la fuerza de su ser, preocupado por múltiples cuestionamientos, en el profundo sentido de El ΦMIKRON...

Mártires del Pueblo Colombiano

General Uribe Uribe
Asesinado el 14 de octubre de 1914

Jorge Eliécer Gaitán
Asesinado el 9 de abril de 1948

Padre Camilo Torres
Asesinado el 1º de febrero de 1966

REQUIESCAT IN PACEM

Carlos Toledo Plata
Asesinado el 10 de agosto de 1984

Jaime Pardo Leal
Asesinado 11 de octubre de 1987

Luis Carlos Galán
Asesinado el 18 de agosto de 1989

Bernardo Jaramillo Ossa
Asesinado el 22 de marzo de 1990
Genocidio Sistemático de la Unión Patriótica

Carlos Pizarro Leongómez
Asesinado el 26 de abril de 1990
Líder de la Alianza Democrática M19
y su candidato a la presidencia

Jaime H. Garzón Forero
Asesinado el 13 de agosto de 1999
La conciencia crítica del país.
Con la hilaridad de su palabra incisiva
exacerbó la ira a los que nunca ríen

Emilio Lozano Ricauter
Asesinado el 7 de agosto de 2010
Nace el 13 de agosto de 1989
Fundador de El ΦMIKRON
Presidente de Colombia
A los veintiún años de edad

Todos, figuras cumbres históricas del pueblo, según los parámetros establecidos por el Profesor Sanz, propusieron cambios estructurales de la economía nacional para que hubiese más justicia social con una economía equitativa y solidaria. Su lucha y valentía les costó la vida.

Documentos que tuve la oportunidad de consultar, sin los cuales se me hubiera hecho imposible llegar a la verdad, propósito principal de El ΦMIKRON.

Documentos Comprobatorios

A20-1948

(A)

Escucho las noticias alarmantes por radio junto a mi familia. Nadie osa emitir ninguna opinión. Aunque sí se reciben llamadas que informan al detalle lo que acontece. Doy las instrucciones correspondientes. Pido control y cordura. No confío en los informes dados por los que han tomado posesión de las emisoras. Estoy recluido, junto con mi familia, por protección, en la mansión ubicada a pocas calles de la plaza de Bolívar, epicentro de los acontecimientos. Una fuerte guardia de seguridad vigila los alrededores. Sigo ahora, la norma de mi familia de describir para la posteridad en un documento comprobatorio, costumbre ancestral, que tiene como objetivo, reseñar con toda la fuerza de la veracidad, acontecimientos que por su magnitud marcan para siempre el desarrollo o el atraso del país.

Estoy, pues, encerrado en la biblioteca mientras el fantasma de la violencia recorre las calles de la ciudad. Se escuchan estruendos y el paso de las multitudes vociferando. Mi familia luce amedrentada.

Antes y después del año de 1948, es parte constante de la rutina de la nación la persecución partidista, el asesinato político, las masacres y el desplazamiento de campesinos. Terratenientes respaldados por grupos de facinerosos armados hasta los dientes echan de sus terruños ancestrales a familias enteras. Los que no cumplen con la orden de evacuación son asesinados. Para esto se estrena el hábil navajazo alrededor del cuello que marca el de la camiseta interior de la víctima, hecha del tejido de franela muy usado en nuestra época: es el famoso corte de franela. Nada hace el gobierno, nada la fronda oligárquica, de la cual soy parte, por la posición social relevante de mi familia.

En tenebroso contubernio todos contemplamos sin inmutarnos el desangre de la Patria. Los jefes políticos se preocupan solamente por defender sus posiciones y curules de partido y con ellos, tras bastidores, buscamos la fórmula salvadora.

No queremos perder nuestros privilegios, nuestras posiciones, nuestro poder. De pronto, debe recordarse para la posteridad, de la manera más natural posible, un hombre valiente truena sin desfallecer contra los culpables

Los poderosos de este país, mirábamos con recelo y con temor sus intervenciones públicas. Es el joven abogado, hombre de pueblo, Jorge Eliécer Gaitán, con quien mi padre conversó muchas veces dentro del fragor político del momento. Nace el 23 de Enero de 1898. Paradójicamente, el mismo año en que se da la guerra hispanoamericana cuyo triunfo consolida el imperialismo norteamericano al pasar a sus manos, como botín de guerra, Cuba y Puerto Rico. Gaitán fue el único capaz de luchar a brazo partido para desenmascarar a los culpables de "la matanza de las bananeras". ¿Fue su magistral desempeño en contra de la empresa norteamericana lo que le costó la vida?

(B)

La United Fruit Company, con sede en Boston, explota con máximo poder la deliciosa fruta tropical, el banano. Controla la tierra, la mano de obra, el comercio y las vías de comunicación, además, paga a los obreros con vales que deben redimir en los colmados de la compañía. Todo esto se da con la clara complicidad del gobierno.

Ante estos abusos, un día, los trabajadores haciendo uso del sagrado derecho que los asiste, se lanzan a la huelga. Con el pretexto de proteger el orden, las autoridades reúnen a los más de treinta mil obreros en la plaza pública de la ciudad de Ciénaga. En las cuatro esquinas, la soldadesca al mando del general Carlos Cortés Vargas, comandante militar de la Plaza de Santa Marta, empotra sendas ametralladoras en las esquinas que demarcan el espacio de la plaza. Todo está tranquilo. Una que otra arenga, propio en este tipo de protesta. Los obreros disfrutan de la actividad en la que, por fin, logran manifestarse libremente y sin cortapisas. De pronto el general da la orden. Se empieza el ametralleo de los obreros, que sorprendidos intentan protegerse.

El ruido es ensordecedor, la humareda oscurece el ambiente. Cientos son asesinados.

Una de las páginas más bárbaras de la historia colombiana se estaba escribiendo en ese momento.

El gobierno trata de encubrir tan execrable acontecimiento de sangre, pero gracias al joven abogado, discípulo de Enrico Fermi, el más prestigioso tratadista penal europeo, la masacre oficial no pasó, como en muchas otras ocasiones, al olvido absoluto. Gaitán tomó la bandera de la lucha contra la United Fruit Co., con el firme propósito de lograr el castigo correspondiente a los asesinos de las bananeras, enfiló todo el poder de su oratoria contra la empresa norteamericana. Ganó el proceso parlamentario, luego el proceso penal y logró la expulsión de la Compañía Americana del país. Así se inicia la carrera pública de uno de los hombres más fascinantes del país. Extraordinario abogado egresado de la Universidad Nacional, y doctor en jurisprudencia de La Real Universidad de Roma, donde obtiene la mención académica Magna Cum Laude. Se destaca por la fogosidad de su oratoria y por ser, en esta época aciaga, el gran abanderado del pueblo.

El tribuno del pueblo, como se le llama, fustiga sin cesar a la oligarquía, de la cual yo formaba y formo parte.

Ataca por su culpabilidad a lirios y troyanos, a liberales y conservadores, al gobierno y a la alta jerarquía clerical. Todos nos mantenemos en un silencio culpatorio. Él se convierte así para la clase dirigente por obligación en el objetivo principal de sus propósitos perversos.

Se batalla contra él, la prensa oficial conservadora y liberal, lo desacreditan, se despiertan en su contra las más bajas pasiones; es convertido así, al demonizarlo, en el enemigo del pueblo, de la paz, del orden establecido. La oligarquía se prepara para el zarpazo final, ha cruzado el rubicón de la barbarie, y a la barbarie colombiana nunca se le ha dado una explicación dialéctica, no se le ha puesto freno ni se ha aplicado el castigo correspondiente.

Después de las explicaciones históricas, me concentro de nuevo en este tenebroso 9 de abril de 1948. En la línea consecuencial que se ha establecido en Colombia, se barruntaba a través de las tinieblas imperantes el magnicidio.

La trayectoria circunstancial previa al desenlace fatal, se describe por el FBI en documentos cuyos originales fueron destruidos por esa agencia, pero gracias a la previsión de mi familia, guardamos copia de los mismos hasta el momento oportuno que podamos darlos a conocer.

El archivo relacionado con esta tragedia tiene un lugar especial en mi Biblioteca. Fui parte de ella, coautor si se quiere de algunos hechos.

Esta es la razón fundamental para evitar la desaparición de documentos sensitivos, históricos, con su dedo acusador, y que yo ahora, e n la soledad de mi despacho, escribo lacónicamente y con precisión sobre todos los acontecimientos que me han tocado vivir, lo que han dejado en mi alma un sentimiento de culpabilidad que me obliga ahora para exculparme la necesidad de exteriorizar mis experiencias.

Se lleva a cabo en Bogotá la IX Conferencia Interamericana. Asiste por Estados Unidos el general Marshall. Algunos representantes de América Latina ejercen presión para lograr ayuda financiera en un trato justo.

El general Perón por Argentina propicia una resolución en contra del imperialismo, reacción radical que muchos interpretan como peligrosa. Es entonces que hay que cambiar —piensan algunos.

La dirección que ha tomado la Conferencia, se requiere, por lo tanto, de una víctima propiciatoria. Se forja la *Operación Pantomima*. Nunca se barruntó el alcance destructor del complot. El plan se sigue al pie de la letra.

Como era su costumbre, Gaitán se propone cruzar la Carrera 7ª, entre la calle 14 y la Avenida Jiménez, en pleno centro de la ciudad. Se dirige al edificio Agustín Nieto, donde ubica su oficina. El fogoso conductor de pueblo, se dirige a su despacho. Un desconocido que le sigue de cerca, le dispara por la espalda. Gaitán cae mortalmente herido en la calle en pleno centro de la ciudad, al frente de su oficina. El 9 de abril de 1948, a la 1 y 5 de la tarde, la historia de Colombia se partió en dos. Asesinan a Jorge Eliécer Gaitán quien dedicó toda su vida a la reivindicación social del pueblo colombiano. Se acaba de destruir la vida democrática de Colombia, que el líder con sus gestiones como Representante, Alcalde de Bogotá, Ministro de Educación, había contribuido a forjar.

El pueblo se lanza, en un acto de desconcierto a vengar a su líder. Como una nube mortal en expansión, fue cubriendo todo el territorio nacional.

La reacción violenta fue un golpe certero que nos hizo temblar a los de la clase dirigente. Cientos de cadáveres en la calles de todo el país, vehículos incendiados igual que muchos edificios, tranvías destruidos. Es el "Bogotazo," cuya memoria me llena de pánico y dolor ¡mi pobre Bogotá, mi dulce Bogotá!

Fue una reacción dantesca por el asesinato de quien logró mover al pueblo en una marcha histórica por la paz que pasó en completo silencio al frente de la casa presidencial. El silencio lanzaba gritos de súplica por una paz en Colombia. Había dicho: "Si avanzo, seguidme; si retrocedo, empujadme; si me matan, vengadme". El pueblo enfurecido lo vengó pero con su propia sangre, y se hundió en una caos que le hizo perder el rumbo que pudo haberse trazado con precisión. Colombia sufrió un retroceso de años. Nunca un plan organizativo, ni un propósito de coger las riendas del poder. Sólo alguno amagos, del grupo oligárquico liberal, que en un acto de disimulo pedía la renuncia al presidente de ese entonces Mariano Ospina Pérez., dirigente del grupo oligárquico conservador.

Éste despachaba el asunto diciendo "más vale un presidente muerto, que un presidente fugitivo".

El responsable de tan execrable crimen: un oscuro hombre de pueblo, según la hipótesis oficial de siempre. Se ha confirmado —y así yo lo confirmo— que hubo dos atacantes, y que personas extrañas promovieron el levantamiento del pueblo y su odio contra Juan Roa Sierra, el supuesto autor material, y que su descuartizamiento por la masa enfurecida, azuzada por personajes extraños, hizo desaparecer la prueba más contundente.

Desde entonces la Paz en Colombia brilla por su ausencia, y miles de muertos y una guerrilla perenne es el orden del día, que en la actualidad nadie sabe explicar su existencia, ni el colombiano común y corriente, ni los altos oficiales del gobierno, ni intelectuales de prestigio ni la alta clase clerical.

La CIA, con la excusa de que era por la seguridad nacional, no cedió al juicio establecido por Paul Wolf, de desclasificar los documentos oficiales que daban cuenta fehaciente de lo ocurrido.

N30
El Nadaísmo
1950-1965

Para continuar con la costumbre de mi familia, reseño todo lo relacionado con el nadaísmo, movimiento intelectual fundado por Gonzalo Arango. Sus propósitos, la pureza de sus conceptos, la forma como empezó a despertar la conciencia de la juventud colombiana, me obliga a tomar esta determinación.

El Nadaísmo, de los años '60, fue fundado por Gonzalo Arango, un gran poeta al estilo de Rimbaud, en un acto único de rebeldía total y una manifestación de ira por todo lo existente en el país, que causaba tedio, desánimo y gritos impresionantes: "vivimos perdidos porque nos han extraviado".

El Nadaísmo es un estado del espíritu revolucionario. En sus manifiestos, sus fundadores, con Gonzalo a la cabeza, anunciaron proféticamente, la llegada del nuevo movimiento bolivariano. Bolívar era su pasión. Decía que era el gran poeta de la revolución, del cambio, porque para su Movimiento no había nada más revolucionario que la palabra poética cuando toca las fibras íntimas del pueblo. Les molestaba el inmovilismo de la juventud colombiana. Son los colombianos felices los que se satisfacen con las bondades del sistema, los que viven muy bien, mientras la mayoría vive bien mal. Por eso Gonzalo Arango enfatizaba: "Hay personas que hacen el viaje del útero al sepulcro sin inmutarse."

Gonzalo dijo, cuando la violencia fraticida era el orden del día: "En Colombia hay que matar para que no lo maten, para defender el derecho a la vida".

La oligarquía —a la cual yo pertenezco— ha convencido a los colombianos que la causa de todos los males son las guerrillas, y por eso olvidaron para siempre las palabras del poeta:

"¿No habrá la manera de que en Colombia, en vez de matar a sus hijos, los hagan dignos de vivir? Si los colombianos no pueden responder a esta pregunta, entonces profetizo que Desquite resucitará y la tierra se volverá a regar de sangre, dolor y lágrimas." ¿Quién era en verdad Desquite? Lo recuerdo perfectamente: José William Ángel Aranguren. Se había hecho guerrillero siendo casi un niño. No para matar sino para que no lo mataran, para defender su derecho a vivir, que, en su tiempo era la única causa que quedaba para defender en Colombia: la vida

Por eso la perpetuación de los alzados en armas, ante el silencio comprometedor de los dirigentes del país de ambos partidos, de los cuales yo formo parte.

Y así este movimiento que hizo historia con su extraordinaria producción poética, caló hondo en la conciencia del pueblo que, harto de los convencionalismos, y la violencia, vio en el movimiento Nadaísta, una oportunidad para exteriorizar toda la frustración de su espíritu. El instrumento, el estro poético, que Gonzalo y su grupo manejaban magistralmente con la palabra precisa, apropiada y tendencias revolucionarias en la poesía y las ideas políticas.

El alto jerarca de la justicia colombiana nos recordaba todo lo relacionado con el Nadaísmo, el movimiento más puro que se ha dado en contra de los círculos de poder, y de todo lo putrefacto que de ellos emana. Fue el único destello que por poco ilumina la conciencia nacional. En su Manifiesto dice: "En esta sociedad en que la mentira está convertida en orden, no hay nadie sobre quien triunfar sino sobre uno mismo y luchar contra los otros significa enseñarlos a triunfar sobre ellos mismos".

No era Gonzalo Arango un iconoclasta, más bien un radical innovador como se trasluce con las siguientes palabras: "No dejar una fe intacta, ni un ídolo en su sitio. Todo lo que está consumado como adorable por el orden imperante será examinado y revisado. Se conservará sólo aquello que esté dirigido hacia la revolución, y que fundamente por su consistencia indestructible los cimientos de la sociedad nueva. Lo demás será removido y destruido".

Habla un creacionista dentro de un proceso de cambio hacia un orden nuevo basado en la justicia. Es germinal. Se adelantó Gonzalo Arango por mucho a los líderes actuales. Su prédica conmocionó a todo el país, produjo una nueva forma de pensar en algunos intelectuales, pero el Estado y los que lo sostienen, resultaron incólumes y su presencia inamovible.

T1
EL PADRE CAMILO TORRES
1966

El padre cada día llena las plazas de las principales ciudades. El pueblo lo aclama con respeto y escucha sus palabras con atención. Es de nuevo el verbo revolucionario, el que inculca la idea de que el cambio no sólo es posible, es necesario. Tuve la oportunidad de conversar con él y conocerlo en toda su integridad moral. Aunque estábamos en posiciones diametralmente opuestas, pude captar su grandeza y la sinceridad de su alma.

Una vez se anuncia su presencia, se inicia una actividad extraordinaria que culmina en una gran concentración. De igual manera se da en todo el territorio nacional. Debo confesar que su habilidad de aglutinar al pueblo me sorprendía. Los oligarcas como siempre, ante un escenario que emana del pueblo mismo, entramos en pánico. Monseñor Concha, en ese entonces, el máximo jerarca de la Iglesia Católica, la más reaccionaria de América Latina, llama al padre a rendir cuentas.

El padre no claudica. El estado colombiano pone una férrea vigilancia al movimiento del noble sacerdote. Se coarta su derecho a la expresión.

Se le acosa por todos los flancos: persecución mediática hostil, presión por parte de la iglesia, presión por parte del Estado. Desesperado, como única salida, se hace guerrillero y se lanza a luchar por sus ideas. Un hombre estudioso, dedicado a comunicar mediante el raciocinio lógico sus ideas, entregado por completo a que la paz se logra con el respeto absoluto de la vida humana. No pudo resistir el embate y es entonces cuando decide coger las armas. La guerrilla es el INRI que marca a Colombia, y el único instrumento de combate que nuestro grupo, la oligarquía, teme. Muere en el primer encuentro con el ejército.

Este desenlace inesperado y súbito fue preparado por la mano siniestra de Carmona, agente de la CIA, nacido en un pequeño pueblo de la bucólica isla de Puerto Rico, Fajardo. Había sido escogido por las agencias antisubversivas de su gobierno, de común acuerdo con las del nuestro, y que yo tuve la oportunidad de organizar para que preparara la logística de rigor.

En muchas oportunidades me reuní con Carmona en mi despacho. Confeccionamos un plan perfecto. En el fondo de mi ser existía el anhelo sincero de que el padre saliera incólume y pudiera rehacer su vida por el bien de Colombia.

En reunión secreta con los altos mandos militares del país, les presentamos el plan definitivo para detener al noble sacerdote, plan que los militares ejecutaron al pie de la letra, y que incluía, además de una élite militar para seguirle los pasos, descripciones alarmante de su personalidad y sus acciones para despertar el temor, porque para muchos las palabras y actividades colectivas del sacerdote guerrillero, infundían miedo y era una amenaza para "las instituciones democráticas". Para muchos, por ejemplo, resultaba incomprensible sus palabras: "El deber de un cristiano es ser un revolucionario; el de un revolucionario, hacer la revolución.

"El que se acomoda al orden establecido —económica, social y legalmente constituido— cree que el sistema hay que acatarlo y no está sujeto a cambios de ninguna naturaleza y quien lo cuestiona se convierte en un subversivo.

"La historia reafirma lo contrario, y gracias al acto de rebeldía, la humanidad avanza dentro de un desarrollo que tiene también su pináculo.

"Una vez alcanzado éste o se catapulta hacia un futuro mejor o se cae en el abismo. No se puede permitir que el sistema se perpetúe en el tiempo".

El padre Camilo Torres imbuido de esta verdad indubitable inicia su lucha social, que no está en contraposición a sus convicciones religiosas, porque estaba convencido de la obsolescencia del sistema que viven los colombianos, que data de 1830. Perteneciente a la alta clase social no tuvo temor en decir: "Estoy en lo cierto cuando afirmo que la oligarquía —y yo soy parte de ella— debe ceder sus privilegios en aras del bienestar de la Patria".

El padre Camilo Torres tenía claro, como un gran sociólogo que fue, la situación de Colombia basada en una estructura deplorable por su diferencia de clases, la marginalidad humana y, como consecuencia, el desplazamiento masivo como escape. La respuesta a este cuadro desolador, por un lado, el del pueblo, es la fuerza guerrillera; por el otro, el del poder del estado, la acción ilimitada coercitiva de un ejército al mando de la élite. Este conflicto ha producido reacciones huracanadas, con su secuela de destrucción, desde 1830.

Los méritos del sacerdote, después de analizarlos, son incuestionables. Su actividad pública e intelectual es amplia. Su gran transformación tiene como base la máxima de San Pablo: "El que ama a su prójimo cumple con la ley" Y basándose en ella concluye que "el acto mismo de la caridad individual se queda corto y hay que buscar otros medios más eficaces que no estén en manos de los que detentan el poder. Se requiere, pues, de la acción revolucionaria que puede ser pacífica si la minoría no reacciona con violencia. Desde este punto de vista la revolución no sólo es permitida sino obligatoria".

Esta es la ecuación que mi familia ha visto desenvolverse a través del tiempo y la distancia, desde el levantamiento de los comuneros y la lucha bolivariana, hasta nuestros días. Siempre la oligarquía se sale con la suya, porque logra, con la ayuda de fuerzas extremas, eliminar al líder que en la praxis es el alma del movimiento revolucionario.

En la fuerza del desarrollo ideológico del padre, no descartaba la lucha armada. Muere en su primer combate, el 15 de febrero de 1966, en Patio Cemento, Santander.

La indignación se manifestó en la faz de Colombia pero con ¡el miedo de siempre! Y con cierta razón por el uso de los más recónditos subterfugios para debilitar la conciencia nacional: posibilidad de un acto demencial del sacerdote, asesinato de su reputación, acusado de poseer armas de destrucción masiva, aliado con todos los terroristas del planeta, etcétera. Es decir, por orden de Carmona, se rodeó a la figura insigne del padre, con expresiones ofensivas, con la fuerza destructiva de la denigración. Fue demonizado.

El Frente Nacional
1958-1972

Atravesaba el país por una racha incontrolable de violencia total, que por el número de víctimas —más de doscientos cincuenta mil—, se trató, sin lugar a dudas, de una guerra civil no declarada. A sangre y fuego se hace la historia de Colombia. Los prohombres; es decir, los que constituyen los círculos de poder, dentro del criterio del profesor Sanz, cómodos en sus altas posiciones sociales, económicas y políticas, por primera vez sentíamos que nuestro mundo se derrumbaba. Pero el temor, no obstante mi temprana edad, no me impedía ver y aceptar un grado de culpabilidad por lo que acontecía en mi amada patria. Tampoco la presencia de mis antepasados en la configuración y desarrollo de su cultura, obnubilaba mi comprensión sobre las verdaderas causas que casi llevaron a la nación al borde del precipicio. Se estaba yendo de las manos nuestros privilegios. Se entronizaba el pánico entre la alta clase social. La prédica política incendiaria, las arengas desenfrenadas, los ataques desmedidos, por parte de políticos que buscaban el poder por el poder mismo y, sobre todo, la inequidad social, desarrollaron en el pueblo estados emocionales explosivos con los que manifestaron sus odios ancestrales. El caos parecía cobijar a todos. La constitución perdía vigencia. El ejército caía en el descontrol. El templo del poder parecía derrumbarse y la alta jerarquía de ambos partidos buscaba, mediante un plan bien concebido, su recuperación. Se crea entonces la fórmula salvadora, que el pueblo acepta y refrenda en el plebiscito de 1958:

El Frente Nacional

Se ha dado comienzo a la alianza, al contubernio si se quiere. Los irreconciliables de siempre andan del brazo ahora en gran camaradería.

Por el partido conservador, la prepotente figura de Laureano Gómez, el conservador por excelencia, exiliado en España después del golpe de estado que le propiciara el general Gustavo Rojas Pinilla, quien fuera acatado por el pueblo; y por el partido Liberal, Alberto Lleras Camargo, ínclito, impoluto, castizo hasta más no poder, en nombre de la oligarquía liberal. Después de largo tiempo de negociaciones, las dos figuras políticas firman el pacto de Benidorm y la Declaración de Sitges.

Se inicia el Frente Nacional refrendado por el pueblo en el plebiscito del 16 de marzo de 1958.

Casi cinco millones de colombianos, desesperados, se volcaron a las urnas para aprobar el plebiscito que daría origen al Frente Nacional. Se instituye el ardid, la fórmula ingeniosa, que restituía la esperanza al pueblo, pero cuyo propósito principal, oculto, era eliminar todo peligro que pudiera afectar a la Oligarquía. Se consolida así el partidismo. Fue una coalición política y electoral ideada por líderes liberales y líderes conservadores que estaría vigente por dieciséis años entre 1958-1974. Se acordó la alternancia del poder entre los dos partidos tradicionales. La oligarquía se afianzó y se apuntaló con un ejército coercitivo y protector. Se ha dado la fórmula clásica:

CRISIS-ANTICRISIS = SOLUCIÓN

Pero no se puede pasar por alto que el Frente Nacional no alejó de la faz de Colombia el flagelo de las guerrillas. Veamos:

1949	La guerrilla de Guadalupe Salcedo
1958	El Frente Nacional
1964	Nacen las Fuerzas Armadas de Colombia (FARC)
1965	Surge el Ejército de Liberación Nacional
1967	Aparece el Ejército Popular de Liberación
1974	Nace el movimiento M19
1984	Surge el movimiento indigenista Quintin Laine
2002	Hacen su aparición los paramilitares
2010	Continúan las FARC y el MLN

Las causas: Nunca se eliminaron porque la eliminación de la inequidad no era la prerrogativa de la clase social y dirigente del país.

Según se desprende de nuestros Documentos Comprobatorios históricos, La oligarquía siempre se las ha ingeniado para mantenerse en el poder, aun dentro de un constante estado de violencia. Sólo *es el pueblo enfrentado consigo mismo en batalla campal. El frente nacional, por lo tanto, creó armonía entre los jefes políticos y de ahí en adelante se lograron avances en cuartos oscuros.* Recuerdo ahora la guerra de los mil días que presento, porque puede explicar la violenta historia de Colombia y sus graves consecuencias.

Se inicia cuando la humanidad disfrutaba de una paz mundial por primera vez en la historia, el 17 de octubre de 1899 y se prolongó hasta 1902. Fue un enfrentamiento entre el Estado conservador y un ejército de guerrilla liberal. La guerra cubrió a toda Colombia con la excepción de las áreas selváticas y el Departamento de Antioquia.

Dejó un saldo de más de cien mil muertos y, lo más doloroso, las pérdidas de Panamá y el futuro canal interoceánico. Mientras tanto, los intelectuales se reunían en su Gruta Simbólica y los políticos continuaban con sus malabarismos de siempre. Los primeros para buscar la mejor versificación; los otros, afianzando sus posiciones de privilegio. ¿El pueblo? se debatía entre la vida y la muerte. Pero para los elevados intelectuales esto era una simple minucia pasajera que el tiempo se encargaría de borrar para siempre. Como dijera Valencia en leyendo a José Asunción Silva, el gran poeta modernista:

> *Por amor a los detalles*
> *odiar el Universo*
> *sacrificar un mundo*
> *por pulir un verso.*

No hubo figura política de relevancia que por sus acciones egocéntricas no propiciara, con su quehacer diario, la pérdida del Departamento de Panamá. El pueblo nunca podrá olvidar a Tomás Cipriano de Mosquera Y Tomás Herrán, entre otros políticos en ese infausto período, que propiciaron en una forma u otra, la separación que ocurrió el 3 de noviembre de 1903.

Fuerzas internacionales, encabezadas por Teodoro Roosevelt, aprovecharon la ocasión para el zarpazo final porque mientras se gozaba de una paz mundial, en Colombia se daba, por ambiciones políticas personales, el primer evento bélico del siglo XX en el planeta. Por toda esta violencia, el dedo acusador señala a las entrañas mismas de la clase dirigente, que a la postre, por sus ambiciones económica, y yo conozco de esto, nunca han tenido en consideración los colores políticos a la hora de realizar acuerdos o firmar fórmulas en apariencia salvadoras. Porque, como dijera Gaitán, "son los mismos con las mismas". Un simple análisis nos indica que todo apunta a que el sistema imperante de poder desmedido, injusticia social y persecución es la causa que genera los movimientos guerrilleros.

Puedo colegir entonces que de nuevo se dio en Colombia la fórmula mágica la solución, en cuartos oscuros, se confecciona; el pueblo, en un acto de desesperación, la aprueba con su voto: la solución salvadora ha llegado: el Frente Nacional.

Como siempre la solución, como el Frente Nacional, es favorable a la clase poderosa que tiene desde entonces en sus manos el máximo poder. Mientras tanto, el país continúa debatiéndose entre ideas liberales y conservadoras; entre campesinos y el estado; entre el ejército y la guerrilla; entre la vida y la muerte.

La acción imperfecta de la violencia en Colombia

Colombia la actual, la del Siglo XXI, la de los asesinatos políticos, los desplazamientos, las masacres. El nuevo ministro de Defensa, imponente, rozagante, pletórico de juventud, compungido presenta la más reciente como un caso único, original. Muchas serán sus presentaciones y se hará alardes de una investigación exhaustiva... sin conclusiones. El hilo conductor de la historia violenta de Colombia sigue chisporreteando. No se detiene el asesinato de importantes líderes del sindicalismo, ni el de un líder con trascendencia nacional. Tampoco el desplazamiento forzado de campesinos e indígenas.

Nada ha cambiado. La palabra de protesta se destaca por exigua, ya no retumba en la plaza pública la voz vibrante del conductor del pueblo con su puño en alto, acusador. Tampoco la que se escribe y se manifiesta en las obras de protesta. Ni la palabra hilarante y crítica de un Jaime Garzón. Nadie se conmueve. Todos callan. La prensa, el gobierno, la clerecía. El silencio retumba por acusador. Porque la protesta y la palabra comprometida es un camino tortuoso, lacerante, incomprendido, solitario que podría llevar al sacrificio y a ocupar un lugar en el amplio martirologio del país.

El Autor

ÍNDICE